Clive Cussler
& Russell Blake

DIE VERLORENE STADT

W0363336

Autoren

Seit er 1973 seinen ersten Helden Dirk Pitt erfand, ist jeder Roman von **Clive Cussler** ein »New-York-Times«-Bestseller. Auch auf der deutschen SPIEGEL-Bestsellerliste ist jeder seiner Romane vertreten. 1979 gründete er die reale NUMA, um das maritime Erbe durch die Entdeckung, Erforschung und Konservierung von Schiffswracks zu bewahren. Er lebt in der Wüste von Arizona und in den Bergen Colorados.

Russell Blake ist der Autor von zahlreichen gefeierten Thrillern. Er lebt an der Pazifikküste von Mexiko.

Die *Fargo-Romane* bei Blanvalet

1. Das Gold von Sparta
2. Das Erbe der Azteken
3. Das Geheimnis von Shangri La
4. Das fünfte Grab des Königs
5. Das Vermächtnis der Maya
6. Der Schwur der Wikinger
7. Die verlorene Stadt

Besuchen Sie uns auch auf www.facebook.com/blanvalet
und www.twitter.com/BlanvaletVerlag

Clive Cussler
& Russell Blake

DIE VERLORENE STADT

Ein Fargo-Roman

Deutsch von Michael Kubiak

blanvalet

Die Originalausgabe erschien 2015 unter dem Titel
»The Solomon Curse« bei Putnam, New York.

Sollte diese Publikation Links auf Webseiten Dritter enthalten,
so übernehmen wir für deren Inhalte keine Haftung,
da wir uns diese nicht zu eigen machen, sondern lediglich auf
deren Stand zum Zeitpunkt der Erstveröffentlichung verweisen.

FSC www.fsc.org
MIX
Papier aus verantwortungsvollen Quellen
FSC® C014496

Verlagsgruppe Random House FSC® N001967

5. Auflage
Copyright der Originalausgabe © 2015 by Sandecker, RLLP
By arrangement with
Peter Lampack Agency, Inc.
350 Fifth Avenue, Suite 5300
New York, NY 10118 USA
Copyright der deutschsprachigen Ausgabe © 2017 by Blanvalet
in der Verlagsgruppe Random House GmbH,
Neumarkter Str. 28, 81673 München
Redaktion: Joern Rauser
Umschlaggestaltung und -motiv: © Johannes Wiebel | punchdesign,
unter Verwendung von Motiven von Shutterstock.com
HK · Herstellung: sam
Satz: Uhl + Massopust, Aalen
Druck und Bindung: GGP Media GmbH, Pößneck
Printed in Germany
ISBN 978-3-7341-0363-6

www.blanvalet.de

PROLOG

Guadalcanal, Salomon-Inseln, vor einer Woche

Aldo brach durch dichtes Gestrüpp und wühlte sich schwankend einen Weg durch eine nahezu unüberwindbare Mauer aus wild wucherndem Urwalddickicht. Er rannte um sein Leben. Sein Atem rasselte, während er Schlingpflanzen aus dem Weg räumte. Schweiß rann ihm in breiten Rinnsalen über das Gesicht, seine Augen suchten nach Hinweisen auf einen Pfad durch den Dschungel. Äste peitschten ihm entgegen und rissen blutende Wunden. Er ignorierte die Schmerzen, trieb sich zu größerer Eile an und lauschte auf Geräusche, die ihm anzeigten, dass die Verfolger zu ihm aufgerückt waren.

Am Rand eines gewundenen Flüsschens blieb er stehen und ließ den gehetzten Blick über die von dem reflektierten Mondlicht orangefarben schimmernde Oberfläche gleiten. Er überlegte, ob er den Bach überqueren und tiefer in den Regenwald eindringen oder seinem Lauf bis zum Meer folgen sollte.

Dann hörte er sie.

Hunde.

Sie waren nicht mehr weit entfernt.

Er musste in Bewegung bleiben. Wenn ihn seine Verfolger einholten, drohte ihm ein schlimmeres Schicksal als der Tod.

Aldos nackte Füße platschten ins Wasser, als er sich

entschloss, dem Bach zu folgen. Ein scharfkantiger Stein schnitt in seine Fußsohle. Blut quoll hervor. Er ignorierte den Schmerz, hielt sich dicht am gegenüberliegenden Ufer und lief abwechselnd über festes Land und durch den Bachlauf, um die Hunde von seiner Fährte abzulenken.

Diese Taktik entsprang dem reinen Instinkt. Aldo war gerade erst siebzehn geworden, aber wenn sie ihn fingen, würde er sterben wie ein Erwachsener.

Nur ein einziger Gedanke trieb ihn an: Entweder schüttelte er sie ab, oder sein Ende wäre besiegelt. Eine dritte Möglichkeit bestand nicht.

Gerade gab er sich einen Ruck, um seine Flucht fortzusetzen, da vernahm er hinter sich das Knacken von Ästen. Nur einen Herzschlag weit entfernt. Er hetzte weiter und ließ jetzt jegliche Vorsicht fahren, angetrieben von dem Bedürfnis, so viel Vorsprung wie möglich vor seinen Häschern zu gewinnen, um sich eine winzige Überlebenschance zu erkaufen.

Auf Guadalcanal geboren und aufgewachsen, hatte Aldo diesen Teil der Insel bisher gar nicht betreten – das hatte niemand –, daher war ihm die Gegend vollkommen fremd, und er kannte keinerlei Schleichwege, die ihm einen Vorteil vor seinen Verfolgern hätten verschaffen können. Das Einzige, was ihm zur Verfügung stand, war seine von Panik gespeiste Energie und der Instinkt und Kampfeswillen einer in die Enge getriebenen Ratte.

Er hörte, wie sie näher kamen.

Wie war er nur in diesen Alptraum hineingeraten? Es erschien zwar vollkommen widersinnig, aber es war tatsächlich tiefe Nacht, und sein Leben hing an einem seidenen Faden. Ein Bambusdickicht wuchs ihm auf der rechten Seite aus der Dunkelheit entgegen, und er dachte einen

Moment lang daran, sich darin zu verstecken, zumal ihn jeder rasselnde Atemzug daran erinnerte, wie erschöpft er war.

Aldo hatte heftige Seitenstiche, die sich anfühlten, als wühle eine Lanze unterhalb des Brustkorbs in seinen Eingeweiden, aber er verdrängte den lähmenden Schmerz. Er musste in Bewegung bleiben.

Doch wohin? Falls er seinen Verfolgern entkäme, wohin sollte er sich wenden? Wo wäre er in Sicherheit vor ihnen? Die Insel war klein – zwar war es die größte der Salomon-Inseln, aber auch nur ein winziger Fleck im Pazifik. Er könnte nach Hause zurückkehren und hoffen, dass alles nicht mehr als ein schlimmer Traum war. Aber sie würden ihn einholen, ehe er jemanden informieren könnte, und dann würde er einfach verschwinden.

Genauso wie die anderen.

Donner grollte über seinem Kopf. Vom Himmel ergoss sich eine Flut warmen Regens, und Aldo musste unwillkürlich lächeln, als sein Blick über die Büsche und Sträucher schweifte. Möglich, dass der Regen die Hunde von seiner Spur ablenkte.

Ein Blitz zuckte über das Firmament und tauchte seine Umgebung für Sekundenbruchteile in grelles Licht. Er entdeckte einen Wildpfad im Dickicht zu seiner Linken und traf eine spontane Entscheidung. Der Untergrund war nach dem Wolkenbruch so vollgesogen wie ein Schwamm und dazu glitschig, als er die Uferböschung hinaufkletterte und einer Route parallel zum Wasserlauf folgte. Nun, da sie auf sämtliche Bemühungen, sich nicht bemerkbar zu machen, verzichteten, konnte Aldo die Hunde, die ihm auf der Fährte waren, deutlich hören.

Jede Hoffnung, sie abgeschüttelt zu haben, zerstob, als

er hinter sich das hektische Trappeln von Hundepfoten auf dem Waldboden hörte, gefolgt von den stampfenden Schritten ihrer menschlichen Begleiter. Aldo trieb sich zu höherem Tempo an, rannte nun vollkommen blind durch den Dschungel und ließ sich durch die von Dornen und scharfkantigen Steinen zerfetzte Haut an seinen blutenden Füßen nicht aufhalten.

Und dann geriet er ins Stolpern und stürzte rücklings auf eine dicke Schicht nassen Laubes, auf der er, der Schwerkraft ausgeliefert, unaufhaltsam hinabrutschte – auf den Grund des Grabens zu, der neben dem Wildpfad verlief. Er wurde unsanft gestoppt, als er gegen einen Baumstumpf prallte und dort ein oder zwei Sekunden lang benommen liegen blieb. Als er seinen Kopf mit einer Hand abtastete, spürte er zwischen den Fingern die Nässe von Blut. Wie ein Ertrinkender nach Luft ringend, kämpfte er gegen den Schleier an, der sich auf sein Bewusstsein legte, und versuchte, sich zu orientieren.

Mühsam kämpfte Aldo sich auf die Füße. Stechende Schmerzen strahlten von den Rippen und dem linken Arm in seinen Körper aus, und er wusste sofort, dass Knochen gebrochen waren. Zum Glück aber keine, die er zum Rennen brauchte – doch die Schmerzattacke machte ihm klar, dass er dieses unwegsame Gelände kaum würde überwinden können, wenn nicht ein Wunder geschähe. Er schaute sich in der nahezu vollständigen Dunkelheit um, seine Sicht war nach dem Sturz noch immer ein wenig verschwommen, und er gewahrte eine einladende Lücke im dichten Buschwerk. Er gelangte zu der Öffnung und stieß auf einen weiteren Wildpfad.

Der Pulsschlag dröhnte in seinen Ohren, während er seine letzten Energiereserven aktivierte. Er wusste, dass er an die Grenzen seines Durchhaltevermögens stieß. Die angebrochenen Rippen jagten bei jedem Atemzug glühende Schmerzwogen durch seine Brust. Die Geräusche seiner Verfolger wurden leiser, während er seine Schritte beschleunigte, so gut er es noch vermochte. Aber zum ersten Mal, seitdem er die Gelegenheit zur Flucht ergriffen hatte, wagte er zu hoffen. Er könnte es schaffen.

Da geriet ein Fuß unter einen frei liegenden Wurzelstrang, blieb hängen, und Aldo verlor das Gleichgewicht. Er stieß einen erstickten Schrei aus, als er vorwärts aufs Gesicht stürzte und das Knacken hörte. Sein Knöchel hielt der Belastung nicht stand und brach. Wut und Schmerz wallten in ihm auf und trieben ihm die Tränen in die Augen, und dann versank für ihn die Welt ringsum. Er hatte das Bewusstsein verloren.

Als er wenige Minuten später wieder zu sich kam, sah Aldo eine zähnefletschende Hundeschnauze vor sich. Er schloss mit seinem Schicksal ab, noch ehe die verhasste Stimme seines Verfolgers wie durch Nebelschwaden gedämpft an seine Ohren drang – dies waren die letzten Worte, die er je hören würde, dessen war er sich sicher.

»Ist dir nicht klar, dass du auf einer Insel niemals entkommen kannst?«

Eine Stiefelspitze krachte gegen seine Schläfe, ehe sein Mund den Befehlen seines Gehirns gehorchen konnte, um zu protestieren oder zu fluchen oder um Gnade zu bitten. Eine Sternenwolke explodierte in seinem Kopf; die Pein war unerträglich. Er wollte sich schützen, sich verteidigen, aber seine Arme und Beine waren wie Blei.

Aldos letzter Gedanke war, dass er Opfer eines Irrtums, eines Missverständnisses geworden war, was sonst? Und dann traf der Stiefel erneut, diesmal brutaler, härter. Sein

Genick gab mit einem Knirschen nach, und das Letzte, was Aldo spürte, waren die warmen Regentropfen, die auf seinem Gesicht zerplatzten. Danach glitt er stumm in eine andere Welt hinüber.

1

Guadalcanal, Salomon-Inseln, 1170 n. Chr.

Das Morgenrot verlieh dem nahezu spiegelglatten Ozean einen unwirklichen Schimmer, während eine Gruppe von Inselbewohnern auf einem Dschungelpfad zur Küste wanderte. Ihr Ziel war die neue Stadt, die, wie man ihnen versichert hatte, auf dem Meer errichtet worden war.

Angeführt wurde die Gruppe von dem Oberpriester, der trotz der allgegenwärtigen Hitze mit einem farbenprächtigen Mantel bekleidet war. Seine Haut hatte die rötliche Farbe von Dörrfleisch, und ein glänzender Schweißfilm bedeckte sein Gesicht. Als einer der wenigen, die die Pilgerfahrt zu dem soeben erst fertig gestellten Palast an der westlichen Spitze von Guadalcanal bereits unternommen hatten, führte er seine Schutzbefohlenen dorthin. Er drehte sich um und ließ einen zufriedenen Blick über die Prozession schweifen – sie bestand aus den wichtigsten Männern des Königreichs, die er zu dieser Reise zusammengerufen hatte. Viele von ihnen stammten von den Inseln in der Umgebung und hatten sich erst vor kurzem anlässlich der Zeremonie und der anschließenden Festlichkeiten, die noch den ganzen Rest der Woche andauerten, eingefunden.

Vereinzelte Sonnenstrahlen drangen durch das dichte Laubdach der Urwaldbäume, während die Gruppe dem Wildpfad folgte, der nur undeutlich zu erkennen war und auf beiden Seiten von dichtem Unterholz gesäumt wurde. Obgleich von den Nachkommen melanesischer Seefahrer bewohnt, die bereits lange vor Christus den Archipel entdeckt und betreten hatten, waren die Inseln so gut wie unerschlossen geblieben. Die meisten auf Guadalcanal ansässigen Stämme lebten in Dörfern, die zumeist kaum einhundert Meter von den Stränden entfernt waren, und mieden die weiter landeinwärts gelegenen Gebiete, in denen es von wirklichen wie eingebildeten Raubtieren wimmelte. Legenden berichteten von riesigen, wilden Kreaturen, mehr als doppelt so groß wie jene Menschen, die in unterirdischen Höhlen und Tunneln hausten und ihre Gier nach menschlichem Blut stillten, indem sie die Unachtsamen und Sorglosen angriffen. Außerdem gab es keinen Grund, sich in unbekannte Gefilde im Innern der Insel vorzuwagen, solange man sich jederzeit ausgiebig von dem bedienen konnte, was der Ozean an Nahrung lieferte, und zwar im Übermaß.

Der Schamane blieb auf dem Gipfel einer Anhöhe stehen. Das Wunder in der Bucht war für alle zu sehen – Bauwerke, die aus dem Wasser ragten und von Wellen umspült wurden. Er deutete mit einer ausholenden Geste auf das unglaubliche Spektakel, das mit kunstvollen Reliefdarstellungen zahlreicher Gottheiten verziert war, und murmelte den Namen des Königs in einem Tonfall, der sonst nur für andächtige Gebete zu den Göttern reserviert war. Tatsächlich erschien der König auch wie ein vom Himmel herabgestiegenes Wesen und war den gewöhnlichen Menschen so weit entrückt, dass sich bereits zu Lebzeiten Sagen und Legenden um seinen Namen und sein Wirken rankten.

Dieses Bauwerk – König Locs bislang prächtigste Errungenschaft – stellte seine sämtlichen bisherigen Werke in den

Schatten. Locs Vision von einem System künstlich angelegter Inseln war in der halbmondförmigen Bucht verwirklicht worden. Nach dem Abschluss der Feierlichkeiten sollten die Gebäude als königliche Residenz Verwendung finden.

In Anerkennung von König Locs göttlicher Erhabenheit betrachteten die Priester der Insel die Anlage als heilig. Ihre Erbauer hatten zehn Jahre gebraucht, um sie zu errichten. Zu Tausenden hatten Arbeiter in einem eigens zu diesem Zweck im Landesinnern angelegten Steinbruch geschuftet und das benötigte Baumaterial zur Küste transportiert. Nichts dergleichen war jemals geschaffen worden, nie hatte eines Menschen Auge auch nur etwas Ähnliches erblickt, und der König hatte seinen Beratern versichert, dass mit seiner Vollendung ein neues Zeitalter anbräche.

Niemand bezweifelte seine Worte – schließlich war Loc ein Herrscher, der seine Insel von einer bescheidenen Handelsstation in ein bedeutendes Königreich umgewandelt hatte, eine Inselnation, einzigartig im gesamten Archipel und mit sagenhaften Schätzen gesegnet. Indem er erste Bergbauversuche zur Förderung von Gold und Edelsteinen anregte, hatte er der Insel zu großem Reichtum verholfen. Was zuvor nicht mehr als ein unbedeutender Haltepunkt auf einer kaum frequentierten Handelsroute gewesen war, hatte sich inzwischen zu einem pulsierenden Geschäftszentrum entwickelt, dessen Ruf sich bis zu den fernsten Gestaden verbreitete.

Im Laufe der Jahre hatten die Inselbewohner die Möglichkeiten zu nutzen gelernt, die ihr Herrscher geschaffen hatte. Händler von anderen Inseln und sogar aus Japan fanden sich ein, um Waren gegen die Schätze zu tauschen, die die Eingeborenen aus der Erde holten. Gold war besonders wertvoll, und mittlerweile betrieben in den Bergen ganze Stammesgemeinschaften die systematische Goldförderung. Auf diese Weise waren sie, ermutigt und beschützt von ihrem mildtätigen Herrscher, zu einem ansehnlichen Wohlstand gelangt.

Der Schamane und seine Begleiter drängten sich heran, füllten die Lichtung auf der Hügelkuppe und umringten den Oberpriester unter ehrfürchtigem und ungläubigem Gemurmel. Ein Häuptling mit stämmiger Statur, der von der großen Insel im Süden herübergekommen war, trat neben den Schamanen und deutete auf eine erhöhte Rampe auf der kleinen Insel, die dem Ufer am nächsten lag. Dort traten gerade eben einige Gestalten aus einem mit kunstvollen Verzierungen geschmückten steinernen Tempel.

»Ist das Loc?«, fragte er und betrachtete mit zusammengekniffenen Augen den größten der Männer, dessen mit Edelsteinen und goldenem Schmuck besetzter Mantel im hellen Schein der Sonne funkelte.

Der heilige Mann nickte. »Ja, das ist er.«

»Der Tempel ist eine Pracht«, sagte der Häuptling. »Er symbolisiert auf angemessene Weise den Beginn der tausendjährigen Blütezeit, die uns in der Prophezeiung angekündigt wurde.«

Die Eingeborenen lebten in dem Glauben, dass Locs Regentschaft den Anfang einer goldenen Epoche für die Inseln markierte, eine Zeit, in der das Königreich zum Machtzentrum der Region aufstieg, von allen verehrt wurde und die der Weissagung zufolge zwanzig Generationen andauern würde. Die mündlichen Überlieferungen berichteten außerdem von einem mächtigen Zauber, der mit dem Erscheinen des »Auserwählten« einherging, einer Inkarnation himmlischer Macht. Dieses Wesen sollte Loc sein. Der riesige Goldschatz, den er hatte zusammentragen lassen, stärkte seine Stellung, als bestätige die Erde seine Vorherrschaft, indem sie dem neuen Meister gestattete, sich ihrer Reichtümer zu bedienen.

Der Häuptling nickte. Wer konnte bestreiten, dass dies kein gewöhnlicher Mensch war, wenn man seinen Weg seit dem Besteigen des Throns verfolgte. Sämtliche Zweifel, die der Häuptling gehegt haben könnte, verflogen angesichts des Anblicks, der sich seinen Augen bot. Wenn er auf seine Insel zurückkehrte, würde er den Angehörigen seines Stammes wunderbare Neuigkeiten berichten können.

Ein Vogelschwarm stieg unter heftigem Flügelschlagen in den Himmel hinauf. Schrilles Geschrei zerschnitt die morgendliche Stille und erfüllte den Regenwald. Der Schamane wandte sich mit verwirrter Miene zu der Versammlung um, und dann begann der Grund unter ihren Füßen zu zittern. Das Zittern wurde von einem dumpfen Grollen begleitet. Ihm stockte der Atem, als das Zittern weiter zunahm, und dann begann die Erde zu schaukeln wie das Deck eines Schiffes, das so sehr im Sturm hin und her geworfen wurde, dass er sich an einem Baumast festhalten musste, um nicht zu stürzen.

Ein Mann stieß einen Schrei aus, als das Erdreich unter ihm aufbrach und er in einem Spalt verschwand, aus dem eine Dampfwolke aufstieg. Seine Gefährten stoben auseinander, weitere Risse klafften in der Erdkruste. Die Welt schwankte, und der Schamane sank auf die Knie, während das Stoßgebot auf seinen Lippen einfror, als er dorthin blickte, wo eben noch die neue Stadt gestanden hatte.

Die kleine Insel und der Tempel, den Loc gerade verlassen hatte, waren verschwunden. Das Wasser hatte sich vom Ufer zurückgezogen, als wolle es jeden Hinweis auf die kümmerlichen Versuche des vermessenen Königs, die

Natur zu beherrschen, aufs Meer hinausspülen. Was zehn Jahre in Anspruch genommen hatte, um errichtet zu werden, wurde in einem kurzen Moment ausgelöscht, als das Erdbeben seine größte Kraft entwickelte, und der gesamte Uferstreifen stürzte ins Nichts, indem der Grund der Bucht absackte.

Das nackte Grauen flackerte in den Augen des heiligen Mannes, während der Ozean heranrauschte, um den tiefen Schlund, der einst eine seichte Bucht gewesen war, zu füllen. Und dann war der Alptraum genauso schnell vorüber, wie er begonnen hatte. Die Insel kam zur Ruhe. Das Zischen der Dampfschwaden, die aus den frischen Spalten in der Erdkruste aufstiegen, war nun neben dem Stöhnen und Jammern der verwundeten und entsetzten Stammesvertreter das einzige Geräusch. Die Überlebenden kauerten auf den Knien und schauten Hilfe und Rat suchend zu dem heiligen Mann auf. Sein ungläubiger Blick schweifte über den Ozean, dann gab sich der Priester einen Ruck und zwang sich aufzustehen.

»Rennt. Sucht höher gelegenes Gelände auf. Beeilt euch«, rief er und eilte den Wildpfad so schnell hinauf, wie seine wackligen Beine ihn trugen. Er hatte von den Alten Geschichten von mächtigen Wänden aus Wasser gehört, als die Götter der Erde und der See um die Vorherrschaft gestritten hatten, und in irgendeinem Bereich seines Gehirns schlummerte die Erkenntnis, dass wenn der Ozean zurückkehrte – hineingesogen in dieses neue Becken –, er dies mit Macht tun würde.

Die Männer, verwirrt und zu keinem vernünftigen Gedanken fähig, ergriffen die Flucht und rannten planlos bergauf. Aber nur wenige schafften es. Als der Tsunami die Insel erreichte, war die Welle dreißig Meter hoch. Sie ergoss sich, als sie mit ohrenbetäubendem Krachen auf das Hindernis auf ihrem Weg traf, fast einen Kilometer weit aufs Festland und fegte alles wie mit einer lässigen Handbewegung des Meeresgottes hinweg.

In dieser Nacht drängten sich der Schamane und eine Handvoll Überlebender um ein Lagerfeuer, weit genug vom Meeresufer entfernt, nun da sie den Ozean nicht länger als ihren Wohltäter betrachten konnten.

»Dies ist das Ende der Zeit«, sagte der heilige Mann im Brustton der Überzeugung eines wahren Gläubigen. »Unser Herrscher hat die alten Götter erzürnt. Es gibt keine andere Erklärung für das, was wir erlebt haben. Wir wurden für unsere Überheblichkeit bestraft, und wir können nichts anderes tun, als um Vergebung zu bitten und weiterhin ein Leben in Bescheidenheit und Demut zu führen.«

Die Männer nickten zustimmend. Der König hatte sich mit den erhabenen Göttern auf eine Stufe gestellt und war für seinen unerträglichen Hochmut bestraft worden. Seine Tempel und sein Palast waren verschwunden, und er mit ihnen, so vollständig ausgelöscht, als habe er nie existiert.

Während der folgenden Tage versammelten sich die Überlebenden und wagten nur mit leisen Stimmen über den Tag zu sprechen, an dem die Götter sie mit unbarmherziger Strenge bestraft hatten. Der Oberpriester rief die Stammesführer zusammen, und nach drei Tagen verließen sie den heiligen Wald, um den Inselbewohnern das Ergebnis ihrer Beratung mitzuteilen. Der Name des Königs dürfe nicht mehr öffentlich ausgesprochen werden. Jeder Hinweis auf seine Regentschaft habe zu unterbleiben. Die Tempel, die er errichtet hatte, um seine Macht zu demonstrieren, sollten dem kollektiven Vergessen anheimfallen.

Man könne nur hoffen, dass seine Verbannung aus der Geschichte der Insel die Götter besänftigte und sie den Inselbewohnern ihr frevelhaftes Verhalten verziehen.

Der Küstenabschnitt, auf dem die Stadt errichtet worden war, wurde fortan von den Überlebenden der Katastrophe als verfluchtes Terrain gemieden. Im Laufe der Zeit legte sich der Schleier des Vergessens über das Geschehen, das die Epoche des Wohlstands der Insel beendete, und die Ereignisse, die dazu geführt hatten. Schließlich diente der Wald, der die Anhöhe am Rand der friedlichen Bucht bedeckte, nur noch den Kranken und Sterbenden als letzte Zuflucht. Er wurde zu einem Ort des Leidens und der Not, ein Ruf, der jedoch über die Jahre an Bedeutung verlor und am Ende aus dem Gedächtnis der Menschen verschwand.

Gelegentlich war der Name des Königs noch als gemurmelter Fluch zu hören, ansonsten aber versank die Erinnerung an die von ihm verheißenen tausend goldenen Jahre im Strom der Zeit, und schon nach wenigen Generationen tauchte Loc nur noch in verbotenen Geschichten auf, die die Aufmüpfigen einander im Flüsterton heimlich erzählten. Die Sage von seinem göttlichen Palast und den Reichtümern wurde von Generation zu Generation immer seltener erwähnt, bis sie zu einem Teil der Inselfolklore wurde. Die Jungen, die sich nicht für die unheimlichen Geschichten aus grauer Vorzeit interessierten, ignorierten sie.

2

Salomonensee, 8. Februar 1943

Peitschende Sturmböen verwandelten die schweren Seen in weiße Gischtwalzen, während der japanische Zerstörer *Konami* südöstlich der Insel Bougainville seinem Kurs folgte. Im frühen Morgengrauen kämpfte sich das Schiff stampfend und ohne Beleuchtung durch die mächtigen Wellenberge. Die Maschinen wurden bis an ihre Leistungsgrenzen beansprucht, wenn zehn bis fünfzehn Meter hohe Brecher gegen den Schiffsbug krachten.

Die Bedingungen an Bord waren erbärmlich. Das Schiff rollte bedrohlich, während es einem Kurs weit entfernt von den ruhigen Wasserstraßen im Westen folgte, wo die Kriegsflotte, die die letzten auf Guadalcanal stationierten Soldaten evakuierte, durch die sanfte Dünung eines idyllisch ruhigen Ozeans dampfte.

Der Zerstörer der Yūgumo-Klasse mit seiner langen Wasserlinie und den schlanken Decksaufbauten schaffte auf offener See fünfunddreißig Knoten. Aber in diesem Moment schlich er mit weniger als einem Drittel dieser Geschwindigkeit dahin, und die Antriebsaggregate pulsierten stetig im Bauch des Schiffes, während das Wetter sein Vorwärtskommen fast bis zum Stillstand abbremste.

Der Sturm hatte sie vollkommen unerwartet überfallen, und die erschöpften und ausgezehrten Soldaten, die im Begriff waren, nach Hause gebracht zu werden, hatten Mühe, ihre mageren Reisrationen bei sich zu behalten. Sogar den verwitterten Mienen der altgedienten Seeleute war anzusehen, wie heftig der Ansturm der Naturgewalten ihrer Widerstandskraft zusetzte. Einer der Matrosen ging an den Kojen entlang und verteilte Wasser an die Soldaten, um ihnen zu einem Minimum an Komfort zu verhelfen. Ihre Uniformen waren kaum mehr als zerfetzte Lumpen, und die Männer selbst befanden sich nahezu ausnahmslos im letzten Stadium des Verhungerns.

Auf der Kommandobrücke verfolgte Kapitän Hashimoto, wie der Rudergänger sich bemühte, stets mit dem Bug in die Wellen einzutauchen, um ihre Wucht so gut es ging zu dämpfen. Die Brecher rollten aus allen Richtungen und ohne einen erkennbaren Rhythmus gegen das Schiff an, das Mühe hatte, seinen Kurs beizubehalten. Er hatte für einen kurzen Moment in Erwägung gezogen, in ruhigere Gewässer auszuweichen, hatte sich dann jedoch entschieden, die Fahrt in Richtung Norden nach Japan fortzusetzen. Sein Fahrplan erlaubte keinerlei Umwege, ganz gleich aus welchem Grund.

Der Zerstörer befand sich auf einer im Schutz der Dunkelheit auszuführenden streng geheimen Mission und machte sich dabei die allgemeine Verwirrung zunutze, die durch die von den Japanern in Angriff genommene endgültige Evakuierung der Insel hervorgerufen wurde. Der Offizier, den sie an Bord genommen hatten, galt als zu wichtig für den weiteren Kriegsverlauf, um ihn den Gefahren der Rückzugs-Operation auszusetzen. Daher waren er und sein engster Stab heimlich an Bord der *Konami* gebracht worden, die daraufhin einen nördlichen Kurs eingeschlagen hatte, während der Rest der Flotte sich weiter westlich hielt und der üblichen Route von Guadalcanal nach Bougainville folgte.

Hashimoto hatte keine Ahnung, was an dem Armeeoffizier so besonders war, dass ein Zerstörer für seinen Transport bereitgestellt wurde. Im Grunde war es ihm auch gleichgültig. Er war es gewohnt, Befehle zu befolgen, die dem gesunden Menschenverstand häufig widersprachen. Seine Funktion als Kommandant eines japanischen Zerstörers bestand nicht darin, die Entscheidungen des Oberkommandos in Zweifel zu ziehen – wenn die Heeresleitung in Tokio verlangte, dass er mit seiner Mannschaft eine Fahrt in die Hölle und zurück unternahm, dann würde er höchstens fragen, wann er dazu in See stechen solle.

Ein Monstrum von einer Welle türmte sich wie aus dem Nichts kommend an Backbord auf und überrollte das Schiff mit einer derartigen Wucht, dass es bis in seine Schweißnähte erzitterte und Hashimoto für einen kurzen Moment das Gleichgewicht verlor. Er hielt sich an der Steuerkonsole fest, und der Rudergänger sah ihn besorgt an. Hashimotos finstere Miene entsprach der Heftigkeit des Unwetters, während er sich fragte, ob er den verhassten Befehl geben sollte oder nicht. Er seufzte und knurrte wütend, als eine weitere Wasserwalze heranrollte.

»Fahrt bis auf zehn Knoten drosseln«, brummte er, während sich die Falten seines Gesichts tiefer eingruben.

»Aye, aye, Sir«, erwiderte der Rudergänger.

Beide Männer beobachteten, wie die nächste Wasserwand aus der Nacht heranstürmte, auf den Bug traf und ihn für einen Moment vollständig überspülte, ehe sie über die gesamte Länge des Schiffs hinweglief. Das Schiff neigte sich gefährlich weit nach steuerbord, richtete sich jedoch wieder auf, während es der tobenden See weiterhin Paroli bot.

Kapitän Hashimoto war raues Wetter keineswegs fremd, hatte er doch sein Schiff durch einige der heftigsten Stürme gelenkt, die die Ozeane ihm seit seinem Stapellauf und seiner Taufe gut ein Jahr zuvor entgegengeworfen hatten. Er hatte zwei Taifune erlebt, sich mit allen denkbaren Widrigkeiten herumgeschlagen und war dennoch am Leben geblieben. Aber der Sturm in dieser Nacht sprengte die Grenzen der Manövrierfähigkeit seines Schiffes, und das wusste er.

Wenn der Morgen anbräche, drohte ihm eine noch größere Gefahr – die Möglichkeit, von einem Trägerflugzeug der Alliierten, mit einem Torpedo bewaffnet, entdeckt und angegriffen zu werden. Die Nacht war sein Schutzmantel und seine Freundin, mit dem Tageslicht dagegen wurde er verwundbar, und ihm drohte außerdem das Ende seiner bisherigen Glückssträhne, die ihm zu seiner kurzen, aber erfolgreichen Karriere verholfen hatte.

Hashimoto war sich darüber im Klaren, dass irgendwann sein letztes Stündlein schlagen würde, aber nicht in dieser Nacht – und nicht wegen eines kleinen Windes und ein paar hoher Wellen. Hatten sie möglicherweise den Krieg verloren, nun da ihre Besetzung Guadalcanals beendet war? Wenn ja, dann würde er seine Pflicht bis zum Ende tun und einen tapferen Tod sterben, der seinem Rang und dem Namen seiner Familie gerecht wurde. Das war selbstverständlich. Und er würde den letzten Weg wie so viele seiner Mitstreiter in der besten Samurai-Tradition gehen.

Der Armeeoffizier, den sie von der Insel gerettet hatten, kam die Treppe zur Kommandobrücke herauf und trat ein. Sein Gesicht war bleich und ausgezehrt, aber seine Haltung wirkte so kerzengerade wie ein Ladestock. Er begrüßte Hashimoto mit einem knappen Kopfnicken und blickte durch die Windschutzscheibe auf die tobende See hinaus.

»Sind wir langsamer geworden?«, fragte er, seine Sandpapierstimme war nicht mehr als ein leises Rascheln.

»Ja. Es ist besser, sich bei diesem Wetter behutsam vorwärtszutasten, anstatt mit voller Kraft auf dem Meeresgrund zu landen.«

Der Mann knurrte, als sei er anderer Meinung, und studierte die leuchtenden Instrumente. »Ist auf dem Radar irgendwas zu sehen?«

Hashimoto schüttelte den Kopf und wappnete sich für einen weiteren heftigen Stoß, als die nächste mächtige Welle aus der Dunkelheit heranrollte und mit enormer Wucht gegen den Bug brandete. Er warf einen verstohlenen Blick auf das Gesicht des Armeeoffiziers, sah dort jedoch nichts außer Entschlossenheit und Erschöpfung – und noch etwas anderes, das tief in seinen Augen lauerte. Etwas Düsteres, das Hashimoto in einem Anflug von Furcht erschauern ließ, eine Reaktion, die für den kampferprobten Veteranen vollkommen ungewohnt erschien. Die Augen des Mannes sahen wie die der klassischen Darstellung eines *oni* aus, eines Dämons, wie er in den Geschichten seiner Kindheit vorkam. Der Gedanke ging ihm unvermittelt durch den Kopf, und er verdrängte ihn sofort. Er war kein siebenjähriges Kind mehr und war auch genug realen Teufeln begegnet, seit der Krieg im Gange war. Er hatte keinen Bedarf an mythischen Phantasiewesen.

Gerade wandte er sich um und wollte den Offizier fragen, ob er einen Wunsch habe, als ein Ruck durch das Schiff ging, als ob es auf Grund gelaufen sei, und dann wurden auf der Kommandobrücke entsetzte Rufe laut, während Alarmsirenen erklangen.

»Was ist los?«, wollte der Offizier wissen.

»Keine Ahnung.« Der Kapitän wollte seine schlimmsten Befürchtungen nicht laut aussprechen.

»Sind wir mit irgendetwas kollidiert?«

Hashimoto zögerte. »Hier gibt es nichts, womit man kollidieren kann. Unter uns befinden sich dreitausend Meter Wasser.« Er hielt inne, als ein jüngerer Offizier mit bleicher Miene hereinkam und mit ernster und gefasster Stimme Bericht erstattete. Hashimoto nickte und gab ihm eine knappe Anweisung, danach drehte er sich wieder zu dem Angehörigen der Armee um. »Ich fürchte, wir haben uns auf eine unangenehme Entwicklung vorzubereiten. Ich muss Sie bitten, die Kommandobrücke zu verlassen und den Anweisungen für den Notfall Folge zu leisten.«

»Wie bitte?«

Hashimoto seufzte. »Es sieht so aus, als ob ein reparierter Bereich des Schiffsrumpfs aufgerissen ist. Wir tun zwar, was wir können, aber es ist nicht sicher, ob die Pumpen mit dem Wassereinbruch Schritt halten können. Wenn nicht, müssen wir das Schiff aufgeben.«

Das Gesicht des Offiziers wurde fahlweiß. »Bei diesem Unwetter?« Er blickte durch die Windschutzscheibe in den Sturm.

»Das werden wir schon bald wissen. Hoffentlich können wir den Schaden unter Kontrolle halten.« Er wandte sich ab. »Und jetzt lassen Sie mich bitte meinen Dienst tun.«

Der Armeeoffizier nickte mit grimmiger Miene. Dann machte er kehrt, ging zur Treppe und konnte sich kaum auf den Füßen halten, als ein weiterer Brecher gegen die Backbordseite des Bugs krachte und das Schiff abermals auf die Seite drückte.

Hashimoto reagierte vollkommen automatisch und wies

seine Mannschaft an, sämtliche zur Verfügung stehenden Maßnahmen zur Abdichtung des Lecks zu ergreifen, während der Rudergänger sich bemühte, das Schiff aufzurichten und gegen die auflaufenden Brecher in Position zu bringen. Aber am Ende erwies sich der sturmgepeitschte Ozean doch als stärker. Während die Wassermassen ihre ständigen Attacken fortsetzten, die letzte Lichtquelle auf der Kommandobrücke flackernd erlosch und der stählerne Rumpf des Schiffes wie ein Anker in die Tiefe gezogen wurde, wanderten seine Gedanken zu seiner Frau, Yuki, und seinem einjährigen Sohn – dem Sohn, mit dem er während seines letzten Landurlaubs nur wenige Stunden hatte verbringen können und den er nie zum Mann heranwachsen sehen würde.

Aber nicht einmal diese Vision konnte die Scham, bei seiner Mission versagt zu haben, verdrängen. Er schwor sich, dass er mit Würde sterben und mit seinem Schiff untergehen würde, anstatt wie ein Feigling um sein Leben zu kämpfen.

Drei Stunden später beruhigte sich die See, nachdem das Unwetter weiter nach Norden gewandert war. Der Ozean hatte das einhundertdreißig Meter lange Schiff verschlungen. Da keinerlei Aufzeichnungen über seine Fahrt existierten und sich weder ein Begleitschiff noch andere Schiffe in Funkweite befanden, blieb sein Untergang unbemerkt. Es verschwand aus den amtlichen Verzeichnissen und nahm sein Geheimnis mit hinab auf den Meeresgrund.

Nur vier Überlebende wurden schließlich von einem Schiff der Alliierten gerettet; der Sturm und die Haifische besiegelten das Schicksal der restlichen Mannschaft. Das Oberkommando der Alliierten zeigte keinerlei Interesse daran, in Erfahrung zu bringen, was ein japanisches

Schiff so weit entfernt von den üblichen Schifffahrtslinien zu suchen hatte, und die Männer, die aus dem Meer gefischt wurden, hatten zur Aufklärung des Unglücks nichts weiter beizutragen als beharrliches Schweigen. Für sie war der Krieg beendet, ihre Schande bedeutete ein Schicksal, schlimmer als der Tod.

3

Guadalcanal, Salomon-Inseln, Gegenwart

Drei leichte Glasfaserboote zerrten an den Bugleinen, mit denen sie an Palmen festgebunden waren, während sie auf dem kobaltblauen Wasser schaukelten, das die Strahlen der Nachmittagssonne funkelnd reflektierte. Sam und Remi saßen im Schatten einer der Palmen, deren sichelförmige Blätter von der leichten Brise sanft bewegt wurden. Remi schirmte die Augen mit einer manikürten Hand vor dem grellen Licht ab und beobachtete die Taucher, deren Köpfe in der Nähe eines vierten Bootes, dreißig Meter vom Ufer entfernt, nacheinander durch die Wasseroberfläche brachen.

Sam streckte sich, fuhr sich mit den Fingern durch sein mittelbraunes Haar und blickte zu seiner Frau und Partnerin hinüber. Ebenmäßige Gesichtszüge, frei von jeglichem Make-up, wurden von kastanienbraunem Haar umrahmt, und ihre seidenglatte Haut schimmerte golden im warmen Licht der Sonne. Seine Blicke streichelten ihre sportliche Figur, und er streckte eine Hand nach ihr aus. Sie ergriff sie lächelnd und seufzte. Auch nach zahllosen Abenteuern, die sie auf der Suche nach archäologischen Schätzen in jeden Winkel der Welt geführt hatten, waren sie noch immer unzertrennlich, ein Zeugnis für die Kraft und Dauerhaftigkeit des Bandes, das sie zusammenhielt.

»Weißt du, Sam, ich könnte mich glatt daran gewöhnen,

mein weiteres Leben an diesem Strand zu verbringen«, sagte sie und schloss genussvoll die Augen.

»Ich gebe zu, dieser Strand ist traumhaft«, pflichtete er ihr bei.

»Das Einzige, was fehlt, ist eine Filiale von Bloomingdale's …«

»Oder ein gut bestückter Tauchladen.«

»Jedem das Seine.« Remi zog ihren Fuß aus einem Valentino-Flipflop und ließ die Sandale an der großen Zehe baumeln.

Als sie zugesagt hatten, nach Guadalcanal zu fliegen, hatten sie keine Vorstellung davon gehabt, was sie erwarten würde, und so landeten sie zu ihrer großen Erleichterung in einem tropischen Paradies mit angenehmen Wassertemperaturen und einem strahlend blauen Himmel.

Ein großer, schlaksiger Mann Mitte fünfzig kam vom Wasser durch den Sand auf sie zu, sein Gesicht von Sonnenbrand gerötet und auf der markanten Adlernase eine Nickelbrille, der man ihr Alter deutlich ansah. Seine abgewetzten Wanderschuhe schleuderten bei jedem Schritt eine Wolke puderzuckerfeinen weißen Sandes hoch. Eine Gruppe von Inselbewohnern lungerte in der Nähe herum, beobachtete die Taucher und würdigte ihre Bemühungen mit offenbar spöttischen Kommentaren, wie ihr lautes Gelächter vermuten ließ. Der Schatten des Mannes glitt grotesk verzerrt über den Sand, während er sich näherte. Sam schaute zu ihrem Besucher hoch, und ein Grinsen ließ sein auf robuste Art attraktives Gesicht aufleuchten.

»Nun, Leonid, was hältst du von alldem?«, fragte Sam.

»Es sieht definitiv völlig anders aus als alles andere auf der Insel«, sagte Leonid mit seinem leichten russischen Akzent. »Es sieht wie von Menschenhand geschaffen aus.

Aber wie ich schon am Telefon meinte, das ist unmöglich. Es befindet sich in fast dreißig Metern Tiefe.«

»Vielleicht hast du Atlantis gefunden«, äußerte Remi fröhlich eine Vermutung und neckte Sams alten Freund. »Obgleich du dann um etwa fünftausend Meilen daneben liegen würdest, sofern man sich auf die alten Beschreibungen verlassen kann.«

Leonid verzog das Gesicht. Seine Miene drückte nichts anderes als sein übliches Missfallen über alles und jeden aus. Als Akademiker aus Moskau auf einem dreijährigen Studienurlaub war Leonid Vasjew ein unglücklicher Mann, auch wenn er den russischen Winter hatte hinter sich lassen dürfen, um die Welt auf der Suche nach untergegangenen Zivilisationen – das war seine Passion – zu bereisen, was ihm durch ein Stipendium der Fargo Foundation ermöglicht wurde.

Als sein Bericht über einen Fund bei den Salomon-Inseln Sam und Remi erreichte, hatten sie keinen Moment damit gezögert, eine Reise um die halbe Welt anzutreten, um ihm bei seiner Suche zu helfen. Sie waren erst an diesem Morgen gelandet, jedoch schon zu spät, um sich noch eine angemessene Tauchausrüstung für den nächsten Tag zu beschaffen. Dafür hatten sie sich mit der Lektüre der Hintergrundinformationen begnügt, die er für sie zusammengestellt hatte, während sie sich am Strand in der Sonne aalten und die Ruhe genossen.

Zwei Wochen zuvor hatte eine ratlose Schullehrerin auf Guadalcanal ihre ehemalige Professorin in Australien angerufen und ihr eine seltsame Geschichte erzählt. Ihrem Ehemann und ihrem Sohn seien ungewöhnliche Messungen ihres neuen Fischfinders aufgefallen, und darum hätten sie sie um Hilfe gebeten. Die Australierin war jedoch zu intensiv in den Vorlesungsbetrieb eingespannt, um mehr tun zu können, als sie an Leonid zu verweisen, einen Kollegen, von dem sie wusste, dass er ungebunden und finanziell abgesichert war.

Nach einigen Ferngesprächen von Kontinent zu Kontinent war der Russe, der sich anfangs wenig kooperationsbereit gezeigt hatte, schließlich eingeflogen, um persönlich in Augenschein zu nehmen, was die Lehrerin beschrieben hatte. Nach den letzten Tagen erschienen ihm die Formationen, von denen die Taucher erzählten, immer rätselhafter. Die Fischer hatten angenommen, dass die Unregelmäßigkeiten auf die Existenz eines Schiffswracks hinwiesen, aber sie irrten sich. Ihr Fischfinder, einer der ersten auf der Insel, hatte etwas Unerklärliches aufgespürt – allem Anschein nach künstliche Strukturen, die vom Meeresgrund aufragten.

An diesem Punkt entschied Leonid, fremde Unterstützung hinzuzuziehen. Er war Gelehrter, Akademiker, aber kein Tiefseetaucher, und er wusste, dass er Hilfe brauchte. Da er außerdem wusste, dass die Fargos seine Förderer und Freunde waren, beschloss er, den Stier bei den Hörnern zu packen, und nach einem einzigen Ferngespräch per Satellitentelefon versprachen sie, sich auf den Weg nach Guadalcanal zu machen.

»Deinen Unterwasserkameras würde eine Generalüberholung und Feinjustierung guttun«, sagte Sam, während er ein verschwommenes Foto betrachtete, das am Vortag aufgenommen worden war. »Und konntest du eigentlich kein anständiges Fotopapier besorgen? Das sieht ja aus wie Weinflecken auf einer Zeitung.«

»Du kannst froh sein, dass ich überhaupt einen Laden mit einem Fotodrucker gefunden habe. Falls es dir noch nicht aufgefallen sein sollte – Guadalcanal ist nicht La Jolla«, erwiderte Leonid trocken. Er deutete auf das Bild, das Sam studierte. »Na los. Was denkst du?«

»Es kann immer noch alles Mögliche sein. Wir müssen abwarten, bis ich eine Ausrüstung habe und selbst tauchen kann. Dies dort könnte trotz einiger Details ebenso gut ein Rorschach-Test sein.«

»Erkennst du nicht das wütende Gesicht deiner Mutter?«, fragte Remi unschuldig.

Leonid betrachtete sie, als seien sie Ungeziefer in einem Laborglas. »Wie ich sehe und höre, hat der berüchtigte Fargo'sche Humor in der Hitze nicht gelitten. Das erleichtert mich sehr.«

»Bleib ganz locker, Leonid. Wir sind hier im Paradies, und was wir hier haben, ist wahrscheinlich genau die Art von Geheimnis, die wir lieben. Wir werden der Sache auf den Grund gehen«, sagte Sam. »Auch wenn Mami auf diesem letzten Foto gar nicht so verärgert aussah.« Er blickte zu den Tauchern hinüber. »Bist du sicher, dass ich mir nicht von einem der Einheimischen eine Tauchausrüstung ausleihen kann?«

Leonid schüttelte den Kopf. »Ich hab schon gefragt. Sie sind mit ihrem Gerät ziemlich eigen. Tut mir leid. Sobald wir wieder in der Stadt sind, lassen wir etwas reservieren.« Aufgrund der begrenzten Anzahl von Ausrüstungen war der größte Teil der auf der Insel verfügbaren Tauchgeräte bereits an die örtlichen Tauchschulen vermietet worden.

»Das wird schon klappen«, sagte Sam.

»Ich werde mich mal erkundigen, was die Taucher diesmal gefunden haben«, sagte Leonid und wischte sich mit dem Handrücken den Schweiß von der Stirn.

Sie blickten ihm nach, wie er den Strand hinuntertrottete, unbeholfen wie ein Storch in seiner langen Khakihose und seinem langärmeligen Tropenhemd. Remi beugte sich zu Sam hinüber. »Was hältst du von der Sache?«

Sam schüttelte den Kopf. »Ich habe keinen Schimmer. Also warte ich mit einem Urteil, bis wir mehr wissen. Aber es ist auf jeden Fall interessant und spannend.«

»Was mich verblüfft, ist, wie so etwas in solcher Strandnähe unentdeckt bleiben konnte.«

Sam ließ den Blick über die einsame Bucht schweifen. »Nun ja, allzu viel scheint hier nicht los zu sein.«

Remi nickte. »Ich denke, darin waren wir uns schon länger einig.« Sie schüttelte ihr kastanienbraunes Haar auf, und Sam stellte fest, dass ihr Gesicht bereits leicht gebräunt war. Er betrachtete ihre schlanke Gestalt und rutschte näher zu ihr hin.

Sie verfolgte, wie Leonid den herumlungernden Inselbewohnern etwas zurief und diese sich widerstrebend erhoben und eines der Boote an den Strand zogen, damit er einsteigen konnte. Ein kleiner drahtiger Mann in einer Jeans mit abgeschnittenen Hosenbeinen und einem braunen T-Shirt watete zum Heck und schwang sich über den Rand ins Boot. Nach dreimaliger kräftiger Betätigung des Starterseils sprang der altersschwache Außenbordmotor an, und sie entfernten sich in Rückwärtsfahrt vom Strand, während sie direkten Kurs auf das Tauchboot nahmen.

Remi schaute den Strand hinunter – dorthin, wo mehrere Inselbewohner im Schatten eines Baums dösten. Und sie seufzte.

»Du musst zugeben, dieser Ort ist idyllisch. Ich finde, blauer Himmel, warmes Wasser, ein sanfter Passat … was will man mehr?«

Sam grinste. »Kaltes Bier?«

»Und wieder einmal tritt das einspurige Fargo-Gehirn zutage.«

»Nicht ganz einspurig«, widersprach Sam.

Remi lachte. »Die Spuren zwei und drei werden wir heute Abend ausprobieren.«

Leonids Boot kehrte einige Minuten später zurück, und als er ausstieg, hatten sich die Sorgenfalten noch tiefer in sein Gesicht gegraben. Er sandte den untätigen Insulanern einen zornigen Blick und kam zu den Fargos herüber. »Sie haben bestätigt, dass dort unten einige mit Muscheln und Wasserpflanzen bedeckte Erhebungen zu sehen sind. Ihrer Meinung nach sind es regelmäßige Strukturen.«

Remi kniff die Augen zusammen. »Strukturen? Welche Art von Strukturen?«

»Sie sind sich nicht sicher, aber anscheinend handelt es sich um die Ruinen von Bauwerken.«

Sams Blick wanderte zu den Sturmwolken, die als dunkle Linie am Horizont aufzogen. »Das wird ja immer seltsamer.«

»Diese Überreste müssen uralt sein«, sagte Leonid und fixierte kopfschüttelnd das Tauchboot. »Diese verdammten Einheimischen und ihr Aberglaube ...«

Remi runzelte die Stirn. »Warum sagst du das?«

»Ach, der Chef des hiesigen Tauchteams macht Stress. Er meint, dass er nach diesem Fund an dieser Stelle nicht mehr tauchen will. Er erinnere sich daran, dass sein Urgroßvater erzählt habe, diese Bucht habe ein schlechtes *juju* oder irgend so einen Blödsinn.« Leonid gab einen wütenden Knurrlaut von sich und wischte sich mit einem schmuddeligen Halstuch über die Stirn. »Er will mir nur mehr Geld aus der Tasche ziehen, dieser Gauner. Von wegen alte Götter.«

»Was hast du ihm geantwortet?«

»Dass er, wenn er überhaupt Geld sehen will, die heutigen Tauchgänge gefälligst absolvieren soll, und dass ich, je nachdem, was er findet, dann erst entscheide, ob ich ihn weiter engagiere. Ich ließe mich nicht erpressen. Ich würde ihm bereits ein Spitzenhonorar zahlen. Das hat ihn zum Schweigen gebracht.«

Sam sah den Russen prüfend an. »Leonid, es wärmt mir zwar das Herz, erleben zu dürfen, wie sparsam du mit unserem Geld umgehst, aber soweit ich dich richtig verstanden habe, sind diese Männer die einzigen in der Stadt, die für den Job in Frage kommen, oder? Wenn du sie nicht mehr für dich arbeiten lässt, wie sieht Plan B aus?«

»Ich lasse meine eigenen Leute einfliegen.«

»Mit ihrer gesamten Ausrüstung?«, fragte Sam skeptisch.

»Klar«, antwortete Leonid, aber seine Miene verriet weniger Zuversicht als seine Worte.

»Falls dort unten tatsächlich Ruinen stehen, sollten wir dann nicht lieber versuchen, ein vollwertiges Forschungsschiff aufzutreiben? Etwas, das unabhängig und eigenständig und für lange Einsätze geeignet ist?«, fragte Remi. »Wen kennen wir denn in diesem Teil der Welt?«

Sam überlegte einige Sekunden. »Mir fällt niemand ein … dir vielleicht, Leonid?«

Der Russe schüttelte den Kopf. »Ich erkundige mich.«

»Wir rufen Selma an. Sie wird jemanden finden.«

Remi nickte. »Zu schade, dass kein Mobilfunksender in Reichweite ist.«

Sam lächelte selbstzufrieden. »Kein Problem. Ich hab das Satellitentelefon eingepackt«, sagte er, kramte in seinem Rucksack und holte ein altmodisches, aber zuverlässiges Iridium Extreme hervor, schaltete es ein und schaute auf die Uhr. »Sie müsste eigentlich im Büro sein.«

Leonid, offensichtlich übernervös, trat von einem Fuß auf den anderen. Sam ging zum Wasser hinunter, während er dem dudelnden Rufzeichen lauschte, und Leonid kehrte zur nächsten Gruppe von Einheimischen zurück. Nach mehreren Sekunden hob Selma ab, und ihre selbstbewusste Stimme war zu hören.

»Selma! Raten Sie mal«, sagte Sam.

»Das Inkassobüro?«

»Sehr lustig. Wie stehen die Dinge in San Diego?«

»Genauso wie vor zwei Tagen, als Sie abgereist sind. Außer dass Zoltán inzwischen weitere einhundert Pfund Steakfleisch verputzt hat. Und Lazlo lungert hier herum und treibt mich an den Rand des Wahnsinns.«

»Das klingt, als hätten Sie alle Hände voll zu tun. Hören Sie, wir haben im Verlauf vorbereitender Tauchgänge einige interessante Funde gemacht und möchten hier ein Mutterschiff in Position bringen, also eines mit allem technischen Pipapo: Sonar, Tauchgerät, Magnetometer, den gesamten Katalog. Meinen Sie, Sie könnten etwas Brauchbares finden?«

»Natürlich. Das ist lediglich eine Frage von Zeit und Geld. Wann brauchen Sie es und für wie lange?«

»Was die Dauer betrifft, die ist nicht abzusehen. Und wann? Am liebsten gestern.«

»Also der übliche geruhsame Zeitplan.«

»Bei uns ist es eben niemals langweilig, Selma.«

»In der Tat. Ich kümmere mich sofort darum. Wahrscheinlich werde ich in Australien oder Neuseeland fündig.«

Sam nickte unwillkürlich. »Das klingt erfolgversprechend. Und könnten Sie zusammensuchen, was es an Informationen über alte Zivilisationen in dieser Region gibt?«

»Natürlich. Ich schicke Ihnen alles, was ich finde, per E-Mail.«

»Das wäre perfekt, Selma. Viel Glück bei der Suche nach dem Schiff.«

»Gibt es ein Kosten-Limit?«

»Das übliche.« Also keins, natürlich innerhalb vernünftiger Grenzen. Die Fargo Foundation hatte mehr Geld zur Verfügung, als sie in zehn Leben hätte ausgeben können, und täglich kamen weitere Gelder in Form von Lizenzgebühren für die Nutzung von Sams zahlreichen technischen Patenten hinzu, daher war die Kostenfrage bei ihren eigenen Expeditionen bedeutungslos.

»Ich rufe an, wenn ich etwas Passendes gefunden habe.«

»Sehr schön. Danke, und geben Sie dem Bären eine ausgiebige Streicheleinheit von uns.« Zoltán war ein großer Deutscher Schäferhund, den Remi während eines Abenteuers in Ungarn adoptiert hatte und der eher einem Grizzly auf vier Beinen ähnelte.

»Das klingt wie eine einfache Methode, ein paar Finger loszuwerden, aber was tut man nicht alles, um den Boss glücklich zu machen«, frotzelte Selma. Zoltán liebte Selma und wich keine Sekunde von ihrer Seite, während die Fargos in der Weltgeschichte unterwegs waren. Was sie betraf, so sah sie in dem Hund am ehesten das Kind, das sie nie gehabt hatte, hätschelte ihn bei jeder Gelegenheit und verwöhnte ihn über alle Maßen.

Sam trennte die Verbindung und überprüfte den Ladestand des Akkus. Es waren noch reichlich Reserven vorhanden. Er kehrte zu Remi zurück und ließ sich in den Sand sinken. »Selma nimmt das Problem in Angriff«, berichtete er.

»Gut. Ich möchte Leonid nicht kritisieren, aber ein paar unzuverlässige Hobbytaucher und ein Ruderboot dürften kaum ausreichen, dieses Projekt erfolgreich in Angriff zu nehmen«, stellte Remi fest.

»Das ist richtig, aber ich finde, er hat nicht ganz Unrecht. Warum soll er die Kavallerie aufmarschieren lassen, bevor er genau weiß, ob er etwas gefunden hat, das den Aufwand lohnt? Es hätte genauso gut ein abgestürztes Flugzeug oder ein gesunkenes Landungsboot sein können. Vergiss nicht, dass Guadalcanal während des Zweiten Weltkriegs heiß umkämpft war. Rund um die Insel liegt jede Menge Kriegsschrott.«

Sie nickte. »Und einiges davon ist auch nach all den Jahren noch verdammt scharf und explosiv.«

»Genauso wie du.«

Remi ignorierte die Bemerkung und schaute zum Tauchboot hinüber. »Was meinst du, was da unten schlummert?«

»Ein von Menschen geschaffenes Bauwerk in dreißig Metern Tiefe? Frag mich was Leichteres.« Er streckte und reckte sich und sah Remi an. »Aber wir werden es bald wissen.«

Remi fuhr sich mit den Fingern durchs Haar und wollte etwas erwidern, als die Stille von einem Schrei zerrissen wurde, der das Blut in ihren Adern gefrieren ließ.

4

Sam sprang auf, gefolgt von Remi, und sie rannten zu der Baumgruppe am Wasser hinunter, wo sich die Schreie des Entsetzens in verzweifelte Schmerzlaute verwandelt hatten. Sam hielt seine Frau mit ausgestrecktem Arm zurück, als sie sich dem Dickicht näherten, aus dem ein langer grüner Reptilienschwanz herausragte und wild hin und her peitschte.

Ein gurgelnder Laut und mehrere dumpfe Schläge erklangen innerhalb des kleinen Wäldchens. Der Schwanz erstarrte und rührte sich nicht mehr. Leonids Schuhe stampften hinter ihnen durch den Sand, als er mit den anderen Inselbewohnern eintraf, von denen zwei mit einer Machete und einer mit einer Brandaxt bewaffnet waren.

Ein weiterer qualvoller Schrei ertönte. Sam suchte sich einen Weg durch den Pflanzenvorhang und stieß auf den massigen Kadaver eines männlichen Leistenkrokodils, getötet durch drei grässliche Axtwunden in seinem lang gestreckten Schädel. Vor ihm auf dem Waldboden wälzte sich ein Einheimischer, der die zerfleischten Reste seines rechten Unterschenkels umklammerte. Keine zwei Meter entfernt stand ein anderer Insulaner mit einer altertümlichen Axt in den zitternden Händen, die Augen vor Grauen und namenloser Angst weit aufgerissen.

Ein hellroter Strahl arteriellen Bluts pulsierte aus dem zerfetzten Bein des Verwundeten. Sam zog seinen Gürtel aus der Hose, während er neben dem Opfer auf die Knie hinunterging. Remi kam näher, als er den Ledergurt schon um den Oberschenkel des Mannes schlang und zuzog, um den Blutstrom zu stoppen.

Der verwundete Mann stöhnte und wurde ohnmächtig.

»Er wird kaum durchkommen, wenn er nicht schnellstens in ein Krankenhaus gebracht wird«, sagte Sam mit gepresster Stimme.

Remi schaute zu Leonid hoch. »Wir sollten ihn in einen der Geländewagen legen. Jede Sekunde zählt«, sagte sie.

Leonid starrte mit tellergoßen Augen auf das Krokodil. Er war wie versteinert, jegliche Farbe war aus seinem Gesicht gewichen.

»Leonid! Nun mach schon!«, drängte Remi mit harter Stimme.

Der Russe wandte sich zu den Inselbewohnern um, die sich mehrere Schritte hinter ihm furchtsam zusammendrängten, und befahl ihnen, ihren unglücklichen Gefährten zum Land Rover zu tragen. Niemand rührte sich. Sam schüttelte den Kopf und schob einen Arm unter den verwundeten Mann. »Aus dem Weg«, befahl er und richtete das Opfer auf. Remi kam ihm zu Hilfe, und gemeinsam schleppten sie ihn zu einem Fahrzeug, das neben dem Weg geparkt war, der zur Hauptstraße führte.

Innerhalb von Sekunden hatten sie ihn auf den Rücksitz gebettet, und Sam wandte sich an Leonid, der mit einem der Einheimischen am Wasser stand und diskutierte. »Wer ist der beste Fahrer?«, wollte er wissen, aber die Männer schüttelten die Köpfe.

Remi und Sam wechselten einen kurzen Blick, und Sam streckte die Hand aus. »Na schön. Her mit dem Schlüssel. Ich weiß nicht, was mit euch los ist, aber euer Freund hier stirbt gleich und braucht dringend Hilfe. Wer kann mir den Weg zum nächsten Krankenhaus zeigen?«

Leonid wühlte in seinen Taschen, während die Inselbewohner miteinander murmelten, und dann trat ein halbwüchsiger Junge vor. »Ich fahre mit. Das ist mein Onkel Benji«, sagte er in Pidgin-Englisch.

»Wie heißt du?«, fragte Remi, während sie sich in den Beifahrersitz schwang.

»Ricky.«

Sam rutschte hinter das Lenkrad. Leonid kam zur Tür und reichte ihm die Schlüssel. »Ich folge euch in dem orangefarbenen Wagen.«

»In Ordnung.« Sam gab Ricky ein Zeichen. »Setz dich nach hinten zu deinem Onkel und achte darauf, dass er nicht aus dem Sicherheitsgurt rutscht. Wie weit ist es bis zum Krankenhaus?«

»Etwa eine Dreiviertelstunde …«, antwortete Ricky unsicher.

Sam verzog das Gesicht. »Schnall dich an. Mal sehen, ob wir es in fünfzehn Minuten schaffen.«

Remi und Ricky legten die Sicherheitsgurte an, während Sam den Motor aufheulen ließ. Er legte den Gang ein, und sie starteten und rollten schwankend die Piste hinunter, die kaum mehr als ein schmaler Trampelpfad durch den dichten Dschungel war. Der starke Motor mühte sich auf dem weichen Untergrund ab, und so dauerte es eine gefühlte Ewigkeit, bis sie die nachlässig asphaltierte Küstenstraße erreichten, die rund um die Insel herumführte. Sobald er die solide Fahrbahn unter den Reifen spürte, gab Sam Vollgas, und das SUV machte einen Satz vorwärts. Den Blick wachsam geradeaus gerichtet und höchst konzentriert, nahm Sam die Kurven mit waghalsigem Tempo.

Remis Knöchel wurden weiß, als sie die Hand um die Armlehne krampfte. »Es wird ihm nicht viel helfen, wenn sie einen Krankenwagen schicken müssen, um uns von einem Felsen abzukratzen.«

»Keine Sorge. Ich hab früher mal einen Ferrari gefahren.«

Sie drifteten durch eine Kurve, wobei alle vier Reifen kreischend protestierten, als sie für einen Moment die Haftung verloren. Sam gab Gas und schaltete herunter, um den Wagen wieder unter Kontrolle zu bringen. Nach einem kurzen Blick zu Remi zuckte er die Achseln und drosselte das Tempo um einige Stundenmeilen, blieb jedoch immer noch an der Grenze dessen, was der schwere Wagen schaffte.

Remi drehte sich um und schaute nach dem verwundeten Mann, der mit Blut besudelt war und mühsam nach Luft rang. Ricky hielt den Gürtel stramm, das junge Gesicht angstverzerrt. Er fing Remis Blick auf und schluckte krampfhaft.

»Meinen Sie, dass er es schafft?«, fragte er.

»Wir tun alles Menschenmögliche, damit er am Leben bleibt. Wie ist das Krankenhaus? Ist es einigermaßen modern ausgerüstet?«, erkundigte sie sich.

Er schüttelte den Kopf. »Ich denke, es ist okay. Ich war noch nie woanders, darum weiß ich nicht, wie die anderen sind.«

»Werden dort oft Verletzungen behandelt?«

»Ich denke schon.« Er klang nicht sehr überzeugt.

Sam beschleunigte auf einem ziemlich langen geraden Straßenabschnitt und fragte über die Schulter: »Kommt es hier häufig zu Krokodilsattacken?«

Ein neuerliches Achselzucken. »Manchmal. Meistens

verschwinden die Menschen einfach, sodass wir nicht genau wissen, ob sie von Krokodilen angefallen wurden.« Er sagte es in einem Tonfall, als rede er über das Wetter oder die alltäglichen Probleme des Altwerdens.

Remi musterte ihn vorwurfsvoll. »Warum hat ihm niemand geholfen?«

Ricky erwiderte mürrisch ihren Blick. »Sie sind abergläubisch. Sie haben so angeregt darüber gesprochen, dass dieses Gelände verflucht ist, dass niemand auf die Idee kam zu überlegen, was man in diesem Fall tun könnte. So geschieht es hier meistens, wenn in irgendeinem Punkt Uneinigkeit herrscht.«

»Verflucht?«, wiederholte Remi fragend.

»Einer der älteren Taucher meinte, es gibt Gerüchte, dass dort Gespenster ihr Unwesen treiben. Dass der Ort mit einem Fluch belegt ist. Wie ich schon sagte, das ist reiner Aberglaube.« Er betrachtete seinen Onkel. »Zumindest nehme ich es an.«

»Es war ein riesiges Krokodil. Mindestens zweitausend Pfund schwer«, sagte Sam. »Da kann von Aberglauben kaum die Rede sein, es handelt sich nur um ein hungriges Krokodil und ein paar Leute, die nicht aufgepasst haben, was um sie herum passiert.«

»Wird Leonid jetzt Schwierigkeiten haben, jemanden zu finden, der ihm hilft?«, fragte Remi.

Ricky senkte den Blick. »Nicht sehr viele Leute sind bereit, sich für ein paar Dollar pro Tag ins Jagdgebiet der Krokodile zu wagen«, erklärte er.

Sam fing Remis Gesichtsausdruck auf und warf einen Blick in den Rückspiegel.

»Nein, das glaube ich auch nicht.« Allen war klar, dass Leonids Projekt soeben auf ein Hindernis gestoßen war, wenn nicht sogar auf eine solide Mauer. »Ich kann nicht glauben, dass niemand ein Gewehr bei sich hat, wenn doch allgemein bekannt ist, dass in dieser Gegend Krokodile vorkommen.«

Ricky schüttelte den Kopf. »Gewehre sind hier verboten. Und zwar seit die australische Friedenstruppe das Kommando übernommen hat.«

»Das ist sicher ein großer Vorteil für die Krokodile«, sagte Remi mit einem Anflug von Spott in der Stimme.

Sie passierten den westlichsten Punkt der Insel und fuhren weiter nach Osten in Richtung der Hauptstadt Honiara, wo laut Ricky das einzige funktionsfähige Krankenhaus der Insel stand. Als sie vor dem Eingang zur Notaufnahme anhielten, waren sechsundzwanzig Minuten verstrichen, und Rickys Onkel befand sich in einem kritischen Zustand. Ricky sprang aus dem Wagen, um zu helfen, und wenige Sekunden später kamen zwei Insulaner, begleitet von einer Frau in einem grünen Arztkittel, mit einer fahrbaren Krankenbahre im Laufschritt aus dem Gebäude.

Remi fing den Blick der Frau auf, während sie sich dem Wagen näherte. Sie sah wie eine Inselbewohnerin aus, aber ihr Haar war ganz anders frisiert, als sie es bei den Einheimischen gesehen hatte, die ihr bisher begegnet waren, und ihr Auftreten erregte augenblicklich Aufmerksamkeit. Trotz ihrer beinahe mädchenhaften Erscheinung und der Tatsache, dass sie noch relativ jung war, hatte sie offenbar eine leitende Position inne. Als sie vor dem Land Rover stehen blieb, musterte sie Remi und Sam mit einem kurzen prüfenden Blick, ehe sie sich um die Verletzungen des Mannes auf dem Rücksitz kümmerte.

»Wann ist das passiert?«, fragte sie. Ihr Englisch hatte einen deutlichen australischen Akzent.

»Vor einer halben Stunde. Ein Krokodil auf der Ostseite der Insel«, erwiderte Remi.

Der Frau reichte offenbar ein Blick auf den blutenden Mann, um seinen Gesamtzustand einzuschätzen. Sie untersuchte flüchtig den zerfleischten Unterschenkel, ehe sie sich an ihre Helfer wandte und ihnen auf Pidgin-Englisch im Maschinengewehrtempo Anweisungen gab. Die Männer beugten sich in den Wagen und zogen Benjis reglose Gestalt behutsam heraus. Sie legten ihn auf die Krankenbahre, die aussah, als hätte sie schon die Besetzung der Insel durch die Japaner überlebt, und kontrollierten den behelfsmäßigen Druckverband. Sams und Remis Zweifel hinsichtlich der Behandlung, die ihm zuteilwürde, erahnend, schürzte die Frau die Lippen.

»Keine Sorge. Die Geräte im OP sind in einem besseren Zustand als dieses Altertümchen.« Sie streckte eine Hand aus. »Dr. Carol Vanya«, stellte sie sich vor. »Ich bin hier die leitende Ärztin.« Remi ergriff die Hand und schüttelte sie, dann folgte Sam ihrem Beispiel.

»Sam und Remi Fargo«, sagte er.

Dr. Vanya musterte sie einige Sekunden lang, dann machte sie kehrt, um den Sanitätern zu folgen, die Benji ins Krankenhaus schoben. »Wenn Sie mich entschuldigen, die Pflicht ruft. Sie können in der Notaufnahme warten. Dort finden Sie eine Sitzbank und eine zehn Jahre alte Ausgabe der *Times.* Ach ja, die Aderpresse ist richtig gut.«

Ehe die Fargos etwas erwidern konnten, war sie bereits im Gebäude verschwunden. Sam betrachtete den großen Blutfleck auf dem Autositz, dann schaute er an sich herab und bemerkte rostbraune Blutspritzer auf seiner Kleidung. Sie waren erst vor ein paar Stunden auf der Insel gelandet und hatten bereits tatkräftig geholfen, einen Mann zu retten, der in diesem Moment um sein Leben kämpfte.

Ein schlimmer Auftakt zu einem eigentlich harmlosen Unterwasserabenteuer und ein böses Omen für ihren weiteren Aufenthalt auf den Salomon-Inseln.

5

Einige Minuten später rollte Leonids Pick-up auf den Parkplatz und stoppte neben dem SUV. Leonid stieg aus und gab dem Fahrer mit der Hand ein Zeichen. Der Mann fuhr sofort an und kurvte in einer Abgaswolke zurück auf die Hauptstraße. Der Russe kam mit sorgenvoller Miene auf Sam zu.

»Hat er es geschafft?«, fragte er.

»So gerade noch«, sagte Sam. »Es wird auf jeden Fall eine ganz knappe Angelegenheit.«

»Der arme Kerl. Was für eine schreckliche Art zu sterben.«

»Ich kann nicht glauben, dass man euch nicht vor den Krokodilen gewarnt hat«, sagte Remi.

»Doch, das haben sie schon getan. Deshalb hatten sie auch die Macheten und die Äxte.«

Sam sah Leonid vielsagend an. »Ein paar Kalaschnikows wären besser gewesen.«

»Eins kannst du mir glauben, mein Freund, wenn es auf dieser Insel welche gäbe, dann hätte ich sie gehabt.«

»Wo ist deine Mannschaft?«, fragte Remi.

»Wieder in der Bucht. Sie sind gerade dabei, alles zusammenzupacken und mit den Booten und der Ausrüstung auf dem Wasserweg zurückzukehren. Niemand wollte mit mir fahren. Ich habe das Gefühl, dass sie mir aus irgendeinem Grund die Schuld am Schicksal ihres Freundes geben.« Er hielt für einen Moment inne. »Hast du die

Ausmaße dieser Bestie gesehen? Sie war länger als der Wagen.«

»Und in dieser Gegend hat sie vielleicht noch ein paar Verwandte«, sagte Sam.

Remi nickte. »Und die sind sicher ziemlich sauer. Und nehmen die Tatsache, dass ihr Gefährte niedergemetzelt wurde, möglicherweise persönlich.«

Leonid riss erschrocken die Augen auf. »Ich habe nichts getan!«

Sam lächelte Remi traurig an. »Uns brauchst du das nicht zu erklären. Spar es dir für die Krokodile auf.«

Sie begaben sich in das Gebäude, das genauso armselig eingerichtet war, wie seine Fassade vermuten ließ. Der Warteraum der Notaufnahme war ein trister rechteckiger Raum mit mangelhafter Belüftung und einem guten Dutzend Kranker oder Leichtverletzter, die, auf mehrere ramponierte Bänke verteilt, darauf warteten, dass man sich ihrer annahm. Ricky hatte auf einer der hinteren Bänke einen freien Platz gefunden und starrte ins Leere. Sie gingen zu der Bank und ließen sich neben ihm nieder. An der Decke rotierten Ventilatoren träge in dem vergeblichen Bemühen, die stickige Luft zu kühlen. Nachdem sie ein paar Minuten lang in der Schwüle des Warteraums geschwitzt hatte, stand Remi wieder auf. »Ich warte draußen.«

Sam erhob sich ebenfalls, und Leonid folgte seinem Beispiel. »Wir leisten dir Gesellschaft.«

Remi wandte sich an Ricky. »Sagst du uns Bescheid, wenn du etwas erfährst?«

»Ja.« Ricky war nicht anzumerken, dass ihm die Hitze etwas ausmachte. »Dr. Vanya ist die Beste, die wir haben. Er ist in guten Händen.«

»Wenigstens in dieser Hinsicht hatte er Glück im Unglück«, sagte Remi und wischte sich mit einem Taschentuch die Stirn ab.

Ein alter Mann, der in der Nähe saß, wurde von einem heftigen Husten geschüttelt. Sam ergriff Remis Hand und ging mit ihr zum Ausgang. Draußen herrschte eine glühende Hitze, aber dank einer leichten Brise fühlte sich die Luft erfrischender an als im Warteraum, der dagegen die reinste Sauna war. An der Seitenfront des Gebäudes fanden sie ein schattiges Plätzchen, und Sam inspizierte sein Oberhemd.

»Ich glaube, es dürfte ganz sinnvoll sein, zum Hotel zu fahren, um frische Kleidung anzuziehen.« Er sah zu Remi hinüber, deren Bluse und Hose ebenfalls mit eingetrockneten Blutspritzern übersät waren. »Sollen wir den kleinen Abstecher machen?«

Remi betrachtete den Land Rover. »Wenn wir außerdem noch an einer Autowaschanlage vorbeifahren, bin ich dabei.«

Leonid nickte. »Ich fahre euch. Es hat keinen Sinn, hier in der Hitze zu schmoren.«

Sie stiegen ins SUV, und Leonid übernahm das Lenkrad. Nach der Höllenfahrt von der Bucht landeinwärts kam es ihnen bei der gemäßigten Fahrweise des Russen vor, als kämen sie nicht vom Fleck. Leonid hatte das Gesicht verzogen, als hätte er eine Flasche Essig intus, während er den Land Rover über Straßen navigierte, auf denen überraschend dichter Verkehr herrschte.

»Wir können doch den Laden jetzt praktisch zumachen«, sagte er. »Nach dieser Geschichte hat die Mannschaft nicht die geringste Lust, in die Bucht zurückzukehren.«

»Hast du mit den Männern gesprochen?«

»Nur zwei von ihnen waren bereit, morgen wiederzukommen.«

»Was ist mit den Booten?«

»Keiner der Bootsführer will noch etwas mit uns zu tun haben. Das ist schlimm.«

»Vor allem für den Onkel«, sagte Remi mit einem Blick auf ihre Bluse. »Ich wage mir kaum vorzustellen, was er in diesem Moment durchmacht.«

»Er kann von Glück sagen, dass ihr beiden zur Stelle wart. Hätten wir uns darauf verlassen, dass die anderen etwas unternehmen, wäre er jetzt tot«, stellte Leonid fest.

»Ricky deutete an, dass dieses Verhalten irgendwelche kulturellen Gründe haben könnte. Niemand auf der Insel hat es eilig und bewegt sich schneller, als er oder sie unbedingt muss.«

»Außer den Krokodilen«, sagte Leonid.

Sie kamen zum Hotel, ignorierten die entsetzten Blicke des Personals und der wenigen Gäste und suchten sofort ihr Zimmer auf. Nach einer schnellen Dusche und einem Kleiderwechsel waren sie bereit, sofort wieder ins Krankenhaus zurückzufahren. Leonid wartete in der Lobby auf sie, wo er die Fotos studierte, die er in dem herrschenden Durcheinander hatte retten können. Sam und Remi setzten sich zu ihm und genossen die angenehme Kühle der Klimaanlage.

»Auf diesem Bild kann man eine weitere Struktur im Hintergrund erkennen. Der Chef des Tauchteams sprach davon, dass mindestens sechs davon existierten, vielleicht sogar mehr«, sagte Leonid und hielt ein Foto hoch.

»Wenn das zutrifft, haben wir es mit einem unglaublichen Fund zu tun. Dann dürften es nicht nur die Reste alter Bauwerke sein, sondern Ruinen, die schon so lange da unten schlummern, dass es niemanden gibt, der sich daran erinnern kann. Ganz abgesehen davon, dass allein schon die Lage ein Geheimnis für sich ist«, sagte Remi.

»Offensichtlich die Folge einer Naturkatastrophe«, vermutete Sam. »Diese Region ist für ihre rege Erdbebentätigkeit berüchtigt. Sie dürfte die Ursache dafür sein, dass die Trümmer im Meer versunken sind.«

»Ja, aber viel interessanter finde ich die Bauweise. Sie sind aus Stein. Bisher gab es keine Anzeichen für Steinbauten in dieser Region. Dies ist ein wichtiger Hinweis auf eine Vergangenheit, von der wir nicht die geringste Ahnung haben«, sagte Leonid.

»Seltsam, dass es darüber keinerlei Aufzeichnungen gibt, nicht wahr?«, sagte Remi.

Leonid legte die Fotos auf den Tisch. »Für mich nicht. Die hiesige Bevölkerung ist stark zersplittert. Die mündliche Überlieferung spielt eine wesentliche Rolle. Auf den Inseln werden mehr als siebzig Dialekte gesprochen, was auf starke Abgrenzung hinweist. Durchaus möglich, dass jeder, der etwas über diese Ruinen wusste, ums Leben kam. Stellt euch nur vor, wie stark ein Erdbeben gewesen sein muss, wenn daraufhin der gesamte Strandabschnitt bis in diese Tiefe abgesackt ist.«

Sam kam ein Gedanke. »Und wenn wir annehmen, dass diese Bauwerke in Ufernähe errichtet wurden?«

Remi sah ihn irritiert an. »Wie kommst du darauf?«

Sam beugte sich vor. »Nan Madol ist eine Ruinenstadt in der Nähe der Insel Pohnpei im Archipel der Karolinen. Sie wurde von der damaligen Herrscherdynastie auf mächtigen Felsen auf einem Korallenriff erbaut – ähnlich wie Venedig – mitsamt einem System von Verbindungskanälen«, erklärte Sam.

Leonid sah ihn nachdenklich an. »Wenn die Bauten in einer Lagune oder auf einem Riff errichtet wurden, dann ließe sich besser erklären, weshalb sie versunken sind. Wenn das Riff im Verlauf eines schweren Erdbebens zerbrach …«

»Genau. Auf jeden Fall wäre das meine erste Vermutung, bis ich mir während eines ersten Tauchgangs einen genaueren Eindruck verschaffen kann. Wir werden sicherlich mehr erfahren, wenn Selma ein Forschungsschiff für uns aufgetrieben hat.«

Sie erhoben sich und tauschten nur widerwillig den kühlen Komfort des Hotelfoyers gegen die schwüle Hitze draußen ein. Die Sturmfront, die am Horizont als dunkler Streifen gelauert hatte, näherte sich jetzt, schob feuchte Luftmassen vor sich her, und während sie zum Krankenhaus zurückkehrten, verdunkelte sich auch schon der Himmel.

Leonid hielt sich bereits seit einer Woche auf Guadalcanal auf und hatte sich mittlerweile an die extremen Wetterwechsel gewöhnt. Gleichgültig blickte er zu den Wolken hoch. Im Innern des SUV roch es wie in einem Schlachthaus, und er lenkte den Wagen zu einem Autowaschplatz auf einem freien Feld neben einem Lebensmittelladen hinüber. Das Wasser wurde von Helfern in Eimern herangeschafft, und die Arbeiter, barfuß und mit nackten Oberkörpern, nahmen unter ausgelassenem Gelächter einige Fahrzeuge in Angriff.

Die gute Laune erhielt einen Dämpfer, als der Vorarbeiter, ein junger Mann im Teenageralter, einen Blick ins Innere des Land Rovers warf. Remi, Sam und Leonid verbrachten die nächste halbe Stunde im Schatten eines Banyan-Baums und beobachteten die Autowäscher, die ihrer Arbeit in angespanntem Schweigen nachgingen. Als sie ihren Job zur Hälfte erledigt hatten, hielt ein Streifenwagen am Bordstein, und zwei Polizeibeamte kamen zu ihnen herüber und stellten ihnen einige Fragen, ehe sie das Krankenhaus anfunkten und sich die Angaben bestätigen ließen.

Leonid atmete erleichtert auf, als der Polizeiwagen die Fahrt fortsetzte. Sein Blick wanderte abermals zu den Wolken hinauf, während ferner Donner über das Meer hallte.

»Das klingt, als ginge es jeden Moment los«, meinte er.

»Der Sturm wird das Wasser aufwühlen und die Sicht verschlechtern, wenn wir morgen tauchen sollten«, sagte Sam. »Natürlich nur, wenn du überhaupt bereit bist weiterzumachen.«

»Hast du nicht das Riesenkrokodil am Strand gesehen?«, fragte Remi.

»Klar. Jetzt wissen wir wenigstens, wo es ist.«

»Das ist dein Ernst, nicht wahr?«, fragte sie.

»Was ist das Leben ohne ein wenig Nervenkitzel?«

Sie runzelte die Stirn. »Ist dir schon mal der Begriff ›sicher‹ in den Sinn gekommen? Oder vielleicht auch ›lang‹?«

Sam wedelte Remis Einwand mit einer Handbewegung beiseite. »Bah. Lass uns zum Krankenhaus fahren und uns nach dem Zustand des Onkels erkundigen, und danach kümmern wir uns darum, dass wir unsere Tauchausrüstung zusammenbekommen. Da wir schon mal hier sind, möchte ich mir das Ganze aus der Nähe ansehen. Untätigkeit ist in einer solchen Situation nicht mein Ding. Außerdem hat der Angriff am Strand stattgefunden, daher dürfte in dieser Bucht jeder Ort sicherer sein als die Stelle, wo wir vorhin waren.«

Leonid nickte. »Boote zu finden, könnte schwierig werden. Alle, die ich heute gemietet habe, werden nicht zurückkommen.«

»Setz uns am Krankenhaus ab und geh auf die Suche. Falls du Erfolg hast, hinterlass uns eine Nachricht an der Hotelrezeption«, sagte Sam.

»Und wenn du schon dabei bist, versuch doch auch jemanden mit einer hübschen, leichten Kaliber .50 Maschinenpistole aufzutreiben. Für den Fall, dass unser mörderischer graugrün geschwänzter Gast nicht allein war«, sagte Remi.

Der Donner kam näher, während Leonid sie vor dem Krankenhaus aussteigen ließ, und sie hatten es kaum betreten, als der Himmel auch schon seine Schleusen öffnete und der Regen eimerweise herabrauschte. Golfballgroße Tropfen erzeugten einen wilden Trommelwirbel auf dem Wellblechdach des Warteraums, in dem Ricky reglos wie eine Statue und mit geschlossenen Augen auf seinem Platz saß. Die Schar der Wartenden hatte sich gelichtet, und nur der alte Mann mit dem Husten, ein Arbeiter, der sich offenbar den Arm gebrochen hatte, und ein Fischer mit einer tiefen Fleischwunde an der Hand waren zugegen.

Die Fargos nahmen rechts und links von Ricky auf der Bank Platz. Er rührte sich und öffnete ein Auge. Remi lächelte ihn an, und er revanchierte sich mit dem Anflug eines Grinsens.

»Gibt es was Neues?«, wollte sie wissen.

Er schüttelte den Kopf. »Nein. Aber es sind auch erst zwei Stunden vergangen. So schnell rechne ich nicht mit Informationen.«

Keiner von ihnen musste ausdrücklich erwähnen, dass sein Onkel mindestens das Bein verlieren würde. Dass er den brutalen Angriff überhaupt lebend überstanden hatte, war schon Wunder genug. Blieb nur zu hoffen, dass seine Glückssträhne anhielt.

Eine weitere Stunde verstrich, dann kam Dr. Vanya durch die doppelte Schwingtür der Notaufnahme. Sie war noch mit einem OP-Kittel bekleidet und nahm den Mundschutz ab. Ricky, Sam und Remi erhoben sich und gingen ihr entgegen.

»Also, die gute Nachricht ist, dass sich sein Zustand stabilisiert hat. Wir hatten genügend Blutkonserven, sodass seine Chancen recht gut sind. Die nächsten vierundzwanzig Stunden werden entscheidend sein. Das größte Risiko ist zurzeit, dass er einen posttraumatischen Schock erleidet oder sich eine Infektion einfängt. Er ist zwar in einer kräftigen Verfassung und noch ziemlich jung, aber das ist keine Garantie.«

»Und das Bein?«, fragte Ricky leise.

»Die Knochen wurden durch die Bisse vollkommen zersplittert, sodass wir, selbst wenn ich ihn sofort auf den OP-Tisch bekommen hätte, das Bein amputieren mussten. Tut mir leid«, sagte sie.

»Können wir zu ihm?«, fragte Ricky.

Dr. Vanya schüttelte den Kopf. »Gönnen wir ihm noch ein wenig Ruhe, okay? Vielleicht heute Abend.« Sie wandte sich an Sam und Remi. »Wie kam es, dass Sie in der Nähe waren, als das Unglück geschah? Die Krokodile halten sich gewöhnlich von den Badestränden fern. Man kann nur hoffen, dass sich das nicht geändert hat.«

»Wir waren gerade auf der anderen Seite der Insel. Es war dort ziemlich abgelegen«, erklärte Sam bewusst vage. Er wollte keine Einzelheiten über Leonids Expedition publik machen, obgleich sich die Nachricht von dem Krokodilsangriff mittlerweile wie ein Buschfeuer verbreitet haben musste. Und ebenso wahrscheinlich die Gerüchte von den Gebäuden auf dem Grund der Bucht.

»Was um alles in der Welt hat Sie hierher verschlagen?«, fragte die Ärztin.

»Wir sind einem Freund bei einem Projekt behilflich«, antwortete Sam.

»Bei einem Projekt?«, hakte Carol Vanya nach.

»Es ist etwas Archäologisches.«

»Aha«, sagte die Ärztin, als ob dies als Erklärung ausreichte. »Sie sind Amerikaner, nicht wahr?«

»Hat der Akzent uns verraten?«, fragte Remi.

»Nun, ja. Die meisten unserer Besucher kommen aus Australien und Neuseeland. Hierher verirren sich auch nicht annähernd so viele Amerikaner wie früher, als ich noch ein Kind war. Damals kamen scharenweise Veteranen, um die alten Schlachtfelder zu besichtigen und ihren gefallenen Kameraden die letzte Ehre zu erweisen. Aber das ist jetzt vorbei«, erklärte sie.

»Oh, Sie stammen von dieser Insel?«, sagte Remi überrascht. Sie hatte aus den Worten der Ärztin nicht den leisesten Pidgin-Akzent herausgehört.

»Ich habe hier bis zu meinem zehnten Lebensjahr gewohnt. Dann zogen meine Eltern nach Sydney um, wo ich die Schule besuchte. Und dort und in der Zeit danach habe ich meinen Akzent verloren.« Sie lächelte. »Aber es gibt ein schönes Sprichwort: Man kann einen Insulaner von der Insel holen, aber niemals die Insel aus einem Insulaner. Nach meinem Studium und dem Dienst als Assistenzärztin wollte ich meinem Volk zurückgeben, was ich ihm zu verdanken hatte, also bin ich vor neun Jahren hierher zurückgekehrt.«

»Das ist eine ganz wunderbare Einstellung«, sagte Sam.

»Na ja, ich wurde schließlich hier geboren. Zurzeit arbeite ich an einem Projekt, in dessen Zuge wir Geld sammeln, um auf der Insel mehrere Krankenstationen einzurichten. Die Insel mag sehr klein erscheinen, aber wenn man sich verletzt hat oder in einen Unfall verwickelt war, könnte eine Fahrt quer über die Insel hierher ein Menschenleben kosten. Außerdem würde es einen flächendeckenden Impfservice garantieren. Unglücklicherweise ist die Regierung vollkommen unfähig, daher bleibt es privaten Initiativen überlassen, sich dieses Problems anzunehmen und zu tun, was in ihrer Macht steht.«

»Das nenne ich vorbildlichen Gemeinschaftssinn«, sagte Sam anerkennend. »Können Sie uns mehr Informationen darüber zukommen lassen?«

Carol Vanya sah ihn verwundert an. »Weshalb? Beabsichtigen Sie, etwas zu spenden?«

Remi ergriff das Wort. »Wir unterhalten eine Stiftung, die überall auf der Welt gemeinnützige Arbeit leistet.«

Vanya blinzelte zweimal und lächelte dann, sodass sich die Stressfalten um ihre Augen kräuselten. »In diesem Fall müssen Sie mit mir zu Abend essen. Wie lange bleiben Sie auf Guadalcanal?«

Remi zuckte die Achseln. »Das haben wir noch nicht entschieden.«

Sam grinste. »Bis man uns von der Insel jagt.«

Alle lachten. Carol Vanya nickte. »Wenn man Ihren heldenhaften Einsatz von heute bedenkt, ist das unwahrscheinlich. Aber ernsthaft – wenn Sie heute Abend noch nichts vorhaben, würde ich Ihnen gerne eins der hiesigen kulinarischen Highlights zeigen. Ich bin mit einem Kollegen zum Abendessen verabredet, und ich bin sicher, dass er sich gern mit Ihnen über Ihr Projekt unterhalten würde. Es geschieht nicht oft, dass sich Archäologen für unser bescheidenes Eiland interessieren. Und natürlich möchte ich

Ihnen alles über meine geplanten Krankenstationen erzählen.«

Remi wechselte einen kurzen Blick mit Sam. »Sind Sie sicher, dass wir nicht stören?«

»Absolut«, erwiderte Vanya. »Tatsache ist, dass ich, wenn hier längere Zeit nichts Besonderes passiert, das Gefühl habe, vor Langeweile zu sterben. Ich sehne mich dann nach neuen Gesichtern und neuen Geschichten. Ich fürchte, nach den Jahren, die ich in Sydney verbracht habe, finde ich Honiara längst nicht mehr so interessant wie früher, als ich zehn Jahre alt war. Ich versichere Ihnen, meine Einladung entspringt dem reinsten Egoismus.«

»Na, dann kommen wir gern«, sagte Sam. »Sollen wir uns hier treffen?«

»Wenn Sie wollen.« Die Ärztin überlegte kurz. »Ich kann Sie aber auch dort abholen, wo immer Sie untergekommen sind. Auf diese Weise kann ich nach Hause fahren und mich frisch machen, und falls es dann noch immer regnet, werden Sie nicht nass. In welchem Hotel wohnen Sie?«

Sam gab ihr die Information, und sie verabredeten sich für zwanzig Uhr im Foyer. Carol Vanya sprach noch eine Minute lang mit Ricky und erklärte ihm, in welcher Verfassung sein Onkel sich befand. Anschließend unterzog sie den Mann mit dem gebrochenen Arm einer kurzen Untersuchung und kehrte schließlich ins Innere des Krankenhauses zurück.

6

Als Sam und Remi zur Rezeption kamen, um mit Dr. Vanya zusammenzutreffen, reichte ihnen die Hotelangestellte einen Notizzettel.

»Sieht so aus, als seien wir im Geschäft«, sagte Sam, während er die Nachricht las. »Leonid holt uns morgen früh um neun Uhr ab.«

»Ich kann mich nicht mit dem Gedanken anfreunden, in einem von Krokodilen verseuchten Sumpf zu tauchen«, sagte Remi.

»Es ist kein Sumpf. Und es war nur ein einziges Krokodil.«

»Was genau muss man tun, um ein unter Wasser angreifendes Krokodil abzuwehren? Das Gleiche wie bei einer Hai-Attacke?«

»Mach dir keine Sorgen. Ich weiß genau, welche Taktik man anwenden muss.«

»Das ist einigermaßen beruhigend. Aber das bringt mich trotzdem zu der Frage, welchen Plan du hast, wenn tatsächlich eins angreift.«

»Oh, einen sehr simplen«, sagte Sam. »Ich bin ein schneller Schwimmer.«

»Aber nicht schneller als diese Bestien.«

»Das muss ich auch nicht sein.« Er grinste. »Ich brauche nur schneller zu sein als du.«

Remi erwiderte das Grinsen. »Treffer.«

»Der Punkt ist, dass Leisten- oder Salzwasserkrokodile,

wie sie auch genannt werden, bekanntlich Einzelgänger sind und feste Reviere haben, daher ist es unwahrscheinlich, dass wir hier schon bald auf ein zweites treffen. Wir halten natürlich die Augen offen, aber dort, wo wir tauchen, dürften wir sicher sein.«

Remi sah ihn skeptisch an. »Hoffen wir, dass jemand die Krokodile entsprechend instruiert hat.«

Die Ärztin fuhr in einem silbernen Mitsubishi-SUV vor, das mit Schlammspritzern bedeckt war. Sie stiegen ein und schnallten sich auf dem Rücksitz an. Mit dem Anbruch der Dämmerung war der Regen zwar versiegt, aber die Straßen waren an einigen Stellen noch immer überschwemmt, und Carol Vanya lenkte den Wagen vorsichtig zur Uferstraße hinunter.

»Ich hoffe, Sie mögen Meeresfrüchte. Dies ist die beste Adresse auf der Insel. Sehr authentisch, aber überhaupt nicht elegant oder exklusiv«, sagte sie. »Den Laden gibt es schon seit zwanzig Jahren, demnach müssen sie einiges richtig machen.«

»Das passt bestens«, sagte Remi. »Ich liebe Fisch.«

»Ich auch«, schloss sich Sam an.

Die Fassade des Restaurants wurde von blauer Farbe geprägt, die von den verwitterten Holzbalken abblätterte. Auf einem schlichten von Hand beschrifteten Holzschild über dem Eingang prangten die stilisierte Darstellung einer Krabbe und der Name des Restaurants: *Eleanor's.*

»Ihr gehört das Etablissement. In der Küche ist sie eine wahre Magierin. Egal, was frisch gefangen wurde, es ist immer köstlich. Damit können Sie nichts falsch machen«, versicherte Vanya.

Die Inneneinrichtung entsprach der äußeren Erscheinung – schlicht und verlottert, aber von berauschenden

Kochdüften erfüllt, die aus der Küche hereinwehten. Der Gastraum war mit Einheimischen vollgestopft, die über Berge von Meeresfrüchten auf ihren Tellern hinweg lautstark miteinander schwatzten. Carol Vanya deutete auf einen Tisch im hinteren Teil des Speisesaals, an dem ein Mann – kohlschwarze Haut und deutlicher Bauchansatz – saß und ihnen lächelnd winkte. Der Anzug mit der Krawatte wirkte in dieser Umgebung ein wenig fehl am Platze. Sie steuerten auf den Tisch zu, und er erhob sich, die Hand zum Gruß ausgestreckt. Er war so groß, dass sein Kopf fast an die niedrige Decke stieß. Vanya machte sie miteinander bekannt.

»Sam und Remi Fargo, und dies ist Orwen Manchester. Orwen ist hier eine echte Berühmtheit – er ist eines der wenigen Parlamentsmitglieder, die in dem Durcheinander, das unser System auszeichnet, länger als eine Viertelstunde überlebt haben.«

»Sie sind zu freundlich, Carol. Mit Ihrer geschliffenen Rhetorik sollten Sie ernsthaft in Erwägung ziehen, in die Politik zu gehen«, sagte Manchester. Die tiefe, volltönende Stimme passte zu seiner äußeren Erscheinung. »*Halo olketa*«, begrüßte er seine neuen Bekannten der Inseltradition entsprechend. Remi schüttelte seine Hand, die mindestens zwei Mal so groß wie ihre war, und Sam folgte ihrem Beispiel, wobei ihm nicht entging, dass der Mann sich entgegen seiner kräftigen Statur um einen gemäßigten Händedruck bemühte, was ihm jedoch nur unzureichend gelang, wie Sam feststellen musste.

»Unsinn, Orwen, diese Bescheidenheit passt nicht zu Ihnen. Sie sind eine von allen verehrte Ikone der Salomon-Inseln. Und das wird man nicht von selbst, wenn man bedenkt, wie oft die Regierungen durch Misstrauensvoten gestürzt werden.«

»Ich hatte eben sehr viel Glück«, sagte Manchester mit einem routinierten Lächeln. »Und die gute Frau Doktor übertreibt. Ich sage immer, dass ich einen der Jobs habe, die niemand, der halbwegs bei Verstand ist, haben will, daher hält sich die Konkurrenz um meinen Posten in Grenzen.«

Manchesters Englisch klang genauso sauber wie Carol Vanyas, und sein Akzent wies ihn als Produkt des australischen Bildungssystems aus. Sie nahmen am Tisch ihre Plätze ein, und ein Kellner erschien. Bei dem herrschenden Betrieb machte er einen gehetzten Eindruck, erkundigte sich in schwerfälligem Pidgin-Englisch nach ihren Wünschen und wiederholte seine Frage deutlicher, als Sam und Remi einander mit ratlosen Mienen ansahen.

Carol Vanya rettete sie aus der peinlichen Situation. »Wenn Sie Bier haben möchten, kann ich das einheimische SolBrew empfehlen, und soweit ich meinen Freund verstehe, wird es sehr kalt serviert. Daneben gibt es eine umfangreiche Auswahl an Softdrinks.«

Remi bat um eine Coca-Cola, während Manchester und Sam Bier bestellten. Vanya verlangte eine Flasche Mineralwasser und erklärte, dass Koffein und Zucker sie die ganze Nacht wach hielten, weshalb sie bei Mineralwasser bliebe. »Auf den Inseln trinkt keine Frau Alkohol – zumindest fast keine. Jedermann wäre entrüstet, wenn er Zeuge würde, dass ich mit Ihnen trinke«, sagte sie. »Dies ist eins der vielen Dinge, die ich seit meiner Zeit in Australien vermisse. Kaltes Bier und guten Wein.«

»Ich beneide Sie nicht«, sagte Sam, als der Kellner mit ihren Getränken und vier in Klarsichtfolie eingeschweißten, nur auf einer Seite beschrifteten Speisekarten zurückkam.

»Glücklicherweise gilt diese seltsame Regel nicht für

Männer. Prost!«, sagte Manchester und hob seine mit Kondenswasser beschlagene Flasche. Sam stieß mit dem massigen Mann an und trank einen vorsichtigen Schluck.

»Das ist gut. Ich könnte mich glatt daran gewöhnen«, stellte er fest.

»Sam ist noch nie auf ein Bier gestoßen, das ihm nicht geschmeckt hat«, sagte Remi, während sie die Speisekarte studierte. »Haben Sie nicht den Fang des Tages empfohlen?«

»O ja. Der ist immer hervorragend«, versicherte Carol Vanya ihren neuen Bekannten, und Manchester nickte bekräftigend.

Sam wurde auf einen Tisch in ihrer Nähe aufmerksam, an dem Inselbewohner den Fisch, den sie bestellt hatten, mit den Fingern verzehrten. Manchester folgte seinem Blick und lächelte. »Das gehört für Sie sicher ebenfalls zur hiesigen Tradition. Aber keine Sorge. An diesem Tisch wird ausschließlich mit Messer und Gabel gegessen.«

Sie bestellten vier Portionen frischen Mahi Mahi, und der Kellner sammelte die Speisekarten wieder ein. Sobald er sich entfernt hatte, blickte Carol Vanya lächelnd in die Runde und lehnte sich zurück. »Die Fargos sind hier an archäologischen Untersuchungen beteiligt. Ist das richtig?«

Remi nickte. »Wir möchten einem Freund helfen.«

»Wann sind Sie auf Guadalcanal angekommen?«, fragte Manchester.

»Heute Morgen.«

»Und die beiden hatten einen wilden ersten Tag, Orwen. Ich habe sie kennengelernt, als sie das Opfer einer Krokodilsattacke ins Krankenhaus brachten.«

»Gütiger Himmel! Das soll wohl ein Scherz sein!« Manchester war sichtlich geschockt.

»Ich wünschte, das wäre es«, sagte Sam. »Auch wenn

unser Mann den Kampf gewann, hat er teuer mit seinem Blut bezahlt.«

»Schockierend. Es tut mir leid, dass dies Ihr erstes Erlebnis auf den Inseln war. Normalerweise versuchen wir, Krokodile und Anwälte von den Touristen fernzuhalten, zumindest während der ersten Tage ihres Aufenthalts. Ein frühzeitiger Kontakt ist immer schlecht fürs Geschäft.« Manchester verstummte kurz. »Man kann auf Anhieb erkennen, wer die Krokodile sind – sie verhalten sich etwas freundlicher.«

Alle lachten, und er fuhr fort: »Damit wäre dies am Ende noch ein doppelt schwarzer Tag. Zuerst ein Krokodil und dann ein Abendessen mit einem Politiker.«

Carol Vanya grinste. »Aber Sie sind doch einer von den Guten, oder?« Sie sah Sam an. »Natürlich ist Orwen auch Anwalt. Auf diese Weise haben Sie alle drei hiesigen Gefahren auf einen Schlag kennengelernt.« Sie langte über den Tisch und tätschelte Manchesters Hand.

Manchester leerte seine Bierflasche und hielt sie hoch. »Darauf trinke ich.« Er sah zu Sam hinüber, der seine Flasche erst zur Hälfte getrunken hatte, ehe er dem Kellner winkte und zwei Finger hochreckte. »Der Böse vom Dienst zu sein, macht durstig.« Er beugte sich zu Sam vor. »Wie schlimm war der Angriff?«

Carol Vanya ergriff das Wort. »Er wird ihn überleben, allerdings nur mit einem Bein. Sein Neffe meinte, die Bestie sei sechs Meter lang gewesen, darum kann er von Glück sagen, dass sie ihn mit ihrem Biss nicht halbiert hat.«

Die nächste Runde Bier wurde gebracht, und Manchester sah Sam lächelnd an. »Bei dieser Hitze sollte man lernen, schnell zu trinken, sonst wird das Bier warm.«

Sam erwiderte das Lächeln. »Vielleicht können wir einen

Eiskübel bestellen? Was das Trinken betrifft, bin ich nur ein Leichtgewicht. Außerdem möchte ich morgen tauchen, und auch nur die Spur eines Katers könnte sich dabei unangenehm auswirken.«

»Tauchen, sagen Sie? Faszinierend. Worum geht es eigentlich? Carol sprach von einem archäologischen Projekt«, sagte Manchester und trank einen tiefen Schluck von seinem frischen Bier, ehe er dem Kellner winkte, der eilig an den Tisch kam. Ein leiser Wortwechsel entspann sich, dann richtete Manchester den Blick wieder auf Sam. »Was um alles in der Welt könnte Archäologie mit Tauchen zu tun haben? Es sei denn, Sie meinen eine Sinkhöhle …«

»Unser Freund hat vor der Küste einige anomale Erscheinungen gefunden und bat uns, sie zu untersuchen«, sagte Remi.

»Tatsächlich? Sind Sie Archäologen?«

»Die Archäologie ist eine unserer Leidenschaften.«

»Bemerkenswert. Aus irgendwelchen Gründen habe ich dieses Fachgebiet nie mit solcher … Attraktivität in Verbindung gebracht«, sagte Manchester und musterte Remi voller Bewunderung.

»Die Welt ändert sich. Sie ist voller Überraschungen«, sagte Sam und hielt seine Bierflasche hoch, um erneut anzustoßen und den Politiker, dessen Fragen allmählich aufdringlich wurden, von dem Thema abzulenken.

»Und was sind das für ›anomale Erscheinungen‹, wie Sie es ausdrückten?«, fragte Carol Vanya.

»Das wissen wir noch nicht. Wir sind ja eben erst hier angekommen und mussten uns zunächst mit dem Krokodil befassen«, sagte Remi.

»Könnten es Überbleibsel aus dem Krieg sein? In der Umgebung wimmelt es davon«, sagte Manchester.

»Durchaus möglich«, meinte Sam.

Ein Blecheimer, der bis zum Rand mit Eiswürfeln gefüllt war, wurde gebracht, und Sam stellte seine zweite Flasche Bier hinein. Manchester leerte seine Flasche und verlangte mit einem Handzeichen eine dritte. Carol Vanya sah Remi an und verdrehte die Augen, als wolle sie sagen: »Was kann man von so einem Trampel anderes erwarten?«

»Aber nun genug über unser kleines Hobby«, sagte Sam und kam zu einem anderen Thema. »Was hat es mit diesen Krankenstationen auf sich?«

Die Ärztin strahlte ihn an. »Die Planungen dazu sind schon eine ganze Zeit im Gange. Ich habe die Hoffnung aufgegeben, dass die Regierung mit ihrem Volk etwas anderes tut, als es bis aufs Blut auszunehmen, daher habe ich die Angelegenheit in die eigenen Hände genommen. Kinder werden krank, aber nicht behandelt. Menschen sterben, die gerettet werden könnten. Und das alles nur, weil es an medizinischer Versorgung fehlt. Das muss nicht sein, und ich sage, dass es im einundzwanzigsten Jahrhundert auch nicht geschehen *sollte*. Wir verfügen über das entsprechende Wissen, um so etwas zu verhindern, und alles, was wir dazu brauchen, sind die Finanzen. An dieser Stelle sind wir auf unsere großzügigen Spender angewiesen.«

»Das klingt wie ein förderungswürdiges Anliegen. Haben Sie bereits Spender?«, fragte Remi.

Manchester lachte laut, während die dritte Flasche Bier auf dem Tisch erschien und die geleerten weggeräumt wurden. »Das kann man wohl sagen. Sie hat jede pharmazeutische Firma angehauen und dazu gebracht zu zahlen.«

»Es wäre schön, wenn das ausreichen würde, Orwen. Aber es ist nur ein Tropfen auf den heißen Stein. Tatsache ist, dass niemand sich für die Leute hier interessiert, und das Beste, was ich erreichen konnte, waren ein paar symbolische milde Gaben. Jede dieser Firmen könnte einen Scheck ausstellen und damit die meisten unserer organisatorischen Probleme mit einem Federstrich lösen, aber sie tun es nicht. Weil wir nicht im Fokus der Öffentlichkeit stehen. Wir befinden uns in einem Winkel der Welt, von dem niemand weiß, dass er überhaupt existiert. Daher werfen sie uns ein paar Krumen hin, was zwar immer noch besser ist als nichts, aber nicht genug.«

»Wie viel müssen Sie denn noch aufbringen?«

»Mein Ziel sind eine halbe Million Dollar für das erste Jahr und zweihunderttausend für jedes Jahr danach. Im ersten Jahr müssen einfache Gebäude und die Grundausrüstung bezahlt werden, aber diese Kosten sind einmalig.« Carol Vanya schüttelte den Kopf. »Diese Firmen geben an einem normalen Tag mehr aus, um für Zahnaufheller zu werben. Aber wie ich schon sagte, wir bringen keinen Profit, daher interessiert man sich nicht für uns. Bisher habe ich einhundertfünfzigtausend fürs erste Jahr und bescheidene fünfzigtausend für das zweite Jahr zusammenbekommen.«

Remi blickte zu Sam, der verhalten lächelte. »Wir werden uns das Ganze einmal ansehen. Haben Sie so etwas wie einen fest umrissenen Plan? Eine detaillierte Kostenaufstellung?«

»Natürlich. Ich habe eine vollständige Präsentation zusammengestellt.«

»Können wir davon eine Kopie bekommen?«

»Jederzeit. Meinen Sie wirklich, dass es etwas sein könnte, das Ihre Stiftung unterstützen würde?«, fragte Carol Vanya aufgeregt.

Sam leerte seine Bierflasche. »Ich will nichts versprechen, aber lassen Sie uns ansehen, was Sie haben. Ich weiß, dass die Stiftung in der Vergangenheit ähnliche Hilfsprojekte gefördert hat.«

Teller, beladen mit großzügigen Portionen dampfender Fischspezialitäten, wurden serviert, und Manchester untersuchte sein Besteck auf Schmutzflecken, bevor er reinhaute, als ob er kurz vor dem Verhungern stand. Der Größe seiner Bissen und dem Tempo nach zu urteilen, mit dem er aß, war klar, dass er sich gewiss keine Mahlzeit entgehen ließ und das Essen wahrscheinlich als eine Art Hobby betrachtete. Am Tisch herrschte allgemeines Schweigen, bis die Teller geleert waren. Dann lehnte sich Sam zurück. »Das war köstlich. Als ob der Fisch soeben erst aus dem Wasser gezogen wurde.«

Carol Vanya nickte. »Es würde mich wundern, wenn er älter als nur ein paar Stunden wäre. Zum Glück haben wir keinen Mangel an nahrhafter Meeresfauna zu beklagen. In dieser Hinsicht sind wir vom Glück begünstigt.«

»Damit und mit den Bodenschätzen, die profitabel zutage zu fördern wir offenbar niemals schaffen werden«, warf Manchester mit unüberhörbarer Bitterkeit in der Stimme ein.

»Wirklich?«, fragte Sam. »Was gibt es denn hier?«

»Meine Güte, Mann. Öl. Tankerweise. Und alle Arten seltener Rohstoffe. Lastwagenladungen von Gold. Außerdem Smaragde. Rubine. Und so weiter. Wir könnten reicher sein als die verdammten Saudis, stattdessen zanken wir uns ständig herum und machen uns gegenseitig das Leben schwer.«

»Provozieren Sie Orwen bloß nicht. Das ist eins seiner Lieblingsthemen«, warnte Carol Vanya, während das Geschirr abgeräumt wurde.

»Wir blicken auf eine lange Geschichte zurück, die durch Korruption und die Besuche Fremder geprägt wurde, die uns alles gestohlen haben, was irgendwelchen Wert besaß. Was wissen Sie über unsere Vergangenheit?«, fragte Manchester mit hörbar schwerer Zunge.

»Offensichtlich nicht genug«, sagte Sam.

»Viele Jahre lang waren wir ein britisches Protektorat, dann kamen die Japaner und rissen die Herrschaft über die Inseln an sich. Dann kamen die Yankees und vertrieben sie, um uns nach dem Krieg wieder den Briten zurückzugeben. Wir wurden herumgereicht wie eine Schachtel Zigaretten, aus der sich jeder bedienen kann, und bis vor kurzem glaubte noch niemand, wir selbst eingeschlossen, dass wir irgendwann in die Selbstbestimmung entlassen und nicht mehr von Fremden kontrolliert werden würden.« Er lachte freudlos. »Das hat uns auch kein Glück gebracht. Wir gehören nach wie vor zu den Ärmsten. Dabei sitzen wir auf einem wahren Schatz an Rohstoffen, aus dem Profit zu schlagen uns einfach nicht gelingen will. Es ist eine einzige traurige Geschichte.«

Carol Vanya seufzte. Offenbar hatte sie all das schon des Öfteren gehört. »Als Nächstes wird er auf die Goldmine zu sprechen kommen.«

»Gibt es hier denn wirklich immer noch Gold?«, fragte Remi.

»Natürlich. Aber auf diese Idee kommt man niemals, wenn man sich umsieht. Nicht wahr? Und wie Carol angedeutet hat, die Menschen sind das ständige Machtgerangel und die Unfähigkeit leid, daher stürzen sie regelmäßig die jeweils im Amt befindliche Administration, was bei den meisten Politikern zu der Mentalität geführt hat, sich zu bereichern, sobald man ein Amt ergattert hat, da man es erfahrungsgemäß nicht allzu lange innehaben wird. Es ist ein Teufelskreis, und ich habe die letzten zwanzig Jahre darin gelebt.«

Die Ärztin sah den großen Mann mit einem mitfühlenden Blick an. »Orwen ist noch einer der letzten Guten. Lassen Sie sich durch seine kritische Haltung zu Guadalcanal nicht beeinflussen. Die Insel hat ihre Probleme, aber sie ist ein schöner Ort, bevölkert mit freundlichen, warmherzigen Menschen.«

Manchester leerte seine Bierflasche. »Und mit Krokodilen. Die darf man nicht vergessen. Vielleicht sollten wir ihnen die Kontrolle übertragen. Viel schlechter als unter unserer Führung kann es hier nicht mehr werden.«

Die Unterhaltung stockte, und Vanya bemühte sich, sie wieder in Gang zu bringen. »Offenbar ist es an der Zeit, seine Sünden zu beichten. Ich war nicht ganz ehrlich zu Ihnen«, gestand sie mit leiser Stimme.

»Was meinen Sie?«, fragte Remi stirnrunzelnd.

»Nun, ich recherchiere leidenschaftlich gern, und als ich nach Hause fuhr, um mich umzuziehen, habe ich Sam und Remi Fargo gegoogelt. Ich denke, Sie wissen, was ich gefunden habe.«

Sam war sichtlich verlegen. »Man sollte nicht alles glauben, was man im Web zu lesen bekommt.«

»Kann schon sein.« Sie sah Manchester an. »Orwen, Sie sollten wissen, dass Sie mit internationaler Prominenz an einem Tisch sitzen. Sam und Remi sind berühmte Schatzsucher …«

Manchesters Miene versteinerte. »Schatzsucher?«

»Eine Verfälschung, wie die Medien sie lieben. Sie übertreiben maßlos und bauschen alles zu einer Sensation oder zu einem Skandal auf«, erklärte Remi. »Wir haben in der

Vergangenheit durch reines Glück einige bedeutende Funde gemacht. Im Zuge unserer archäologischen Unternehmungen gelangten ein paar historisch bedeutende Objekte zutage. Aber es ist nicht so, dass wir Schätze finden und behalten«, sagte sie ein wenig ungehalten. »Sie werden den rechtmäßigen Eigentümern übergeben oder dienen zur Finanzierung von Hilfsprojekten.«

»Genau. So ist es auch mit der Geschichte ›Mann beißt Hund‹. Je sensationeller, desto besser lässt es sich verkaufen«, schob Sam nach.

»... und mindestens genauso bescheiden wie berühmt«, beendete Carol Vanya ihren zuvor angefangenen Satz. »Die Fargos haben mehr versunkene Reichtümer ausgegraben als jeder andere auf diesem Planeten, Orwen. Lassen Sie sich von ihrer zurückhaltenden Art nicht täuschen.«

Sam machte eine wegwerfende Handbewegung. »Die meisten Menschen haben Besseres zu tun, als in alten Tempeln und Ruinen herumzukriechen. Das sind rein statistische Bewertungen«, sagte er. »Als ob man mehr Geister gesehen habe als andere. Es hat nicht viel zu bedeuten.«

»Wo, sagten Sie, dass Sie tauchen?«, fragte Manchester mit einem eisigen Unterton in der Stimme.

Remi lächelte ihn strahlend an. »Das haben wir noch gar nicht gesagt. Es ist ein Unternehmen unseres Freundes, deshalb ist es nicht an uns, darüber zu reden. Aber ich kann Ihnen versichern, dass es nicht um irgendwelche Schätze geht.«

Seine Augen verengten sich. »Dies ist eine kleine Insel. Ich bin sicher, dass die Meldung von dem beinahe tödlichen Angriff bereits die Runde gemacht hat. Solche Dinge bleiben hier nicht lange geheim.«

»Wahrscheinlich, aber wir müssen die Wünsche unseres

Freundes respektieren. Er ist Gelehrter, und solche Dinge sind ihm sehr wichtig. Ich glaube, man nennt es Urheberschaft – wer was gefunden hat«, sagte sie.

Manchester nickte. »Das verstehe ich vollkommen. Ich dachte nur, dass ich Ihnen vielleicht bei der Beschaffung von speziellen Genehmigungen und solchen Dingen behilflich sein könnte.«

Remi kaschierte mit vorgehaltener Hand ein Gähnen, und Carol Vanya verstand den Wink und bat mit einer Geste in Richtung des Kellners um die Rechnung. Als sie gebracht wurde, angelte Sam sie mit einem schnellen Griff aus der Hand des Kellners, ehe dieser sie der Ärztin reichen konnte. »Bitte. Lassen Sie uns das übernehmen. Das waren der beste Fisch und die netteste und interessanteste Gesellschaft, die wir seit langem hatten. Sie einzuladen ist das Mindeste, das wir tun können.«

In Carol Vanyas Augen blitzte es kurz auf, aber dann lächelte die Ärztin. »Das ist sehr großzügig. Ich kann nur hoffen, dass sich diese Großzügigkeit auch auf Ihre Hilfsbereitschaft erstreckt.«

»Verdammt, wenn ich gewusst hätte, dass ich eingeladen werde, hätte ich mehr getrunken!«, meinte Manchester lachend.

Carol Vanya setzte Sam und Remi am Hotel mit dem Versprechen ab, ihnen baldmöglichst ihre Pläne für die Krankenstationen per E-Mail zuzusenden, und sie kündigten an, in Kürze ins Krankenhaus zu kommen, um dem verwundeten Arbeiter einen Besuch abzustatten.

»Manchester ist ein ganz besonderer Zeitgenosse, nicht wahr?«, sagte Sam, während sie unter dem wachsamen Blick des Angestellten an der Rezeption das Hotelfoyer betraten.

»Das ist eine Untertreibung. Er scheint ziemlich wütend zu sein, oder? Er kann kaum verbergen, wie zutiefst verbittert er ist.«

»Ich kann es ihm nicht verdenken. Es klingt, als führe er einen aussichtslosen Kampf, und bei jedem Schritt, den er sich vorarbeitet, muss er zwei Schritte zurückweichen.«

»Es ist nur die Frage, ob er wirklich die Wahrheit gesagt hat. Mir kam es nicht so vor, als ob er allzu sehr darunter leidet.«

7

Als Leonid die Fargos abholte, lagen zwei schäbige Tauchanzüge und die dazugehörige, reichlich abgenutzt erscheinende Ausrüstung im Kofferraum des SUV. Der Russe sah aus, als hätte er eine anstrengende Nacht hinter sich. Seine Augen waren gerötet, und die Stoppeln eines Zwei-Tage-Barts bedeckten die untere Hälfte seines Gesichts.

»Guten Morgen, mein Sonnenschein«, sagte Sam, während er das Profil seines Freundes studierte. »Könnte es sein, dass du gestern Abend den Kampf gegen die hiesigen Rumvorräte verloren hast?«

Leonid lächelte kläglich. »Frag nicht.«

»Konntest du eine neue Mannschaft auftreiben?«

»Ich vermute, das werden wir sehen, wenn wir zur Bucht kommen. Ich musste das Doppelte von dem bezahlen, was es gestern gekostet hat, aber ich denke, dass sie erscheinen werden.«

Sam sah auf die Uhr und holte das Satellitentelefon aus der Tasche, während sie aus der Stadt fuhren. Selma meldete sich nach dem zweiten Klingeln, ihr Tonfall war wie gewohnt sachlich und konzentriert.

»Guten Morgen, Selma«, antwortete Sam.

»Eher Nachmittag. Der Zeitunterschied beträgt sechs Stunden. Auch wenn es genau genommen bei Ihnen schon Morgen ist, sind es eigentlich achtzehn Stunden.«

»Das ist richtig. Gut zu wissen.« Dann fragte er: »Was ergab Ihre Suche nach einem Schiff?«

»Wir hatten Glück. Ein Schiff ist von Australien aus unterwegs, allerdings wird es, sofern das Wetter günstig ist, erst in einigen Tagen bei Ihnen sein. Es ist eine fünfunddreißig Meter lange Forschungsyacht, die kaum zwölf Knoten schafft.«

»Das ist eine wunderbare Nachricht, Selma.«

»Sie hatten gerade einige Untersuchungen am Great-Barriere-Riff durchgeführt, als ich das Institut, dem das Schiff gehört, überreden konnte, einen kleinen Umweg zu genehmigen.«

»Von wegen kleiner Umweg.«

»Was sind schon tausend Meilen – hin und zurück – zwischen Freunden? Es versteht sich von selbst, dass die Stiftung in diesem Monat eine großzügige Spende lockermachen wird.«

»Das ist genau in meinem Sinn.«

»Wie gefällt es Ihnen auf Guadalcanal? Soweit ich gehört habe, ist der Gezeitenwechsel das Interessanteste, das man dort erleben kann.«

Er berichtete ihr von dem Zwischenfall mit dem Krokodil. Nachdem er geendet hatte, schwieg sie einige Sekunden.

»Das ist schrecklich. Weshalb suchen Sie sich nie einen sicheren Ort als Reiseziel aus?«

»Ich liege Remi ständig in den Ohren, dass sie mir endlich erlauben soll, mich zur Ruhe zu setzen, aber sie ist der reichste Sklaventreiber, den es gibt«, sagte Sam und warf seiner Frau im Rückspiegel einen Blick zu. Sie funkelte ihn drohend an und schüttelte missbilligend den Kopf.

»Es wird wohl drei Tage dauern, bis das Schiff dort eintrifft, deshalb werden Sie sich etwas anderes suchen müssen, um bis dahin die Zeit totzuschlagen. Halten Sie sich lieber von den Menschenfressern fern. Außer den Krokodilen gibt es auch noch jede Menge großer weißer Haie dort.«

»Gut zu wissen. Wir werden die Augen offen halten.«

Nachdem er die Verbindung unterbrochen hatte, beugte Remi sich vor, während der Wagen kaum ein Schlagloch in der Fahrbahndecke ausließ. »Und?«

»Selma lässt dich grüßen. Sie meint, du solltest auch deine Kenntnisse in der Haiabwehr ein wenig auffrischen.«

Entsetzen funkelte in ihren Augen. »Nein!«

»Doch. Offenbar hat sie sich über diese Region informiert und in Erfahrung gebracht, dass es neben der graugrünen gepanzerten örtlichen Attraktion auch noch große weiße Haie gibt.«

»Und wir wollen trotzdem tauchen?«

Sam zuckte die Achseln. »Niemand lebt ewig.«

Remi sah Leonid entrüstet an. »Dann erklär mir noch einmal, weshalb wir um den halben Erdball geflogen sind, um all das zu ertragen.«

»Wissenschaftliche Neugier«, schlug Sam vor. »Freundschaft. Der Reiz, etwas Bedeutendes zu entdecken. Wissensdurst.«

»Langeweile«, sagte Leonid, und alle lachten.

»Du weißt aber, dass wir in unseren Tauchanzügen für die großen Weißen wie kapitale Seehunde aussehen müssen«, meinte Remi.

Sam grinste. »Wie ich hörte, sollen Nasstauchanzüge nicht allzu schmackhaft sein. Haie meiden sie gewöhnlich.«

»Du denkst an Seeotter«, korrigierte Remi ihn.

»Ach, die beiden verwechsle ich immer. Nun, versuch, dich wie ein Otter zu verhalten, während wir auf Tauchstation sind.«

»Wenigstens dürften uns die Krokodile im offenen Wasser keine Probleme bereiten. Am gefährlichsten sind sie in Ufernähe und in Flussmündungen.«

»Wie Benji unglücklicherweise feststellen musste.«

Als sie an der Bucht eintrafen, parkte ein anderer Lastwagen oberhalb des Sandstrands, und nur drei Männer saßen unter einer der im Wind schwankenden Palmen und sahen dem SUV entgegen. Ein einzelnes Boot war mit einer Leine an einem Baumstamm befestigt und schaukelte träge in dem zunehmend warmen Sonnenschein.

Nachdem sie sich mit einem sorgfältigen Rundblick vergewissert hatten, dass keine weiteren Krokodile im Gebüsch lauerten, schlüpften Sam und Remi in ihre Nasstauchanzüge und stiegen ins Boot, gefolgt von den Männern, die auf sie gewartet hatten. Der altersschwache Außenbordmotor erwachte mit einem kehligen Husten zum Leben, und sie glitten über die Bucht, wobei Leonid dem Kapitän den Kurs mit Hilfe eines tragbaren GPS-Geräts angab.

Als sie die gewünschte Position erreichten, schaltete der Kapitän den Motor auf Leerlauf, während Sam und Remi ihre Vorbereitungen abschlossen. Die Tauchmasken vor den Gesichtern und die Atemventile zwischen den Zähnen, betrachtete Leonid sie mit der Andeutung eines aufmunternden Lächelns.

»Wassertiefe bis zum Grund etwa dreißig Meter. Nach dem, was die anderen Taucher berichtet haben, sollte die Sicht sehr gut sein. Das Wasser ist an dieser Stelle üblicherweise ausgesprochen klar.«

Sam spuckte sein Atemventil aus. »Nur dass der Sturm gestern hier gewütet hat. Aber daran ist nun mal nichts zu ändern. Es dürfte interessant werden.«

Remi ließ sich vom Bootsrand rückwärts aus dem Boot kippen, während Sam eine stählerne Tauchleiter hinabstieg, die einer der Männer am Bootsheck eingehängt hatte. Erfreut stellte er fest, dass die Wassertemperatur beinahe Badewannenniveau hatte. Er ließ sich vollständig unter die Wasseroberfläche sinken und gewahrte Remi, die in drei Metern Entfernung auf ihn wartete. Er gab ihr mit einem Daumen das Okay-Zeichen, das sie erwiderte, und dann begannen sie den langsamen Abstieg zum Grund der Bucht, der von ihrer augenblicklichen Position aus kaum zu erkennen war.

Bei etwa fünfzehn Metern konnten sie die Konturen der rätselhaften Erhebungen auf dem Riff ausmachen. Sam tippte Remi auf die Schulter und deutete nach rechts, wo sich ein wuchtiger Buckel vom Meeresgrund hochwölbte. Als sie darauf zusteuerten, wurde schnell deutlich, dass sie etwas von Menschenhand Erschaffenes vor sich hatten. Die Erhebung war dicht mit Meeresgetier besetzt, aber Form und Symmetrie waren unverkennbar – sie war der Teil eines Gebäudes.

Sie näherten sich dem Objekt bis auf Armeslänge, und Sam tastete nach dem Griff seines Tauchermessers, das er am rechten Unterschenkel festgeschnallt hatte, und zog es aus der Scheide. Remi verfolgte gespannt, wie er die Seepocken von der Oberfläche der Struktur abkratzte. Schon nach wenigen Sekunden hielt er inne und bewegte sich rückwärts, damit Remi die Früchte seiner Arbeit begutachten konnte.

Es war eine Fuge, die er freigelegt hatte. Eine schmale Naht zwischen zwei Steinblöcken. Damit waren sämtliche Zweifel hinsichtlich des Ursprungs der Erhebungen beiseitegewischt. Die Gebilde auf dem Grund der Bucht mussten tatsächlich Ruinen versunkener Bauwerke sein.

Ein Schatten glitt über den Meeresboden, und sie erstarrten. Sam blickte nach oben und erkannte die schlanken Konturen eines Hais. Kein großer weißer Hai, aber es waren immerhin solide drei Meter, die zu dem nach Beute suchenden Meeresräuber gehörten.

Der Hai umkreiste ihre Position, verlor dann jedoch das Interesse an ihnen und trollte sich. Remis Augen hinter der Maske waren groß wie Untertassen, und Sam hatte Mühe, seinen Atem unter Kontrolle zu behalten, während seine Herzfrequenz wieder auf einen normalen Wert herabsank. Falls sie irgendeines Beweises für die Gefährlichkeit ihrer ausgesetzten Position bedurft hätten, so reichte diese Begegnung vollkommen aus. Nach einer kurzen Besichtigungstour durch die Ruinen tauchten sie auf und legten auf dem Weg nach oben einen kurzen Dekompressionsstopp ein, in dessen Verlauf sie beständig Ausschau nach ungebetenen Gästen hielten.

Sobald sie ins Boot zurückgekehrt waren, befreiten sie sich von ihren Tarierwesten und schälten sich aus den Nasstauchanzügen. Die tropische Sonne sorgte bereits dicht über der kühlen Wasseroberfläche für glühende Hitze.

»Und?«, fragte Leonid gespannt.

»Es handelt sich zweifellos um ein künstliches Bauwerk. Und zwar um ein sehr altes. Das ist offensichtlich.«

»Wie könnt ihr euch nach nur einem Tauchgang so sicher sein?«

Remi beschrieb die Mauerfuge zwischen den Steinblöcken. »Demnach gibt es keinen Zweifel?«

»Es ist genau das, was wir vermuteten – ein versunkener Gebäudekomplex.«

»Tauchst du nicht?«, wollte Sam von Leonid wissen.

Der Russe schüttelte den Kopf. »Ich habe es nicht gelernt.«

»Dann solltest du einen Intensivkurs nehmen, während

wir auf die Ankunft des Tauchschiffs warten. Du kannst kaum eine meeresarchäologische Expedition leiten, ohne gelegentlich selbst ins Wasser zu gehen.«

»Ich weiß nicht, ob ich es in meinem Alter noch schaffen würde«, sagte Leonid.

»Unsinn. Wir suchen einen Lehrer für dich. Was gäbe es denn sonst in den nächsten Tagen für dich zu tun?«

Leonid wirkte wenig überzeugt. »Bist du dir ganz sicher? Ich habe dies hier« – er deutete auf seinen Körper – »nicht besonders in Form gehalten.«

»Die meiste Zeit schwimmst du einfach nur herum, Leonid. Als Jacques Cousteau dem Tauchsport frönte, war er doppelt so alt wie du. Komm schon. Gönn dir im Leben mal was Gutes«, neckte Sam seinen Freund.

Der Kapitän lenkte das Boot zum Strand zurück, und sie stiegen aus in den Sand, der sich mittlerweile so stark aufgeheizt hatte, dass die Luft darüber flimmerte. Remi blickte zu dem Wäldchen hinüber, in dem das Krokodil auf seine menschliche Beute gelauert hatte, und tippte Sam an.

»Was ist mit unserem hungrigen Freund geschehen?«, fragte sie mit leiser Stimme.

»Die Einheimischen haben sich offenbar ein Herz gefasst und sich dorthin gewagt und ihn weggeschafft. Seine Haut ist ein kleines Vermögen wert«, sagte Leonid. Er wandte sich an die einheimischen Helfer. »Können wir morgen mit Ihnen rechnen?«

Der Kapitän und seine Mannschaft wechselten besorgte Blicke, und dann schüttelte der alte Mann den Kopf. »Nein. Dies ist ein böser Ort«, sagte er mit einem derart starken Akzent, dass seine Worte kaum zu verstehen waren.

»Ich bitte Sie. Nichts ist passiert. So leicht verdienen Sie Ihr Geld nie wieder.«

Die Männer sahen einander abermals an, und der Kapitän runzelte die Stirn. »Geld ist nicht entscheidend. Ich hätte niemals hierherkommen sollen – die Bucht ist verflucht. Und Sie sollten sich auch überlegen, was besser für Sie ist, und schnellstens das Weite suchen – und nie mehr zurückkommen! Wenn Sie das nicht tun und an Ihrem Vorhaben festhalten, droht Ihnen weiteres Unheil, und in diesem Fall möge Gott Ihnen gnädig sein.«

Leonid lachte heiser. »Also wirklich, alter Mann. Verflucht? Sie kommen mir nicht wie jemand vor, der sich leicht ins Bockshorn jagen lässt.«

Der Kapitän musterte ihn mit eisigem Blick. »Ich habe getan, was Sie von mir verlangt haben, aber das war's. Zahlen Sie mich aus, damit ich von hier verschwinden kann. Wenn Sie unbedingt Ihr Leben aufs Spiel setzen wollen, nur zu. Aber ohne mich.«

»Sie machen es aber ganz schön dramatisch, finden Sie nicht?«, sagte Leonid. Der Kapitän wartete schweigend, während Leonid einige Geldscheine von einer Rolle pellte und sie ihm reichte. »Denken Sie an unsere Abmachung. Zu niemandem ein Wort von diesem Unternehmen.« Er zog eine weitere Banknote von der Rolle.

»Ich werde es keiner Seele verraten. Aber selbst wenn ich es täte, würde niemand wagen, das Schicksal herauszufordern, und hierherkommen. Ich habe gehört, was mit Benji passiert ist. Er hat durch den Fluch ein Bein verloren.« Der Kapitän hielt für einen Moment inne. »Es wird noch mehr geschehen. Dies ist nur der Anfang.«

Leonid gab ihm den Schein. Und der Mann trottete zum Boot zurück. Mit Hilfe des Außenbordmotors legte er vom Strand ab, und die beiden Helfer stapften zum Lastwagen und ließen Sam, Remi und Leonid am Strand zurück.

Remi sah Sam unsicher an. »Hast du das Gesicht des alten Mannes gesehen? Er hatte Angst.«

»Reiner Aberglaube ist das. Hokuspokus. Unsinn«, spottete Leonid.

»Er hat offenbar schon früher von dieser Bucht gehört. Es könnte interessant sein zu erfahren, welche Gerüchte darüber in Umlauf sind«, sagte sie.

»Besonders wichtig ist es nicht, oder? Da draußen dicht vor der Küste gibt es eine versunkene Stadt, von der niemand etwas weiß, und wir haben sie entdeckt. Wen interessiert es da, welche Sagen und Legenden man sich darüber erzählt?«, meinte Leonid abfällig.

»In solchen Überlieferungen steckt häufig ein Körnchen Wahrheit«, widersprach Sam dem Russen. »Es kann sicher nicht schaden, ein paar Fragen zu stellen.«

»Nun, wenn ihr unbedingt sinnlos eure Zeit vergeuden wollt, dann tut, was ihr nicht lassen könnt. Es scheint, als müsste ich die nächsten drei Tage nutzen, um doch noch das Tauchen zu erlernen.«

8

La Jolla, Kalifornien

Selma blickte von ihrem Computerbildschirm hoch, als sie die Haustür gehen hörte. Ihre Assistenten, Pete und Wendy, waren in der Mittagspause, und Zoltán, der vor ihren Füßen lag, hob bei der Störung den Kopf und machte Anstalten aufzuspringen. Sie beruhigte ihn, indem sie ihm das Nackenfell kraulte, und entspannte sich, als sie den Besucher erkannte. Es war Lazlo Kemp.

Der englische Gelehrte, der wie immer ein wenig ungepflegt wirkte, hatte sich angewöhnt, regelmäßig vorbeizuschauen, weil er, wie sie vermutete, nun, da seine Laos-Expedition beendet und kein Schatz entdeckt worden war, nichts Besseres mit seiner Zeit anzufangen wusste. Er war wegen des Misserfolgs zutiefst niedergeschlagen gewesen, hatte sich jedoch schnell davon erholt, als er von einem vor kurzem aufgetauchten Dokument Wind bekam, das handschriftlich von Captain Kidd, dem berüchtigten Piraten, verfasst worden sein sollte – in einem Geheimcode.

»Meine liebe Selma, darf ich bemerken, dass Sie heute wieder atemberaubend aussehen?«, verkündete Lazlo, während sie ihn mit einem amüsierten Blick begrüßte. »Und du, Zoltán, du schöne Bestie, bist ein weiteres Mal der Inbegriff caniner Wohlgenährtheit.«

»Er ist auch nicht andeutungsweise fett«, verteidigte Selma die Ehre des Hundes. Zoltán legte den Kopf schief, während er Lazlo musterte, schloss die Augen und strafte den Besucher mit jener ganz speziellen Art von Missbilligung, die nur ein Rassehund ausdrücken kann.

»Ich meine es doch ganz und gar liebevoll. Ich bewundere diesen blutgierigen Killer.« Er warf einen Blick auf den Bildschirm, ehe er sich auf den nächsten Stuhl sinken ließ. »Und woran arbeiten wir zurzeit?«

Sie drückte auf den Power-Knopf, und der Monitor erlosch. »Ganz bestimmt an nichts, was Sie interessieren würde.«

»Man kann nie wissen. Ich nehme an, dass ich mich, wenn Sie Ihre Hände im Spiel haben, sofort dafür begeistern könnte.«

Seit der Rückkehr von seinem Abenteuer in Laos war Lazlo Kemp der reinste Charmebolzen, worüber Selma sich immer wieder herzlich amüsierte.

»Na ja, in Ihrem Alter dürfte Begeisterung auch das Einzige sein, was man sich von Ihnen erhoffen kann.« Sie machte eine kurze Pause, dann fragte sie: »Was führt Sie hierher, Lazlo?«

»Der selbstlose geheime Wunsch, Ihnen ein wenig zu helfen. Gibt es nichts, was ich Ihnen abnehmen kann? Vielleicht das Knacken einer besonders schwierigen Verschlüsselung? Die Lösung eines Rätsels, an dem die hellsten Köpfe unserer Zeit verzweifeln?«

»Sie haben wohl noch immer nicht entschieden, ob Sie diese Captain-Kidd-Spur weiterverfolgen, oder?« Es war nur eine rhetorische Frage, denn sie kannte die Antwort längst. Lazlo Kemp war wie ein offenes Buch für sie.

»Ich prüfe noch. Der Eigentümer des Briefs glaubt, dass er sich auf Kidds verschollenen Piratenschatz bezieht, aber das wäre zu schön, um wahr zu sein.«

»Und natürlich weiß man auch, dass diejenigen, die potentielle Interessenten dazu animieren wollen, obskure Dokumente zu erwerben, die Bedeutung ihres Inhalts gerne übertreiben«, stellte Selma fest.

»Deshalb traue ich der ganzen Sache auch nicht und muss ihr auf den Grund gehen. Im Augenblick bin ich zwar guter Hoffnung, aber – solange es keine weiteren Beweise für die Richtigkeit gibt – noch mit Vorbehalten. Falls sich jedoch herausstellt, dass es sich bei dem Dokument allerdings tatsächlich um das handelt, was es laut Eigentümer sein soll, könnte sich daraus eine einmalige Chance ergeben – und eine profitable dazu.«

Selma schüttelte den Kopf. »Kündigen Sie bloß nicht Ihren regulären Job.«

»Na ja, eigentlich ist dies mein Job.« Er wechselte das Thema. »Und wie geht es unseren Wohltätern, den Fargos? Was treiben sie zurzeit?«

Selma setzte ihn über den Fund auf den Salomon-Inseln ins Bild. »Ich führe für sie einige Recherchen über die Region durch. Vulkane, Erdbeben, Flutwellen – was immer an Naturkatastrophen dort stattgefunden hat. Seit sie sich abgemeldet haben, um zu tauchen und zu überprüfen, ob dort irgendetwas von Wert zu finden ist, habe ich allerdings noch nichts von ihnen gehört.«

»Hmm. Höchst interessant. Es gibt nicht viele Regionen auf der Welt, die noch nicht gründlich erforscht wurden. Aber ich wage anzunehmen, dass dies eine dieser Regionen ist.«

»Richtig. Und angesichts der dortigen politischen und sozialen Unruhen wird sie es bis auf weiteres wohl auch bleiben. In den ersten Jahren des Millenniums tobte dort ein Bürgerkrieg, und im Jahr 2006 kam es zu heftigen

Unruhen, ebenso 2014. Eine wesentliche Ursache ist die extreme Armut der einheimischen Bevölkerung. Und die Australier mussten dort eine kleine Besatzungstruppe stationieren, um den Frieden zu erhalten. Nicht gerade eine Gegend, die zu Erkundungen einlädt.«

»Damit bleibt es mal wieder den Fargos überlassen, etwas zu finden, das für jedermann hätte sichtbar sein müssen. Schon erstaunlich.«

»Wenn es sich tatsächlich so verhält, dann war es eigentlich ihr Kollege Leonid Vasjew, dem die Entdeckung zuzuschreiben ist. Sie sind ihm lediglich behilflich.«

»Leonid? Das ist ein durch und durch irischer Name.«

»Sie müssen es ja wissen, Laz-*lo*«, sagte Selma und betonte die zweite Silbe seines Namens. »Man sollte keine voreiligen Schlussfolgerungen ziehen. Das ist die wichtigste Regel der Fargos. Und es ist eine gute Regel, finde ich«, warnte sie.

»Dann ist er kein Russe?«

Sie verzog das Gesicht zum Anflug eines Lächelns. »Kann ich Ihnen sonst irgendwie behilflich sein?«

Der Wink war deutlich genug, und er erhob sich. »Nein, nein, ich bin eigentlich nur vorbeigekommen, um mich zu vergewissern, dass inzwischen kein strahlender Ritter Ihr Herz im Sturm erobert hat.« Er nickte erst Zoltán und dann Selma zu. »Ich wünsche Ihnen noch einen schönen Tag, Selma. Ich bleibe in der Nähe. Ein Anruf genügt, und ich bin zur Stelle, falls Sie meiner beträchtlichen Fähigkeiten bedürfen.«

»Wie beruhigend. Aber ich denke, heute werde ich sie nicht mehr brauchen.«

»Nichtsdestoweniger stehe ich Ihnen jederzeit zur Verfügung.«

Sie sah ihm nach, als er hinausging, den Kopf hoch erhoben, und musste unwillkürlich lächeln. Er hatte wirklich einen gewissen Charme, auch wenn er vollkommen von sich eingenommen und Moral für ihn ein Fremdwort war. Auf seine Art war er völlig verrückt.

Die Haustür fiel zu, und sie wandte sich wieder ihrer vorherigen Tätigkeit zu, wobei ihr flüchtig bewusst wurde, dass der Raum ohne Lazlo plötzlich seltsam leer erschien. Eine Bewegung vor dem Panoramafenster, das zum Ozean hinausging, fiel ihr ins Auge, und sie verfolgte, wie sich eine schneeweiße Seemöwe von einem kräftigen Aufwind fast schwerelos in den blauen Himmel hinauftragen ließ. Lazlo war eine Landplage, rief sie sich nüchtern in Erinnerung, ein richtiger Gauner, und sie wollte nichts mit seinen Schummeleien zu tun haben. Aber das Lächeln spielte weiterhin um ihre Lippen, während sie sich zu ihrem Monitor umwandte und ihn wieder einschaltete. Zoltán suchte sich eine bequemere Position auf ihren Füßen, und sie fasste nach unten und tätschelte seinen wuchtigen Schädel.

9

Guadalcanal, Salomon-Inseln

Das Frühstück im Hotelrestaurant mit Leonid Vasjew, der missmutig auf seinem Stuhl saß, war eine traurige Angelegenheit. Er hatte sich im Hafen umgehört und versucht, für den nächsten Tag ein Boot zu chartern, aber die Nachricht von dem Angriff des Krokodils hatte längst die Runde gemacht, und niemand war bereit, einen Vertrag mit ihm zu schließen, ganz gleich wie hoch die Summe war, die er als Gegenleistung anbot.

»Betrachte es doch mal aus einem anderen Blickwinkel, Leonid«, sagte Sam. »Bei den kurzen Tauchgängen, zu denen wir zurzeit nur in der Lage sind, können wir nicht allzu viel erreichen. Es ist sowieso besser, auf die Ankunft des Forschungsschiffes zu warten, dann haben wir die gesamte Ausrüstung und das entsprechende notwendige Personal zur Verfügung. Wir haben bereits festgestellt, dass wir es mit Ruinen von Menschen geschaffener Bauten zu tun haben. Das ist mehr, als ich mir von unserem ersten Besuch der Fundstätte erwartet hatte.«

»Und du hättest jetzt ausreichend Zeit und Gelegenheit, das Tauchen zu erlernen«, gab Remi zu bedenken. »Wer weiß? Vielleicht findest du sogar Gefallen daran.«

»Das wage ich zu bezweifeln«, brummelte Leonid in seinen Kaffee.

»Noch ist nicht alles verloren, mein Freund«, sagte Sam.

»Während wir an Land festsitzen, schnüffeln wir herum und sehen zu, was wir an Sagen und Legenden und an sonstigem mündlich überliefertem Wissen in Erfahrung bringen können. Es ist eigentlich kaum zu glauben, dass keinerlei Überlieferungen existieren sollen, in denen von einer versunkenen Stadt die Rede ist.«

»Viel Glück. Ich habe es kaum geschafft, die Einheimischen dazu zu bewegen, mit mir zu sprechen. Sie sind eine sture, zugeknöpfte Bande.«

»Also, die Überredungskraft meiner schönen Frau ist vielleicht wirkungsvoller als dein herber russischer Charme.«

Leonid musste Sam in diesem Punkt recht geben. »Ich kann wirklich nicht besonders gut mit anderen Menschen.«

»Deshalb verfahren wir nach dem Motto ›Teilen und Herrschen‹. Du nimmst Tauchunterricht, und wir unterhalten uns mit einigen Leuten und sammeln Informationen«, sagte Remi. »Klingt das gut?«

»Bis auf den Teil, dass ich ins Wasser steigen soll.«

Sie trennten sich, und Sam und Remi gingen zum Krankenhaus, während die Sonne die kühle Morgenluft aufheizte. Im Krankenhaus fragten sie nach Dr. Vanya, und die Ärztin freute sich offenbar, sie zu sehen, als sie durch die Schwingtüren der Notaufnahme kam.

»Das ist eine nette Überraschung. Ich hatte Sie nicht so bald erwartet.«

»Wir waren gerade in der Nachbarschaft…«, sagte Sam.

»Wenn man in einer Stadt von der Größe Honiaras wohnt, ist man praktisch überall in der Nachbarschaft.«

»Wie geht es ihm?«, fragte Remi.

»Sein Zustand ist stabil, aber er ist wahrscheinlich noch nicht so weit bei Kräften, dass er Besuch empfangen kann. Wir haben ihm starke Beruhigungsmittel verabreicht. Tut mir leid. Aber ich werde ihn darüber informieren, dass Sie hier waren und sich nach ihm erkundigt haben.«

»Danke. Wir kennen ihn noch nicht einmal persönlich, darum wird er nicht wissen, wer wir sind«, sagte Remi.

»Ich sage ihm, dass die Leute, die ihm das Leben gerettet haben, hier waren und sich nach seinem Wohlergehen erkundigt haben.«

»Vielen Dank.«

»Na ja, schließlich werde ich Ihnen mit der Bitte um eine Spende weiterhin lästig fallen, daher ist es das Mindeste, was ich tun kann«, sagte Carol Vanya mit einem entwaffnenden Lächeln.

»Sie haben uns gestern Abend Ihre Hilfe angeboten. Ich hoffe, es macht Ihnen nichts aus, wenn wir sie in Anspruch nehmen«, sagte Sam.

»Natürlich nicht. Was kann ich tun?«

»Zunächst einmal ein Geheimnis bewahren«, sagte Remi und sah sich prüfend um.

»Nichts wird über meine Lippen kommen.«

»Es geht um die Bodenanomalien auf dem Grund der Bucht. Vieles spricht dafür, dass sie die Überreste einer versunkenen Stadt sind.«

Sie blinzelte heftig. »Einer was?«

»Einer antiken Stadt vor der Küste.«

»Vor Guadalcanal? Das kann nicht Ihr Ernst sein.«

Sam nickte. »Doch, das ist es. Und wir wollen wissen, ob es irgendwelche Erzählungen über einen solchen Ort gibt. Ich könnte mir vorstellen, dass solche Geschichten existieren. Einer der alten Bootsführer erwähnte etwas von einem Fluch. Wir würden gerne untersuchen, was dahintersteckt.«

Carol Vanya ließ sich im leeren Warteraum auf eine Bank

fallen und starrte ihre Besucher an, als kämen sie von einem anderen Stern. »Ich bin hier geboren und habe nie etwas von einer mit einem Fluch belegten versunkenen Stadt gehört. Das ist reinste Science-Fiction. Nichts für ungut.«

»Schon okay. Ich weiß, es klingt weit hergeholt. Wir sind auf gewisse Weise im Legenden-und-Sagen-Business tätig, und dies wäre nicht das erste Mal, dass sich etwas anscheinend Unmögliches als real herausstellt«, erklärte Remi.

»Oh, ich bezweifle nicht, dass Sie etwas gefunden haben. Ich kann nur nicht glauben, dass … dass Sie hier auf irgendwelche Ruinen gestoßen sein sollen. Ich meine, bei allem Respekt, aber es ist ja nicht so, dass die Salomonen für eine hochentwickelte Zivilisation bekannt sind, die bis ins Altertum zurückreicht. Sehen Sie sich doch um. Ausgerechnet hier soll jemand eine Stadt erbaut haben, deren Überreste unter Wasser liegen und bis heute überdauert haben?«

»Nun, *Stadt* ist vielleicht ein wenig übertrieben. Es handelt sich eher um einen Gebäudekomplex«, stellte Sam richtig. »Aber dennoch, kennen Sie irgendjemanden, der uns unter Umständen einige Fragen beantworten könnte? Vielleicht einen älteren Inselbewohner? Jemanden, dem die mündlichen Überlieferungen geläufig sind?«

Sie schüttelte den Kopf. »Vielleicht ist Orwen die bessere Adresse. Er kommt viel mehr unter Leute als ich. Aber auf Anhieb fällt mir niemand ein.«

Sam verzog skeptisch das Gesicht. »Er schien etwas gegen Fremde zu haben, die die Inseln besuchen und nur auf ihren Vorteil bedacht sind. Da ist er möglicherweise für Bitten um Hilfe nicht sehr empfänglich.«

»Ach, lassen Sie sich durch Orwens gelegentliches Gepolter nicht abschrecken. Er wird Ihnen helfen, wenn ich ihn darum bitte.«

»Wir möchten den Kreis derer, die von dieser Sache wissen, möglichst klein halten«, bremste Remi ihren Elan.

»Also, wenn Sie eine echte Expedition planen, brauchen Sie eine offizielle Genehmigung der Regierung, und da wäre Orwen schon der nächstliegende Gesprächspartner. Ich kann mir nicht vorstellen, dass die Administration Ihnen ohne weiteres gestattet, in unserem kulturellen Erbe herumzustochern, selbst wenn sie bisher gar nicht gewusst hat, dass es so etwas überhaupt gibt. Da bietet Ihnen Orwen die beste Chance, eine solche Genehmigung zu erhalten.«

»Wir wissen ja noch nicht mal, was wir gefunden haben. Das Ganze könnte sich am Ende als heiße Luft entpuppen.«

»Halten Sie es für besser, sich im Nachhinein entschuldigen zu müssen, als vorher um eine offizielle Erlaubnis zu bitten? Ich würde diesen Weg nicht einschlagen. Wie Sie während des Abendessens wahrscheinlich schon bemerkt haben, können die Inselbewohner ziemlich empfindlich reagieren, wenn es um Eingriffe in ihre Hoheitsrechte geht. Also, ich würde von Anfang an den offiziellen Weg beschreiten.«

Sam nickte. »Ein guter Rat, danke. Könnten Sie sich denn mit ihm in Verbindung setzen?«

»Ich rufe ihn gleich an. Wenn Sie einen Moment warten können«, sagte Dr. Vanya und erhob sich und verschwand im Krankenhaus.

Sam beugte sich zu Remi vor und senkte die Stimme. »Ich wünschte, wir könnten alles, was den Fund betrifft, für uns behalten.«

»Ich weiß. Aber es ist ja nicht so, dass uns irgendwer in die Quere kommen könnte, selbst wenn im Fernsehen darüber berichtet würde. Sieh dir nur an, was an Ausrüstung auf der Insel zur Verfügung steht. Bestenfalls kann jemand runtertauchen und feststellen, dass es sich um echte Ruinen handelt. Und das wäre wirklich nicht so schlimm.«

»Trotzdem, Vorsicht ist die Mutter der Porzellankiste.«

»Das Schiff wird in Kürze eintreffen, und ganz gleich, was sich auf dem Grund der Bucht befinden mag, es wird dann immer noch dort sein. Außerdem machen die Einheimischen einen derart weiten Bogen um diese Zone, schon weil sie ihrer Auffassung nach mit einem Fluch belegt ist. Wir müssen uns keine allzu großen Sorgen machen.«

Carol Vanya kehrte zurück und lächelte. »Orwen erwartet Sie heute Vormittag in seinem Büro. Hier ist die Adresse«, sagte sie und reichte Sam eine Visitenkarte mit einer handschriftlichen Notiz auf der Rückseite.

»Vielen Dank für Ihre Bemühungen«, sagte Remi.

»Es war mir ein Vergnügen. Viel Glück bei der Lösung dieses Rätsels. Sie müssen ein aufregendes Leben führen, wenn es immer so ist wie hier.«

»Nun, oft genug reisen wir um die halbe Welt und müssen am Ende feststellen, dass außer Spesen nichts gewesen ist«, sagte Sam.

Manchesters Büro befand sich in einem der optisch ansprechenderen Gebäude der Hauptstraße. Es war zwei Stockwerke hoch und sah aus, als habe es während der vergangenen zehn Jahre zumindest ein Mal Bekanntschaft mit einem frischen Farbanstrich gemacht. Eine freundliche Empfangsdame begrüßte sie und geleitete sie zu Orwen Manchester, der, auch diesmal in einem eleganten Anzug, hinter einem Schreibtisch saß, der die Ausmaße eines Mittelklassewagens hatte.

»Bitte, setzen Sie sich. Carol hat sich am Telefon ziemlich geheimnisvoll ausgedrückt. Sie meinte, Sie seien auf einem abenteuerlichen Trip und brauchten Hilfe.«

»Was das Abenteuer betrifft, bin ich mir noch nicht ganz sicher«, sagte Remi.

Sam erzählte ihm von den versunkenen Ruinen, und Manchester hörte mit großen Augen zu. Als Sam seinen Bericht beendet hatte, stand der massige Mann auf, trat ans Fenster und blickte auf den Ozean hinaus.

»Das ist eine tolle Geschichte. Ich weiß nicht, was ich davon halten soll.« Er zögerte. »Was schwebt Ihnen vor, das ich tun soll?«

»Ein paar Dinge. Es muss irgendwelche Hinweise darauf geben, was es mit diesen Ruinen auf sich hat. Irgendeinen historischen Bezug oder zumindest eine Sage oder eine Legende.«

»Schon möglich. Aber es gab hier niemals so etwas wie eine ernsthafte Geschichtsschreibung, darum dürfte in dieser Richtung nicht viel zu erwarten sein. Ich habe jedenfalls noch nie etwas in dieser Richtung gehört.«

»Es könnte auch jemand sein, der die alten Geschichten noch kennt.«

Manchester schien nachzudenken. »Es gibt einige alte Leute, die Ihnen vielleicht weiterhelfen können. Aber sie da draußen zu finden, wird schwierig sein. Das Leben in der Stadt behagt ihnen nicht – sie ziehen die traditionelle Lebensweise vor.«

»Könnten Sie uns auf irgendeine Weise ankündigen?«

Manchester lachte. »Ich kann sie kaum per E-Mail erreichen. Aber ich kann Ihnen den Weg dorthin erklären und eine Art Empfehlungsschreiben mitgeben, das Sie vorzeigen können. Obwohl diese Leute wahrscheinlich gar nicht lesen können, aber vielleicht reicht es schon, wenn sie den amtlichen Briefkopf mit dem Nationalwappen erkennen.«

»Das wäre großartig.« Sam überlegte kurz. »Dann wäre da noch das Problem, die Genehmigung der Regierung zu erhalten, den Fundort eingehend zu untersuchen.«

»Das muss ich mir durch den Kopf gehen lassen. Bisher ist noch nie jemand mit der Absicht an uns herangetreten, hier irgendwelche archäologischen Forschungen zu betreiben. Dies ist das erste Mal, zumindest seitdem ich Mitglied des Parlaments bin. Ich weiß nicht, ob es so etwas wie ein amtliches Verfahren gibt oder Vorschriften, die beachtet werden müssen.«

»Das kann von Vorteil, aber auch von Nachteil sein«, sagte Remi.

»Ja. Ich verstehe. Man will den Leuten nicht zu sehr auf die Pelle rücken und ihr Zartgefühl verletzen. Ich werde mit einigen anderen Mitgliedern des Parlaments zu Mittag essen und sehen, was ich erreichen kann. Es ist ja nicht so, dass Sie Abbaugenehmigungen oder Schürfrechte beantragen, sondern Sie wollen nur zwischen versunkenen Trümmern herumstochern. Sehe ich das richtig?«

»Absolut. Was immer wir finden, es ist und bleibt Eigentum der Bewohner der Salomonen. Wir sind nur hier, um unsere Neugier zu befriedigen.«

»Ich denke, das reicht aus, um Ihnen Unterstützung zu gewähren. Grundsätzlich arbeiten Sie gratis und helfen uns, eine historische Stätte zu katalogisieren, von deren Existenz wir bis heute keine Ahnung hatten.«

»Genau so würde ich es präsentieren«, sagte Sam.

Manchester lächelte. »Gut, ich kann Ihnen zwar nicht garantieren, dass Sie die Genehmigung erhalten, aber ich werde tun, was ich kann«, versprach er.

»Das ist alles, worum wir bitten können.«

»Was die alten Leute betrifft, so habe ich zwei im Sinn. Einer wohnt in der Nähe von Mbinu auf halbem Weg zur Ostspitze der Insel, und der andere lebt in einer ziemlich einsamen Gegend – er hat eine Hütte an einer Lehmstraße am Fluss östlich des Dorfs Aola. Was für einen Wagen fahren Sie?«

Sam und Remi wechselten einen schnellen Blick. »Wir müssen noch einen fahrbaren Untersatz mieten.«

»Nehmen Sie sich ein SUV mit breiten Reifen und Vierradantrieb. Sie werden es brauchen.«

»Und wo finden wir so etwas am ehesten?«

Manchester ließ sich in seinen Sessel fallen und schrieb einen kurzen Brief auf amtlichem Papier mit dem Wappen der Salomonen am oberen Rand. Anschließend notierte er auf einem Notizpapier mehrere Namen und Adressen. Beide Schriftstücke schob er mit einer schwungvollen Geste zu Remi hinüber.

»Rubo ist etwa hundert Jahre alt. Er hat seine Hütte an der Lehmstraße. Diejenigen, die abergläubisch sind, halten ihn für einen Schamanen – einen heiligen Mann. Tom ist ein ehemaliger Holzfäller und bekannt wie ein bunter Hund. Er ist zwar nicht so alt wie Rubo, aber er kennt so gut wie jeden in dieser Gegend. Wahrscheinlich weiß er längst, dass Sie mit ihm reden wollen«, sagte Manchester grinsend. »Beide sprechen ein wenig Englisch, daher werden Sie keinen Dolmetscher brauchen. Was den Wagen betrifft – dieser Mann ist ehrlich, und seine Fahrzeuge sind nicht übel. Bestellen Sie ihm, dass ich Sie zu ihm geschickt habe, und er wird Sie korrekt bedienen.«

Sie standen auf, wechselten einen Händedruck, und Sams Hand wurde abermals beinahe zerquetscht, während er sich ein Lächeln abrang. Sobald sie wieder draußen in der Hitze standen, las er die Wegbeschreibung zur Autovermietung und schüttelte den Kopf.

»Ziemlich abenteuerlich, wirklich. Hör dir das mal an: ›Auf der Schotterstraße nach Osten, vorbei an der unterspülten Brücke, dann Ausschau halten nach einer Hütte auf der linken Seite in der Nähe eines Banyan-Baums.‹ Wie dringend ist es dir damit?«, fragte er.

Remi zuckte die Achseln. »Wir haben nichts Besseres zu tun. Dann können wir doch ebenso gut die Gelegenheit nutzen und uns gründlich umschauen.«

»Stimmt. Was kann dabei schon schiefgehen?«

Remi erstarrte und schüttelte dann langsam den Kopf. »Wie oft muss ich …«

»Autsch. Tut mir leid. Ich nehme es zurück. Ich hab's nie gesagt.«

»Zu spät. Das Universum hat dich gehört.«

»Hoffen wir, dass es heute nicht zu genau auf die Salomonen achtet.« Er schaute sich um und ließ den Blick über die schäbigen Ladenzeilen und den spärlichen Verkehr schweifen. Ein Hahn beobachtete sie von der anderen Straßenseite aus, ehe er im Laufschritt um eine Hausecke verschwand.

»Sieht so aus, als könnten wir in diesem Punkt Glück haben.«

10

Die Autovermietungsfirma gehörte einem rundlichen Mann, der Ähnlichkeit mit einem Buddha hatte und jeden Satz, den er von sich gab, mit einem kurzen Lachen beendete, offenbar war dies seine ganz persönliche Form von akustischem Interpunktionszeichen. Er zeigte ihnen einen rundum zerbeulten silbermetallic-farbenen Nissan Xterra, und sie einigten sich auf einen einigermaßen vernünftigen Tagespreis.

Als sie einstiegen, begann es zu regnen. Mit Sam am Steuer rollten sie wenige Minuten später im Schleichtempo nach Osten, da der Wolkenbruch die Hauptstraße in einen reißenden Fluss verwandelt hatte. Sie fuhren unter einer Fußgängerbrücke hindurch, und Sam drosselte das Tempo, um die Graffiti zu betrachten, mit denen die Betonpfeiler verziert waren. Erstaunlich detailreiche Darstellungen von Inselbewohnern aus grauer Vorzeit und von primitiven Gottheiten bedeckten die rauen Betonflächen und hellten mit ihren leuchtenden Farben das triste Grau des regentrüben Tages auf.

Nach wenigen Minuten ließen sie die Stadt hinter sich und überquerten den angeschwollenen Lor Lungga, in dessen schäumenden braunen Fluten dicke abgebrochene Äste aus den Wäldern im gebirgigen Teil der Insel trieben. Sie passierten Henderson Field, den internationalen Flughafen, der während des Krieges von alliierten Streitkräften erbaut worden war, und rollten wenig später durch dichten Urwald. Der Regen trieb in silbrig glänzenden Schleiern über die Fahrbahn, und die Scheibenwischer des Nissan-SUV hatten Mühe, die vom Himmel herabrauschende Wasserflut zu bewältigen.

Nach ein paar Kilometern versiegte der Regen ebenso plötzlich, wie er eingesetzt hatte. Die Wolkendecke teilte sich, und Dampfschwaden stiegen auf, als die Strahlen der grellen Sonne den nassen Asphalt aufheizten.

»Nun, eins muss man diesem Ort zugutehalten«, sagte Sam, während Remi die verschiedenen Schalter des Armaturenbretts durchprobierte, um die altersmüde Klimaanlage in Gang zu setzen.

»Und was soll das sein?«

»Wenn dir das Wetter nicht gefällt, brauchst du nur eine Weile zu warten, und schon ändert es sich.«

»Richtig. Von schwül-heiß zu regnerisch-heiß oder umgekehrt. Meine Frisur ist eine Katastrophe«, sagte Remi und zupfte an ihren schlaffen Haaren.

»Wenn wir hier fertig sind, bringe ich dich, wohin du willst – Rio, Mailand. Nizza. Zu Wellness-Oasen, Friseursalons, Shopping-Zentren, Schönheitsfarmen, was auch immer.«

»Gibt es eine Chance, sofort zum angenehmen Teil deines Programms überzugehen?«

»Hab ich dir das nicht gesagt? Dies hier ist der angenehme Teil.« Sam lachte glucksend.

Ein Hinweisschild am Straßenrand machte sie darauf aufmerksam, dass sie den Alligator River überquerten, und Remi musterte Sam düster von der Seite. »Seltsam, was hier als Touristenattraktion verkauft wird.«

»Alligatoren sind keine Krokodile. Da gibt es deutliche Unterschiede.«

»Ganz gleich, wie diese Unterschiede aussehen, sie sind deiner Begleitung herzlich egal. Eins haben beide allerdings gemeinsam – sie können einen fressen.«

»Das ist wohl richtig«, gab Sam zu.

Sie gelangten zu einer weiteren Brücke, die kaum breit genug für den Nissan war, und rollten dann an einem Schild vorbei, mit dem Richtungspfeil nach Süden und der Aufschrift »Gold Ridge«.

»Könnte das die Mine sein?«, fragte Remi.

»Wenn du möchtest, können wir es uns auf der Rückfahrt anschauen. Wir sind an keinen festen Terminplan gebunden.«

»Mal sehen, wie weit wir in der Wildnis kommen. Wenn nicht heute, ist morgen auch noch ein Tag.«

»Der Lady Wunsch ist mir Befehl«, sagte Sam.

»Das klingt schon viel besser.«

Als sie Mbinu erreichten, stellten sie fest, dass die kleine Ortschaft aus einer knappen Handvoll bescheidener Behausungen entlang einer kaum als Straße zu bezeichnenden Piste bestand. Vor einem winzigen Supermarkt hielten sie an und wurden sofort von brütender Hitze und Insektenschwärmen attackiert. Mehrere Inselbewohner hockten im Schatten eines Baums am Straßenrand und begafften sie neugierig. Sam ging zu ihnen hinüber, in einer Hand den Zettel mit den Namen und Adressen der potentiellen Informanten.

»Wir suchen einen Mann namens Tom. Wohnt er hier irgendwo?«, fragte er lächelnd in die Runde.

Die Männer sahen ihn an, und dann machte einer eine Bemerkung in einer Sprache, die weder Sam noch Remi verstanden, und die anderen brachen in ein lautes Gelächter aus.

Remi trat vor. »Kennen Sie Tom?«

Mehrere murmelten etwas, andere lachten, und einer der Männer zuckte die Achseln. Remi wandte sich zu Sam um. »Das fängt ja gut an.«

»Ich entsinne mich, gelesen zu haben, dass – obwohl Englisch die offizielle Landessprache ist – nur ein geringer Teil der Bevölkerung sie beherrscht.«

»Diese Versammlung gehört anscheinend nicht dazu.«

Sie winkten den Inselbewohnern, die zurückwinkten, immerhin freundlich, und versuchten ihr Glück im Supermarkt. Dort hatten sie ein wenig mehr Erfolg – die korpulente Frau hinter der altertümlichen Registrierkasse sprach einige Brocken Englisch.

»Tom? Bei der Kirche. Straße ein Stück runter.«

»Kirche?«

»Sie müssen zurück.«

»Oh, gut. Und wo genau wohnt Tom?«

»Sehen Schild.«

»Schild?«

»Skink.«

»Wie bitte?«

»Skink.« Die Frau imitierte pantomimisch ein kriechendes Tier, und Remi nickte.

»Aha.«

Sie stiegen in den Wagen und wendeten. Sie brauchten zwei Versuche, ehe sie das mit Schlamm bespritzte Hinweisschild mit den Konturen einer Eidechse entdeckten. »Wetten, dass dies ein Kink ist?«, fragte Sam.

»*Skink.* Mit *S.* Zumindest klang es so«, korrigierte Remi.

Sie rumpelten etwa einhundert Meter weit eine zerfurchte Lehmstraße hinunter und bogen um eine Kurve. Ein Haus mit müde herabhängenden Dachtraufen stand am hinteren Rand einer mit Bäumen gesäumten Lichtung. Eine nahezu vollkommen mit Rost bedeckte Toyota-Limousine parkte am Rand der Auffahrt. Ein älterer Mann in dunkelgrünem T-Shirt und Shorts saß auf einem überdachten Vorbau, der als Veranda diente, und verfolgte ohne sichtbare Reaktion, wie sie den Nissan in die Einfahrt lenkten und ausstiegen.

»Tom?«, fragte Remi mit einem freundlichen Lächeln.

»Der bin ich«, erwiderte der Mann und lächelte ebenfalls, sodass seine wenigen gelben Zähne in seinem dunklen Gesicht wie Scheinwerfer leuchteten.

»Wir sind Freunde von Orwen Manchester.«

»Von diesem Dieb? Hab immer gesagt, dass von diesem Jungen nichts Gutes kommt«, sagte Tom mit einem gackernden Lachen. »Was wünschen Sie? Einen Skink?« Er hielt eine grüne Eidechse hoch, die in seinem Schoß gelegen und geschlafen hatte, und Remi unterdrückte den Impuls zurückzuweichen. Die Echse war über einen halben Meter lang, hatte einen dreieckigen Kopf und glänzende schwarze Augen.

»Hm, nein. Wir interessieren uns für einige … Geschichten. Von früher. Orwen meinte, Sie könnten uns dabei helfen«, sagte Remi und erwiderte sein Lächeln.

»Na ja, die kenne ich zwar nicht, aber nachfragen kostet nichts. Kann ich Ihnen was anbieten? Ein Glas Wasser? Sprudel? Viel hab ich nicht im Haus, aber irgendetwas finde ich bestimmt.«

Sam schüttelte den Kopf. »Nein, ist schon gut. Wir brauchen nichts.«

»Schön, dann setzen Sie sich. Welche Geschichten wollen Sie hören?«

Sie nahmen auf einer grob zusammengezimmerten Holzbank Platz, lehnten sich an die Hauswand, und Sam räusperte sich. »Alle, die mit einer Bucht auf der anderen Seite der Insel zu tun haben, die als verflucht gilt.«

Toms Augen verengten sich. »Mit einer ›verfluchten Bucht‹, sagten Sie?«

»So drückte sich der Kapitän des Bootes aus, mit dem wir dort unterwegs waren.«

»Weshalb interessieren Sie sich für solchen alten Quatsch?«

»Weil wir wissen wollen, warum ein derart schönes Fleckchen Erde von den Inselbewohnern als Tabuzone gemieden wird.«

Tom richtete den Blick in die Ferne und knurrte dann: »Sorry. Ich kann Ihnen nicht helfen.«

Remis Lächeln verflog. »Kennen Sie keine Geschichten über die Bucht?«

Tom schüttelte den Kopf. »Ich fürchte, ihr habt eure Zeit vergeudet, Leute.«

»Das ist schade. Wir haben einem Mann das Leben gerettet, der dort von einem Krokodil angefallen wurde«, sagte Sam in der Hoffnung, damit ein paar Pluspunkte einzuheimsen.

Doch Tom war an dieser Geschichte offenbar nicht sonderlich interessiert. »Ja, so was passiert schon mal. Leute verschwinden, wenn sie zu sorglos sind. Die Krokodile hier sind eine Plage.« Er drehte den Kopf zur Seite und spuckte aus. »Natürlich lauern da draußen einige Gefahren, wenn man nicht vorsichtig ist.«

»Wirklich?«, fragte Remi. »Mir kam es da nicht besonders gefährlich vor.«

»Oh, das ist es aber. Vor allem dann, wenn Sie Ihre Nase in Dinge hineinstecken, die Sie nichts angehen.«

»In was denn, zum Beispiel?«

»Zum Beispiel in diese Bucht, die Sie so interessant finden. Und die Höhlen.« Seine Stimme sank zu einem Flüstern herab. »Kommen Sie den Riesen lieber nicht zu nahe.«

Sam beugte sich vor. »Habe ich richtig verstanden? Sagten Sie ›Riesen‹?«

Tom nickte. »Sie haben richtig gehört. In den Bergen wimmelt es davon. Halten Sie sich lieber von denen fern und kümmern Sie sich um Ihre eigenen Angelegenheiten. Bleiben Sie in Honiara. Erfreuen Sie sich Ihres Lebens. Dann kann Ihnen nichts passieren.«

»Hier gibt es Riesen? Meinen Sie das ernst?«, fragte Sam abermals ungläubig.

Tom nickte. »Die gab es hier schon immer«, knurrte er. »Und noch mehr als das.«

»Meinen Sie mit Riesen ›große Menschen‹?«, hakte Remi nach, zutiefst verblüfft, in welche Richtung sich ihre Unterhaltung plötzlich bewegte.

»Keine Menschen. Riesen. Mächtig groß. Sie leben in den Höhlen und *fressen* Menschen. Sie sind ihnen nicht freundlich gesinnt. Die meisten Leute auf dem Land wissen über sie Bescheid. Sie sehen sie ständig.«

»Das ist doch eine Legende, oder?«

»Nennen Sie es, wie Sie wollen, ich möchte Sie nur warnen, damit Ihnen nichts zustößt. Sie sind mit Orwen befreundet. Wäre nicht so schön, wenn Sie von Riesen gefressen würden.«

Sam lachte verhalten. »Glauben Sie ernsthaft an Riesen?«

»Verdammt, junger Mann, ich hab sie gesehen. In all den Jahren, und zwar eine ganze Menge. Mindestens doppelt so groß wie Sie, von Kopf bis Fuß behaart. Bösartiger als das Krokodil, das Ihren Freund gefressen hat.« Tom spuckte abermals aus und verlor danach anscheinend jegliches Interesse an der Unterhaltung. Sam und Remi versuchten, noch mehr aus ihm herauszuholen, aber er beantwortete, wenn auch höflich, ihre Fragen ausschließlich mit rätselhaften Bemerkungen und ausweichenden Allgemeinplätzen.

»Gibt es außer den Riesen sonst noch etwas, worüber wir Bescheid wissen sollten?«, fragte Sam mit einem entwaffnenden Lächeln.

»Lachen Sie nur, aber hier gehen die seltsamsten Dinge vor. Leute verschwinden. Sie werden plötzlich krank, aus keinem erkennbaren Grund. Oben in den Bergen gibt es Regionen, die niemand betritt, weil sie vergiftet sind. Die Insel verändert sich, und die Riesen sind nur eine der zahlreichen Gefahren. Noch nie zuvor habe ich so etwas erlebt, und ich weiß genug, um zu begreifen, dass nichts davon gut ist.«

»Denken die Leute das auch über die Bucht? Dass sie vergiftet ist, oder giftig? Verflucht?«, fragte Remi leise.

»Von einer Bucht weiß ich nichts.«

»Was ist mit Geschichten aus den alten Zeiten? Gibt es irgendetwas über versunkene Städte?«

Tom streichelte den Skink und schüttelte den Kopf. »Soll das ein Scherz sein?«

»Nein, ich dachte nur, ich hätte etwas von einem untergegangenen Königreich gehört.«

»Das ist mir vollkommen neu«, sagte Tom, aber seine Stimme klang plötzlich wachsam.

Nach ein paar weiteren Minuten, die er sich in nichtssagenden Bemerkungen erging, erklärte Tom, dass er jetzt müde sei. Sam und Remi verstanden den Wink und kehrten zum Wagen zurück, wobei sie die Blicke des alten Mannes, mit denen er sie verfolgte, beinahe körperlich spürten.

Sam startete den Motor und wandte sich halb zu Remi um. »Glaubst du das?«

»Was? Das mit den Riesen oder dass er keine Ahnung von der Bucht hat?«

»Beides. Ich habe seine Augen beobachtet. Er weiß mehr, als er zugeben will. Ich glaube, mit den Riesen wollte er uns nur ablenken.«

»Das hat er geschafft. Es ist das Verrückteste, das ich je gehört habe. Aber er hat sie mit todernster Miene beschrieben.«

»Ich habe allmählich den Eindruck, als ob das Verscheißern von Touristen der hiesige Nationalsport ist. Es gibt keine Riesen.«

»Ich weiß, aber sein Gerede von Gefahren, die hinter jeder Ecke lauern, und Menschen, die verschwinden, war ziemlich überzeugend. Was hältst du davon?«

»Ich habe, offen gesagt, keine Ahnung. Ich weiß jedoch, dass wir damit überhaupt nichts über die Bucht und ihren angeblichen Fluch erfahren haben. Es klang eher so, als wolle er uns davon abhalten, weitere Fragen zu stellen.«

Donner wurde im Westen laut, und ihre Blicke trafen sich. »Nicht schon wieder«, sagte Remi.

»Hast du Lust auf noch so einen Oldie? Vielleicht ist er freundlicher als Tom.«

»Wenn es wieder regnet, versinken wir im Schlamm.«

»Ich finde, wir sollten es versuchen.«

»Warum überrascht mich das nicht?« Remi wedelte mit der Hand. »Wie du willst. Aber sag nachher nicht, ich hätte dich nicht gewarnt.«

Eine Viertelstunde später verwandelte sich der blaue Himmel in aufgewühltes Anthrazit, als dunkle Wolken die Insel mit peitschendem Regen überschütteten. Die Schlaglöcher erschwerten das Fortkommen auf der Straße, die sie benutzen, noch zusätzlich, und als der asphaltierte Teil endete, wurde offensichtlich, dass ihre Entschlossenheit, ihr Vorhaben weiterzuverfolgen, kein Ersatz für einen sonnigen Tag war. Nach einem halben Kilometer reichte das Wasser bis zum Trittbrett, und Sam gestand seine Niederlage ein. Er wendete und suchte sich den Weg zurück zur Straße, während von der unbefestigten Lehmpiste kaum mehr etwas zu erkennen war, weil sich die Fahrrillen ihrer Reifen längst mit Regenwasser gefüllt hatten.

Der Regen wollte nicht nachlassen, und die Rückfahrt zum Hotel dauerte nun doppelt so lange. Als sie das Hotel schließlich aus dem Regendunst auftauchen sahen, atmeten sie erleichtert auf, während sie parkten. Triefnass betraten sie das Foyer, und die Angestellte am Empfang winkte ihnen schon zu. Remi ging zum Empfangspult, während Sam ihr Zimmer aufsuchte. Zwei Nachrichten waren für sie hinterlassen worden: eine stammte von Leonid Vasjew, der ihnen mitteilte, dass er seine erste theoretische Lektion absolviert habe und am Nachmittag einen ersten Tauchgang in seichtem Wasser unternehmen werde, und die zweite war eine Einladung von Orwen Manchester zum Abendessen.

»Hast du Lust anzunehmen?«, fragte Sam, nachdem er die Nachricht gelesen hatte.

»Klar. Warum nicht? Wir können ihn fragen, was er von den Riesen hält.«

»Ich weiß, was ich über sie denke. Es sind Gruselgeschichten, um Kindern Angst zu machen.«

»Wahrscheinlich. Aber du musst zugeben, dass die Unterhaltung mit Tom gelinde ausgedrückt verwirrend war. Er klang doch, als glaube er ernsthaft, was er uns auftischte.«

»Er ist in einem Alter, in dem es ihm wahrscheinlich

schwerfällt, zwischen Realität und Einbildung zu unterscheiden, Remi. Auf wie alt schätzt du ihn? Achtzig? Oder älter?«

»Schwer zu sagen, aber mir kam er geistig ziemlich fit vor.«

Sie trafen Manchester in einem anderen Restaurant an der Strandpromenade, das ein wenig schicker als das Restaurant am Tag zuvor war. Ein Blick auf das Leergut auf dem Tisch und die Flasche in seiner Hand verriet, dass der Mann bereits die zweite Flasche bestellt hatte, als sie eintrafen. Er winkte ihnen, wobei er automatisch sein allgegenwärtiges Grinsen anknipste.

»Tut mir leid, dass das Wetter heute nicht mitgespielt hat. Morgen müsste es aber wieder gut werden«, sagte er zur Begrüßung, als sei er für den Regen persönlich verantwortlich.

»Kein Problem. Wir konnten einen der beiden Männer besuchen, die Sie uns empfohlen haben«, sagte Remi.

»Oh, gut. Welchen?«

»Tom.«

»Der ist eine richtige Nummer, nicht wahr? Konnten Sie etwas Nützliches aus ihm rausholen?«, fragte Manchester und leerte anschließend seine Flasche.

»Nur eine wirre Geschichte über Riesen.«

»Ach ja, die Riesen. Ein Stück einheimische Folklore. Jeder kennt jemanden, der sie gesehen hat, aber wenn man der Geschichte auf den Grund gehen will, wird sie immer verrückter und nebulöser.«

»Tom behauptete, sie gesehen zu haben.«

»Natürlich hat er das. Ich meine, er hat gewiss etwas gesehen, das er für einen Riesen gehalten hat. Einen Schatten im Regenwald. Einen unerklärlichem Schemen. Er denkt sich nichts Böses dabei. Aber wusste er etwas über Ihre Bucht oder die versunkenen Ruinen?«

Sam schüttelte den Kopf. »Bedauerlicherweise nein. Er sprach nur davon, dass Leute verschwinden, weil sie menschenfressenden Riesen zum Opfer fallen.«

Manchester bestellte beim Kellner mit einem Handzeichen zwei Flaschen Bier, dann sah er Remi mit hochgezogenen Augenbrauen an. »Und was möchten Sie trinken?«

»Ich bleibe bei Wasser. Die Hitze trocknet mich regelrecht aus.«

Manchester rief den Kellner an den Tisch, um Remis Bestellung aufzugeben, dann lehnte er sich entspannt zurück. »Menschenfressende Riesen machen also die Berge unsicher. Diese Ammenmärchen kenne ich seit meiner frühesten Jugend, und erstaunlich ist, wie lange sie sich halten. Diese Riesen kommen bei Nacht und holen sich die Schutz- und Ahnungslosen. Ich habe mich immer wieder gefragt, wie diese Legende entstanden ist. Auf den umliegenden Inseln kursieren die verschiedensten Versionen.«

Als der Kellner die Getränke brachte, bestellte Manchester eine Fisch-und-Meeresfrüchte-Platte, die für mindestens zehn Personen gereicht hätte. Sie nahmen sich die Zeit, die Spezialitäten zu genießen, während Manchester sich mit der Hingabe einer ausgehungerten Bulldogge durch die Portionen arbeitete, die er nacheinander auf seinen Teller häufte. Nachdem Schüssel und Teller geleert waren, brachte Sam das Gespräch auf die Goldmine.

»Sie erwähnten gestern diese Mine. Wie lange ist sie schon in Betrieb?«

»In Abständen seit gut einem Dutzend Jahre. Bis vor kurzem gab es dort jedoch keinerlei Aktivitäten – seit den sozialen Unruhen, wie wir diese Vorgänge nennen.«

»Aus gewissen Gründen, die auf der Hand liegen, habe ich Guadalcanal niemals mit Goldvorkommen und Goldförderung in Verbindung gebracht.«

»Das gilt für die meisten Amerikaner. Sie kennen die Insel nur als Schauplatz der großen Offensive gegen die Japaner im Zweiten Weltkrieg. Dabei ist Gold sozusagen der Grund für unsere Existenz – ihm haben die Salomon-Inseln sogar ihren Namen zu verdanken.«

»Wie das?«, fragte Sam.

»Nun, als die Spanier im sechzehnten Jahrhundert die Inseln entdeckten, fanden sie Gold an der Mündung des Mataniko River. Ihr Anführer, ein Forscher und Entdecker namens Alvaro de Mendaña de Neira, gelangte zu der ungewöhnlichen Schlussfolgerung, dass dies einer der Orte war, wo er einen Teil des legendären Goldschatzes von König Salomon – den sie aus der Bibel kennen – gefunden zu haben glaubte und benannten die Inselgruppe nach ihm. Seien wir gnädig und sagen, dass seine geographischen Kenntnisse und sein Orientierungssinn nicht unbedingt die besten gewesen sein mögen.«

»Es ist schon lustig«, sagte Remi. »Die Wahrheit ist manchmal seltsamer als jede Fiktion.«

Sam beugte sich vor. »Nur um unsere Frage abschließend zu beantworten, was halten Sie von Toms Geschichten?«

»Na ja, Menschen verschwinden tatsächlich, und es scheint, als ob sich solche Fälle neuerdings häufen, aber ich weiß nicht, was dahinterstecken könnte. Wahrscheinlich fallen sie den üblichen Ursachen zum Opfer – sie haben Unfälle, ertrinken oder werden von Krokodilen angefallen. Nur haben sich unsere Meldesysteme verbessert, und wir können diese Fälle inzwischen genauer untersuchen. Aber es ist kaum so etwas wie eine Epidemie. Wir reden von höchstens zwanzig Menschen pro Jahr. Kaum die Kalorienmenge, von der ein Kannibale dieses Kalibers ein Jahr lang leben kann, würde ich meinen.«

»Kann ich daraus schließen, dass Sie nicht ins Lager der Riesen-Befürworter gehören?«, fragte Remi.

»Tom ist ein netter Kerl, aber ich halte mich lieber an das, was physisch möglich oder zumindest wahrscheinlich ist. Einhörner und Waldgeister überlasse ich anderen.«

»Was ist von seiner Behauptung zu halten, dass verschiedene Bereiche der Insel mit einem Fluch belegt sind?«

»Was soll das bedeuten? Weil in bestimmten Buchten und in der Nähe von Flüssen Krokodile in höherer Anzahl vorkommen, sollen diese Regionen verflucht sein? Oder weil einige der im Landesinnern existierenden Höhlensysteme so gefährlich sind, dass dort Menschen spurlos verschwinden? Für jeden sogenannten Fluch kann ich Ihnen eine plausible Erklärung liefern, ohne mich in irgendwelchen Phantastereien zu verlieren.«

»Wir haben vor, morgen einen Ausflug zur Goldmine zu machen, nachdem wir mit Rubo gesprochen haben.«

»Vorausgesetzt er ist noch am Leben und wurde nicht vom Regen weggespült. Was die Mine betrifft, so gibt es dort nicht viel zu sehen. Sie wurde erst vor kurzem wegen Überflutung geschlossen und liegt seitdem still.«

»Wir wissen bald nicht mehr, was wir in unserer Freizeit anfangen sollen. Wo liegen denn die Höhlen, in denen diese Riesen hausen sollen?«

»Oben in den Bergen«, antwortete Orwen Manchester vage. »Aber es führen keine Straßen da näher heran. Und das Gelände ist ziemlich unwegsam. Ich glaube, ich könnte mich niemals ausreichend langweilen, um auf die

Idee zu kommen, in diesen Höhlen herumzukriechen. Dafür gibt es zu viele andere interessante Dinge, mit denen man sich die Zeit vertreiben kann. Zum Beispiel Tauchen, Angeln…«

Sie bedankten sich für die Einladung, wünschten ihm eine gute Nacht und gingen durch die laue Abendluft zu ihrem Mietwagen. Während er den Nissan über die Küstenstraße in Richtung Hotel lenkte, ließ Sam sich das Gehörte noch einmal durch den Kopf gehen.

»Er war von Toms Erzählungen nicht sonderlich beeindruckt, wie es schien, oder?«, sagte er zu Remi.

»Nein. Aber irgendetwas an ihm ist auch seltsam. Aber frag mich nicht, was«, erwiderte Remi nachdenklich.

Sam nickte. »Kam es auch dir so vor? Und ich dachte, es sei nur mir aufgefallen.«

11

Ein Geländewagen rollte die Küstenstraße entlang. Sein Motor hatte Mühe, eine steile Kurve zu überwinden, die vom Ozean in die Berge hinaufführte. Der Fahrer summte die Melodie mit, die aus dem Radio drang, während sein Gefährte auf dem Beifahrersitz döste. Ihre Khakihemden waren nach einem langen Arbeitstag schweißgetränkt und schmutzig.

Die beiden Australier hielten sich seit sechs Monaten auf Guadalcanal auf und wirkten an einem Hilfsprogramm mit, das im Jahr 2006 nach den Unruhen auf der Insel ins Leben gerufen worden war. Nunmehr Teil eines bedeutend kleineren Kontingents als während der Aufstände, war ihre Arbeit, verglichen mit den Gefahren der vorangegangenen Jahre, beinahe langweilig. Nachdem während der Unruhen ein großer Teil Honiaras zerstört worden war, konzentrierte man sich zurzeit auf den Aufbau einer besseren Zukunft, anstatt die kulturellen Unterschiede zu pflegen und zu erhalten, die ursprünglich zu den Auseinandersetzungen geführt hatten.

Der Fahrer tastete sich vorsichtig um die Kurven, beständig mit der Möglichkeit rechnend, dass ihnen in der Abenddämmerung ein unbeleuchtetes langsames Fahrzeug entgegenkam. Auf der Straße waren Autos mit schlechten Bremsen und nicht vorhandenen Sicherheitsvorrichtungen nur eine der zahlreichen Gefahren. Herumstreunende Haustiere, entwurzelte Bäume und liegen gebliebene Wagen konnten jederzeit wie aus dem Nichts erscheinen, und der Fahrer wollte kein Risiko eingehen, damit unsanft Bekanntschaft zu machen.

»Mist. Was soll das denn?«, murmelte er, als er den Wagen durch eine besonders scharfe Kurve lenkte. Ein Lieferwagen stand mit eingeschalteter Warnblinkanlage mitten auf der Fahrbahn. »Alfred! Wach auf!«

Der Beifahrer richtete sich ruckartig auf und wischte sich mit einer Hand übers Gesicht, während der Fahrer das Tempo drosselte. Die Straße war blockiert. Sich an dem Hindernis vorbeizuschlängeln, schien unmöglich.

»Du liebe Güte, Simon. Damit können wir wohl vergessen, endlich mal früh nach Hause zu kommen.«

Der Geländewagen kam schlingernd zum Stehen, und Simon starrte auf das Lastwagenheck. »Hoffentlich ist der Fahrer in der Nähe. Wenn er sich auf den Weg gemacht hat, um Hilfe zu holen, sind wir in den Arsch gekniffen.«

»Das lässt sich doch feststellen.«

Beide Männer öffneten ihre Türen und stiegen aus. Sie ließen den Motor laufen, und die Scheinwerfer beleuchteten das Heck des altersschwachen Lastwagens in der Straßenmitte. Simon ging zur Fahrertür, blickte durchs Seitenfenster und wollte Alfred gerade melden, dass das Führerhaus leer war, als vier Gestalten aus einem Gebüsch am Straßenrand hervorbrachen. Sie schwangen Macheten, deren Klingen im sinkenden Licht des Tages blinkten.

Instinktiv riss Simon die Arme hoch, um die Hiebe abzuwehren, aber sein Fleisch und seine Knochen konnten den rasiermesserscharfen Stahlklingen nicht standhalten. Alfred brach auf der Stelle zusammen, als eine Klinge seine Halsschlagader durchtrennte, und die Angreifer hackten weiter auf ihn ein, obgleich er längst tot war.

Simon starb lautlos durch einen brutalen Schlag auf den Schädel und sackte tot zu Boden, während sich sein Mörder mit einem irren Grinsen über ihn beugte. Ein lauter Ruf drang aus dem Gebüsch, und die Männer hielten abrupt inne.

»Das reicht. Lenkt den Laster von der Straße herunter und schleift die Leichen ins Gebüsch, damit sie nicht gefunden werden. Die Raubtiere werden den Rest erledigen.«

Die Männer warfen einander kurze Blicke zu. Ihre zerlumpte Kleidung war mit Blut besudelt, das in der warmen Nachtluft bereits gerann und trocknete. Sie beeilten sich, die Anweisungen zu befolgen, und hatten den Ort des Geschehens innerhalb von fünf Minuten freigeräumt. Als einzige Spuren des Massakers blieben einige schwarz glänzende Flecken auf der Fahrbahn zurück.

»Geht jetzt, verschwindet von hier. Wascht euch am Strand, und achtet darauf, sämtliche Blutspuren von den Messern abzuspülen. Und denkt dran – kein Wort zu niemandem. Wenn ich irgendwas hören sollte, schneide ich euch die Zungen heraus und lasse euch über einem Ameisenhügel aufspießen.«

Die Männer erschauerten. Niemand bezweifelte, dass der Sprecher seine Drohung ernst meinte. Sie nickten und stiegen in den Lastwagen, dessen Motor hustend ansprang, eine blaue Abgaswolke ausstieß und schon bald nicht mehr zu sehen war. Etwas später verstummte auch der Motorenlärm. Der Sprecher trat aus dem Gebüsch, ging zu den Blutflecken auf der Fahrbahn hinüber, betrachtete sie und lächelte zufrieden. Alles verlief nach Plan, und das Einzige, das noch getan werden musste, war, die Zeitungen zu informieren und ihnen eine Erklärung zukommen zu lassen, dass die Rebellenmiliz zwei Zivilhelfer entführt habe und nun fordere, dass alle ausländischen Firmen, die sich auf der Insel niederzulassen beabsichtigten, auf ihre Investitionen verzichteten und sich zurückzogen, ehe Menschenleben zu beklagen wären.

Im Dschungel ringsum herrschte Stille, lediglich unterbrochen durch das Scharren nächtlicher Kreaturen, die zu dem unerwarteten Festmahl zusammenströmten. Ein schwarzes SUV tauchte aus einem Gebüsch zwanzig Meter entfernt am Straßenrand auf und entfernte sich in Richtung Honiara. Zurück blieben der Wagen der Australier und ihre zerfleischten Leichname auf dem Grund einer namenlosen Schlucht, zwei weitere Gefallene auf einer Insel, deren Erdreich mit dem Blut der Schlachten, die auf ihr getobt hatten, getränkt war.

12

Am nächsten Tag suchten Sam und Remi erneut das Krankenhaus auf. Dr. Vanya empfing sie und geleitete sie diesmal in den Krankenbereich des Gebäudes zu Benji, der sich in einem Englisch, das kaum zu verstehen war, überschwänglich für ihre Hilfe bedankte. Schnell wurde offensichtlich, dass es darüber hinaus nicht viel zu bereden gab, und nach einigen Minuten und der Versicherung, dass Leonid sich um die Begleichung der Krankenhausrechnung kümmern werde, kehrten sie mit Carol Vanya in den Warteraum zurück.

»Was haben Sie sich für heute vorgenommen?«, fragte die Ärztin.

»Wir wollten einige Einheimische zu den Sagen und Legenden über Guadalcanal befragen und uns anschließend vielleicht die Goldmine ansehen«, sagte Remi.

»Oh, dann seien Sie bloß vorsichtig. Die Straßen außerhalb der Stadt sind nicht die sichersten. Und Sie haben ja bereits gesehen, welche Überraschungen der Dschungel bereithalten kann. Dabei sind die Krokodile nur eine von zahlreichen Gefahren.«

»Ja, Manchester hat uns alles über die Riesen erzählt«, sagte Sam.

Carol Vanya zögerte erst und lächelte dann, aber ihre Miene wirkte nun verkrampft. »Es gibt hier einige sehr exotische Vorstellungen, das kann man wohl sagen.«

»Wie man sie bei nahezu jeder isolierten ländlichen Gesellschaft erwarten kann«, erklärte Sam. »Wir respektieren die Traditionen, die sie hervorgebracht haben, aber dennoch …«

»Von den Riesen habe ich bereits gehört, als ich noch im Krabbelalter war. Ich achte aber schon lange nicht mehr auf diese Geschichten. Ich behandle sie wie die Religion – sollen die Menschen doch von mir aus glauben, was sie wollen«, sagte Dr. Vanya.

»Aber er meinte, die unerklärlichen Vermisstenfälle hätten zugenommen«, gab Remi zu bedenken.

»Ich habe Gerüchte aufgeschnappt, dass sich dort oben in den Bergen immer noch Milizeinheiten versteckt halten. Das kommt mir um einiges wahrscheinlicher vor als die Berichte von mörderischen Riesen.«

»Milizeinheiten?«

»Seit den Unruhen, als Australien ein bewaffnetes Sonderkommando hierherschickte, um den Frieden zu erhalten, gibt es Gruppierungen, die einen Regierungswechsel fordern – Aktivisten, die eine ausländische Intervention als verdeckte Besetzung des Landes betrachten, um die Kontrolle über die natürlichen Ressourcen zu erlangen. Während die Mehrheit in diesem Punkt geteilter Meinung ist, gibt es Interessensgruppen, die aus ihrem Unmut keinen Hehl machen und teilweise zu militanten Reaktionen neigen. Entsprechende gewaltsame Zusammenstöße hat es schon häufiger gegeben.«

»Dann ist es tatsächlich gefährlich, die Höhlen zu erkunden?«, fragte Sam.

Die Ärztin nickte. »Nicht wegen der Riesen. Aber ist es von Bedeutung, wer oder was dafür verantwortlich ist, wenn Sie nicht mehr zurückkehren?«

Remi sah Sam vielsagend an. »Da hat sie nicht ganz unrecht.«

»Danke, dass Sie sich die Zeit genommen haben, uns Benji besuchen zu lassen«, sagte Sam zu Carol Vanya. »Es ist eine Tragödie, was diesem armen Mann zugestoßen ist.«

»Gern geschehen. Passen Sie nur auf, dass Ihnen nicht das Gleiche passiert. Die Insel besteht zum größten Teil aus Wildnis, und wie ich schon erwähnt habe, die Krokodile sind nicht die einzigen Raubtiere.«

»Wir werden es nicht vergessen. Und noch einmal vielen Dank.«

Wabernde Hitze stieg vom Asphalt auf, als sie durch den grellen Sonnenschein des frühen Vormittags zum Nissan gingen. Diesmal verlief ihre Fahrt über die einzige Asphaltstraße schnell und relativ ungestört, bis sie das kleine Dorf Komunimboko passierten und zu der Straße gelangten, auf der sie am Tag zuvor hatten umkehren müssen. Sie stand jetzt nicht mehr hüfthoch unter Wasser, war aber noch immer von tiefen Rillen durchzogen und machte den Eindruck, eine einzige Schlammpiste zu sein.

Sam schaltete den Vierradantrieb ein, und sie tasteten sich weiter, wobei das SUV schwankte und bockte wie ein Achterbahnwagen. Der Weg durch den Dschungel verengte sich zusehends, bis sie sich wie in einem Tunnel vorkamen. Das Laubdach über ihnen schirmte das Sonnenlicht zum größten Teil ab, und die Büsche und Sträucher, die die Schlammpiste säumten, waren dicht und wie erdrückende Wände und wischten über die Karosserie des SUV, während es sich landeinwärts kämpfte.

»Wissen wir überhaupt mit Sicherheit, ob Rubo noch lebt und wenn ja, ob er hier anzutreffen ist?«, fragte Remi.

»Es gibt im Leben keine Garantien. Wo ist deine Abenteuerlust?«

»Ich glaube, die habe ich vor etwa einer Meile verloren,

zusammen mit meinem Steißbein und einigen Zahnfüllungen.«

»Wir haben schon Schlimmeres erlebt.«

»Ich hoffe nur, dass ich mein Frühstück bei mir behalten kann.«

Eine halbe Stunde später krochen sie durch eine besonders hässliche Haarnadelkurve und gelangten auf eine Lichtung am Flussufer. Eine Hütte im traditionellen Baustil der Insel mit strohgedecktem Dach stand im Schatten eines hohen Banyan-Baums. Von einer Strom- oder einer Telefonleitung war nichts zu sehen. Das SUV rollte vor der Hütte aus, und Remi sah Sam vorwurfsvoll an.

»Was für eine Idylle. Aber dank deiner Entscheidung müssen wir uns mit dem fadenscheinigen Luxus eines eher schäbigen Hotels begnügen.«

»Jeder Tag bringt eine neue Überraschung, nicht wahr?«

»Ich glaube, das Objekt unserer Begierde beobachtet uns bereits durch die Tür.«

»Hoffen wir es.«

»Vielleicht sollte ich lieber im Wagen bleiben. Dann kann ich Hilfe holen, falls du von einem Blasrohrpfeil am Hals erwischt wirst.«

»Ich bin überwältigt, wie fürsorglich du an mich denkst. Und es hat ganz sicher nichts mit der Klimaanlage zu tun …«

»Falls man das überhaupt Klimaanlage nennen kann. Mir kommt es so vor, als täte sie nichts anderes, als die heiße Luft ein wenig umzurühren.«

»Bleib, wenn du willst. Ich werde mich mit unserem neuen Freund unterhalten. Bist du sicher, dass du jemanden gesehen hast?«, fragte Sam und blickte zur Hütte.

»Ich glaube schon. Zumindest eine Bewegung. Es könnte

natürlich auch ein Krokodil oder ein Skink gewesen sein, also nimm dich in Acht.«

»Das … beruhigt mich ungemein.«

»Aus keinem anderen Grund bin ich hier.«

Sam öffnete die Tür, stieg aus dem Fahrzeug und ging langsam auf die Behausung zu, die unbewohnt erschien. Er war nur ein paar Schritte von der Hütte entfernt, als eine zitternde Stimme von drinnen etwas auf Pidgin-Englisch rief. Obgleich Sam die Worte nicht verstand, sagte ihm der Tonfall, dass es eine Warnung war, daher blieb er sofort stehen.

»Ich suche Rubo«, sagte er langsam. »Rubo«, wiederholte er ein wenig lauter. »Sprechen Sie Englisch?«

Alles, was Sam hören konnte, war das leise Blubbern des nur unzureichend schallgedämpften Nissan-Auspuffs und das Summen neugieriger Insekten, die sich lebhaft für ihn interessierten. Er widerstand dem Drang, wild um sich zu schlagen wie ein wütender Bär, und wartete stattdessen auf eine Antwort.

Eine Gestalt erschien in der Türöffnung. Es war ein alter Mann, gebückt und hager, mit schlaffer Haut und nur mit einer zerlumpten Shorts bekleidet. Das skelettartige Gesicht studierte Sam, die Augen lagen in tiefen Höhlen und wirkten stumpf, und dann redete die Gestalt.

»Ich spreche ein wenig Englisch. Was wollen Sie?«

»Ich bin ein Freund von Orwen Manchester. Ich suche Rubo.«

»Ich habe Sie durchaus verstanden. Weshalb?«

»Ich habe ein paar Fragen. Über Geschichten, die man sich auf der Insel erzählt.«

Der alte Mann tauchte aus dem Dunkel auf und musterte Sam misstrauisch. »Sie haben einen langen Weg zurückgelegt, um Ihre Fragen zu stellen.«

»Sie sind auch wichtig.«

Der alte Mann gab sich einen Ruck. »Ich bin Rubo«, knurrte er.

»Ich bin Sam. Sam Fargo.« Sam streckte eine Hand aus, und Rubo betrachtete sie, als ob sie vollkommen verschmutzt sei. Sam zögerte und fragte sich, ob er mit seiner Geste gegen irgendwelche in diesem Teil der Welt gültigen Verhaltensnormen verstoßen hatte. Der alte Mann grinste und entblößte dabei kahle Zahnfleischwülste.

»Keine Sorge. Mag keine Hände schütteln. Ist kein Tabu. Mag es nur einfach nicht.« Rubo sah seinen Gast fragend an. »Wollen Sie sich setzen?« Er deutete auf einen massiven Holzbalken, der vor einer der mit Stroh verkleideten Wände der Hütte lag. Zum Glück befand er sich im Schatten.

»Danke.«

Sie ließen sich nieder, wobei der alte Mann Sam aufmerksam von den Schuhen bis zum Scheitel musterte.

»Was wollen Sie?«, fragte Rubo noch einmal. Seine Stimme klang ruhig und lauernd.

»Ich möchte über die alten Zeiten reden. Über alte Geschichten. Orwen meinte, Sie wüssten mehr darüber als jeder andere.«

Rubo nickte. »Könnte sein. Eine Menge Geschichten.«

»Ich interessiere mich für jede, die von einem Fluch handelt. Oder von einer versunkenen Stadt.«

Die Augen des alten Mannes verengten sich. »Von einer versunkenen Stadt? Von einem Fluch?«

Sam nickte. »Zum Beispiel von einer Bucht auf der anderen Seite der Insel, die angeblich verflucht ist. Wo jedem, der sich dorthin wagt, Gefahr droht.«

»Warum fragen Sie nach der Stadt?«

»Ich habe von jemandem, der die Insel erforscht, gehört, dass dort versunkene Ruinen gefunden wurden.«

Ausdruckslos blickte Rubo auf die reißenden braunen Fluten des Flusses. Als er sich wieder zu Sam umwandte, war sein Gesicht wie aus Stein gemeißelt.

»Es gibt eine Geschichte. Sehr alt. Von einem König, der die Götter herausforderte. Ist nicht gut, Götter herauszufordern. Er hat Tempel in der Bucht erbaut. Aber eine große Welle hat sie zerstört. Die Bucht ist seitdem verflucht. Nicht gut dort.«

»Wann ist das geschehen?«

Der alte Mann zuckte die hageren Schultern. »Vor langer Zeit. Ehe der weiße Mann kam.«

Sam wartete, dass er fortfuhr, aber für einen Geschichtenerzähler hatte Rubo nur wenige Details zu bieten. Nach einer halben Minute Stille versuchte Sam sein Glück mit einem aufmunternden Lächeln. »Ist das alles?«

Rubo nickte, dann richtete er einen knotigen, gekrümmten Finger auf den Wagen. »Wer ist das?«

»Oh, Verzeihung. Das ist meine Frau.« Sam winkte Remi und bedeutete ihr mit einer Geste herüberzukommen. Sie stieg aus dem Wagen und näherte sich.

Rubos Sehkraft verbesserte sich anscheinend, und sein Blick blieb auf Remi gerichtet, während sie herankam. Erst im letzten Moment schaute er weg.

»Remi? Dies ist Rubo. Er hat mir soeben von einer Sage erzählt. Sie handelt von einem König, der in einer Bucht Tempel erbaut hat, die sich der Ozean zurückholte. Weil er die Götter erzürnt hat.«

»Ich freue mich, Sie kennenzulernen«, sagte Remi und schenkte dem alten Mann ein strahlendes Lächeln. Er erhob sich schwankend, ergriff ihre dargebotene Hand und drückte sie. Sam verkniff sich einen Kommentar. Offenbar gab es auch hier die eine oder andere Ausnahme von jeder Regel.

»Setzen Sie sich«, sagte Rubo einladend, und sie lächelte ihn abermals an. Sie ließ sich neben Sam auf den Holzbalken sinken und wartete gespannt. Sam räusperte sich.

»Das klingt nach unseren Ruinen, nicht wahr?«

»Ja. Es ist erstaunlich, dass Rubo diese Geschichte kennt.«

Rubos Mundwinkel schoben sich zur Andeutung eines Lächelns nach oben. »Ich kenne viele Geschichten.«

»Das kann ich mir vorstellen. Und Ihr Englisch ist sehr gut. Wo haben Sie es gelernt?«

»Im großen Krieg. Ich habe Uncle Sam geholfen.«

»Wirklich? Es muss sehr hart für Sie gewesen sein«, sagte Remi.

Rubo nickte. »Schlimme Zeit. Viele starben. Ich hasse die Japaner.«

»Waren sie schlecht zu den Inselbewohnern?«

»Einige. Einer sehr schlecht. Ein Colonel.«

»Was hat er getan?«

»Schlimme Dinge. Hat viele von uns getötet. Und hat Tests gemacht. Geheim.«

Remi rückte näher. »Was? Tests welcher Art?«

Rubo senkte den Blick. »Med-Tests.«

»Med? Meinen Sie medizinische Tests?«

Er nickte. »Ja. Mit weißem Mann. Aber kein Amerikaner.«

Sam starrte Remi an. »Japaner führen zusammen mit weißen Männern Tests bei Einheimischen durch. Musst du lange überlegen, um zu erraten, welcher Nationalität die weißen Männer waren?«

Sie richteten ihre Aufmerksamkeit wieder auf Rubo. »Warum haben wir nicht schon früher davon gehört?«

Er zuckte die Achseln. »Keine Ahnung. Hat vielleicht niemanden interessiert.«

»Japaner, die hier an Kriegsverbrechen beteiligt waren? Ich kann nicht glauben, dass so etwas unter den Teppich gekehrt wurde.«

Rubo sah sie verständnislos an. »Teppich?«

»Tut mir leid. Das ist nur so eine Redewendung.«

»Zurück zum König und seinen Tempeln. Können Sie uns die gesamte Geschichte erzählen?«, drängte Sam ihn behutsam.

Rubo zuckte die Achseln. »Alt. Nicht viel zu erzählen. König baut Tempel und Palast. Götter sind zornig und zerstören alles. Ort ist verflucht. Er wurde vergessen.«

»War's das?«

»So ziemlich.«

Sam seufzte. »Was ist mit den Riesen? Welche Sagen und Legenden werden über sie erzählt?«

Jetzt wurden Rubos Augen groß. »Sie sind echt. Früher gab es viele. Jetzt nicht wie früher. Aber es gibt sie noch immer.«

»Woher wissen Sie das? Haben Sie welche gesehen?«

»Nein. Aber viele Leute, die ich kenne.«

»Ist es nicht ein wenig seltsam, an etwas zu glauben, das Sie nie gesehen haben? Ich meine, das ist doch wie mit Geistern. Viele Menschen glauben an sie, aber …« Sam verstummte, als er Rubos Miene sah.

»Geister sind echt.«

Remi ergriff das Wort. »Sie glauben, dass in den Höhlen tatsächlich Riesen hausen?«

»Ich gehe nicht dorthin.« Der alte Mann rutschte auf

dem Holzbalken hin und her. »Böse Geister in den Höhlen. Japanischer Offizier hat dort Dinge getan. Viele Geister. Zornig. Und Riesen. Nicht gut in den Höhlen.«

Sam wechselte einen Blick mit Remi. Rubo war ganz eindeutig kein Freund der Japaner oder der Höhlen. Und sein begrenzter Vorrat an Geschichten über den König war anscheinend erschöpft.

Remi hob den Kopf und lauschte. »Hörst du das?«

»Nein. Was?«

Rubo hing seinen eigenen Gedanken nach und starrte ins Leere.

»Es klang wie ein Motor. Unten auf der Straße.«

Sam schüttelte den Kopf. »Ich höre nichts.« Er wandte sich wieder an Rubo. »Wie bekannt ist die Sage von dem König?«

Der alte Inselbewohner schüttelte den Kopf. »Niemand spricht über die alten Zeiten. Ist auch besser.«

Das Knacken von Ästen drang über den Fluss zu ihnen, und Remi zuckte zusammen. Sie und Sam schauten sich suchend um, konnten jedoch nichts erkennen. Sie lauschten auf weitere ungewöhnliche Geräusche, aber bis auf das Rauschen des Flusses und den gelegentlichen Flügelschlag von Vögeln, die über ihre Köpfe hinwegflatterten, herrschte in ihrer Umgebung friedliche Stille. Rubo war anscheinend nichts Ungewöhnliches aufgefallen, und nach einigen Minuten entspannten sie sich wieder.

Remi übernahm jetzt die Führung und stellte weitere Fragen nach der Sage von der versunkenen Stadt, aber die Antworten des alten Mannes wurden noch knapper. Als Remi nach Sams Hand griff und aufstand, hatte er nichts dagegen einzuwenden.

»Rubo, vielen Dank, dass Sie sich die Zeit genommen

haben, uns einiges über die Geschichte der Insel zu erzählen. Sie haben uns sehr geholfen«, sagte sie mit einem strahlenden Lächeln.

Rubo starrte verlegen auf seine Füße. »Es ist gut, Leute zu treffen. Zu reden. Von alten Zeiten.«

Sie kehrten zum Xterra zurück und wurden von einem Schwall kalter Luft empfangen, als sie die Türen des SUV öffneten. Der Motor lief, und die Klimaanlage war in Betrieb. Remi schnallte sich an und sah Sam fragend an. »Was denkst du von dieser Geschichte?«

»Sie ist ein weiteres Teil des Puzzles. Und sie ergibt durchaus einen Sinn. Anscheinend hat eine Naturkatastrophe das Bauwerk des Königs zerstört, und das wurde von den Einheimischen als Strafe zorniger Götter interpretiert. Außerdem erklärt sie den Fluch. Auch wenn zum Teil wichtige Details im Laufe der Zeit verloren gehen, bleiben solche Legenden lange erhalten.«

»Leonid wird sich gewiss freuen, Antworten auf einige Fragen zu erhalten.«

»Falls es dir noch nicht aufgefallen sein sollte, aber Leonid ist nicht so leicht zufrieden zu stellen. Und zwar nie.«

»Leonid ist ein Griesgram.«

»Eben ein typischer Russe. Bedenk doch mal, so viel Schnee. Und ständig kalte Suppe.«

Remi betrachtete die Hütte. »Er sah wirklich aus, als ob er hundert Jahre alt sei.«

»Viel jünger kann er auch nicht sein, wenn er den Krieg miterlebt hat und alt genug war, für die Alliierten zu arbeiten.«

»Was er von dem japanischen Oberst erzählte, der irgendwelche Experimente durchgeführt haben soll, war ziemlich gespenstisch. Ich kann eigentlich nicht glauben, dass so etwas geschehen konnte, ohne später in irgendeiner historischen Würdigung erwähnt zu werden.«

»Es ist eine kleine Insel. Die Geschichte neigt dazu, über nebensächliche Ereignisse hinwegzugehen. Das sollte gerade uns bewusst sein, mehr als jedem anderen.«

»Das ist irgendwie unser Vorteil, oder?«

»Das und dein Charme. Nach Rubos Reaktion zu urteilen, ist er nicht zu unterschätzen.« Sam lächelte und legte den Gang ein. »Und? Was kommt als Nächstes? Ein Abstecher zur Goldmine oder zurück in die Stadt?«

»Ich meine, wir sollten uns das Loch in der Erde ruhig mal anschauen. Nicht dass ich mich beklagen will, aber wenn man den ganzen Tag untätig in einem Hotelzimmer rumsitzt, fällt einem schnell die Decke auf den Kopf.«

»Dann auf zur Goldmine.«

Die Rückfahrt zur Hauptstraße kam ihnen viel länger vor, und als sie endlich wieder die solide Asphaltdecke unter den Rädern hatten, war der Reiz ländlicher Querfeldeinfahrten für sie erheblich verblasst.

Nachdem sie wenig später die Küstenstraße wieder verließen, wurde die Fahrbahndecke zunehmend schlechter, und dann mussten sie sich ihren Weg über loses Geröll und Schlaglöcher und Spurrillen suchen, die tief genug waren, um einen Achsbruch auszulösen. Die dicht gestaffelten Baumreihen einer Palmölplantage – Grundlage einer der Haupteinnahmequellen der Insel – säumten ihren Weg. Während sie der gewundenen Piste in die Berge folgten, blickte Sam mehrmals in den Rückspiegel.

»Sieht so aus, als ob wir nicht die Einzigen sind, die eine Spazierfahrt unternehmen«, stellte er fest.

»Durchaus möglich, dass dies der Wagen ist, den ich gehört habe, als wir bei Rubo waren. Er wäre das erste Fahrzeug, dem wir heute außerhalb der Stadt begegnen, und dies auch noch mitten in der Wildnis.«

»Auf gewisse Weise ist es beruhigend. Wenn wir liegen bleiben, brauchen wir wenigstens nicht zwanzig Meilen zu Fuß zu gehen, um Hilfe zu holen.«

»Warum musst du uns eigentlich ständig mit deiner Schwarzseherei nerven?«

»Tut mir leid. So arbeitet mein Kopf nun mal.«

Sie passierten ein kleines Dorf am Rand einer Lagune und danach die verlassenen Wellblechhütten einer Arbeitersiedlung.

»Die reinste Geisterstadt, nicht wahr?«, sagte Remi.

»Durchaus logisch, wenn die Mine geschlossen wurde. Die Möglichkeiten, hier draußen auf andere Art seinen Lebensunterhalt zu verdienen, sind ziemlich begrenzt.«

Sie fuhren weiter nach Süden, erklommen eine Hügelkuppe und sahen plötzlich auf eine weite Fläche hinab, die aussah, als ob eine riesige Hand den Dschungel vom Berghang gekratzt und nackte Erde hinterlassen hätte. Ein Sicherheitstor blockierte vor ihnen die Straße, aber die Gebäude, die dahinter standen, waren leer, ihre Fensterscheiben zertrümmert, und das Tor selbst hing schief in den Angeln und war offensichtlich aufgebrochen worden.

»Bist du sicher, dass wir das Richtige tun, Sam?«, wollte Remi wissen.

»Offenbar sind wir nicht die Ersten, die auf die Idee kamen, hier herumzuschnüffeln.«

»Richtig, aber dies ist ein Privatgrundstück.«

»Schon möglich, aber da die Mine geschlossen ist, hat es, glaube ich, nicht viel zu bedeuten. Außerdem brechen wir keine Sperrkette auf oder klettern über den Zaun. Und wir haben auch nicht die Absicht, irgendetwas zu stehlen.«

»Spar dir diese Argumente für die Polizei.«

»Ich glaube nicht, dass wir außerhalb der Stadtgrenzen mit ihrem Auftauchen rechnen müssen.«

»Findest du das gut?«

Sam setzte den Nissan wieder in Gang und folgte der Straße ein Stück bergauf, bis sie sich genau oberhalb der Aufbereitungsanlage befanden. Er hielt neben dem weitläufigen Förderbandsystem an, das früher das Erz zu den Steinmühlen transportiert hatte, und betrachtete die lange Reihe verlassener Erzlaster.

»Keine Menschenseele zu sehen. Ein wenig unheimlich, oder?«, sagte er mit leiser Stimme. »Möchtest du aussteigen, oder soll ich weiterfahren?«

»Fahr weiter.«

Die Straße schlängelte sich am Höhenrücken entlang, und als sie eine scharfe Kurve beschrieb, tauchten vor Sam und Remi die offenen Schächte auf, von wo aus das zutage geförderte Erz die Reise zur Aufbereitungsanlage angetreten hatte. Die Straße endete vor dem am weitesten südlich gelegenen, größten Schacht, und als Sam diesmal anhielt, war Remi mit einem Rundgang einverstanden. Sie stiegen aus dem Wagen, und die glühende Hitze hüllte sie augenblicklich ein.

Remi ließ den Blick in die Runde schweifen. »Man könnte meinen, dass sie die Kuppe des Hügels einfach abgeschnitten haben. So etwas habe ich noch nie gesehen. Es wirkt so … zerstörerisch, rücksichtslos, vernichtend.«

Eine heiße Windböe kam auf und erzeugte ein hohles Winseln, als sie über den Hügel und die Stahlskelette der Fördertürme und Transportbänder fegte. Lange hielten sie es in dem Glutofen nicht aus und kehrten schnell wieder zum Nissan zurück. Sie schnallten sich an, und Remi schüttelte den Kopf. »Ich weiß nicht, was ich erwartet hatte, aber dies war es ganz sicher nicht.«

Sam wendete und lenkte den Wagen hangabwärts. Nachdem sie das Sicherheitstor passiert hatten, gab er Gas und wirbelte eine Staubwolke auf, während sie bergabrollten. Remi schloss die Augen und genoss den kühlen Hauch, der aus den Lüftungsschlitzen herausfächerte, bis Sams Stimme sie abrupt aus ihren Gedanken riss.

»Wir haben Gesellschaft.«

Sie richtete sich mit großen Augen auf. »Und?«

»Entweder wollen sie uns zu einem Wettrennen herausfordern oder uns überholen.«

Remi blickte in den Außenspiegel auf der Beifahrerseite, während sie über die Schotterstraße holperten. »Dann fahr langsamer, damit sie passieren können. Wir haben es ja nicht eilig.«

Sam fuhr das Seitenfenster herunter und winkte dem Lastwagen, der ihnen folgte, dass er überholen solle, während er selbst das Tempo drosselte. Sie hörten beide, wie der schwere Motor des Fahrzeugs aufheulte, ehe sie den heftigen Ruck verspürten, als die vordere Stoßstange des Trucks das Heck des Nissan touchierte. Sam trat das Gaspedal durch und schaltete herunter. Er hatte Mühe, den Wagen auf der schmalen Piste zu halten, als die Räder für einige Sekunden ins Rutschen gerieten, ehe sie wieder griffen.

»Halt dich fest!«, rief er, während er in den Rückspiegel schaute und über die Schlammschicht fluchte, die das Glas bedeckte, sodass lediglich die Konturen des Lastwagens vage zu erkennen waren. Er konzentrierte sich wieder auf die Straße vor ihnen und warf einen Blick auf den Tachometer, um einschätzen zu können, wie weit er das Tempo steigern konnte, ohne dass der Xterra aus einer der Haarnadelkurven getragen würde.

Der Lastwagen beschleunigte, holte auf, und als er Anstalten machte, sich neben sie zu setzen, kurbelte Sam am Lenkrad des SUV und versperrte seinem Verfolger den Weg. Sie näherten sich einem gewundenen Straßenabschnitt, und er gab Gas – in der Hoffnung, dass die Wendigkeit ihres kleineren Fahrzeugs ihn in die Lage versetzte, vor dem Verrückten am Lenkrad des Lastwagens einen ausreichenden Vorsprung herauszuholen. Der Xterra schlingerte durch die lang gestreckten Kurven, ständig in Gefahr, die Bodenhaftung zu verlieren.

Remi verrenkte sich fast den Hals, um mehr von ihren Verfolgern zu erkennen, aber das Heckfenster war ebenso wie ihr Rückspiegel nach ihrer vorherigen Fahrt am Fluss entlang mit Schlammspritzern bedeckt. Sam vollführte einen weiteren Schlenker, als sich die Straße vor ihnen begradigte, um den Lastwagen, der zügig näher kam, am Überholen zu hindern.

Sam tippte aufs Bremspedal und schaltete herunter, als sie sich einer scharfen Kurve näherten, und dann überstürzten sich die Ereignisse. Der schwere Pick-up-Truck rammte den Nissan von hinten so heftig, dass ihre Köpfe gegen die Nackenstützen geschleudert wurden, und der Xterra geriet außer Kontrolle, während Sam verzweifelt mit dem Lenkrad kämpfte. Remi schaffte es im letzten Moment noch, die Füße gegen das Armaturenbrett zu stemmen, als der Lastwagen sie abermals rammte, und dann kippte der Nissan um und stürzte sich überschlagend den steilen Abhang der Schlucht zum Fluss hinunter – bis auf ihren Grund hinab.

13

Wasserdampf quoll zischend unter der zerbeulten Kühlerhaube hervor, während Sam sich vom Sicherheitsgurt befreite. Das SUV war auf der Seite liegend zur Ruhe gekommen. Der Fluss umspülte das Wrack, und Wasser drang schäumend durch die geborstenen Fenster ins Wageninnere. Remi gab einige undamenhafte Bemerkungen von sich, während sie sich nach dem Verschluss des Sicherheitsgurtes streckte, aber Sam kam ihr zuvor, öffnete ihn, und sie sackte gegen ihn, während der Wasserpegel anstieg.

»Bist du okay?«, fragte er, während er die schlaffen Airbags zur Seite schob.

Sie nickte. »Nur ein paar Prellungen.«

Sam bewegte probeweise Arme und Beine, dann sah er sich im Wageninnern um, das sich mittlerweile nahezu vollständig gefüllt hatte. »Wie willst du aussteigen?«

»Durch mein Seitenfenster.«

»Okay.«

Remi zog sich zu ihrer Tür hoch und schlängelte sich durch die Fensteröffnung. Sam folgte ihr und fand neben ihr an der Karosserie des Nissans Halt. Sofort wurde in nächster Nähe eine Wasserfontäne hochgeschleudert, begleitet vom scharfen Knall eines Gewehrs, das über ihnen auf der Straße abgefeuert worden war. Sie ließen los und tauchten in den Fluss, während ein weiterer Schuss fiel und die Kugel ein Loch ins Wagendach stanzte. Dann wurden sie von der Strömung erfasst und mit der braunen Flut stromabwärts getragen. Der Fluss war normalerweise nur zwei Meter tief, zu diesem Zeitpunkt aber vom Regen angeschwollen.

Als Remis Kopf wieder auftauchte, rief Sam ihr zu: »Lass dich bis zur nächsten Biegung treiben, dann steig am anderen Ufer aus dem Wasser und such dir eine Deckung!«

»Verstanden!«

Er konnte sie über dem Rauschen der Wassermassen kaum verstehen.

Sie wurden schneller, als sie sich einer Flussenge näherten. Weiße Gischt krönte die Wellen. Eine Stromschnelle. Felsen dicht unter der Wasseroberfläche, wahrscheinlich mit messerscharfen Kanten. Er schwamm in Richtung Ufer, als das Wasser wieder tiefer wurde und er feststellte, dass er sich gegen die Strömung behaupten konnte. Remi folgte ihm, und Sam half ihr dicht vor der Stromschnelle ans Ufer. Mühsam nach Luft ringend, blieben sie für einige Sekunden auf dem Trockenen liegen.

Sam rechnete mit weiteren Schüssen und lauschte aufmerksam, während er zur Straße hinaufblickte, die in mittlerweile einigen hundert Metern Entfernung auf dem Hügelkamm verlief. Wenn der Schütze nur über eine Pistole verfügte, befanden sie sich jetzt so weit außerhalb seiner Schussweite, dass sie sich keine Sorgen zu machen brauchten. Falls er jedoch ein Gewehr mit Zielfernrohr hatte, waren sie nach wie vor in Schwierigkeiten.

»Ich dachte, auf der Insel sei Waffenbesitz verboten?«, flüsterte Remi.

»Offenbar gilt das Waffenverbot nur für gesetzestreue Bürger. Wir können wohl davon ausgehen, dass dies auf denjenigen, der uns da im Visier hat, ganz gewiss nicht zutrifft.«

Sie gewahrten beide an der Flussbiegung eine Bewegung und duckten sich. Zwei Inselbewohner gingen suchend am Flussufer entlang. Einer hielt eine Pistole schussbereit in der Hand. Sie waren gut einhundert Meter entfernt und hatten Sam und Remi offensichtlich noch nicht entdeckt.

Sam tippte Remi auf die Schulter. »Kriech in das Gebüsch hinter uns. Solange sie auf dieser Flussseite sind, sind wir für sie nicht zu sehen.«

Die dichte Vegetation verbarg sie vollkommen. Sie beobachteten, wie die Männer dem Flusslauf nach Süden folgten. Sam und Remi rührten sich nicht, während ihre Verfolger das Dickicht zu beiden Seiten des Flusses absuchten und schließlich stehen blieben, nachdem sie die Flussbiegung erreicht hatten. Die beiden Männer waren so nahe herangekommen, dass ihre Stimmen über dem Rauschen des Flusses deutlich zu hören waren. Der Mann mit der Pistole deutete flussabwärts, als wolle er einem Argument Nachdruck verleihen, dann machten beide Männer kehrt und entfernten sich. Remi atmete leise aus, als sie hinter der Flussbiegung außer Sicht gerieten, aber weder sie noch Sam wagten, ihr Versteck zu verlassen, schließlich war es möglich, dass die Männer Verstärkung holten, um die Suche fortzusetzen.

Sie warteten zehn Minuten und lauschten auf verräterische Geräusche, die darauf hinwiesen, dass sie weiterhin verfolgt wurden, aber sie hörten und sahen nichts dergleichen.

»Sie sind offenbar verschwunden«, flüsterte Remi.

»Das denke ich auch. Die Frage ist nur, wer ›sie‹ sind?«

»Vielleicht jemand mit einer engen Verbindung zur Mine? Oder Angehörige der Miliz, vor der Manchester uns gewarnt hat?«

»Könnte sein. Aber so wie er es beschrieben hat, beschränkt sich ihr Einflussgebiet auf eine Region bei den Höhlen im Innern der Insel.«

Sie blickte flussaufwärts und schüttelte den Kopf. »Ich begreife es nicht. Warum sollte uns jemand von der Straße drängen und auf uns schießen wollen? Selbst wenn es Angehörige irgendeiner Miliz waren?«

»Gute Frage.«

»Dabei haben wir nichts anderes getan, als uns mit zwei alten Männern über irgendwelche sagenhaften Ruinen zu unterhalten.«

»Vergiss nicht die Riesen.« Sam warf einen letzten Blick auf den Punkt, wo die Männer hinter der Flussbiegung verschwunden waren, und erhob sich. »Sieht so aus, als wären wir wieder unter uns, Schätzchen.« Er betrachtete seine nasse Kleidung. »Das einzig Gute an dem Wetter ist, dass wir nicht zu frieren brauchen. Und dass wir, wenn wir erst einmal wieder in der Sonne sind, in wenigen Minuten trocken sein dürften.«

»Na, ausgezeichnet. Aber bis zur Hauptstraße sind es mindestens sechs oder sieben Meilen, schätze ich.«

»Wahrscheinlich. Vorausgesetzt, ein Fußmarsch dorthin ist einigermaßen sicher. Hat nicht irgendjemand erwähnt, dass die meisten Flüsse mit Krokodilen bevölkert sind?«

»Nennst du das positives Denken, Fargo?«

»Okay. Dann denke ich eben positiv und sage, die meisten Flüsse sind mit Krokodilen bevölkert.«

Remi musste gegen ihren Willen lächeln. »Das ist schon besser. Siehst du, wie einfach das war?« Sie kam schwerfällig auf die Füße und betastete ihren Hals. Sam sah es voller Sorge.

»Hast du dich verletzt?«

»Ich tippe auf eine leichte Zerrung, als wir gerammt wurden und mein Kopf nach hinten schlug. Gott segne denjenigen, der den Airbag und den Sicherheitsgurt erfand.«

Sam suchte mit den Augen nach der Stelle, wo die zerbeulten Überreste ihres SUV liegen mussten. »Wie weitblickend von mir, das zusätzliche Versicherungspaket zu buchen. Meinst du, dass damit auch der Absturz in eine Schlucht abgedeckt ist?«

»Bestimmt wird das im Kleingedruckten ausgeschlossen.« Remi fuhr mit den Fingerspitzen über die rechte Seite ihres Gesichts, die leicht anzuschwellen begann.

»Wir haben zwei Möglichkeiten – die Straße oder den Fluss. Was ist dir lieber – ein Strolch mit einer Pistole oder sechs Meter hungriges Krokodil?«, fragte Sam.

»Welche dritte Möglichkeit gibt es?«

Sam konnte nur bedauernd lächeln.

Remi betrachtete den schäumenden Fluss. »Anstelle unserer Angreifer hätte ich ja schnellstens das Weite gesucht, nachdem wir verschwunden sind. Und anscheinend haben sie genau das getan.«

»Hoffentlich hast du recht.«

Remi folgte Sams Blick flussaufwärts. »Das hoffe ich auch.«

»Wahrscheinlich wird der Fluss nach den Stromschnellen seichter. Wir könnten dort versuchen, ihn zu überqueren und uns zur Straße durchzuschlagen«, meinte Sam.

»Dann nichts wie los. Und achte auf die Krokodile.«

»Vielen Dank. Die hätte ich beinahe vergessen.«

Sam bewegte sich wachsam am Ufer entlang, als sie dem Strom flussabwärts folgten. Das Getöse der Stromschnellen nahm zu, und wie er gehofft hatte, verbreiterte sich der

Fluss nach einem tiefen Abschnitt, dessen Oberfläche von zahlreichen Wirbeln aufgewühlt wurde, und nun konnte er bis auf den Grund sehen. Den Fluss zu durchqueren, war trotzdem eine heikle Angelegenheit. Hand in Hand wateten sie durch die stellenweise hüfthohe Flut, wobei Sam mit den Füßen vorsichtig den Boden abtastete, während sie zum fernen Ufer gelangten.

Wieder auf festem Boden, gönnten sie sich eine Pause, um ihre Kleider trocknen zu lassen, und hatten anschließend nach ungefähr einer Viertelstunde die unbefestigte Piste erreicht, die hinunter zur Küstenstraße führte. Zwei Stunden später nahm sie ein Farmer mit, der in einem nur halb beladenen Pick-up zur Stadt fuhr. In dem wettergegerbten Gesicht des Mannes war nicht der geringste Anflug von Überraschung zu erkennen, zwei Amerikaner auf einer Straße ins Nirgendwo aufzulesen, die aussahen, als ob sie die Wasserfälle in einem Fass überwunden hätten.

Remi lehnte den Kopf gegen Sams Schulter, während der Lastwagen durch Fahrrillen und Schlaglöcher holperte.

»Wie geht es deinem Hals?«, fragte er über den Motorenlärm und den Fahrtwind hinweg.

»Ich könnte eine Massage gebrauchen, aber ansonsten bin ich am Leben.«

»Vielleicht finden wir in der Stadt eine Wellness-Station für dich.«

»Klar. Das ist genau das, was man hier am Ende der Welt erwarten würde.«

»Möglicherweise reicht dir auch eine liebevolle Laien-Massage nach einer ausgiebigen heißen Dusche.«

»Manchmal denkst du wirklich an nichts anderes, oder?«

»Ich habe das vollkommen unschuldig gemeint, Remi. Ehrlich.«

Sie drehte den Kopf und musterte ihn mit einem vielsagenden Grinsen von der Seite. »So fängt es doch immer an.«

Während sie sich Honiara näherten, wurde Sam ruhiger und ernster.

Remi stupste ihn an. »Was nun?«

»Wir müssen unser Erlebnis der Polizei melden.«

»Okay. Dann bitte den Fahrer, uns zur Station zu bringen oder uns wenigstens den Weg dorthin zu erklären.«

Sam klopfte gegen das Heckfenster und erschreckte den Farmer, der so abrupt aufs Bremspedal trat, dass Sam und Remi gegen die Rückwand des Führerhauses geworfen wurden.

Sam beugte sich zum Seitenfenster auf der Fahrerseite hinab. »Können Sie uns an der Polizeistation absetzen?«

Der Farmer verstand anscheinend das Wort »Polizei« und nickte, ehe er wieder Gas gab. Sam rutschte nach hinten und wurde neben Remi von der hinteren Ladeklappe aufgehalten.

»Ich glaube, meine Bitte ist bei ihm angekommen.«

Sie lächelte ihn strahlend an. »Du bist mein Held. Crocodile Fargo, der großartige weiße Jäger.«

»Ich hoffe nur, dass die Polizei etwas mehr tun kann, als uns ihr Bedauern auszudrücken. Ich glaube, es war ein Dodge, der es auf uns abgesehen hatte, aber alles geschah so schnell, dass ich mir nicht vollkommen sicher bin.«

Der diensthabende Beamte geleitete sie in einen Warteraum, in dem ein Sergeant ihre Angaben notierte, gelegentlich nickte und in höflichem Ton Fragen stellte. Nach einer Stunde waren zwei Dinge für die Fargos offensichtlich: Die Polizei nahm ihren Bericht ernst, war aufrichtig besorgt und besten Willens zu handeln, und zweitens war die Wahrscheinlichkeit, dass bald etwas geschehen würde, falls überhaupt vorhanden, doch verschwindend gering. Der Polizist erläuterte das Problem, so diplomatisch er konnte.

»Wir werden sämtliche auf der Insel zugelassenen Lastwagen überprüfen, aber das kann sehr lange dauern. Und wenn der Fahrer geschickt mit Schleifpapier und Farbe umgehen kann, finden wir den Schuldigen wahrscheinlich niemals.«

»Aber sie haben auf uns geschossen. Es war eine gezielte Aktion. Wir haben zwei Männer gesehen, nachdem wir in den Fluss gestürzt sind. Sie haben uns gesucht.«

»Ja, ich habe die Personenbeschreibungen notiert – zwei Männer, Inselbewohner, mittelgroß, keine besonderen Merkmale, bekleidet mit Jeansshorts und T-Shirts, eins braun oder dunkelrot, das andere hellblau«, sagte der Beamte. »Das Problem, wie Sie sicher zugeben werden, ist, dass dies etwa auf die Hälfte der männlichen Bevölkerung zutrifft. Wir tun unser Bestes, aber es ist nicht viel, das uns weiterhelfen kann.« Er schüttelte den Kopf. »Ihr Mietwagen wird Ihren Bericht sicher bestätigen. An ihm werden Spuren zu finden sein, dass Sie gerammt wurden, und Sie haben darauf hingewiesen, dass Sie beschossen wurden, also wird auch ein Einschussloch existieren.«

»Ja sicher«, bestätigte Remi, aber ihre Zuversicht schwand im Laufe des weiteren Gesprächs.

Der Polizist betrachtete sie beide prüfend. »Warum sind Sie auf die Insel gekommen?«

»Um Urlaub zu machen«, sagte Sam, was immerhin dicht an der Wahrheit war.

»Hatten Sie irgendeinen Streit? Meinungsverschiedenheiten mit einem Einheimischen?«, fragte der Polizist, und sie schüttelten die Köpfe.

»Nein. Jeder war sehr nett zu uns«, sagte Remi.

»Demnach fällt Ihnen niemand ein, der versucht haben könnte, Sie zu töten.« Es war keine Frage.

»Nein. Das ergäbe doch keinen Sinn«, sagte Sam.

Der Mann musterte ihn mit kaum verhohlener Skepsis. »Nun, irgendjemand muss es schließlich versucht haben. Solche Dinge geschehen eigentlich nicht bei uns. Wir leben auf einer friedlichen Insel. Banden von Kriminellen, die Touristen auflauern und angreifen, gibt es hier nicht.«

Der Tonfall des Polizisten machte klar, dass er ihnen die Erklärung, harmlose Touristen zu sein, nicht abnahm, und weder Sam noch Remi wollten auf diesem Punkt herumreiten. Nachdem die Befragung abgeschlossen war, stellten sie fest, dass sie nur noch einen kurzen Fußmarsch von ihrem Hotel entfernt waren, und abermals reagierte das Empfangspersonal entsetzt, als sie durch das Foyer spazierten.

»Wir hinterlassen einen ziemlich nachhaltigen Eindruck«, murmelte Remi halblaut. »Wenn du das nächste Mal eine Spazierfahrt unternehmen willst, musst du auf meine Begleitung verzichten.«

Er versuchte vergebens, den Ausdruck des Missfallens auf der Miene der Angestellten an der Rezeption mit einem entwaffnenden Lächeln zu mildern.

»Wenn ich das nächste Mal so etwas vorschlage, wirf mir einen Ziegelstein an den Kopf.«

14

Als Sam Selmas Nummer wählte und sie sich meldete, klang sie aufgeregt. »Ich bin froh, dass Sie anrufen. Sie müssen hellseherische Fähigkeiten haben. Ich war eben im Begriff, mich bei Ihnen zu melden. Ich habe einige Recherchen angestellt und wollte Ihnen die Ergebnisse schicken, aber vorher wollte ich noch mit Ihnen sprechen, weil Sie einige Informationen brauchen.«

»Nun, hier bin ich. Schießen Sie los.«

»Wie Sie wünschten, bin ich auf die Suche gegangen und habe sehr schnell feststellen müssen, dass online kaum Informationen über die Salomonen existieren, die sich nicht auf den Zweiten Weltkrieg, auf Abbaugenehmigungen oder auf Tourismus beziehen. Viel gibt es daher nicht, was ich hätte durcharbeiten müssen.«

»Das hat Sie doch noch nie davon abgehalten weiterzuforschen, Selma.«

»Natürlich nicht. Jedenfalls bin ich, nachdem das Internet nichts mehr hergab, dazu übergegangen, Leute persönlich anzurufen, die etwas über die Geschichte von Guadalcanal wissen könnten. Die meisten habe ich in Australien und Neuseeland gefunden, was gar nicht so überraschend ist, da beide die nächstliegenden technisch hoch entwickelten Nationen sind.«

»Stimmt…«, sagte Sam mit einem Anflug von Ungeduld in der Stimme. Falls es Selma auffiel, ließ sie es sich nicht anmerken.

»Ich habe Kontakt mit einigen Freunden in Sydney aufgenommen und erfahren, dass einer der besten Kenner der Inseln in Adelaide wohnt. Ein Anthropologe an der dortigen Universität, Professor Dr. Sylvester Rose. Ich rief ihn an, und wir hatten ein langes Gespräch. Das ist ein sehr netter Mensch.«

»Wie schön, dass Sie einander so gut verstanden haben«, bemerkte Sam und hoffte, dass sie endlich auf den Punkt kam.

»Es stellte sich heraus, dass er seit Jahren den Sommer auf den Inseln verbringt, Daten über die Kulturen sammelt, ihre Gewohnheiten dokumentiert und ihre Überlieferungen aufzeichnet. Ich fragte ihn nach Material, das von Buchten, die mit Flüchen belegt sind, oder von versunkenen Ruinen handelt, und er erwiderte, dass es da bei ihm klingle, er aber zuerst in seinen Tagebüchern nachschlagen und seine Aufzeichnungen zu Rate ziehen müsse – auf Anhieb komme ihm nichts in den Sinn. Das war gestern. Heute rief er zurück und teilte mir mit, dass er den Abschnitt, den er suchte, gefunden habe und ihn mir zusenden wolle.«

»Das ist wunderbar, Selma. Sie haben ihn also schon vorliegen?«

»Ja. Ich wollte Ihnen den Text vorlesen.«

Sam Fargo schloss schicksalsergeben die Augen. »Dafür könnte es keinen besseren Moment geben als diesen.«

»Okay, hören Sie zu: ›Eine besonders düstere Sage scheint mit einem Tabu belegt worden zu sein, aber wie man bei den meisten verbotenen Geschichten beobachten kann, erhöht das Verbot, sie zu erzählen, den Reiz für jene ganz besonders, die sich solchen Regeln widersetzen. Auf diese Weise bleiben diese Geschichten erhalten, allerdings auch das Tabu, mit dem sie belegt sind. Sie wurde mir von einem Medizinmann erzählt, einem Heiler, der im Bergland von Guadalcanal hauste und ein abgeschiedenes Leben fern aller Stämme ringsum führte. Mit ihm bekannt gemacht wurde ich von einem Stammeshäuptling des benachbarten Dorfs, der ihn tief verehrte. Aus unserer ersten Begegnung wurde ein alljährliches Wiedersehen bis zu seinem Tod im Jahr 1997. Er erzählte mir die Sage während unserer letzten Begegnung im Jahr davor.‹«

Selma hielt kurz inne, um sich zu räuspern. »›Viele Generationen, ehe der weiße Mann erschien und die Inseln nur von unserem Volk bewohnt wurden, erschien ein großer und erhabener König, um uns zu führen. Dieser König war ein Magier, der den Göttern des Meeres, des Himmels, des Feuers und der Erde Befehle erteilen konnte. Er einte die verschiedenen Stämme und schuf einen mächtigen Inselstaat. Einerseits war er wegen seiner Fähigkeiten als Kriegsherr gefürchtet, und andererseits wurde er wegen seiner Mildtätigkeit und seiner Weisheit im Schlichten gesellschaftlicher und moralischer Streitigkeiten von allen geliebt. Sein Name lautete Loc, und er wurde zu Lebzeiten überall im Königreich verehrt.‹«

»Interessant. Ich höre diesen Namen zum ersten Mal«, sagte Sam.

»Und jetzt wird es richtig spannend. ›In einer Zeit des Wohlstands verkündete der König, dass er einen Königspalast erbauen wolle, wie man ihn noch nie gesehen habe. Daraufhin schufteten seine Untertanen jahrelang, um seinen ehrgeizigen Plan in die Tat umzusetzen, förderten Kalkstein aus einem Steinbruch und schleiften unzählige Gesteinsblöcke auf Rollen aus den Bergen hinunter ans Meer. Am Tag vor der Fertigstellung der Bauten heiratete

Loc die schönste Frau auf den Inseln. Sie war die Tochter eines mächtigen Häuptlings von Malaita. Es heißt, in ihr Gesicht zu schauen, war ganz so, als blicke man in die Sonne, so einzigartig soll ihre Schönheit gewesen sein, und der König verbot seinen Untertanen, sie gezielt zu betrachten. Man nimmt an, dass darauf das in dieser Region wirksame Tabu, Frauen direkt anzusehen, zurückzuführen ist.‹«

»Und ich hatte angenommen, es sei reine Schüchternheit«, sagte Sam.

»Offenbar nicht. ›Am Morgen des folgenden Tages sollten sich die Anführer sämtlicher Stämme der Insel zu einwöchigen Feierlichkeiten am Standort der neuen Palastanlagen versammeln. Seit Monaten hatte der König Tributzahlungen von Händlern und seinen Stämmen eingetrieben und dem unermesslichen Schatz einverleibt, der im königlichen Palast versteckt war. Die Teilnehmer an der Feier erschienen, beladen mit Gold, Edelsteinen und anderem wertvollem Gut. Als sich die hochrangigen Gäste einfanden, stellte der König gerade seine Reichtümer vor den Hohepriestern und seiner jungen Ehefrau im gleißenden Sonnenlicht zur Schau. Die Götter waren über diese Demonstration von Überheblichkeit von Seiten eines sterblichen Menschen derart erzürnt, dass die Erde wie nie zuvor erbebte und den Palast zerstörte, als wären seine Teile aus Sand erbaut worden, und dann sandte der Gott des Meeres eine Welle so groß wie die Insel, um jede Spur von dem Bauwerk auszulöschen. Die meisten Würdenträger kamen dabei um, nur eine Handvoll überlebte. Diese waren übereinstimmend der Auffassung, dass die Götter ihren Willen unmissverständlich kundgetan hätten und die Buße der Überlebenden darin zu bestehen habe, zu jenem einfachen Leben zurückzukehren, das sie geführt hatten, ehe der König die Macht ergriff. Als Strafe für die Sünden des Königs dürfe sein Name nie mehr genannt und sein Palast und seine Tempel sollten vergessen werden. Der Standort selbst galt von da an als verflucht.‹ Das ist das Ende seines Tagebucheintrags.«

»Ist demnach die primitive Kultur auf den Salomon-Inseln eine direkte Folge dieses Ereignisses? Wurde jeglicher Fortschritt einfach weggewischt?«

»So verstehe ich es. Was mir jedoch auffiel, war, dass ein Schatz erwähnt wurde, als betrachte man das Ansammeln von Reichtümern als massive Beleidigung der Götter, woraus sich ergab, dass Reichtum gemieden werden solle, da er Unglück mit sich bringe.«

»Ein Schatz. Also, ich habe noch nie eine Herausforderung ausgeschlagen. Ich frage mich, wie viel von dieser Sage der Wirklichkeit entspricht und wie viel reine Erfindung sein mag?«

»Das konnte der Professor unmöglich feststellen. Weil es sich um verbotenes Wissen handelte, gab es keine sichere Methode, den Wahrheitsgehalt zu überprüfen, und außerdem hatte ihn der Medizinmann zur Verschwiegenheit verpflichtet. Nachdem er sein Wort gegeben hatte, konnte er kaum offene Erkundigungen einziehen, sonst hätte ihm niemand jemals wieder vertraut. Er brauchte ein ganzes Jahrzehnt, um während seiner regelmäßigen Besuche sein Ansehen in der Gemeinschaft zu festigen, und da er dieses Vertrauen nicht zerstören wollte, behielt er die Geschichte für sich.« Selma legte eine kurze Pause ein. »Aber kein Geheimnis bleibt erhalten, wenn es mehr als einer Person bekannt ist. Es muss also noch jemand anderen geben, dem der Medizinmann die Geschichte erzählt hat – oder, was eigentlich offensichtlicher ist, jemand muss es ursprünglich ihm erzählt haben. Wenn Sie nichts gehört haben, nachdem Sie nahezu jeden Stein umdrehten, liegt das Ganze ziemlich im Dunkeln, zumal Generationen sterben und untergehen und die Nachgeborenen sich nicht für die Vergangenheit interessieren.«

Sam nickte nachdenklich. »Ja, auf den Inseln hat sich seit dem Krieg vieles grundlegend verändert. Unser anderes Problem ist, dass nur ein kleiner Teil der Bevölkerung Englisch spricht, darum können wir nur wenige befragen, und diese Leute leben vorwiegend in der Hauptstadt.«

»Jetzt wissen Sie genauso viel wie ich. Der Professor meinte, es werde ihm eine ausgesprochene Freude sein, mit Ihnen zu telefonieren, wenn Sie noch mehr von ihm wissen wollen. Ich füge seine Telefonnummer hinzu, wenn ich Ihnen die Mail schicke.«

»Meinen Sie, dass es uns weiterhelfen würde?«

»Ich hatte den Eindruck, dass er mir alles erzählt hat, was er wusste. Er war in keiner Weise ausweichend. Für ihn ist die ganze Angelegenheit von rein akademischem Interesse. Ich habe ihm natürlich nicht verraten, dass Sie den vermutlichen Standort des Königspalastes gefunden haben.«

»Wie immer, Selma, sind Sie der wahre Schatz in dieser Geschichte.«

»Das gehört doch zu meinem Job, oder? Der Bericht des Professors liegt in wenigen Minuten in Ihrer Mailbox. Rufen Sie an, wenn Sie noch etwas anderes brauchen.« Sie zögerte. »Ich bin froh, dass Sie es diesmal ein wenig ruhiger angehen lassen als bei Ihren bisherigen Ausflügen in die Wildnis.«

Sam überlegte, ob er ihr von den jüngsten Vorkommnissen lieber nichts erzählen sollte, entschied sich dann jedoch, dass es aus Gründen des Selbstschutzes vielleicht besser wäre, wenn mehrere Personen darüber Bescheid wussten. »Bis heute morgen hätte ich Ihnen darin zugestimmt.«

»Und was ist jetzt?«

»Wir wurden von der Straße geschoben, und jemand hat auf uns geschossen. Ansonsten ist dies aber ein richtig idyllischer Ort.«

Selmas Stimme klang ernst. »Sie machen einen Scherz.«

»Das Leben schreibt immer die seltsamsten Geschichten.«

»Wer ist hinter Ihnen her?«

»Keine Ahnung.«

»Nun, damit engt sich der Personenkreis entschieden ein. Wie kann ich Ihnen helfen?«

»Ich weiß es nicht. Vielleicht indem Sie das Außenministerium benachrichtigen für den Fall, dass wir für immer verschwinden?«

»Ein reizender Gedanke.«

»Danke, Selma. Machen Sie sich keine Sorgen – wir kommen schon zurecht, wie immer. Ich melde mich, sobald wir mehr wissen.«

Remi sah ihn fragend an, nachdem er das Gespräch beendet hatte. »Ist Selma fündig geworden?«

»Wird sie das nicht immer?«

»Na los. Erzähl.«

Er berichtete über die Sage des Medizinmanns. Anschließend betrachtete sie sich im Spiegel und schüttelte den Kopf. »Selbst wenn wir nur einem Freund helfen wollen, schaffen wir es trotzdem, über einen Schatz zu stolpern. Das Glück der Fargos ist ein zweischneidiges Schwert, nicht wahr?«

»So eindeutig lässt sich das nicht festlegen, Remi. Und außerdem, was vor einigen tausend Jahren ein Schatz gewesen war, könnte heute ein Haufen Schrott sein.«

»Du hast Gold und Edelsteine erwähnt. Und das ist etwas, das, soweit ich weiß, auch heute noch sehr begehrt ist. Und wenn ich es mir recht überlege«, sagte Remi und blickte demonstrativ auf ihren Handrücken, »habe ich schon lange keinen hübschen Stein mehr gesehen. Ich finde, wir sollten dies ganz offiziell als Schatzsuche betrachten, nun da dieser Begriff mindestens einmal gefallen ist.«

Sam ignorierte ihren scherzhaft vorgebrachten Wunsch nach einem neuen Schmuckstück. »Natürlich erzählen wir Leonid davon.«

»Aber klar. Und wie immer übergeben wir alles, was wir finden, den örtlichen Regierungsorganen.« Remi wandte sich zum Fenster um und zuckte zusammen, während sie sich gleichzeitig mit einer Hand an den Hals fasste. »Au!«

»Das sollte sich ein Arzt ansehen. Und ich weiß auch schon, wer dafür in Frage kommt.«

»Ich brauche nicht ins Krankenhaus zu gehen.«

»Du bist gerade in einem Lastwagen herumgeworfen worden und in einen Fluss gestürzt. Ich denke, in diesem Fall sind Sie eindeutig überstimmt, Mrs. Fargo«, sagte Sam streng.

Remi hob die Schultern und zuckte abermals zusammen. »Na schön. Du hast gewonnen. Aber keine Spritzen. Versprich mir, keine Spritzen.«

»Alles, was ich tun kann, ist, deine Wünsche an diejenigen zu übermitteln, die in letzter Instanz darüber zu entscheiden haben.«

»Verräter.«

15

Dr. Vanya trat von der Untersuchungsliege zurück, auf der Remi sich ausgestreckt hatte. »Ich glaube nicht, dass es etwas Schlimmeres ist als eine Bänderdehnung. Ihr Sehvermögen ist nicht beeinträchtigt, ich finde keinerlei Anzeichen für ein schweres Trauma, und Ihre Nervenreaktionen waren vollkommen normal.«

»Das sind gute Neuigkeiten«, sagte Sam.

»Sie sollten heftige Bewegungen und jede größere Anstrengung vermeiden. Alles, was Ihren Kopf erschüttert und Ihren Hals belastet, dürfte schmerzhaft sein. Ich kann Ihnen eine Halskrause anlegen, wie man sie nach einem Schleudertrauma benutzt, wenn Sie wollen. Sie könnte eine Hilfe sein.«

Remi verzog das Gesicht. »Diese Dinger hasse ich.«

»Niemand mag sie. Es ist Ihre Entscheidung. Es ist ja nicht so, dass Sie sterben müssen, wenn Sie keine tragen. Seien Sie nur vorsichtig, und wenn Sie sich nicht ganz sicher sind, ob das, was Sie vorhaben, sinnvoll ist, dann lassen Sie es lieber.« Carol Vanya musterte sie prüfend. »Sie hatten unter den gegebenen Umständen außerordentliches Glück. Die Schwellung in Ihrem Gesicht wird in ein paar Tagen zurückgehen, und was bleibt, ist wahrscheinlich nur ein leichter Bluterguss. Eigentlich unglaublich, dass Sie einen solchen Überschlag nur mit ein paar Kratzern überstanden haben.« Sie sah Sam an. »Und Sie sehen aus, als hätten Sie überhaupt nichts abbekommen.«

»Die Airbags haben eben bestens ihre Arbeit verrichtet«, sagte Sam.

»Das kann man wohl sagen. Hat die Polizei Ihnen irgendeinen Hinweis gegeben, was sie in dieser Angelegenheit zu unternehmen gedenkt?«

Sam schüttelte den Kopf. »So wie es aussieht nicht sehr viel.«

»Seien Sie nicht zu enttäuscht. Unsere Inseln haben ihren Charme, aber niemand rechnet hier mit hoher Effizienz. Ich erkläre Leuten, die herkommen und die Möglichkeit in Erwägung ziehen, hier irgendein Unternehmen zu gründen, dass sie, wenn sie nur Telefonanfragen beantworten und ihren Betrieb regelmäßig geöffnet haben, bereits geschäftstüchtiger sind als neunzig Prozent ihrer Konkurrenten.« Carol Vanya zuckte die Achseln. »Das geruhsame Leben auf der Insel kostet seinen Preis. Sie haben soeben eine der Schattenseiten kennengelernt. Es ist nichts Persönliches.«

»Ich verstehe nur nicht, weshalb man es auf uns abgesehen hatte«, sagte Remi, während sie sich aufrichtete.

»Das werden Sie wohl nie erfahren. Es gibt schon länger Gerüchte von bewaffneten Rebellengruppen in den Bergen. Vielleicht sind Sie solchen Leuten in die Quere gekommen oder haben sie bei irgendeiner Aktion gestört. Oder vielleicht haben Sie auch etwas gesehen, was Sie nicht hätten sehen dürfen.«

»Wie was, zum Beispiel?«, fragte Sam.

»Keine Ahnung. Ich gehe nur die verschiedenen Möglichkeiten durch. Ich habe noch nie von so einem Angriff gehört, darum stelle ich lediglich Vermutungen an. Wer weiß schon, weshalb Verrückte gewalttätige Dinge tun?« Sie zögerte. »Ich habe mal eine Frau behandelt, deren

Ehemann sie mit einer Machete angegriffen hat. Vollkommen grundlos. Sie konnte allenfalls vermuten, dass sie etwas gesagt hat, das ihn ausrasten ließ. Letztlich konnte sie dem lieben Gott danken, dass sie nicht sterben musste. Der Ehemann flüchtete in die Berge und wurde nie mehr gesehen. Durchaus möglich, dass er es gewesen ist, der Sie angegriffen hat. Sie werden es nie erfahren.«

»Wie viele Inselbewohner besitzen Autos?«, fragte Remi.

»Das kann ich nicht sagen. Die Gesamtbevölkerung beträgt weniger als einhunderttausend Menschen, je nachdem, welcher Angabe Sie vertrauen, und die große Mehrheit von ihnen lebt in Honiara. Ich schätze, es dürften fünftausend Wagen sein, wenn überhaupt so viele«, sagte sie skeptisch.

»Dann dürfte es nicht allzu schwierig sein, den Lastwagen zu finden, der unser SUV auf dem Gewissen hat.«

»Theoretisch nein. Aber wenn viele Lastwagen in ländlichen Gegenden zu finden sind, wo die Straßen nicht viel besser sind als Trampelpfade, dann läuft es darauf hinaus, dass die Polizei Wochen brauchen wird, um jeden Wagen sozusagen mitten im Niemandsland aufzuspüren. Ich denke, alles ist möglich, aber hatten Sie wirklich den Eindruck, dass man es nicht erwarten konnte, auf die Suche zu gehen?«

Sam lachte trocken. »Nicht unbedingt.«

»Dann haben Sie Ihre Antwort. Tut mir leid, aber wenn man hier lebt, dann lernt man schnell, keinerlei Erwartungen zu haben. Damit fährt man am besten.«

Remi ging zur Tür, wo Sam schon auf sie wartete. »Danke, dass Sie Zeit für mich hatten«, sagte sie, und Dr. Vanya lächelte.

»Ich hatte gehofft, dass wir uns unter angenehmeren Bedingungen wiedersehen.« Sie notierte etwas auf einem Formular und klemmte sich das Schreibbrett unter den Arm. »Sie haben großes Glück im Unglück gehabt. Ich würde es für ein paar Tage etwas gemütlicher angehen lassen. Was haben Sie geplant?«

»Außer der Autovermietung behutsam klarzumachen, dass eins ihrer Fahrzeuge nur noch als modernes Kunstwerk zu gebrauchen ist? Nicht viel«, antwortete Sam.

»Nun, dann versuchen Sie, sich zu entspannen. Dafür sind die Salomonen der geeignete Ort. Hier kann man sich immerhin an einem paradiesischen Strand aalen und alle Sorgen vergessen.«

»Nur dass es auch noch ein paar Krokodile gibt.«

»Wohl kaum in der Stadt. Ich würde mich an Ihrer Stelle mit einem Cocktail auf die Veranda setzen und den Sonnenuntergang beobachten. Und die anstrengenden Aktivitäten jemand anderem überlassen.«

Der Fußmarsch zur Autovermietungsfirma war in der feuchten Hitze eine wahre Strapaze, und als sie dort ankamen, waren sie in Schweiß gebadet. Der Inhaber bekam tellergroße Augen, als Sam ihm schilderte, was geschehen war, und er sah plötzlich aus, als würde er jeden Moment über den Verlust seines Nissan in Tränen ausbrechen. Weder Sam noch Remi wollten ihr Glück überstrapazieren und ihn fragen, ob sie einen anderen Wagen mieten könnten. Nachdem sie dem niedergeschlagenen Mann alles an Informationen hatten zukommen lassen, was die Polizei in Erfahrung gebracht hatte, sowie eine Kopie des offiziellen Berichts, kehrten sie zum Hotel zurück.

Als sie um eine Ecke bogen und zwei Blocks vom Hafenviertel entfernt auf die Hauptstraße gelangten, senkte Sam ein wenig den Kopf, bis sein Mund sich in Höhe von Remis Ohr befand, und murmelte: »Dreh dich nicht um, aber ich glaube, wir werden beschattet.«

»Solange mein Nacken in diesem Zustand ist, kann ich mich ohnehin unmöglich umdrehen. Wer ist es?«

»Unbekannt. Ein Mann in einer Limousine. Der Wagen ist mir aufgefallen, weil er im Schritttempo hinter uns herschleicht.«

»Wie kommt es, dass wir jedes Mal, wenn wir irgendwohin gehen, die falschen Leute auf uns aufmerksam machen? Bist du dir ganz sicher?«

»Gleich wissen wir Bescheid.«

Sie schlenderten in gemütlichem Tempo weiter und warteten darauf, dass die Limousine zu ihnen aufholte. Aber nichts geschah. Am Ende des langen Blocks zuckte Sam die Achseln. »Vielleicht leide ich ein wenig unter Verfolgungswahn.«

»Ein wenig?«

»Das kommt davon, wenn man unter Beschuss stand und von der Straße gedrängt wurde.«

»Absolut verständlich. Aber Gott sei Dank irrst du dich dieses Mal.«

Sie blieben an der Straßenkreuzung stehen, und Sam schaute in die Richtung, aus der sie gekommen waren. Nur wenige Fußgänger schlichen über den Bürgersteig und wechselten von Schatten zu Schatten, um der Wirkung der Sonnenstrahlen so weit wie möglich zu entgehen. Keine fragwürdigen Limousinen patrouillierten auf der Straße, keine verdächtigen Gestalten mit Knopfhörern in den Ohren drehten sich abrupt um mit der Absicht, ihre Gesichter zu verbergen.

Als sie zum Hotel zurückkamen, erwartete Leonid sie

bereits im Foyer, und sie schlenderten gleich weiter zu der Bar am Swimmingpool, mit einem Blick aufs Meer. Er ging gebeugt wie ein alter Mann und beschwerte sich die ganze Zeit in mürrischem Tonfall, dass ihn die Tauchschule mit ihrem Kursprogramm langsam, aber sicher umbringe.

»Sie haben mich gezwungen, Runden zu schwimmen – insgesamt zwanzig und ohne Pause – als Leistungstest. Nach zwei Runden war ich vollkommen außer Atem, und nach zehn Runden glaubte ich, dass mir das Blut aus sämtlichen Öffnungen herausströmt«, schimpfte er.

»Aber du hast es geschafft«, meinte Remi fröhlich.

»Was ist mit deinem Gesicht geschehen?«, fragte Leonid, als er schließlich auch auf andere Dinge als nur sein eigenes Leid achtete. »Es ist geschwollen.«

»Ach, hatten wir das nicht erwähnt? Jemand hat unseren Wagen über eine Felskante gestoßen und auf uns geschossen«, sagte Sam mit einer lässigen Handbewegung. »Remi hat sich den Kopf angeschlagen, als wir die Stromschnellen hinunterschwammen, um uns in Sicherheit zu bringen.«

Leonid starrte sie an, als ob sie vollkommen verrückt wären. »Nein, ehrlich nicht. Ich habe keine Ahnung. Was ist passiert?«

Remi lächelte. »Ich habe herumgemeckert, und Sam hat mich zum Schweigen gebracht.«

Der Russe schüttelte den Kopf. »Ich weiß nie, was ich von euch beiden halten soll.«

Sam beugte sich vor. »Wir wurden tatsächlich von der Straße gedrängt, Leonid. Wir wissen nicht, von wem oder weshalb, aber es ist geschehen. Heute Morgen.«

Leonid musterte sie weiterhin misstrauisch und suchte nach einem Anzeichen von Belustigung, und als er nichts dergleichen finden konnte, wurde sein Gesicht noch ernster als sonst. »Das kann ich nicht glauben.«

»Ich weiß. Wir waren gerade eben im Krankenhaus und bei der Polizei. Zu behaupten, das Ganze sei besorgniserregend, wäre eine Untertreibung«, gab Sam zu. »Aber wir haben auch ein paar gute Nachrichten. Oder zumindest interessante. Möglicherweise ist irgendwo in den Ruinen ein Schatz verborgen.«

»Was redest du da? Woher willst du das wissen?«

Sam lieferte ihm eine kurze Zusammenfassung. Als er geendet hatte, wirkte Leonid noch erregter als zuvor. »Moment mal. Dies ist also der Ort des Königspalastes, und außer dem Fluch enthält er auch noch einen Schatz?«

»Du tust so, als sei es eine schlechte Nachricht.«

»Es verkompliziert die ganze Angelegenheit. Und es bringt mich zu der Frage, weshalb ihr angegriffen wurdet. Vielleicht war der Medizinmann nicht der Einzige, der von dem Schatz wusste. Möglicherweise hat das Gerücht die Runde gemacht, und jemand anderer wünscht die fette Beute für sich. Vielleicht haben die Taucher gequatscht oder die Kapitäne, und jeder, der die Sage kannte, ist sofort auf Touren gekommen.«

Remi sah Sam an. »Er hat recht. Die meisten Menschen hier haben kaum genug zum Leben. Die Aussicht auf unvorstellbaren Reichtum kann die seltsamsten Auswirkungen haben.«

»Stimmt. Aber wir wissen eigentlich gar nicht, ob es überhaupt einen Schatz gibt, geschweige denn, wo er sein könnte. Und wir sollten nicht vergessen, dass er sich in dreißig Metern Wassertiefe befindet. Und außerdem in einer Bucht, in der es von Haien und Krokodilen nur so wimmelt. Würde es für die Gegenseite nicht mehr Sinn ergeben abzuwarten, bis wir ihn lokalisiert haben, und erst dann zu versuchen, uns aus dem Rennen zu werfen?«, gab Sam zu bedenken.

Remi schüttelte den Kopf. »Du nimmst offenbar an, dass unser geheimnisvoller Konkurrent rational und logisch vorgeht. Und wir gehen von der Annahme aus, dass es mit einem Schatz zu tun hat. Es wäre doch möglich, dass wir auf etwas gestoßen sind, das wir niemals hätten zu Gesicht bekommen dürfen, auch wenn wir keine Ahnung hatten, was es war, und die andere Seite aktiv wurde. Es könnte Schmuggelgut, es könnten Drogen, es könnte alles Mögliche gewesen sein. Wir sollten keinesfalls so voreilig sein und glauben, dass wir alle Teile des Puzzles kennen, denn nach nur wenigen Tagen hier sieht es ganz so aus, als seien wir weit davon entfernt.«

Sam nickte. »Wie üblich hat sie recht.«

Leonid knurrte unwillig. »Was bedeutet das für uns? Was sollen wir jetzt tun?«

Sams Stirn legte sich in Falten. »Ich weiß nicht, ob wir zurzeit etwas anderes tun sollten, als die Augen offen zu halten. Wir können nicht in angemessener Weise zu den Ruinen hinabtauchen, ehe das Schiff eintrifft, daher ist diese Frage rein hypothetischer Natur.«

»Ich mag keine Unbekannten. Erst recht nicht, wenn sie auf einen schießen«, sagte Leonid.

»Einverstanden, mein Freund. Aber das ist nun mal alles, was wir haben. Ich denke, anstatt uns den Kopf über etwas zu zerbrechen, das wir nicht aufklären können, sollten wir besser überlegen, wie wir mit unserem neu erworbenen Wissen von einem möglichen Schatz umgehen«, sagte Sam. »Wenn wir mehr tun wollen, als nur den Fundort zu vermessen und zu katalogisieren, sollten wir vielleicht in Erwägung ziehen, einen Spezialisten hierher zu holen. Denn falls wir eine gründlichere Suche durchführen wollen, werden uns die schiffseigenen Taucher kaum weiterhelfen können – dazu brauchen wir ein professionelles Team mit entsprechender Erfahrung.«

Leonid nickte. »Ich vermute, dass du bereits jemanden im Sinn hast.«

Sam grinste. »Niemand bestimmten, denn viele von den Leuten, mit denen wir in der Vergangenheit zusammengearbeitet haben, sind gerade mit eigenen Projekten beschäftigt. Aber wir haben schließlich die Mittel zu engagieren, wen immer wir wollen. Wir sollten Selma damit betrauen, jemanden zu suchen, der geeignet wäre. Sie kann sich auch mit dem Forschungsschiff absprechen. Alles, was dort nicht zur Verfügung steht, kann sie in kürzester Zeit einfliegen lassen.«

Remi ergriff Sams Hand. »Er mag aussehen wie der Schönling vom Dienst, aber ab und zu hat er eine wirklich gute Idee. Ich stimme ihm zu. Wir sollten so bald wie möglich einen Experten hinzuziehen.«

»Wann wird denn das Schiff hier eintreffen?«, fragte Leonid.

»Morgen Abend.«

Der Russe massierte sein Gesicht und sah Sam und Remi nachdenklich an. Die dunklen Ringe und die Tränensäcke unter seinen Augen verliehen ihm das Aussehen eines missgelaunten Waschbären. »Dann braucht ihr für die nächsten gut vierundzwanzig Stunden nichts anderes zu tun, als lediglich dafür zu sorgen, dass ihr nicht getötet werdet, während ich auch noch die letzten Qualen dieses verdammten Tauchkurses ertrage.«

Remi lächelte. »Klingt wie ein guter Plan.«

»Vor allem dass wir uns bemühen sollen, uns nicht ermorden zu lassen«, pflichtete Sam ihr bei.

»Also keine weiteren Ausflüge in die Wildnis«, warnte Remi.

»Mein Hunger nach Abenteuer ist vorerst vollkommen gestillt. *Eine* Begegnung mit dem Tod pro Tag ist mehr als genug.«

»Das Problem ist nur, morgen ist ein neuer Tag.«

»Richtig, aber genau betrachtet, hatten wir heute zwei Begegnungen: den Absturz in den Fluss und die Schüsse auf uns. Damit hätten wir für morgen eine Begegnung gut.«

»Das glaube ich erst, wenn ich es tatsächlich erlebe«, sagte Remi voller Skepsis.

Sam lächelte. »Ich habe mich von Grund auf geändert. Ich bin jetzt ein völlig neuer Mensch.«

»Natürlich, Sam Fargo. Das bist du ganz sicher.«

16

Sydney, Australien

Jeffrey Grimes lehnte sich in seinem Chefsessel zurück und ließ den Blick über die anderen Anwesenden im Konferenzraum schweifen. Die Luft war erfüllt mit dem Aroma zur Hälfte geleerter Kaffeetassen, extremer Anspannung und strapazierter Nerven. Das Ende eines weiteren Quartals stand bevor, und der börsennotierte Mischkonzern, den sie betrieben, hatte einen Verlust zu melden – es war das dritte Quartal in Folge, in dem die Firma Geld verbrannt hatte, das ihren internationalen Tochtergesellschaften zustand.

Grimes war eine feste Größe im australischen Geschäfts- und Gesellschaftsleben, legendär für seine hochriskanten Strategien, die sich bis zu diesem Zeitpunkt stets als gewinnbringend erwiesen hatten. Aber die zunehmend unübersichtliche finanzielle Landschaft und der eingeschränkte Zugriff auf frisches Investitionskapital hatten sich als schwieriger als alles bisher Dagewesene entpuppt, und mehrere spektakuläre Fehlschläge hatten die Geschäftsbilanz verhagelt und das Vertrauen der Investoren nachhaltig erschüttert.

An die Börse zu gehen, war zwei Jahre zuvor, als die australische Wirtschaft boomte und Geld im Überfluss vorhanden war, als brillante Idee erschienen. Die öffentliche Erstemission hatte fast eine Milliarde Dollar erbracht. Grimes' persönliches Kapital war fest angelegt und sein Nettowert war im Zuge von Aktienverlusten auf dem Bergbau- und Erdölsektor zusammengebrochen, da sich der Wert der Firma über Nacht halbiert hatte.

Der Niedergang machte Vereinbarungen im Bereich der Schuldenabkommen der Firma wirksam, und nun herrschte akute Not, und der ehemalige Liebling der australischen Investment-Szene kämpfte ums Überleben.

Grimes fuhr sich mit den Fingern durch sein grau meliertes Haar, das er lang und glatt zurückgekämmt trug, und seufzte. »Können wir nicht irgendwelche schlechten Posten wenigstens für dieses Quartal auf eine unserer Tochterfirmen übertragen? Sie wissen schon, was ich meine – die übliche Sesseltanz-Nummer.«

Sein Finanzchef, Curtis Parker, schüttelte den Kopf. »Die Finanzaufsicht wird sich auf uns stürzen. Wenn wir irgendetwas aus der Bilanz herausrechnen, haben wir im Handumdrehen fünfzig Schnüffler im Haus, die wissen wollen, wo diese Beträge verbucht wurden, und damit würde ein ganz neuer Kriegsschauplatz eröffnet werden. Nein, ob es uns gefällt oder nicht, wir müssen unsere Verluste schultern und hoffen, dass wir sie im nächsten Quartal ausgleichen können.«

Grimes runzelte die Stirn. »Wie wäre es denn mit beschleunigter oder verzögerter Abschreibung einiger enttäuschender Investments? Oder warum geben wir nicht einfach einen erhöhten Wert unserer Aktivposten an, suchen uns eine Buchprüfungsfirma, die unseren Geschäftsbericht absegnet, und ignorieren das Ganze bei einem Verkauf für zehn Cents pro Dollar?«

Parker lächelte freudlos. »Weil wir keine Wall-Street-Bank sind. Solche Spielchen können wir uns nicht leisten. Man erwartet von uns, dass wir ehrlich sind.«

Grimes warf seinen Kugelschreiber auf den Tisch. »Na schön. Wie weit wirft uns das kursmäßig zurück, im schlimmsten Fall?«

»Um fünfzehn Prozent. Die wir innerhalb einer Woche ausgeglichen haben – ich habe einige Käufer an der Hand, die den Preis auf diesem Level stabilisieren und ihn steigen lassen, sobald der Kurssturz gestoppt wurde, und dabei einen hübschen Gewinn einfahren – sie haben bereits Vorbereitungen getroffen, ihre Käufe durch kurze Positionen zu finanzieren.« Parker blickte auf einen Kalkulationsbogen. »Aber wir werden mit unseren Kreditlinien Probleme bekommen. Es zeichnet sich immer deutlicher ab, dass wir für mindestens zwei weitere Quartale unsere Schulden nicht bezahlen können, und niemand möchte am Ende in der Schlange der Zahlungsempfänger unter den Letzten sein.«

Eine hübsche Brünette Anfang dreißig schob den Kopf durch einen Türspalt und fing Grimes' Blick auf.

»Was gibt's, Deb?«, fragte er.

»Ich habe einen Anrufer auf Ihrer privaten Leitung. Er sagt, es sei dringend ... Sie würden auf den Anruf warten.«

Grimes' Miene hellte sich auf. »Ach ja.« Er sah seinen engen Mitarbeiterkreis an. »Gentlemen, würden Sie mich für einen Moment entschuldigen?« Ohne auf eine Antwort zu warten, erhob er sich, verließ den Konferenzraum und eilte durch den Flur, gefolgt von Deb, die beinahe rennen musste, um mit ihm Schritt zu halten.

»Leitung zwei«, sagte sie, während er sein Büro betrat, und er nickte, als er die Tür hinter sich schloss und zum Schreibtisch ging. Hier ließ er sich in seinen burgunderfarbenen kalbsledernen Chefsessel fallen und griff nach dem Schnurlostelefon.

»Hallo«, meldete er sich.

Die Stimme des Anrufers klang eintönig, geschlechtslos, roboterhaft, durch spezielle Filtersoftware manipuliert und verfälscht, wie es bisher bei jedem Gespräch geschehen war, das er mit seinem geheimnisvollen Komplizen geführt hatte.

»Der erste Schritt zur Eskalation unseres Konflikts wurde ausgeführt. Am Ende des Tages erscheinen in den australischen und den Inselzeitungen Meldungen über das Verschwinden der Entwicklungshelfer sowie die Forderungen der Miliz.«

»Endlich mal gute Nachrichten. Wie wollen Sie die Situation auflösen, sobald genügend Spannung aufgebaut wurde?«

»Unglücklicherweise werden die Entwicklungshelfer nicht überleben. Was wiederum öffentliche Entrüstung auslösen dürfte, gefolgt von Forderungen nach Vergeltung und Reisewarnungen. Was jedoch das Wichtigste ist, für die derzeitige Administration dürfte dies eine schwierige Situation schaffen. Ihre Taktik angesichts der Unruhen bestand darin, überhaupt nichts zu tun.«

»Wird das ausreichen?«

»Das wird sich beizeiten zeigen.«

»Ich nehme an, Sie haben einen alternativen Aktionsplan für den Fall, dass dieses Szenario nicht zum Erfolg führt.«

»Natürlich. Aber Sie wollen ganz sicher nicht wissen, wie dieser Plan aussieht.«

»Wie Sie meinen. Tun Sie, was Sie für richtig halten.«

»Vergessen Sie nur nicht den nächsten Transfer. Ich warte darauf.«

»Betrachten Sie ihn als ausgeführt.«

Der Anrufer legte auf, und Grimes starrte auf das Telefon. Dieses Arrangement war anders als alles, was er jemals vereinbart hatte, und das bereitete ihm Unbehagen, erzeugte jedoch auch eine gewisse Euphorie. Er war ein Jahr zuvor von dem Anrufer angesprochen und mit einem einzigartigen Angebot konfrontiert worden: Beteiligen Sie sich an der Gründung mehrerer nicht überprüfbarer Firmen in weit verstreuten Rechtssystemen und sorgen Sie dafür, dass Sie sich das Parlament der Salomonen mit Spenden an flexible Volksvertreter gewogen stimmen, sodass diese Firmen im Fall sozialer Unruhen bei der Vergabe neuer Pachtverträge oder Schürfrechte für Erdöl, Erdgas und Mineralien an erster Stelle stehen.

Zuerst war er skeptisch gewesen, aber als der Anrufer versprach, die Goldmine stillzulegen, wurde sein Interesse geweckt. Von diesem Zeitpunkt an war in dem Betrieb einiges schiefgelaufen. Der Höhepunkt waren jahreszeitlich bedingte Überschwemmungen mit teilweise katastrophalen Folgen, da Notfalleinrichtungen, die das Bergwerk schützen sollten, in wichtigen Bereichen vollständig versagten.

Wie versprochen, war gleich darauf das ausländische technische Personal von der Regierung gefeuert worden, wodurch sämtliche Bergbauprojekte im Land zum Erliegen kamen.

Zu diesem Zeitpunkt begann Grimes, den Ankündigungen seines geheimnisvollen Geschäftspartners Glauben zu schenken, und schaufelte Millionen von seinen privaten Konten durch eine komplizierte Folge von Geldtransfers zu Regionen wie Litauen und den Seychellen. Das Geld landete bei den Firmen, die sein neuer Freund gegründet hatte, und zwar stets in Rechtssystemen, in denen eine Eigentümerschaft nicht festgestellt werden konnte. Die sichtbaren Repräsentanten waren Firmen auf den Salomonen, die nach oberflächlicher Überprüfung durch staatliche Kontrollorgane als einheimisch eingestuft wurden.

Der Operationsplan war simpel: Unzufriedenheit stiften und eine neue Rebellengruppe unterstützen, deren Ziel es war, die derzeitigen Unternehmen hinauszudrängen. Sobald dies erreicht wäre, würden Partner des Anrufers eine neue Administration installieren, die die einheimische Beteiligung an Schlüsselindustrien förderte und alle früheren Vereinbarungen für null und nichtig erklärte und neue Abmachungen mit bevorzugten Unternehmen aushandelte. Natürlich gehörten die von Grimes und seinem geheimnisvollen Freund gegründeten Firmen zu den wünschenswertesten Partnern.

Wenn der Plan funktionierte, würde er allein mit den Erdölrechten Hunderte Millionen Dollar verdienen. Dass dabei einige Opfer auf der Strecke bleiben würden, war ein notwendiges Übel – auf jeden Fall aber würden seine Hände sauber bleiben.

Wie bei allen außergewöhnlich günstigen Gelegenheiten mussten Nutzen und Kosten sorgfältig gegeneinander abgewogen werden. Ein paar Entwicklungshelfer oder allzu kritische Einheimische waren im Rahmen der allgemeinen Gegebenheiten bedeutungslos. Grimes hatte sich schließlich nicht an die Spitze gekämpft, indem er sich von Skrupeln leiten ließ. Er begriff, nach welchen Regeln das Spiel ablief – je mehr Geld zu verdienen war, desto schmutziger waren die Gepflogenheiten. Er hatte miterlebt, wie Konkurrenten reich wurden, indem sie am Wiederaufbau von Nationen beteiligt waren, die der Krieg verwüstet hatte, und es war seiner Aufmerksamkeit auch nicht entgangen, dass sie stets in der ersten Reihe standen, wenn es um den Abschluss lukrativer Verträge ging.

Grimes sah sich in seinem Büro um, betrachtete die Segelbootmodelle, die Ehrenpreise verschiedener Gemeindeorganisationen, die Fotografien, auf denen er neben Würdenträgern und Prominenten zu sehen war. All das hatte er sich selbst ohne fremde Hilfe aufgebaut. Dabei hatte er manchmal fragwürdige Dinge tun müssen, aber das traf auf jeden zu, der zu bedeutendem Wohlstand und zu Macht gelangt war – so etwas wie ein ehrlich erworbenes Vermögen gab es nicht. Er blickte aus dem Fenster auf den Hafen von Sydney hinunter und lächelte siegessicher. Was ihn vom Straßenpöbel unterschied, waren seine Visionen und … sein Wagemut. Er erkannte eine günstige Gelegenheit auf Anhieb und zögerte im Gegensatz zu den meisten niemals, sie zu ergreifen.

Grimes schaute auf seine Lange-&-Söhne-Perpetual-Calendar-Terraluna-Armbanduhr aus Platin und nickte zufrieden. Er empfand kein Bedauern darüber, dass Landsleute ihr Leben lassen mussten, damit er selbst am Ende profitierte. Menschen starben schließlich jeden Tag.

Es ging ausschließlich ums Geschäft, um nichts anderes.

17

Guadalcanal, Salomon-Inseln

Sam aktivierte das Satellitentelefon, sah in seiner Mailbox nach und hörte Selmas Botschaft ab, in der sie ihn wissen ließ, dass das australische Forschungsschiff, die *Darwin*, gegen Mittag in den Hafen von Honiara einlaufen würde. Nach einer Überprüfung der Uhrzeit rief er in Kalifornien an, um seine eigene Nachricht zu hinterlassen, in der er Selma mitteilte, dass er sich für die Ankunft der *Darwin* bereithielt.

Die Polizei hatte ihnen am Vorabend im Hotel einen Besuch abgestattet, um weitere Fragen zu stellen, und dabei Sam und Remi ernsthafte Hoffnungen gemacht, dass ihre Angreifer tatsächlich geschnappt würden; aber nun, als Sam zu den primitiven Gebäuden und den teilweise von Rost zerfressenen Fischerbooten hinüberschaute, erschien ihm diese Möglichkeit genauso bizarr und unrealistisch wie das Märchen von Riesen, die auf der Insel ihr Unwesen trieben.

»Was findest du so interessant?«, fragte Remi, trat hinter ihn und schlang die Arme um seine Taille.

»Eigentlich nichts«, erwiderte er, da er ihr mit seinen trübsinnigen Gedanken nicht die Laune verderben wollte. »Das Schiff soll gegen Mittag eintreffen.«

»Nun, das ist eine gute Nachricht.«

Er drehte sich halb zu ihr um. »Was macht der Hals?«

»Wenn du wissen willst, ob ich einen oder drei Tauchgänge schaffe, dann lautet die Antwort ja.«

Er inspizierte ihre Wange, die noch immer eine leichte Verfärbung von dem Bluterguss aufwies, und lächelte. »Bist du fürs Frühstück bereit?«

»Wie immer mit dem Kollegen Lachsack?«, fragte sie spöttisch.

»Ohne Leonids sonnige Lebenseinstellung und kindliche Begeisterungsfähigkeit wäre es kein angemessener Tagesbeginn auf den Inseln, oder?«

»Er hat ganz sicher das Monopol für Pessimismus. Obgleich ich trotz seiner Meckerei irgendwie den Eindruck hatte, dass ihm der Tauchkurs zunehmend Spaß macht.«

»Mir ging es genauso. Aber lass bloß nicht durchblicken, dass dir das aufgefallen ist, sonst verdirbst du ihm den ganzen Vormittag.«

»Ich halte absolut dicht.«

Sam begab sich mit ihr ins Hotelrestaurant, wo Leonid bereits an ihrem Tisch saß, das Gesicht sonnenverbrannt, Kaffee trank und dabei eine Miene aufsetzte, als sei das schwarze Gebräu mit Rattengift versetzt. Er blickte auf, als sie sich näherten, und erwartete sie mit einem freudlosen Lächeln.

»Guten Morgen, mein Freund«, sagte Sam fröhlich und klopfte ihm auf den Rücken. »Du siehst mal wieder aus wie aus dem Ei gepellt.«

»Ich nehme das Gleiche, das du offensichtlich getrunken hast«, erwiderte Leonid sarkastisch.

»Ich glaube, das gemächliche Tempo der Insel bekommt dir ganz gut, Leonid. Du strahlst ja richtig«, lobte Remi, während sie ihm gegenüber Platz nahm.

»Ich glaube, ich bestelle gleich einen Doppelten«, murmelte Leonid, aber Remi entdeckte ein kaum unterdrücktes Lächeln bei ihm.

»Wir kommen als Überbringer guter Neuigkeiten«, verkündete Sam.

»Tatsächlich?«, fragte der Russe und hob misstrauisch eine Augenbraue.

»Die *Darwin* ist in ein paar Stunden hier, dann können wir diese Untersuchung endlich mit allen Schikanen in Angriff nehmen. Und du kannst uns einige deiner neu erworbenen Tauchkunststücke vorführen.«

»Solange sie darin bestehen, an Bord bleiben zu können und die Taucher zu dirigieren, werdet ihr nicht enttäuscht sein«, versicherte ihm Leonid.

»Ich wette, du bewegst dich wie ein Fisch im Wasser«, hänselte ihn Remi.

»Ein Kugelfisch. Ich schaffe es gerade so, in den Swimmingpool zu steigen, nur das Schwimmen ...«

»Nun, glücklicherweise hat Selma heute Morgen angerufen, um uns mitzuteilen, dass vier ehemalige Marinetaucher in Kürze einfliegen werden, um uns zu helfen. Sie müssten morgen hier landen«, sagte Sam.

Sie kamen überein, im Hafen auf die Ankunft des Schiffes zu warten. Leonid musste noch einen obligatorischen Tauchgang absolvieren, ehe er seinen Tauchschein erhielt. Sie blickten ihm nach, als er zum Parkplatz trottete, und Remi schüttelte den Kopf.

»Man könnte meinen, er habe soeben erst erfahren, dass er nur noch wenige Tage zu leben hat. War er schon immer so?«, fragte sie.

»So lange ich ihn kenne, ja. Das Seltsame ist, dass er ein relativ angenehmes Leben führt. Für sein Verhalten gibt es keinen logischen Grund. Aber so ist er nun mal.«

»Gott sei Dank, dass ich keinen Miesepeter geheiratet habe.«

»Wie könnte jemand, der mit dir verheiratet ist, etwas anderes tun, als den ganzen Tag zu lachen?«

Remi grinste. »Junger Mann, Sie geben Anlass zu den besten Hoffnungen, dass aus Ihnen doch noch etwas wird.«

Mit seinem scharfen Aroma verfaulender Meeresfauna, das wie ein dichter Nebel die Luft sättigte, entsprach der Hafen von Honiara in jeder Hinsicht ihren Erwartungen. Reihen rostender Frachtschiffe in verschiedenen Stadien des Verfalls stießen in der sanften Dünung schaukelnd gegen die Betonkais, und Sam und Remi verfolgten, wie ein großer Motorkatamaran unweit der Schiffswerft anlegte. Das Hafenwasser war mit einer Schicht aus Schmieröl und Benzin bedeckt, die dem allgemeinen Gestank eine interessante Petroleumnote hinzufügte, und Remi schmiegte sich an Sam und schaute naserümpfend zu ihm hoch.

»Reizend, nicht wahr?«

»Man kann nur hoffen, dass niemand auf die Idee kommt, ein Feuerzeug zu entzünden, sonst fliegen wir noch alle in die Luft.«

Leonid erschien wenige Minuten später, und sie standen am Rand des Kais und blickten ungeduldig zum Horizont. Er trat nervös von einem Fuß auf den anderen, während die Sonne unbarmherzig auf sie herabbrannte. Er konnte es offensichtlich kaum erwarten, in »seine« Bucht zu kommen.

»Wie war dein Tauchgang?«, fragte Sam mit einem Blick auf Leonids feuchtes Haar.

»Ich bin hier, oder nicht?«

Das Satellitentelefon trällerte. Als Sam es aus dem Rucksack holte, erkannte er die Nummer nicht.

»Hallo?«, fragte er.

»Guten Tag. Sam Fargo?« Der australische Akzent der fröhlichen Männerstimme war sogar über dem Pfeifen des Windes und dem dumpfen Rumpeln eines in der Nähe laufenden Motors deutlich zu erkennen.

»Der bin ich.«

»Captain Desmond Francis. Für die meisten Zeitgenossen bin ich Des. Wollte mich nur vergewissern, ob Sie sich bereithalten, um an Bord geholt zu werden.«

»Ja, wir stehen im Hafen von Honiara.«

»Hervorragend. Wir müssten in zehn Minuten die Landzunge umrunden. Ich schicke Ihnen ein Beiboot, wenn es Ihnen recht ist.«

»Natürlich. Woran erkennen wir Sie?«

Des lachte. »Wir sind nicht so leicht zu übersehen. Hellroter Rumpf und eigenwilliger Fahrstil.«

»Wir halten nach Ihnen Ausschau.«

Captain Des hatte recht – sie konnten die *Darwin* nicht verfehlen, als sie in der Hafeneinfahrt erschien. Leuchtend rot lackiert, war ihr Bug mit einem drohend geöffneten gelben Haimaul komplett mit übergroßen Zähnen verziert. Remi lachte schallend, als sie es erkannte.

»Was ist dir denn diesmal eingefallen?«, fragte sie leise.

»Halte dich an Selma. Ich hatte nur um ein Schiff gebeten.«

Ein Kran drehte sich auf dem Deck und ließ ein sieben Meter langes Glasfaserbeiboot zu Wasser, das wenige Sekunden später in Richtung Hafenkai durch die kabbeligen Wellen pflügte. Sam trat an die Kante des Kais, hob beide Hände über den Kopf und winkte, woraufhin das Forschungsschiff den Kurs änderte, um näher zu kommen.

Das Beiboot ging an einer Eisenleiter längsseits, und

der Lenker, ein junger Mann in den Zwanzigern mit widerspenstigem langem Haar und einem Spitzbart, schaute grinsend zu ihnen hoch.

»Guten Tag. Warten Sie auf eine Mitfahrgelegenheit?«, rief er.

»Richtig geraten«, sagte Sam, und sie stiegen zu dem Boot hinunter, das auf den Wellen tanzte.

Sobald sie sicher an Bord waren, stellte sich der junge Mann vor.

»Ich heiße Kent. Kent Warren. Ich bin der Tauchmeister auf der *Darwin*«, rief er von einem Platz am Bootsheck hinüber. »Ich schüttle jedem die Hand, sobald wir auf dem Schiff sind. Was wir in Nullkommanix sein werden.« Nach diesen Worten drehte er am Gasgriff, das Beiboot schwenkte vom Kai weg, und der Bug schnitt durch das Wasser, während das Boot zügig beschleunigte.

Als sie sich der *Darwin* näherten, konnten sie erkennen, dass sie ein vollwertiges Forschungsschiff war, konstruiert für eine raue See mit beeindruckend hohem Bug und solidem stählernem Rumpf. Auf dem Ruderhaus ragten bündelweise Antennen in die Luft, und während sich das Beiboot dem Schiff näherte, erschien ein hochgewachsener Mann in rotem Polohemd auf der Brückennock und winkte.

Sie kletterten an Bord, und der Mann im roten Polohemd, Captain Des, machte sie mit der restlichen Schiffsbesatzung bekannt – insgesamt einem Dutzend Männer. Sein Maat, Elton Simms, unternahm einen Rundgang unter Deck mit ihnen, während der Kapitän Kurs nach Westen befahl und das große Schiff schwerfällig Fahrt aufnahm.

»Dies sind die Gästekabinen. Ich nehme an, Sie bleiben an Bord, während wir die Fundstätte vermessen«, sagte

Simms, dessen australischer Akzent so stark war, dass sie ihn kaum verstanden.

Remi begutachtete die drei einfachen Kabinen, jede mit vier Schlafpritschen ausgestattet, die an deckenhohen stählernen Stützpfeilern befestigt waren, und sah Sam warnend an, der ihren Blick mit einem gewinnenden Lächeln erwiderte.

»Das ist noch nicht entschieden. Möglich, dass wir zwischen Hotel und Fundstätte hin- und herpendeln«, sagte er.

»Wie Sie wollen. Aber wir haben genug Platz, wenn Sie sich anders entscheiden. Die Küche ist hier drüben, und der achtern gelegene Geräteraum befindet sich am Ende dieses Gangs.«

Sie stiegen zur Kommandobrücke hinauf, wo Des vor einer breiten Konsole stand und den GPS-Empfänger und den Kartenplotter betrachtete. Er schaute zu Leonid und den Fargos und trat beiseite, um Simms das Ruder zu überlassen.

»Wie war die Reise?«, fragte Remi.

»Ziemlich rau im mittleren Abschnitt. Fünf bis zehn Meter hohe Wellen in Teilen des Korallenmeers – aber vorwiegend Walzen, keine Brecher. Dagegen ist dies hier ein Ententeich«, sagte Des.

»Schön, dass Sie es in einem Stück geschafft haben. Wir haben die Absicht, möglichst bald zu tauchen und das Ruinenfeld zu kartographieren. Die technische Ausrüstung auf den Inseln lässt einiges zu wünschen übrig«, erklärte Sam. »Ich gehe davon aus, dass Sie technisch perfekt ausgestattet sind, oder?«

Des nickte. »Das sind wir. Kompressoren, Kreislaufatmer, Nass- und Trockentauchanzüge, ein Tauchboot, Robotkameras – das volle Programm.«

»Morgen erhalten wir durch zusätzliche Taucher Verstärkung«, sagte Sam. »Damit gewinnen wir als Gruppe mehr Tauchzeit.«

»Je mehr, desto besser. Was meinen Sie, wie lange Sie das Schiff brauchen werden?«

»Schwer zu sagen«, meinte Sam. »Mindestens zwei Wochen. Es hängt davon ab, wie wir mit unserer Arbeit vorankommen.«

»Ich gebe der Mannschaft und den Chefs zu Hause Bescheid, dass wir uns hier länger aufhalten werden. Wir sind ziemlich autark. Wir brauchen nur an Land zu gehen, um frisches Obst und Gemüse einzukaufen. Wir haben eine Trinkwasseranlage an Bord, und im Meer wimmelt es von Fischen, daher können wir so lange bleiben, wie Sie es wünschen.«

Des erklärte ihnen in knappen Worten die technische Spezialausrüstung auf beiden Seiten der Kommandobrücke. Leonid und Sam nahmen die Erläuterungen mit einem anerkennenden Kopfnicken zur Kenntnis. Die Elektronik war auf dem neuesten Stand und hielt ein schwimmendes Labor und eine archäologische Forschungsstation mitsamt Internetanschluss und verschiedenen Kommunikationseinrichtungen in Gang. »Wir wurden vor zwei Jahren komplett überholt, daher gibt es nur wenig, was wir nicht an Bord haben«, erklärte Des mit unverhohlenem Stolz.

»Das ist wirklich beeindruckend«, sagte Remi bewundernd.

Als die *Darwin* die Fundstätte erreichte, beschrieb sie einen weiten Kreis über den Koordinaten der Ruinen, und Des und Simms belagerten förmlich die Monitore, als die Elektronik die Anomalien auf dem Meeresgrund mit allen Details sichtbar machte. Des ließ am Rand des Komplexes den Anker werfen, nahe genug für Tauchaktivitäten, aber doch so weit entfernt, dass der Anker keinen Schaden anrichtete, falls ihn das Schiff, bedingt durch starken Wind oder heftigen Seegang, über den Meeresgrund schleifte. Es dauerte nicht lange, und vier von den Tauchern des Schiffes machten sich für einen ersten Tauchgang bereit.

Sobald die Männer im Wasser waren, versammelten sich wieder alle in der Kommandobrücke, um ihre Fortschritte an den Bildschirmen zu verfolgen. Ihre Helmkameras sendeten Farbbilder in Realzeit, die zwecks späteren eingehenden Studiums auf Festplatte gespeichert wurden. Die Sicht war besser als während Sams und Remis Tauchgang, und schon bald erschienen die Ruinen auf dem Riff, Überreste einer geisterhaften Stadt, die von flackerndem Lichtschein aus einem jahrhundertelangen Schlaf gerissen worden waren.

»Da ist es. Was ihr sehen könnt, ist der höchste Hügel, umgeben von zahlreichen anderen«, kommentierte Leonid.

»Das ergibt Sinn. Wahrscheinlich ist es der Hauptpalast mit den Außengebäuden, Tempeln und den Quartieren für den königlichen Hof und das Hauspersonal«, sagte Remi.

»Ich zähle… einen Augenblick… etwa vierzig Bauten. Vielleicht mehr«, sagte Des.

»Mindestens. Offenbar war es während seiner Blütezeit ein bedeutender Komplex. Wahrscheinlich wohnten dort Hunderte, je nachdem wie viele Menschen in jedem Gebäude Platz fanden«, bestätigte Sam.

»Erstaunlich, dass diese Anlage nicht bereits während des Krieges entdeckt wurde«, meinte Simms verwundert.

»Die Besatzungsstreitmächte hatten ganz andere Dinge im Sinn«, sagte Remi. »Und die Technologie war noch nicht auf dem Stand, um eine unter Wasser liegende archäologische Fundstätte zu untersuchen.« Sie deutete auf den Bildschirm. »In dieser Hinsicht hat in den letzten siebzig Jahren eine erstaunliche Entwicklung stattgefunden.«

»Haben Sie sich schon überlegt, wie Sie vorgehen wollen?«, fragte Des.

Leonid meldete sich zu Wort. »Das habe ich«, sagte er und erläuterte ausführlich das System, nach dem er den Fundort kartographieren wollte. Sam und Remi wechselten mehrmals erstaunte Blicke – der Russe mochte von Natur aus ein launischer, pessimistischer Mensch sein, aber als Archäologe war er erstklassig und in jeder Hinsicht fähig, die Expedition zu leiten, nun da ihm die entsprechenden Hilfsmittel zur Verfügung standen. Nachdem er seinen Vortrag beendet hatte, war es nur allzu offensichtlich, dass die Australier beeindruckt waren.

Zwei Haifische ließen sich während des Tauchgangs blicken, aber die Aussies ließen sich dadurch nicht im Mindesten stören. Des deutete auf das bedrohliche Bild auf dem Monitor. »Sehen Sie das? Haie gehen Tauchern gewöhnlich aus dem Weg. Es hat irgendetwas mit dem Geräusch der Luftblasen aus den Atemgeräten zu tun, das sie abschreckt. In neun von zehn Fällen suchen sie schnellstens das Weite.«

»Und was ist mit dem zehnten Mal?«, wollte Leonid wissen.

»Nun, dann ist es am besten, wenn man einen Powerhead zur Verfügung hat. Wenn wir in Gewässern tauchen, in denen wir mit Haifischen rechnen müssen, ist immer ein Mann im Team damit ausgerüstet. Man nennt diese Vorrichtung auch Bang Stick oder Shark Stick. Es ist im Grunde nichts anderes als eine kleine Luftsprengpatrone am Ende eines Harpunenschafts, die bei Kontakt ausgelöst und abgefeuert wird und das Zielobjekt tödlich verletzt.«

»Das ist gut zu wissen. Es klingt sehr sinnvoll«, sagte Leonid.

»Aber die Wahrscheinlichkeit, diese Vorrichtung auch einzusetzen, ist äußerst gering«, wiegelte Des ab.

»Was ist mit Krokodilen?«, fragte Remi.

»Dort ist die Wirkung die gleiche. Der durch einen Powerhead verursachte Schaden ist nicht auf das Projektil zurückzuführen, sondern auf die Explosionsgase, die ins Zielobjekt eindringen. Daher kann ein relativ kleines Geschoss ein vergleichsweise sehr großes Tier töten. Es ist die Detonation und nicht das Geschoss, wodurch der gewünschte Effekt erzielt wird«, erklärte Des.

»So ein Ding hätten wir vor kurzem gut gebrauchen können«, sagte Sam und erzählte ihm von ihrer Begegnung mit dem Krokodil.

»Donnerwetter! Sechs Meter? Derart große Bestien kommen vereinzelt auch bei uns im Norden vor, aber dennoch. Ist der Bursche, den es erwischt hat, durchgekommen?«

»Er hat ein Bein verloren.«

»Verdammt. Ich werde die Jungs warnen, wachsam zu sein. Andererseits, während unserer Arbeit in australischen Gewässern haben wir so gut wie alles gesehen. Ich bin mir ziemlich sicher, dass es bei uns mehr gefährliche Tiere pro Landfläche gibt als irgendwo sonst auf der Erde. Selbst die verdammten Tannenzapfen können tödlich sein. Unsere Bunya-Bunya-Bäume werfen Zapfen ab, die bis zu zehn Kilo wiegen können – stellen Sie sich eine Bowlingkugel vor, die ihnen aus zehn Metern Höhe auf den Kopf fällt.« Des grinste schief. »Und das sind nur die Pflanzen.«

Sam nickte. »Wir sind schon ein paar Mal dort gewesen und lieben es.« Er sah auf seine Uhr. »Wie kommen wir in die Stadt zurück?«

»Simms kann Sie mit dem Boot hinbringen.«

Sam sah Leonid fragend an. »Bleibst du an Bord?«

»Warum eigentlich nicht? Wie ihr Amerikaner sagt, ich bin dann am ›Puls des Geschehens‹, oder?«

Sam warf einen letzten Blick auf den Monitor und die geisterhaften Umrisse der versunkenen Stadt.

»Ja, das bist du, mein Freund. Hier bist du im wahrsten Sinne des Wortes mittendrin.«

18

Am nächsten Tag fuhren Sam und Remi zum Flughafen, um die amerikanischen Taucher zu begrüßen. Selbst mit einem Charter-Jet von Brisbane nach Honiara betrug die Flugzeit von Los Angeles dreißig Stunden, und sie rechneten damit, dass die Männer steif und müde waren. Zu ihrer Überraschung wirkten die vier Taucher, die aus dem Flugzeug heraus- und die Treppe herunterkamen, frisch und ausgeruht. Der Größte aus der Gruppe ging direkt auf sie zu und streckte ihnen eine Hand entgegen.

»Mr. und Mrs. Fargo? Freut mich, Sie kennenzulernen. Ich bin Greg Torres, und dies ist Rob Alderman«, sagte er und deutete auf den Mann neben ihm, der bestätigend nickte.

»Bitte, Sam und Remi reicht völlig«, sagte Sam und schüttelte Gregs Hand.

»Und diese beiden sind Steve Groenig und Tom Benchley«, sagte Greg und blickte nach rechts, wo die beiden anderen jungen Taucher standen. Keiner war älter als Anfang dreißig, und Sam bemerkte das unverwechselbare Auftreten ehemaliger SEALs an ihnen – sie waren kampferprobte Veteranen, die sich im Wasser zu Hause fühlten wie Haifische.

Die Zollbeamten kamen aufs Flugfeld hinaus und unterzogen die Tauchausrüstung und Reisetaschen der Männer einer flüchtigen Kontrolle, ehe sie ihre Reisepässe abstempelten. Einer der Beamten musterte die Männer und schüttelte den Kopf.

»Sie sollten lieber vorsichtig sein und in der Stadt bleiben, okay? Nach dem, was den Entwicklungshelfern zugestoßen ist, dürfte es nirgendwo sicher sein«, sagte er in schwerfälligem Dialekt.

»Was ist mit ihnen passiert?«, fragte Remi. Alles, was sie am Vortag gehört hatten, war, dass zwei Australier vermisst wurden. Was allerdings gefehlt hatte, war eine amtliche Bestätigung und eine Schilderung der Begleitumstände.

»Man kann es überall im Netz lesen. Rebellen haben sie gekidnappt.« Der Beamte schüttelte den Kopf. »Es ist schlimm. Sie drohen damit, sie zu töten.«

»Sie wollen Entwicklungshelfer töten? Aber diese Leute sind doch vollkommen friedlich und führen nichts Böses im Schilde.«

»Diese verrückten Rebellen behaupten, auch sie seien Teil der Ausländerplage. So nennen sie es. Sie sind Narren, die anderen die Schuld geben, als ob wir für keins unserer Probleme selbst verantwortlich wären. Aber sie verlangen, dass alle Ausländer die Insel verlassen, sonst würden schlimme Dinge passieren.«

»Deshalb entführen sie unbewaffnete Leute, die hierhergekommen sind, um den Armen und Unterprivilegierten zu helfen, und wollen sie ermorden?«, fragte Remi ungläubig. Ihr war nicht neu, dass so etwas gelegentlich geschah, aber zum ersten Mal wurde sie direkt damit konfrontiert.

»Das ist es jedenfalls, was sie verkünden. Sie sind Irre, komplett wahnsinnig.«

Besorgt musterte Sam die Taucher. »Nun, es sieht so aus, als ob Sie mitten im Auge des Sturms gelandet seien. Diese Entwicklung ist recht neu. All das ist gerade erst geschehen.«

»Wir können ganz gut selbst auf uns aufpassen«, sagte Greg knapp und mit ruhiger Stimme. Sam glaubte ihm.

»Sie werden sich ohnehin die ganze Zeit auf dem Schiff aufhalten. Außerdem ist wohl kaum damit zu rechnen, dass die Expedition durch die hiesigen politischen Auseinandersetzungen behindert wird.«

Greg zuckte die Achseln, als ob auch dies Teil des Jobs war, zu dem sie angereist waren.

Sam und Remi hatten bei einer anderen Agentur einen vierradgetriebenen Toyota-Van gemietet, und die Männer luden nun ihr Gepäck ins Frachtabteil, ehe sie wortlos ihre Plätze einnahmen. Die Fahrt zur Fundstätte dauerte eine Stunde länger als am Vortag. Sie wurden an drei behelfsmäßigen Straßensperren von sichtlich nervösen Polizisten angehalten, die, nachdem sie den Van durchsucht hatten, davor warnten, weiterzufahren und womöglich in einen Teil der Insel vorzudringen, der nicht von den örtlichen Sicherheitsorganen kontrolliert wurde. Sam und Remi blieben zwar höflich, aber entschlossen, und bei jedem Stopp schüttelte der befehlshabende Beamte, der sie durchwinkte, den Kopf, als führe ihr Weg sie geradewegs in die Hölle.

Sam sah Remi von der Seite an. »Sie machen einen ziemlich angespannten Eindruck, findest du nicht?«

»Sieht so aus, als hätten wir unglaubliches Glück gehabt, dass es uns während unseres kurzen Ausflugs in die Wildnis nicht genauso ergangen ist wie den Entwicklungshelfern«, sagte sie.

»Der Gedanke ist mir auch schon gekommen. Aber es war nicht so, dass die Bösen es nicht zumindest versucht haben.«

Als sie die Bucht erreichten, lud Gregs Team die Ausrüstung aus dem Wagen und legte sie am Strand bereit, während sie auf die Ankunft des Beiboots warteten. Remi angelte ein tragbares Sprechfunkgerät aus ihrer Schultertasche und rief das Schiff. Ihr Versuch wurde mit einem lauten atmosphärischen Rauschen und schließlich mit Captain Des' fröhlicher Stimme belohnt.

»Guten Morgen«, begrüßte er sie. »Bereit für eine kleine Bootsfahrt?«

»Das sind wir. Insgesamt sechs Personen und genug Gepäck, um das Schiff zu versenken.«

»Wir schaffen schon Platz: Gedulden Sie sich einen kurzen Moment.«

Sobald sie an Bord der *Darwin* waren, zeigte Simms den Männern die Gästekabinen, während Sam und Remi Des und Leonid auf der Kommandobrücke Gesellschaft leisteten.

Leonid schaute von einer Fotografie hoch, die er soeben eingehend inspizierte, und verzog mürrisch das Gesicht. »Es wurde langsam Zeit«, brummelte er.

»Ich hoffe, du hast auch ohne unsere Hilfe einiges zustande bringen können«, sagte Sam und ließ sich von dem Russen nicht die gute Laune verderben.

Des nickte. »Zwei Tauchgänge bisher. Wir haben die Fundstätte genau vermessen und kartographiert. Leonid ist eben gerade die Bilder durchgegangen, um die Reihenfolge festzulegen, in der wir die einzelnen Bauten systematisch untersuchen.«

Leonid tippte mit einem Finger auf den hochglänzenden Ausdruck. »Dies ist die bei weitem größte Ruine. Mit ihr sollten wir anfangen. Sie ist gut doppelt so groß wie jede der anderen, was darauf hinweist, dass dieses Bauwerk das wichtigste gewesen sein dürfte.«

Remi kam näher. »Das leuchtet ein, wenn man seine Lage betrachtet.«

Sam nickte. »Es befindet sich östlich von dem, das wir uns angesehen haben.«

»Offenbar ist es in einem besseren Zustand als viele der

anderen Bauwerke. Beim nächsten Tauchgang werden wir es eingehend untersuchen und nachschauen, was sich unter dem Bewuchs verbirgt«, sagte Leonid.

Kent Warren kam die Stahltreppe herauf und betrat das Ruderhaus. »Guten Tag. Habe soeben die neue Truppe kennengelernt. Gute Leute, wie es scheint«, meinte er.

Leonid schob das Unterwasserfoto beiseite und stand auf. »Bis zum Einbruch der Dunkelheit möchte ich so viel von der Oberfläche dieser Struktur freigelegt haben wie möglich. Je mehr Leute im Wasser sind, desto schneller können wir diese Arbeit abschließen.«

»Okay. Ich rechne die Tauchzeiten aus und stelle einen Tauchplan zusammen«, sagte Warren.

»Über wie viele oberflächenversorgte Tauchanzüge verfügen wir?«

»Nur über zwei«, antwortete Warren. »Wir operieren meistens in flachem Wasser und benutzen sie nur äußerst selten. Aber in diesem Fall sind sie anscheinend ideal, deshalb schicken wir zwei Männer so lange wie möglich hinunter. Mit ihnen und den Gerätetauchern dürften wir mit dem Algen- und Muschelbewuchs kurzen Prozess machen.«

»Es darf nichts beschädigt werden. Und jeder Schritt muss per Video gespeichert werden, damit alles dokumentiert ist«, verlangte Leonid.

»Selbstverständlich.«

Eine halbe Stunde später nahm der auf dem Deck installierte Kompressor ratternd seine Arbeit auf, während ein Mitglied von Warrens Team Schläuche abspulte, die Atemluft zu den Tauchern auf dem Grund der Bucht transportierten. Diese wurden von zwei der soeben eingetroffenen amerikanischen Taucher mit Gerätetauchausrüstung unterstützt. Leonid, Sam, Remi und Des konnten auf dem Brückenmonitor verfolgen, wie sie sich langsam an die versunkenen Ruinen herantasteten.

Die Videokameras lieferten Bilder in HD-Qualität, sodass es den Beobachtern in der Kommandobrücke vorkam, als ob sie das Geschehen durch Tauchermasken beobachteten, während sich die Taucher dem Schlickhügel näherten. Licht von der Wasseroberfläche verlieh der Szene etwas Geisterhaftes. Die Brückencrew verfolgte, wie sich der erste Taucher einer Erhebung näherte, das Ventil eines Schlauchs öffnete und einen Druckluftstrahl auf die Kruste aus Seepocken und Algen richtete.

Die Kamera lieferte nur noch verzerrte Bilder, und zwar aufgrund einer Schlickwolke, die das Wasser trübte, als jahrhundertealte Ablagerungen weggeblasen wurden. Leonid hatte nach der besten Methode gesucht, die Gebäudereste auf die unschädlichste Weise zu säubern, und war zusammen mit Des auf die zündende Idee gekommen, zu diesem Zweck die Kraft des Kompressors zu nutzen.

Der Nachteil war, dass die Sichtweite nur einen knappen halben Meter betrug und die Taucher eine Pause einlegen mussten, bis das aufgewirbelte Sediment sich wieder gesetzt hatte. Die Kamerabilder flackerten in der dunkelbraunen Schlickwolke, und es dauerte einige Minuten, ehe sich die unverwechselbaren Umrisse von Kalksteinblöcken aus der braunen Brühe schälten.

Zwei Stunden später war die Mauer so weit freigelegt, dass sie eine Vorstellung von den Dimensionen der Ruine erhielten – die Mauer hatte eine Länge von mindestens fünfunddreißig Metern.

»Sie ist riesengroß. Schwer zu glauben, dass sie von den Inselbewohnern errichtet wurde«, sagte Leonid mit gedämpfter Stimme. »Nichts deutet daraufhin, dass sie über die technischen Möglichkeiten verfügten, etwas Derartiges zu erbauen.«

Remi blickte aufmerksam auf den Monitorschirm und wandte sich an Des. »Ist es möglich, sich mit den Tauchern zu verständigen?«

»Ja. Die Oberflächengeräte sind mit einer Kommunikationsleitung ausgestattet.«

»Bitten Sie darum, dass sie sich auf einen Bereich so weit wie möglich rechts von der Fläche konzentrieren, die sie freigelegt haben.«

Des schaltete das Mikrofon ein und gab die Bitte weiter. Dann warteten sie, während ein Taucher im Zeitlupentempo zu dem Mauerabschnitt glitt, der Remis Interesse geweckt hatte. Während die Kamera den Steinblock ins Visier nahm, lächelten Sam und Remi dankbar, und Leonid nickte.

Remi brach als Erste das Schweigen. »Es sieht aus, als hätten wir Symbole einer Bilderschrift vor uns, und wenn ich mich nicht irre, ist dies ein Totem einer Meeresgottheit«, sagte sie. »Und seht mal dorthin. Dies könnte eine Kolonne von Männern sein. Beladen mit Kisten.«

Leonid kniff die Augen zusammen, um die Darstellung besser erkennen zu können. Des räusperte sich. »Was könnte das Ihrer Meinung nach sein?«

Remi lehnte sich zurück und lächelte.

»Wenn ich die Symbole nicht vollkommen durcheinanderbringe, würde ich sagen, es ist ein Trupp von Kriegern, die etwas in einen Tempel schleppen.«

»Etwas?«, fragte Leonid.

Als Remi weiterredete, sank ihre Stimme zu einem andächtigen Flüstern herab. »Einen Schatz. Eine Opfergabe für die Götter.«

19

Am Ende des Nachmittags war der obere Abschnitt des großen Bauwerks zwar nicht vollkommen, aber weitgehend freigelegt worden. Das Dach war größtenteils eingestürzt, jedoch war von den Stützmauern genug erhalten geblieben, um die Grundform des Gebäudes zu erkennen. Die Taucher setzten ihre Arbeit fort, während Sam und Remi bereits ins Beiboot stiegen, um an Land zurückzukehren. Der Zeitplan sah vor, dass die Arbeiten bis zehn Uhr nachts beim Licht von Unterwasserscheinwerfern fortgesetzt werden sollten. Die oberflächenversorgten Taucher würden stundenweise ausgetauscht, um eine Überbelastung zu vermeiden.

Als sie wieder in ihrem gemieteten Van saßen, blickte Sam zur *Darwin* hinaus, die friedlich in der nun spiegelglatten Bucht ankerte.

»Was denkst du?«, fragte Remi.

»Ich versuche mir gerade vorzustellen, wie es gewesen sein muss, die eigene Zivilisation spurlos verschwinden zu sehen. Was müssen sie dabei empfunden haben?«

»Ich bin mir ziemlich sicher, dass bei einem Erdbeben mit derartigen Auswirkungen niemand Zeit gehabt haben dürfte, überhaupt irgendetwas zu empfinden.«

»Wahrscheinlich hast du recht. Aber ich kann verstehen, weshalb die Überlebenden angenommen hatten, dass dieser Ort verflucht war. Wie sonst ließe sich ein derartiger Grad an Zerstörung erklären?«

»Was hältst du von den Glyphen?«

»Auf jeden Fall bestätigen sie die Legende von einem Schatz. In Kürze werden wir sicher mehr wissen.«

Remi sah ihn zweifelnd an. »Die Abmessungen des Geländes, das erforscht werden muss, sind enorm. Es wird sicher Jahre in Anspruch nehmen, sämtliche Ruinen freizulegen, und dann muss zuerst das Geröll durchgesiebt werden. Es könnte eine halbe Ewigkeit dauern, bis sich die Gelegenheit ergibt, irgendeinen Schatz zu suchen.«

»Nun, Mrs. Fargo, ich weiß zwar den besonderen Reiz der Salomonen durchaus zu schätzen, aber meine Begeisterung reicht gewiss nicht aus, um hier Jahre zu verbringen. Noch nicht einmal in Gegenwart einer bezaubernden Gefährtin wie Ihnen.«

»Anscheinend hat Leonid mittlerweile alles unter Kontrolle. Vielleicht können wir ihn wieder sich selbst überlassen.«

Die Sonne versank im Ozean, als sie die Asphaltstraße erreichten, und sie waren kaum zehn Minuten gefahren, ehe vor ihnen eine Straßensperre erschien – sechs streng dreinblickende Polizeibeamte nebst ihren Streifenwagen mitten im Nirgendwo. Sam drosselte das Tempo und hielt an. Vier Polizisten ließen sie mit großem Trara aussteigen und ihre Papiere vorzeigen, während die anderen beiden das Innere des Vans flüchtig kontrollierten.

»Was befindet sich darin?«, wollte der Senior des Trupps wissen und deutete auf Sams Rucksack.

»Nur ein paar Kleinigkeiten. Telefon, Trinkflasche, ein frisches Hemd, und so weiter.«

»Das will ich sehen.«

Sam kam der Aufforderung des Mannes nach, fing Remis ungehaltenen Blick auf und versuchte ihr zu signalisieren, sich zurückzuhalten. Er kannte sie gut genug, um zu begreifen, dass sie im Begriff war, den Beamten zu fragen, ob er ernsthaft glaube, dass die Miliz aus amerikanischen Touristen bestehe, und schickte ein stummes Dankgebet zum Himmel, als sie es sich anders überlegte. Mehr als einmal hatte sie auf Flughäfen ihrem Unmut Luft gemacht, wenn eine Frau im Großmutteralter kontrolliert wurde, als ob sie ein wandelndes Terroristenkommando sei, aber Remi verstand Sams stumme Bitte und biss sich auf die Zunge.

»Sie sollten nicht so weit draußen unterwegs sein«, sagte der Beamte, nachdem er einen kurzen Blick in den Rucksack geworfen hatte. »Seien Sie lieber vorsichtig, auch in Honiara. Die Lage ist zurzeit ziemlich undurchsichtig.«

»Heute Morgen schien noch alles in Ordnung zu sein.«

Die Augen des Mannes verengten sich. »Ja, aber zu diesem Zeitpunkt hatte uns auch noch nicht die Nachricht von der Ermordung der Entwicklungshelfer erreicht. Die Menschen sind beunruhigt. Passen Sie also auf sich auf. An Ihrer Stelle würde ich sofort ins Hotel fahren und es vorerst nicht verlassen.«

»Sie sind tot?«, fragte Remi entsetzt.

Der Polizist nickte. »Es wurde in den Mittagsnachrichten gemeldet. Ein schlimmer Tag. Sie waren unbewaffnet und haben nichts anderes getan, als den armen Familien auf dem Land zu helfen.«

»Was wird nun aus diesen Familien?«

Der Beamte zuckte die Achseln und verzog mürrisch das Gesicht. »Wahrscheinlich werden wir jeden Helfer, der immer noch bereit ist, seine Arbeit fortzusetzen, begleiten und beschützen, aber ich glaube, viele werden es nicht mehr sein. Mitgefühl und Hilfsbereitschaft zu zeigen, ist die eine Sache, etwas ganz anderes ist es jedoch, sein Leben zu riskieren, um andere Menschen bei der Lösung ihrer Probleme zu unterstützen.« Er sah sich wachsam um. »Fahren Sie weiter und halten Sie auf keinen Fall an, es sei denn, Sie kommen zu einer Straßensperre wie dieser, in deren Nähe amtliche Streifenwagen zu sehen sind.«

Sie wurden noch ein zweites Mal aufgehalten, und als sie schließlich auf den Hotelparkplatz rollten, waren Sam und Remi ernsthaft beunruhigt. Unterwegs waren sie Gruppen von offensichtlich aufgebrachten Inselbewohnern begegnet, die ihren Van wütend anstarrten, als er an ihnen vorbeifuhr. Obgleich niemand handgreiflich wurde, konnten sie die Bedrohung, die von den Leuten ausging, deutlich spüren. Während sie die Einfahrt passierten, stellte Sam fest, dass der Parkwächter ebenso besorgt und nervös erschien, wie er selbst sich fühlte, obgleich nirgendwo in der Nähe des Hotels Ansammlungen aufgebrachter Inselbewohner zu sehen waren – vielleicht war dies eine Folge der Tatsache, dass sich die Polizeizentrale in der Nähe befand.

Als sie das Foyer betraten, winkte ihnen die Angestellte an der Rezeption. Als sie zu ihr hinübergingen, setzte sie ihr professionelles Lächeln auf und bat sie, auf ihren Chef zu warten, der Sekunden später erschien, bekleidet mit einem konservativen Anzug, der Seriosität und Zuverlässigkeit ausstrahlte.

»Guten Abend, Mr. und Mrs. Fargo. Ich bin Jacob Trench, der Manager. Ich hoffe, Sie haben einen angenehmen Aufenthalt.«

Remi nickte. »Alles ist zu unserer Zufriedenheit.«

»Gut, gut.« Trench trat nervös von einem Fuß auf den anderen und blickte auf seine Schuhspitzen. »Ich wollte Sie begrüßen und mich vorstellen und mich im Voraus für das entschuldigen, was ich Ihnen jetzt sagen muss. Wir raten unseren Gästen, das Hotelgelände nicht zu verlassen. Die Lage in der Stadt ist … ungeklärt … und wir glauben nicht, dass man dort sicher ist.«

»Tatsächlich?«, staunte Sam. »Weshalb sollte es dann hier sicherer sein?«

»Wir haben weiteres Sicherheitspersonal angefordert. Verstehen Sie mich nicht falsch – ich will damit nicht andeuten, dass wir mit irgendwelchen Schwierigkeiten rechnen. Es ist eine reine Vorsichtsmaßnahme. Aber es wäre ein unglücklicher Zufall, wenn irgendwelche Störenfriede die augenblicklich herrschende ausländerfeindliche Stimmung ausnutzen würden, und solche Gruppierungen sind immer …« Trenchs australischer Akzent war unverkennbar, aber die Sorge in seiner Stimme konnte man gar nicht überhören.

»Glauben Sie wirklich, dass ein Risiko besteht?«, fragte Remi.

»Vorläufig würde ich das Schicksal in dieser Hinsicht nicht herausfordern wollen. Die staatlichen Organe haben alles unter Kontrolle, aber ich war bereits während der letzten … Unruhen … auf der Insel, und die nahmen sehr schnell überhand. In ihrem Verlauf wurde ein Hotel unten am Strand vollständig verwüstet.«

»Richtig, aber dies jetzt ist doch etwas vollkommen anderes, oder etwa nicht?«

Trench nickte, vermied es jedoch, ihnen in die Augen zu schauen. »Das ist es immer, unglücklicherweise. Bitte. Seien Sie heute Abend im Restaurant unsere Gäste. Es wird mir eine Freude sein, Sie außerdem zu einer Flasche Champagner einzuladen.«

Remi sah Sam mit dem Anflug eines Lächelns an. »Ich

finde, die Flasche Champagner ist ein schlagendes Argument, Sam.«

Sam lächelte ebenfalls. »Ich glaube, Sie haben uns überzeugt. Müssen wir einen Tisch reservieren?«

Trench schüttelte den Kopf. »Lassen Sie mich nur wissen, wann Sie zu speisen gedenken, und ich werde alles Nötige arrangieren.«

»Sagen wir … um sieben?«

»Perfekt. Zwei Personen, oder haben Sie Gäste?«

»Nur wir beide«, sagte Remi.

Während sie den Weg zu ihrem Zimmer fortsetzten, meinte Sam im Flüsterton zu Remi: »Hast du den Kerl gesehen, der zeitunglesend im Foyer saß? Groß, Baumwollhose, offensichtlich ein Einheimischer?«

»Nein, ich war zu sehr damit beschäftigt, mich warnen zu lassen, dass wir alle getötet werden könnten.«

»Er schien sich für uns zu interessieren.«

»Vielleicht kommt er zu selten unter Leute?«

Sam grinste. »Nicht dass ich nicht daran gewöhnt wäre, dass Männer sich umdrehen, wenn du einen Raum betrittst.«

Sie sah an ihrer zerknautschten Cargohose und ihrem verschwitzten T-Shirt herab und lachte. »Ich bin mal wieder ein echtes Glamourgirl, nicht wahr?«

»Für mich bist du die Schönste.«

»Glaube bloß nicht, dass du mich mit deinem Süßholzraspeln einwickeln kannst, Sam Fargo.«

»Ich hatte gehofft, die Flasche Champagner wäre mir dabei behilflich.« Sie näherten sich ihrer Suite, und Sam suchte in der Hosentasche nach der Schlüsselkarte. »Vielleicht hast du recht. Ich dachte gerade, möglicherweise hat er nur zu krampfhaft versucht, kein Interesse an uns zu bekunden, was umso auffälliger war, da er uns die ganze Zeit im Auge behielt.«

»Ich weiß aus berufenem Mund, dass wir uns heute an dem sichersten Ort auf ganz Guadalcanal befinden.«

»Das ist beruhigend. Aber irgendwie habe ich die Beteuerungen des Managers nicht allzu überzeugend gefunden. Du etwa?«

»Wahrscheinlich ist nicht damit zu rechnen, dass das A-Team in Honiara die Nachtschicht übernimmt.«

Als Sam und Remi kurz vor sieben ins Foyer kamen, war der große Mann, der Sam aufgefallen war, nirgendwo zu sehen. Bis auf ein paar sichtlich nervöse australische Touristen, die in der Nähe des Eingangs standen und sich leise unterhielten, war die Halle leer. Dabei war ihr Akzent genauso typisch wie ihre gerötete Haut, die in dem subtropischen Klima an ihre schottischen Vorfahren erinnerte.

Die Chefkellnerin warf den Blick auf eine Liste, fand ihre Namen und geleitete sie durch den Speisesaal, der überraschend gut besucht war. Auf halbem Weg zu ihrem Tisch fasste Remi nach Sams Arm. Orwen Manchester saß in einer Nische, vor sich auf dem Tisch lag ein Stapel Papierkram, in dem er las, und daneben eine mit Kondenswasser beschlagene Bierflasche. Er schaute hoch und winkte sie zu sich herüber, als seine und Remis Blicke sich trafen.

»Sieh mal, wer das ist! Verfolgen Sie mich etwa?«, fragte er nicht allzu leise, während er sich erhob.

»Die Welt ist wirklich klein, nicht wahr?«, erwiderte Remi.

»Vielleicht doch nicht so klein. Dies ist eins der wenigen Restaurants, die heute geöffnet haben. Sam, Remi, wenn Sie keine weiteren Pläne haben, bestehe ich darauf, dass Sie mir Gesellschaft leisten. Natürlich nur, wenn ich Sie nicht von einem romantischen Dinner bei Kerzenschein oder etwas Ähnlichem abhalte.«

Remi lächelte und schüttelte den Kopf. »Nein, ganz und gar nicht, oder, Sam?«

»Absolut perfekt«, sagte Sam und zog einen Stuhl für Remi hervor, die sich graziös darauf niederließ und beide Männer mit einem strahlenden Lächeln belohnte.

»Wahrscheinlich ist es heute Abend sowieso das Beste, wenn man nicht ausgeht«, sagte Manchester, während er und Sam sich ebenfalls setzten. »Da draußen geht es ziemlich übel zu.«

»Der Manager ließ so etwas verlauten. Weshalb hat die Ermordung von zwei Ausländern durch eine Rebellengruppe solche Unruhen zur Folge?«, fragte Remi.

»Guadalcanal ist in zwei Lager geteilt. Der größte Teil der Bevölkerung ist bitterarm, aber einer kleinen Schicht geht es so gut, dass es ständige Reibereien gibt, die gelegentlich zu Gewaltausbrüchen führen. Die weniger vom Glück Begünstigten sind für jeden Sündenbock dankbar, den sie für ihre Lage verantwortlich machen können. Außerdem herrscht hier eine unterschwellige ausländerfeindliche Grundstimmung. Die Aktivitäten der Rebellen haben dafür gesorgt, dass diese Stimmung offen zum Ausbruch kam, und plötzlich gibt es keine Hemmungen mehr, Forderungen auszusprechen, die bislang als tabu galten. Die Armen und Entrechteten nutzen jeden Anlass, um ihrer Unzufriedenheit Luft zu machen.« Manchester schüttelte den Kopf. »Es hat zwar wenig Sinn, aber es geschieht nun mal.«

Sam nickte. »Das klingt, als hätten Sie in dieser Angelegenheit einen klaren Standpunkt.«

Manchester leerte seine Bierflasche und bestellte bei

einem Kellner mit einem Handzeichen zwei frische. Remi entschied sich für Mineralwasser.

Als die Getränke an den Tisch kamen, wurde zu ihrer Überraschung auch der Champagner serviert. Aber während weitere Touristen erschienen und zu ihren Plätzen geleitet wurden, war die Atmosphäre angespannt. Die allgemeine Besorgtheit war beinahe physisch zu greifen. Orwen Manchester prostete ihnen zu, dann fixierte er Sam mit ernstem Blick.

»Ich hasse es, den undankbaren Gastgeber zu spielen, aber vielleicht sind die Salomonen nicht der ideale Ort für Sie, ehe hier wieder Ruhe einkehrt.« Dann sah er zu Remi hinüber, und sein Blick wechselte von stählerner Strenge zu uneingeschränkter Bewunderung. »Ich könnte es nur schwer ertragen, wenn ein reizendes Paar wie Sie bei diesen Unruhen zu Schaden käme.«

»Dies und Ähnliches hören wir immer wieder, aber mittlerweile ist es ein wenig zu spät. Wir sind um die halbe Welt geflogen, um unserem Freund zu helfen. Es ist ein wichtiges Projekt für ihn – und inzwischen auch für uns«, erwiderte Sam.

Manchester ignorierte Sams Einwand. »Sie sind nur wenige Flugstunden von weitaus gastlicheren Gefilden entfernt. Wie ich gehört habe, sind die Restaurants in Sydney um diese Jahreszeit geradezu sensationell.«

»Das ist nicht unser Stil«, erklärte Remi mit Nachdruck. »Wir ergreifen grundsätzlich nicht bei den ersten Anzeichen von Schwierigkeiten die Flucht.«

»Natürlich nicht. Ich gebe Ihnen nur den Rat eines besorgten Freundes. Die Lage könnte sich sehr schnell wieder beruhigen. Aber wenn die Situation eskaliert, wären Sie sicher froh, nicht mehr hier zu sein. Bei den letzten Unruhen ist die halbe Stadt abgebrannt. Die Opportunisten und Plünderer kommen aus ihren Löchern, sobald sie glauben, durch den Mob geschützt zu sein und anonym bleiben zu können, und wenn die Dämme brechen, gibt es kein Halten mehr. Dies ist die dunkle Seite der menschlichen Natur, die uns ihre Fratze zeigt, wenn alles außer Kontrolle gerät – und wenn dies geschieht, sollte man in möglichst weiter Entfernung sein.«

»Wir werden Ihren Rat beherzigen.« Remi hob ihr Glas. »Auf die Vernunft und auf bessere Zeiten.«

»Ihr Wort in Gottes Ohr«, sagte Orwen Manchester, aber das breite Lächeln in seinem Gesicht reichte nicht bis zu seinen Augen.

20

Ehe sie zur Bucht hinausfuhren, hörten Sam und Remi während des Frühstücks die Radionachrichten. Es war zu vereinzelten Gewaltsausbrüchen in den Randbezirken der Stadt gekommen, aber nicht zu weiträumigen Aufständen oder Demonstrationen. Ausgangsbeschränkungen waren in Kraft, und Reisende wurden gewarnt, auf Grund von Straßensperren mit Verzögerungen zu rechnen. Und doch schien es, als hätten sich die Gemüter ein wenig beruhigt, nachdem sich die Nachricht verbreitet hatte, dass die ersten Toten zu beklagen seien. Der Premierminister hatte in einer offiziellen Stellungnahme die Morde verurteilt, Dutzende von dienstfreien Polizisten mussten sich zum Dienst melden, und die internationale Kritik war einstimmig. Die Rebellen wurden offiziell als terroristische Organisation eingestuft, und die Regierung erklärte, dass sie unter keinen Umständen zu Verhandlungen mit Terroristen bereit sei.

In der Lobby herrschte dichtes Gedränge, als Scharen von Ausländern auscheckten, um die Insel noch vor der nächsten Hiobsbotschaft zu verlassen. Sam und Remi drängten sich durch die Menge der Ausreisewilligen und fanden im Restaurant einen freien Tisch.

»Sieht so aus, als habe jetzt tatsächlich der große Exodus eingesetzt«, sagte Remi, nachdem sie bestellt hatten.

»Ich kann es ihnen nicht verdenken. Wir sind immerhin aus einem bestimmten Grund hier. Wenn wir Touristen wären, wie würde es uns wohl gefallen, mitten in einen Bürgerkrieg zu geraten?«

»Es klingt genauso wie unsere letzten beiden Urlaube.«

»Aber, aber, ich bitte dich. Abgesehen von der Schießerei und von dem Sturz in den Fluss war es bisher doch gar nicht so übel.«

»Wenn du das so siehst. Außerdem hast du das Krokodil vergessen.«

»Genau genommen war es nicht hinter uns her, daher habe ich es nicht erwähnt.«

Der Mietwagen stand noch dort, wo sie ihn geparkt hatten. Und sie stellten fest, dass sich nun drei Sicherheitsleute auf dem Parkplatz befanden anstatt nur einer. Alle drei hielten Schlagstöcke in den Händen und gaben sich alle Mühe, bedrohlich auszusehen. Abgesehen von ein paar Streunern, die auf der anderen Straßenseite herumlungerten, herrschte Ruhe in der Hotelumgebung, und nur wenige Autos waren auf der Straße unterwegs.

»Lass uns einen Abstecher zum Krankenhaus machen, wenn wir aus der Stadt hinausfahren«, sagte Remi. »Ich möchte mit Dr. Vanya sprechen. Ich habe gestern Abend ihre Präsentation gelesen. Sie ist gut durchdacht. Ich denke, wir sollten sie in unsere Spendenliste aufnehmen.«

»Du bist der Boss. Sie wird über die Nachricht aus dem Häuschen geraten«, sagte Sam.

»Ich bewundere, was sie tut. Es ist ein undankbarer Job, und offensichtlich könnte sie auch woanders arbeiten und viel mehr Geld verdienen.«

»Das stimmt. Aber ich habe das Gefühl, dass es für sie nicht um Geld geht, sondern darum, etwas Wichtiges, Sinnvolles zu tun.«

»Deshalb sollten wir ihre Idee unterstützen.«

»Von mir wirst du keinen Widerspruch hören«, versprach Sam, und dann verengten sich seine Augen, als er zur Straße blickte, die zu dem Krankenhaus führte. Gruppen von Inselbewohnern, einige mit Macheten bewaffnet, standen auf den Bürgersteigen herum und folgten dem Van mit drohenden Blicken, als er an ihnen vorbeirollte. Sam spürte, wie Remi sich neben ihm anspannte, als er aufs Gaspedal trat und schneller fuhr. »Bist du sicher, dass du nicht lieber gleich zum Schiff fahren möchtest?«, fragte er. »Wir können die Ärztin auch ein andermal besuchen.«

»Wir sind jetzt hier. Ich ziehe das Tageslicht vor. Am Morgen dürfte es hier sicherer sein als abends.«

Sie gelangten zum Krankenhaus und parkten in der Nähe des Eingangs. Sie waren ein wenig beruhigt, als sie einen Sicherheitswächter entdeckten, der an der Zufahrt Wache hielt. Nur wenige andere Fahrzeuge parkten auf dem Asphaltplatz, eins davon war Dr. Vanyas SUV. Sie nickten dem nervösen Wachmann zu und betraten das Krankenhaus, in dem bereits eine drückende Hitze herrschte.

Ein hochgewachsener Inselbewohner in einem weißen Laborkittel und mit einem Stethoskop um den Hals stand hinter dem Empfangstisch und schaute auf, als sie hereinkamen.

»Ja, bitte? Kann ich Ihnen behilflich sein?«, fragte er.

»Wir möchten zu Dr. Vanya«, sagte Remi.

»Ich bin Dr. Berry. Was ist das Problem?«

»Oh, nichts in dieser Richtung«, sagte Sam. »Kein Problem. Wir sind nur ganz privat hier.«

»Ich verstehe. Sie ist in ihrem Büro. Einen Moment.«

Dr. Berry griff zum Telefon, wählte eine Nummer, sprach zwei oder drei kurze Sätze und legte dann auf. Nur wenige Sekunden später erschien Dr. Vanya mit einem

Schnellhefter in der Hand. Lächelnd kam sie auf Sam und Remi zu.

»Das ist aber eine schöne Überraschung. Was führt Sie denn hierher? Es ist doch alles in Ordnung, oder?«, fragte sie, während sie Remi die Hand schüttelte.

»Alles ist bestens. Wir wollten nachschauen, wie es Benji geht, und uns mit Ihnen über Ihr Projekt unterhalten.«

»Ich war gerade bei ihm. Er schläft. Die vergangene Nacht war nicht so besonders gut. Er hatte Fieber. Zurzeit pumpen wir ihn mit Antibiotika voll, um eine Infektion zu verhindern.«

Remi nickte. »Ich habe mir Ihre Präsentation angesehen und muss sagen, dass ich sehr beeindruckt bin. Wir haben uns eingehend darüber unterhalten und entschieden, Sie zu sponsern und kostenmäßig einzuspringen. Daher unseren herzlichen Glückwunsch, Ihre Finanzierung ist gesichert.«

Carol Vanyas Augen weiteten sich strahlend. »Ist das Ihr Ernst? Das ist eine wunderbare Nachricht. Danke. Vielen, vielen Dank…«

Sam lächelte. »Es ist eine gute Sache, und weiß Gott, so wie es auf dieser Insel aussieht, kann sie jede Hilfe brauchen.«

Das Gesicht der Ärztin verdüsterte sich. »Ja, nun, noch lässt sich gar nicht absehen, welchen Einfluss die jüngsten Ereignisse auf meine derzeitigen Geldgeber haben. Große pharmazeutische Firmen können ziemlich empfindlich reagieren, wenn auch nur die geringste Gefahr besteht, in irgendwelche Kontroversen hineingezogen zu werden, sei es direkt oder indirekt. Es wäre schlimm, wenn sie sich wegen der unüberlegten Aktionen einiger Fanatiker zurückzögen, aber ich kann in dieser Hinsicht nicht mehr tun, als das Beste zu hoffen.«

»Glauben Sie wirklich, dass sie ihr Engagement aufgeben könnten?«, fragte Remi.

»Das kann man nie wissen. Aber eins dürfte klar sein – wenn es zu Ausschreitungen kommt, dann wird es sehr schwierig sein, sie bei der Stange zu halten. Für viele dürfte es aussehen, als zerstöre die Bevölkerung ihre eigene Heimat, so wie ein Kleinkind, das einen Wutanfall hat. Die Sponsorentätigkeit in einem solchen Fall fortzusetzen, könnte als eine Art Belohnung dieses Verhaltens interpretiert werden.«

»Aber sie müssten doch erkennen, dass die Vorfälle auf die Initiative einer kleinen extremen Minderheit zurückzuführen sind und nicht die Haltung der gesamten Insel widerspiegeln.«

»Das Problem ist nur: Wir sind Peanuts. Für die meisten dieser Konzerne und Firmen sind wir im Grunde vollkommen unwichtig. Bei der geringsten Andeutung von Problemen werfen sie uns aus ihren Hilfsprogrammen. Das haben wir schon beim letzten Mal mit unseren Sponsoren erlebt – was an Hilfe bei uns ankam, war zu wenig und kam zu spät.« Dr. Vanya schüttelte den Kopf.

»Angesichts unserer Erfahrungen muss ich sagen, dass es nicht gut aussieht.«

»Nun, wir jedenfalls stehen zu unseren Zusagen«, sagte Remi.

»Das ist wirklich die beste Nachricht seit Monaten.« Carol Vanya zögerte. »Und wie kommen Sie mit Ihrem Tauch-Projekt voran?«

»Oh, wir können uns nicht beklagen«, erwiderte Sam bewusst vage.

»Sie hatten etwas von versunkenen Ruinen erwähnt. Haben Sie inzwischen Hinweise gefunden, was es mit diesen Ruinen auf sich hat?«

»Für ein abschließendes Urteil ist es noch viel zu früh. Es ist durchaus möglich, dass sich gar nichts Geheimnisvolles dahinter verbirgt«, sagte Sam abermals ausweichend.

Carol Vanya hielt wieder inne. Dann meinte sie, als er weiterhin schwieg: »Lassen Sie es mich wissen, wenn Sie in irgendeiner Form meine Hilfe brauchen.«

Während sie das Krankenhaus verließen, sagte Remi leise zu Sam: »Du lässt dir, was den Fund betrifft, nicht in die Karten schauen, nicht wahr?«

»Unsere Erfahrungen haben uns gelehrt, dass ein Geheimnis umso eher gewahrt wird, je weniger Leute es kennen. Und dies ist Leonids Fund. Insofern hat er allein das Recht, sich dazu zu äußern.«

»Ich weiß. Ich fand es nur amüsant, wie du um das Thema herumgetanzt bist.«

»Ich habe mich schon immer für einen guten Tänzer gehalten.«

»Du musst es nur oft genug wiederholen, dann glaubst du es am Ende selbst, aber …« Remi hielt inne. Sie wurde schlagartig ernst und spannte sich an, als sie sich dem Van näherten. Ihr Blick wanderte zur Straße, wo die Zahl der Inselbewohner, die das Hotel und den Parkplatz mit feindseligen Blicken musterten, deutlich zugenommen hatte. »Sam, ich glaube, du solltest dafür sorgen, dass wir schnellstens von hier verschwinden. Das sieht nach Ärger aus.«

Sam öffnete die Zentralverriegelung des SUV mit der Fernbedienung, prüfte mit einem schnellen Blick die Lage und rutschte hinters Lenkrad. »Ich hatte nichts anderes vor. Schnall dich an, denn ich bremse für nichts und niemanden.«

21

Der Motor des Vans heulte auf, als Sam das Gaspedal aufs Bodenblech rammte, und schickte den Inselbewohnern, die nun auf die Fahrbahn strömten, eine erste Warnung. Sams Hupsignale scheuchten sie auseinander, als er den Van in die Straßenmitte lenkte.

»Pass auf!«, stieß Remi zischend hervor, während sie die Hand um die Armlehne krampfte. Sam korrigierte die Fahrtrichtung minimal, um einem stämmigen Mann auszuweichen, der angriffslustig einen Baseballschläger über dem Kopf schwang. Die schwere Holzkeule verfehlte den Van nur um wenige Zentimeter, und dann blieb der Mob hinter ihnen zurück, und sie rollten in Richtung der breiten Hauptstraße, die aus der Stadt hinausführte.

»Siehst du? Kein Problem«, sagte Sam, aber der gepresste Tonfall verriet doch seine innere Anspannung.

»Das war knapp, Sam. Vielleicht hat jeder, der uns geraten hat, die Insel zu verlassen, am Ende doch recht.«

»Unfug. Obgleich es keine schlechte Idee ist, die Nacht auf dem Schiff zu verbringen. Ich weiß nicht, ob ich Lust auf einen weiteren Spießrutenlauf habe, bis sich die Lage wieder beruhigt hat.«

»Und was ist, wenn keine Ruhe einkehrt?«

»Dann müssen wir wahrscheinlich mit einer ausgedehnten Kreuzfahrt rechnen.«

Die Polizisten an der ersten Straßensperre, die sie zum Anhalten zwang, waren erheblich nervöser als ihre Kollegen am Vortag. Sie waren zahlreicher und trugen vollständige Kampfausrüstung, als ob sie es für notwendig erachteten, ihre geballte Schlagkraft zu demonstrieren. Ihre Warnung, dass eine Fahrt in die ländlichen Regionen von Guadalcanal nicht ratsam sei, klang nachdrücklicher als aus dem Mund ihrer Kollegen, und als sich Sam bei dem befehlshabenden Beamten höflich für seinen Rat bedankte, ihm jedoch erklärte, dass er seine Fahrt nach Westen fortsetzen müsse, schüttelte der Mann den Kopf, als rechne er nicht damit, sie jemals wiederzusehen.

Bei der nächsten Straßensperre wiederholte sich das Spiel, und Sam musste feststellen, dass bei jedem Stopp ihr SUV der einzige Wagen war.

»Ziemlich einsam hier draußen, nicht wahr?«, sagte Remi, als könnte sie seine Gedanken lesen.

»Es scheint, als hätte niemand Lust auf eine Spazierfahrt.«

»Hat vielleicht mit der bürgerkriegsähnlichen Stimmung zu tun.«

»Keine Ahnung. Dabei ist das Wetter für eine Spazierfahrt doch ideal«, sagte Sam, obgleich er, wie Remi feststellte, das Tempo gesteigert hatte, als der Dschungel ringsum dichter wurde und an die Straße heranrückte.

Als sie die Bucht erreichten, parkte Sam den Wagen außer Sicht in Nähe des Wäldchens, wo das Krokodil den Eingeborenen angefallen hatte, und meldete sich per Funk bei Des, damit dieser sie abholen ließ. Das Beiboot der *Darwin* rauschte durch das ruhige Wasser und erreichte nach wenigen Minuten den Strand, gelenkt von Elton Simms, der am Heck saß.

»Guten Morgen. Idealer Tag zum Tauchen, nicht wahr?«, sagte Simms.

»Herrlich«, pflichtete Remi ihm bei, während sie mit Sams Hilfe ins Boot kletterte. Er folgte ihr, nachdem er ihr den Rucksack gereicht hatte.

»Gibt es was Neues?«, fragte Sam.

Simms schaltete auf Rückwärtsfahrt und lenkte das Boot vom Strand herunter. »Nein. Wir machen das Gleiche wie gestern und spülen den Dreck von den Steinen, während Ihr Freund Leonid am Monitor zuschaut.«

Luftblasen zerplatzten an der Wasseroberfläche, als sie sich dem Schiff näherten, was ein Beweis dafür war, dass unter ihnen fleißig gearbeitet wurde. Auf dem weitläufigen Deck der *Darwin* sorgten zwei Mannschaftsmitglieder dafür, dass sich die Versorgungsschläuche der oberflächenversorgten Taucher nicht verhedderten und diese sich frei bewegen konnten, ohne befürchten zu müssen, dass sie am Ende eines verknoteten Atemschlauchs nach Luft ringen mussten.

Das Beiboot ging am roten Schiffsrumpf längsseits, und Simms unterbrach die Zündung des Motors, nachdem er eine Leine an einer Klampe am Heck angebunden hatte. Sie schwangen sich auf die breite Schwimmplattform und stiegen eine Stahlleiter hinauf an Deck, wo Des und Leonid in der Morgensonne warteten, um sie zu begrüßen.

»Schön, Sie zu sehen!«, rief Des nach unten. »Ich habe aus den Nachrichten von den Vorfällen auf der Insel erfahren. Kann nicht behaupten, dass ich es bedaure, hier draußen weit vom Schuss zu sein.«

»Wir werden mindestens eine Nacht an Bord verbringen, sodass wir Ihnen Gesellschaft leisten«, sagte Sam. Er sah Leonid an. »Und wie geht es dir, mein russischer Freund?«

Leonid verzog das Gesicht und verscheuchte mit einer

Handbewegung eine Fliege. »Wir machen Fortschritte«, antwortete er mürrisch, als passe ihm das überhaupt nicht. Sam verzichtete wohlweislich darauf, ihn zu fragen, was ihm nicht passe, und blickte stattdessen über die Schulter zum Ruderhaus.

»Mal sehen, was ihr geschafft habt«, sagte Sam.

Im Ruderhaus sah es genauso aus wie am Vortag, nur mit dem Unterschied, dass auf den Bildern, die der Monitor zeigte, eine weitaus größere Anzahl der Steinblöcke zu sehen war, aus denen die Mauer bestand. Während die Taucher am Ende des Bauwerks arbeiteten, wirbelten sie Wolken von Schlick und Luftblasen hoch, die sich im Wasser ringsum verteilten, bis es die Farbe und Undurchsichtigkeit von Schlamm hatte.

»Sieht so aus, als hättet ihr den größten Teil freigelegt«, stellte Remi fest. »Seht euch nur die Ausmaße dieser Steinblöcke an. Es muss Jahre in Anspruch genommen haben, sie aus dem soliden Fels herauszubrechen und zum Strand zu schaffen, geschweige denn sie zu diesem Gebäude zusammenzufügen.«

»Wir haben die Basis in Angriff genommen, und es macht ganz den Eindruck, als hätten sie eine Kombination von Erdreich, mittelgroßen Felsblöcken und Geröll aufgehäuft, um die Inseln zu erschaffen. Anhand dieser Ruinen können wir schätzen, dass die Bucht nur um die fünf Meter tief war, als die Gebäude errichtet wurden«, stellte Leonid fest.

»Das dürfte hinkommen«, sagte Sam nach einem Blick auf den Monitor. »Ist ein Erdbeben vorstellbar, das den Grund der Bucht um fast dreißig Meter absacken lässt?«

»Nur unter der Voraussetzung, dass es in der Zwischenzeit keinerlei ähnliche Aktivitäten gegeben hat. Wenn ich mir dies hier ansehe, dann glaube ich, dass es stufenweise geschehen ist. Der erste schwere Erdstoß hat den Festlandsockel erschüttert. Dabei ist eine Spalte entstanden, die den gesamten Uferbereich verschluckt hat. Danach folgten schwächere Beben, in deren Verlauf der Grund der Bucht weiter absackte.« Leonid seufzte hörbar gereizt. »Also, ganz sicher werden wir es erst wissen, wenn wir mehr Zeit haben, um genauere Untersuchungen anzustellen.«

Sam lächelte mitfühlend. »Geduld ist eine notwendige Tugend, mein Freund. In diesem Geschäft gibt es keine schnellen Erfolge, wie du sicher weißt.«

Leonid sah ihn düster an. »Das ist eins der vielen Dinge, die ich dabei hasse. Habe ich schon erwähnt, dass ich leicht seekrank werde?«

»Nein, das ist eines der wenigen Dinge, über die du dich noch nicht beklagt hast.«

»Nur weil ich es nicht wusste, bis ich gestern Abend versucht habe einzuschlafen.«

Des prustete los und bemühte sich, den Laut mit einem Hustenanfall zu kaschieren. Remi grinste, und Sam unterdrückte den Impuls, schallend loszulachen.

»Wenn du ein wenig tauchst, gewöhnst du dich an das Schaukeln und schläfst wie ein Baby«, empfahl Sam.

»Das ist doch ein Scherz, oder?«, sagte Leonid, aber in seiner Stimme schwang ein Unterton von Hoffnung mit.

Sams Gesicht hätte nicht ernsthafter und aufrichtiger aussehen können. »Es stimmt wirklich.«

»Ich traue dir nicht, du amerikanischer Schwindler«, erwiderte er.

Die Stille des Ruderhauses wurde gestört, als aus dem kleinen Lautsprecher in der Nähe des Ruders ein Knistern drang, gefolgt von einer körperlosen blechernen Stimme mit starkem australischem Akzent.

»Captain? Sind Sie da?«, fragte Ken Warren, der Tauchführer.

Des griff nach dem Mikrofon und nahm es aus der Halterung. »Ja, Ken, was gibt's?«

»Sie können es wahrscheinlich noch nicht sehen, aber wir haben etwas freigelegt, was sich einer der schlauen Leute da oben einmal ansehen sollte.«

Sam blickte stirnrunzelnd zu Des.

Als Warren fortfuhr, klang seine Stimme stockend. »Ich kann mich irren, aber ich finde, es sieht wie ein Eingang aus.« Er hielt inne, und für einen Moment war nur ein leises Rauschen atmosphärischer Störungen in der Leitung zu hören. Seine nächsten Worte versetzten jedem der Anwesenden auf der Kommandobrücke einen Schock. »Und wenn ich nicht vollkommen danebenliege, wurde er erst vor kurzem benutzt.«

22

Sam streifte sich die Tauchermaske über den Kopf und sah Remi an, die in einem Nasstauchanzug neben ihm stand. »Er passt dir wie eine zweite Haut«, sagte er und betrachtete bewundernd ihre grazile Gestalt.

»Er ist ein wenig zu weit, aber es wird schon gehen. Bist du bereit?«

»Ich wurde schon bereit geboren.«

»Lass uns nicht schon wieder davon anfangen«, sagte sie, während sie das Ventil ihres Atemreglers öffnete und an den Rand der Tauchplattform trat. Sie machte einen Schritt und glitt schlangengleich ins Wasser. Sam öffnete seinen Atemschlauch, begleitet von einem leisen Zischen, und folgte ihr nicht ganz so elegant, begleitet von zahlreichen Spritzern.

Sobald sich die Wasseroberfläche über beiden geschlossen hatte, schwamm Sam zu Remi und gab ihr mit dem Daumen das Okay-Zeichen, das sie erwiderte. Er deutete nach rechts, und sie nickte. Er bewegte sich mit kräftigem Beinschlag in Richtung der Ruinen, deren Umrisse in einiger Entfernung vage zu erkennen waren, und ließ stetig Luft aus seiner Tarierweste ab, sodass er gleichzeitig tiefer sank. Remi folgte seinem Beispiel. Wenige Minuten später erreichten sie Warren und einen seiner Taucher, beide in Berufstaucheranzügen und Kirby-Morgan-Tauchhelmen. Warren deutete auf einen Spalt in der Mauer, und Sam schwamm dorthin.

Vor der Öffnung hielt er an und strich mit seiner durch einen Handschuh geschützten Hand über die Ränder, wobei er mehrere Kratzer entdeckte. Er wandte sich halb zu Warren um und deutete auf die Unregelmäßigkeiten, und Warren schüttelte den Kopf. Nein. Diese Kratzer stammten nicht von ihm und seinen Leuten.

Remi kam zu Sam, und Greg Torres folgte ihr. Sam angelte eine Stablampe aus seinem Utensiliensack und schaltete sie ein. Remi aktivierte ihre Lampe ebenfalls. Greg kam auf ihre Höhe, tippte auf seine Armbanduhr und deutete mit einer Hand nach oben. Seine Botschaft war eindeutig: Seine Atemluft ging zur Neige, und er musste seinen Dekompressionszyklus beginnen, um aufzutauchen. Sam gab ihm ein Okay-Zeichen und blickte ihm nach, während er und sein Gefährte langsam zur Wasseroberfläche entschwanden.

Sam wandte sich wieder dem Spalt zu und leuchtete mit seiner Lampe in die Öffnung. Die Dunkelheit wurde erhellt, und er und Remi konnten einen Tunnel erkennen. Der Boden des Tunnels war mit Gesteinsbrocken, Seetang und Seepocken bedeckt. Remi richtete den Lichtstrahl ihrer Lampe auf die Öffnung und wartete darauf, dass Sam vorausschwamm, während Warren sich in der Nähe bereithielt, um die Nachhut zu bilden. Sam drang vorsichtig in den Tunnel ein, der so breit war, dass Remi und er nebeneinander darin Platz hatten. Er bewegte sich langsam und erzeugte mit seinen Flossen nur ein Minimum an Vortrieb. Der Lichtkegel von Remis Lampe wanderte über glatte Steinwände und die gemauerte Decke über ihren Köpfen.

Tageslicht drang durch Spalten und Risse. Sam hielt am Ende des Korridors, wo er einen scharfen Knick nach rechts machte, und wartete einen Moment, ehe er mit der

Lampe in die Dunkelheit leuchtete. Er wich abrupt zurück, als ein langer schwarzer Schatten auf ihn zuschwamm, dessen Raubtiergrinsen im Lichtschein der Lampe für einen kurzen Moment zu erkennen war. Der schlanke Aalkörper, mindestens anderthalb Meter lang, vollführte schnelle Schlängeldrehungen, während er an Remi vorbei zur Tunnelöffnung glitt.

Remi verfolgte den Aal mit dem Lichtstrahl, bis er im Schatten verschwand, und drehte sich dann wieder zu Sam um, der auf sie wartete. Er wischte mit einer Hand über die Kante des Steinblocks auf der Innenseite der Gangbiegung und deutete auf weitere markante Kratzspuren.

Sam setzte seinen Weg fort und zeichnete mit einem Finger Streifen in die Schlickschicht auf den Wänden, um mit ihrer Hilfe nachher den Rückweg zu finden.

Remi hielt sich dicht hinter ihm. Als sie einer weiteren Gangbiegung folgten, befanden sie sich plötzlich in einer geräumigen, teilweise eingestürzten Kammer. Die Lichtstrahlen ihrer Lampen wanderten über den Boden und die Wände, und Remis Lichtkegel verharrte auf einer weiteren Öffnung – die sich im Boden befand.

Sam gelangte zu der Öffnung, hielt an, um sich umzuschauen, und schwebte für einen Moment darüber, ehe er auf die Kratzer in ihren Rändern deutete. Remi nickte übertrieben heftig, damit er es sehen konnte, und zuckte dann zusammen. Angesichts ihrer aufregenden Entdeckung hatte sie die Warnung der Ärztin vollkommen vergessen, wurde aber von dem Schmerz, der durch ihre Wirbelsäule schoss, nachhaltig daran erinnert.

Sam, der von den Beschwerden seiner Frau nichts mitbekommen hatte, richtete den Lichtstrahl seiner Lampe auf die Öffnung im Boden und halbierte auf diese Weise die Helligkeit in der Kammer. Nach einem kurzen Blick zu Remi wagte er sich in die Öffnung hinein.

Remi schwamm hinter ihm her, während der stechende Schmerz in ihrem Nacken genauso schnell erlosch, wie er aufgeflammt war. Sie fanden sich in einer kleineren Kammer wieder, deren Wände ebenfalls mit Seepocken und Algen bedeckt waren, ebenso wie die Wände der größeren Kammer über ihnen. Sam rieb mit dem Handschuh über das Wandstück, das ihm am nächsten war. Eine grünlich braune Wolke wallte hoch und verteilte sich im Wasser, während er den Stein darunter inspizierte. Eine millimetertiefe Kerbe verlief von oben nach unten.

Er rieb mit den Fingern ein wenig tiefer über die Mauer und gelangte zu einer Stelle, wo sich die Kerbe mit einer zweiten kreuzte. Nach zwei Minuten hatte er einen quadratmetergroßen Wandabschnitt von seinem Belag befreit und erkannte, dass die Kerben zu einer eingravierten Wandzeichnung gehörten.

Ein Glitzern fiel ihm ins Auge, und er schwamm dicht an die Wand heran, bis der Abstand zu seinem Gesicht nur noch wenige Zentimeter betrug. Der Lichtstrahl seiner Lampe glitt abermals über den Punkt, und er funkelte wie zuvor.

Remi befand sich zwar in der Nähe, konzentrierte sich jedoch auf den Boden, den sie mit ihrem Handschuh bearbeitete. Sie wartete darauf, dass sich die aufgewirbelten Schwebstoffe setzten, dann tippte sie Sam auf den Arm. Er ließ sich zu ihr hinabsinken, während sie auf eine Erhebung auf dem Boden deutete. Noch war das Wasser zu trübe, um Genaueres zu erkennen, aber er richtete seine Lampe schon einmal auf den Punkt, der ihr Interesse geweckt hatte, und nahm ihn in Augenschein.

Hinter der Tauchermaske weiteten sich seine Augen, als er identifizierte, was Remi gefunden hatte. Es sah aus wie ein langes Messer.

Sam tastete danach und befreite behutsam die Klinge vom Schlamm, doch sie zerfiel bei der ersten Berührung, und in Sams Hand blieb nur ein Stück Holz zurück. Er betrachtete es einige Sekunden lang und lenkte dann Remis Blick auf die Mauer, während er den Fund in seinem Tauchsack verstaute. Sie schwamm dichter an die Linien heran und folgte ihnen mit dem Lichtstrahl ihrer Stablampe, damit sie sehen konnte, was ihm aufgefallen war. Der Abschnitt, auf den er gedeutet hatte, glänzte im Licht seiner Lampe, und sie streckte eine Hand aus, um ihn zu berühren.

Nachdem er ein weiteres Stück Wand gesäubert hatte, tippte Sam auf seine Armbanduhr und dann auf die Füllanzeige seiner Pressluftflasche. Remi überprüfte ihre eigene Anzeige und deutete mit dem Daumen nach oben. Es wurde Zeit, an die Wasseroberfläche zurückzukehren.

Sie machten kehrt und schwammen zum Einlass der Kammer, als ein dumpfes Rumpeln durch den ganzen Komplex lief. Mehrere große Steinblöcke lösten sich in der Kammer über ihnen, stürzten in einer Wolke aus Schlamm und Geröll herab und versperrten den Ausgang, als ein kleines Erdbeben das Ruinenfeld erschütterte. Sam und Remi rührten sich nicht, bis das Schwanken nachließ. Das Licht ihrer Lampen wurde von den Schlammwolken, die durch die Öffnung in der Decke der Kammer herabwallten, verschluckt. Sie wechselten einen besorgten Blick durch die Tauchermasken – ihr Fluchtweg war versperrt.

Auf der Suche nach einer anderen Öffnung schwenkte Sam seine Lampe herum. Am fernen Ende der Kammer, wo sich soeben noch eine Wand befunden hatte, verlor sich das Licht in der Dunkelheit. Sam deutete auf die neue Lücke und schwamm neugierig darauf zu, Remi blieb stets neben ihm, fast auf Tuchfühlung. Sie erreichten die Öffnung und blickten in einen Tunnel, halb zugewachsen mit Meeresflora, die größtenteils aus Seetang bestand, dessen lange Ranken im Wasser auf und ab wogten wie feine Gazeschleier grünlichen Rauchs. Sam suchte den Blickkontakt mit Remi und deutete auf seine Pressluftfüllanzeige. Sie warf einen Blick auf das Instrument an ihrer Pressluftflasche und deutete mit der rechten Hand eine nur noch bescheidene Menge an.

Mit Sam als Vorhut schwammen sie hintereinander in den schmalen Tunnel. Der Lichtschein seiner Lampe war bei diesem Wald aus Seetang auf ihrem Weg kaum eine Hilfe. Er tastete sich mit der freien Hand vorwärts, als der Tunnel einen Bogen beschrieb, und wurde langsamer, als er zu einer Biegung gelangte, hinter der sich ein Schuttberg auftürmte.

Ein weiterer Blick auf seine Uhr bestätigte seine Befürchtung, dass die Zeit, die ihnen zur Verfügung stand, gefährlich knapp wurde – ihr Aufstieg machte mindestens eine Dekompressionspause erforderlich, damit sich der in ihrem Blut angesammelte Stickstoff auflöste, wozu jedoch ausreichend Atemluft vorhanden sein müsste. Bei dem Tempo, mit dem sie unterwegs waren, würden sie ihren Luftvorrat jedoch aufgebraucht haben, ehe sie einen ausreichend langen Dekompressionsstopp eingelegt hätten und auf direktem Weg und so schnell wie möglich auftauchen müssten. Damit riskierten sie, Opfer der sogenannten Taucherkrankheit zu werden, die mit starken Schmerzen einherging und nicht selten sogar tödlich verlief.

Was allerdings voraussetzte, dass sie sich aus ihrem augenblicklichen Gefängnis würden befreien können und nicht vorher ertranken, falls ihr Luftvorrat vollends zur Neige ginge.

Sam drang weiter vor, bis er zu einem Punkt gelangte, wo der Schutthaufen so hoch war, dass er ihm den Weg versperrte. Er blickte zur Tunneldecke hinauf und entdeckte eine schmale Öffnung, die durch den Absturz mehrerer Steinblöcke entstanden war. Er schlängelte sich zu ihr hin und tastete ihren Rand ab. Schlickwolken breiteten sich im Wasser aus, als er einen Teil der morschen Kante abbrach.

Nach zwei Minuten anstrengender Arbeit hatte er eine Öffnung geschaffen, die groß genug war, um sich ohne Pressluftflasche auf dem Rücken hindurchschlängeln zu können. Er befreite sich von seiner Tarierweste, machte einen tiefen Atemzug an seinem Lungenautomaten und schwamm dann in die Dunkelheit hinein, wobei er sein Tauchgerät hinter sich herzog. Remi wartete, und zwanzig Sekunden später erschien Sam wieder und gab ihr mit Handzeichen zu verstehen, dass sie ihm folgen solle.

Sie wiederholte sein Manöver mit der Tarierweste und wand sich durch den Spalt. Nun befanden sie sich in einer anderen Kammer, die deutlich kleiner war als die erste, durch die sie in das Gebäude gelangt waren. Die Lichtstrahlen ihrer Lampen huschten über die Wände, und Sam deutete auf einen Bereich, in dem sich Algen und Seetang konzentrierten.

Remi schwamm zu der Nische, zog das Tauchermesser aus der Scheide an ihrem Oberschenkel und säbelte den Seetang beiseite, bis sie die Nische halbwegs geleert hatte. Geborstene und zertrümmerte Steinblöcke bedeckten den

Boden, und im geisterhaften Schein ihrer Lampen konnten sie beide eine weitere Öffnung erkennen. Diese war größer als die vorangegangene. Remi übernahm die Führung und schwamm durch die Öffnung, ohne ihren Atemtank ablegen zu müssen. Sam hatte nicht so viel Glück und musste sich abermals für kurze Zeit von seinem Tauchgeschirr trennen, ehe er seiner Frau folgen konnte.

Jetzt sahen sie sich einem wahren Dschungel an Seetang gegenüber. Mit ihren Messern wühlten sie sich durch das Pflanzengewirr. Ein metallisches Klirren ertönte, als Sams Klinge auf soliden Stein traf. Er stieß sich nach oben ab und hackte sich mit dem Messer durch das Dickicht über seinem Kopf.

Eine Lichtlanze bohrte sich in den Halbdämmer, als sein Messer die letzten Ausläufer des Seetangdschungels zerkleinerte. Die Helligkeit nahm zu, und dann befanden sie sich wieder in freiem Wasser, diesmal jedoch auf der anderen Seite der Ruine gegenüber dem Punkt, an dem sie auf den Einlass gestoßen waren. Sam schwamm zu Warren hinüber, der vor dem Durchlass wartete, und gab ihm ein Zeichen, zusammen mit ihnen ans Tageslicht aufzusteigen. Der Australier signalisierte ihnen, dass er verstanden habe, und dann schwebten Sam und Remi – umgeben von funkelnden Luftblasen – der Sonne entgegen.

Auf halbem Weg legten sie den notwendigen Dekompressionsstopp ein, in dessen Verlauf Warren seinen restlichen Pressluftvorrat mit ihnen teilte. Aber dennoch waren ihre Atemflaschen leer, als sie durch die Wasseroberfläche brachen. Sam atmete erleichtert auf, als sein Kopf aus dem Wasser auftauchte, Remi blieb dicht hinter ihm. Sie genossen es, sich von den sanften Wellen wiegen zu lassen, atmeten genussvoll die frische Luft ein und stellten fest, dass der auffällige leuchtend rote Rumpf der *Darwin* keine fünfzig Meter entfernt war.

Zehn Minuten später hatten sie ihre Tauchausrüstung abgelegt, hatten sich abgetrocknet und ihre Nasstauchanzüge gegen Shorts und T-Shirts eingetauscht. Nach einer kurzen Diskussion über das weitere Procedere kehrten Sam und Remi mit Sams Tauchsack im Schlepptau ins Ruderhaus zurück, wo Leonid vor den Monitoren saß, wie üblich mit verdrießlicher Miene.

Sam ließ sich neben ihm auf einen Stuhl fallen und berichtete von dem Erdbeben und von dem Beinahe-Unfall.

»Ihr habt Glück gehabt, dass ihr lebend rausgekommen seid.«

»Und das war nicht das erste Mal, Gott sei Dank.« Sam ließ das Geschehen in Gedanken Revue passieren, dann meinte er: »Deine Theorie, dass eine Reihe kleiner Erdbeben die Ruinen im Laufe der Jahre immer weiter haben absinken lassen, scheint zuzutreffen. Was wir hier eben gerade erlebt haben, war keinesfalls ein schweres Beben, aber seine Stärke reichte aus, um einigen Schaden anzurichten und uns beinahe zu verschütten.«

»Warum hast du den anderen gesagt, sie sollten ebenfalls heraufkommen?«, wollte Leonid wissen. »Sie haben sich außerhalb der Ruinen aufgehalten und so gut wie nichts gespürt.«

»Weil wir darüber sprechen müssen, was wir im Innern des Bauwerks gesehen haben, und ich keine Lust habe, mich zu wiederholen«, sagte Sam.

Warren und Des standen am Ruder. Die restlichen Mitglieder des Tauchteams hatten sich auf der Kommandobrücke verteilt und warteten gespannt, was Sam und Remi zu erzählen hatten. Sam räusperte sich, und sein Blick wanderte durch den Raum, ehe er sich wieder auf Leonid richtete.

»Remi hat etwas gefunden, das alles in einem völlig neuen Licht erscheinen lässt.«

»Was?«

Remi ergriff das Wort. »Zuerst sollten wir darüber sprechen, was wir *nicht* gefunden haben. Da war kein Schatz.«

Leonids Schultern sackten beinahe unmerklich herab. Remi quittierte dies mit einem Lächeln und fuhr fort: »Es wäre auch zu schön gewesen. Aber was wir fanden, waren tiefe Runen in den Wänden einer Kammer unterhalb eines größeren Raums, der anscheinend als zentraler Versammlungsort benutzt wurde. Genaueres wissen wir sicherlich erst dann, wenn sämtliche Wände gesäubert wurden. Aber ich würde sagen, dass dieses Gebäude der Haupttempel und der Raum eine Schatzkammer war.«

»Runen in den Wänden?«, fragte Des ein wenig verwirrt.

Sam nickte. »Ja. Eingraviert in die Steinblöcke. Wenn wir erst einmal die Druckschläuche in Position gebracht und den gesamten Bereich gesäubert haben, ist meine Vermutung, dass alle Wände der Kammer mit Glyphen bedeckt sind. Wahrscheinlich sind es Darstellungen geweihter Orte oder vielleicht auch Götzenbilder.«

»Was macht euch da so sicher?«, fragte Leonid.

Remi legte eine dramatische Pause ein. »Weil die Runen mit Gold gefüllt waren.«

»Gold!«, platzte Warren heraus.

Leonids Miene war ein einziges Fragezeichen. »Aber du hast doch vorhin gesagt, dass es keinen Schatz gibt.«

Remi nickte bestätigend. »Das ist richtig. In den Runen waren auch nur Spuren von Gold festzustellen. Alles andere wurde entfernt. Ich konnte aber erkennen, wo es aus den Riefen herausgekratzt wurde. Doch sie haben nicht alles eingesammelt.«

»Sie? Also war schon jemand vor uns in dem Tempel?«, fragte Leonid.

»Genau. Die Beweise dafür sind auf jeder Wand zu sehen. Wahrscheinlich handelt es sich um ein Team von oberflächenversorgten Tauchern. Man kann erkennen, wo die Schläuche über Steinkanten und die Ränder von Öffnungen geschrammt sind. Sie haben sich auf jeden Fall nicht im Mindesten bemüht, ihre Anwesenheit geheim zu halten«, sagte Remi.

»Aber wir hätten doch sicherlich von einem Fund in dieser Größenordnung erfahren. Willst du behaupten, dass jemand so etwas wie ein modernes Atlantis gefunden hat und niemandem davon berichtete?«

»Das ist offensichtlich – und sehr verwirrend. Da wir nie davon gehört haben, scheint genau dies, so unwahrscheinlich es klingen mag, der Fall zu sein.« Remi räusperte sich. »Es muss ein mühsamer Prozess gewesen sein, das Gold aus den Wänden herauszukratzen – wahrscheinlich waren dazu Wochen harter Arbeit und ein Taucherteam nötig.«

Leonid schüttelte den Kopf. »Das verstehe ich nicht. Wer ist uns zuvorgekommen?«

Sam sah ihn an. »Genaues lässt sich nicht sagen … aber Remi hat einen Hinweis gefunden.«

»Einen Hinweis?«, fragte Warren.

»Richtig.« Sam griff in den Tauchsack und holte das Objekt hervor, das er vom Boden der Kammer aufgehoben hatte. Er betrachtete es sekundenlang nachdenklich, ehe er es hochhielt. Die Männer kamen näher, um den Gegenstand eingehender in Augenschein zu nehmen. Leonid hatte dafür nur ein spöttisches Lachen übrig.

»Was ist das? Ein Stück Abfall.«

»Kein Abfall, Leonid.«

»Ich sehe nur ein Stück Holz. Ist mir irgendwas entgangen?«

Sam sah ihn tadelnd an. »Mich verblüfft, dass du als Wissenschaftler nicht die entscheidende Frage gestellt hast.«

»Und welche soll das sein?«, murmelte Leonid mürrisch.

Remi schaltete sich wieder ein. »Weshalb sollte Sam ein Stück Abfall ans Tageslicht bringen und eine Versammlung einberufen?«

Sam grinste. »Genau. Das ist die Frage.«

Leonids Miene verfinsterte sich noch mehr. »Und wie lautet die Antwort? Oder müssen wir die auch erst erraten?«

Sam seufzte und fasste das anscheinend unbedeutende Stück Treibholz wieder ins Auge. »Der einzige Grund, weshalb ich dieses Teil nach oben mitgebracht habe, ist der, dass es sich teilweise in nichts aufgelöst hat, als ich es aufheben wollte.« Er legte das Stück Holz, an dem noch ein metallischer Rest klebte, auf den Tisch. »In meinen Augen sieht es wie ein zerbrochenes Bajonett aus. Zerbrochen, wie ich vermute, als es dazu benutzt wurde, Gold aus der Wand herauszuhebeln.«

»Wie können Sie sich dessen sicher sein, wenn es doch zerfallen ist?«, fragte Des.

»Weil man, wenn man das Stück Holz genau betrachtet, erkennen kann, dass es sich um den Griff eines Bajonetts handelt.«

Remi nickte. »Ich gehe sogar noch weiter und behaupte, dass am Ende herauskommt, dass es sich um das gleiche Modell handelt, das von den Streitkräften benutzt wurde, die diese Insel während des Zweiten Weltkriegs besetzt haben.«

»Der Schatz soll während des Kriegs entdeckt worden sein?«, fragte Des langsam.

Remi nickte noch einmal. »Unsicher ist lediglich, ob von den Amerikanern oder den Japanern. Ich kann das nicht entscheiden, weil ich keine Expertin für antike Waffen bin. Aber ich werde das gute Stück fotografieren und jemandem schicken, der es entweder auf Anhieb identifizieren kann oder zumindest schnellstens einen Experten aufstöbert. Dann werden wir wissen, wer sich mit dem Schatz aus dem Staub gemacht hat – einem Schatz, der, wenn man sich vorstellt, welche Menge Gold nötig war, um die Runen zu füllen, beachtlich gewesen sein dürfte.«

23

Zwei Stunden, nachdem sie die Fotografien erhalten hatte, rief Selma sie an. Sam und Remi saßen gerade auf der Kommandobrücke und verfolgten am Monitor, wie sich die von der Wasseroberfläche mit Atemluft versorgten Taucher in die erste Kammer vorarbeiteten. Auf Grund mangelnder Strömung kamen sie nur langsam voran – die Schmutzpartikel, die sie mit den Druckschläuchen von den Wänden ablösten, schwebten im Wasser, bis sie dank der Schwerkraft auf den Boden hinabsanken. Nach einer halben Stunde kaum nennenswerter Fortschritte improvisierte Des eine von der Pressluftpumpe in Kombination mit dem Druckschlauch betriebene Saugvorrichtung, die den abgelösten Schlick und die Algen zur Wasseroberfläche transportierte und am Schiffsheck ins Meer zurückströmen ließ. Trotz dieser Leistungssteigerung war offensichtlich, dass diese Phase der Exploration eine Ewigkeit dauern würde.

»Sie haben Glück«, sagte Selma ohne lange Einleitung. »Milton Gregory ist einer der versiertesten Kenner des Waffenarsenals, das im Zweiten Weltkrieg eingesetzt wurde. Er brauchte nicht lange, um diesen Holzgriff zu identifizieren.«

»Und wie lautet sein Urteil?«, fragte Sam.

»Das Relikt gehört zweifelsfrei zum Typ-30-Bajonett der japanischen Armee. Wahrscheinlich war es an einem Infanteriegewehr Arisaka Typ 99 befestigt – der Standardwaffe, die die japanischen Streitkräfte während des Krieges benutzten.«

»Ist er sicher?«

»Absolut. Die Bajonette, die von den Alliierten benutzt wurden, hatten vollkommen anders geformte Griffe. Für ihn gibt es keinen Zweifel. Und es gibt noch einen anderen Beweis: An einem Ende des Griffs sind feine Markierungen zu erkennen. Es sind die japanischen Symbole für Aoba.«

»Für was?«

»Eines der auf Guadalcanal stationierten japanischen Regimenter war das Vierte Infanterieregiment des Dritten Bataillons.« Sie machte eine bedeutungsvolle Pause. »Das Aoba-Regiment.«

»Wann ist es gelandet?«

»Am 11. September 1942.«

Sam schwieg einige Sekunden. Dann nickte er nachdenklich und wandte sich vom Monitor ab.

»Ich habe ein Projekt für Sie, Selma.«

»So etwas hatte ich vermutet.«

»Ihre außersinnliche Wahrnehmung funktioniert einwandfrei. Beschaffen Sie Informationen über die japanische Besetzung Guadalcanals. Wer das Kommando hatte, wie viele Soldaten hier stationiert waren, wann sie abzogen, wie sie evakuiert wurden, also Einzelheiten über alles, was irgendwie von Bedeutung ist.«

»Wie detailliert wünschen Sie die Informationen?«

»Liefern Sie einfach alles, was Sie finden können. Auch die Quellen sowie auch eine gedrängte Zusammenfassung.«

»Wird erledigt.«

»Wie lange werden Sie brauchen?«

»Ich werde auch Pete und Wendy daransetzen, und wenn wir Glück haben … wann brauchen Sie die Ergebnisse?«

»So schnell wie immer, Selma.«

»Also gestern?«

Er lächelte. »Das könnte ein wenig spät sein.«

»In Ordnung. Ich fange sofort an.«

Als er die Verbindung unterbrochen hatte, sah Remi ihn erwartungsvoll an. »Japanisch, nehme ich an, stimmt's?«, sagte sie.

Er nickte. »Richtig geraten. Aber es erschwert auch die Beschaffung weiterer Informationen.«

»Die Geschichte wird von den Siegern geschrieben.«

»Korrekt. Und das legt den Schluss nahe, dass keinerlei Aufzeichnung von einer japanischen Operation zur Bergung eines Schatzes in einem Lexikon zu finden sein dürfte.«

»Stimmt. Aber wenn wir Glück haben, nehmen wir wenigstens die Witterung auf.«

Sam schaute auf die im Sonnenschein glitzernde Meeresoberfläche. »Man sollte sich mal vorstellen, wie es gewesen sein muss. Tag für Tag Tauchgänge vor einer Insel während des Krieges, ständig unter feindlichem Beschuss. Mit einer primitiven Technik. Alte Kupferhelme … wie aus einem Roman von Jules Verne.«

»Und sie waren offenbar erfolgreich. Das beweist ein Blick auf die Wände«, sagte Remi.

Wieder blickte Sam nachdenklich auf den Monitor. »Keine Frage.«

Der Rest des Tages schleppte sich mühsam dahin, sogar mit der improvisierten Saugpumpe. Leonids Ungeduld sorgte für eine physisch spürbare Anspannung. Als die Tauchteams schließlich Feierabend machten, versammelten sich zum Abendessen alle in der Kantine. Schon bald war sie mit dem angeregten und von Gelächter begleiteten Geplauder der Männer erfüllt, die enorme Mengen frischen Fisch verzehrten.

Des schaltete die Nachrichten des örtlichen Radiosenders ein, um Neues über die Unruhen zu erfahren, die sich, wie es schien, im Laufe des Nachmittags gelegt hatten. Laut dem Bericht des gelassen klingenden Radiosprechers waren Polizisten in großer Zahl im Einsatz, und jedes Aufflackern von Protest hatte eine schnelle Reaktion von Seiten der zuständigen Regierungsorgane zur Folge. Mehr als zwanzig Personen seien verhaftet worden, aber über eine mit Nachdruck betriebene Suche nach den Rebellen wurde kein Wort verloren. Daher sah es zumindest vorläufig so aus, als wären sie mit Mord straflos davongekommen.

Am Morgen des folgenden Tages ging Sam mit Hilfe seines Satellitentelefons ins Internet und sah in seiner E-Mail-Box nach. Er fand eine Nachricht von Selma mit umfangreichem Anhang. Er lud sie herunter und studierte die Seiten, während Remi sich eine zweite Tasse Kaffee einschenkte. Als sie sie geleert hatte, beendete er die Lektüre der Zusammenfassung und konzentrierte sich auf ein paar interessante weiterführende Hinweise.

»Die Japaner hatten größte Schwierigkeiten, ihre Truppen hier ausreichend zu versorgen. Das war der Hauptgrund, weshalb sie sich am Ende zurückzogen. Als die überlebenden Soldaten die Schiffe erreichten, waren die meisten kurz vor dem Verhungern. Einige Berichte sind grauenhaft. Amöbenruhr, Unterernährung, niemand wurde verschont.«

»Wie lange hatten die Japaner die Kontrolle über die Insel?«

»Nur etwa sieben Monate. Von Juni 1942 bis Februar 1943. Und es war eine Periode der heftigsten Kämpfe des gesamten Krieges.«

»Dann ist der Zeitraum, über den wir Nachforschungen anstellen müssen, gar nicht so lang.«

»Nein, das nicht, aber auf japanischer Seite werden auch nur wenige Zeugnisse darüber vorhanden sein.«

»Richtig, aber da wir wissen, dass sie gefunden haben, was immer an Schatz hier gelegen haben mag, ergibt sich die Frage, was damit geschehen ist. Weshalb ist während des Krieges nichts darüber an die Öffentlichkeit gedrungen?«

»Ich wollte es gerade ansprechen. Wenn du hier Gold oder wer weiß was sonst noch gefunden hättest, was würdest du tun? Bedenke, du befindest dich mitten in einer Kampfzone, täglich kommt es zu Scharmützeln, deine Seite ist im Begriff den Krieg zu verlieren, es herrscht große Hungersnot, du musst schwere Verluste verkraften, die Zukunft ist ungewiss.«

»Ich würde schnellstens von der Insel verschwinden wollen.«

»Okay, aber das ist leichter gesagt als getan, da dich die Alliierten mit allem beharken, was ihnen zur Verfügung steht.« Tiefe Falten furchten Sams Stirn, während er nachdachte. »Und dann ist da noch ein weiteres Problem. Um an dieser Stelle zu tauchen, müsste dort wochenlang ein Schiff ankern. Das dürfte die unerwünschte Aufmerksamkeit auf jeden Fall wecken.«

»Unter diesem Aspekt können wir mit ziemlicher Sicherheit davon ausgehen, dass das Mutterschiff kein japanisches war.«

Sam nickte. »Wahrscheinlich war es ein umgebautes Hochseefischerboot oder ein unauffälliger, anscheinend leerer Frachter. Auf jeden Fall musste das Schiff harmlos erscheinen, sonst wäre es von den Alliierten versenkt worden.«

Remi legte die Stirn in Falten. »Und es wurde kein

Wrack gefunden.« Sie seufzte. »Soll das heißen, dass die Japaner, sobald sie den Schatz aus dem Meer geholt haben, mit dem Schiff einfach abgedampft sind?«

Sam schüttelte den Kopf. »Höchst unwahrscheinlich. Vor allem da die Alliierten ihre Angriffe intensiviert haben. Sie konnten unmöglich riskieren, dass das Schiff, falls sie denn eins benutzt haben, versenkt oder gejagt und gekapert wurde. Die Alliierten hatten eine derart dichte Sperre eingerichtet, dass die Japaner noch nicht einmal ihre Truppen mit Nachschub versorgen konnten. Ich kann mir nicht vorstellen, dass jemand sein Glück in einer Flucht aufs offene Meer gesucht haben soll.«

»Was dann?«

»Also, gehen wir das Ganze doch einmal Schritt für Schritt durch. Versetz dich in die damalige Situation. Du hast den Schatz, aber du bist kurz vor dem Verhungern, und der Feind ist auf der Insel gelandet und hindert jedes Schiff daran, zu dir vorzudringen. Vor der Küste liegen massenweise gesunkene Schiffe und Boote der Japaner und der Alliierten, aber Letztere haben bei Tage die totale Kontrolle über das Seegebiet rund um die Insel. Was würdest du tun?«

Remi überlegte. »Ein U-Boot losschicken!«

»Das ist eine Möglichkeit, aber bei einem U-Boot bestünde immer noch das erhebliche Risiko, dass es entdeckt wird, falls irgendetwas schiefgeht oder länger dauert als ursprünglich geplant. Außerdem ist es weitaus schwieriger, als man allgemein annimmt, es dicht an die Küste zu manövrieren, vor allem bei Nacht, ohne es auf Grund zu setzen oder in eine Lage zu bringen, in der seine Manövrierfähigkeit so weit eingeschränkt ist, dass es einem Gegner nicht mehr rechtzeitig ausweichen kann.«

»Dann würde ich den Schatz verstecken, bis ich ihn sicher von der Insel abtransportieren kann.«

»Okay, keine schlechte Idee. Aber wie soll ich ihn wegbringen? Alles deutet darauf hin, dass die Alliierten ihre Bemühungen nicht aufgeben und sich zurückziehen werden. Ganz gleich, wie patriotisch du bist, wie entschlossen, dein Anliegen zu verteidigen, es ist doch so gut wie sicher, dass Japan diese Insel nicht für immer besetzt halten kann.«

»Ich … ich würde bis zu einer groß angelegten Aktion warten, in deren Verlauf sich für mich die beste Chance ergäbe, die Insel mitsamt dem Schatz zu verlassen.«

»Zwei Köpfe, ein Gedanke. Wenn du dir die Chronologie der Besetzung ansiehst, wirst du feststellen, dass es nur einen einzigen Zeitpunkt gab, an dem es einigermaßen sicher erschien, die Insel lebend verlassen zu können.«

Remi sah ihn gespannt an. »Und der wäre …?«

»Die Evakuierung. Aus irgendeinem Grund haben die Amerikaner seinerzeit die Evakuierung der japanischen Truppen nicht verhindert. Dabei hätte man sicher sein können, wenn man über die entsprechenden Kommunikationsmöglichkeiten verfügte, denn die erste Etappe im Februar verlief ohne Störung, desgleichen die zweite am Vierten des Monats. Die dritte Etappe fand am Abend des siebten Februar statt, ebenfalls vollkommen unbehelligt.«

»Wollten die Amerikaner mögliche Verluste vermeiden, die sie bei einem Versuch, die Evakuierung zu stoppen, sicherlich erlitten hätten?«

»Was ich mir bestenfalls vorstellen könnte, ist, dass sie die Schiffsbewegungen als Beginn eines Großangriffs interpretiert haben, daher zogen sie ihre Schiffe ins Korallenmeer zurück. Damit öffnete sich für die Japaner eine Lücke, durch die sie fliehen konnten, und die nutzten sie sofort.«

»Trotzdem gefällt mir meine U-Boot-Theorie nach wie vor.«

»Das kann ich verstehen. Aber abgesehen von dem Risiko, auf Grund zu laufen, hatten die Japaner nicht allzu viele U-Boote in den Gewässern um die Salomonen im Einsatz, zumindest soweit uns bekannt ist.« Sam rieb mit der Hand über die Bartstoppeln an seinem Kinn und schüttelte den Kopf. »Außerdem hatten die japanischen U-Boote nicht sonderlich viel Frachtraum, und abgesehen davon, dass sie während der Schlacht um Guadalcanal nur eine begrenzte Anzahl von Soldaten als Verstärkung zur Insel bringen konnten, spielten sie keine allzu große Rolle.«

»Spielverderber.«

Sam grinste, sein Blick richtete sich für Sekunden in imaginäre Weiten. »Nehmen wir an, die Japaner brauchten einige Zeit, um die Ruinen zu finden, und weitere Zeit, um sie zu erforschen und dabei den Schatz zu entdecken – sie hätten ähnliche Verhältnisse wie wir vorgefunden und sich mit dem Bewuchs und dem Sediment herumschlagen müssen. Und schneller als wir hätten sie es sicher nicht geschafft. Anschließend dürfte einige Zeit darauf verwendet worden sein, das Gold aus den Wänden zu brechen und zusammenzutragen, was sich sonst noch in der Schatzkammer befunden hat. Das Bajonett stammt von einer Gruppe, die die Insel nicht vor September betreten hat. Angenommen, sie fanden den Schatz und brauchten anschließend … sagen wir, einen Monat mindestens, um ihn ans Tageslicht zu schaffen. Dann wäre es Ende Oktober oder später gewesen – auf der Insel wimmelte es zu diesem Zeitpunkt von Truppen der Alliierten, und die See wurde von ihren Flugzeugen überwacht. Praktisch wöchentlich fanden irgendwo in der Nähe Seeschlachten statt – bei denen beide Seiten zahlreiche Schiffe verloren. Klingt das nicht wie ein günstiger Zeitraum, um zumindest den Versuch zu starten, den Schatz von der Insel abzutransportieren?«

Remi räusperte sich. »Wahrscheinlich nicht. Zu viel spricht dagegen.«

»Ich weiß. Aber wenn man die Zeitachse betrachtet und davon ausgeht, dass sie den Schatz nicht auf der Insel versteckt haben, um ihn zu einem viel späteren Zeitpunkt zu bergen, würde ich darauf tippen, dass sie ihr Glück während der Evakuierung versucht haben, denn nach dem September wäre es zu riskant gewesen, es auf andere Weise zu versuchen.«

Remi nickte langsam. »Aber dein früheres Argument hat auch einiges für sich – einen bedeutenden Fund hätte man unmöglich längere Zeit geheim halten können. Falls der Schatz geborgen wurde, weshalb ist dann kein bisschen davon aufgetaucht? Nichts von diesem Kaliber lässt sich lange verbergen, und ich könnte mir vorstellen, dass den Japanern eine Auffrischung ihrer Kriegskasse sehr gelegen gekommen wäre. Irgendwelche Gegenstände hätten ganz sicher einen Weg auf den Antiquitätenmarkt gefunden.«

»Ich habe Selma einige Hinweise geschickt, wonach sie Ausschau halten soll. Sie soll uns alles liefern, was sie über den Verkauf von japanischen Wertgegenständen während des Krieges aufstöbern kann, sowie Details über alle Schiffe, die an der Evakuierung beteiligt waren – oder die sich länger in der Nähe von Guadalcanal aufgehalten haben, als nötig war, um Nachschubgüter abzuladen. Vor der Evakuierung hat niemand versucht, etwas von Guadalcanal abzuholen, also wäre dies ein eindeutiger Hinweis. Ich weiß, dass ich viel von ihr verlange, andererseits liebt sie solche Herausforderungen. Wenn überhaupt irgendjemand Ergebnisse heranschaffen kann, dann ist es unsere Selma.«

Sam und Remi begaben sich hinunter aufs Deck, wo die Taucher sich von ihren Anzügen befreiten. Remi schirmte die Augen vor der grellen Sonne ab, als sie die Küstenlinie studierte, während Sam neben ihr stand und sich leise mit Leonid unterhielt. Er bemerkte, dass etwas ihre Aufmerksamkeit erregte, und unterbrach das Gespräch.

»Was ist los?«

Remi schüttelte irritiert den Kopf. »Wahrscheinlich nichts. Ich dachte, ich hätte drüben am Wagen einen Lichtreflex gesehen.«

»Sicher die Sonne auf der Windschutzscheibe«, bemerkte Leonid.

Sam sah zu Des hinüber, der einen Kaffeebecher zwischen den Händen hielt. »Haben Sie ein Fernglas zur Hand?«, fragte Sam.

Des nickte, verschwand im Ruderhaus und kam kurz darauf zurück.

»Genügt Ihnen das?«, fragte er und reichte ihm ein wasserdichtes Bushnell-Marineglas.

Sam setzte es an die Augen, schwenkte es einige Sekunden lang hin und her, als er das Ufer absuchte, und ließ es dann sinken. Während er es seinem Besitzer zurückgab, fragte er: »Besteht die Möglichkeit, dass Sie mich an Land bringen, damit ich den Van kontrollieren kann?«

Des nickte. »Klar. Ich fahre Sie persönlich.«

Sam gab Remi ein Zeichen. »Ich bin gleich wieder zurück.«

Sie massierte ihren Nacken und zuckte vor Schmerzen zusammen. »Ich würde dich gerne begleiten. Aber diesmal lieber nicht. Vielleicht gehört Gerätetauchen zu den Aktivitäten, auf die man nach einem Sturz über eine Felskante für einige Zeit verzichten sollte.«

Sam musterte sie prüfend. »Bist du okay?«

»Es geht schon. Wahrscheinlich habe ich nur falsch gelegen«, wiegelte sie ab, aber das glaubten weder sie selbst noch Sam.

Wenig später glitt das Beiboot über die Bucht. Kaum eine Welle kräuselte das Wasser an diesem stillen Morgen, und sie erreichten den Strand innerhalb weniger Minuten.

Sam kletterte aus dem Boot und stapfte durch den Sand zu dem Van hinüber, der genauso aussah, wie er ihn verlassen hatte. Er überprüfte die automatische Verriegelung der Klappe über dem Tankverschluss – und fand keinen Hinweis, dass jemand versucht hatte, sie aufzubrechen. Die Fenster waren geschlossen und alle Türen verriegelt. Sämtliche Sinne angespannt, inspizierte er das Fahrzeug weiter und lauschte auf irgendwelche verräterischen Geräusche oder eine Bewegung im Dschungel ringsum.

Er hörte jedoch nichts als das Rascheln des Windes in den Baumwipfeln.

Nachdem er sorgfältig die weitere Umgebung des Toyota abgesucht hatte, machte er kehrt, um zum Boot zurückzukehren.

Dabei entdeckte er frische Reifenspuren nicht weit von dem SUV.

Remis Instinkt hatte sie also nicht getäuscht. Jemand hatte das Schiff beobachtet.

24

Orwen Manchester saß im hinteren Teil einer Bar in der Nähe des Hafens. Sie war leer bis auf einen mürrischen Barkeeper, der von Manchester fürstlich bezahlt wurde, um sich blind und taub zu stellen, wenn er einen diskreten Treffpunkt brauchte. Das Rusty Shrimper war seit Jahrzehnten eine berüchtigte Kaschemme in Honiara, beliebt bei den zwielichtigen Elementen, die den Hafen bevölkerten. An diesem Morgen aber war es verwaist, weil es seine Tore erst bei Anbruch der Dunkelheit öffnete.

Manchester trank von seinem Bier und sah auf die Uhr. Die Aufforderung zu diesem Treffen mit seinem Kollegen und gelegentlichen Komplizen Gordon Rollins war knapp und unmissverständlich gewesen, woran Manchester eigentlich gewöhnt war. Rollins' Position als Generalgouverneur, dem weitgehend symbolischen Repräsentanten der Regierungsgewalt der englischen Krone, hatte ihm zu mehr Macht und Einfluss verholfen, als er mit seinem Reichtum allein hätte erwerben können, und eine Aufforderung zu einem Treffen abzulehnen, war einfach undenkbar.

Rollins kam durch den hinteren Personaleingang herein, einen Hut tief ins Gesicht gezogen, und ging zu Manchesters Tisch. Er warf einen Blick zum Barkeeper, der nickte, als Rollins mit den Fingern schnippte, dann schüttelte er Manchester die Hand, ehe er sich niederließ. Ein Bombay Sapphire Gibson wurde serviert, und die beiden Männer warteten, bis sich der Barkeeper wieder außer Hörweite befand, ehe sie einander stumm zuprosteten.

»Die Rebellen erweisen sich mehr und mehr als Gottesgeschenk, Orwen. Ich habe angefangen, beim Außenministerium vorzufühlen. Dort sind sie zwar nicht gerade begeistert von einer Verstaatlichung, aber eigentlich können sie nichts dagegen tun.«

Manchester nickte vorsichtig. »Was bedeutet das für uns?«

»Die Unterstützung der Bestrebungen, die auf den Salomon-Inseln tätigen Konzerne unter staatliche Kontrolle zu bringen, wird uns zu einem ansehnlichen Profit verhelfen.«

»Sicher, aber ich vertrete schon lange eine gegenteilige Position.«

Rollins wischte diesen Einwand mit einer lässigen Handbewegung beiseite. »Die sollen Sie auch weiterhin vertreten – während ich hinter den Kulissen daran arbeite, dass diese Idee breite Unterstützung findet. Damit haben Sie eine moralisch weitaus bessere Position, wenn Sie anfangen, nach und nach, wenn auch widerstrebend, Ihre Meinung zu ändern. – Sie waren so lange die Stimme der Vernunft gegen diesen Schritt, dass der Antrag mit Sicherheit angenommen wird, wenn Sie vor den scheinbar besseren Argumenten kapitulieren.«

Manchesters Augen verengten sich. »Sie machen doch nicht etwa mit den Rebellen gemeinsame Sache, oder?«

Rollins betrachtete ihn einige Sekunden lang abschätzend. »Natürlich nicht. Aber ich weiß auch, wie man günstige Gelegenheiten nutzt, und ganz gleich, ob ich deren Taktik befürworte oder nicht, es ist festzustellen, dass sie die Regierung zwingen, jetzt über das Thema der Verstaatlichung zu diskutieren, was vor einem halben Jahr vollkommen undenkbar gewesen wäre. Daher geht es nicht darum, alter Freund, wie wir über die Angelegenheit denken, vielmehr ist die Frage, wie wir beide uns beträchtlich reicher aus dieser kleinen Episode herauswinden können.«

Manchester ließ den Blick über die schmuddeligen Wände der Kaschemme wandern, schlammfarben vom Nikotin unzähliger Zigaretten und Zigarren, und trank nachdenklich von seinem Bier, ehe er sich zurücklehnte und den älteren Mann mit einem habgierigen Blick musterte. »Ich höre.«

Nach seiner Rückkehr zur *Darwin* berichtete Sam seiner Frau, was er festgestellt hatte, und sie überzeugte ihn, dass es jetzt geraten sei, eine Versammlung einzuberufen und die Mannschaft zu warnen. Es konnte auch etwas Harmloses sein – ein neugieriger Inselbewohner, der sich an einem langweiligen Morgen die Zeit mit Gaffen vertrieben hatte –, aber es hätte keinen Sinn, ein Risiko einzugehen.

Er setzte die Männer ins Bild, und sie kamen überein, eine Wache aufzustellen. Jeder hatte von den Morden an den beiden Entwicklungshelfern gehört, und ihnen war bewusst, dass sie sich, da sie an einem entlegenen Teil der Küste arbeiteten, in einer potentiell riskanten Position befanden.

Als Sam seinen Vortrag beendet hatte, zog Leonid ihn beiseite und fragte mit einer für ihn erstaunlich leisen Stimme: »Glaubst du, wir sind in Gefahr?«

»Nicht mehr, als wenn wir uns auf dem Festland aufhalten würden.«

»Das ist nicht gerade beruhigend.«

»Ein gewisses Risiko besteht immer und überall«, meinte Sam achselzuckend. »Ich glaube zwar nicht, dass wir mit einem Angriff rechnen müssen, aber es kann nicht schaden, wachsam zu sein. Wir sollten die Rebellen, die sich vielleicht in unserer Nähe aufhalten, nicht unterschätzen.«

Der Tag verstrich schleppend, während die Taucher ihre mühsame und eintönige Arbeit fortsetzten, und nach einem nervtötenden Nachmittag entschieden Sam und Remi, dass es besser sei, ins Hotel zurückzukehren, als noch eine Nacht an Bord der *Darwin* zu verbringen. Im Radio waren keine weiteren Unruhen gemeldet worden, und die letzten Nachrichten klangen, als habe sich die Lage in Honiara normalisiert.

In den Außenbezirken der Stadt war der Straßenverkehr dichter als am Vortag, und die Art und Weise, wie die Passanten in der einsetzenden Dämmerung über die Bürgersteige schlenderten, vermittelte den Eindruck, als sei der Alltag wieder eingekehrt. Zwar war die Polizei immer noch in höherer Anzahl präsent, mit einem Polizistenpaar an jeder zweiten Straßenkreuzung, aber ihr Auftreten vermittelte keineswegs den Eindruck starker Besorgnis.

Die Wachmänner des Hotels waren noch immer an der Einfahrt des nahezu leeren Parkplatzes postiert. Die anderen Gäste hatten es offenbar vorgezogen, auf Nummer sicher zu gehen und die Insel zu verlassen, als sich weiterhin in einer unsicheren Umgebung aufzuhalten. Sam entschied sich für eine Parktasche in der Nähe des Haupteingangs, und sie betraten die bis auf zwei Angestellte vollkommen verwaiste Lobby. Eine Angestellte winkte Sam zu sich und reichte ihm einen Zettel mit einer Nachricht. Er warf einen kurzen Blick darauf und bedankte sich.

»Selma hat angerufen«, sagte er. »Das ist ein gutes Zeichen. Es heißt, dass sie etwas gefunden hat.«

»Hoffen wir es.«

In ihrem Zimmer öffnete Sam die Schiebetüren und trat

mit dem Satellitentelefon am Ohr auf die kleine Terrasse hinaus. Selma meldete sich nach dem zweiten Rufzeichen.

»Oh, gut. Sie haben meine Nachricht erhalten«, sagte sie.

»Das haben wir tatsächlich.«

»Ich habe meine sämtlichen Quellen nach Berichten über japanische Versuche, den von Ihnen erwähnten Schatz während des Kriegs zu verkaufen, durchsucht und nichts gefunden. Dann habe ich alle üblichen Verdächtigen überprüft, die möglicherweise an heimlichen Verkäufen an Sammler hätten beteiligt sein können – und auch dort habe ich nichts gefunden. Wenn also tatsächlich von den Japanern ein Schatz geborgen wurde, dann ist dies das bestgehütete Geheimnis der Kriegsjahre.«

»Das ist keine gute Nachricht.«

»Ich weiß. Trotzdem grabe ich noch weiter, aber ein bedeutender Fund hätte sicherlich Aufsehen erregt, wie Sie sich gewiss denken können.«

»Selma, das Bajonett beweist, dass die Japaner bis in die Kammer vorgedrungen sind, und nach dem zu urteilen, was wir sehen konnten, haben sie eine beträchtliche Menge Gold aus den Wänden geholt. Und diese Runen und Riefen waren lediglich die Dekoration der Kammer. Ich denke, dass – was immer sich in der Kammer befunden hat – weitaus wertvoller war als der Wandschmuck.«

»Richtig. Daher habe ich mich, nachdem ich bei meiner Suche nach verdächtigen Verkäufen während des Krieges oder danach nicht fündig wurde, wieder auf die Evakuierung konzentriert, wie Sie mir empfohlen haben. Speziell auf die letzte Aktion am siebten Februar.«

»Und?«

»Ich schicke Ihnen alles per E-Mail, aber was die Bewegungen der japanischen Marine in der Region von Guadalcanal betrifft, klaffen riesige Lücken. Um mehr aufzustöbern als Beschreibungen der verschiedenen Seeschlachten, musste ich tief graben.«

Sam hatte Mühe, seine Ungeduld zu zügeln. »Ich nehme an, Sie haben etwas gefunden, das für Sie von besonderem Interesse war.«

»Ja. Es muss nichts bedeuten, aber ich fand einen Bericht über ein Schiff der Alliierten, das am Morgen des achten Februar japanische Seeleute in der Salomonensee gerettet hat. Ich konnte mir so viel zusammenreimen, dass der Zerstörer, auf dem sie sich befanden, in einem heftigen Sturm gesunken war. Die meisten Mitglieder der Mannschaft haben nicht überlebt.«

»Moment mal. Ich habe mich online über die Evakuierung informiert. Dort war zu lesen, dass sie ohne einen Zwischenfall und vollkommen reibungslos erfolgte.«

»Schon möglich. Was mir allerdings seltsam vorkam, war, dass sich ein Schiff in der Salomonensee befand anstatt bei der Hauptflotte, die mehr als einhundert Meilen entfernt war – und dass es nicht Kurs auf Bougainville Island nahm.« Sie hielt kurz inne. »Was die Onlinerecherche betrifft, wissen Sie ja, was ich von den meisten dort verfügbaren Quellen halte.« Selma hatte nichts als Verachtung für die Websites übrig, auf welche sich die meisten Internet-User beriefen. Als Recherche-Expertin empfand sie ein tiefes Misstrauen gegenüber allem, das nicht einer strengen wissenschaftlichen Überprüfung unterzogen worden war, und sie verspottete ganz offen die netzbasierten Enzyklopädien, die ihrer Meinung nach nicht mehr als weitgehend unbestätigte Gerüchte enthielten.

»Ja, ich weiß, wie Sie darüber denken. War dies die einzige Ungereimtheit im Vergleich mit dem siebten Februar?«

»Falls irgendetwas Besonderes geschah, wurde es jedenfalls nicht aufgezeichnet. Aber eins kann ich sagen – mir ist beinahe entgangen, dass der Zerstörer gesunken ist. Im Gegensatz zu den anderen Schiffen, die im Bereich der Salomonen untergingen, gibt es über dieses Schiff keinerlei Informationen. Und was vielleicht noch merkwürdiger ist, es taucht in keiner Liste der im Pazifik eingesetzten japanischen Kriegsschiffe auf.«

»Das ist wirklich seltsam.«

»Ja, man könnte fast meinen, Tokio habe es aus den Büchern entfernt. Das ließ bei mir sämtliche Warnlampen angehen. Ähnlich wie diese Sherlock-Holmes-Geschichte über den Hund, der nicht bellte.«

»Was ist mit den Überlebenden? Hat niemand ein Enthüllungsbuch über diese Affäre geschrieben? Memoiren, in denen er die ganze ungeschminkte Wahrheit erzählt?«

»Nein, nein, sie kamen für den Rest des Krieges in Gefangenschaft.«

»Sie kennen meine nächste Frage …«

»Ich habe sie längst erwartet. Ich bin zurzeit dabei, nach Überlebenden zu forschen. Aber das wird noch einige Zeit in Anspruch nehmen. Ich muss mir jeden Namen vornehmen und in Erfahrung bringen, wann und wo der Betreffende gefangen war und wann er entlassen wurde, vorausgesetzt er hat das Ende des Krieges überhaupt erlebt. Viele haben es nicht. Und natürlich wäre jeder, der es erlebt hat, mittlerweile steinalt, falls er heute noch am Leben ist, was nicht sehr wahrscheinlich sein dürfte.«

Sam seufzte. »Sie haben erwähnt, dass das Schiff in einem Sturm gesunken ist. Wo genau? Können wir das irgendwie eingrenzen?«

»Das habe ich bereits getan. Nach Lektüre der Marineberichte der Amerikaner, aus denen hervorgeht, wo die Überlebenden gerettet wurden, habe ich die Region errechnet, wo das Schiff gesunken sein könnte. Dann habe ich um den Punkt, an dem sie gerettet wurden, einen Fünfzehn-Meilen-Radius gelegt und dabei die Marschrichtung des Sturms – nach Norden – berücksichtigt.« Selma zögerte. »Ich habe keine gute Nachricht.«

»Weshalb?«

»Die Wassertiefe dort beträgt zwischen zweieinhalb- und fünfeinhalbtausend Meter.«

Sams Enttäuschung war ihm deutlich anzuhören. »Das heißt, wenn sich der Schatz auf dem Schiff befand, wird er dort für alle Ewigkeit bleiben.«

»Es sei denn, Sie wollen ein ähnliches Projekt wie *Hebt die Titanic!* starten.«

»Eher nicht. Das war nicht die Nachricht, die ich mir erhofft habe.«

»Erschießen Sie jetzt nicht den Boten.«

»Warum sollte ein Zerstörer nach der Evakuierung von Soldaten auf Guadalcanal so weit von einem sicheren Hafen entfernt sein?«, dachte Sam laut nach. »Einhundert Meilen sind mehrere Stunden Fahrt bis zum nächsten Hafen. Warum um jeden Preis einem Sturm in Gewässern trotzen, die tagsüber von den Alliierten kontrolliert wurden?«

»Ich hatte erwartet, dass Sie diese Frage stellen. Es ergibt mehr Sinn, wenn Sie einen Blick auf die Karte werfen.«

»Weshalb, Selma?«

»Weil ich nicht glaube, dass es zur Basis wollte. Das Schiff befand sich auf einem Kurs, der es direkt nach Japan geführt hätte.«

25

Spätabends warfen Sam und Remi einen letzten Blick in ihre E-Mail-Boxen. Sam hatte noch eine kurze Nachricht von Selma, die besagte, dass sie den letzten Überlebenden des gesunkenen Zerstörers, der mittlerweile mehr als neunzig Jahre alt sein müsse, suche und hoffe, am nächsten Tag mit weiteren Informationen aufwarten zu können. Er sah auf die Uhr und entschied, sein Glück bei Selma zu versuchen, da die Zeitdifferenz hoffen ließ, dass er sie auf Anhieb erreichte. Er trat hinaus auf die Terrasse, das Satellitentelefon in der Hand, aber Selma nahm den Anruf nicht an.

»Was tust du da draußen?«, fragte Remi von der Schiebetür aus und erschreckte ihn. Das Telefon schien aus seiner Hand zu springen, und er verfolgte hilflos, wie es ein paar Meter tief in den Sand hinabfiel. Remi sah den Ausdruck auf seinem Gesicht und zuckte die Achseln. »Tut mir leid.«

»Kein Problem. Du hast mich nur ein wenig überrascht.«

»Selma?«

»Richtig. Aber keine Antwort.« Er blickte auf den Strand hinunter. »Ich bin gleich zurück.«

»Soll ich mitkommen?«

Er lächelte. »Das ist das beste Angebot, das mir heute gemacht wurde.«

Sie verließen das Gebäude am fernen Ende des Seitenflügels und gingen langsam auf das Telefon zu. Das einzige Geräusch war der Wind, der das dunkle Wasser des Ozeans kräuselte. Als sie das Telefon erreichten, hob Remi es auf und drehte sich halb zu Sam um, als dieser murmelte: »Sieh nicht hin, aber unten am Strand sind zwei Typen, die sich alle Mühe geben, nicht gesehen zu werden. Sie kommen in unsere Richtung.«

Remi warf einen Blick auf den Sandstreifen, auf dessen glatter Oberfläche nur ihre Fußabdrücke zu erkennen waren. »Hinter uns?«

»Ja.«

»Ich richte mich ganz nach dir.«

»Dann lass uns schneller gehen. Bei den Unruhen auf dieser Insel ist es vielleicht nicht besonders klug, sich in einer schlecht beleuchteten Gegend wie dieser aufzuhalten.«

Mit langen Schritten ging Remi durch den Sand zurück zum Gebäude, während Sam sich ein Stück zurückfallen ließ und auf Anzeichen für eine Verfolgung lauschte. Er hörte das unverwechselbare Geräusch von Sohlen auf dem festgebackenen Sand an der Wasserlinie und wagte einen Blick über die Schulter. Zwei Inselbewohner kamen näher und waren kaum mehr als ein Dutzend Schritte entfernt.

»Renn, Remi!«, rief Sam und machte Dampf. Sie startete durch wie ein Windhund, und Sam schwor sich, in Zukunft wieder mehr Zeit im Fitnessraum zu verbringen, als seine Lunge von dem plötzlichen Sprint in hellen Flammen stand.

Remi erreichte die Gebäudeecke wenige Sekunden vor Sam und fingerte ihre Schlüsselkarte hervor, als er sie einholte. Sie blickte über seine Schulter, während er ihr die Karte aus der Hand nahm und damit über das Lesefeld strich – die Inselbewohner waren nur wenige Schritte hinter ihnen, wurden jedoch langsamer, als sie sich dem beleuchteten Bereich vor der Tür näherten.

Und dann schwang die schwere Stahltür nach innen, und sie drängten sich durch den Spalt und schlugen sie hinter sich zu, während die willkommene Gestalt eines Sicherheitswächters, alarmiert durch die Bewegung am Ende des Flurs, am Eingang zur Lobby erschien.

»Alles okay?«, rief er.

Sam und Remi wechselten einen Blick, beide außer Atem, und Sam nickte. »Ja. Aber da draußen treiben sich zwei gefährlich aussehende Burschen am Strand herum.«

Der Wächter war in Sekundenschnelle bei ihnen, den Schlagstock in der Hand. »Ist alles in Ordnung?«

»Ja. Aber sie waren hinter uns her. Es war knapp«, sagte Remi.

»Man sollte die Gastfreundschaft der Insel zurzeit lieber nicht auf die Probe stellen … vor allem nicht so spät am Abend«, sagte der Wachmann und hielt ein Sprechfunkgerät ans Ohr. Er sprach kurz mit einem unsichtbaren Partner und wandte sich dann wieder an die Fargos. »Wir kümmern uns darum.«

»Komm, Remi«, sagte Sam und legte eine Hand auf ihren Arm, während ein zweiter Wachmann durch den Korridor auf sie zukam.

Zurück in ihrem Zimmer untersuchte Sam sein Telefon und legte es dann auf die Kommode, ehe er die Terrassentür wieder öffnete und hinaustrat. Der Strand war leer, und ihre Fußspuren waren die einzigen Hinweise auf ihren nächtlichen Ausflug, während die Fußabdrücke der Inselbewohner bereits von der leichten Brandung weggewaschen worden waren.

»Es war offenbar keine gute Idee, einen Mondscheinspaziergang zu unternehmen«, meinte er zu Remi, als sie zu ihm auf die Terrasse kam.

»Du musstest schließlich das Telefon holen.«

»Ja, aber es fallen zu lassen, war dumm. Zu leicht vergisst man, wie gefährlich die Lage hier zurzeit ist.«

Remi lehnte den Kopf an seine Schulter. »Was uns nicht umbringt …«

»Wie recht du hast.«

Sie erwachten vom Trommeln eines leichten Regens, der Morgen war grau und unfreundlich, die See aufgewühlt und die Wellen von schmutzigem Schaum gekrönt. Als Sam sich wieder ins Internet einloggte, fand er endlich eine weitere Nachricht von Selma. Diesmal enthielt sie einen Namen und eine Adresse in einer Stadt, vierzig Meilen südlich von Sydney. Sam las sie für Remi laut vor. »Toshiro Watanabe, Wollongong, New South Wales. Brighton Ridge Gardens, Nummer achtzehn.«

»Wollongong?«, fragte Remi. »Ist das tatsächlich der Name einer Stadt?«

Sam nickte. »Offensichtlich.« Er sah auf die Uhr. »Ich würde gerne wissen, wann der nächste Flug nach Australien startet.«

Remi rief eine Reise-Website auf. »In etwa zwei Stunden, aber alle Maschinen fliegen über Brisbane, und weiter nach Sydney geht es erst einen Tag später.«

Sam ging zum Wandschrank, wo er seine Reisetasche deponiert hatte. »Es klingt, als würden wir eine kleine Reise unternehmen.«

»Wunderbar. Ich brauche ein paar neue Kleider.«

»Es gibt nichts Schöneres, als sich die Welt anzusehen, nicht wahr? Komm. Wer als Letzter das Zimmer verlässt, muss das Frühstück bezahlen.«

»Wir haben gerade noch Zeit, zum Flughafen zu fahren.«

»Ausgezeichnet. Dann die Cocktails in Brisbane.«

»Behalten wir das Zimmer?«

»Klar. Pack nur ein, was du für zwei Tage brauchst.«

Die Maschine nach Brisbane war lediglich zur Hälfte besetzt, und als sie in der Stadt mit mehr als zwei Millionen Einwohnern eintrafen, buchten sie ein Hotelzimmer und verbrachten den Rest des Nachmittags mit Bummeln und Shoppen in der eleganten James Street. Oder genauer, Remi kaufte ein, und Sam begleitete sie leicht amüsiert und kommentierte ihre Kleiderauswahl.

Am darauf folgenden Tag landeten sie in Sydney und machten sich auf den Weg nach Wollongong. Sie rechneten mit einer anderthalbstündigen Fahrt zu der verschlafenen Vorstadt. Selma hatte mit dem Pflegeheim, in dem der alte Watanabe seine goldenen Jahre verbrachte, Kontakt aufgenommen und es dank ihrer Überredungskunst geschafft, für die Fargos am Nachmittag ein Treffen mit dem ehemaligen Seemann zu arrangieren.

Das Pflegeheim war ein zweistöckiger Klinkerbau an einer mit Bäumen gesäumten Straße in der Nähe eines Krankenhauses und verströmte den Charme eines Gefängnisses. Als sie die Lobby betraten, wurden sie bereits von einer stämmigen Frau mit dem Auftreten eines weiblichen Drill Sergeant begrüßt und in einen Raum geleitet, den sie als Kartenzimmer bezeichnete. Sobald sie Platz genommen hatten, machte sie sich auf die Suche nach Watanabe. Fünf Minuten später kehrte sie mit einem hageren Japaner in einem Rollstuhl zurück. Silbergraue Haarsträhnen waren von seiner mit Leberflecken übersäten Stirn glatt nach hinten gekämmt, und die Haut seines verschlossenen Gesichts war beinahe so durchsichtig wie Pergament.

»Mr. Watanabe, vielen Dank, dass Sie sich bereit erklärt

haben, uns zu empfangen«, sagte Remi auf Englisch, da sie wusste, dass Watanabe viele Jahre in Australien gelebt hatte. Sam und Remi hatten sich beraten und entschieden, dass eine weibliche Gesprächsführung wahrscheinlich erfolgversprechender wäre als Sams direkte Frage-und-Antwort-Technik.

Watanabe nickte, sagte jedoch kein Wort.

»Mein Mann und ich sind Archäologen.«

Nichts. Remi schenkte ihm ihr wärmstes Lächeln. »Wir würden uns gern mit Ihnen über den Krieg unterhalten. Genau genommen über das Schiff, auf dem Sie sich befanden, als Sie gefangen genommen wurden. Wir haben eine lange Reise unternommen, um uns Ihre Geschichte anzuhören.«

Die Augen des Japaners verengten sich, aber er blieb stumm. Remi beschloss, ihr Glück erneut zu versuchen.

»Ich habe den Bericht des U-Boots gelesen, das Sie und die anderen vier Seeleute aufgefischt hat. Es muss schlimm gewesen sein auf dem offenen Meer bei einem derart heftigen Sturm.«

Das rief eine Reaktion hervor. Watanabe nickte. »Drei Matrosen. Ein Soldat«, sagte er mit leiser Stimme.

»Richtig, aber fünf von Ihrer Mannschaft, oder?«

»Ja, von hunderten.«

»Es klingt wie eine aufregende Geschichte. Können Sie mir erzählen, was geschah?«

Watanabe zuckte die Achseln und rutschte in seinem Rollstuhl hin und her. »Unser Schiff sank im Sturm.« Das Englisch des Japaners war gut, auch wenn es einen deutlichen australischen Akzent hatte.

»Ja, das wissen wir. Ein Zerstörer, nicht wahr?«

»Was ist geschehen?«

»Die Reparatur hat nicht gehalten. Wasser drang ein. Hohe Wellen haben das Schiff versenkt.«

»Dann war es also eine alte Reparatur, die nachgegeben hat. Ich verstehe«, sagte Remi. »Warum befanden Sie sich auf dieser Seite der Inseln? Offenbar war die See im Nordosten, in der Nähe Ihrer Basis, viel ruhiger.«

»Wir haben Soldaten von Guadalcanal geholt. Unsere Befehle lauteten, nach Tokio zurückzukehren. Daher hatten wir eine lange Fahrt vor uns. Der Sturm hat uns überrascht.« Der alte japanische Seemann starrte auf den Fußboden. »Für viele von uns war es die letzte Überraschung ihres Lebens.«

»Erzählen Sie mir von dieser Nacht«, bat Remi mit ruhiger Stimme und beugte sich auf dem Sofa vor. »Sie sind die letzte lebende Person, die dort war. Es muss schrecklich gewesen sein.«

Der alte Mann schloss die Augen. Seine Lider flatterten, und als er sie wieder aufschlug, blickte er auf einen Punkt tausend Meilen weit entfernt. Er räusperte sich, und während er zu sprechen begann, zitterte seine Stimme.

»Wir verließen unsere Basis am Nachmittag und wussten, dass die amerikanischen Flugzeuge wegen ihrer Reichweite nicht näher als bis einhundert Meilen vor Bougainville vordringen konnten. Wir machten dreißig Knoten. Die Wellen liefen kreuz und quer, und ein Sturm zog im Westen herauf, aber niemand ahnte, wie schlimm es werden würde. Um halb elf waren wir am Treffpunkt vor Guadalcanal und übernahmen die Männer, die wir evakuieren sollten, etwa eine Stunde, bevor wir wieder abdampften.«

Remi nickte aufmunternd.

»Der Seegang nahm zwei Stunden später zu, aber richtig schlimm wurde es erst am Ende. Brecher waren das, so hoch wie Klippen. Wind und Regen von allen Seiten.« Er hielt inne, als ihn die Erinnerung einholte. »Aber wir hatten schon Schlimmeres durchgemacht. Alles war gut, bis die Reparatur nachgab. Danach war es ein hoffnungsloser Kampf. Wir hatten nicht die geringste Chance. Wir brachten die Rettungsboote zu Wasser, aber es waren nicht genug für die vielen Soldaten, die wir evakuiert hatten. Und bei diesem Wetter haben die meisten nicht sehr lange durchgehalten. Wir … wir taten, was wir konnten, aber es hatte keinen Sinn.« Watanabe machte einen seufzenden Atemzug. »Viele Soldaten konnten nicht schwimmen. Und diejenigen, die schwimmen konnten … Es waren zu viele im Wasser. Die Wellen waren zehn, fünfzehn, zwanzig Meter hoch … und es war ein Wunder, dass überhaupt jemand überlebte. Die Rettungsboote waren überladen, sie zerbrachen.« Er schloss die Augen. »Und dann kamen die Haifische.«

»Und kehrten Sie nach Japan zurück?«, fragte Sam.

»Ja. Unser Kapitän hatte seine Befehle.«

»Weshalb?«

Watanabe schüttelte den Kopf. »Ich weiß es nicht. Wenn man Seemann ist, dann tut man, was einem gesagt wird.«

Remi lächelte ihn an. »Haben Sie nur Männer von Guadalcanal geholt?«

Watanabe runzelte die Stirn. »Ja. Es war eine Evakuierung. Unsere Männer waren am Ende.«

»Ist es möglich, dass auch irgendeine Fracht an Bord gebracht wurde?«

Watanabe verwirrte die Frage. »Was hätte man mitnehmen sollen? Es gab nichts von Wert. Die Kleidung der Soldaten waren Lumpen. Sie waren kurz vor dem Verhungern. Nur noch wenige Tage vom Tod entfernt.«

»Aber reichte die Zeit, um etwas einzuladen?«

Anscheinend dachte er über die Frage nach und schüttelte den Kopf. »Wir hatten kaum genug Zeit, um die Männer an Bord zu holen.«

Die Tür des Kartenzimmers wurde aufgestoßen, und eine Asiatin um die sechzig stürmte herein, das Gesicht wutverzerrt.

»Was tun Sie hier?«, fragte sie und starrte Sam und Remi an, als hätten sie den alten Mann misshandelt.

»Wir unterhalten uns bloß. Er war einverstanden«, erwiderte Remi, aber die Frau trat zwischen sie und den alten Mann.

»Unterhalten? Über was? Worüber sollten Sie mit meinem Vater reden?«

Watanabe sah die Besucherin mit stumpfem Blick an. »Über den Krieg. Wir haben über den Krieg gesprochen.«

Die Tochter funkelte Remi an und schüttelte den Kopf. »Sie haben sich jetzt genug unterhalten. Lassen Sie ihn in Ruhe. Ihm geht es nicht gut, und er hat es nicht nötig, dass Fremde ihn zwingen, seine Alpträume noch einmal zu durchleben.«

Sam erhob sich. »Es tut uns leid, es ist nur so, dass …«

Doch die Frau schnitt ihm das Wort ab. »Los. Verschwinden Sie. Er ist müde. Sehen Sie ihn an. Was ist los mit Ihnen – kennen Sie kein Mitgefühl? Er war in der Hölle. Lassen Sie ihn einfach in Frieden.«

Bedrückt gingen Sam und Remi zur Tür. »Wir haben nichts Böses gewollt«, sagte Remi leise.

»Während ich aufwuchs, habe ich gesehen, was der Krieg aus ihm gemacht hat. Er ist nach zehn Jahren aus Japan weggezogen – der Krieg hat ihn zerbrochen und auch das Land, das er liebte. Er kehrte nie mehr zurück. Was wissen Sie schon? Gehen Sie einfach. Er hat genug durchgemacht.«

Sam ging mit Remi hinaus, seine Miene war bitter. Als sie zum Wagen kamen, zögerte er, bevor er die Tür öffnete.

»Vielleicht hatte sie recht«, sagte er. »Viel haben wir nicht erfahren, oder?«

»Sam, wir haben so etwas oft genug gemacht. Wir mussten mit ihm reden. Er war unsere einzige Spur.«

»Ich weiß. Aber sie war wütend. Ich hoffe, wir haben den alten Mann nicht zu sehr aufgeregt.«

»Sie war es, die vollkommen außer Fassung geriet. Nicht er. Vielleicht wollte sie ihn nur beschützen.«

Er schüttelte den Kopf und betätigte die Fernbedienung, um die Zentralverriegelung des Wagens zu öffnen. »Ich kann sie irgendwie verstehen.«

»Sam, wir haben nichts Falsches getan.«

Er schob sich hinter das Lenkrad und steckte den Zündschlüssel ins Schloss. »Ich weiß. Aber warum kommt es mir so vor, als ob genau das Gegenteil der Fall wäre?«

26

Die Straßen von Honiara glänzten noch vom letzten Wolkenbruch, als Sam und Remi am Nachmittag des nächsten Tages zurückkehrten. Sie stellten das Gepäck in ihrem Zimmer ab, und Sam sah Remi geheimnisvoll an, während ein Lächeln um seine Mundwinkel spielte.

»Was ist?«, fragte sie.

»Mir ging nur gerade durch den Sinn, dass dies ein schöner Tag für eine Spazierfahrt wäre.«

Sie kniff misstrauisch die Augen zu schmalen Schlitzen zusammen. »Ach, wirklich? Was schwebt dir denn vor?«

»Wir könnten wieder zu Rubo fahren und uns noch einmal mit ihm unterhalten. Er hat während der Besetzung der Insel durch die Japaner hier gelebt. Vielleicht weiß er etwas.«

»Wenn es nicht gerade ein Rezept ist, wie man ein Schiff finden und heben kann, das zweieinhalb Kilometer unter Wasser liegt, habe ich meine Zweifel, ob sich ein Besuch bei ihm lohnt.«

»Vielleicht hast du recht«, sagte Sam. »Aber wir haben im Augenblick nicht viel zu tun. Wir können auf dem Schiff herumhängen und den Tauchern dabei zusehen, wie sie Schlick durch die Gegend pusten, aber das erscheint mir nicht besonders sinnvoll, oder?«

Remi fröstelte unwillkürlich, als die kalte Luft der Klimaanlage eine Gänsehaut bei ihr erzeugte. »Soweit ich mich erinnere, sind wir das letzte Mal von dieser Fahrt ohne Wagen zurückgekehrt.«

»Ich verspreche dir, dass ich mich nicht mehr von der Straße abdrängen lasse.«

»Oder dass auf uns geschossen wird?« Sie seufzte. »Ich nehme an, es hat wenig Sinn zu versuchen, dir diese Idee auszureden.«

»Alles wird okay sein. Was könnte…« Sam hielt mit einem Zwinkern inne, ehe er mit fester, betont fröhlicher Stimme fortfuhr: »Was könnte schöner sein als eine Spazierfahrt an der Küste entlang?«

»Das war knapp, Fargo, sehr knapp.«

Er sah sie unschuldig an, das Gesicht strahlend.

Außerhalb der Stadt kamen sie zu einer Straßensperre, aber die Polizisten winkten sie gleichgültig durch. Offensichtlich war der Notstand beendet, und alles schien schon wieder zur gewohnten Routine zurückgekehrt. Als der Asphaltbelag endete, rumpelte der Wagen schwankend über die unbefestigte Piste, und Sam musste das Tempo bis auf ein langsames Kriechen reduzieren.

Nach einem besonders denkwürdigen Schlagloch schaute Remi ihren Mann von der Seite an. »Was immer du tust, Sam Fargo, versprich mir, dass wir nicht stecken bleiben.«

»Ich gebe mein Bestes.«

»Es mir zu versprechen oder nicht stecken zu bleiben?«

»Beides, wenn möglich.«

»Du kannst mich aber in beiden Punkten kaum überzeugen.«

Als die Hütte schließlich in Sicht kam, saß Rubo vor ihr im Schatten und sah dem Fluss zu, wie er vorüberströmte. Er blickte zu ihnen herüber, als der Van ausrollte und anhielt. Die Insassen stiegen aus, und Remi winkte.

»Rubo. Stören wir?«

Rubo lachte gackernd und schüttelte den Kopf. »Hier

draußen ist jeder Tag wie der andere. Wollen Sie noch mehr Geschichten hören?«

»Das wollen wir.«

Während sie näher kamen, deutete der alte Mann auf einen Punkt auf seiner Baumstammbank. Remi ließ sich neben ihm nieder, und Sam entschied sich für einen Baumstumpf den beiden gegenüber. Sogar im Schatten herrschte hier eine brütende Hitze. Der alte Mann verscheuchte eine Fliege und hob eine Augenbraue. Remi beugte sich vor und wartete darauf, dass Sam das Wort ergriff.

»Rubo, Sie erwähnten, dass Sie hier waren, als die Japaner die Insel besetzten. Und dass sie die Einheimischen sehr schlecht behandelten.«

Rubo nickte. »Das ist richtig. Sie böse wie Krokodile.«

»Alle?«

»Schwer zu sagen. Aber der Offizier, der den Befehl führte … er war ein Monster.«

»Was können Sie uns von ihm erzählen?«

»Er war ein Teufel. Kuma … Kumasaka. Oberst Kumasaka. Kann den Namen nicht vergessen, niemals.«

»Was hat er getan?«, fragte Remi. »Speziell?«

»Ich sagte doch. Er schlecht. Tat böse Dinge mit uns.«

Rubo wiederholte seine vorherige Darstellung, und nichts änderte sich bei dieser zweiten Version. Sam versuchte sein Glück in einer anderen Richtung.

»Haben Sie jemals auf der westlichen Seite der Insel etwas gehört oder gesehen? Woran die Japaner beteiligt waren?«

»Was zum Beispiel?«

»Irgendetwas Merkwürdiges. Vielleicht dass in der Bucht, von der Sie uns erzählt haben, getaucht wurde«, sagte Sam.

»Am Ende schlimme Kämpfe, deshalb weiß ich nicht

genau. Aber irgendwann, bevor sie abzogen, bei dem Dorf… bei Bucht… viele Tote. Waren schlimme Zeiten.«

»Haben die Japaner in der Nähe der Bucht Inselbewohner getötet?«

»Ich sage nur, was andere reden. Ich war nicht dort.«

Remi nickte. »Wir verstehen. Was glauben Sie, das dort geschehen ist, Rubo?«, fragte sie behutsam.

»Ich hörte schlimme Sachen. Viele Männer von der Insel von Japanern getötet. Sie machten sie zu Sklaven, dann töteten sie die Männer, ehe sie Insel verließen.«

»Sklaven? Für was?«

»Ich weiß nicht. Für irgendeine Arbeit.«

»War das üblich?«

Rubo schüttelte den Kopf. »Nein, sie ließen uns in Ruhe, meistens. Aber dieser Mann… er hatte Befehl auf der Westseite, und er tötete gern. Jeder wusste, dass er ganz böse war.« Rubo spuckte ins trockene Laub, neben sich auf den Erdboden. »Nur zwei Leute von der Insel konnten fliehen. Alle anderen…« Er schüttelte den Kopf mit trauriger Miene.

»Gab es Überlebende?«, fragte Sam mit angespannter Stimme.

»Wie ich sagte, ich denke, einer noch am Leben. Hart wie ein Fels.«

»Wirklich? Kennen Sie ihn?«

»Wenn man lange genug lebt, kennt man jeden, ganz sicher.«

»Wo ist er?«

»Immer noch im selben Dorf, denke ich.« Er sah Remi an. »Aber er spricht kein Pidgin. Nur einheimische Sprache.«

»Wären Sie bereit, uns zu ihm zu bringen?«, fragte Remi.

Misstrauisch betrachtete Rubo den Van. »Weiter Weg.«

»Schlechte Straßen?«

Er lachte und spuckte wieder aus. »Keine Straßen. Damit kommen Sie nicht hin.«

»Wenn wir einen größeren Wagen haben, etwas fürs Gelände, würden Sie uns dann helfen, Rubo? Wir würden Sie bezahlen.«

Rubo studierte Sam, und dann wanderte sein Blick zu Remi. »Wie viel?«

Sam stellte im Kopf eine schnelle Berechnung an. »Salomon- oder amerikanische Dollar?«

Rubo zuckte mit keiner Wimper. »Amerikanische.«

»Ich habe keine Ahnung. Was halten Sie für angemessen?«

Der alte Mann schien intensiv nachzudenken, und dann lehnte er sich mit einem Brummen zurück. »Hundert. Hundert amerikanische Dollar.«

Sam und Remi konnten nicht sagen, ob von ihnen erwartet wurde, dass sie handelten, aber Remi versuchte es gar nicht erst. »Das ist okay.« Sie schaute auf die Uhr: noch fünf Stunden bis zum Anbruch der Dämmerung. Und so wie Sam fuhr: anderthalb Stunden von der Bucht aus. Hinzu kam die Zeit, die sie brauchen würden, um einen robusteren Wagen zu mieten… Es würde zu knapp werden. »Wir können Sie morgen früh abholen. Ist das für Sie in Ordnung, Rubo?«

Der alte Mann nickte langsam und verzog das Gesicht zu einem zahnlosen Grinsen. Als er noch etwas sagte, ließ er jedes Wort wie einen edlen Wein auf seiner Zunge zergehen. »Hundert Dollar.«

27

Sydney, Australien

Mürrisch verzog Jeffrey Grimes das Gesicht, während er die Aufbauten seiner Yacht betrachtete und sein Kapitän in angespannter Körperhaltung einige Schritte von ihm entfernt stand. Mit geübtem Blick und ein wenig blinzelnd, schaute Grimes auf die glänzende Oberfläche, in der sich die Sonne spiegelte. Dann straffte er sich und knurrte.

»Verdammte Wichser. Es könnte nicht stumpfer sein, wenn sie Sandpapier anstatt Politur benutzt hätten. Wofür bezahle ich diese Gauner?«, beschwerte er sich.

»Nun, Sir, mit der letzten Firma waren Sie auch nicht zufrieden, daher habe ich sie gewechselt, nicht wahr? Dies sind die Leute, die Ihr Freund empfohlen hat. Sie sollen angeblich wahre Könner sein«, sagte der Kapitän.

»Wie können Sie sich das nur ansehen, ohne dass Ihnen schlecht wird? Ich meine, mal ernsthaft. Können Sie nicht erkennen, dass sie Mist gemacht haben?« Vor Wut schäumend, ging Grimes zum Heck. Der Kapitän folgte ihm mit gequälter Miene. Grimes inspizierte die Verzierungen, frisch abgeschliffen und lackiert, und nickte. »Wenigstens haben die Penner dies hier hingekriegt. Es ist ein kleines Wunder.«

Sein Mobiltelefon zwitscherte, und er warf einen Blick auf das Display. Keine Anruferkennung. Sein Magen verkrampfte sich, als er den Kapitän ansah. »Das ist vorerst alles.«

»Ja, Sir.«

Grimes wartete, bis der Mann außer Hörweite war, ehe er das Telefon mit einem Daumendruck einschaltete. »Ja?«

Die Stimme klang wie üblich: eintönig, metallisch, roboterhaft. »Die Dinge beschleunigen sich.«

Grimes atmete verärgert aus. »Das kann ich nicht behaupten. Ich sehe keinerlei Fortschritt. Sie etwa?«

»Diese Dinge brauchen ihre Zeit, wie ich schon früher gesagt habe. Aber ich stimme zu, wir müssen den Druck verstärken.«

Grimes schaute sich im Yachthafen um, als wolle er sich vergewissern, dass er nicht beobachtet wurde, und senkte dann die Stimme. »Mussten Sie wirklich … derart drastisch vorgehen?«

»Der Zweck heiligt die Mittel. Große Vermögen werden nun mal nicht verdient, ohne dass Blut vergossen wird. Weshalb sollte es in diesem Fall anders sein?«

»Sie waren unschuldige Entwicklungshelfer.«

Auf seine Worte folgte ein kurzes Schweigen. Dann: »Ich hoffe, Sie verlieren das Ziel nicht aus den Augen«, sagte die mechanische Stimme.

»Natürlich nicht. Ich hatte nur gehofft … dass die Dinge nicht in diesem Ausmaß eskalieren würden.«

»In der Tat. Das sind sie. Was passiert ist, ist passiert. Und Sie sollten sich für weitere … unangenehme Dinge wappnen.«

»Ich verstehe. Aber – ist das nötig?«

»Ich tue nichts, das nicht nötig ist. Ich gehe davon aus, dass ich mich weiterhin auf Ihre vollständige, bedingungslose Unterstützung verlassen kann?«

Grimes betrachtete die anderen Yachten – jede war ein Millionen Dollar schwerer schwimmender Exzess, Streicheleinheiten für die Egos ihrer Eigentümer, Symbole ihrer Bereitschaft, eine Unsumme für Frivolitäten zu verschleudern. Bei einem menschlichen Kampf ging es um die Hackordnung. Er musste es bis an die Spitze schaffen. Jede niedrigere Position war eine Niederlage. Er konnte nicht zulassen, dass das Werk seines Lebens in Trümmer fiel, und Zeit und Begleitumstände arbeiteten gegen ihn. Er seufzte. »Ja. Tun Sie, was immer getan werden muss. Aber um Gottes willen, beeilen Sie sich, ja?«

»Wir waren dem Ziel niemals näher. Die Insel steht dicht vor dem Umkippen. Sie ist wie trockenes Stroh im Sommer – ein winziger Funke reicht aus, um sie in Brand zu setzen.«

»Wie dieser Funke aussieht, brauche ich nicht zu fragen, oder?«

»Sie sind besser dran, wenn Sie nicht mehr wissen, als Sie es bereits tun.«

Die Verbindung wurde getrennt. Er starrte das kleine Telefon an – natürlich mit der modernsten Technologie ausgestattet – und schüttelte den Kopf. Er hatte sich für einige schwierige Momente gewappnet, mit denen er rechnen musste, wenn er seinen Plan in die Tat umsetzte, aber das Warten erwies sich als die qualvollste Phase.

Der Kapitän kam zurück, doch Grimes hatte jetzt die Lust verloren, auf den winzigen Fehlern der von ihm beauftragten Arbeiter herumzureiten. Er schickte den Mann mit einer Handbewegung weg und stieg auf den Kai hinunter, absolut unempfänglich für die idyllische Schönheit strahlend weißer Katamaran-Fähren, die durch das kabbelige Wasser des Hafens von Sydney pflügten, während sein Gehirn fast mit Überschallgeschwindigkeit arbeitete.

Guadalcanal, Salomon-Inseln

Die Räder des Toyota Land Cruiser wühlten sich durch die schlammigen Fahrrillen der Piste, die sich in die Berge hinaufschlängelte. Remi musterte Sam sicherlich zum zwanzigsten Mal an diesem Tag von der Seite und drehte sich dann zu Rubo um, der die holprige Fahrt zu genießen schien.

Der Dschungel wucherte zu beiden Seiten des Weges, dem sie bereits folgten, seit sie fünfundzwanzig Minuten zuvor die Hauptstraße verlassen hatten. Die Straßen in Honiara waren wegen eines Protestmarsches, der von der Polizei aufmerksam überwacht wurde, verstopft gewesen, und sie hatten eine Stunde länger gebraucht als erhofft, um die Stadt zu durchqueren.

Sam erwischte eine hässliche Bodenwelle, und Rubo hüpfte auf dem Rücksitz herum wie ein ausgelassenes Kleinkind, einen Ausdruck seligen Vergnügens auf dem verwitterten Gesicht.

»Ist es noch weit?«, rief Remi ihm zu, während Sam sich darauf konzentrierte, dem kaum erkennbaren Wildpfad zu folgen.

Der alte Mann zuckte die Achseln. »Ist lange her, seit ich das letzte Mal hier draußen war.«

»Aber die Entfernung hat sich bestimmt nicht verändert.«

»Wir sind bald da«, versicherte Rubo ihr.

Remi lehnte sich in ihrem Sitz zurück. Sie hatte bereits gelernt, dass auf den Inseln der Begriff »bald« eine amorphe Qualität hatte, ähnlich wie das mexikanische *mañana*, was alles von »morgen« bis »niemals« heißen konnte.

Sam fing ihren Blick auf und grinste. »Geduld ist eine Tugend und so weiter«, sagte er.

»Erklär das doch mal meinem Steißbein.«

Sie gelangten an ein schmales Flüsschen, und Sam brachte den Wagen auf dem steinigen Ufer zum Stehen. Der Weg gabelte sich an dieser Stelle in zwei Richtungen. Einer führte nach links durch den Fluss, der andere verlief nach rechts den Berghang hinauf. Sam sah auf die Uhr, dann drehte er sich auf dem Fahrersitz zu Rubo um.

»Wo entlang?«, fragte Sam.

Offenbar ließ sich Rubo die Frage durch den Kopf gehen und legte den Kopf schief. »Muss aussteigen und nachsehen.«

Sam und Rubo öffneten ihre Türen, und Sam half dem alten Mann aus dem Fahrzeug. Sie trotteten das kurze Stück zum Wasser, und Rubo schloss die Augen und legte abermals den Kopf auf seine seltsame Art auf die Seite. Sam wartete geduldig und widerstand dem Drang, den alten Mann anzutreiben. Nach mehreren Sekunden richtete sich Rubo kerzengerade auf und nickte.

»Fluss war letztes Mal nicht hier.«

Sam blinzelte. »Und?«

»Ich glaube, Dorf ist in dieser Richtung«, sagte Rubo und deutete nach links.

»Woher wissen Sie das?«

»Habe nicht gesagt, ich weiß. Ich *glaube*«, korrigierte Rubo ihn.

»Demnach sind Sie sich nicht sicher …«, sagte Sam, der in diesem Moment froh war, dass Remi Rubos Geständnis nicht gehört hatte.

»Wir auf einer Insel. Wenn nicht dort entlang, kommen wir zurück, und dann bin ich sicher, dass es die andere Richtung ist.«

»Sehr praktisch. Aber ich dachte, Sie wüssten, wo das Dorf liegt.«

»Das tue ich.«

»Aber nicht gut genug, um uns bei dem ersten Versuch hinzubringen.«

»Sie wollten Dolmetscher, nicht Führer.« Rubo schaute den Berghang hinauf und dann über den Fluss, ehe er nickte. »Es ist entweder hier oder dort entlang.«

Sam atmete schicksalsergeben aus, als er die Weisheit der Herangehensweise des praktischen alten Mannes erkannte. Sie hatten einen vollen Tank und den ganzen Tag Zeit. Wahrscheinlich ging es nach links. Oder vielleicht auch nach rechts. Zumindest brauchten sie sich nicht zu fragen, ob es nicht doch geradeaus ging.

Sie kehrten zu dem mit Schlamm bespritzten Toyota zurück und stiegen ein.

»Und?«, fragte Remi.

»Wir sind dicht davor«, versicherte Sam ihr. »Rubo meint, es ginge nach links.«

Sam legte den Gang ein und gab mit einem skeptischen Blick Gas. Wasser spritzte hoch in die Luft, als sie den Fluss durchquerten, und dann ging es wieder bergauf, wobei die wuchtige Motorhaube die Sonne beinahe vollkommen abschirmte, während sie den Berghang im Kriechtempo überwanden.

Fünf Minuten später stoppten sie abermals, als der Weg gerade noch breit genug für ein Fahrrad war. Sam sah Rubo im Innenspiegel an und bemühte sich um eine ruhige Stimme und einen freundlichen Gesichtsausdruck.

»Glauben Sie immer noch, dass es weiter hinaufgeht?«

»Fahren Sie. Es müsste hinter dem Berg sein.«

Der Wagen kletterte weiter. Äste und Zweige kratzten an der Karosserie des SUV entlang. Remi zuckte zusammen, als ein besonders aggressiver Ast gegen ihr Seitenfenster schlug, und sie biss die Zähne zusammen, während sie im Flüsterton zu Sam sagte: »Wie konntest du darauf kommen, dass dies eine gute Idee ist?«

Sam überlegte sich eine passende Antwort, als sie auf eine Lichtung gelangten, auf der einige Hütten um eine zentrale Feuerstelle angeordnet waren. Rubo schnalzte zufrieden mit der Zunge, als der Wagen auf der Grasnarbe anhielt.

»Sehen Sie? Rubo hatte recht«, sagte der alte Mann. Sam und Remi wechselten einen erleichterten Blick, dann sahen sie durch die Windschutzscheibe auf die bescheidenen Bauten, die auf der anderen Seite der Lichtung auf einer Anhöhe am Rand des Regenwaldes standen.

»Sollen wir hier anhalten?«, wollte Sam von dem alten Mann wissen.

Rubo nickte, sein Gesichtsausdruck erschien so friedlich wie der eines Engels. »Wir laufen jetzt.«

Die feuchte Hitze umhüllte sie, sobald sie die klimatisierte Luft des Wageninneren hinter sich gelassen hatten. Sam wartete mit Remi an der Motorhaube, während Rubo zu ihnen nach vorn humpelte, und dann gingen sie als Gruppe auf die nächste Hütte zu, aus deren Innerem sie von neugierigen Augen gemustert wurden.

Ein Mann um die sechzig, bekleidet mit altertümlichen Shorts und einem T-Shirt, das, von den Elementen ausgebleicht, eine undefinierbare Farbe hatte, erschien aus einer der Hütten und lächelte, als er Rubo entdeckte. Sie begrüßten einander auf eine Weise, die weder Sam noch Remi verstanden, dann deutete der Mann auf eine der weiter entfernten Hütten. Noch ein paar Worte wurden gewechselt, dann wandte sich Rubo zu Sam und Remi um.

»Er ist sehr krank dort oben«, sagte Rubo und deutete mit einer müden Hand auf den Hügel.

»Krank? Können wir mit ihm reden?«

Rubo zuckte die Achseln. »Wir versuchen es.«

Er humpelte den schmalen Pfad zur nächsten Hüttenansammlung hinauf und blieb vor dem Eingang zur hintersten Hütte stehen. Die Dorfbewohner im unteren Teil beäugten Sam und Remi voller Neugier. Die Erwachsenen hielten sich bei den Hütten auf, zusammen mit ihren Kindern, als die Einwohner des Dorfes wegen dieses unerwarteten Anlasses aus ihren Behausungen herauskamen.

Sam sagte zu Remi: »Sie scheinen ausnahmslos freundlich zu sein. Falls die Rebellen hoffen, Nachwuchs in Dörfern wie diesem rekrutieren zu können, werden sie wenig Glück haben. Ich habe nicht viel von Wut und Abneigung gespürt. Du vielleicht?«

»Hoffen wir, dass uns das Glück treu bleibt, zumindest so lange, bis wir wieder in Honiara sind.«

»Dein Wort in Gottes Ohr.«

Ein älterer Mann mit tabakfarbener Haut erschien aus dem nächsten Hütteneingang und musterte Sam und Remi misstrauisch von seiner erhöhten Holzveranda herab. Rubo trat vor und nickte dem Mann zu, der zum Weg herunterkam.

Eine leise Diskussion entspann sich. Rubo deutete auf den Toyota, der am Rand der Lichtung parkte, und machte dann eine ausholende Bewegung mit den Händen. Der Mann schien über das nachzudenken, was Rubo zu ihm gesagt hatte, dann schüttelte er den Kopf. Ein weiterer hektisch geführter Dialog setzte an, der schließlich mit einem neugierigen Kopfnicken endete, und Rubo schickte Remi ein verschmitztes Grinsen, bei dem er sein Zahnfleisch entblößte.

»Er ist der heilige Mann. Sagt, dass Nauru seit einer

Weile sehr krank. Wird bald in der Geisterwelt sein. Nicht sicher, ob er viel sprechen kann«, erklärte Rubo.

»Aber ist es okay, wenn wir ihm ein paar Fragen stellen?«

»Ich musste heiligem Mann einige amerikanische Dollar versprechen.«

»Wie viele?«, fragte Remi.

»Zwanzig.«

Sam musterte Rubo skeptisch. »Na gut.«

»Aber wir haben nur wenig Zeit. Nauru dicht davor.«

Weder Sam noch Remi mussten fragen, was mit »dicht davor« gemeint war.

Rubo betrachtete die Veranda der Hütte einige Sekunden lang, dann trat er zur Seite. »Sie gehen hinein und setzen sich. Ich folge und rede mit ihm.«

Remi nickte und stieg vorsichtig die Holzstufen zur kleinen Veranda hinauf. Sie schaute in das dunkle Innere der Hütte und wartete, bis Sam an ihrer Seite erschien. Dann betraten sie den kleinen Raum.

28

Staubpartikel schwebten in dem Sonnenstrahl, der durch einen Riss im Dach hereindrang, während sie an einem primitiven, derben, aus ungehobelten Holzbalken zusammengezimmerten Tisch vorbei zu einer Pritsche gingen. Diese stand in der Nähe des Fensters am anderen Ende des düsteren Raums, das nicht mehr war als eine rechteckige Öffnung in der aus Schilfblättern geflochtenen Wand. Eine Matte aus dünnerem geflochtenem Material diente als Vorhang und verschloss die Öffnung.

In dem Raum roch es nach Tod. Sie hatten Mühe zu atmen, ohne zu würgen, als sie sich dem Notlager näherten, auf dem ein kleiner Mann lag. Bis auf schmuddelige Shorts war er nackt und schien so verwittert wie eine Trockenpflaume, nachdem die Jahre seinen Lebenssaft ausgesaugt und eine Hülle zurückgelassen hatten, die kaum noch als lebendig zu bezeichnen war.

Ein Augenpaar betrachtete sie blinzelnd in der Dunkelheit, und der Atem des Mannes rasselte unheilvoll, als sie sich näherten. Sam betrachtete Rubo, der mit zögernden Schritten zu dem Bett kam.

Er beugte sich über den Sterbenden und sprach murmelnd, ein paar Sekunden lang. Dann richtete er sich auf und wartete auf eine Reaktion. Die Luft stand feuchtschwül im Raum, und der Sonnenstrahl am Ende des Raums war wie ein Lichtdolch, der die Düsternis ein wenig aufhellte. Das einzige Geräusch war das Rasseln der Lunge des kranken Mannes, als er nach Luft rang. Rubo rührte sich nicht, und nach ein paar Minuten murmelte der Mann ein paar Worte.

Rubo nickte und deutete auf eine Bank vor einer Hüttenwand. Sam und Remi ließen sich darauf nieder, während Rubo dichter an das Krankenbett herantrat.

»Dies ist Nauru. Er sagte, er werde versuchen zu antworten.« Rubo hielt inne. »Was wollen Sie wissen?«

Sam beugte sich vor. »Fragen Sie ihn nach dem japanischen Oberst. Nach der Sklavenarbeit. Bitten Sie ihn, alles zu erzählen, woran er sich erinnern kann – auch von dem Massaker.«

Rubo betrachtete Nauru, als überlege er, wie er seine Fragen am besten formulierte, und dann begann er in einer Sprache zu reden, die Sam und Remi vollkommen fremd war. Anschließend gab Nauru ein leises Brummeln von sich und murmelte dann eine halbe Minute lang. Rubo trat zurück, als Nauru geendet hatte, und drehte sich zu Sam um.

»Er sagt, es sei vor langer Zeit geschehen. Viele Jahre lang hat sich niemand darum gekümmert. Die meisten Leute, die er von damals kannte, sind mittlerweile gestorben. Er ist als Einziger noch übrig. Der andere Mann, der überlebt hat, ist vor vielleicht zwanzig Jahren gestorben. Kotu. Das war ein Cousin.«

»Ja. Aber uns interessiert die Geschichte. Wir beschäftigen uns damit, was in dieser Zeit auf der Insel geschah, und dies ist das erste Mal, dass wir etwas von Zwangsarbeit oder Massenmord durch die Japaner auf Guadalcanal erfahren. Bitten Sie ihn zu erzählen, wie es anfing. Zu was haben die Japaner die Inselbewohner gezwungen? Welche Arbeiten mussten sie ausführen?«

Rubo wandte sich wieder an Nauru und redete leise auf

ihn ein. Naurus Brust hob und senkte sich, er führte eine lederartige Hand an sein Gesicht und zitterte, während er seine Wange massierte, ehe sie kraftlos wieder auf die Unterlage herabsank. Als er zu sprechen begann, klang es für die Fargos fast wie ein Gesang, eine primitive Totenklage, die die Ewigkeit überdauert hatte.

Rubo hörte zu und nickte, bis Naurus Stimme versiegte wie ein Motor, dem der Treibstoff ausging und der stotternd zum Stillstand kam. Rubo sah Remi an, und dann wanderte sein Blick zum Eingang, während er berichtete.

»Der Mann, der die männlichen Dorfbewohner abholte, hatte das Kommando über diese Seite von Guadalcanal. Er war Offizier – ein Oberst –, den sie den Drachen nannten. Er war wie ein Teufel, ein böser Mann, der Inselbewohner ohne jeden Grund tötete. Die meisten Japaner ließen uns in Ruhe, aber er war anders.«

Rubo beschrieb ein Monster von einem Menschen, das Kinder aus ihren Betten holte und Männer von ihren Frauen wegriss, jeden halbwegs kräftigen Mann zwang, vom ersten Tageslicht bis zum Eintritt der Nacht Sklavenarbeit zu leisten, während ihre Schwestern, Partnerinnen und Kinder verschwanden. Gerüchte über Experimente in den Höhlen waren in Umlauf, grauenvolle Dinge, so grässlich, dass sie jede Phantasie überstiegen. Er erzählte Geschichten von ganzen Familien, die unter unsäglichen Qualen starben, deren Leichen wegzubringen ihre Angehörigen mit vorgehaltener Waffe gezwungen wurden, und die, sobald sie ihren Zweck erfüllt hatten, in den Ozean geworfen wurden, wo bereits die Haifische gierig lauerten.

Gegen Ende der Besetzung wurden etwa einhundert der kräftigsten Inselbewohner gezwungen, etwas in die Berge zu schaffen, was Nauru als viele Dutzend äußerst schwerer

Kisten beschrieb. Sie waren aus rohen Brettern hergestellt, die aus einheimischen Bäumen herausgeschnitten wurden. Der Marsch in die Berge mit der schweren Last dauerte bei extremer Hitze und geringen Wasserrationen, die gerade so das Überleben sicherten, mehrere Tage.

Am Ende dieser unbeschreiblichen Strapaze wurden die Kisten in einer tiefen Höhle deponiert. Letztere war nichts anderes als eine unzugängliche Erdspalte, die von den Einheimischen gemieden wurde, weil sie glaubten, sie sei einer der Eingänge zum Reich der Riesen. Sobald der Schatz, denn nichts anderes konnte sich in den Kisten befunden haben, sicher in seinem Versteck lag, befahl der japanische Teufel seinen Männern, alle Arbeiter abzuschlachten, und Nauru und sein Cousin verdankten es ausschließlich ihrem Glück, dass ihnen die Flucht zurück in das Höhlensystem gelang, wo sie sich für einige Tage verstecken konnten, ehe sie sich wieder nach draußen wagten. Dort stießen sie auf die verwesenden Leichname ihrer Gefährten. Jeder war dort ermordet worden, wo er gerade gestanden hatte, die Leichen waren aufgebläht – soweit sie nicht bereits ein Opfer der Raubtiere in dieser Region geworden waren.

Nauru und sein Cousin blieben in den Bergen, wo sie sich wochenlang vor den Japanern versteckten. Sie wagten sich nicht in die Nähe ihres Dorfes, wanderten durch den Dschungel und ernährten sich von den Früchten, die sie in der Wildnis fanden. Als sie schließlich in ihre alte Heimat zurückkehrten, fanden sie sie vollkommen verlassen vor. Die Bevölkerung des Dorfs war bis auf den letzten Säugling ausgelöscht worden. Keiner der Dorfbewohner wurde jemals wieder lebend gesehen, und das Dorf wurde nach und nach vom Dschungel überwuchert. Am Ende kontrollierten die Alliierten die gesamte Insel, und Nauru und sein

Cousin arbeiteten für sie. Als der Krieg schließlich zu Ende war, heirateten sie junge Frauen aus Nachbardörfern und führten ein einfaches, bescheidenes Leben – bis zu ihrem Tod, von dem Nauru bereits deutlich gezeichnet war.

Sam und Remi bemühten sich, möglichst gleichmütig zu erscheinen und sich ihr Entsetzen nicht anmerken zu lassen, als Rubo seinen Monolog beendete. Remi räusperte sich.

»Das ist so bitter. Er kann von Glück reden, dass er diese Schrecken überlebt hat.« Sie zögerte und überlegte, wie sie die nächste Frage am unverfänglichsten formulieren sollte. »Weiß er etwas über den Inhalt der Kisten?«

Rubo stellte Nauru die Frage mit sanfter, behutsamer Stimme, und der alte Insulaner antwortete mit einem Laut, der keiner Übersetzung bedurfte. Sam fixierte Nauru mit einem fragenden Blick.

»Wo liegt die Höhle?«

Ein weiteres Gespräch mit Nauru führte noch zu einigen wenigen Sätzen und rasselnden Atemzüge, als er darum kämpfte, seine streikende Lunge mit Luft zu füllen.

»Er weiß es nicht. Oben in den Bergen. Ein böser Ort.«

»Kann er nicht irgendeinen Hinweis geben? Alles, was Sie von ihm erfahren, das uns helfen würde, die Höhle zu lokalisieren, wäre… wichtig. Bitte. Fragen Sie ihn noch einmal.«

Rubo kam der Aufforderung nach, doch diesmal erhielt er keine Antwort mehr. Nauru gab nur noch ein mühsames Keuchen von sich. Nach einiger Zeit schüttelte Rubo den Kopf. »Wir sollten ihn jetzt in Ruhe seinen Weg in die Ewigkeit finden lassen. Er hat Ihnen alles mitgeteilt, was er konnte.«

Die Hitze in der kleinen Hütte schien zuzunehmen,

während Sam und Remi sich erhoben. Falls Nauru mehr wusste, würde er, so viel war ihnen klar, dieses Wissen für sich behalten und mit ins Jenseits nehmen.

Remi ging zum Eingang, und Sam folgte ihr. Rubo blieb neben dem Bett stehen, flüsterte Worte in seiner Muttersprache, vielleicht ein Gebet, möglicherweise einen Segenswunsch, während Sam und Remi vor der Hütte warteten. Nach einem angemessen langen Moment der Andacht nickte der alte Inselbewohner stumm und kam ebenfalls ins grelle Sonnenlicht hinaus. Nach ihrem Aufenthalt in der Hütte roch die Luft süß und rein, und sogar Rubo schien froh zu sein, wieder unter freiem Himmel zu stehen.

Sam holte seine Brieftasche hervor und entnahm ihr einen Fünfzig-Dollar-Schein, den er Rubo reichte. »Für den heiligen Mann.«

Rubo steckte ihn ein. »Ich gebe es ihm bei Gelegenheit«, sagte er, streifte die Behausung des heiligen Mannes mit einem kurzen Seitenblick und trottete den Pfad zu den tiefer gelegenen Hütten hinunter.

»Rubo hat wirklich ein Näschen fürs Geschäft«, meinte Remi, während Sam ihre Hand ergriff.

»Na ja, er ist ja auch schon lange genug im Rennen. Da kennt er sich wahrscheinlich ganz gut aus.«

Remi war von dem Erlebten sichtlich mitgenommen, als sie Sam langsam zurück zum Wagen folgte. »Sam, was wäre eigentlich, wenn Nauru ihm die Lage der Höhle mitgeteilt hat und er uns dies verschweigt?«

»Ich kann mir nicht vorstellen, dass Rubo in seinem Alter noch Lust auf irgendwelche Abenteuer hat. Und selbst wenn, dann glaube ich, dass seine Abneigung gegen die Höhlen echt ist. Ich hätte meine Schwierigkeiten zu glauben, dass er ein ausgeprägtes Interesse daran hat, die

Kisten auf eigene Faust zu suchen, und ich wette, dass es viele Einheimische gibt, die genauso über die Höhlen denken – ganz abgesehen davon, dass die Rebellen zusammen mit Riesen und wer weiß wem sonst noch die Berge unsicher machen.«

»Na ja, aber er weiß doch den Wert des Dollars zu schätzen. Was ist, wenn er die Information verkauft?«

»Alles ist möglich, aber an wen sollte er sich wenden? Ich meine, sieh dir die Insel an. Wer sollte eine Expedition organisieren oder auch nur den Wunsch haben, es zu tun, animiert von einem Bericht aus dem Mund eines offensichtlich geistig verwirrten Inselbewohners?«

Sie gingen schweigend weiter, und Sam sah sie von der Seite an und flüsterte verschwörerisch: »Also lassen wir ihn am Leben? Bist du sicher?«

Remi seufzte, während sie sich dem SUV näherten, in dessen Nähe Rubo schon stand und verstohlen zu den Hütten hinüberblickte. »Sam Fargo, was soll ich nur mit dir machen?«

»Erwartest du irgendwelche Vorschläge?«

Remi ignorierte die versteckte Anspielung. »Wir müssen über Naurus Geschichte reden.«

»Vielleicht sobald wir Rubo nach Hause gebracht haben. Es kann warten«, bremste Sam sie, als sie sich dem Fahrzeug näherten, dann erhob er die Stimme und machte sich bei dem Insulaner bemerkbar. »Rubo? Sind Sie bereit, uns zurück in die Zivilisation zu führen?«

Rubo nickte und hatte es offensichtlich eilig, in den Wagen zu steigen. »Wir sofort fahren.«

Sam grinste. »Das tun wir tatsächlich. Hüpfen Sie rein.«

An der Straßensperre ein paar Meilen vor Honiara wurden sie von der Polizei nach einer oberflächlichen Kontrolle durchgewinkt, und als sie Rubo an seiner Hütte absetzten, war es bereits später Nachmittag. Remi hatte mehrmals versucht, mit dem alten Insulaner zu plaudern, aber er war offenbar nicht an Konversation interessiert und schien seit seinem Besuch im Dorf um mehrere Jahre gealtert zu sein.

Sie sahen ihm nach, während er zu seiner Veranda schlurfte, als ob das Gewicht der Welt auf seinen Schultern laste, und Remi seufzte. »Sieht so aus, als hätte jeder von uns einen harten Tag gehabt.«

»Dieser Besuch kann für ihn unmöglich angenehm gewesen sein.«

»Okay. Nun, da du einige Zeit gehabt hast, darüber nachzudenken, was hältst du von der Geschichte von dem Oberst und den Kisten?«, fragte sie.

»Du musst zugeben, dass sie durchaus vielversprechend klingt. Natürlich ist da noch das Problem, dass die Berge mit Urwald bedeckt sind, dass von den Höhlen kein Plan existiert, dass es in der Gegend von feindlich gesinnten Zeitgenossen wimmeln könnte und dass die Kisten nach dem Massaker an einen anderen Ort gebracht wurden; es ist auch möglich, dass der Inhalt der Kisten gar nichts mit den versunkenen Bauwerken zu tun hat, und wir haben keine Ahnung, wo wir überhaupt anfangen sollen. Abgesehen von alldem würde ich dennoch sagen, dass wir einen Schatz in Reichweite haben.«

»Demnach gibt es hier nichts mehr für uns zu tun?«

Sam grinste und legte den Gang ein. Die Federung des Land Cruiser ächzte protestierend, während sie die Schlammpiste hinunterholperten, als hätte auch der Wagen genug von diesem Ausflug und keinen anderen Wunsch, als in die Zivilisation zurückzukehren. »Verglichen mit einigen unserer früheren Abenteuer ist das Ganze der reinste Spaziergang.«

»Weshalb habe ich mehr und mehr den Eindruck, dass du diese Geschichte richtig genießt?«

»Ich liebe Herausforderungen.«

Remi blickte auf den braunen Fluss, der sich schäumend durch sein Bett wälzte, und rief sich ihr beinahe tödliches Intermezzo auf der Straße zur Goldmine ins Gedächtnis. Sie legte den Kopf in den Nacken und schloss die Augen, während der Toyota schwankend und hüpfend seine Fahrt fortsetzte. »Dann bring die Sache zu einem Ende.«

»Das ist die Einstellung, die ich liebe.«

29

Guadalcanal, Salomon-Inseln

Lilly, die ein verblichenes Sommerkleid ihrer großen Schwester trug, hustete heftig, während sie zum Fluss hinunterging, der am südlichen Rand ihres Dorfes verlief. Gerade erst vierzehn Jahre alt geworden, war sie schon seit Wochen krank, und die neue Medizin, die sie einnahm und die ihren Zustand eigentlich hätte bessern sollen, schien eher die gegenteilige Wirkung zu haben. Gerade während der vergangenen Woche hatte sie sich an nur wenigen guten Tagen kräftig genug gefühlt, um das Haus für ein paar Stunden zu verlassen und ihren Eltern bei der täglichen Arbeit zur Hand zu gehen.

Lilly war schon immer ein schlankes Kind gewesen, aber seit ihrer Krankheit war sie nur noch ein Schatten ihrer selbst, nachdem sie zwölf Pfund verloren hatte, was sie sich bei ihrem geschwächten Zustand auf keinen Fall leisten konnte. Ihre hohen Jochbögen zeichneten sich scharfkantig unter der ebenholzschwarzen Haut ab, die sich straff wie Reispapier über die Knochen spannte, und nun, da ihr Babyspeck verschwunden war, hatte sie mit ihren knotigen Knien und Ellbogen etwas Fohlenhaftes, auf halbem Weg gefangen zwischen Pubertät und Frausein.

Sie hatte den Fluss fast erreicht, als sie irgendwo in ihrer Nähe einen Ast knacken hörte – wahrscheinlich hinter ihr, auch wenn der Weg, als sie herumwirbelte, um zu sehen, wer sie verfolgte, leer zu sein schien. Verwirrt erhob sie die Stimme.

»Wer ist da?«, rief sie.

Stille antwortete ihr, das einzige Geräusch war das Rascheln von Laub in den Baumwipfeln über ihr, wo ein Vogel von Ast zu Ast hüpfte.

Lilly setzte ihren Weg fort und ignorierte das zunehmende Gefühl der Angst, das sich in ihrer Magengrube ausbreitete, als sie das unverwechselbare Geräusch von Schritten auf trockenem Laub und Zweigen hörte. Die Hände in die Hüften gestemmt, das Kinn trotzig vorgereckt, drehte sie sich um. Wahrscheinlich war es einer dieser lästigen Jungen aus dem Dorf, die sich für sie zu interessieren begannen, seitdem sie im vorangegangenen Sommer aufzublühen begonnen hatte. Sie waren zwar hartnäckig, dann aber harmlos, und sie hatte erfolgreich ihre plumpen Annäherungsversuche abgewehrt, so wie ihre Mutter, eine gottesfürchtige Frau, die sie immer wieder vor dem Teufel in den Herzen der Jungen warnte, ihr geraten hatte.

Aber der Weg schien verlassen zu sein.

»Ich höre dich, weißt du, du täuschst niemanden«, sagte sie, wobei ihre Stimme kräftiger und entschlossener klang, als sie sich fühlte. Sie wartete einige Sekunden, und als keine Antwort erfolgte, rief sie erneut: »Du solltest lieber ins Dorf zurücklaufen, sonst kriegst du eins auf den Kopf, wenn ich dich sehe.«

Nichts.

»Das ist nicht mehr lustig. Hör damit auf«, verlangte sie, und diesmal kippte ihre Stimme beim letzten Wort über. Falls dieser Jimmy hinter ihr her war, der auch heimlich kleine Geschenke für sie deponierte, dann hoffte sie, dass er sich entweder zeigte oder die Lust an diesem Spielchen verlor. Eine ihrer Freundinnen hatte ihr erzählt, dass sie ihn dabei beobachtet habe, wie er um ihre Hütte herumschlich, und eigentlich war sie gar nicht allzu entrüstet über so viel Aufmerksamkeit.

Als sie aber nichts weiter sah oder hörte, ging sie weiter zum Wasser. Es erzeugte ein gurgelndes, fast musikalisches Geräusch, als es in der Flussmitte über große, glatt geschliffene runde Steine strömte. Sie ließ sich auf die Knie nieder, um ihre Hände abzuspülen, als sie von zwei kräftigen Händen gepackt wurde. Eine Hand legte sich auf ihren Mund, die andere umschlang ihre Taille, und ihr Angstschrei wurde erstickt. Lilly wehrte sich mit aller Kraft, bis ein heftiger Schlag sie seitlich am Kopf traf und ein Schmerz durch ihren Schädel schoss. Und dann, als ihr der schraubstockartige Griff ihres Angreifers die Luft abschnürte, verblasste die Umgebung vor ihren angstvoll geweiteten Augen.

Die Rückfahrt verlief quälend langsam. Während des größten Teils des Weges klebten Sam und Remi hinter einem überladenen Lastwagen, der seine beste Zeit während des Krieges erlebt haben musste. Schwarze Abgaswolken quollen in dicken giftigen Wolken aus den hoffnungslos verrosteten Auspuffmündungen, während er die Mitte der Straße einnahm, ohne sich um die gelbe Linie zu kümmern, die die beiden Fahrspuren voneinander trennte. Bei den wenigen Gelegenheiten, bei denen Sam versuchte, auf dem schmalen Asphaltstreifen zu überholen, musste er sich wegen entgegenkommender Fahrzeuge wieder hinter dem Lkw einfädeln. Er war diese Insel-Version des Hühnchen-Spiels sehr bald leid und entschied, sich damit abzufinden, dass die Fahrt ein wenig länger dauern würde.

Als sie das Hotel erreichten, ging Sam sofort mit dem

Satellitentelefon auf die Zimmerterrasse hinaus und rief Selma an. Nach einem sekundenlangen Knistern und Klicken antwortete sie bereits nach dem ersten Rufzeichen mit ihrer wie üblich freundlichen Stimme.

»Hallo, da draußen«, sagte sie. »Wie ist das Inselleben?«

»Es war niemals besser. Wie sieht es zu Hause aus?«

»Da gibt es nichts Ungewöhnliches. Wir wühlen noch immer in allen möglichen Aufzeichnungen herum, die vielleicht ein erhellendes Licht auf den Phantom-Zerstörer werfen könnten, aber bisher stecken wir in einer Sackgasse.«

»Das ist sicher frustrierend. Klingt, als hätte niemand je etwas von der Existenz dieses Schiffes erfahren, wenn keine Überlebenden aufgefischt worden wären.«

»So etwas habe ich noch nie zuvor erlebt. Andererseits können wir unmöglich wissen, inwieweit die geschichtlichen Daten und Aufzeichnungen über diese Periode halbwegs vollständig sind, denn falls die Japaner auch mit anderen Schiffen so verfahren sind, sind sie längst für immer und ewig verloren, soweit es uns betrifft.«

»Also, wenn Sie genügend Zeit haben, hätte ich ein weiteres Projekt für Sie.«

»Ich lebe für neue Projekte«, erwiderte sie mit einem verhaltenen Lachen.

»Bei diesem Projekt geht es um Riesen und … um die Japaner.«

»Ich kann es kaum erwarten, die Pointe zu erfahren.«

Sam verzog das Gesicht zu einem Grinsen. »Ich glaube, dieses Thema hatten wir schon mal, aber jetzt meine ich es ernst. Hier auf der Insel gibt es Sagen und Legenden von Riesen, die in Berghöhlen leben und sich nur blicken lassen, wenn sie abgelegene Dörfer überfallen oder Menschen entführen.«

»Ich verstehe«, sagte Selma knapp.

»Ich weiß, es klingt abwegig, aber mich interessiert der Teil der Sage am meisten, in dem von einem Netz von Höhlen die Rede ist, das sich angeblich über ganz Guadalcanal erstreckt und von den Riesen benutzt wird, um sich auf der Insel zu bewegen.«

Selma machte einen tiefen Atemzug. »Was genau soll ich recherchieren?«

»Suchen Sie in Berichten über die Salomon-Inseln nach frühen Hinweisen auf Riesen und arbeiten Sie sich von dort in Richtung Gegenwart vor. Außerdem bin ich an jeder Karte oder Beschreibung des Höhlensystems interessiert. Ich weiß, es ist reine Spekulation, weshalb ich denke, dass Sie mehr Glück haben könnten, wenn Sie sich zuerst mit dieser Sage von den Riesen anstatt mit den Höhlen befassen. Ich möchte fast wetten, dass bisher niemand der Sache ernsthaft auf den Grund gegangen ist.«

»Richtig. Riesen und Höhlen. Außerdem haben Sie die Japaner erwähnt.«

»Ja. Ich möchte alles haben, was Sie über die letzten Tage der Besetzung zusammentragen können.«

»Haben wir diese Zeit nicht bereits mit den Recherchen über die Evakuierung abgedeckt?«

»Nein. Am meisten interessiert mich der Zeitraum von Oktober bis Februar, bevor mit der Evakuierung begonnen wurde.«

»Könnten Sie den Zeitraum für meine Suche noch ein wenig einengen? Gibt es etwas, das für Sie von besonderem Interesse ist?«

Sam informierte sie über Naurus Bericht. »Ich möchte wissen, ob irgendwo Hinweise auf Zwangsarbeit oder geheime Experimente existieren. Es können auch unbegründete Berichte oder auch nur Gerüchte sein. Ich hoffe, dass Sie da irgendetwas finden, denn unsere derzeitige Verbindung zur Vergangenheit liegt sozusagen auf dem Sterbebett, und ich glaube kaum, dass wir aus dieser Richtung noch viel erfahren werden.«

Selma schwieg einige Sekunden lang. »Wie, sagten Sie, lautete der Name dieses Kommandanten?«

»Ich habe nichts gesagt. Weshalb?«

»Es muss nichts bedeuten, aber ein Oberst auf Guadalcanal …«

»Selma, was meinen Sie?«

»Ich dachte nur, dass sie doch nicht zu Dutzenden dort gewesen sein konnten. Schließlich reden wir von einer Streitmacht, die am Ende nur wenige tausend Mann groß war.«

»Richtig. Aber wie hilft uns das?«

»Als ich die Überlebenden des gesunkenen Zerstörers überprüft habe, war einer von ihnen ein hochrangiger Offizier. Angehöriger der Armee. Ich muss nachschauen, aber ich glaube, es war ein Oberst. Warten Sie einen Moment, ich öffne kurz die Datei.«

Im Hintergrund konnte Sam das hektische Klicken von Tasten hören, und dann meldete sich Selma wieder.

»Ich hab's doch gewusst. Da ist es. Ein Oberst Kumasaka wurde zusammen mit vier Matrosen gerettet.«

»Auf einem Schiff mit direktem Kurs nach Tokio, soweit wir rekonstruieren können.«

»Richtig. Es könnte ein Zufall sein …«

»Oder es könnte auch sein, dass er der Grund für den Umweg war.«

Weiteres Tastenklicken, dann seufzte Selma enttäuscht. »Also, das ist nicht so schön.«

»Was denn, Selma?«

»Laut der Recherche, die ich durchgeführt habe, nachdem Sie mich gebeten hatten, Überlebende zu suchen, starb er kurz vor Ende des Krieges in einem Kriegsgefangenenlager auf Neuseeland.«

Selma schwieg, während Sam diese Nachricht noch verarbeitete. »Beschaffen Sie mir alles über ihn, was Sie finden können«, sagte er. »Wenn es irgendwelche Aufzeichnungen über seine Internierung gibt, eine Personalakte vielleicht, dann will ich sie sehen. Alles, ganz gleich wie unbedeutend es erscheinen mag. Dienstzeugnisse, Auszeichnungen, Familie, Ausbildung, einfach alles.«

»Gern, aber wie ich bereits feststellen durfte, als ich bei den Recherchen zu dem Zerstörer ständig mit dem Kopf vor die Wand gelaufen bin, ist die Dokumentation für diese Periode … lückenhaft, gelinde ausgedrückt.«

»Tun Sie Ihr Bestes.«

»Das werde ich.« Selma legte eine kurze Pause ein. »Haben Sie irgendetwas Neues, womit wir Lazlo beschäftigen können? Er macht mich noch ganz verrückt, wenn er jeden Tag vorbeikommt, wie ein elternloses Hündchen. Ich glaube, er langweilt sich zu Tode.«

»Wenn Sie meinen, dass er Ihnen bei dieser Kumasaka-Nummer helfen kann, setzen Sie ihn ruhig an die Arbeit.«

»Ich bin mir nicht sicher, ob so etwas auf seiner Wunschliste steht. Gibt es nichts … Komplizierteres? Irgendein Rätsel, an dem er sich die Zähne ausbeißen kann?«

»Bisher nicht. Aber ich behalte es im Kopf. Ist er wegen Laos nicht ziemlich niedergeschlagen?«

»Ein wenig schon, aber er hat längst ein neues Projekt ins Auge gefasst, zumindest drückt er sich so aus.«

»Können Sie mir irgendeinen Hinweis geben?«

»Piratenschatz.«

»Wollen Sie mich veräppeln?«

»Klinge ich so?«

Sam dachte über mögliche Antworten nach, dann entschied er sich für eine unverfängliche. »Ich rufe ihn an, wenn wir hier aus dem Gröbsten heraus sind. Geben Sie mir Bescheid, sobald Sie mehr über den Oberst wissen.«

»Versprochen.«

Sam trennte die Verbindung und betrachtete die Fischerboote, die vor Honiara ankerten und deren Rümpfe in allen Blau-, Grün- und Orangeschattierungen des Regenbogens angestrichen waren. Remi öffnete die gläserne Schiebetür und kam zu ihm heraus. »Selma oder Leonid?«, erkundigte sie sich.

»Selma. Aber es sieht nicht gut aus.« Er erzählte ihr von Kumasaka.

»Wenn es jemanden gibt, der Informationen über ihn ausgraben kann, dann Selma. Hoffen wir, dass sie wieder mal ein glückliches Händchen hat.«

Sam wandte sich um und küsste sie. »Das sind die magischen Worte.«

»Informationen ausgraben?«, fragte Remi unschuldig.

»So in etwa.«

Gegen Abend rief Sam auf der *Darwin* an und fragte nach Leonid, um sich auf den aktuellen Stand bringen zu lassen. Als Des den Russen ans Telefon holte, klang dieser so mürrisch wie eh und je.

»Wie ist das Seefahrerleben, mein Freund?«, fragte Sam anstelle einer Begrüßung.

»Ich kann es kaum erwarten, von diesem Kahn wieder runterzukommen. Er gibt niemals Ruhe, schaukelt in einem fort. Es ist die reinste Hölle, wenn nicht noch schlimmer.«

»Hast du es mit Tauchen versucht, wie ich dir empfohlen habe?«

»Verscheißern kann ich mich selbst.«

»Wie geht die Arbeit voran?«

»Die Taucher machen zwar Fortschritte, aber es wird Jahre dauern, um den gesamten Komplex zu säubern. Allein für das Hauptgebäude werden wir Wochen brauchen.«

»Keine Krokodile oder Haifische?«

Leonid ignorierte die Frage. »Vielleicht würde es sich lohnen, ein größeres und besser ausgerüstetes Schiff herzuholen, nun da wir wissen, dass wir es mit einem bedeutenden Fund zu tun haben.«

»Mal sehen, was möglich ist. Aber was ist denn mit der *Darwin* nicht in Ordnung?«

»Nichts. Nur dass es umso schneller vorangeht, je mehr Helfer wir haben. Ich möchte nicht den Rest meines Lebens in dieser Bucht verbringen.«

»Zur Kenntnis genommen. Ich schaue mal, was wir tun können, obgleich wir uns an dem ungefähr abgelegensten Ort der Erde befinden. Es könnte Wochen dauern, ein großes Mutterschiff zu holen.« Sam lächelte. »Du solltest die Zeit auskosten, Leonid. Du wirst ein Nationalheld sein, weil du diese Entdeckung gemacht hast. Wahrscheinlich geben sie der Bucht deinen Namen und bestimmen dir zu Ehren einen Feiertag. Also bereite dich lieber seelisch darauf vor, noch für einige Zeit hierzubleiben.«

»Ich werde tatsächlich ständig seekrank.«

»Nun komm schon, Leonid. Du bist ein Russe. Nachkomme eines Volks seetüchtiger Krieger.«

»Meine Vorfahren waren Bauern. Sie lebten im Schnee. Wasser bekamen sie nur zu sehen, wenn das Eis taute.«

Sam beendete das Gespräch und hängte das Telefon ans

Ladegerät, dann kehrte er zu Remi zurück, die auf dem Bett saß und mit ihrem Tablet im Internet surfte. Sie schaute kurz hoch und konzentrierte sich wieder auf das Display.

»Und? Wie geht es ihm?«

»Er meint, dass er das Schiff hasst und ein größeres bräuchte.«

»Also ist er in seiner üblichen aufgeräumten Stimmung?«

»Sogar fröhlicher als sonst.«

Remi lächelte. »Die Idee, ein größeres Schiff zu suchen, ist gar nicht so schlecht.«

»Ich weiß. Da du gerade im Netz bist, könntest du Selma eine E-Mail schicken, sie möge sich darum kümmern?«

Remi tippte eine kurze Nachricht, dann streckte sie sich. »Hast du schon Hunger?«

»Eine Portion Fisch bekäme ich sicher runter.«

»Hotelrestaurant?«

»Ich dachte eher an das Restaurant, in dem wir an unserem ersten Abend gegessen haben.«

»Meinst du, es ist dort sicher?«

»Ich wüsste keinen Grund, weshalb nicht. Es ist nur ein paar Blocks von hier entfernt. Warum sollen wir nicht auch mal ein wenig gefährlich leben …?«

Sie sah ihn von der Seite an. »Wenn du jetzt auch noch fragst, was uns Schlimmes zustoßen kann, schreie ich.«

»Das kam mir niemals in den Sinn.«

Bis auf ein Paar streunende Hunde, die durch die hereinbrechende Dunkelheit trotteten, waren die Straßen leer. Sam lenkte den Wagen auf den Parkplatz und sah sich um – er zählte nur drei weitere Fahrzeuge.

Stirnrunzelnd folgte Remi seinem Blick. »Ich hoffe, du weißt, was du tust.«

»Wenn ich mich davon aufhalten ließe, würde ich nirgendwohin gehen.«

Als sie den Speisesaal betraten, starrte der Kellner sie an, als wären sie Besucher von einem anderen Stern, aber er fing sich schnell und kam auf sie zu.

»Setzen Sie sich, wohin Sie mögen«, sagte er mit starkem Inselakzent.

Sie bestellten wieder die Fischplatte, und auch diesmal war der Fisch ein frisch gefangener, behutsam gegrillter Gelbflossenthunfisch mit einer Pfefferkruste. Sie ließen sich mit dem Essen Zeit und genossen die kühle Meeresbrise.

Nachdem sie ihr Festmahl beendet hatten, zahlte Sam die Zeche und legte ein großzügiges Trinkgeld auf den Tisch. Auf dem Weg zum Toyota wurden sie vom Rauschen der Palmen begleitet, die den Parkplatz säumten und im Wind schwankten. Als sie sich ihrem Wagen näherten, blieb Sam abrupt stehen, starrte das SUV im zunehmenden Dunkel der Nacht an und stieß einen halblauten Fluch aus.

»Was ist los?«, wollte Remi wissen.

»Ein Plattfuß.«

»Soll das ein Witz sein?«

»Ich wünschte, es wäre so.«

Er ging zur Hecktür und öffnete sie. Zwanzig Minuten später und in Schweiß gebadet, ließ er den Wagen ab und verstaute den defekten Reifen und das Werkzeug. Remi schaute zum Vollmond hinauf, ehe sie den Blick wieder auf Sam richtete. »Betrachte es von der positiven Seite. Wenigstens ist es nicht während unseres Ausflugs passiert. Kannst du dir vorstellen, auf der Schlammpiste ein Rad zu wechseln?«, sagte sie.

Er nickte. »Stimmt schon. Einer der angenehmen Zufälle des Lebens, für den ich dankbar sein sollte.« Mit einem letzten Blick auf den Ersatzreifen öffnete er die Fahrertür. Schweiß glänzte auf seiner Stirn. »Spring rein.«

Sie verzog das Gesicht. »Ich hoffe, dass das Schicksal in nächster Zukunft eine Dusche für dich bereithält.«

»Da kannst du ganz sicher sein.«

Die Sicherheitswächter grüßten mit einem freundlichen Winken, als sie durch die Parkplatzeinfahrt rollten, und einer von ihnen dirigierte Sam auf einen Platz unweit des Vordereingangs, als weise er auf dem Flughafen einen Düsenjet ein. Als er und Remi die Lobby betraten, studierten die Angestellten sie wachsam, die Gesichter waren in einem höflichen Ausdruck erstarrt und die Augen beim Anblick Sams weit aufgerissen. Er sah aus, als hätte man ihn gerade erst aus dem Ozean gefischt. Remi nickte dem Nachtportier zu, und der Mann lächelte verkniffen zurück, während sie das Rezeptionspult passierten und durch den dunklen Flur zu ihrem Zimmer gingen.

»Offenbar ist die Leuchtstoffröhre durchgebrannt«, stellte Sam nach einem Blick zur dunklen Decke fest.

»Eigentlich unglaublich, in welche Absteigen du mich schleppst, Fargo.«

Remi blieb abrupt stehen, als sie nur noch ein paar Schritte von ihrem Zimmer entfernt waren, und ihre Hand krallte sich in Sams Arm und stoppte ihn ebenfalls. Sie legte den Kopf auf die Seite, lauschte, dann neigte sie sich zu ihrem Mann und flüsterte: »Hast du die Tür abgeschlossen, als wir vorhin das Hotel verlassen haben?«

»Klar.«

Sie schwieg einige Sekunden lang. »Dann haben wir ein Problem.« Sie deutete auf den dunklen Türrahmen. »Sie steht offen.«

30

Sam schlich zur Tür. Er war nur noch wenige Schritte davon entfernt, als eine Gestalt herauskam und durch den Flur sprintete.

Sam zischte: »Hol Hilfe. Das Hotel soll die Polizei alarmieren«, und rannte hinter dem Dieb her. Seine Schulter prallte gegen die Wand, als er gerade noch rechtzeitig um die Ecke stürmte, um zu sehen, wie die stählerne Ausgangstür am Ende des Korridors ins Schloss fiel. Er beschleunigte seine Schritte und drosselte sein Tempo erst, als er die Tür erreichte. Er blieb stehen, lauschte und trat dann hinaus in die Dunkelheit.

Sams Blick tastete sich über den Rand des Parkplatzes und konzentrierte sich auf den Mann, der die breite Straße im Laufschritt überquerte. Zwar überwand Sam die Distanz zur Straße innerhalb von Sekunden, aber sein Jagdwild war noch schneller und verschwand in einer Gasse auf der gegenüberliegenden Straßenseite. Sam eilte hinter ihm her, den Blick starr auf den Dieb gerichtet, und bemerkte darum nicht den dunklen Schatten, der auf der Straße auf ihn zukam, bis er stürzte und in seiner linken Körperhälfte ein Schmerzinferno lostobte.

Ein Inselbewohner auf einem altersschwachen Fahrrad landete unter lautem Klappern neben ihm auf dem Asphalt. Sam selbst schlug mit voller Wucht auf. Für ein paar Sekunden lag er da, mühsam nach Luft ringend, und versuchte zu begreifen, was geschehen war. Dann erst begriff er, dass der Radfahrer in der Dunkelheit unsichtbar gewesen sein musste, weil sein Drahtesel weder über eine Lampe noch über einen Reflektor verfügte.

Sam kämpfte sich auf die Füße, während der Mann mit dem Fahrrad wilde Flüche in Pidgin-Englisch ausstieß. Sams Knie pochte schmerzhaft, und er spürte Hautabschürfungen, wo er über den Asphalt geschrammt war. Aber immerhin war er noch in einem Stück, nichts war gebrochen.

Und der Dieb setzte seine Flucht fort.

Sam warf einen Blick auf den gestürzten Radfahrer, einen jungen Mann, dem anscheinend nichts Ernstes zugestoßen war, nahm dann die Verfolgung des Diebes wieder auf und spurtete auf die dunkle Gassenmündung zu. Er bremste seinen Lauf, als er sie erreichte – die Gasse war nicht erleuchtet, und so konnte er kaum das andere Ende erkennen. Sam tastete mit den Augen beide Seiten ab, sah nirgendwo ein Versteck, in dem ein Angreifer hätte lauern können, und rannte los. Als er das andere Ende der Gasse erreichte, befand er sich in einer engen Straße mit kleinen Läden auf der einen und Industriegebäuden auf der anderen Seite.

Seine Blicke huschten über die Gebäude hinweg, suchten nach einer Bewegung oder irgendetwas, das nicht dorthin gehörte. Von der fernen Straßenecke drang ein Geräusch von Metall auf Zement an seine Ohren. Sam überwand die Distanz in Sekundenschnelle.

Und erblickte eine schwarz-weiß gefleckte Katze, die auf einem Abfallhaufen neben einer Mülltonne thronte. Sie musterte ihn mit funkelnden Augen, verärgert über diese Störung bei ihrem nächtlichen Rundgang, sprang von ihrem Platz herunter und suchte eilig das Weite.

Sam erstarrte, strengte die Ohren an und lauschte auf

das Geräusch rennender menschlicher Füße. Das Summen eines Motorskooters hallte vom Wasser wider, aber sonst war alles still. Die Gegend war verlassen. Nach mehreren Sekunden, die sich träge dahinschleppten, schaute er ein letztes Mal die Straße hinauf und hinunter und seufzte.

Der Dieb war entkommen.

Er kehrte zum Hotel zurück, vor dessen Eingang jetzt zwei Streifenwagen parkten. Der Widerschein ihrer blauroten Warnlichter erhellte die Hotelfassade. Sam durchquerte die verlassene Lobby und ging zum Zimmer hinauf.

Dort stand Remi mit ärgerlicher Miene auf dem Flur. Sie wandte sich mit gerunzelter Stirn zu ihm um.

»Hattest du Erfolg?«, fragte sie.

»Nein. Er konnte flüchten.«

Sie nickte und wandte ihre Aufmerksamkeit wieder den beiden Polizisten zu, die sich im Zimmer aufhielten und sich umsahen. Der kleinere der beiden schrieb etwas in sein Notizbuch und machte Fotos mit einer Digitalkamera. Die Badezimmertür stand offen, desgleichen die Schranktür, und ihre Kleidung war auf dem Bett und dem Fußboden verstreut. Sam betrachtete das Durcheinander stirnrunzelnd und geleitete Remi dann durch den Flur, an dessen Ende der Nachtportier und der Nachtmanager im Schatten standen.

Der Manager trat vor, offensichtlich tief zerknirscht.

»Es tut mir leid, Sir. Die Hotelleitung entschuldigt sich in aller Form bei Ihnen. So etwas ist in unserem Haus noch nie passiert.«

»Dann haben wir eben Pech gehabt«, sagte Remi. »Die ganze Reise war bisher ein kleines Desaster.«

Den Tatort zu sichern, dauerte etwa eine halbe Stunde, in deren Verlauf die beiden Polizisten feststellten, dass der

Zimmersafe aufgebrochen und Remis Tablet gestohlen wurde, dass die Pässe jedoch zurückgelassen worden waren. Als Sam und Remi ihr Zimmer wieder betreten durften, wanderte Sams Blick zum Satellitentelefon, das immer noch an das Ladegerät angeschlossen war und auf dem Tisch lag. Remis Blick streifte ebenfalls das Telefon, und Sam wandte sich an die Beamten.

»Kommt es Ihnen nicht seltsam vor, dass sie dies dort liegen gelassen haben?«, fragte Sam in nüchternem Tonfall und deutete auf das Telefon.

Der größere der beiden Beamten zuckte die Achseln. »Vielleicht befürchteten sie, dass es geortet werden könnte. Wir haben hier Fernsehen, müssen Sie wissen.«

Sams Stimme blieb gleichmütig. »Und unsere Pässe ebenfalls?«

Das gleiche Achselzucken. »Sie könnten auf der Insel nichts damit anfangen.«

»Sie nicht mal verkaufen?«

Der Polizist schüttelte den Kopf und sah zu seinem Partner. »Weshalb sollte jemand Ihre Pässe kaufen wollen?«

Offensichtlich gab es auf Guadalcanal keinen blühenden Markt für gestohlene Dokumente, denn die Beamten schienen über Sams Frage ehrlich verwirrt zu sein. Sam verfolgte das Thema nicht weiter und gestattete ihnen, ihren Bericht zu beenden, ehe er ihn wie gewünscht unterschrieb. Remi ging zur Tür, blickte in den Korridor hinaus, dann wandte sie sich um und sprach den größeren der beiden Polizisten an.

»Vielleicht gibt es hier eine Überwachungskamera, die irgendetwas aufgezeichnet hat«, äußerte sie eine Vermutung. »Ich sehe an der Decke eine kleine verspiegelte Kuppel. Dort ist sie wahrscheinlich verborgen.«

Sie reagierten sichtlich überrascht auf den Vorschlag, aber der Beamte nickte. »Wir erkundigen uns beim Manager.« Nach einem letzten Rundblick schüttelte der größere Beamte den Kopf. »Es ist eine Schande, dass so etwas passiert ist – wir setzen alle Hebel in Bewegung, um Ihr Eigentum wiederzubeschaffen. Aber bei der Aufregung, die seit kurzem in der Stadt herrscht, verhalten sich die Menschen häufig ungewöhnlich seltsam. Es tut mir leid, dass Ihr Besuch der Salomon-Inseln einen derart traurigen Verlauf genommen hat«, sagte er, als fühle er sich für diesen Raub persönlich schuldig.

»Sie tun bestimmt Ihr Bestes«, sagte Sam und bemühte sich, nach außen hin ruhig und gelassen zu erscheinen.

Sam und Remi folgten den Beamten zur Rezeption. Der Nachtmanager stand hinter dem Nachtportier. Er war sichtlich nervös. Als einer der Polizisten ihn nach der Überwachungskamera fragte, starrte er mit einem verlegenen Ausdruck auf seine Schuhspitzen, ehe er sich zu einer Antwort durchrang.

»Das System ist seit vergangener Woche außer Betrieb.«

»Wie bitte?«, platzte Remi heraus.

»Es ist von einem auf den anderen Tag ausgefallen. Ersatzteile zu beschaffen, dauert eine Ewigkeit. Das Ding ist zwanzig Jahre alt«, erklärte der Manager.

»Das ist wohl ein schlechter Witz«, sagte Remi.

»Es tut mir leid, Ma'am. Glauben Sie mir, ich wünschte ebenso wie Sie, dass sie funktioniert hätte.«

Sam legte eine Hand auf ihren Arm, und sie entspannte sich nach ein paar Sekunden.

»Komm. Lass uns das Zimmer aufräumen.« Er wandte sich wieder an den unglücklichen Manager. »Ich denke, Sie haben gewiss ein anderes Zimmer für uns.«

»Natürlich, Sir. Melden Sie sich, wenn Sie bereit sind umzuziehen, dann komme ich persönlich, um Ihnen Ihre neue Suite zu zeigen.«

Remi sagte nichts, bis sie fast ihr Zimmer erreicht hatten. Als sie dann doch redete, tat sie es mit leiser Stimme.

»Hast du das gleiche Gefühl wie ich?«

»Vergewaltigt worden zu sein?«

»Nein. Dass dies kein simpler Einbruch war.«

Er wartete mit einer Antwort, bis sie im Zimmer standen und die Tür hinter ihnen ins Schloss fiel. »Wahrscheinlich ist unser Zimmer eines der wenigen, die bewohnt sind. Könnte es einer der Angestellten gewesen sein? Vielleicht. Oder war es etwas ganz anderes als ein Raub? Wenn ja, was? Welchen Sinn hätte es?«

»Jedenfalls passt es hervorragend, dass die Kamera, die den Dieb hätte festnageln können, nicht funktioniert«, sagte Remi.

»Ich habe den Eindruck, dass es nicht ungewöhnlich ist, wenn hier etwas nicht funktioniert. Wahrscheinlich ist die Kamera schon seit Jahren defekt, nicht erst seit ein paar Tagen.«

Remi ging zum Safe. »Wer immer es gewesen ist, er hat seine Tat auf jeden Fall sorgfältig vorbereitet. Das Schloss wurde säuberlich aufgebohrt.«

Sam inspizierte den Safe und nickte. »Ja, aber sieh dir dieses Ding an. Es besteht aus Blech. Wenn sie so etwas schon in anderen Hotels getan haben, worauf ich jede Wette abschließe, wussten sie, dass sie es mit billigem Schrott zu tun haben. Ich könnte diesen Witz von einem Safe mit einem Dosenöffner knacken.«

Remi schaute auf die Uhr. »Es ist noch früh. Also mussten sie gewusst haben, dass wir zu Abend aßen.« Sie hielt inne, dann nickte sie. »Und der Plattfuß hat unsere Rückkehr verzögert. Meinst du, das war auch ein Zufall?«

»Vielleicht nicht, aber ich wüsste nicht, wie wir das in Erfahrung bringen sollten.« Er schüttelte ein Oberhemd aus und faltete es zusammen. »Was war auf deinem Tablet? Irgendetwas über Leonids Fund? Passwörter? Kontodaten?«

Sie sah ihn unsicher an. »Natürlich nicht.«

»Also was hat der Dieb wirklich mitgenommen? Ein wenig Geld, das ich in den Safe gelegt habe – ich hatte meine Brieftasche im Restaurant bei mir, und du hast deine Handtasche mitgenommen. Ein Tablet, das im Handumdrehen ersetzt werden kann. Keine Kreditkarten, nichts Sensibles, und er wollte noch nicht einmal unsere Pässe. Es sieht ganz nach einem Amateur aus, bis auf den Bohrer. Vielleicht waren es die beiden Typen vom Strand letzte Nacht – Gelegenheitsdiebe, die auf leichte Beute aus waren.«

»Dann erklär mir mal, wie sie in das Zimmer reingekommen sind.«

Sam ging zur Tür und begutachtete das Schloss. »Das knackt man doch im Schlaf.«

»Es ist ein elektronisches Schloss mit Schlüsselkarte.«

»Richtig, aber sieh dir die Verriegelung an. Das ist das Problem mit diesen Hitech-Systemen, bei denen es mit der Installation hapert. Dort wird meistens gespart, wie auch in diesem Fall. Das ist der reinste Schrott, Remi.«

Sie schüttelte ungehalten den Kopf. »Machst du dir wirklich keine Sorgen?«

Er zuckte die Achseln. »Doch, doch. Aber was soll's. Wenn dies mehr war als ein bloßer Einbruchsdiebstahl, was hat der geheimnisvolle Eindringling dann erfahren? Nichts, außer dass du einen exzellenten Modegeschmack hast.« Seine Stimme wurde weicher. »Ich würde sagen, wir halten die Augen offen, bewahren ein gesundes Misstrauen und machen dort weiter, wo wir aufgehört haben. Ich wüsste keine andere Alternative, du vielleicht?«

Sie schloss für ein, zwei Sekunden die Augen. »Nein. Ich fühle mich nur unsicher.«

»Das ist vollkommen natürlich. Ich übrigens auch. Aber jetzt ist es vorbei. Und letztlich sind wir ganz gut weggekommen.«

Sam griff zum Telefonhörer, wählte die Nummer der Rezeption und erklärte dem Angestellten, dass sie bereit seien. Kurz danach erschien der Manager und geleitete sie zu einer Suite im anderen Flügel des Hotels. Nachdem er sich noch einmal entschuldigt hatte, zog er sich zurück, und sie packten schweigend aus. Als Remi ihre Kleider in den Schrank gehängt hatte, wandte sie sich zu Sam um.

»Konntest du ihn einigermaßen genau sehen?«

»Nein, eigentlich nicht. Ich habe der Polizei alles gesagt, was ich weiß. Es war ein Inselbewohner. Mittelgroß. Schnell. Bekleidet mit dunklen Shorts und einem gestreiften Polohemd. Schultertasche. Nicht sehr viel, um jemanden eindeutig zu identifizieren.«

»Um diese Zeit sind nicht besonders viele Menschen in der Stadt unterwegs. Vielleicht haben wir Glück, und sie finden ihn doch.«

Sam lächelte sie nachsichtig an. »Alles ist möglich, aber ich denke, das Erste, das wir morgen tun, sollte der Kauf eines neuen Tablets sein.«

»Das wird nicht einfach.«

»Als wir durch die Stadt fuhren, habe ich einen Elektronikladen gesehen. Ich möchte fast wetten, dass sie etwas Passendes haben. Es mag zwar nicht gerade das aktuelle Modell sein, aber für uns wird es ausreichen.«

Sie verzog missgelaunt das Gesicht. »Ich nehme an, es hätte schlimmer kommen können.«

»Natürlich.« Er sah sie an. »Wirst du heute Nacht schlafen können?«

»Klar. Ich werde doch von einem großen, starken Mann beschützt.«

31

Boyd Severin trank einen letzten Schluck Kaffee, ehe er seinen Stuhl vom Esszimmertisch zurückschob, aufstand und seine Frau anlächelte, die in der Küche Töpfe und Pfannen spülte. »Danke für das Frühstück«, sagte er. Es war ein Ritual, das er seit achtzehn Jahren, die er verheiratet war, jeden Morgen wiederholte.

»Gern geschehen. Möchtest du noch Kaffee?«, fragte seine Frau, was ebenfalls zu dem Ritual gehörte.

»Nein. Ich sollte jetzt ins Büro fahren. Dort warten Klienten darauf, übers Ohr gehauen zu werden.«

Severin war in Guadalcanal ein prominenter Anwalt und dazu ein wortgewandtes Mitglied des Parlaments, bekannt für seine oft verletzenden Hetzreden, in denen er die Inkompetenz und Korruptheit der Regierung geißelte. In den zwei Jahren, die er sich bereits mit dem öffentlichen Dienst stritt, hatte er es geschafft, viele seiner Kollegen mit seinen Ansichten gründlich zu verprellen. Severin war überzeugt, dass die Salomon-Inseln nur dann merkliche Fortschritte machen würden, wenn sie ein freundliches Klima schufen, das ausländische Investoren auf die Insel lockte. Dies war eine Position, die all jene verschreckte, die den Nationalstolz als Grundlage ihres politischen Wirkens betrachteten.

Wie die meisten Amtsinhaber auf der Insel war er in Australien ausgebildet worden und machte sich keinerlei Illusionen über das Kompetenzniveau der meisten seiner eingeborenen Mitbürger. Vielmehr sah er seine Mission darin, die Insel zu zwingen, ihre beschränkten Handlungsmöglichkeiten zu erkennen und sich qualifizierte Partner zu suchen, die ihr halfen, die natürlichen Ressourcen der Salomonen zu erschließen und zu nutzen.

»Wann kommst du nach Haus? Denk dran, heute ist Tobys Geburtstag.«

»Ja, richtig. Tut mir leid, ich bin in letzter Zeit derart beschäftigt … Hast du dich um Geschenke und so weiter gekümmert?« Toby war ihr sieben Jahre alter Sohn, ihr ganzer Stolz und ihre Freude, der wie an jedem Wochentag vor zwanzig Minuten zur Schule aufgebrochen war.

»Natürlich. Versuch nur, einigermaßen früh hier zu sein. Ich backe einen Kuchen.«

»Das werde ich. Versprochen.« Er trug Teller und Tasse in die Küche, stellte beides auf die Spüle, beugte sich vor und gab seiner Frau einen Kuss. Nach achtzehn Jahren wunderte er sich noch immer darüber, dass sie sich bereit erklärt hatte, ihn zu heiraten, und er sagte sich, dass er der glücklichste Mensch auf Erden war. »Was für einen Kuchen?«

»Eine Mokkatorte. Seinen Lieblingskuchen. Was sollte ich sonst backen?«

Er seufzte. »Er wächst so schnell. Die Zeit vergeht wie im Fluge, nicht wahr?«

»Deshalb ist es ja so wichtig, zu den wichtigen Ereignissen früh zu Hause zu sein«, erinnerte sie ihn mit ernster Stimme.

»Ich weiß. Und ich verspreche, dass ich um … sechs hier bin.«

»Okay. Aber nicht später, Boyd. Ich möchte, dass wir schon früh zu Abend essen, damit er in Ruhe seine Geschenke auspacken kann.«

»Ich schwöre.«

Er sah sie ein letztes Mal bewundernd und liebevoll an, dann ging er hinaus in die Diele, wo seine Aktentasche neben der Haustür bereitstand. Er ergriff sie und nahm die Wagenschlüssel aus einer Schüssel auf dem Beistelltisch. Dabei studierte er sein Ebenbild in dem golden gerahmten Spiegel. Sein Haar dünnte allmählich aus und wurde an den Schläfen grau, außerdem schleppte er einige Pfunde mehr mit sich herum, als ihm guttat, aber alles in allem war er nicht schlecht in Form. Zwar nicht gerade topfit, aber durchaus voll einsatzfähig.

Severin zog die Haustür hinter sich zu und ging zu der frei stehenden Garage, als er hinter sich auf dem Kies in der Einfahrt Schritte hörte. Er wandte sich um, wobei er schon einen lauten Ruf auf den Lippen hatte, und dann traf eine Machete ihn seitlich am Kopf und schnitt den Schrei mitsamt dem größten Teil seines Schädels ab. Er brach zusammen und war bereits tot, ehe er auf dem Erdboden aufschlug und die Aktentasche aus seiner Hand rutschte. Zwei Angreifer hackten einige Sekunden lang weiter auf ihn ein, ehe sie innehielten, als sie ganz sicher sein konnten, dass Severins Leben ausgelöscht war. Nach einem letzten brutalen Schlag auf seinen Kopf rannten sie die Straße hinunter bis zu einem Van, der unter einem Baum parkte. Das Nummernschild war mit einer dicken Schlammschicht bedeckt und vollkommen unleserlich.

Orwen Manchester erreichte sein Büro, als sein Mobiltelefon klingelte. Er schaute auf das Display, konnte jedoch keine Anruferkennung sehen. Er schaltete das Telefon ein.

»Hallo?«

»Können Sie reden?« Generalgouverneur Gordon Rollins' Stimme klang angespannt.

»Ja. Was kann ich für Sie tun?«

»Orwen, wir kennen uns schon eine halbe Ewigkeit. Sie müssen mir die Wahrheit sagen. Sind Sie auf irgendeine Weise mit diesen Rebellen verbandelt? Unterstützen Sie diese Leute zumindest passiv, lassen ihnen vielleicht heimlich irgendwelche Informationen zukommen …?«

Manchester blieb vor seiner Bürotür stehen und starrte sein Telefon verblüfft an, ehe er es wieder ans Ohr hielt.

»Die gleiche Frage habe ich mir über Sie gestellt, alter Junge. Nichts für ungut.«

»Das ist keine Antwort.«

Manchester seufzte. »Nein, Gordon. Ich habe keinen Kontakt oder sonst irgendwelche Verbindungen zu ihnen. Können Sie mir versichern, dass es bei Ihnen genauso ist?« Er hielt inne. »Warum? Was ist denn passiert?«

»Haben Sie es noch nicht gehört?«

»Ich gehe zu Fuß zur Arbeit. Das gehört zu meinem neuen Gesundheits- und Fitnessprogramm. Aber hören Sie auf, in Rätseln zu sprechen – was ist los, Gordon?«

»Boyd Severin wurde heute Morgen ermordet. Zerhackt wie ein Mastkalb. Jetzt geht es offenbar richtig zur Sache.«

»Das ist nicht Ihr Ernst.«

Rollins berichtete Manchester, was er wusste, und bezog sich auf einen Telefonanruf, den er kurz zuvor erhalten hatte. Als er seine Schilderung beendet hatte, schwiegen beide Männer. Während Manchester diese Information verarbeitete, wich sämtliches Blut aus seinem Gesicht.

»Und Sie haben damit wirklich nichts zu tun?«, fragte er mit misstrauischem Tonfall, der signalisierte, dass er genau das als eine denkbare Möglichkeit betrachtete.

»Orwen, wofür halten Sie mich?«

Als er auflegte, blieb Manchester tief in Gedanken lange

reglos stehen und starrte seine Bürotür an. Rollins kannte zwar keine Skrupel und war absolut gewissenlos, aber Orwen Manchester glaubte nicht, dass er so weit gehen und bei einem Mord mithelfen würde. Und der Mann hatte aufrichtig geschockt geklungen, und außerdem … besorgt.

Die Dinge gerieten außer Kontrolle, und was wie ein harmloser Versuch geklungen hatte, sich die örtlichen Unruhen zunutze zu machen, hatte plötzlich eine gefährliche Bedeutung gewonnen. Er begriff, dass er keine Ahnung hatte, zu was sein Partner tatsächlich fähig war – und in was er ihn, Manchester, dabei verwickelt hatte.

Er schluckte krampfhaft und drehte den Schlüssel im Schloss, wobei tiefe Zweifel seine Stirn furchten. Keiner von ihnen beiden traute dem anderen über den Weg, so viel war klar. Während er sein Büro betrat, ging Manchester in Gedanken durch, was sich möglicherweise daraus ergab, dass sein Kollege in der Einfahrt seines Hauses niedergemetzelt worden war – eine grässliche Tat, das war es ganz sicher. Andererseits aber war es auch eine willkommene Tat, war durch sie doch das letzte Hindernis auf dem Weg zur Verstaatlichung aus dem Weg geräumt worden.

Sam stand hinter der Schiebetür und blickte durch die Glasscheibe hinaus auf den Ozean. Die Morgensonne wärmte die See, und die Reflexe der Sonnenstrahlen ließen die Wellen wie flüssiges Feuer erscheinen.

»Bist du startbereit?«, fragte Remi hinter seinem Rücken.

Er wandte sich zu ihr um. »Immer. Ich denke daran, noch einmal zum Tempel hinunterzutauchen – in der Hoffnung, vielleicht etwas Neues zu finden. Du bist herzlich eingeladen.«

»Lass uns erst mal sehen, was auf dem Schiff los ist. Es hat kaum Sinn, sich die Füße und alles andere nass zu machen, wenn sie nichts anderes tun, als Seepocken von den Wänden zu spülen.«

»Wo ist deine Abenteuerlust?«

»In meinem Tablet. Das wir ersetzen müssen, falls du dich erinnerst.«

»Richtig. Sollen wir noch eine Kleinigkeit essen, ehe wir losziehen?«

»Eine Tasse Kaffee würde mir sicher guttun.«

Sam achtete darauf, die Tür abzuschließen, wobei er sich der Sinnlosigkeit dieser Geste durchaus bewusst war, aber er tat es trotzdem. Danach gingen sie in die Hotelhalle hinunter. Einige Gäste standen am Rezeptionstisch und drängten sich mit den Angestellten der Tagesschicht um ein Rundfunkgerät. Der Tagesmanager blickte auf, als sie sich näherten, seine Miene wirkte übernächtigt und angespannt.

»Guten Morgen«, wünschte er ihnen und wandte seine Aufmerksamkeit wieder dem Radio zu. Sam und Remi erwiderten den Gruß mit einem flüchtigen Kopfnicken und lauschten ebenfalls dem Sprecher, der mit düsterer Stimme die Nachrichten vorlas.

»Amtlichen Verlautbarungen ist zu entnehmen, dass MP Boyd Severin heute Morgen gegen acht Uhr fünfzehn vor seinem Haus angegriffen wurde und bereits bei seiner Ankunft im Krankenhaus von Honiara an den Folgen schwerer Verletzungen, beigebracht durch Machetenhiebe, verstorben war. Severin war unbewaffnet.

Die Rebellenmiliz übernimmt die Verantwortung für diese grausame Tat und kündigt weitere Maßnahmen dieser Art an, wenn ihre Forderungen nicht erfüllt werden.

In einer Botschaft, die kurz nach dem Überfall dem Sender übermittelt wurde, wiederholen die Rebellen ihre Bedingungen: Sämtliche wirtschaftlichen Ressourcen der Salomon-Inseln sollen in den Besitz der Inselbewohner zurückgeführt werden, und jede ausländische Beteiligung an unserer Regierung und unserer Wirtschaft soll augenblicklich beendet werden.

Die Regierung verurteilt die Bluttat und unternimmt Schritte, um die Sicherheit ihrer Mitglieder zu gewährleisten. Sie rät zu Ruhe und Besonnenheit und erwägt, den Ausnahmezustand zu verhängen, sollte es auf den Straßen von Honiara zu Unruhen kommen. Die Regierung weist mit Nachdruck darauf hin, dass keinerlei Verstoß gegen gültige Gesetze geduldet wird, und lässt keinen Zweifel daran, dass jeder, der dieses tragische Geschehen als Vorwand für Gewalt und Plünderungen benutzt, streng bestraft wird. Die Regierungen von Australien und Neuseeland haben angeboten, eine gemeinsame Friedenstruppe zusammenzustellen und zu entsenden, um die allgemeine Ordnung zu erhalten und die Bürger sowie die Interessen des Staates zu schützen. Bisher jedoch hat die Regierung noch nicht verlauten lassen, ob sie gewillt ist, das Angebot anzunehmen.

Weitere Meldungen folgen, sobald neue Informationen zur Verfügung stehen. Einer der beliebten Söhne unseres Volkes hat durch eine schändliche Tat sein vorzeitiges Ende gefunden – diese Tragödie wird sich unauslöschlich in unser aller Bewusstsein einbrennen.«

Sam ergriff Remis Hand und drückte sie. Der Manager räusperte sich vernehmlich, und als er zu sprechen begann, war das Zittern in seiner Stimme nicht zu überhören.

»Ladys und Gentlemen, Sie können sich darauf verlassen, dass ich heute zusätzliche Maßnahmen ergreifen werde, um die Sicherheit unserer Gäste zu erhöhen. Ich muss Sie jedoch warnen, dass es noch keine gesicherten Erkenntnisse über die Lage gibt und wir, sollte es zu allgemeinen Unruhen kommen, keine Garantie für Ihre Sicherheit übernehmen können.«

Stille senkte sich auf die Lobby herab. Eine Australierin redete als Erste. Panik schwang in ihrer Stimme mit.

»Sie können für unsere Sicherheit keine Garantie übernehmen? Was soll das heißen? Wie kommen wir zum Flughafen, ohne getötet zu werden?«

Der Manager – mit der Situation sichtlich überfordert – gab sich alle Mühe, gelassen zu klingen.

»Madam, es heißt, dass, solange keine deutliche und akute Gefahr droht, ein Aufenthalt hier im Hotel keine Garantie dafür ist, dass Ihre Sicherheit gewährleistet ist. Wir werden selbstverständlich alles Erdenkliche für Ihre Sicherheit tun, und es gibt keinen Grund anzunehmen, dass Sie gefährdet sind, aber falls doch eine Notsituation eintritt, können Ihnen die hier beschäftigten Männer und Frauen nichts … versprechen.«

»Heißt das, Sie liefern uns dem Mob aus?«, kreischte die Frau.

»Es gibt keinen Mob. Es kam zu einem durch Terroristen inszenierten bedauerlichen Zwischenfall. Ich empfehle Ihnen lediglich, dass Sie, wenn Sie das Gefühl haben, in Gefahr zu sein, in Erwägung ziehen sollten, sich an einen anderen Ort zu begeben. Wir werden einen zusätzlichen Sicherheitsdienst engagieren, um Sie unbehelligt zum Flughafen zu bringen. Aber was auf jeden Bewohner des Hotels inklusive der Angestellten zutrifft, ist, dass Ihre Sicherheit nicht unter allen Umständen gewährleistet werden kann, so unwahrscheinlich ein solcher Fall im Augenblick auch sein dürfte.«

Die Frau hätte gern Tröstlicheres gehört, aber der Manager machte kehrt und verschwand im Büro im hinteren Teil des Gebäudes. Zurück blieb eine kleine Gruppe besorgter Gäste, die die Angestellte an der Rezeption mit Fragen überschütteten. Die Frau, kaum fünfundzwanzig Jahre alt, tat ihr Bestes, um die Gäste zu beruhigen, aber ihre Antworten waren noch bedeutungsloser als die des Managers.

Sam und Remi verfolgten die Diskussion noch einige Minuten länger, dann gingen sie weiter in das menschenleere Restaurant, wo ein einsamer Kellner ihre Bestellung aufnahm. Während er sich in Richtung Küche entfernte, hatte Sam für den Tumult in der Hotelhalle nur ein Kopfschütteln übrig.

»Das ergibt absolut keinen Sinn. Die Leute drehen ohne irgendeinen Grund völlig durch. Auf der Insel hat sich doch gar nichts verändert, außer dass ein offenbar Verrückter eine Bluttat begangen hat«, sagte er.

»Vielleicht liegt es daran, dass uns gewisse Verrücktheiten vertrauter sind als den meisten Durchschnittsmenschen«, vermutete Remi.

Sam blickte durch das Panoramafenster des Speisesaals auf den Parkplatz, auf dem neben ihrem Fahrzeug nur wenige andere standen, die von zwei schläfrig aussehenden Sicherheitsleuten bewacht wurden.

»Es könnte dieser klassische Fall von Mann beißt Hund sein. Nachrichten, dass alles in Ordnung ist, sind gewöhnlich weitaus weniger interessant als Warnungen vor einem bevorstehenden Desaster.«

»Mir scheint allmählich, dass du die Gefahr ziemlich verharmlost.«

Sam schüttelte den Kopf. »Ganz und gar nicht. Ich wage

nur, darauf aufmerksam zu machen, dass außer den Morden im Grunde nichts anderes passiert ist.«

»Und was war mit diesem Kerl, wer immer es gewesen sein mag, der das Schiff beobachtet hat? Das ist tatsächlich passiert.«

»Stimmt, aber soweit wir bisher wissen, war es ein neugieriger Insulaner. Der Wagen wurde nicht berührt. Er wurde nicht beschädigt oder sonstwie in Mitleidenschaft gezogen. Natürlich haben wir ein wenig überzogen reagiert, nachdem wir von der Straße gefegt wurden, aber das muss noch nicht heißen, dass sich hinter jedem neuen Gesicht ein mordlustiger Feind verbirgt.«

»Und der Typ im Foyer?«

»Der nichts anderes gemacht hat, als mir ein wenig Unbehagen einzuflößen? Das kann man wohl kaum als ernstzunehmenden Vorfall betrachten.«

Remi seufzte. »Dass in unser Hotelzimmer eingebrochen wurde, kannst du aber nicht so einfach beiseitewischen.«

»Natürlich nicht. Abgesehen von den Schüssen auf uns war dies das Beunruhigendste von allem – obgleich das Motiv offensichtlich war. Armut ist hier ein ernstes Problem.«

Sie aßen schweigend, und im großen Speisesaal herrschte Grabesstille. Als sie ihre Mahlzeit beendet hatten, bezahlten sie die Rechnung und kehrten zum Hoteleingang zurück, wo der Manager bereits auf sie wartete.

»Mr. und Mrs. Fargo, ich bin gewiss kein Panikmacher, aber ich lebte schon während der letzten Bürgerunruhen hier. Es war … Worte können nicht beschreiben, wie hässlich es damals wurde. Und es passierte so schnell. Noch ehe es zu Ende war, stand halb Honiara in Flammen. Auch auf die Gefahr hin, dass ich mich wiederhole, ich würde an

Ihrer Stelle wirklich zusehen, dass ich die Insel verlasse, bis sich die Lage beruhigt hat.«

Remi griff nach Sams Hand. »Danke für Ihre Fürsorge. Wir werden heute Morgen überlegen, welche Möglichkeiten wir haben. Aber in der Zwischenzeit habe ich noch eine Frage: Gibt es hier irgendwo einen Elektronikladen, der auch Computer anbietet?«

Der Manager nickte. »Ja, anderthalb Blocks vom Krankenhaus entfernt, auf der rechten Straßenseite. Sedgwick's. Teuer, aber gut sortiert.«

»Sedgwick's«, wiederholte Sam und klimperte mit den Schlüsseln des Toyotas. »Sehr gut.«

Sam und Remi konnten die brennenden Blicke des Managers in ihren Rücken spüren, als sie zu ihrem SUV hinausgingen. Die Parkwächter wurden schlagartig wach, als der Motor des großen Fahrzeugs gestartet wurde, und einer von ihnen hob die Schranke, damit Sam hinausfahren konnte.

Remi deutete auf ein in heller Farbe gehaltenes zweistöckiges Gebäude rechts von ihnen, das auf ihrer Strecke lag und näher kam. »Das muss es sein – Sedgwick's.«

»Davor treiben sich aber viele Leute herum, meinst du nicht?«

Remi nahm die Menschenmenge genauer in Augenschein und nickte. »Fahr weiter, Sam. Das sieht nach Ärger aus.«

Mehrere Dutzend nicht sehr vertrauenerweckend wirkender Inselbewohner drängten sich vor dem Ladeneingang, der durch Rollgitter gesichert war. Einige Männer hatten Macheten in den Händen, und einer schwenkte eine Brechstange, seine Absicht schien eindeutig. Sam gab Gas, machte einen weiten Bogen um den Menschenauflauf und folgte der Straße, die aus der Stadt hinausführte.

»Vielleicht hat der Manager doch nicht so krass übertrieben«, sagte Remi, während sie die Männer im Seitenspiegel beobachtete. »Ich finde, es sieht aus, als würde hier in Kürze eine Plünderung beginnen, oder was meinst du?«

»Ich frage mich, wo die Polizei ist. Wir sind höchstens fünf oder sechs Blocks von der Station entfernt.«

»Vielleicht frühstücken sie gerade. Oder schlagen sich mit anderen Problemen herum.«

Sam trat auf die Bremse. »Das sieht übel aus, Remi.«

Dreißig Meter vor ihnen umlagerten einige hundert Inselbewohner eine provisorische Barrikade. Schwarzer Rauch quoll aus einem Ölfass am Straßenrand, und die Wracks zweier Limousinen standen in der Nähe auf der Fahrbahn. Ihre Fenster waren zertrümmert, und Glasscherben bedeckten das Straßenpflaster ringsum.

Während sie langsamer wurden, schrie Remi auf. »Achtung!«

Ein Stein beendete seine Flugbahn, krachte auf der Beifahrerseite gegen die Windschutzscheibe, die blitzschnell von einem dichten Spinnennetz feiner Risse durchzogen wurde.

32

Sam trat das Gaspedal durch, sodass der schwere Wagen seitlich wegdriftete, und kurbelte am Lenkrad, um zu verhindern, dass sich das SUV überschlug, als er abrupt die Fahrtrichtung änderte. Ein zweiter Stein traf die Karosserie, und dann ließen sie die aufgebrachte Masse hinter sich und rasten gegen die Fahrtrichtung der Einbahnstraße davon.

»Alles okay?«, fragte Sam, ohne seinen Blick von der Straße vor ihm zu lösen.

»Ja. Nur ein paar Glassplitter. Aber sonst kein Kratzer.« Sie zögerte. »Was sollen wir jetzt tun?«

»Zusehen, dass wir von der Straße runterkommen. Und uns ein sicheres Versteck suchen.«

»Das Krankenhaus ist in der Nähe. Es wird von Wachpersonal beschützt, oder?«

Sam brauchte keine weiteren Ratschläge. Er schwenkte scharf nach links, da ihm klar war, dass die Menge die Straße hinuntergerannt kam und sie verfolgte. »Ich denke, wir sollten unser Glück am anderen Ende der Stadt versuchen, aber es gibt keine Garantie, dass dort noch keine Unruhen ausgebrochen sind.«

»Das Ganze ist vollkommen verrückt.«

Sam nickte. »Das ist es. Am besten fahren wir zum Krankenhaus und warten dort auf die Polizei. Mir kommen diese Leute wie Parasiten vor, die nur auf eine Gelegenheit warten, um Chaos zu verursachen. Aber nur so lange, bis die Polizei eintrifft, denn dann werden sie sehr schnell die Lust verlieren.«

»Und wenn die Polizei nicht erscheint?«

»Dann haben wir ein großes Problem. Im Augenblick gehe ich davon aus, dass wir es mit isolierten Ereignissen zu tun haben. Diese Leute kamen mir wie eine Schar armer Inselbewohner vor, die sich gratis ein paar Computer beschaffen wollten und den Mord an dem Parlamentarier als Vorwand nutzten, sich auf der Straße zusammenzurotten. Was sich noch deutlich von der Proteststimmung unterscheidet, die die Unruhen in den ersten Jahren dieses Jahrhunderts auslöste.«

»Hoffen wir, dass du recht hast.«

Sie kamen zum Krankenhaus, wo ein Sicherheitswächter das Tor öffnete, um sie einzulassen, und dann vor Schreck erstarrte, als er mehrere Radfahrer und einen altertümlichen Motorroller gewahrte, der die Vorhut der Menge bildete, die sich im Laufschritt dem Krankenhauskomplex näherte. Sam fuhr hinein, und der Wachmann ließ das Tor wieder herunter und folgte dem Toyota zum Krankenhauseingang. Sam sprang mit seinem Rucksack heraus, während Remi die Tür auf ihrer Seite aufstieß, und alle drei rannten auf das Gebäude zu, während die ersten Inselbewohner den Parkplatz erreichten.

»Gibt es so etwas wie eine zusätzliche Schutzbarrikade für den Eingang?«, fragte Sam den Wachmann, in dessen Augen die nackte Angst flackerte. Anscheinend verstand er Sams Frage nicht. Sam fuhr herum und ließ den Blick über die wenigen Patienten gleiten, die im Wartebereich der Notaufnahme saßen, und dann kam Dr. Vanya aus der Notaufnahme und blieb mit verwirrter Miene stehen, als sie die Besucher erkannte.

Sam erklärte ihr in wenigen Sätzen, was hier gerade geschah, und sie reagierte sofort und gab dem Wachmann und dem Krankenhauspersonal einige knappe Anweisungen, während sie zur Eingangstür eilte. Sam half ihr, ein dickes Hanfseil, das neben einer der beiden Eingangstüren von der Decke herabhing, loszumachen und die schweren Gitter aus Stahl herunterzulassen, die das Krankenhaus vor schweren Stürmen schützen sollten.

Sie gingen weiter zu den anderen Fenstern und hatten dort die gleiche Prozedur kaum ausgeführt, als bereits die ersten Wurfgeschosse gegen die Gitter prallten.

Der Wachmann und einige Krankenschwestern begaben sich im Laufschritt in den hinteren Teil des Gebäudes, um auch dort die Gitter in Position zu bringen, und nach ein paar Minuten erklärte eine sichtlich angespannte Dr. Carol Vanya das Krankenhaus als gesichert. Die Ärztin nickte den Fargos zu, während die verängstigten Patienten sie Trost suchend anstarrten. Dann holte sie ihr Mobiltelefon aus einer Kitteltasche, um der Polizei zu melden, dass das Krankenhaus belagert wurde. Als sie das Gespräch beendete, sah sie ihre Besucher besorgt an.

»Sie können von Glück reden, dass Sie es rechtzeitig hierher geschafft haben. Nach den letzten Unruhen haben wir die Schutzvorrichtungen des Krankenhauses verstärkt, sodass sie einem Hurrikan der Kategorie 5 standhalten. Die Gitter am Eingang geben noch nicht einmal nach, wenn man sie mit einem Wagen rammt. Wir sind also sicher – vorläufig.«

»Wird die Polizei dem Ganzen nicht ein Ende machen?«, wollte Remi wissen.

»Das kann man nur hoffen. Aber es könnte eine Weile dauern, je nachdem wie viele Beamte zur Verfügung stehen«, warnte Carol Vanya. »In der Zwischenzeit muss ich mich um einige Patienten kümmern.«

Ein weiteres lautes Krachen ertönte am Vordereingang, aber die Stahlgitter hielten der Attacke stand. Sam senkte die Stimme und brachte den Mund dichter an Carol Vanyas Ohr.

»Es wäre vielleicht keine schlechte Idee, ein paar Stahlschreibtische und Schränke, die in der Nähe stehen, vor die Türen und Fenster zu schieben, um ein zweites Hindernis zu schaffen, falls doch jemand die erste Barriere überwinden sollte.«

Sie schüttelte den Kopf. »Wenn sie es schaffen, durch die Gitter zu brechen, werden ein paar Tische und Schränke niemanden aufhalten.«

Eine Frau, offenbar in größter Sorge, erhob sich von einer der Wartebänke und kam zu Dr. Vanya herüber. »Doktor, ich warte schon seit einer Stunde. Es geht um Lilly – meine Tochter ist verschwunden. Sie wissen ja, wie krank sie ist. Wir müssen irgendetwas tun.«

»Was meinen Sie damit, dass sie verschwunden ist?«, fragte Carol Vanya.

»Sie ist gestern nicht nach Hause zurückgekommen. Sie ist schon die Dritte in meinem Dorf – seit letztem Monat. Und sie braucht ihre Medizin. Sie haben sie doch ermahnt, sie regelmäßig einzunehmen …«

Vanya führte die Frau in einen entfernten Bereich des Warteraums und redete halblaut auf sie ein. Ein weiterer dumpfer Laut erklang an einem der Fenster, aber er war bei weitem nicht mehr so heftig wie die vorherigen Schläge. Der Mob wurde offenbar der sinnlosen Bemühungen überdrüssig und überlegte, welche einfacheren Ziele sich in der Nachbarschaft befanden, ehe die Polizei eintraf und allen den Spaß verdarb. Kostenlose Tablets und TV-Geräte waren vermutlich eine größere Verlockung, als wegen Einbruchs in ein medizinisches Versorgungszentrum verhaftet zu werden.

Die Stimme der Frau nahm an Lautstärke zu, und sogar auf diese Entfernung hin war die Hysterie in ihrer Stimme nicht zu überhören. »Aber, Doktor, sie ist krank. Ich kann doch nicht untätig dasitzen und auf ihre Rückkehr warten. Zu viele von diesen Kindern verschwinden, und wir hören nie wieder etwas von ihnen. Und jetzt meine Lilly…«

Die Ärztin sagte etwas, das nicht zu verstehen war, und geleitete die Frau in den Behandlungsbereich zurück.

»Wie geht es dir?«, fragte Sam und setzte sich neben Remi auf die Bank. Nun, da alle Türen und Fenster geschlossen waren, wurde die Hitze schnell nahezu unerträglich.

»Mir geht es gut. Aber trotzdem, es war verdammt knapp.«

»Mit ein wenig Glück wird diese Geschichte bald vorüber sein.«

»Im Augenblick fühle ich mich nicht unbedingt vom Glück begünstigt«, erwiderte sie.

Fünf Minuten später kam Vanya mit der Frau zurück, die sich ein wenig beruhigt zu haben schien. Als sie sich auf die Bank sinken ließ, erkannte Sam, dass ihr offenbar ein Beruhigungsmittel verabreicht worden war – ihre Augen blickten unter den schweren Lidern schläfrig, und ihre Bewegungen waren schleppend. Carol Vanya setzte sich auf einen Platz gegenüber von Sam und Remi und seufzte hilflos. »Ich hoffe, dass die Polizei bald eintrifft. Die Baufirma hat es bisher nicht geschafft, außer in den Behandlungszimmern im restlichen Haus Klimaanlagen einzubauen.

Darum dürfte uns ein ziemlich schlimmer Nachmittag bevorstehen.«

»Wird sie sich erholen?«, fragte Remi und deutete auf die dunkelhäutige Frau.

»Oh, ich glaube schon. Sie macht sich Sorgen wegen ihrer Tochter. Sie ist vierzehn. Und sie läuft häufig von zu Hause weg. Das tun sie hier überhaupt gern, wenn sie mit den Problemen des Erwachsenwerdens nicht zurechtkommen. Sie wissen ja, wie das ist – sie lernen einen Jungen kennen, haben keine Lust zur Schule zu gehen und den ganzen Tag zu arbeiten, und dann kommen sie nach Hause und werden von Mom und Dad herumkommandiert…«

»Die Frau scheint sich aber große Sorgen zu machen«, stellte Sam fest.

»Ja, sicher, ich habe ihr aber erklärt, dass wir im Augenblick dringlichere Probleme haben«, sagte Carol Vanya, warf einen Blick auf ihre Armbanduhr und erhob sich. »Ich seh mal nach, ob ich aus dem Radio erfahren kann, was überhaupt los ist.«

Sie ging zur Patientenaufnahme, wo sich mehrere Krankenschwestern um ein Kofferradio drängten. Das laute Knistern atmosphärischer Störungen schallte durch die Wartezone, als Vanya am Lautstärkeknopf drehte und der tiefe Bariton des Nachrichtensprechers mit einem blechernen Klirren aus dem winzigen Lautsprecher drang.

»Aus einigen Vierteln der Innenstadt werden Plünderungen gemeldet, die sich jedoch anscheinend nur auf wenige Straßenzüge beschränken. Der Polizeichef weist in einer öffentlichen Erklärung darauf hin, dass jeder Gesetzesverstoß umgehend und mit aller gebotenen Strenge geahndet wird. Alle Beamten wurden zum Dienst beordert, inklusive der Reserveeinheiten, und werden gegenwärtig auf verschiedene Einsatzorte verteilt. Der Polizeichef weist außerdem darauf hin, dass jegliche kriminelle Aktivität mit einer Null-Toleranz-Politik verfolgt wird und jeder, der in den betroffenen Bezirken auf der Straße angetroffen wird, damit rechnen muss, in Gewahrsam genommen zu werden, sofern er die Rechtmäßigkeit seiner Anwesenheit an den betreffenden Orten nicht nachweisen kann.

Mit einer offiziellen Bekanntmachung von Seiten der Regierung ist in Kürze zu rechnen.

Des Weiteren häufen sich die besorgniserregenden Meldungen, dass die Rebellenmiliz an Schlagkraft gewinnt, da sich in zunehmendem Maß unzufriedene Dorfbewohner in entlegenen Regionen Guadalcanals anwerben lassen. Die Regierung betrachtet die Rebellen als Terroristen und Kriminelle und ist entschlossen, sie bis in die Bergregionen zu verfolgen und bis auf den letzten Mann auszulöschen. Wie bereits zu einem früheren Zeitpunkt gemeldet wurde, hat der Premierminister die Koalitionsmächte offiziell um Unterstützung bei der Bewältigung der gegenwärtigen Bedrohung gebeten. Mit der Ankunft der ersten militärischen Hilfskontingente ist während der nächsten zwölf Stunden zu rechnen.«

Noch mit einem besorgten Stirnrunzeln nahm Dr. Vanya die Nachrichten zur Kenntnis, aber die nächsten Worte des Nachrichtensprechers lösten bei ihr einen Schock aus.

»Wir haben das große Glück, ein Mitglied des Parlaments bei uns im Studio begrüßen zu dürfen – eine Persönlichkeit des öffentlichen Lebens, die ihre Energie und Arbeitskraft in den Dienst des Volkes stellt, und zwar schon so lange, seit ich denken kann. Natürlich spreche ich von unserem guten Freund Orwen Manchester. Orwen, vielen Dank, dass Sie Zeit gefunden haben vorbeizuschauen.«

»Ganz meinerseits. Ich wünschte nur, es wäre unter glücklicheren Umständen geschehen.«

»Das wünschte ich mir auch. Aber dies ist kein reiner Freundschaftsbesuch, nicht wahr?«

»Nein, ich bin als ein besorgter Inselbewohner hier, als Unternehmer und als Mitglied der Regierung. Ich bin zutiefst beunruhigt über die derzeitigen Unruhen und die Tatsache, dass gewisse Kreise unserer Gesellschaft jedes Argument nutzen, um die Arbeit guter, ehrlicher Inselbewohner, die sich bemühen, über die Runden zu kommen und unseren Kindern eine bessere Zukunft zu schaffen, in Misskredit zu bringen und zu zerstören. Die heute zu beklagende Ermordung Boyd Severins ist eine Gräueltat niederster Ordnung, die von jedem, ungeachtet seiner Gesinnung, aufs Schärfste verurteilt werden sollte. Ich bin ein leidenschaftlicher Gegner der Verstaatlichung, aber zuallererst bin ich ein Inselbewohner, ein Bürger, der das Beste für uns alle will. Boyd und ich waren in vielen Punkten unterschiedlicher Meinung, aber ich habe ihn stets geachtet, und wir haben unsere Differenzen in ausführlichen Diskussionen und mit der Kraft der Vernunft beigelegt.«

Manchester hielt inne, als seine Stimme versagte.

Der Ansager wartete noch einige Sekunden, ehe er mit seiner Moderation fortfuhr. »Das war der Parlamentsabgeordnete Orwen Manchester, führender Politiker Guadalcanals und Anwalt. Ich schließe mich seiner Bitte an alle Hörer an: Verhalten Sie sich verantwortungsvoll. Lassen Sie nicht zu, dass dieses Datum als der Tag in die Geschichte unserer Nation eingeht, an dem für kurze Zeit die totale Gesetzlosigkeit herrschte. Bitte. Wir sind besser, als so etwas zuzulassen.«

Der Rundfunksender setzte das normale Programm mit

der Ankündigung von Sondermeldungen fort, sobald sich die allgemeine Lage änderte. Carol Vanya verzog ungehalten das Gesicht und schüttelte den Kopf. »Ich komme mir so töricht vor. Ich fürchte, ich habe mich in Orwen getäuscht. Trotz der Haltung, die er in der Öffentlichkeit zur Schau stellt, sehe ich seine Handschrift in den jüngsten Unruhen.«

»Wie bitte?«, fragte Remi. »Manchester? Was meinen Sie?«

»Ich habe mich gestern mit einem seiner engsten Freunde unterhalten, und er zeichnete ein vollkommen anderes Bild als das, was Orwen seiner Umwelt präsentiert. Ich meine, verstehen Sie mich nicht falsch, ich mag ihn wirklich, und ich wünsche mir, dass es nicht zutrifft, aber die Wahrheit ist doch, dass ich schon seit längerer Zeit den Verdacht habe, er könnte mit denen gemeinsame Sache machen, die einen Regierungswechsel herbeiführen wollen. Die wertvollen und profitablen Industriezweige zu verstaatlichen, würde ihm zu enormem Reichtum verhelfen. Er ist ein Spitzenanwalt, der auf Gesellschaftsrecht spezialisiert ist, und zweifellos unterhält er Verbindungen zu zahlreichen Firmen und Konzernen, denen ein Erstarken der nationalistischen Bewegung Vorteile verschaffen würde.«

»Während unseres Abendessens hat er sich eher kritisch darüber geäußert, ganz zu schweigen von der Rundfunksendung«, sagte Sam.

»Na ja, natürlich erweckt er diesen Eindruck durchaus überzeugend. Der Punkt ist jedoch, dass zwischen dem, was er öffentlich verlauten lässt, und dem, was er im privaten Kreis äußert, ein so großer Unterschied besteht.« Carol Vanya schüttelte wieder den Kopf. »Ich mag aber nicht tratschen und keine Gerüchte in Umlauf setzen, also drücken wir es einfach so aus, dass es unserem Freund richtig gut ginge, wenn die Regierung abgesetzt würde und die staatlichen Schürf- und Abbaurechte in einheimischen Privatbesitz übergingen.«

»Glauben Sie ernsthaft, dass er mit den Rebellen gemeinsame Sache macht?«, fragte Remi.

Carol Vanya machte eine wegwerfende Geste. »Oh, liebe Güte, nein. Das wollte ich nicht sagen. Aber Orwen ist Anwalt und Politiker, was bedeutet, dass er wie alle anderen genau weiß, wie er profitieren kann, wenn sich die Geschäftsmethoden, die auf dieser Insel üblich sind, auch nur minimal verändern. Zurzeit gehört alles, was von solidem Wert ist, ausländischen Gruppierungen oder ist an diese verpachtet. Während ich durchaus verstehen kann, weshalb dieser Zustand von vielen als untragbar empfunden wird, ist mir ebenso klar, dass eine Verstaatlichung dieser Industriebereiche auf Jahre hinaus katastrophale Auswirkungen haben würde. Allerdings nicht für jeden.«

»Nein?«

»Nun, wenn Sie an Orwens Stelle wären und über die Kontakte verfügten, um sich die wertvollsten Rechte zu sichern, und dann mit jemandem einen Deal aushandeln, der sie übernehmen und die Industrien in Gang bringen könnte, die zurzeit lahmgelegt sind – wie zum Beispiel die Goldgewinnung –, dann brauchen Sie nicht sonderlich phantasiebegabt zu sein, um zu erkennen, dass auch nur ein winziger Bruchteil des daraus zu erzielenden Profits einen reich machen könnte.«

Remi und Sam wechselten einen vielsagenden Blick. »Gibt es denn einen Beweis, dass er auf irgendeine Weise in diese Dinge verwickelt ist, oder ist es reine Spekulation?«

Carol Vanya erhob sich. »Ich habe schon viel zu viel gesagt – wir Inselbewohner tratschen gerne. Ich würde mich ganz entsetzlich fühlen, wenn sich am Ende herausstellt, dass Orwen sich vollkommen untadelig verhält. Wir können nur hoffen, dass sich die Lage schnellstens wieder normalisiert.« Indem sie allzu hastig das Thema wechselte, bot Dr. Vanya an, ein neues Tablet ins Hotel bringen zu lassen. Dann machte sie kehrt und eilte zurück in den Behandlungsbereich und überließ die Fargos ihren Gedanken.

»Ich habe von Anfang an gemischte Gefühle gehabt – ihm gegenüber«, sagte Sam. »Wenn Manchester seine wahren Motive verbirgt ...«

»... dann könnte es genau das sein, was uns bei ihm seltsam vorkam«, beendete Remi den Satz.

»Aber selbst dann ist es etwas vollkommen anderes, eine günstige Gelegenheit zu erkennen und zu ergreifen, als auf einer Insel eine Revolution anzuzetteln. Ich kann mir unmöglich vorstellen, dass jemand wie Manchester mit Mördern gemeinsame Sache macht.«

Mit einer Antwort ließ sich Remi Zeit. Dann meinte sie: »Dabei haben wir doch oft genug erleben müssen, dass Menschen sehr seltsame Dinge tun, sobald größere Geldbeträge im Spiel sind.«

Ein lautes Krachen am Vordereingang machte auf den Unterschied zwischen der wohlformulierten Radiosendung und der sehr realen Anarchie, nur wenige Schritte entfernt, aufmerksam. Carol Vanya tauchte aus den hinteren Räumen auf und starrte auf den vergitterten Eingang. Sam und Remi standen auf und gingen zu ihr hinüber.

»Was können wir tun?«, fragte Remi. »Gibt es in diesem Haus einen sicheren Bereich, in den wir uns zurückziehen können, falls sie die Schutzgitter überwinden?«

Carol Vanya schüttelte den Kopf. »Nein. Dies ist nur

eine kleine Einrichtung, und alle Räume sind mit Patienten besetzt oder mit medizinischen Geräten gefüllt. Wir können uns glücklich schätzen, dass die Sturmgitter unsere Sicherheit gewährleisten.« Sie blickte wieder zur Vordertür und seufzte. »Das Einzige, was man jetzt noch tun kann, ist beten.«

33

Schweiß perlte in Rinnsalen über Sams Gesicht, und Remi fächelte sich mit einer Gesundheitsbroschüre, die sie von einem kleinen Stapel auf dem Empfangstisch genommen hatte, ein wenig Kühlung zu. Eine halbe Stunde war verstrichen, seitdem Dr. Vanya die Polizei alarmiert hatte. Die Geräusche von Belagerern, die hereinzukommen versuchten, waren inzwischen leiser geworden und zehn Minuten zuvor dann sogar vollständig verstummt.

Die brütende Hitze in der Wartezone raubte jedem den Willen, etwas anderes zu tun, als zu atmen. Die Kranken sowie jene, die sie begleiteten, litten stumm – alle außer dem sechs Monate alten Kleinkind, das in einem fort weinte, unterbrochen von heftigen Hustenanfällen.

Remi lehnte den Kopf an Sams Schulter und flüsterte: »Es klingt, als wären die Bösen weitergezogen.«

»Ich hoffe nur, dass der Wagen noch in einem Stück ist.« Er zögerte. »Ich dachte über Manchesters Worte nach. Es ist möglich, dass die Unruhen von den Rebellen inszeniert wurden. Chaos und Plünderungen würden die gegenwärtige Regierung aussehen lassen, als habe sie keine Kontrolle über die Insel, und das könnte zu einem Misstrauensvotum und einem Regierungswechsel führen.«

Remi richtete sich auf und sah ihn an, einen Ausdruck des Begreifens in ihren Augen. »Und die neue Regierung könnte eine Verstaatlichung befürworten und den Rebellen genau das geben, was sie fordern.«

Dr. Vanya kam in die Wartezone, das Mobiltelefon in der Hand. »Gute Nachrichten. Die Polizei ist da. Sie hat den Parkplatz geräumt und den Mob vertrieben. Vorläufig ist hier alles sicher.« Stirnrunzelnd betrachtete sie die Schutzgitter. »Das Krankenhaus war bisher noch nie in Gefahr – selbst während der schlimmsten Aufstände wurde es verschont. Dies ist etwas vollkommen Neues.«

»Ich fürchte, daran sind möglicherweise wir schuld. Man könnte fast sagen, dass wir sie hierher geführt haben.«

»Unfug. Was hätten Sie denn anderes tun können? Dort draußen bleiben und ...« Carol Vanya brauchte den Gedanken nicht auszusprechen. Ihr Mobiltelefon trällerte. Sie hielt es ans Ohr, entfernte sich ein paar Schritte und führte ein halblautes Gespräch. Als es beendet war, wandte sie sich an Sam. »Könnten Sie mir vielleicht helfen, die Gitter hochzuziehen?«

»Und das Tageslicht hereinlassen? Mit Vergnügen.«

Sie zogen an dem Gurt, und die Barriere stieg langsam in die Höhe, wobei der Mechanismus aus Umlenkrollen und Kugellagern das Bewegen der mehrere tausend Pfund schweren Stahlkonstruktion überraschend leicht machte. Als die Tür frei war, konnten sie mehrere Dutzend Polizisten neben ihren Streifenwagen sehen, die sich mit blinkenden Warnlichtern in einem Halbkreis auf dem Parkplatz aufgestellt hatten. Carol Vanya schloss die Eingangstür auf, und relativ kühle Luft strömte herein, als sie die Türflügel aufzog. Die kurzzeitig Gefangenen bedankten sich mit erleichterten Seufzern bei ihr.

Ein kleinwüchsiger, stämmiger Polizist mit der Statur eines wandelnden Kühlschranks salutierte vor Carol Vanya.

»Sind hier alle wohlbehalten?«, erkundigte er sich.

»Ja. Was ist mit den Aufrührern?«, fragte die Ärztin.

»Die haben sich blitzschnell zerstreut, als wir mit Blaulicht und Sirenengeheul angerückt sind. Das Gleiche geschah auch in anderen Stadtvierteln. Die gute Nachricht ist, dass diesmal nicht so viele Protestler die Straßen unsicher machen wie bei früheren Vorfällen dieser Art und dass die Leute, die sich zusammenrotten, schon beim ersten Anzeichen von Gegenwehr die Flucht ergreifen.«

Remi sah Sam an. »Das ist beruhigend.«

»Vielen Dank, dass Sie uns aufgenommen haben«, sagte Sam zu Dr. Vanya. »Ich weiß nicht, was mit uns geschehen wäre …«

»Gern geschehen. Aber Sie sollten überlegen, ob Sie Guadalcanal in der nächsten Zeit nicht lieber meiden sollten, zumindest so lange, bis sich die Lage wieder stabilisiert hat. Ich möchte Ihre Namen nur ungern auf der Liste möglicher Opfer in der Zeitung wiederfinden.«

»Wir werden ganz gewiss darüber nachdenken«, versprach Remi und wandte sich an den Polizisten. »Können wir einigermaßen ungefährdet zu unserer Autovermietung fahren?«

»Welche ist es?«, fragte der Beamte.

»Island Dreams.«

»Die ist, glaube ich, sechs Blocks entfernt, nicht wahr? Zwar sind auf diesem Stück keine Zwischenfälle gemeldet worden, aber ich würde Ihnen trotzdem davon abraten. Warten Sie noch eine Weile. Diesmal haben Sie Glück gehabt. Sie sollten das Schicksal aber nicht herausfordern«, warnte der Beamte.

Sam ergriff Remis Hand. »Komm. Wir sollten diese Sache erst mal klären, ehe wir uns damit wieder unter Menschen wagen.«

Sie gingen zum Toyota und betrachteten die Windschutzscheibe, durch deren eine Hälfte – nach dem Treffer mit dem Stein – kaum mehr etwas zu erkennen war. Der Beifahrersitz und das Armaturenbrett waren mit winzigen funkelnden Glassplittern bedeckt, und Remi kehrte ins Krankenhausgebäude zurück, um einen Handfeger und einen Putzlappen zu holen, während Sam das Satellitentelefon aus seinem Rucksack fischte und Selma anrief.

»Selma? Was gibts Neues?«, fragte er, als sie sich meldete.

»Ihr Freund Kumasaka war ein hochinteressanter Zeitgenosse. Schloss sein Studium mit einem Diplom in Mikrobiologie ab, ging dann zum Militär und wurde Berufssoldat.«

»Tatsächlich? Das ist ein in jeder Hinsicht ungewöhnlicher Berufsweg für einen Wissenschaftler.«

»Und es gibt noch weitere interessante Details. Ich musste einige Klimmzüge machen, um weitere Aufzeichnungen über ihn aufzutreiben, aber als ich sie fand, entpuppten sich die darin enthaltenen Informationen als ziemlich widersprüchlich. Einerseits gibt es Berichte, in denen er als Angehöriger der Infanterie auftaucht, in anderen ist er Kommunikationsexperte und in wieder anderen gehört er zum inneren militärischen Beraterkreis des Kaisers.«

»Das ist in der Tat seltsam.«

»Am merkwürdigsten ist jedoch, dass ihn die Alliierten als Mitglied des Meiji Corps auflisten.«

»Davon habe ich noch nie gehört.«

»Das hat niemand. Ich habe keinerlei Informationen darüber gefunden.«

Sam wunderte sich. »Das klingt aber gar nicht nach der Selma, die ich kenne und liebe.«

Er konnte fast durchs Telefon sehen, wie sie grinste. »Ich

habe natürlich noch etwas tiefer gegraben. Habe mich richtig hineingewühlt. Habe sämtliche Register gezogen und sogar meine obskursten Regierungsquellen angezapft.«

»Die Spannung zerreißt mich.«

»Soweit ich in Erfahrung bringen konnte, war das Meiji Corps eine Gruppierung, die an einem Spezialprojekt auf dem Gebiet der unkonventionellen Kriegsführung arbeitete. Den Namen verdankt dieser Verein einem der berühmtesten japanischen Kaiser der letzten zweihundert Jahre.«

»Unkonventionelle Kriegsführung«, wiederholte Sam. »Wie könnte die im Jahr 1942 ausgesehen haben? Die Atombombe war noch nicht erfunden.«

»Richtig. Es gibt zwar noch einige Lücken, und das meiste ist lediglich Spekulation, aber nach meinem Dafürhalten gibt es nur zwei Möglichkeiten – Spionage und... biologische Waffen.«

Die Stille in der Verbindung dehnte sich und wurde bloß noch durch ein Hintergrundrauschen ausgefüllt, das wie eine ferne Brandung klang, die sich am Strand bricht und den Sand beim Zurückfließen mitnimmt.

»Was immerhin die Gerüchte von geheimen Experimenten bestätigen würde. Biowaffenentwicklung...«, sagte Sam mit leiser Stimme.

»Das Beunruhigendste, das ich zutage fördern konnte, habe ich Ihnen noch gar nicht erzählt«, sagte Selma.

»Und?«

»Selbst jetzt noch, heute, also mehr als siebzig Jahre später, sind sämtliche Akten des Verteidigungsministeriums und der Geheimdienste über das Meiji Corps und Oberst Kumasaka als geheim eingestuft. Als streng geheim sogar. Daher gibt es keine konkreten Informationen, um meine Vermutungen zu untermauern. Mein wichtigster Kontaktmann im Verteidigungsministerium hat zurückgerufen und mir mitgeteilt, dass er mir nicht weiterhelfen könne. Und er ist jemand, der bisher immer ausgesprochen freundlich war. Als ich das erste Mal anrief, war er wie immer, aber bei unserem letzten Gespräch wäre mir von seiner Stimme beinahe das Ohr abgefroren.«

Sam sah Remi an und schaute dann zum Krankenhaus hinter ihr.

»Sogar heute noch streng geheim? Weshalb? Was könnte nach so langer Zeit immer noch eine Verschlusssache sein?«, fragte er.

»Keine Ahnung, aber ich habe das Gefühl, als wäre Ihr Oberst alles andere als ein ordinärer Soldat gewesen«, erwiderte Selma.

Unwillkürlich nickte Sam, während er die Tür auf der Fahrerseite des Toyotas öffnete. »Einen Zerstörer in Marsch zu setzen, um ihn auf direktem Weg nach Tokio zu bringen, dürfte eine Bestätigung dafür sein.« Er ließ den Blick über die Straße schweifen und hielt nach Anzeichen für mögliche Probleme Ausschau. Nichts. Der Mob hatte sich genauso aufgelöst wie der Morgennebel, der täglich über dem Hafen hing. »Selma, ich weiß, dass ich nicht darauf herumzureiten brauche, aber Sie müssen mir alles beschaffen, was über diesen Mann in irgendeiner Form bekannt ist.«

»Peter und Wendy arbeiten daran, und ich auch. In Kürze habe ich mehr für Sie und schicke es Ihnen per E-Mail.« Sie zögerte. »Stimmt das etwa? Ich lese eben auf meinem Bildschirm eine Eilnachricht, dass auf Guadalcanal ein Mord geschah und dass dort Unruhen ausgebrochen sind.«

»Ja, das trifft zu. Aber zum Glück sind wir wohlauf.«

Eine weitere Pause dehnte sich ungemütlich lange.

»Achten Sie darauf, dass es auch so bleibt. Sonst sind meine Recherchen nämlich für die Katz.«

Sam schob sich auf den Fahrersitz und zog die Tür hinter sich zu, während Remi die letzten Glasreste von ihrem Sitz wischte und Platz nahm. Sam warf einen Blick auf das weiße Sternmuster, wo der Stein die Windschutzscheibe getroffen hatte, und schloss für einen kurzen Moment die Augen.

»Das werden wir tun, Selma.«

34

Als sie ins Hotel zurückkehrten, stellten sie fest, dass dort mittlerweile die Atmosphäre einer belagerten Festung herrschte. Die Wachmänner spielten nervös mit ihren Schlagstöcken, während der Portier das Tor hochzog und sich auf der Straße umsah, die bis auf Rettungsfahrzeuge vollkommen leer war. Zu ihrer Überraschung war bereits ein neues Tablet in ihr Zimmer gebracht worden und lag dort auf dem Bett. Sam und Remi verbrachten eine halbe Stunde mit Aufräumen. Remi wechselte ihre mit Glassplittern bestäubte Kleidung, während Sam im Internet surfte.

»Was nun? Essen wir zu Mittag, oder begeben wir uns in Lebensgefahr und fahren zum Schiff, um nachzusehen, was Leonid bis jetzt geschafft hat?«, fragte Remi.

»Ich denke, Mittagessen ist die bessere Alternative. Leonid kann die Taucharbeiten auch ohne uns beaufsichtigen, findest du nicht?«

»Auf jeden Fall«, sagte sie, kam zu ihm und blickte auf das Display des Tablets. »Was hast du gefunden?«

»Ich habe im Netz nach Meldungen über Aktivitäten der Rebellen vor der Entführung der Entwicklungshelfer gesucht. Aber nein, es ist eine ganz neue Entwicklung.«

»Was können wir daraus schließen?«

»Dass es erst angefangen hat, nachdem wir hier eintrafen. Timing ist alles.«

»Richtig. Aber meinst du nicht, dass, wenn dieser Aufstand tatsächlich weite Kreise erfassen würde, jemand sich längst öffentlich geäußert hätte? Irgendwie kommt mir das spanisch vor.« Sam lehnte sich zurück und blickte auf den Ozean hinaus. »Bei den Abbaurechten geht es um eine Menge Geld. Der Goldabbau ist ein dickes Geschäft. Aber die Erdölförderung stellt dieses Geschäft in den Schatten. Wir reden hier von der Aussicht auf viele Milliarden.« Sam erhob sich und drehte sich zu seiner Frau um. »Aber glücklicherweise ist das nicht unsere Sorge. Wir tanzen auf einer ganz anderen Hochzeit. Auf uns wartet ein vollkommen anderes Menü. Versunkene Städte. Verborgene Schätze.«

»Und gegrillter Mahi-Mahi mit Mango-Chutney«, sagte sie; stellte sich auf die Zehenspitzen und hauchte ihm einen Kuss auf die Wange. »Warum verwöhnst du mich immer?«

»Alles Teil meines teuflischen Plans, dich meinem Willen zu unterwerfen.«

Der Service war schleppend, und als sie ihre Mahlzeit beendet hatten, war es vierzehn Uhr. Nach einem kurzen Schwätzchen mit dem Manager, der sie warnte, dass sie auf jeden Fall vorsichtig sein sollten, auch wenn es so schien, als hätte sich die Lage seit dem Vormittag beruhigt, stiegen sie wieder in den Toyota und machten sich auf den Weg zu Island Dreams.

Der Agent der Mietwagenfirma reagierte verständnisvoll auf die Nachricht von der Beschädigung des Wagens, sobald ein Hundert-Dollar-Schein in Sams Hand erschien. Der Agent entschuldigte sich für die Unruhen, als wäre er persönlich dafür verantwortlich, und geleitete sie dann zu einem blauen Nissan Pathfinder, der aussah, als habe er schon mindestens ein Mal den Globus umrundet. Sie stiegen ein und schnallten sich an.

»Es klingt, als hätte der Schalldämpfer das Zeitliche gesegnet«, stellte Remi fest, als Sam aufs Gaspedal trat.

»Dann ist es in jeder Hinsicht ein authentisches Gefährt dieser Insel«, pflichtete Sam ihr mit einem Grinsen bei.

Das Satellitentelefon klingelte, während sie den Wagen parkten, und Sam nahm den Anruf auf dem Weg zur Hotellobby an.

»Hallo?«

Selma vergeudete keine Zeit mit einer Einleitung. »Wir haben bei Kumasaka einen Treffer gelandet. Seine Tochter wohnt in Tokio. Nun, genau genommen in Sawara, das ist in der Präfektur Chiba. Sie ist über siebzig, Rentnerin, und hat keine Kinder.«

»Haben Sie mit ihr Kontakt aufgenommen?«

»Nein. Ich dachte, das wollten Sie lieber tun.«

Dazu fiel Sam eine naheliegende Frage ein. »Wie ist Ihr Japanisch?«

»Etwa genauso gut wie mein Bulgarisch.«

»Haben Sie irgendwelche Freunde, die Ihnen bei der Tochter behilflich sein können?«

»Natürlich. Was soll ich ihr sagen?«

»Dass Sie für einen Historiker arbeiten, der das Schicksal japanischer Kriegsgefangener in Australien und Neuseeland aufzeichnen möchte. Dass ihr Vater als hochrangiger Offizier für die Forschung von besonderer Bedeutung sei und dass wir uns gerne mit ihr unterhalten würden.« Sam überlegte kurz. »Remi und ich können in kürzester Zeit in Japan landen, wenn Sie ein Treffen mit ihr arrangieren können.«

»Okay, Boss. Aber sie muss während des Krieges noch ein Kind gewesen sein. Vielleicht weiß sie gar nichts, wofür sich eine derart lange Reise lohnen würde.«

»Ich verstehe schon, aber sie ist bisher unser einziger Anhaltspunkt, und uns gehen allmählich die Möglichkeiten aus. Sehen Sie einfach zu, dass sie sich zu einem Treffen mit uns bereit erklärt.«

»Schalten Sie Ihr Telefon nicht ab«, sagte Selma und legte auf.

In ihrem Hotelzimmer trat Sam auf die Terrasse hinaus und rief die *Darwin* an.

Des meldete sich wie gewohnt freundlich und energiegeladen. »Hallo, Sam. Habe im Radio gehört, dass heute Morgen einiges bei Ihnen los war.«

»Ja, wir sind dummerweise mitten hineingeraten, aber jetzt herrscht hier wieder Ruhe.«

»Sonst ist aber alles okay, oder?«

»Es könnte nicht besser sein, Des. Wir hatten gehofft, heute wieder zu Ihnen rauszukommen, aber uns ist die Zeit weggelaufen. Wie stehen die Dinge in der Bucht?«

»Ausgezeichnet. Ihr Freund Leonid hat alles im Griff. Es geht langsam, aber stetig vorwärts.«

»Ist er in der Nähe?«

»Eine Sekunde.« Wenig später meldete sich der Russe.

»Leonid, wie laufen die Untersuchungen?«, fragte Sam.

»Es geht so«, erwiderte Leonid mit gewohnt mürrischer Stimme. »Konntest du ein größeres Schiff auftreiben?«

»Ich arbeite daran, mein Freund. Gibt es etwas Neues von den Ruinen zu melden?«

»Nein. Wir spülen noch immer Seepocken und Seetang von den Wänden des Haupttempels. Damit werden wir auch noch einige Zeit beschäftigt sein, selbst wenn wir besseres Gerät und mehr Taucher zur Verfügung hätten.« Leonid klang nicht so, als könnte er sich auf Dauer mit dieser Situation anfreunden.

»Das Glück ist mit den Geduldigen. Und Geduld ist eine Tugend, nicht wahr?«

Ein leises statisches Rauschen war die einzige Antwort. Leonid seufzte. »Kommst du noch rüber, um mich auch persönlich zu quälen?«

»Nein, mein Freund, heute nicht. Aber bald.« Sam zögerte. »In der Stadt gab es heute Morgen einigen Ärger. Lässt Des die Männer noch immer den Strand überwachen?«

»Ja, aber es gibt nichts Besonderes zu berichten. Dort ist nur Dschungel, so weit das Auge reicht.«

»Dann kannst du dich glücklich schätzen.« Sam lieferte ihm eine knappe Zusammenfassung der Beinahekatastrophe im Krankenhaus.

»Meinst du, wir sind hier draußen noch immer sicher?«, fragte Leonid, nachdem Sam seinen Bericht beendet hatte.

»Ja, aber es kann nicht schaden, die Augen offen zu halten. Ihr seid da draußen auf verlorenem Posten, darum solltet ihr auf keinen Fall auf einen Wachdienst verzichten.«

»Ich werde das Risiko, von einem Irren geköpft zu werden, meiner Sorgenliste hinzufügen. Nach der Seekrankheit klingt das beinahe erholsam.«

»Das Geheimnis ist, regelmäßig zu tauchen, Leonid. Du wirst sehen.«

»Was ich hoffe, ist, dass ich hier demnächst ein sehr viel größeres Schiff sehe.«

Sam musste über den klagenden Ton des allzeit missgelaunten Russen unwillkürlich lachen. Wenn er mal sein Thema gefunden hatte, konnte er unendlich stur sein. »Ich habe heute mit Selma telefoniert. Ich hoffe, ich kann dir schon bald die bevorstehende Ankunft des neuen Schiffes melden«, sagte Sam und machte sich in Gedanken eine Notiz, Selma danach zu fragen, wenn sie zurückrief. »Du wirst es als Erster erfahren.«

Sam hatte kaum die Verbindung unterbrochen, als sein Telefon klingelte.

»Selma! Das ging aber schnell!«

»Eine Freundin bei Scripps ist Halbjapanerin. Sie hat für mich angerufen und anschließend Bescheid gesagt, dass wir uns keine Sorgen machen müssen – die Tochter spricht ein gutes Englisch. Sie ist auch bereit, Sie zu treffen, wann immer Sie nach Japan kommen oder anrufen. Sie können es sich aussuchen.«

»Wir fliegen nach Tokio. Erwartet sie unseren Anruf?«

»Ja, wir haben ihr angekündigt, dass sich jemand bei ihr melden wird. Wann, haben wir noch offen gelassen. Soll ich Ihnen ihre Telefonnummer geben?«

»Ich höre.«

Selma las sie vor.

Sam wiederholte sie, dann fiel ihm das Schiff ein. »Haben Sie irgendwelche Fortschritte bei der Suche nach einem größeren Forschungsschiff gemacht? Leonid macht mich mit seinen ständigen Fragen danach noch ganz verrückt.«

»Das war der nächste Punkt auf meiner Liste. Ich stehe in abschließenden Verhandlungen, um ein Zweihundertsechzig-Fuß-Schiff zu chartern, ausgerüstet mit modernstem Gerät. Es kann in einer Woche am Einsatzort sein.« Selma nannte einen Preis. »Ist das okay?«

»Aber die Eigner wissen doch, dass wir es lediglich mieten und nicht kaufen wollen, oder?«, scherzte Sam.

Selma wartete einen Moment, ehe sie wieder das Wort ergriff, aber diesmal hatte sich ihr Tonfall verändert, und Sam erkannte sofort, dass sie etwas erfahren hatte, das sie ihm unbedingt sofort mitteilen musste. »Sitzen Sie gerade?«

»Ja, Selma. Was ist los?«

»Ich habe in der Vergangenheit dieses japanischen Oberst weiter herumgegraben. Oder genauer, in der japanischen Geschichte, soweit sie unseren Mann betrifft. Ich glaube, ich habe den Grund gefunden, weshalb niemand über dieses geheimnisvolle Meiji Corps reden will. Haben Sie schon mal von Einheit 731 gehört?«

»Nein.«

»Einheit 731 und mehrere angeschlossene Gruppen und Abteilungen waren Einheiten der japanischen Armee, die Experimente mit Kriegsgefangenen und Zivilisten durchführten. Dabei umfassten diese Versuche sämtliche Abscheulichkeiten, die man sich vorstellen kann – Vivisektionen ohne Betäubung, extreme Unterkühlung oder Erwärmung der Opfer, um festzustellen, wie lange es dauerte, bis sie starben, Injektionen von Giftstoffen und bestimmten Chemikalien mit dem gleichen Zweck und so weiter. Sie arbeiteten in China, vorwiegend in der Provinz Pingfang, wo sie einen Komplex aus einhundertfünfzig Gebäuden außerhalb von Harbin errichtet hatten. Einheit 731 wurde von einem japanischen General namens Shiro Ishii geleitet.«

»Shiro Ishii«, wiederholte Sam, als wolle er sich den Namen einprägen.

»Der Komplex war als Wasseraufbereitungsanlage getarnt. Die Gräueltaten erstreckten sich über einen Zeitraum von zehn Jahren. Gleichzeitig arbeiteten sie an der Entwicklung von Biowaffen, indem die Japaner spezielle Bomben und Granaten, die mit Krankheitserregern infizierte Fliegen enthielten, in chinesischen Ortschaften zur Explosion brachten, um die jeweiligen Krankheiten freizusetzen und Epidemien auszulösen.«

»Warum habe ich von alldem noch nie etwas gehört? Was Sie beschreiben, sind schlimmste Kriegsverbrechen, die dort ein Jahrzehnt lang an der Tagesordnung waren.«

»Nun, an diesem Punkt wird es interessant. Ich meine, auf gespenstische Weise interessant. Nachdem die Japaner geschlagen waren, gewährten die Alliierten den Wissenschaftlern der Einheit 731 vollkommene Straffreiheit. Und offenbar wurden viele der schlimmsten Folterer im Nachkriegsjapan sogar reich und mächtig.«

Sams Stimme verhärtete sich. »Haben Sie dafür Beweise gefunden?«

»Es kommt darauf an, was Sie als Beweis bezeichnen. Die japanische Regierung behauptet, es gebe keinerlei Dokumente über Einheit 731 und ihre Aktivitäten.«

»Wie praktisch.«

»Genau. Und wenn ich es richtig verstehe, werden nach japanischem Gesetz alle Augenzeugenberichte und Geständnisse des Personals von Einheit 731 als nicht stichhaltig für eine juristische Aufarbeitung eingestuft. Es hat zwar zahlreiche Aussagen von Arbeitern gegeben, sogar umfangreiches Fotomaterial, aber niemand wollte der Angelegenheit juristisch auf den Grund gehen. Vor allem nicht in den Fällen, in denen Personen, die für diese Grausamkeiten verantwortlich waren, später Karriere gemacht hatten und einflussreiche Posten bekleideten – die Rede ist von Eigentümern pharmazeutischer und technologischer Firmen sowie als seriös geltenden hochrangigen Politikern und Inhabern bedeutender öffentlicher Ämter.«

»Weshalb um alles in der Welt haben die Alliierten diesen Tieren denn Immunität zugesichert?«

»Am Ende des Krieges wollten die Amerikaner sämtliche Informationen über biologische und chemische Waffen für sich behalten und verhindern, dass sie den Russen in die Hände fielen. Um das zu gewährleisten, gab es nur eine Möglichkeit – sie mussten die Erkenntnisse aus den Jahren unmenschlicher Forschungstätigkeit in ihren Besitz bringen. Die Sowjets wollten sämtliche in Einheit 731 tätigen Wissenschaftler vor Gericht stellen, aber die Amerikaner weigerten sich, diejenigen auszuliefern, die sich in ihrem Gewahrsam befanden. Die Sowjets veranstalteten einen Prozess gegen ein Dutzend Angehörige der Einheit 731, und die Beweise waren eindeutig und unwiderlegbar. Aber die Amerikaner verwarfen bis in die achtziger Jahre den Prozess als sowjetische Propaganda, und zu diesem Zeitpunkt waren die Vorgänge nur noch von historischem Interesse.«

»Und Sie meinen, ähnlich habe es sich mit dem Meiji Corps verhalten?«

»Es würde zumindest erklären, weshalb alles, was damit in Zusammenhang steht, noch immer als streng geheim eingestuft wird.«

»Und Sie sind sich Ihrer Sache ganz sicher?«

»Hundertprozentig.«

Sam beendete das Gespräch und informierte Remi über die Kontaktperson in Tokio und das Ergebnis von Selmas Nachforschungen. Remi war geschockt.

»Ich kann und will das nicht glauben, aber wenn Selma sich so sicher ist …«

»Ich weiß – es muss den Tatsachen entsprechen. Wir können selbst online auf die Suche gehen, zumindest was die Einheit 731 betrifft. Selma meinte, zu diesem Komplex sei eine Menge Material verfügbar, nachdem es jahrzehntelang als ›streng geheim‹ in der Versenkung geschlummert hat.«

Voller Abscheu schüttelte Remi den Kopf. »Wir müssen mit Kumasakas Tochter reden, Sam. Je eher, desto besser.«

»Ich weiß. Möchtest du sie anrufen, oder soll ich es tun?«

»Ich tu's. Wir wollen ihr keinen Schreck einjagen.«

»Mir wurde des Öfteren bescheinigt, dass ich ziemlich überzeugend sein kann«, erwiderte er und reichte ihr das Telefon.

»Dann benutz diese Überredungskunst und buche einen Flug nach Tokio. Da du es warst, der sich dagegen ausgesprochen hat, mit der Gulfstream nach Guadalcanal zu fliegen …«

Sam seufzte. »Schon gut. Ich vertiefe mich in die Flugpläne.«

»Gute Idee.«

35

Tokio, Japan

Die Warteschlange vor der Zollkontrolle im Narita International Airport bewegte sich zügig vorwärts. Nach einem flüchtigen Studium ihrer Reisepässe und einigen desinteressierten Fragen in perfektem Englisch wurden sie durchgewinkt und standen ein paar Minuten lang, nachdem sie an einem Schalter im Flughafen Geld umgetauscht hatten, blinzelnd im grellen Sonnenschein.

Sie hatten von Guadalcanal bis nach Japan einen ganzen Tag gebraucht, da jeder Flug über Brisbane ging. Remi hatte während des Telefonats mit Kumasakas Tochter am Tag zuvor ihren gesamten Charme aufgeboten und festgestellt, dass die Frau ausgesprochen entgegenkommend war, auf persönliche Fragen jedoch zurückhaltend antwortete.

Wie sich herausstellte, lag Sawara näher beim Narita Airport als Tokio. Sam warf nur einen kurzen Blick auf die Karte, auf der die Eisenbahnstrecken eingezeichnet waren, und auf die Beschreibung, die Selma ihm per E-Mail geschickt hatte, und schlug sofort die Richtung zu der Schlange wartender Taxis ein.

»Nicht mit dem Zug?«, fragte Remi. »Hast du etwas gegen öffentliche Verkehrsmittel?«

»Zeit ist Geld«, erwiderte Sam, »und ich habe keine Lust, den größten Teil des Nachmittags damit zuzubringen, mir den Kopf zu zerbrechen, welcher ein Nahverkehrszug und welcher ein Express ist. Es sind nur fünfzehn Kilometer bis zu ihr. Und so schlecht werden die Straßen schon nicht sein.«

Das erste Taxi in der Schlange rollte vor, hielt an, und die Tür auf der Beifahrerseite schwang automatisch auf. Der mit weißen Handschuhen ausstaffierte Fahrer sprang heraus, um ihnen mit ihren Reisetaschen behilflich zu sein, und verstaute sie im Kofferraum, bevor er wieder hinter das Lenkrad rutschte. Er nickte mehrmals heftig, als Remi ihm die Adresse zeigte, die sie säuberlich auf einem Bogen Papier ausgedruckt hatte. Er beherrschte ein paar Brocken Englisch, das er, wie er sagte, aus amerikanischen Filmen und bei YouTube gelernt hatte, und deutete auf das GPS-Gerät in seinem Armaturenbrett, als Remi ihn bat, die kürzeste Route zu nehmen.

Die Fahrt dauerte dennoch länger, als sie erwartet hatten. Das Taxi bewegte sich über Landstraßen, die von Reisfeldern gesäumt wurden. Sie hatten sich bereits um eine Dreiviertelstunde verspätet, als sie schließlich vor einem bescheidenen Holzhaus in einem Wohnviertel anhielten. Der Fahrer versprach ihnen zu warten, nachdem er Sams großzügiges Trinkgeld in seiner Hosentasche hatte verschwinden lassen. Sie gingen über den Bürgersteig zur Haustür und nahmen kommentarlos die brüchigen Zementstufen zur Kenntnis, die zur Veranda hinaufführten.

Die Haustür schwang auf, ehe sie Gelegenheit hatten anzuklopfen, und eine zierliche Frau in einem Pullover und einer langen dunklen Hose lächelte sie aus dem Schatten des Hausflurs an. Remi erwiderte ihr Lächeln, während die Frau umständlich die Fliegentür öffnete. Sam hielt sich hinter seiner Frau, da sie sich darauf geeinigt hatten, dass sie das Gespräch führen solle.

»Mrs. Kumasaka?«, fragte Remi.

Die Frau nickte. »Ja. Aber nennen Sie mich bitte Chiyoko. Sie müssen Remi-san sein. Ich erkenne Ihre Stimme.«

»Dies ist mein Mann, Sam«, stellte Remi vor.

»Ich freue mich, Sie kennenzulernen«, sagte Sam mit einer kleinen Verbeugung.

»Kommen Sie herein«, forderte Chiyoko ihre Besucher auf. Remi lächelte wieder, wobei sie mit ihrem Gesichtsausdruck nicht auf den Anblick von Chiyokos Profil reagierte, als diese sich zur Seite drehte, um sie an sich vorbeizulassen. Das Gesicht der Japanerin bestand auf der linken Seite aus knotigem Narbengewebe, das zwar irgendwann in der Vergangenheit kunstvoll von einem Chirurgen vermindert worden war, jedoch trotz einer dicken Schicht Make-up deutlich zu erkennen war.

»Vielen Dank, dass Sie sich bereit erklärt haben, uns zu empfangen«, sagte Remi, während sie eintraten. Sie streiften ihre Schuhe ab und ließen sie an der Haustür stehen, wo mehrere andere Paare, höchstwahrscheinlich Chiyokos, auf dem Fußboden lagen.

»Gern geschehen. Ich bin mir nur nicht sicher, ob ich Ihnen eine große Hilfe sein kann. Ich kannte meinen Vater kaum«, sagte Chiyoko. »Bitte, nehmen Sie sich ein Paar Hausschuhe«, fuhr sie fort und deutete auf ein Regal mit Pantoffeln hinter den Straßenschuhen. »Hier entlang, bitte«, sagte sie dann und stieg eine niedrige Treppe hinauf, die den Vorraum hinter der Haustür vom Hausflur trennte. »Wir setzen uns am besten ins Wohnzimmer.«

Remi und Sam nahmen auf einem mit Chintz bezogenen Sofa Platz und schauten sich in dem Zimmer um. Die Deckenbeleuchtung war gedämpft, aber sogar in ihrem schwachen Lichtschein konnten sie noch die Narben erkennen, die sich außer in Chiyokos Gesicht auch auf ihren Händen befanden.

»Ich bin gleich zurück. Ich habe Tee zubereitet. Hoffentlich ist er schon fertig«, sagte Chiyoko und entschwand durch eine andere Tür.

Sam und Remi warteten schweigend auf Chiyokos Rückkehr, das einzige Geräusch war das Summen des Deckenventilators über ihren Köpfen. Als die Japanerin wieder hereinkam, trug sie ein Tablett mit drei kleinen Tassen, einer Teekanne und einem Teller Gebäck.

Sobald der Tee ausgeschenkt war und alle einen ersten Schluck getrunken hatten, lehnte sich Chiyoko zurück und sah ihre Besucher gespannt an.

Remi räusperte sich und ergriff das Wort. »Vielen Dank für Ihre Gastfreundschaft«, begann sie.

»Das ist doch selbstverständlich. Sie haben schließlich eine lange Reise hinter sich.«

»Stimmt, das haben wir. Wir sind Ihnen sehr dankbar, dass Sie einverstanden waren, uns zu empfangen.« Remi lächelte anerkennend. »Ihr Englisch ist sehr gut.«

»Ich war Sekretärin bei einem internationalen Unternehmen, das sehr stark auf dem amerikanischen Markt vertreten war. Ich habe die Sprache in der Schule gelernt, was sich später als ausgesprochen klug erwiesen hat. Nach dem Krieg veränderte sich Japan nämlich sehr, und die englische Sprache zu beherrschen, war von großem Vorteil. Aber es ist jetzt schon einige Zeit her, dass ich Gelegenheit hatte, sie zu benutzen, daher entschuldigen Sie, wenn ich mich ab und zu ein wenig umständlich ausdrücke.« Chiyoko schob eine Strähne ihres perfekt frisierten grauen Haars zurecht. »Sie haben angedeutet, dass Sie Informationen über meinen Vater sammeln. Ich hoffe, dass Sie die weite Reise nicht gemacht haben, nur um mit leeren Händen wieder zurückzukehren.«

»Ja, wir interessieren uns für sein Leben. Immerhin war er einer der höchstrangigen japanischen Kriegsgefangenen in Australien und Neuseeland. Aber wir haben nur wenige Daten aus seinem Leben, ehe er gefangen genommen wurde, oder aus der Zeit seiner Gefangenschaft. Alles, was wir über seine Zeit im Lager wissen – seine Krankheit und seinen Tod –, stammt aus den Akten des Lagerarztes. Weitere Details haben wir nicht finden können.«

»Ich fürchte, es gibt nicht viel, was ich Ihnen über sein Leben vor dem Krieg erzählen kann. Er ist bereits beim Militär gewesen, als ich 1939 geboren wurde, und war darum die meiste Zeit bei irgendwelchen Einsätzen. Meine Erinnerung an ihn ist eher vage.«

»Aber Sie haben doch sicherlich, sobald Sie erwachsen waren, mehr über sein Leben erfahren wollen, oder?«

Chiyoko schüttelte den Kopf. »Nach dem Krieg gab es kaum irgendwelche Möglichkeiten, die man dazu hätte nutzen können. Während des Wiederaufbaus hat sich diese Nation praktisch neu erfunden, und das Interesse an der Vergangenheit war nur gering. Während meines Studiums habe ich mich dann eine Zeitlang eingehender mit ihm beschäftigt, aber es war wie eine Jagd nach Gespenstern. Es gab keinerlei Aufzeichnungen aus dieser Zeit – so gut wie nichts, was mir hätte weiterhelfen können.«

»Hatte er Geschwister? Gibt es andere Personen, denen er in irgendeiner Weise nahestand?«

»Ja. Eine Schwester.« Chiyoko schluckte, ehe sie fortfuhr. »Sie hat mich großgezogen. Aber sie starb vor zwanzig Jahren. Das Einzige, das sie mir über meinen Vater erzählen konnte, war, dass er ein sehr tapferer, ehrenvoller

Mann war, der in Ausübung seines Dienstes gestorben ist, und dass er ein Gelehrter und meiner Mutter ein guter Ehemann gewesen war. Sie starb ebenfalls während des Krieges.«

»Das tut mir leid«, sagte Remi mitfühlend.

»Auch nach all den Jahren fällt es mir noch immer schwer, darüber zu sprechen. Ich war sechs Jahre alt. Die Allierten haben Tokio regelmäßig bombardiert, aber im März 1945, während der letzten Kriegstage, fand ein schwerer Angriff mit Brandbomben statt, in dessen Verlauf ganze Wohnviertel vernichtet wurden.« Chiyoko verstummte und atmete tief ein. »Meine Mutter wurde vom Feuer überrascht. Ich hatte Glück. Sie nicht.«

»Es muss schrecklich gewesen sein«, sagte Remi.

»Es ist mit Worten nicht zu beschreiben. Große Teile Tokios wurden in Schutt und Asche gelegt. Über eine Million Menschen verloren ihr Zuhause, und es heißt, dass über hunderttausend Zivilisten starben. Meine Mutter war eine von ihnen.« Als Chiyoko den Kopf hob und Remi direkt ansah, waren ihre Augen feucht, der Schmerz in ihnen immer noch frisch. »Es war wie eine Vision der Hölle, die ich nie vergessen werde. Das kann niemand, der es erlebt hat.«

»Ich … es tut mir so leid«, flüsterte Remi.

»Das alles liegt nun schon weit zurück. Schlimme Dinge sind auf beiden Seiten getan worden. Ich bin dankbar, das alles überlebt zu haben, und dass es keinen zweiten Krieg wie diesen gab. Ich wuchs auf und lebte in einer Zeit des relativen Friedens und des wirtschaftlichen Wohlstands. Japan entwickelte sich zu einer Weltmacht, aber ohne den Einsatz militärischer Mittel. Es war und ist eine bessere Zeit, denke ich.«

Remi schwieg einige Sekunden lang. Dann fragte sie behutsam: »Was ist mit Fotografien? Gibt es irgendwelche Briefe?«

»Die meisten wurden vom Feuer vernichtet. Allerdings besitze ich noch ein paar sehr alte Fotos, die meine Tante retten konnte und aufbewahrt hat. Ich weiß nur nicht, ob sie Ihnen weiterhelfen können. Die meisten zeigen ihn als einen jungen Mann.« Chiyoko zögerte. »Möchten Sie die Bilder sehen?«

»Es wäre schön, wenn das möglich ist«, sagte Remi. Chiyoko erhob sich und verließ den Raum, und Remi schickte Sam einen hoffnungsvollen Blick. Die Japanerin kam mehrere Minuten später mit einem Pappkarton zurück. Sam sprang auf und ging ihr entgegen.

»Bitte. Lassen Sie mich helfen.«

Chiyoko überließ ihm nur zögernd den Karton. »Danke. Ich vergesse gelegentlich, dass ich nicht mehr so fit bin wie früher. Die Zeit ist ein gemeiner Dieb. Sie raubt unsere Erinnerungen, unsere Hoffnungen und unsere Kraft, und dann gibt sie uns sogar das Gefühl, dass ihr dies noch nicht genug ist.« Sie deutete mit einer vernarbten Hand auf den kleinen Tisch in der Mitte des Raums. »Sie können den Karton dorthin stellen.«

Sam kam ihrer Aufforderung nach und ließ sich wieder neben Remi nieder, während Chiyoko mehrere kleine silberne Bilderrahmen aus dem Karton herausnahm. Sie betrachtete sie lange sinnend und reichte sie dann an Remi weiter.

»Dies sind die besten. Mein Vater als junger Mann, dann als Student, nachdem er seinen Universitätsabschluss gemacht hat. Und dies hier ist sein Hochzeitsfoto. Es ist das einzige Bild von meiner Mutter, das ich noch besitze.«

Remi und Sam betrachteten das Foto. Ein junger Mann mit ernstem Gesicht stand neben seiner zierlichen Braut, die auf dem verblichenen Schwarzweißfoto zu leuchten schien. Remi atmete heftig ein, als sie den kleinen Rahmen hochhielt. »O mein Gott… sie war atemberaubend.«

»Ja, sie galt als große Schönheit. Meine Tante hat ständig davon gesprochen.« Chiyokos Stimme klang seltsam ausdruckslos. Sie nahm einen letzten Bilderrahmen aus dem Karton und reichte ihn Remi mit zitternden Fingern. »Dies ist mein Lieblingsfoto – es stand immer neben meinem Bett. Es wurde von meiner Schwester beim Kirschblütenfest in Arashiyama aufgenommen, kurz bevor der Krieg mit Amerika ausbrach. Sie sagte, dass die Bäume in diesem Jahr besonders spät geblüht hätten, weil der Winter sehr streng gewesen sei. Sie waren dort am letzten Tag, bevor die Blüten von den Zweigen fallen. Sie sagte, als es geschah, sei ihr das vorgekommen, als ob die Luft mit rosarotem Schnee erfüllt gewesen sei.«

Remi und Sam studierten das Foto des kriegerischen Kumasaka in Uniform. Er stand unter einem Dach aus Kirschblüten und blickte in die Ferne. Hinter ihm waren Gestalten in klassischer japanischer Kleidung zu erkennen. Das Bild hatte etwas Unwirkliches, als stamme es aus einer vollkommen anderen Welt und Epoche. Sie betrachteten es konzentriert und versuchten die Berichte von einem brutalen Ungeheuer mit dem ernsten Mann auf dem Foto – Mitte dreißig und nachdenklich, wie sein Profil vermuten ließ – in Einklang zu bringen. Sam fielen die Rangabzeichen auf – Kumasaka war zu diesem Zeitpunkt bereits Oberst und musste an den Vorstößen Japans auf chinesisches Gebiet, mit denen 1937 der blutige Zweite chinesisch-japanische Krieg begonnen hatte, teilgenommen haben.

»Wissen Sie irgendetwas über die Dienstzeit Ihres Vaters? Über seine Zugehörigkeit zur Einheit 731 oder zum Meiji Corps?«, fragte Remi.

Chiyoko schüttelte verwirrt den Kopf. »Von beidem habe ich noch nie gehört. Sind sie von Bedeutung?«

»Es handelt sich um Einheiten der Armee, die mit medizinischer Forschung befasst waren.«

»Medizinisch? Mein Vater war Soldat, kein Arzt.«

»Er hatte immerhin ein Diplom in Mikrobiologie.«

»Ja, aber er wurde Berufsoffizier. Er hat aus seinem Diplom beruflich nichts gemacht. Laut meiner Tante war es eine seltsame Zeit. Viele studierte Japaner entschieden sich für eine militärische Karriere, anstatt ihren erlernten Beruf zu ergreifen.«

»Wissen Sie irgendetwas über seine Tätigkeit in der Armee?«

»Meine Tante sagte, das Nachrichtenwesen habe zu seinen Aufgaben gehört. Ehrlich gesagt, ich weiß heute noch nicht, was alles dazugehörte.«

Sam warf einen Blick in den Karton. »Was ist das?«, fragte er und deutete auf ein kleines, in Leder gebundenes Notizbuch, das fast bis zur Unkenntlichkeit verschlissen und zerkratzt war.

»Ach ja, das wollte ich noch erwähnen. Mein Vater hat während seiner Gefangenschaft Tagebuch geführt. Ich habe es sehr oft gelesen. Besonders viel enthält es allerdings nicht. Einige Gedichte und seine Gedanken über sein Schicksal als Gefangener. Darüber hinaus nicht sehr viel über seine Gefangenschaft an sich. Einer der Männer, der im gleichen Gebäude wie er gefangen gehalten wurde, gab mir das Notizbuch nach dem Krieg. Er sagte, den Gefangenen sei es gestattet gewesen, Tagebücher zu führen, aber sie wurden regelmäßig eingesammelt und gelesen, um sicherzustellen, dass nichts Aufwieglerisches aufgeschrieben wurde. Die Einträge sind ziemlich langweilig.«

»Darf ich es sehen?«, fragte Remi.

»Natürlich. Aber ich muss Sie warnen, es ist alles in Kanji geschrieben.«

Chiyoko reichte ihr das Tagebuch. Die Seiten, stark vergilbt und stellenweise mit Flecken übersät, waren von oben bis unten mit akkuraten, kleinen japanischen Schriftzeichen bedeckt. Remi gab das kleine Buch an Sam weiter und fragte vorsichtig: »Besteht die Möglichkeit, dass wir davon eine Kopie anfertigen lassen und Ihnen das Tagebuch anschließend auf irgendeine Weise zurückgeben? Es könnte einige nützliche Informationen enthalten. Wir garantieren Ihnen, dass es in keiner Weise beschädigt oder sonstwie in Mitleidenschaft gezogen wird.«

»Es steht nichts Wichtiges darin, aber wenn Sie eine Kopie anfertigen wollen, nur zu, ich habe nichts dagegen.«

Sie setzten ihre Unterhaltung noch für eine weitere halbe Stunde fort, aber so freundlich und entgegenkommend Chiyoko auch war, sie konnte ihnen keine Informationen geben, die sie nicht bereits kannten. Als offensichtlich wurde, dass eine Fortsetzung des Gesprächs keine weiteren Erkenntnisse bringen würde, standen Remi und Sam auf und machten Anstalten, sich von ihrer Gastgeberin zu verabschieden.

»Vielen Dank, Chiyoko«, sagte Remi. »Wir beide wissen zu schätzen, dass Sie so viel Zeit geopfert haben, um Ihre schmerzlichen Erinnerungen mit uns zu teilen.«

Die zierliche Japanerin blickte verlegen zu Boden. »Ich habe es gern getan. Es tut mir nur leid, dass ich Ihnen nicht mehr mitteilen kann.«

»Was wir von Ihnen erfahren haben, war mehr als genug. Es dürfte uns in vieler Hinsicht weiterhelfen. Vielen Dank.«

Das Taxi wartete wie versprochen vor dem Haus, und als sie einstiegen, dachten sie über das Gehörte nach und schwiegen. Erst als der Wagen gewendet hatte und sich in den fließenden Verkehr einfädelte, beugte sich Remi zum Chauffeur vor.

»Würden Sie uns bitte auf dem kürzesten Weg zu einem Computerladen bringen, wo wir einen Scanner und einen Drucker benutzen können?«

36

Drei Stunden später hatten sie das Tagebuch zu Chiyoko zurückgebracht, saßen in der Abflughalle des Narita Airport und warteten darauf, dass ihr Flug aufgerufen wurde. Sie hatten die gescannten Seiten per E-Mail an Selma geschickt, mit der Bitte, so schnell wie möglich einen Übersetzer zu finden. Remi und Sam war nicht nach Konversation zumute. Zu schwer lastete Chiyokos Geschichte auf ihren Gemütern. Remi lenkte sich ein wenig ab, indem sie auf dem Tablet in einer Website blätterte.

Sam studierte ihre Miene von der Seite. »Alles okay?«

»Ich glaube schon.«

»Das macht einen nachdenklich, nicht wahr?«

»Ja. Ich kann ihre Beschreibung des Brandbombenangriffs nicht vergessen. Versuch mal, dir vorzustellen, wie es gewesen sein muss – deine Mutter in einem so jungen Alter zu verlieren. Und dann diese Narben …«

»Laut Selmas Nachforschungen hat Chiyoko nie geheiratet. Irgendwie habe ich das untrügliche Gefühl, dass die Narben dafür verantwortlich waren«, sagte Sam. »Es muss schrecklich gewesen sein, derart entstellt aufzuwachsen.«

»Ich wette, dass der äußerliche Schaden im Vergleich mit der Last, die sie in ihrem Gemüt mit sich herumträgt, nur gering ist.«

»Ohne Frage.«

Sie beobachteten die geschäftige Menge, die durch die

Abflughalle eilte, zahllose anonyme Gesichter waren zu wichtigen Zielen unterwegs. Remi rutschte auf ihrem Platz näher zu Sam.

»Gibt es online irgendetwas Interessantes?«, fragte er und warf einen Blick auf das Display.

»Oh, nur eine Litanei des Grauens. Ein Historiker schätzt, dass die Japaner dreißig Millionen Menschen getötet haben. Es ist absolut unglaublich.«

»Schwierig nachzuvollziehen«, gab Sam ihr Recht. Er lehnte sich zurück und sah auf die Uhr. »Ich frage mich, ob ich drüben am Fenster eine klare Sichtlinie für das Satellitentelefon finde.«

»Es gibt nur einen Weg, es herauszufinden.«

Sam holte das Telefon aus der Reisetasche. Nach einer halben Minute hatte es einen Satelliten aufgespürt, und Sam wählte Selmas Nummer. Sie meldete sich nach dem vierten Rufzeichen.

»Guten Morgen«, wünschte er ihr.

»Danke, dito.«

»Haben Sie die Datei erhalten, die wir Ihnen geschickt haben?«

»Natürlich. Wir arbeiten schon daran.«

»Haben Sie jemanden gefunden, der sie so schnell übersetzen kann?«

»Nennen Sie es einen Glücksfall. Lazlo war heute Morgen schon ganz früh hier, schnüffelte herum und bot sich an. Offenbar liest und schreibt er die Sprache fließend. Er ist wirklich eine wandelnde Wundertüte.«

»Das habe ich auch schon gehört«, erwiderte Sam trocken. »Hat er Ihnen irgendwie angedeutet, wann er voraussichtlich damit fertig ist?«

»Er sagte, er würde sich sofort daraufstürzen. Der arme

Kerl scheint sich schrecklich zu langweilen. Er ist praktisch mit der Datei in der Hand hinausgerannt.« Selma legte eine kurze Pause ein. »Und Ihr neues Schiff ist auch schon unterwegs.«

»Ausgezeichnet. Voraussichtliches Ankunftsdatum?«

»In vier Tagen.«

»Leonid wird jubeln.«

»Dann hat mein Leben endlich eine Bedeutung. Ist er noch immer so fröhlich und aufgeräumt wie immer?«

»Er ist der reinste Lachsack.«

Die Ankündigung ihres Flugs schrillte jetzt in drei verschiedenen Sprachen aus den Lautsprechern. Sam unterbrach sein Gespräch mit Selma, und wenige Minuten später legten die Fargos auf ihren Plätzen die Sicherheitsgurte an.

Die Anschlussmaschine in Brisbane, die sie am späten Nachmittag des folgenden Tages nach Honiara zurückbrachte, war fast leer. Offensichtlich war eine Insel auf der Schwelle zum Bürgerkrieg nicht gerade ein beliebter Urlaubsort. Im Hotel war es genauso ruhig, und die Angestellten schienen eifrig darauf bedacht, ihren wenigen Gästen jeden Wunsch von den Augen abzulesen, der Manager wirkte dagegen ziemlich reserviert, als er sie sah.

»Mr. und Mrs. Fargo. Willkommen daheim«, begrüßte er sie und klang eindeutig nicht begeistert.

»Danke. Gibt es eine neue Entwicklung?«, fragte Sam.

»Nein. Alles ist ruhig geblieben, Gott sei Dank.«

»Das ist ein Glücksfall, nicht wahr?«, sagte Remi.

»Hoffen wir, dass es so bleibt«, pflichtete ihr der Manager bei.

Sobald sie sich in ihrem Zimmer wieder häuslich eingerichtet hatten, aktivierte Sam das Satellitentelefon erneut und rief Selma an.

»Wir sind zurück auf Guadalcanal. Was gibt es Neues?«, fragte er.

»Gutes Timing von Ihnen. Lazlo ist gerade hier. Wollen Sie mit ihm reden?«

»Klar.«

Lazlos englischer Akzent, sein Markenzeichen, war unverkennbar. »Sam, mein Bester. Wie ich hörte, machst du mal wieder den Globetrotter.«

»Wohl kaum. Es ist mehr ein Inselhüpfen. Wie läuft es mit der Übersetzung?«

»Bin fast zur Hälfte durch. Schwieriger Stoff größtenteils. Schlechte Haikus, furchtbare Gedichte und lange Passagen voller Klagen über das Leben in Gefangenschaft.«

»Ist dir irgendetwas aufgefallen?«

»Wenn du so fragst, ja, irgendwie ist die Ausdrucksweise seltsam. Ich bin mir nicht sicher, aber es scheint, als folgten einige Einträge einem speziellen Muster, etwas, das tiefer reicht als die weinerliche Grundstimmung, die der Autor ausdrückt.«

»Einem Muster?«

»Es ist natürlich noch zu früh, um es mit einiger Sicherheit sagen zu können, aber ich habe die Witterung aufgenommen und bin wachsam wie ein Schießhund.«

»Meinst du, im Text sei eine Art Code versteckt?«

»Das war meine erste Vermutung, aber mehr auch nicht. Lasst mich erst den gesamten Text übersetzen, dann lasse ich ihn durch einige meiner Programme laufen und sehe, was ich finden kann. Ich hoffe, dass ich heute Abend fertig sein werde.«

»Halt uns bitte auf dem Laufenden.«

»Wie immer. Erfreut euch am Rauschen der Palmen und genießt den warmen Wind der Tropen.«

»Danke. Wir geben uns alle Mühe.«

Remi sah Sam gespannt an, als er von der Terrasse hereinkam. »Und?«

»Lazlo ist richtig fleißig. Er meint, es könnte so etwas wie ein Code sein. Vielleicht aber auch nicht.«

»Klingt vielversprechend. Oder auch nicht.«

Sam grinste. »Wenn es so einfach wäre, würde jeder es versuchen.« Er schaute auf die Uhr. »Was hältst du von einer kleinen Spazierfahrt?«

»An was hattest du gedacht?«

»Ich wollte Rubo noch mal einen Besuch abstatten. Ihm weitere Fragen stellen und überprüfen, ob er bei seiner ursprünglichen Geschichte bleibt – wenn sein Kumpel ihm mehr erzählt hat, als er uns weitergegeben hat, verplappert er sich vielleicht. Immerhin ist es einige Tage her.«

Als sie zur Hütte kamen, versperrten ihnen zwei Fahrzeuge den Weg: ein Polizeikombi und ein Krankenwagen. Sam und Remi wechselten einen besorgten Blick und stiegen aus dem Pathfinder aus, wo sie von einem stämmigen Inselpolizisten erwartet wurden. Er hatte die Hände in die Hüften gestemmt und fixierte sie mit Augen, deren Ausdruck hinter den dunklen Gläsern seiner Pilotenbrille nicht zu erkennen war.

»Was ist passiert? Geht es Rubo gut?«, fragte Remi, während sie auf den Polizisten zugingen.

»Ich fürchte, weiter als bis hierher dürfen Sie nicht gehen«, sagte der Polizist.

»Wir sind gekommen, um ihn zu besuchen. Was ist geschehen?«, fragte Sam.

»Er hatte einen Unfall. Sieht so aus, als wäre er ausgerutscht und hätte sich den Kopf angeschlagen.«

Sie wurden von zwei Sanitätern unterbrochen, die eine

Bahre aus der Hütte auf die Veranda schoben. Ein Laken, das über Rubos ausgestreckte Gestalt gebreitet worden war, lieferte die notwendige Erklärung. Der Polizist schaute zu den Sanitätern hinüber, die die Bahre über das unebene Gelände zum Krankenwagen bugsierten, und wandte sich wieder zu Sam und Remi um. »Gibt es sonst noch was?«, fragte er.

»Nein. So ein armer Mann. Ich hoffe, er musste nicht leiden«, sagte Remi.

»Das kann man nicht mit Sicherheit wissen, aber die Sanitäter meinen nein, wahrscheinlich hat er nicht gelitten«, antwortete der Polizist.

Sam und Remi kehrten langsam zu ihrem Wagen zurück. Sam rutschte hinter das Lenkrad, schaute Remi kurz von der Seite an und startete den Motor. »Der alte Rubo hat es geschafft, ohne Probleme fast hundert Jahre alt zu werden, und kaum begleitet er uns, um ein paar Fragen über die Vergangenheit zu stellen, da hat er einen tödlichen Unfall. Leide ich unter Verfolgungswahn, oder ist das Timing wirklich verdächtig?«

»Du fragst die Frau, mit der du im Fluss gebadet und dich vor bewaffneten Ganoven versteckt hast, nachdem du von der Straße gedrängt wurdest, allen Ernstes, ob du unter Verfolgungswahn leidest?«

Für diese Frage hatte Sam nur ein freudloses Grinsen übrig. »Du hast recht. Es war eine dumme Frage.«

37

Am nächsten Morgen rief Selma gerade zu dem Zeitpunkt an, als Sam und Remi auf der Meeresblick-Veranda saßen, ihren Frühstückskaffee genossen und die Fischereiflotte betrachteten, die im Hafen sanft an ihren Ankertauen schaukelte, während die Sonne aus dem Meer aufstieg. Sam hielt das Telefon ans Ohr und erweckte es mit einem Daumendruck zum Leben.

»Selma! Bitte, sagen Sie mir, dass Sie gute Nachrichten haben. Wir könnten sie weiß Gott gebrauchen.«

»Weshalb? Was ist geschehen?«

Sam berichtete ihr von Rubos bedauernswertem Schicksal.

Selmas Stimme bebte. »Das tut mir leid. Es klingt ganz sicher… oberfaul. Obgleich Sie ja meinten, er sei schon sehr alt… Trotzdem, hoffentlich halten Sie und Remi die Augen offen.«

»Für uns gibt es hier nicht viel anderes zu tun, Selma. Aber jetzt zu Ihren Neuigkeiten!«

»Lazlo ist bei mir. Er möchte Sie sprechen.«

»Geben Sie ihn mir.«

Als Lazlo das Wort ergriff, klang er überschwänglich vor Freude. »Sei mir gegrüßt, bester Freund. Das japanische Tagebuch enthielt in der Tat einige Überraschungen.«

»Ich nehme an, du meinst keine besonders klangvollen Gedichte, Lazlo, oder?«

»Genau genommen war der Sprachstil eine Qual – massenweise blutrote Sonnenuntergänge und stille Gewässer und was es sonst noch an Klischees gibt. Grässlich amateurhaft. Aber die darunter verborgene Chiffre war es nicht.«

»Die darunter verborgene Chiffre«, wiederholte Sam.

»Du hast richtig gehört. Aber auch nachdem ich sie mit meinem Programm geknackt habe, kann ich noch nicht sagen, ob sie einen Sinn ergibt. Sie ist ziemlich seltsam.«

»Warum verrätst du mir nicht, wie sie lautet?«

»Ich hatte eine bessere Idee. Ich habe dir alles, was ich herausgefunden habe, per E-Mail geschickt. Sieh es dir an, sobald du kannst. Möglicherweise sind mir auch irgendwelche Teile entgangen. Ich bezweifle es zwar, aber ich suche weiter.«

»Kannst du mir keine Zusammenfassung geben?«

»Eine Menge Gefasel über ein Dorf, einen Wasserfall und so weiter. Mir kommt es wie eine Weg- oder Ortsbeschreibung vor, aber ich finde, Längen- und Breitengrad wären um einiges nützlicher gewesen.«

»Möglicherweise hatte er keinen Zugriff auf seine Notizen oder ein GPS-Gerät, als er den Text schrieb«, rutschte Sam ein fauler Witz heraus, was ihm sofort leidtat, als er sich die Situation vergegenwärtigte, in der der Text entstanden war.

»Das ist sicherlich eine Erklärung. Die andere wäre, dass er befürchtete, jemand könnte den Code knacken. Angesichts der Technologie, die während des Krieges in Gebrauch war, ist das wohl unwahrscheinlich. Aber eine Möglichkeit wäre es. Heutzutage hat ein normaler Personenkraftwagen mehr Computerleistung an Bord, als der gesamten damaligen Chiffrierungsabteilung der Alliierten zur Verfügung stand, daher ist die Entschlüsselung für einen erfahrenen Profi wie mich ein Kinderspiel.«

»Weshalb ich froh bin, dich in unserem Team zu haben, Lazlo«, versicherte Sam.

»Wirf einen Blick darauf und ruf Selma an, wenn du irgendwelche Fragen hast. Unterdessen beschäftige ich mich weiter damit.«

»Danke, Lazlo. Gute Arbeit.«

»Ich hoffe, ich konnte helfen. Selma ist so verschwiegen wie die Sphinx, wenn ich sie frage, was ihr beiden da drüben treibt. Mehr als ein paar vage Andeutungen konnte ich ihr nicht entlocken.«

»Wir haben eine versunkene Stadt entdeckt, und es sieht so aus, als ob es einen Schatz gegeben hätte, den die Japaner gefunden und dort versteckt haben, ehe sie die Insel evakuierten. Dein Beitrag könnte der Schlüssel sein, um diesen Schatz zu finden.« Sam lächelte Remi an. »Lazlo, bist du zurzeit mit irgendetwas Dringendem beschäftigt?«

»Ich kämpfe mit mir, ob ich den großen amerikanischen Roman schreiben soll. Aber dann fällt mir immer ein, dass ich ja Engländer bin. Also setze ich mich stattdessen vor den Fernseher.«

»Meinst du, du könntest es schaffen, dich zu den wunderschönen Salomon-Inseln auf den Weg zu machen und uns bei unserer Schatzsuche zu helfen?«

Remi erwiderte Sams Lächeln mit einem Kopfschütteln und einem ergebenen Seufzer. Lazlo zögerte mit seiner Antwort keine Sekunde. »Ich nehme die nächste Maschine.«

»Dann wärest du in zwei Tagen hier.«

»Sucht den Schatz bloß nicht ohne mich.«

»Vielleicht solltest du Selma bitten, dir eine Dose Insektenabwehrmittel und irgendein Anti-Riesen-Spray einzupacken. Ach ja, und eine Kevlarweste für den Fall, dass es hier mit den Unruhen und den Attentaten weitergehen sollte.«

»Was willst du damit sagen?«

»Ach, nichts. Zieh einfach etwas Tropenfestes an. Und lass uns wissen, wann deine Maschine landet, damit wir das Begrüßungskomitee zum Flughafen schicken können.«

»Wird gemacht.«

Remi gab dem Kellner ein Zeichen, ihre Kaffeetassen aufzufüllen, während Sam das Telefon ausschaltete, und musterte ihn mit skeptischem Blick. »Brauchen wir Lazlo wirklich hier?«

»Er dreht durch, wenn er nichts zu tun hat. Und das Tagebuch hat er nun mal entschlüsselt.« Er informierte sie über die Chiffrierung und die E-Mail.

»Demnach lagen wir richtig. Kumasaka hat den Schatz versteckt, und zwar mit der Absicht, nach dem Krieg zurückzukehren und ihn zu holen«, sagte Remi.

»Oder sobald die Alliierten von den Achsenmächten zurückgedrängt worden wären.«

»Das lief nicht ganz so wie geplant.« Sie wartete, bis der Kellner ihre Tassen gefüllt hatte. »Aber warum ausgerechnet jetzt Lazlo? Es sieht doch so aus, als stünden wir dicht vor dem Ziel.«

»Ich denke, es würde seinen Lebensgeistern ganz guttun, wieder auf der Jagd zu sein.«

Sie beobachtete eine Möwe, die sich von einem Aufwind über der Brandung in die Höhe tragen ließ. »Ich weiß nicht, Sam. Angesichts der Rebellen, die rechts und links unschuldige Menschen umbringen …«

»Er kann sich genauso wie wir jederzeit in ein Flugzeug setzen und von hier verschwinden. Oder mit uns aufs Schiff umziehen.«

»Apropos Schiff, statten wir den Leuten dort heute einen Besuch ab?«

»Ich glaube, es wäre ganz gut, wenn wir uns mal wieder blicken ließen. Als moralische Unterstützung für Leonid, zum Beispiel.«

Nachdem sie sich auf ihr Zimmer begeben hatten, lud Remi die E-Mail herunter, und sie lasen Lazlos beigefügten Anhang. Anschließend schüttelte Remi den Kopf. »Nur ein einziges Mal wünsche ich mir klare Ortsangaben. Wirklich nur ein einziges Mal. Ist das zu viel verlangt?«

»Es würde einem nur den ganzen Spaß verderben.«

»Vielleicht, aber überleg doch mal. Der Ort, den er beschrieben hat, könnte überall liegen. Er nennt noch nicht einmal das Dorf, das er als Ausgangspunkt benutzt hat.«

»Lazlo deutete an, dass ihm vielleicht etwas entgangen ist, dass er etwas übersehen hat oder ihm irgendetwas fehlt. Dann könnte es sein, dass der Ausgangspunkt noch genannt wird. Aber auch in diesem Fall sind wir um einiges weiter als vor ein paar Tagen. Er spricht von einer Höhle in der Nähe eines Wasserfalls.«

»An dieser Stelle ergibt sich eine Mehrdeutigkeit, glaube ich. Lazlo weist ausdrücklich darauf hin, dass es ein Plural sein könnte und tatsächlich von mehreren Höhlen die Rede ist.«

»Höhle, Höhlen, wenigstens haben wir jetzt etwas, wonach wir Ausschau halten können.«

»Ich weiß.« Sie warf einen Blick auf die Uhr. »Was meinst du, wie schwierig es sein wird, auf dieser Insel halbwegs brauchbares Höhlenforschungsgerät aufzutreiben?«

»Eine Grundausrüstung? Das müsste unproblematisch sein. Vorsorglich stelle ich mal eine Liste zusammen und schicke sie an Selma. Lazlo kann alles mitbringen, was wir hier nicht auftreiben können.«

Außerhalb der Stadt trafen sie auf nur einen einzigen

polizeilichen Kontrollpunkt und auf wenig Verkehr, als sie der gewundenen Straße bis zu der Abzweigung folgten, die zur Bucht führte. Diesmal war ihr Pathfinder das einzige Fahrzeug, das am Strand parkte, und es gab keine frischen Reifenspuren, nachdem ihre alten von den regelmäßigen Wolkenbrüchen längst weggewaschen worden waren. Des kam mit dem Beiboot fünf Minuten nach ihrer Ankunft zum Strand und lieferte ihnen einen knappen Lagebericht, während sie über kabbelige Wellen zur *Darwin* rauschten.

An Bord brachte er sie sofort zur Kommandobrücke – wo Leonid auf seinem Stammplatz vor der Monitor-Bank saß und die Taucher bei ihrer Arbeit beobachtete. Er blickte hoch, als Sam und Remi hereinkamen, und konzentrierte sich dann sofort wieder auf die Bildschirme.

»Guten Morgen, Sonnenschein«, sagte Sam, als er zu ihm hinüberging.

»Ich glaube, es ist eher Nachmittag, oder?«, erwiderte Leonid.

»Wenn man auf den Inseln ist, vergeht die Zeit viel langsamer. Wusstest du das nicht?«, meinte Remi lächelnd. »Wie läuft es?«

»Quälend langsam. Bei dem Tempo wird es Jahre dauern«, klagte Leonid.

»Ich habe gute Nachrichten für dich, mein zur See fahrender Freund«, verkündete Sam. »Ein viel größeres Schiff ist unterwegs. Es sollte schon in kürzester Zeit hier ankommen.« Sam erzählte ihm von dem Forschungsschiff, und, völlig untypisch für ihn, huschte der Anflug eines Lächelns über die Miene des wenig gesprächigen Russen.

»Es kommt keine Minute zu früh«, sagte Leonid.

»Aber in der Zwischenzeit haben wir ein Projekt, das damit in Zusammenhang steht und bei dem deine beträchtlichen Fähigkeiten gefragt sind.« Sam nannte ihm die chiffrierten Ortsangaben, die Lazlo gefunden hatte. »Wir hatten gehofft, dass du das Schiff vielleicht für einige Zeit verlassen möchtest und uns bei der Suche nach König Locs Schatz behilflich bist. Es sei denn, du hast hier alle Hände voll zu tun«, sagte Sam mit einem Blick auf die verschwommenen Monitorbilder.

»Zurück auf soliden Untergrund? Wann gehen wir an Land?«

»In Kürze. Ein Helfer kommt aus San Diego und bringt ein paar Dinge mit, die wir brauchen. In spätestens zwei Tagen dürfte er hier sein.« Sam lächelte. »In der Zwischenzeit können wir noch ein paar gemeinsame Tauchgänge absolvieren. Remi redet nämlich ständig davon, dass sie dich in Aktion sehen möchte. Und ich hasse es, ihr irgendetwas vorzuenthalten.«

Remi nickte begeistert. »Das stimmt. Wir bleiben über Nacht, sodass wir schon am frühen Morgen ins Wasser gehen können. Bist du bereit, dich in die Montur zu werfen und deine neu erworbenen Fähigkeiten einzusetzen?«

Leonid schloss die Augen und schüttelte den Kopf. »Ich hoffe, das ist ein Scherz.«

Remi wartete, bis er die Augen wieder aufschlug, und grinste ihn unschuldig an. »Wenn es ums Tauchen geht, mache ich niemals Scherze.«

Sam zuckte die Achseln. »Sie ist der Boss. Komm, Wassermann. Zeit, in dein neues Element zu steigen.«

38

Am nächsten Morgen, nach einem gemeinsamen Frühstück mit der Mannschaft, kehrten Sam und Remi, begleitet von Leonid, an Land zurück. Der Russe machte keinen Hehl aus seiner Erleichterung, die *Darwin* hinter sich lassen zu können, und marschierte mit der Begeisterung eines Gefangenen, der aus der Todeszelle in die Freiheit entlassen wurde, durch den Sand zum Nissan, was Sam und Remi mit einem amüsierten Grinsen quittierten.

»Achte darauf, so viel Lärm wie möglich zu machen, Leonid. Denk an die Krokodile«, warnte Sam.

Leonid wurde sofort langsamer und sah sich misstrauisch um. »Machst du wieder Witze?«

»Nein, er meint es ernst«, versicherte ihm Remi. »Es ist doch allgemein bekannt, dass Krokodile geräuschempfindlich sind. Gewöhnlich singe ich und flattere mit den Armen. Das ist besser, als gefressen zu werden.«

»Wie recht sie hat. Du solltest auf sie hören«, sagte Sam. »Denk an Benji. Er war still und bezahlte dafür mit seinem Bein.«

Leonid blieb stehen. »Ich glaube, ihr wollt mich auf den Arm nehmen.«

»Wusstest du, dass ein männliches Krokodil schneller rennen kann als ein Rennpferd?«, fragte Remi. »Ich weiß nicht mehr, wo ich es gelesen habe, aber sie werden von den Eingeborenen Landbarrakudas genannt.«

Als sie das SUV erreichten, nahm Sam seine übliche

Außenkontrolle vor, während Leonid und Remi einstiegen. Nachdem er sich vergewissert hatte, dass in der Nähe des Wagens keine frischen Reifenspuren oder Fußabdrücke zu finden waren, rutschte er hinter das Lenkrad, startete den Motor und manövrierte den Wagen über die Schlaglochpiste in Richtung Hauptstraße.

Für Leonid im Hotel ein Zimmer zu buchen, erwies sich als vollkommen problemlos. Nachdem die Nachrichten von dem Attentat und der Ermordung der Entwicklungshelfer das allgemeine Interesse an einem Ferienaufenthalt auf Guadalcanal hatten erkalten lassen, stand das Hotel nahezu vollkommen leer.

»Wir haben Lazlos Reiseplan und die Bestätigung, dass seine Maschine gestartet ist«, sagte Remi. »Er müsste morgen früh um acht Uhr zehn landen.«

»Wunderbar. Vorausgesetzt, er ist sofort dazu bereit, könnten wir schon morgen Mittag in die Berge aufbrechen. Ich bin gespannt, ob wir diese Höhle tatsächlich finden.«

»Dann sind wir schon zu zweit. Wir können die Nachricht von Leonids Fund nicht sehr lange geheim halten, und sobald sie an die Öffentlichkeit dringt, wird es auf der Insel von Forschern wimmeln, die die Ruinen untersuchen wollen. Du kannst dir sicher denken, welche Spekulationen durch unsere Anwesenheit hier ausgelöst werden. Man würde uns auf Schritt und Tritt folgen, überzeugt, dass wir hinter einem Schatz herjagen.«

»Ich hoffe für Lazlo, dass wir auch wirklich irgendetwas finden. Leonid wird für die Entdeckung der Stadt sicherlich gefeiert werden wie ein Popstar. Und Lazlo wäre ebenfalls ein Erfolg zu gönnen, auch wenn er nur seinen Ruf aufpolieren würde.«

»Ich bezweifle, dass es etwas gibt, womit sich nach dem

kleinen Abenteuer mit seiner Studentin und dem daraus resultierenden Skandal sein Ruf wiederherstellen ließe«, sagte Remi.

»Einen verschollen geglaubten Schatz zu finden, hat eine enorme Wirkung.«

»Das brauchst du mir nicht zu sagen. Wir müssen ihn nur auch finden.«

»Und das ist zumeist schwieriger, als es klingt«, räumte Sam ein.

Sie verbrachten den Nachmittag damit, mit Leonid durch Honiara zu streifen und die Ausrüstung für ihre Höhlenexpedition zusammenzusuchen. Sie fanden Gummistiefel, ausreichend starkes Seilmaterial und LED-Stablampen, hatten jedoch kein Glück mit Karabinern und der besonderen Hardware für ihre Zwecke. Diese eher selten benötigten Ausrüstungsgegenstände hatte Lazlo dankenswerterweise in seinem Gepäck, sodass sie nach seiner Ankunft sofort aufbrechen könnten.

Die Stimmung in der Stadt hatte sich offenbar normalisiert, und es war nichts mehr von der unterschwelligen Bedrohung zu spüren, die noch am Anfang der Woche das öffentliche Leben beherrscht hatte. Es war seit der Macheten-Attacke zu keinen weiteren Gewaltausbrüchen gekommen, und trotz der anhaltenden Anspannung ging das Leben weiter. Die Ankunft der von Australien angeführten zivilen Friedenstruppe wurde von den Einheimischen im Wesentlichen begrüßt, auch wenn immer noch ein nicht geringer Anteil der Bevölkerung diesen Einsatz als unzulässige Einmischung und als Angriff auf die Autonomie der Insel betrachtete.

Sam und Remi waren am nächsten Tag schon früh auf den Beinen und warteten vor dem kleinen Ankunftsterminal des Honiara Airport, während Lazlo die Zollformalitäten erledigte. Als er schließlich durch die Doppeltür herauskam, gefolgt von einem Gepäckträger, der einen überladenen Gepäckkarren vor sich herschob, sah er in jeder Hinsicht so aus wie der typische englische Weltreisende in akkurat gebügeltem Khakioberhemd und dazu passenden Shorts, Wüstenstiefeln unter mageren weißen Beinen und einem Tropenhelm, der in einem verwegenen Winkel auf seinem Kopf saß.

»Da seid ihr ja! Die Heinis hätten mich mit all dem Kram, den ich mitbringen sollte, beinahe nicht durchgelassen. Ich kann von Glück reden, dass sie mich auf der Suche nach Haken und was weiß ich nicht auch noch einer Leibesvisitation unterzogen haben!«, rief er, während er auf sie zuging.

Sam ergriff seine Hand und schüttelte sie, dann ließ er sie los, damit Remi ihn zaghaft umarmen konnte.

»Hattest du die Absicht, für die hiesige Produktion von *Lawrence von Arabien* vorzusprechen?«, fragte Sam.

Lazlo schaute an sich herunter. »Was? Hast du noch nie eine richtige Tropenmontur gesehen? Ich finde, du solltest froh sein, dass deine Helfer versuchen, den Eingeborenen ein wenig Lebensart beizubringen und ihnen als gutes Beispiel voranzugehen.«

Remi betrachtete ihn von Kopf bis Fuß. »Ich dachte schon, es sei Halloween, und niemand hat es uns gesagt. Auf den Inseln verliert man schnell jegliches Zeitgefühl.«

»Das letzte Mal habe ich einen solchen Hut in einem Film mit Katherine Hepburn gesehen«, fügte Sam hinzu.

Lazlos Gesicht war wie aus Stein gemeißelt. »Freut mich, dass ich offenbar einiges zu eurer Unterhaltung beitragen kann.«

Sam klopfte ihm auf den Rücken und grinste. »Wir machen nur ein bisschen Spaß, Lazlo. Wie war der Flug?«

»Über zwanzig Stunden angeschnallt auf meinem Platz und dazu noch stocknüchtern. Nach Hawaii waren die Turbulenzen so heftig, dass ich Angst hatte, eine Zahnfüllung zu verlieren. Muss ich noch mehr erzählen?«

»Na ja, jetzt hast du jedenfalls wieder festen Boden unter den Füßen. Bist du ausreichend ausgeruht, um schon mal ein wenig Höhlenforschung zu betreiben?«, fragte Remi.

»Es ist verdammt lange her, dass mir eine Frau ein solches Angebot gemacht hat«, erwiderte Lazlo, aber dann wurde seine Miene ernst. »Doch, ich bin sicher, dass ich dazu genügend Energie aufbringen kann. Ich vermute, dass meine Hinweise für euch hilfreich waren.«

»Das müssen wir erst noch überprüfen. Wir glauben, dass wir das Ausgangsdorf kennen, das Kumasaka als seinen Markierungspunkt bezeichnet, aber um eine Bestätigung zu erhalten, bleibt uns nichts anderes als ein längerer Fußmarsch übrig«, sagte Sam.

»Ist doch ein idealer Tag dafür. Was haben wir, hundert Grad und neunzig Prozent Luftfeuchtigkeit?«

»Ich dachte, die Briten messen in *Celsius*«, meinte Remi.

»Ich kann nur hoffen, dass es landeinwärts ein wenig angenehmer wird«, sagte Lazlo.

»Ach, abgesehen von den Moskitos, den Krokodilen, der Rebellenmiliz und den Riesen ist es richtig gemütlich«, versicherte Sam.

»Ich nehme nicht an, dass irgendetwas davon scherzhaft gemeint ist, oder?«

»Vielleicht das mit den Riesen. Aber der Rest… hast du nicht die Nachrichten über diesen Winkel der Welt verfolgt?«

»Nun, da du es erwähnst, Selma hat irgendetwas von Rebellen erzählt, aber ich dachte, dass sie bloß versucht hat, mich von einem aufregenden Abenteuer abzuhalten.« Er machte eine kurze Pause und senkte die Stimme. »Die Frau ist geradezu verrückt nach mir. Ich glaube kaum, dass sie meine Abwesenheit lange ertragen kann, weißt du. Aber lasst bloß nicht durchblicken, dass ich etwas in dieser Richtung gesagt habe. Ich möchte sie nicht in Verlegenheit bringen.«

Remi verdrehte die Augen, während Sam zum Parkplatz vorausging. Lazlos Gepäck füllte den gesamten Kofferraum und einen Teil der hinteren Sitzbank aus, und er hatte kaum Platz für seinen Tropenhelm, als er sich mit angezogenen Knien in die winzige Lücke zwängte, die noch frei geblieben war.

»Ich hoffe, dass die Klimaanlage in dieser rollenden Antiquität funktioniert«, sagte er, während Sam und Remi einstiegen.

»Wie geschmiert. Dies ist schon das vierte Fahrzeug, das wir seit unserer Ankunft hier ausprobieren dürfen, und wahrscheinlich ist es das beste und interessanteste«, sagte Remi.

»Tatsächlich? Darf ich erfahren, was mit den anderen geschehen ist?«

Remi und Sam wechselten einen verschwörerischen Blick, und dann sah sie Lazlo im Rückspiegel an. »Das willst du gar nicht wissen.«

»Aha. Soso. Dann werde ich mich damit zufriedengeben, meinen Kleinkrieg gegen die Mücken fortzusetzen. Auf geht's.«

Remi drehte sich halb zu ihm um. »Oh, Leonid kennst du noch nicht, oder?«

»Ich hatte bisher nicht das Vergnügen.«

»Dann erwartet dich eine Überraschung. Gegen ihn bist du der Inbegriff des Optimismus.«

»Wenn man sich ansieht, mit welcher Tätigkeit ich mir mittlerweile die Zeit vertreibe, würde ich meinen, dass die Bezeichnung *gescheiterter Träumer* weitaus treffender ist«, sagte Lazlo. »Laos war ein Reinfall, und ich habe wenig Hoffnung, dass der Brief von Captain Cooke echt ist. Demnach sind meine Aussichten im Moment nicht allzu rosig.«

»Das wird sich ändern, Lazlo. Ohne deine Übersetzung und die Dechiffrierung des Tagebuchs hätten wir gar nichts, und wenn wir tatsächlich am Ende dieses Regenbogens einen Schatz finden, dann wird das ausschließlich dir zu verdanken sein.«

Lazlo runzelte die Stirn, als sie in ein weiteres Schlagloch sackten und er auf seinem Platz hin und her geworfen wurde. »Na, dann bin ich, genau betrachtet, bereits ein reicher Mann, nicht wahr?«

Remi lachte schallend. »Das ist es, was ich an dir liebe, Lazlo. Deine unerschütterliche Zuversicht.«

39

Im Hotel machte Sam seinen russischen Freund Leonid Vasjew mit Lazlo Kemp bekannt. Sie luden die Ausrüstung in den Pathfinder, während zunehmend Gewitterwolken den Himmel verdunkelten.

»Woher wisst ihr, wo ihr mit der Suche anfangen müsst?«, fragte Leonid, nachdem sie am ersten polizeilichen Kontrollpunkt angehalten und nach kurzer Kontrolle weitergewinkt worden waren.

»Wir wissen, dass die Japaner den Schatz von der Bucht weggeschafft haben, und wir wissen ebenfalls, wo wir den einzigen Überlebenden gefunden haben. Jetzt hoffen wir, dass wir jemanden im Dorf auftreiben können, der uns zeigen kann, an welchem Ort das alte verlassene Dorf gestanden hat«, erklärte Remi.

»Und wenn sich eure Hoffnung nicht erfüllt?«

»Dann könnte es für uns um einiges schwieriger werden«, sagte Sam.

»Was ist mit der Sprachbarriere?«, fragte Leonid weiter. »Ich dachte, ihr hättet davon gesprochen, dass von den Dorfbewohnern niemand Englisch oder auch nur Pidgin beherrscht.«

»Das war unser erster Eindruck, aber ich vermute, dass sich einige der älteren Dorfbewohner durchaus mit uns verständigen können«, sagte Remi. »Selbst wenn sie keine intensiven Kontakte mit der Außenwelt pflegen, können sie sich nicht vollkommen abschotten, und wenn sie Geschäfte machen wollen, müssen sie eine gemeinsame Sprache haben. Wahrscheinlich Pidgin. In diesem Fall können wir improvisieren. Außerdem haben wir den großen Lazlo bei uns – den Meister der tausend Dialekte.«

Remi deutete auf die Öffnung im Dschungeldickicht, das ihre Straße säumte, wo der schmale Wildpfad begann, der zur Küste hinunterführte. »Dies ist der Weg zur Bucht. Das Dorf befindet sich drei Meilen wieder die Küste hinunter. Laut Aussage des Überlebenden brauchten sie einen ganzen Tag, um den Schatz in die Höhle zu tragen.«

Im Kopf stellte Leonid eine schnelle Berechnung an. »Wie lautet die Wegbeschreibung genau, die Lazlo in dem Tagebuch gefunden hat?«

Sam sah im Rückspiegel zu Lazlo auf der Rückbank. »Möchtest du nicht mal dein fotografisches Gedächtnis demonstrieren?«

»Hmm. Sie lautete: ›Von der letzten Hütte in Richtung der aufgehenden Sonne, weiter zum Ziegenkopf, dann auf feindliches Gebiet und weiter zu dem kleinen Wasserfall. Der Weg folgt nach den Wasserfällen.«

Leonid schüttelte den Kopf. »Ernsthaft? Das ist alles an Information, worauf wir uns verlassen?«

»Offensichtlich sollte es eine Gedächtnisstütze für ihn selbst sein und keine Serie von Wegbeschreibungen, um jemanden an ein Ziel zu führen. Aber es müsste eigentlich ausreichen«, sagte Remi. »Wir haben schon mit schlechteren Hinweisen gearbeitet.«

»Stimmt«, sagte Leonid. »Also müssen wir ein Dorf suchen, das nicht mehr existiert, welches das einzige in der Gegend sein oder nicht sein kann, dann müssen wir suchen, was immer man unter einem Ziegenkopf versteht, und danach einen Wasserfall. Vorausgesetzt er befindet sich noch am gleichen Ort. Und irgendwo danach – zehn Meter oder Kilometer entfernt – soll eine Höhle sein. Die man sehen kann oder auch nicht und in der es von mordlustigen Rebellen wimmeln könnte. Habe ich es halbwegs richtig beschrieben?«

Ein ohrenbetäubender Donner explodierte über ihren Köpfen, und Sekunden später verdunkelte eine graue Regenflut die Straße und verringerte die Sichtweite auf nicht mehr als fünf Meter.

»Du hast ausgelassen, wo wir wahrscheinlich für mindestens eine Nacht und möglicherweise sogar mehrere Nächte unser Lager aufschlagen müssen«, sagte Sam. »Aber keine Sorge. Wir haben zwei Zelte und einige Verpflegung im Wagen.«

»Und jede Menge Insektenspray«, fügte Remi hinzu.

»In dieser Suppe?«, fragte Lazlo. »Niemand hat ein Wort darüber verloren, dass wir zelten. Ich hatte eher gehofft, heute Abend gegrillten Ahi in Pfefferkruste zu bestellen. Auf der Speisekarte sah er verlockend aus.«

»Damit hätten wir auch den Anreiz, uns zu beeilen«, sagte Sam. Er schaute nach links und verlangsamte die Fahrt. »Ich glaube, das ist der Weg zum Dorf. Remi?«

Sie starrte durch den Regen auf eine nicht näher markierte Lücke im Dschungel. »Könnte sein. Es ist kaum zu erkennen.«

»Nun, wir haben schließlich Zeit im Überfluss. Wir können es ruhig versuchen«, sagte Sam und bremste die Fahrt weiter ab, während golfballgroße Regentropfen auf den Nissan einhämmerten. Er schaltete den Vierradantrieb ein, und sie verließen schwankend die Asphaltdecke. Die Reifen rutschten ein Stück durch den Schlamm, ehe sie genügend Grip fanden, um das Fahrzeug wieder zu beschleunigen.

Der Regen versiegte in dem Augenblick, als sie an den Fluss kamen, der Rubo bei ihrem letzten Ausflug vor ein Problem gestellt hatte. Sam bremste und betrachtete ihn. »Also, müssen wir jetzt auf die andere Seite, oder geht es bergauf?«

»Machst du Witze?«, murmelte Leonid missgelaunt.

»Ich glaube, wir müssen den Fluss durchqueren«, sagte Sam und spielte mit dem Gaspedal. Das überladene Fahrzeug tauchte in den Strom, und der Dschungel hüllte sie ein, als sie sich kurz darauf die Uferböschung hinaufarbeiteten.

Als sie der Biegung folgten und das Dorf vor ihnen auftauchte, gönnte sich Remi einen lautlosen Seufzer der Erleichterung – sie hatten nach der Straße die richtige Piste unter die Räder genommen. Das SUV hielt schwankend am Rand der ersten Ansammlung von Hütten an, und mehrere neugierige Dorfbewohner beobachteten sie, als sie ausstiegen. Sam ging voraus zu der Gruppe der Wartenden, unter denen er – noch von seinem ersten Besuch – den Schamanen erkannte. Der Mann begrüßte sie mit einem Kopfnicken und deutete den Berghang hinauf auf die Hütte, wo sie Nauru befragt hatten, und schüttelte den Kopf. Sam nickte, kramte in seiner Hosentasche, zog schließlich einen Fünfzig-Dollar-Schein heraus und reichte ihn dem Mann.

»Rubo«, sagte er und schüttelte ebenfalls den Kopf. Die Augen des alten Mannes weiteten sich erst verstehend, und dann erst nahm er zögernd das Geld an. »Sprechen Sie Englisch?«, fragte Sam.

Der Mann zuckte verneinend die Achseln und deutete auf einen der jungen Männer, die ein Stück entfernt im Gras hockten. Der junge Mann erhob sich und näherte sich. Sam wiederholte seine Frage, und der Mann nickte.

»Ein wenig«, sagte er.

»Wir suchen ein altes Dorf. Verlassen«, sagte Sam. Der Blick des Jungen war verwirrt, also versuchte Sam es ein zweites Mal. »Ein Dorf. In dem Nauru lebte. Wir müssen es finden.«

Diesmal schien die Botschaft verstanden worden zu sein, denn der Junge wandte sich zu dem älteren Dorfbewohner um, und ein kurzes Gespräch entspann sich. Nach einigem Hin und Her straffte der junge Mann die Schultern und sah Sam kopfschüttelnd an.

»Nichts dort. Schlecht.«

»Das wissen wir. Aber wir müssen dorthin«, schaltete Remi sich ein und machte einen Schritt vorwärts.

Eine weitere Diskussion zwischen dem jungen Mann und dem alten Schamanen endete mit dem gleichen abweisenden Blick des jungen Mannes.

»Keine Straße.«

»Richtig. Wir können laufen.« Remi hielt inne. »Kannst du uns zeigen, wo es ist?«

Sam holte einen Zwanzig-Dollar-Schein hervor und entschied damit die Angelegenheit, als die Augen des Jungen bei diesem unerwarteten warmen Regen aufleuchteten. Er wechselte einige schnelle Worte mit dem alten Mann, dann riss er Sam das Geld aus der Hand, als befürchte er, es könnte sich jeden Moment in Luft auflösen.

»Jetzt?«, fragte er.

Sam nickte. »Ja.«

Sie kehrten zum SUV zurück, holten die Rucksäcke und die Säcke, in denen sich die Camping- und die Höhlenwanderausrüstung befand, aus dem Kofferraum und teilten alles unter sich auf. Als sich jeder einen Ruck- und einen Packsack aufgeladen hatte, marschierten sie los und folgten dem Jungen, der mit der Eleganz einer Antilope barfuß in den Regenwald eindrang. Lazlo wechselte einen besorgten Blick mit Leonid, dessen Miene noch düsterer war als sonst, und sie folgten ihm, unter dem Gewicht ihrer Traglast schwankend, während Sam und Remi scheinbar mühelos den kaum erkennbaren Wildpfad in Angriff nahmen.

Die Wanderung dauerte eine volle Stunde. Die letzten Ausläufer des Wolkenbruchs nieselten auf sie herab und machten den aufgeweichten Untergrund noch schlüpfriger. Die Sonne brach durch die Wolken, als sie zu einer Lichtung am Fuß eines weiteren Hügels gelangten. Außer gelegentlichen Vogelrufen drang kein Laut aus dem Urwald ringsum. Der Junge deutete auf den Bach auf der anderen Seite der Lichtung unweit mehrerer grober, von Menschenhand geschaffener Steinformationen, die nahezu vollkommen überwuchert, aber immer noch als Fremdkörper in der Landschaft zu erkennen waren.

Im Schatten der Bäume legten sie eine kurze Pause ein, und der Junge deutete mit einem Kopfnicken auf die steinernen Gebilde.

»Tische.«

Remi nickte. Nur die Arbeitstische zum Säubern von Fischen und Kleidung waren von dem unglückseligen Dorf noch übrig. Sie waren aus Kalkstein geformt, der aus einem Steinbruch auf dem nahe gelegenen Berg stammte.

»Sie sehen aus, als bestünden sie aus der gleichen Gesteinsart, die der König für seine Inseln und Tempel benutzt hat«, stellte Leonid fest.

»Erscheint doch logisch. Kalkstein ist verhältnismäßig leicht zu gewinnen und zu bearbeiten«, meinte Sam.

Lazlo schaute sich auf der Lichtung um. »Sonst ist nichts mehr vorhanden. Verdammt erstaunlich, dass alles verschwinden kann – hätte dieser nette junge Mann uns nicht den Weg gezeigt, wären wir niemals auf die Idee gekommen, wonach wir hätten Ausschau halten müssen.«

Remi nickte. »Laut Naurus Bericht wurde jeder getötet. Daher war niemand mehr da, der den Kampf gegen die Elemente hätte aufnehmen können.«

Sam ging zum Bach hinüber. Er schaute zur Sonne und holte einen Kompass aus der Brusttasche seines Oberhemds. Nach einem kurzen Blick auf die Kompassrose kehrte er zu der Gruppe zurück und wandte sich an den Jungen.

»Vielen Dank. Wir bleiben hier«, sagte er. Der junge Mann sah ihn verständnislos an, und Sam wiederholte seine Mitteilung und unterstrich sie mit einigen Handzeichen. Ein Ausdruck des Begreifens erschien nun auf dem Gesicht des Jungen. Er zuckte die Achseln. Wenn diese verrückten Fremden mitten im Dschungel von Guadalcanal campieren wollten, dann ging ihn das nichts an. Er hatte seinen Lohn bereits erhalten. »Du kannst zurückgehen«, sagte Sam und deutete auf den Wildpfad.

Ihr Führer nickte, verschwand nach einem kurzen Winken im Regenwald und ließ sie auf der Lichtung zurück. Sam holte ein tragbares GPS-Gerät aus seinem Rucksack und schaltete es ein, dann setzte er einen Wegpunkt für das Dorf, damit sie die Koordinaten gespeichert hatten, falls sie an diesen Ort würden zurückkehren müssen, um mit ihrer Suche von vorn zu beginnen. Nach zehn Minuten im Schatten schaute er auf die Uhr und schwang sich seine Last wieder auf den Rücken. »Wir können eigentlich weitergehen. Osten liegt in dieser Richtung. ›Nach der letzten Hütte zur aufgehenden Sonne.‹ Das heißt für mich nach Osten.«

»Was ist mit dem Ziegenkopf?«, fragte Lazlo.

»Das ist ein wenig problematischer. Ich hoffe, wir wissen, was damit gemeint ist, wenn wir ihn vor uns haben.«

»Wir überqueren diese Brücke, wenn wir ihn erreicht haben.«

Leonid musterte seine Gefährten düster und verscheuchte einen Moskito. »Ziegenköpfe. Dörfer, die nicht mehr existieren.«

Sam übernahm die Spitze und führte die Gruppe über den Bach dorthin, wo er einen Wildpfad entdeckt hatte, der in der gewünschten Richtung verlief. Sobald sie sich wieder im dichten Dschungel befanden, stieg die Temperatur auf erstickend heiße Werte, da der kühlende Seewind von der üppigen Vegetation abgeschirmt wurde. Alle paar Minuten wurde Sam langsamer und lauschte auf Geräusche möglicher Verfolger – zwar glaubte er nicht, dass sie von dem jungen Mann oder von den Dorfbewohnern irgendetwas zu befürchten hatten, aber er wollte kein Risiko eingehen.

Der Berghang wurde steiler, je weiter sie nach Osten vordrangen, und der Pfad schwenkte irgendwann nach Norden ab, was ihnen nicht weiter nützte. Sam und Remi ergriffen ihre Macheten und hackten sich durch das Unterholz, wodurch sich das Tempo ihres Vordringens rapide verminderte. Sie nahmen den Kampf gegen den Dschungel und das Gelände auf.

Der Nachmittag schien bei der nahezu unerträglichen Hitze kein Ende zu nehmen, und als sie auf eine weitere Lichtung am Ufer eines breiteren Flüsschens gelangten, entschieden sie sich für eine Rast unter einem Banyan-Baum. Vor Erschöpfung mühsam nach Luft ringend, befreiten sie sich von ihrem Marschgepäck.

»Was meinst du, wie weit wir vorgedrungen sind?«,

fragte Remi und kühlte sich die Stirn mit einem Halstuch, das sie in das lauwarme Flusswasser getaucht hatte.

»Eine halbe Meile vielleicht. Nicht mehr.« Sam holte wieder sein GPS-Gerät hervor, wartete, bis es ein Signal auffing, und blickte auf das Display. »Sogar mehr als eine halbe Meile, aber nicht viel.«

»Und wir haben keine Ahnung, wie viel weiter wir noch marschieren müssen, bis wir in die Nähe des Ziegenkopfs gelangen«, murmelte Leonid.

»Das gehört bei einem solchen Abenteuer eben dazu«, sagte Sam.

»Vergiss nicht, dass wir nicht mal eine Ahnung haben, was wir uns unter diesem mysteriösen Ziegenkopf vorstellen müssen«, meinte Lazlo. »Falls irgendjemand auf die Idee kommen sollte, das Ganze wäre ein Spaziergang.«

Remi räusperte sich. »Ich frage nur deshalb, weil mir scheint, dass sich dieser Fluss, vorausgesetzt er existiert hier schon seit einer Weile – was er, wenn ich mir den Grad der Erosion ansehe, offenbar tut –, als geeigneter Lagerplatz anbietet. Und während wir eine Pause einlegen, ist es sicherlich auch der passende Ort, um ihn zu markieren.«

»Ja, sicher, das ist alles schön und gut, aber ich fürchte, im Tagebuch war nirgendwo von einem Fluss die Rede. Und ich sehe auch keinen Wasserfall«, sagte Lazlo.

»Und keine Ziegen«, fügte Leonid mürrisch hinzu.

»Manchmal hat man die Antwort auf seine Fragen direkt vor der Nase«, sagte Remi. Sam folgte ihrem Blick zu einer Felsformation.

Nach einigen Sekunden verzog sich sein Gesicht zu einem breiten Grinsen. »Habe ich eigentlich schon lobend erwähnt, wie scharfsichtig und clever meine Frau heute ist?«, fragte er stolz. Er erhob sich langsam und deutete auf die Felsbrocken. »Wie sieht das für dich aus, Lazlo?«

Lazlo fasste ebenfalls die Felsbrocken ins Auge. »Wie ein Haufen großer Steine.«

Remi lächelte. »Im Land der Blinden ist der Einäugige König.«

Lazlo wandte sich zu ihr um. »Das mag schon sein, aber …« Er verstummte und starrte abermals die Felsen an.

Mehrere Sekunden lang sagte keiner ein Wort, und dann brach Leonid das Schweigen. »Entschuldigt, aber benutzt ihr einen geheimen Code? Denn ich verstehe absolut nichts von dem, was ihr da redet …«

Sam schüttelte den Kopf und deutete auf die Felsformation. »Diese Steine ähneln einem Ziegenkopf, Leonid.«

Leonid kniff die Augen zusammen, während er Sams ausgestrecktem Finger folgte. »Also ich will verdammt sein …«

Lazlo nickte. »Höchstwahrscheinlich sind wir alle das irgendwann, alter Knabe, aber ganz offensichtlich noch nicht in diesem Moment.«

40

Sam setzte auf dem GPS-Gerät einen weiteren Wegpunkt und rief die Satellitenkarte der Gegend auf. Nachdem er das Gelände ausgiebig in Augenschein genommen hatte, schüttelte er den Kopf. »Es sieht so aus, als ob wir bei diesem Marsch auf Hightech-Unterstützung verzichten müssen. Die Bilder helfen uns nicht weiter – wir sehen nichts anderes als das Blätterdach des Regenwaldes. Man kann noch nicht einmal den Fluss erkennen. Er wird zu dicht abgedeckt.«

»Wie geht der Text aus dem Tagebuch weiter?«, fragte Remi. »War da nicht irgendetwas mit feindlichem Gebiet?«

Lazlo nickte. »Richtig. ›Auf feindlichem Gebiet zum kleinen Wasserfall.‹ Irgendeine Idee, was damit gemeint sein könnte?«

Sam blickte zum Gipfel des nächsten Berges hinauf, um dessen Spitze sich Wolken zu einem Ring angeordnet hatten, sodass er aussah wie ein Heiligenschein. »Die Alliierten hatten die Region um Honiara bis hinunter zum Flughafen besetzt. Diese Gegend befindet sich von hier aus gesehen im Nordosten. Vorausgesetzt, dass Kumasaka dieses Gebiet meinte.«

»Ich will kein Spielverderber sein«, sagte Lazlo, »aber tatsächlich hatten sie auch fast den gesamten östlichen Teil der Insel besetzt.«

»Richtig, aber da Kumasaka es für bemerkenswert genug hielt, um es in seinem Tagebuch zu erwähnen, denke ich, dass seine Wortwahl auf einen Richtungswechsel am Ziegenkopf hinwies – von Osten nach Nordosten«, sagte Sam. »Warum sonst sollte er es überhaupt erwähnt haben?«

Remis Miene bekam einen zweifelnden Ausdruck, als sie den Berghang jenseits der steinernen Tische betrachtete. »Ab hier wird es um einiges schwieriger. Das Gelände ist ziemlich steil.«

»Bedenkt, dass sie schwere Kisten schleppen mussten, also sollten wir versuchen, genauso zu denken wie die Japaner damals«, riet Sam.

»In diesem Fall suchen wir einen natürlichen Zugang – einen Weg, der möglichst wenige Schwierigkeiten bietet«, sagte Lazlo.

Sie studierten die Landschaft, deren Farbskala vom dunklen Grau der Ziegenkopfformation bis zum neonhellen Grün der üppigen Vegetation ringsum reichte. Ein offensichtlicher Weg, um weiter vorzudringen, war nicht zu erkennen – oder, genau genommen, den Berghang zu erklimmen, der sich scheinbar endlos himmelwärts streckte. Sam und Remi gingen bis zur Basis des Hügels weiter und schritten dann suchend am Rand des Urwalddickichts entlang. Das hohe Gras, das in diesem Bereich wucherte, ließ keinen Zweifel daran, dass diese Gegend seit einer halben Ewigkeit nicht mehr von Menschen betreten worden war.

Als sie zu Lazlo und Leonid zurückkehrten, die es sich im Schatten gemütlich gemacht hatten und die unfreiwillige Pause dankbar nutzten, um sich auszuruhen, war Sams Miene nachdenklich. »Möglicherweise ist es absolut simpel, und wir brauchen nur dem Fluss zu folgen. So wie es aussieht, fließt er nach Nordosten, und es könnte sein, dass die Japaner das Gleiche getan haben«, sagte er.

»Weshalb hat Kumasaka dann nicht einfach geschrieben ›folgt dem Fluss‹, anstatt diesen Unsinn, sich auf feindliches Gelände zu begeben?«, fragte Leonid.

»Vielleicht befürchtete er, dass der Fluss im Laufe der Zeit seine Fließrichtung ändern würde. Rubo erwähnte doch, dass der Fluss, der den Weg zum Dorf kreuzt, das letzte Mal, als er dort war, noch gar nicht existiert hatte. Auf einer tropischen Insel ist so etwas immer möglich. Oder er war von der Furcht besessen, dass jemand Unbefugtes in den Besitz des Tagebuchs gelangen und es entschlüsseln könnte. Es gibt zahlreiche Möglichkeiten …«

»… die allesamt falsch sein können«, beendete Leonid den Satz.

»Ihr müsst das Ganze positiv sehen. Wir haben den Ziegenkopf gefunden. Demnach müssen wir auf dem richtigen Weg sein«, sagte Remi.

»Immer die Optimistin, das lobe ich mir«, sagte Sam. »Halten wir uns an das, was real vorhanden ist. Es sei denn, ich höre bessere Vorschläge.« Er sah Leonid und Lazlo fragend an.

Lazlo kam auf die Füße. »Ich bin auf deiner Seite. Wir folgen dem Fluss. Wenn dieser Weg falsch ist, dann werden wir das früher oder später merken. Immerhin befinden wir uns auf einer Insel. Und dort führen am Ende alle Wege zum Meer.«

Sam sah auf die Uhr. »Wir sollten aufbrechen.«

»Ich nehme nicht an, dass der Vorschlag, in unser hübsches, sicheres Hotel zurückzukehren und morgen dort weiterzumachen, wo wir heute aufhören, auch nur eine geringe Chance hat, angenommen zu werden«, sagte Leonid. »Selbst wenn du die Wegpunkte gespeichert hast.«

»Wir sind jetzt auf der Jagd, mein russischer Freund.

Wir haben die Witterung aufgenommen. Wir verfolgen die Fährte«, sagte Sam und beendete damit die Diskussion.

Das Flussbett mit seiner Füllung aus losem Geröll wurde anfangs als willkommene Abwechslung zu dem grundlosen Morast auf zahlreichen Pfaden und Wildwechseln begrüßt, aber schon nach kurzer Zeit erwies er sich als deutlich beschwerlicher, je steiler sich der Berghang emporschwang. Nach einer Stunde, die sie am Ufer des Flusses entlanggegangen waren, verbreiterte sich der Strom und gabelte sich dann. Ein Arm schwenkte nach links, der andere nach rechts. Sie blieben stehen und betrachteten die beiden Flussarme. Sam wandte sich an Leonid. »Welche Richtung gefällt dir am besten?«

»Keine von beiden.«

»Nun kommen Sie schon, suchen Sie eine aus«, sagte Lazlo. »Seien Sie kein Spielverderber.«

Sie warteten, während Leonid die beiden Flussarme prüfend betrachtete. Am Ende deutete er auf den rechten. »Der verläuft weiter nach Osten.«

»Nun, jetzt wissen wir Bescheid«, sagte Remi. »Aber vielleicht wird nun auch klar, weshalb der Oberst nicht einfach schrieb: ›Folge dem Fluss.‹«

Nach einer kurzen Rast führte Sam sie am Fluss entlang und anschließend in die Berge hinauf. Die Sonne machte bereits Anstalten, in den Bäumen hinter ihnen zu versinken, als sie den Fuß einer sich steil auftürmenden Felslandschaft erreichten, in die sich der Fluss eingeschnitten hatte. Sie blieben stehen, um Atem zu schöpfen, und Sam blickte auf den Steilhang, der sich mit zunehmender Höhe im Dunst verlor.

»Niemals sind sie dort hinaufgestiegen. Ich glaube, wir sind auf dem falschen Weg.«

Remi nickte. »Er hat recht. Sie waren schließlich mit schweren Kisten beladen. Ich glaube auch, dass sie dem anderen Flussarm gefolgt sind.«

Sam schaute zum Himmel. »Wir müssten es schaffen, bis zum Einbruch der Dunkelheit wieder an der Gabelung zu sein. Auf der kleinen Lichtung können wir ein Lager aufschlagen und unser Glück morgen in der anderen Richtung versuchen.«

Lazlo hatte einen tröstenden Blick für Leonid. »Es ist keine Schande, dass Sie sich vertan haben, alter Junge. Das passiert auch den Besten von uns.«

»Deshalb vermeide ich es ja auch möglichst, wichtige Entscheidungen aus dem hohlen Bauch zu treffen.«

Sie erreichten die Lichtung und hatten gerade noch genügend Zeit, um die Zelte aufzuschlagen. Ein Kochfeuer anzufachen, war angesichts des mit Wasser getränkten Untergrunds und der regennassen Vegetation undenkbar, daher begnügten sie sich mit einem Abendessen aus Protein-Riegeln, Elektrolyt-Tabletten und lauwarmem Wasser, das sie im gespenstischen Lichtschein ihrer LED-Stablampen stumm einnahmen.

Als es Nacht wurde, stürzten sich Schwärme von Moskitos auf sie. Sie begaben sich schon früh zur Ruhe, reichlich mit Insektenspray eingenebelt und begleitet vom Geheul und Geschrei nächtlicher Kreaturen unter einem Sternenzelt, das sie unter angenehmeren Bedingungen sicherlich atemberaubend gefunden hätten.

Am folgenden Tag starteten sie bereits beim ersten Licht des Morgens, suchten sich einen Weg parallel zum zweiten Flussarm und versuchten so viel Boden wie möglich gut zu machen, ehe die Tageshitze einsetzte und ihren Elan wieder minderte. Der Dschungel lag unter einer dicken Dunstschicht, und die Sicht war auf zwanzig Meter gesunken, da die Feuchtigkeit in der relativ kühlen Morgenluft für dichte Nebelschwaden sorgte. Das einzige Geräusch waren ihre schnaufenden Atemzüge und das Knirschen des Ufergerölls unter den Sohlen ihrer Trekkingstiefel, während sie im Gänsemarsch der fernen, von Nebel verschluckten Bergkuppe entgegenstrebten.

An einer Flussbiegung blieb Sam stehen und hob eine Hand. Die Gruppe hielt hinter ihm an, während er mit schräg geneigtem Kopf lauschte.

»Da. Hörst du das?«, fragte er Remi, die neben ihm stand, im Flüsterton.

Sie schüttelte den Kopf. »Nein. Was?«

»Ich dachte, ich hätte ein Rauschen wahrgenommen.«

Lazlo drängte sich an ihnen vorbei und ging ein Stück weiter flussaufwärts. »Du hast dir nichts eingebildet. Ich glaube, wir haben unseren Wasserfall gefunden«, rief er von hinter der Biegung.

Sie beeilten sich, zu ihm aufzuholen, und sahen dort, wo er stand und auf die schäumende Gischt an seinem Fuß blickte, einen weiteren steilen Anstieg. Die Erhebung war eine steile Felswand, über deren obere Kante sich der Fluss wälzte und einen knapp zehn Meter breiten Wasserfall bildete. Rechts von ihnen ergoss sich ein weiterer, schmalerer Wasserfall in einen kleinen Teich. Ein Felsrücken schob sich nach Osten durch den Dschungel, der die Region bedeckte, so weit das Auge reichte.

»Seht ihr? Das reicht für mindestens zwei weitere Flüsse«, sagte Remi, während sie auf den Teich deutete.

»Die Frage ist, welchen Wasserfall Kumasaka gemeint hat. Als er schrieb, dass der Weg zum Schatz auf den Wasserfall folgt«, sagte Sam.

»Wie sollen wir das herausfinden?«, fragte Lazlo.

Sam betrachtete die beiden Wasserfälle und grinste. »Das dürfte der schwierige Teil des Problems sein, oder?«

Leonid blickte in die schäumenden Fluten. »Wir suchen doch eine Höhle, nicht wahr? Wenn mich meine Augen nicht täuschen, dann sehe ich besagte Höhle oder so etwas Ähnliches dort drüben bei diesen mächtigen Felsklötzen«, sagte er und deutete nach rechts an dem kleineren Wasserfall vorbei.

»Folgt auf den Wasserfall …«, flüsterte Remi.

»Leonid, mir ist egal, was man über Sie erzählt, aber Sie sind gar nicht übel«, sagte Lazlo und klopfte ihm auf den Rücken. Der Russe musterte ihn missgelaunt und wich einen Schritt von dem Engländer zurück.

Sam angelte sein GPS-Gerät aus dem Rucksack und gab einen weiteren Wegpunkt ein. »Los, Leute, weiter geht's. Wir sind fast am Ziel. Remi? Möchtest du die Erste sein?«

»Ich denke, Lazlo sollte vorausgehen, da es schließlich seine Übersetzung und Entschlüsselung war, die uns bis hierher geführt hat«, sagte Remi.

»Na schön. Herumzutrödeln bringt schließlich nichts«, sagte Lazlo, schwang sich den Rucksack auf die Schultern und marschierte los in Richtung Höhle.

Sie bewegten sich am Wasser entlang, überquerten zwei Flüsse und suchten sich einen Weg zu einem morastigen Uferabschnitt nicht weit von der Felsbastion. Der Höhleneingang sah wie ein riesiger gähnender Schlund aus, teilweise mit Dschungelfauna überwuchert. Die Dunkelheit jenseits der Schwelle in der Öffnung wirkte undurchdringlich. Sam und Remi holten die Macheten aus ihren Futteralen, machten sich an die Arbeit und hatten kaum drei

Minuten später den Eingang so weit freigelegt, dass sie ihn benutzen konnten.

»Es werde Licht«, sagte Sam. Sie blieben vor dem Felsspalt stehen, holten ihre Stablampen heraus und knipsten sie an. »Lazlo? Worauf wartest du?«

Lazlo wagte sich vorsichtig in die Höhle, gefolgt von Sam und Remi, die ihre Macheten vorsichtshalber nicht wieder verstaut hatten. Leonid hielt sich tunlichst im Hintergrund. Der Einlass bestand aus einem langen, schmalen Gang, etwa fünf Meter lang, aber höchstens einen Meter fünfzig hoch, sodass sie die Köpfe einziehen und sich bücken mussten, um ihm zu folgen. Der Lichtstrahl von Lazlos Lampe huschte über raue, nur stellenweise geglättete Felswände. Nach einigen weiteren tastenden Schritten sahen sie, dass sich der Tunnel weitete und in eine kleine Felsenkammer überging, auf deren Boden Wasserpfützen das LED-Licht reflektierten. Das Wasser stammte aus einer Spalte im Gestein, von wo es herabtropfte und mit einem leisen Glucksen auf die Oberfläche des winzigen Tümpels auf dem Höhlenboden traf.

»Nimm dich in Acht, Lazlo. Dieser winzige Teich könnte durchaus dreißig Meter tief sein«, warnte Sam.

»Ach ja, der gefürchtete Cenote. Schon notiert«, sagte er. »Entschuldigt das alberne Wortspiel …« Er brach mitten im Satz ab und hielt die Lampe hoch.

»Was ist das?«, fragte Remi, da Lazlo ihr mit seinem Körper den Blick verstellte.

»Sieht so aus, als seien wir nicht die ersten Besucher«, sagte er, während er zur Seite trat. Remi und Sam folgten seinem Blick zu einer Nische. Dort lagen zwei Skelette auf dem Felsenboden, die leeren Augenhöhlen anklagend auf den Höhleneingang gerichtet.

Leonid drängte sich an ihnen vorbei und beugte sich zu den menschlichen Überresten hinab. »Ermordete Dorfbewohner«, flüsterte er, als befürchte er, die Toten mit seiner Stimme zum Leben zu erwecken.

»Möglich«, sagte Sam, folgte ihm und richtete seine Lampe auf den gespenstischen Fund. »Aber ich habe meine Zweifel, dass die Japaner die Täter waren, es sei denn, sie besaßen eine Zeitmaschine. Seht euch mal die Füße des kleineren Skeletts an.«

Remi atmete zischend ein. »Sind das …?«

»Ja«, antwortete Sam. »Flip-Flops. Der Größe nach zu urteilen, wurden sie von einer sehr kleinen Frau oder von einem Mädchen getragen.«

»Wie kommen sie hierher?«, fragte Lazlo mit gedämpfter Stimme.

Sam zuckte die Achseln. »Keine Ahnung. Aber sie müssen schon eine ganze Weile hier liegen.« Er verstummte, während er die menschlichen Überreste betrachtete. »Tiere und Verwesung haben sie ihrer Kleider beraubt, es sei denn, sie waren nackt, als sie starben. Aber seht nur – keine sichtbaren Verletzungen, keine Knochenbrüche, keine eingeschlagenen Schädel und auch keine Schusswunden. Möglicherweise sind sie eines natürlichen Todes gestorben …«

Remi schüttelte den Kopf. »Das bezweifle ich. Schau mal auf ihre Handgelenke. Siehst du die Plastikstreifen?«

»Was ist das?«, fragte Leonid.

Lazlo bückte sich, inspizierte die Skelette und richtete sich wieder auf. Seine Stimme war kaum zu verstehen. »Kabelbinder. Ihre Handgelenke waren gefesselt, als sie starben.«

41

Sydney, Australien

Jeffrey Grimes lehnte sich in seinem Chefsessel zurück. Sein Hemdkragen war offen, und das Armani-Sakko hing am Kleiderständer in einer Ecke seines Büros. Er lächelte die junge blonde Journalistin an, die ihm auf der anderen Seite seines Schreibtisches gegenübersaß, die blauen Augen intelligent und aufmerksam, ihr Knochenbau ein lebender Beweis für die Qualität ihrer Gene, ihre schlanke Figur das Ergebnis schweißtreibender Trainingsstunden im Fitnesszentrum.

»Ich fürchte, dass Gerüchte immer viel interessanter sind als die Wahrheit«, sagte Grimes mit einer wegwerfenden Geste. »Wir hatten einige schwierige Quartale, aber in allen Wirtschaftsbereichen geht es häufig auf und ab. Man kann in diesem Geschäft nicht mit einem ständigen Wachstum rechnen. Das ist jedem vernünftig denkenden Menschen klar – allein der Aktienmarkt konzentrierte sich auf kurzzeitige Profite anstatt auf langfristige Nachhaltigkeit.«

»Ihre Kritiker behaupten, Sie hätten Ihr sprichwörtliches goldenes Händchen verloren, und dass die schlechten Ergebnisse der letzten Quartale eher riskanten Strategien, die keinen Erfolg gebracht haben, anstatt alltäglichen geschäftlichen Fluktuationen zuzuschreiben sind«, parierte sie seine Entgegnung mit einem Lächeln und blickte ihm strahlend in die Augen.

»Oh, ich bin sicher, dass es Gruppierungen hoffnungsvoller Baisse-Spekulanten gibt, die alle möglichen beunruhigenden Gerüchte in Umlauf bringen. Am Ende erzielen sie nur dann einen Profit, wenn der Aktienkurs sinkt. Daher liegt es in ihrem Interesse, den Anschein zu erwecken, als ginge für uns die Welt unter.« Grimes schmunzelte bei dem Gedanken. »Ihrem Gerede zuzuhören, ist wie ein täglicher neuer Nagel in unserem Sarg.«

»Gut, aber was sagen Sie zu der doch sehr pointierten Kritik? Dass Sie in Zahlungsschwierigkeiten gerieten, als der Kurs der Derivate, mit denen Sie spekulierten, gesunken war und sie einen Großteil ihres Wertes verloren hatten?«, fragte sie in sachlichem Ton.

»Jeder, der mit unseren Aktivitäten vertraut ist, weiß, dass unsere Geschäfte zu jedem Zeitpunkt finanziell vollständig abgesichert sind. Dass in unseren Büros immer noch gearbeitet wird, beweist schließlich, dass wir es auch in diesem Fall waren.«

Die Frau nickte und schaltete ihren Rekorder aus, verstaute ihn in ihrer Handtasche, ehe sie ihr Kleid glatt strich und sich erhob. »Ich denke, das dürfte genügen. Sie haben mir mehr als genug Informationen gegeben, mit denen ich arbeiten kann.«

Grimes streifte ihre langen sonnengebräunten Beine mit einem schnellen Blick und setzte ein strahlendes, keimfreies Lächeln auf. »Miss Donovan, es war ein Vergnügen, Sie kennenzulernen«, sagte er, stand ebenfalls auf und reichte ihr die Hand.

»Das gilt auch für mich, Mr. Grimes. Vielen Dank, dass Sie sich die Zeit genommen haben, mich zu empfangen«, erwiderte sie und ergriff seine Hand.

»Eine willkommene Abwechslung von der gewöhnlich

eintönigen Routine meines Arbeitstags«, versicherte er ihr und hielt ihre Hand einige weitere Sekunden lang fest. »Ich hoffe, Sie haben alles erfahren, was Sie sich erhofft haben.«

»Ich glaube, meine Leserinnen und Leser werden von der menschlichen Seite des skrupellosen Börsenhais, als der Sie von Ihren Kritikern dargestellt werden, überrascht und fasziniert sein.«

»Jedes Ding hat zwei Seiten«, sagte er und warf dann einen Blick auf seine Uhr. »Wenn Sie Lust haben, sich mit mir zu treffen, wenn ich meinen wohlverdienten Feierabend einläute, um bei einem Drink dort anzuknüpfen, wo wir aufgehört haben, wäre es mir eine große Freude, ein paar weitere Fragen zu beantworten, die Sie vielleicht noch auf dem Herzen haben.«

Sie klimperte mit den Wimpern und betrachtete ihn mit ganz neuem Interesse. »Nun, Mr. Grimes, das ist sehr... großzügig von Ihnen. Ich weiß ja, wie wertvoll Ihre Zeit ist.«

»Bitte, Jeffrey klingt viel freundlicher. Und ich nehme mir immer Zeit für die Dinge, die mir wichtig sind«, sagte er und drückte ihre Hand leicht, ehe er sie losließ. »Es wäre mir ein wahres Vergnügen. Ich plane einen abendlichen Cocktail-Trip mit meinem Boot – etwas, das zu tun ich bedauerlicherweise viel zu selten die Gelegenheit habe. Würden Sie mir Gesellschaft leisten, der Sonne dabei zuzusehen, wie sie über der Stadt untergeht?«

Sie lächelte offen. »Sie sind sehr überzeugend, Jeffrey. Und Cynthia finde *ich* viel schöner. An welche Uhrzeit hatten Sie gedacht?«

»Halb sieben am Kai. Meine Assistentin gibt Ihnen die nötigen Informationen und Sicherheits-Codes.« Seine Blicke wanderten über ihre Figur, ehe er ihr direkt in die Augen sah. »Haben Sie ... Lieblingsgetränke?«

Cynthia zwinkerte ihm zu und schüttelte den Kopf. »Ich lasse mich gern überraschen.«

Grimes geleitete sie aus seinem Büro hinaus und instruierte seine Assistentin, dafür zu sorgen, dass sie sein Dock betreten und auf sein Boot kommen dürfe. Sie strahlte ihn an, als sie ihn verließ, und Grimes beglückwünschte sich zu einer potentiellen neuen Eroberung – in nur wenigen Stunden. Er hatte es geschafft, ein möglicherweise kritisches, wenn nicht gar feindseliges Interview in eine romantische Episode münden zu lassen, deren erfolgreicher Abschluss für einen reichen Junggesellen wie ihn außer Frage stand.

Er zog die Bürotür hinter sich zu und wurde durch das aufdringliche Klingeln seines Telefons aus seinen Träumereien gerissen – es war ein von ihm programmiertes Rufsignal, das sein Blut zu Eis erstarren ließ, wann immer es erklang. Mit wenigen schnellen Schritten war er an seinem Schreibtisch und nahm den Hörer ab.

»Ja«, meldete er sich.

»Morgen kommt es zu seinem weiteren Vorfall, der das Schicksal der Insel endgültig besiegeln müsste«, verkündete die roboterhafte Stimme ohne Einleitung.

»Es dauert verdammt noch mal zu lange. Ich dachte, das letzte ›Ereignis‹ hätte schon die Entscheidung bringen sollen«, beschwerte sich Grimes.

»In diesem Fall gelten nicht die Regeln der exakten Wissenschaft, eher ist es ein kumulativer Prozess. Steter Tropfen höhlt den Stein, wie es so trefflich heißt.«

»Das alles ist schön und gut, aber ich werde hier von Nachschussforderungen und Mahnungen meiner Bankiers bei lebendigem Leib aufgefressen. Irgendetwas muss geschehen, und zwar schnell, sonst droht eine Katastrophe.«

»Ein merklicher Fortschritt sollte sich innerhalb von höchstens achtundvierzig Stunden abzeichnen. Ich sage Ihnen Bescheid, damit Sie schnell reagieren können – wie besprochen.«

»Ich halte mich schon seit einer Woche bereit«, schnappte Grimes.

»Dann hat Ihr Warten fast ein Ende«, sagte die Stimme, und die Verbindung wurde mit einem Klick unterbrochen.

Grimes schaltete das Telefon aus und legte es auf den Schreibtisch, ehe er sich hinsetzte. Der Anruf war eine gute Nachricht. Er jonglierte mit zahlreichen Bällen, und Spielraum und Zeit wurden allmählich knapp.

Wenn bekannt gegeben würde, dass er Geschäfte mit den angeblich in staatlichem Besitz befindlichen Mantelgesellschaften abgeschlossen hatte, die in Kürze die meisten Abbaurechte der Insel in ihrem Portofolio hätten, würde der Aktienkurs seiner Firma in den Himmel schießen. Unter dem Dschungel und dem Ozean winkten dem Konglomerat buchstäblich unkalkulierbare Werte, da ihm die Genehmigung erteilt wurde, die Schürf- und Abbaurechte wahrzunehmen – und in diesem Fall winkten die Erfolge Grimes und niemandem sonst, denn er war das einzige Mitglied dieser exklusiven Gruppierung.

Er hatte seine Wette verdoppelt, indem er Kaufgebote für seine eigenen Aktien platziert hatte, und seine Ungeduld erklärte sich aus ihrem Fälligkeitsdatum – in drei Wochen würden sie verfallen und wären damit wertlos. Aber wenn er es schaffte, die Nachricht von den Verträgen an die Öffentlichkeit zu lancieren, würde ihm seine Eine-Million-Dollar-Option zu einem Profit von sechs oder sieben Millionen verhelfen! Das war kein schlechtes Ergebnis für ein reines Spekulationsgeschäft.

Er grinste, als er seinem Kapitän eine kurze Nachricht schickte und ihn anwies, die Yacht aufzutanken und für den Abend auslaufbereit zu machen. Er vermutete, dass er ausreichend Gelegenheit haben würde, die Reize der jugendlichen Miss Donovan ausgiebig zu erforschen, ehe die Nacht vorbei wäre, und er wollte, dass alles für einen weiteren gelungenen Abend auf dem Wasser bereit und an Ort und Stelle war.

Während sich seine Gedanken mit dem geheimnisvollen Anrufer beschäftigten, betrachtete Grimes das einmalige Schauspiel, das der Hafen von Sydney bot, durch seine Panoramafenster. Der Sieger in diesem Streit würde einen unglaublichen Profit einstreichen. Dass er selbst dieser Sieger wäre, war vorbestimmt. Dafür hatte er gesorgt. Auch wenn es länger dauerte, als man ihm versichert hatte, was sein Vermögen – und seine Nerven – an den Rand des Kollapses brachte.

Die Sprechanlage meldete sich, während er alle Zweifel aus seinem Bewusstsein verdrängte, in sein Sakko schlüpfte und sich anlässlich weiterer peinlicher Verhandlungen mit seinen Geldgebern auf den Weg zu seinem Konferenzsaal machte. In den nächsten Tagen hätte er genügend Zeit, seinen Sieg auszukosten. In diesem Augenblick hingegen musste er die Hyänen noch für einige Zeit auf Distanz halten.

»Sie waren Gefangene?«, platzte Leonid heraus und starrte auf die Fesseln, die lose an den Handgelenken der Skelette hingen.

»Ich glaube, so viel ist sicher«, sagte Sam leise, während er vor den menschlichen Überresten kauerte.

»Die Frage ist, wer hat sie gefangen gehalten?«, sprach Remi seinen nächsten Gedanken aus.

»Vielleicht... Rebellen?«, sagte Leonid.

»Das könnte sein«, sagte Lazlo. »Seit wann sind sie hier aktiv?«, wollte er wissen.

»Keine Ahnung«, gab Sam zu. »Aber ich hatte den Eindruck, dass die Rebellenbewegung erst in jüngster Zeit entstanden ist.«

»Das denke ich auch«, sagte Remi. »In den Berichten über den Bürgerkrieg im Jahr 2000 war jedenfalls nirgendwo von ihnen die Rede.«

Lazlo richtete den Lichtstrahl seiner Lampe auf die hintere Wand der Höhle, in der vollkommene Finsternis herrschte. »Ich möchte nicht allzu materialistisch erscheinen, aber wir sollten nicht aus den Augen verlieren, was uns eigentlich hierher geführt hat – ich meine den Schatz. Sollten wir jetzt nicht weiter vordringen, bis wir etwas finden – oder auch nichts?«

Leonid konnte den Blick nicht von den Skeletten lösen. »Die werden sich ganz sicher nicht von hier wegrühren.«

»Geh voraus, Lazlo«, sagte Remi.

»Wartet«, sagte Sam mit einem prüfenden Blick auf die Oberfläche des Tümpels. »Ich würde gern feststellen, wie tief es dort hinuntergeht.«

»Weshalb?«, fragte Leonid.

»Für den Fall, dass unsere japanischen Freunde entschieden haben, dass das beste Versteck für einen Schatz ein Ort unter Wasser ist.« Er ging zum Rand des Tümpels, kniete sich hin und tauchte seine Machete hinein. Die Klinge stieß auf ein Hindernis. Er stocherte weiter, bis er in der Mitte des Tümpels in nicht mehr als zehn Zentimeter tiefem Wasser stand. »Ich glaube, man kann mit einiger Sicherheit davon ausgehen, dass hier kein Schatz verborgen ist.«

Die Gruppe ging weiter bis zur anderen Seite der Höhle, deren Wände das geisterhafte blau-weiße Licht ihrer Lampen reflektierten. Lazlo wagte sich ein paar vorsichtige Schritte in einen schmalen Tunnel in der Höhlenwand hinein. Nur wenige Sekunden später blieb er abrupt stehen.

»Was ist los, Lazlo?«, fragte Remi halblaut.

Als er wieder Gewalt über seine Stimme hatte, zitterte sie. »Hier sind noch mehr Tote.«

Die Szene in der zweiten, kleineren Höhle war grässlicher als der schlimmste Alptraum: Mindestens dreißig Skelette jeder Größe lagen verstreut auf dem Boden der Felsenkammer und hießen die Besucher mit starrem, fleischlosem Grinsen willkommen. Sam schob sich an Remi vorbei und strahlte mit seiner Lampe den Knochenhaufen an. Remi erschauerte bei diesem schrecklichen Anblick.

»Es muss ein Massaker gewesen sein«, hauchte sie nahezu lautlos.

»Seht euch die Größe der Opfer mal genau an«, murmelte Leonid.

Sam schüttelte den Kopf. »Sie waren noch Kinder.« Er untersuchte mehrere Skelette. »Aber diese waren nicht gefesselt, als sie starben.«

»Einige waren es doch«, meinte Lazlo. Er kauerte vor der Wand in der Nähe des Eingangs, wo er drei Skelette in

Augenschein nahm. »Sie haben genau die gleiche Behandlung erfahren – Kabelbinder, die Handgelenke auf dem Rücken gefesselt.«

»Aber nirgendwo sehen wir einen Hinweis darauf, was ihren Tod verursacht hat«, murmelte Sam. »Das ist seltsam. Vielleicht war es der Ausbruch irgendeiner tödlichen Krankheit, und die Eingeborenen hatten beschlossen, auf eigene Faust Gegenmaßnahmen zu ergreifen. Könnte es ein Massengrab sein?«

»Das würde doch nicht erklären, weshalb sie gefesselt wurden«, sagte Remi.

»Hier liegen auch einige Schuhe. Moderne Schuhe«, sagte Sam.

»Weshalb sollten die Rebellen daran interessiert sein, vorwiegend Kinder zu töten? Das ergibt keinen Sinn«, sagte Lazlo.

Verwirrt sahen sie sich um. Ihnen fehlten angesichts dieses grausamen Szenarios die Worte. Schließlich schlängelte sich Sam zur engsten Stelle der Höhle und warf einen Blick hinein. Dann stieß er einen erstaunten Ruf aus. »Seht euch das an!«

Sie kamen zu ihm und sahen ein weiteres Skelett, das jedoch noch nicht vollständig verwest war. Maden wimmelten im Brustkorb des Toten und waren gerade dabei, ihre grausige Mahlzeit zu beenden. Remi schüttelte angeekelt den Kopf. »Dieser Tote ist erst vor kurzem hierhergekommen«, sagte sie mit gepresster Stimme.

»Ja, und es ist ein Erwachsener, wahrscheinlich männlichen Geschlechts, seiner Größe nach zu urteilen – oder, wenn es kein Erwachsener ist, dann war er zumindest älter als die anderen.« Sam ging in die Hocke und deutete auf das zertrümmerte Rückgrat des Skeletts. »Schaut euch die

Wirbelsäule an ... ich wette, das wird die Todesursache gewesen sein. Er starb durch Genickbruch. Aber betrachtet seine Rippen und den rechten Arm – ebenfalls gebrochen. Und sein Fußknöchel.«

Sam kam wieder hoch und leuchtete in die Höhle hinein. Ein Ächzen drang bei dem Anblick, der sich ihm bot, über seine Lippen, und er machte unwillkürlich einen Schritt rückwärts. Remi kam an seine Seite und ergriff seine Hand. Es mussten mehrere hundert Skelette sein, die dort in einer Grube gesammelt waren, Knochen über Knochen, die matt im grellen Licht der Stablampen schimmerten.

Lazlos Atemzug war ein gequältes Stöhnen. »Herrgott im Himmel ... das ist wirklich ein Massaker!«

Sie tasteten sich mit zaghaften Schritten in diesen neuen Höhlenabschnitt. Als Sam, der weiterhin die Vorhut bildete, den Rand der Knochengrube erreichte, blieb er stehen und studierte die Schädel, die aus dem Knochenmeer herausragten. »Sie sehen eindeutig älter aus. Sie sind erwachsen. Und größer.« Er deutete auf den Schädel, der ihm am nächsten war. »Dieser hier wurde erschossen. Seht ihr die Eintrittswunde?«

»Der dort ebenfalls«, sagte Remi.

»Und den hier müsst ihr euch auch ansehen!«, rief Lazlo von links. »Sieht so aus, als wären beide Beine gebrochen und nur unzureichend verheilt. Ihr könnt deutlich die Kalzifikation erkennen.«

»Was ist das?«, fragte Remi und richtete ihre Lampe auf eins der Skelette. Sam kniff die Augen zusammen, als er betrachtete, was ihre Aufmerksamkeit erregte.

»Es sieht aus wie Handfesseln. Vor Rost kaum zu erkennen. Sie sind schon lange hier – wahrscheinlich seit dem Krieg«, sagte er.

»Die ermordeten Dorfbewohner?«, fragte Lazlo.

»Das bezweifle ich«, erwiderte Sam. »Die hat man dort liegen gelassen, wo sie getötet wurden. So hat Nauru es geschildert. Und ich glaube nicht, dass die Japaner Verwendung für Arbeitssklaven hatten, die wegen gebrochener Beine nicht laufen konnten. Nein … mit dem hier muss es eine andere Bewandtnis haben.«

»Vielleicht ist dies der Ort, wo die Opfer der medizinischen Experimente gesammelt wurden«, sagte Remi leise.

»Das ergibt mehr Sinn.« Bei dem Gedanken erschauerte Sam unwillkürlich. Allein die Anzahl der Toten war unvorstellbar. Er ging um die Grube herum zur gegenüberliegenden Seite, wo er in einem Durchgang verschwand, der offenbar tiefer in das Höhlensystem hineinführte. Nach einigen Sekunden kehrte er zurück.

»Die Decke senkt sich kontinuierlich ab und versperrt den weiteren Weg. Es sieht so aus, als befinde sich hinter der Barriere eine weitere Höhle, aber wenn dem so ist, werden wir von hier aus nicht dorthingelangen.«

»Wenn wir dieses Hindernis nicht überwinden können, dann konnten die Japaner es auch nicht. Ganz gleich, welches Grauen uns auf der anderen Seite erwarten mag, mit dem Schatz hat es ganz sicher nichts zu tun«, stellte Remi fest.

»Nein, das hat es wohl nicht«, pflichtete Sam ihr bei. »Aber daraus ergeben sich weitere Rätsel.«

»Die wir unbedingt lösen müssen«, sagte Remi leise.

»Genau«, meinte Sam mit ernster Miene.

Lazlo ergriff das Wort. »Dass wir hier auf Kriegstote stoßen, leuchtet mir rein logisch betrachtet zwar ein, gerade wenn ich daran denke, was sich hier abgespielt hat. Aber die toten Kinder finde ich mehr als verwirrend.« Er hielt inne, schüttelte den Kopf und fuhr in einem Ton fort, als fiele ihm schwer auszusprechen, was ihm durch den Kopf ging. »Ich frage mich ernsthaft, ob in diesen Geschichten von den Riesen nicht ein Körnchen Wahrheit enthalten ist. Ist in den Sagen und Legenden nicht die Rede davon, dass sie Dorfbewohner entführen und verspeisen?«

Remi starrte ihn entgeistert an. »Lazlo … es gibt keine Riesen. Ich bitte dich, sei vernünftig.«

»Richtig. Natürlich. Aber worauf ich hinauswill, ist, dass diese Geschichten vielleicht auf irgendwelchen Tatsachen beruhen. Dass vielleicht doch etwas Wahres daran ist. Ich weiß nicht … vielleicht gibt es hier noch Soldaten, die den Zweiten Weltkrieg überlebt und sich nicht ergeben haben, die verrückt und zu Massenmördern wurden. Ich erinnere mich, so etwas Ähnliches in einem Film gesehen zu haben – der Betreffende streifte noch Jahre nach dem Krieg durch den Dschungel, weil ihm niemand gesagt hatte, dass der Krieg zu Ende ist.«

Remis Gesichtsausdruck schwankte zwischen Fassungslosigkeit und einem Anflug von skeptischer Bereitschaft, diese Möglichkeit als denkbar zu betrachten. »Sie müssten dann achtzig oder neunzig Jahre alt sein. Hältst du das für realistisch?«

»Absurd«, schnappte Leonid.

»Im Grunde denke ich das auch. Aber das Gleiche hätte man auch über eine versunkene Stadt vor der Küste der Insel sagen können.«

Sie machten sich auf den Rückweg, ließen das Massengrab zurück und gelangten wieder ans Tageslicht. Sam warf einen Blick auf die Uhr. »Wenn die Schilderungen im Tagebuch den Tatsachen entsprechen, müssten weitere Öffnungen in dem Gebirgsrücken zu finden sein.«

Lazlo nickte. »Es wäre nur logisch. Wir haben Wasserquellen, die ein solches Höhlensystem schaffen konnten, und wir haben die richtige Sorte Kalkstein … aber wie sollen wir jetzt weiter verfahren? Und was ist mit den Skeletten? Wir müssen diesen Fund melden.«

»Aber wenn wir das tun, können wir davon ausgehen, dass die Behörden hier einfallen wie die Heuschrecken und alles auf den Kopf stellen«, prophezeite Leonid. »Damit wäre für uns jede Chance vertan, den Schatz zu finden.«

»Aber wir haben es hier mit einem Massenmord zu tun«, sagte Lazlo beschwörend.

»Ja, das stimmt. Und wir werden es auch melden.« Sam zögerte. Ihm war nicht ganz wohl zumute, und er sah Remi fragend an. »Kommt Zeit, kommt Rat. Im Augenblick sind wir hier und haben noch nicht gefunden, was wir gesucht haben. Ich denke, wir sollten unser Ziel nicht aus den Augen verlieren. Wenn wir den Schatz finden, wird kurz darauf jeder Polizist der Insel in diesen Höhlen herumschnüffeln. Aber wir müssen unsere Suche fortsetzen, ehe es dazu kommt.« Er sah Lazlo an. »Einverstanden?«

Lazlo nickte, wenn auch sichtlich widerstrebend. »Mit wie vielen Stunden Tageslicht können wir noch rechnen?«

»Mit mindestens einem halben Tag. Es ist ja erst halb zwölf.«

»›Der Weg folgt auf den Wasserfall‹, zitierte Remi aus dem Tagebuch und deutete auf die Wassermassen, die über die Felswand herabstürzten. »Dort sind die Wasserfälle. Wir brauchen nur diesem Bergrücken zu folgen, bis wir auf die richtige Höhle stoßen.«

Während Sam in den Urwald blickte, spürte er, wie sich seine Nackenhaare aufrichteten. Er suchte das dichte Gebüsch nach dem Anzeichen einer drohenden Gefahr ab, konnte aber nichts dergleichen entdecken. Trotzdem gelang es ihm nicht, das unbehagliche Gefühl abzuschütteln, während sie am Berggrat entlangwanderten und sich am Fluss orientierten, der parallel dazu verlief. Remi führte die kleine Gruppe an.

Sam konnte das Gefühl, beobachtet zu werden, nicht verdrängen.

»Ich weiß, es klingt seltsam«, sagte er leise, »aber mir kommt es vor, als wären wir nicht allein.«

Remi drehte sich zu ihm um und musterte ihn, ohne die Miene zu verziehen. »Hörst du wieder irgendwelche Stimmen?«

»Ich meine es ernst«, sagte er und ließ den Blick umherschweifen.

»Sam, ganz ernsthaft. Hier ist niemand außer uns – und Riesen.«

»Sehr lustig.«

42

Nach einem anstrengenden Marsch von einer weiteren halben Stunde, in deren Verlauf der Dschungel immer dichter wurde, je weiter sie nach Osten vordrangen, blieb Remi stehen und deutete voraus. »Dort. Die nächste Höhle«, sagte sie. Zwischen zwei Baumgruppen, auf halbem Weg hinauf zum Berggrat, war ein dunkler Fleck zu sehen. Bei genauerem Hinschauen erkannte die Gruppe die Öffnung – klein, in jeder Hinsicht, kaum groß genug für einen Menschen, um sich hindurchzuzwängen.

»Du hast recht«, sagte Sam. »Kommt, Leute. Das könnte es sein.«

Sie arbeiteten sich auf zunehmend unwegsamerem Gelände den Felshang hinauf. Nachdem er beinahe gestürzt wäre, weil sein Fuß auf einem losen Stein ausgerutscht war, wurde Sam langsamer und vorsichtiger. »Nehmt euch in Acht. Dies ist der reinste Schutthaufen. Wahrscheinlich sind es die Reste eines Erdrutsches vor nicht allzu langer Zeit«, warnte er.

»Danke für den Tipp«, sagte Remi.

Sam stieg weiter hinauf, zunächst bis zu einem schmalen Absatz vor der Höhle, und wartete dort auf seine Gefährten. Lazlo keuchte atemlos, als er ihn erreichte, und Sam wollte ihn gerade loben, dass er so geduldig durchhielt, als Leonid ein beträchtliches Stück hangabwärts einen lauten Schrei ausstieß.

»Aaaahh!«

Sam und Remi machten kehrt und stiegen eilends ab dorthin, wo Leonid bäuchlings auf den Felsen lag, das linke Bein eingeklemmt zwischen zwei Steinplatten und blutend.

»Was ist passiert?«, fragte Remi.

»So was Blödes! Ich hätte lieber darauf achten sollen, wohin ich trete, anstatt mich umzuschauen«, knurrte Leonid mit zusammengebissenen Zähnen, während er sich in eine sitzende Position hochstemmte.

»Wie schlimm ist es?«, fragte Sam.

»Es tut weh. Ich glaube aber nicht, dass etwas gebrochen ist.« Er zuckte zusammen, als er versuchte, seinen Knöchel zu befreien. »Aber der Fuß steckt fest.«

»Lazlo, wir können die Macheten als Hebel benutzen, um den kleineren der beiden Felsen anzuheben, damit er den Fuß freibekommt«, sagte Sam und sah danach Leonid an. »Wenn du spürst, dass der Druck nachlässt, versuch den Fuß herauszuziehen.«

»Ich weiß, was du meinst«, murmelte Leonid mit vor Schmerz tränenden Augen.

Indem sie beide Klingen benutzten, hoben sie den oberen flachen Felsen so weit an, dass Leonid sein Bein befreien konnte. Blut sickerte am Unterschenkel herab zum Fußknöchel, wo die scharfe Felskante die Haut aufgerissen hatte. Die weiße Socke und der braune Stiefel waren dunkelrot. Leonid stellte sich hin, verlagerte probeweise das Gewicht auf das lädierte Bein und verzog gequält das Gesicht. »Nichts gebrochen, aber die Schmerzen sind höllisch.«

»Wir müssen ihm einen Verband anlegen und die Blutung stoppen«, sagte Remi und griff in ihren Rucksack, um den Verbandskasten herauszuholen. Zwei Minuten später hatte sie die Hautabschürfungen gesäubert und den Riss mit Wundverschlussstreifen so gut es ging zusammengezogen. Nach einem prüfenden Blick auf ihr Werk tupfte sie die Umgebung mit Desinfektionslösung ab und umwickelte den Knöchel mit Verbandsmull. »So, das wär's.«

»Meinst du, dass du es überlebst?«, fragte Sam, während er Leonid auf die Füße half.

»Ich denke, ich werde dir noch eine ganze Weile auf die Nerven gehen.«

»Kannst du laufen?«, fragte Remi.

Leonid machte ein, zwei Schritte und verzog schmerzhaft das Gesicht. »Nur mit Mühe.«

Sam blickte zur Höhlenöffnung hinauf. »Lazlo, sieh dich mit Remi in der Höhle um und sagt uns anschließend Bescheid, ob ihr irgendetwas gefunden habt. Aber passt auf.«

Leonid verzog wieder das Gesicht. »Tut mir leid. Ich hätte vorsichtiger sein sollen.«

»Keine Sorge. Wir sind gleich wieder da, und zwar mit dem Schatz, ganz bestimmt«, sagte Lazlo im Brustton der Überzeugung. Remi war sich dessen offenbar nicht so sicher, aber sie lächelte immerhin hoffnungsvoll.

»Wartest du hier?«

»Es sei denn, du brauchst mich«, sagte Sam.

»Ich glaube, ich schaff das schon allein«, erwiderte Remi.

»Geh nur«, sagte Leonid zu Sam. »Du kannst dich darauf verlassen, dass ich hier warte, ohne mich noch einmal in Lebensgefahr zu bringen.«

»Bist du ganz sicher?«, fragte Sam.

»Wenn ihr auch nach Tagen noch immer nicht zurück seid, sorge ich dafür, dass ihr hier eine würdige Gedenkstätte erhaltet.«

»Er denkt einfach an alles«, sagte Remi voller Bewunderung. Mit einem letzten Blick auf den mürrischen Russen setzte sie ihren Aufstieg fort. Lazlo und Sam hielten sich dicht hinter ihr und achteten mit erheblich größerer Sorgfalt darauf, wohin sie ihre Füße setzten.

Am Höhleneingang schalteten sie ihre Stablampen ein und leuchteten in den Tunnel, der in den Berg hineinführte. Remi sog schnüffelnd die Luft ein und rümpfte die Nase. »Es stinkt. Nach Schwefel, würde ich sagen.«

»Hier gibt es doch wohl keine Bären, oder?« Lazlo sah sich nervös nach allen Seiten um. Er hatte seine Stimme zu einem furchtsamen Flüstern herabgesenkt.

»Ich glaube nicht. Aber man kann nie wissen. Es könnte auch sein, dass sich dort drinnen eine dieser japanischen Veteranenstellungen befindet.«

»Richtig«, sagte Remi. »Und sie haben wahrscheinlich die Bären abgerichtet, dass sie sofort angreifen.«

»Wie immer, sehr lustig«, sagte Lazlo mit einem alles andere als amüsierten Seitenblick auf sie.

»Remi?«, fragte Sam auffordernd.

»Diesmal darfst du vorausgehen«, sagte sie.

Sam tauchte in die Öffnung und duckte sich. Der Spalt war nicht höher als ein Meter dreißig, und tief gebückt wie eine alte Frau bewegte er sich mit vorsichtigen Schritten vorwärts. Der Gang verbreiterte sich, wurde jedoch keinen Deut höher. Die Haupthöhle war mit kaum mehr als drei Metern Breite und doppelter Länge im Vergleich zu der ersten Höhle winzig klein. Sam sah sich um und schüttelte den Kopf, als der Lichtstrahl seiner Lampe von glatten Felswänden reflektiert wurde. Hier ging es nirgendwo weiter, so wie in der ersten Höhle. Es gab nur einen einzigen Raum.

Remi holte zu ihm auf, gefolgt von Lazlo. Und Sam drehte sich zu ihnen um. »Also, eine gute Nachricht habe ich, hier sind keine Skelette.«

Lazlo verschaffte sich einen Eindruck von der Höhle. »Hier ist nicht viel zu sehen, nicht wahr?«

»Nein. Diesen Raum können wir von unserer Liste streichen«, sagte Remi.

Sie führten eine schnelle Kontrolle der Felsenkammer durch, um sicherzugehen, dass sie nichts übersehen hatten, verließen sie dann und kehrten blinzelnd in den hellen Sonnenschein zurück.

»Was nun?«, fragte Lazlo.

Sams Blick wanderte am Grat entlang, der sich irgendwo in der Ferne verlor, dann schaute er den Abhang hinunter zu Leonid. Nach einem Blick auf die Uhr seufzte er. »Ich würde die Suche liebend gern fortsetzen, aber in etwa fünf Stunden wird es dunkel, und mit seiner Beinverletzung riskiert Leonid eine Infektion, wenn wir hier draußen bleiben. Daher schlage ich vor, wir kehren zum Wagen zurück und sorgen dafür, dass man sich um ihn kümmert, und machen später weiter. Nun, da wir die GPS-Koordinaten kennen, können wir die Suche leicht wieder aufnehmen.«

Remi nickte. »Ich weiß zwar nicht, ob ich in diesem Zusammenhang den Begriff ›leicht‹ benutzen würde, aber der Rest klingt einleuchtend.«

»Was bedeutet, wenn ich es richtig verstehe, dass wir das Schlachtfeld, auf das wir soeben gestoßen sind, vorerst noch nicht melden«, sagte Lazlo.

»Richtig«, sagte Sam. Doch ihm war anzusehen, dass ihm diese Entscheidung Magenschmerzen bereitete. »Aber wir werden es ganz gewiss später tun. Eins nach dem anderen.«

Sie kehrten zu Leonid zurück und halfen ihm aufzustehen. Sam erklärte ihm seine Gründe, weshalb er die Mission an dieser Stelle abbrechen werde, und Leonids Einwand war auch nur symbolischer Natur und erfolgte offenbar nur, weil er glaubte, dass es von ihm erwartet wurde. Sie begannen den Abstieg und folgten dem Flusslauf, wobei Lazlo und Sam sich dabei abwechselten, Leonid zu stützen, der sich nur humpelnd fortbewegen konnte.

Als sie ins Dorf kamen, hatte sich das strahlende Blau des Himmels mit dem Einbruch der Dunkelheit in ein mattes Violett verwandelt. Die Dorfbewohner verfolgten neugierig, wie sie zu ihrem Nissan gingen und Sam plötzlich auf halbem Weg stehen blieb und die Hände in die Hüften stemmte.

»Das ist keine gute Neuigkeit«, sagte er mit zusammengebissenen Zähnen und starrte auf vier platte Reifen. Er ging vor dem ersten Reifen in die Hocke und untersuchte ihn. »Jemand hat die Ventilstutzen abgeschnitten. Das ist mit Absicht geschehen.«

»Warum sollten sie so etwas tun? Und wer sind ›sie‹ überhaupt?«, wollte Remi wissen.

»Offensichtlich jemand, der uns aus welchem Grund auch immer nicht leiden kann«, beantwortete Lazlo ihre Frage. »Es könnten auch Kinder gewesen sein, die uns einen Streich spielen wollten ...«

»Was tun wir jetzt?«, unterbrach Leonid, dessen bleiches Gesicht schweißüberströmt war. Der Fußmarsch hatte ihm offenbar heftig zugesetzt. Seine Reserven gingen sichtlich zur Neige.

»Keine Sorge«, sagte Sam. »Ich rufe Des an und bitte ihn, einen seiner Leute in die Stadt zu schicken, um einen Wagen zu mieten und uns abzuholen. Leonid, schaffst du es noch eine weitere Meile bis zur Hauptstraße?«

»Warum hast du nicht schon früher telefoniert?«

»Weil es bisher keine Möglichkeit gab, bis zu uns vorzudringen. Das Gelände war für ein Fahrzeug unpassierbar«, erklärte Remi dem Russen. »Wenn es hart auf hart kommt, können wir Des eine Wegbeschreibung durchgeben und hoffen, dass er wenigstens das Dorf findet.« Sie betrachtete den Weg, den sie mit dem Wagen heraufgekommen waren. »Allerdings ist er noch nie hier gewesen. Er könnte sich also auch hoffnungslos verirren.«

Leonid schüttelte den Kopf. »Ich werde es schon schaffen. Wir haben es doch nicht eilig, oder? Können wir uns Zeit lassen?«

»Ich denke, es wird ein paar Stunden dauern, um mit dem Beiboot nach Honiara zu gelangen, einen Transporter zu mieten und dann hierherzukommen, vor allem bei Nacht«, sagte Sam. »Insofern hast du recht, wir haben es nicht eilig. Obgleich ich mich mit der Vorstellung, nachts durch den Dschungel zu irren, nicht anfreunden kann.«

»Wir haben Lampen«, rief Lazlo ihm in Erinnerung.

»Was uns zu einem bevorzugten Ziel für jedes Raubtier machen dürfte«, sagte Remi. »Wir können nur hoffen, dass hier keine Rebellen herumschleichen.«

»Musstest du das ausgerechnet jetzt erwähnen?«, fragte Lazlo missmutig.

Sam aktivierte das Satellitentelefon und wählte Des' Nummer. Nachdem er ihm die Lage geschildert und mit ihm vereinbart hatte, dass der Aussie sofort nach Honiara aufbrach, trennte er die Verbindung und wandte sich an seine Gefährten. »Wir sollten so leise wie möglich sein, wenn wir zur Straße marschieren. Wer auch immer sich an den Reifen zu schaffen gemacht hat, er wartet vielleicht darauf, dass wir irgendwie versuchen, nach Hause zurückzukehren.«

»Sollten wir nicht einen weiteren Zwanziger springen lassen, damit unser Fremdenführer uns eine alternative Route zur Straße zeigt?«, schlug Remi vor.

Sam nickte. Trotz ihrer angespannten Situation musste er lächeln. »Hervorragende Idee.« Er blickte über die Schulter dorthin, wo der Junge mit mehreren anderen Freunden saß und sie beobachtete, und winkte ihn herüber. Der junge Mann sprang auf und kam im Laufschritt zu ihnen, und Sam fragte sich für einen kurzen Moment, ob Vandalismus – wie das Zerstören der Räder des Nissan – nicht ein wesentlicher Teil seiner Geschäftsidee war, verwarf diesen Gedanken dann aber schnell wieder. Sie würden es niemals erfahren, daher hätte es auch keinen Sinn, sich in Vermutungen zu ergehen.

Nach einem kurzen Wortwechsel brachen sie bergab auf und benutzten dazu einen anderen Wildpfad anstelle des Hauptwegs. Nach einer halben Stunde erklang ein bedrohliches Donnern über ihnen, und sie wurden von Regen überschüttet, der den Untergrund aufweichte und ihr Vorankommen erheblich bremste. Leonids Humpeln wurde im Laufe der Zeit heftiger, und er stieß mehrmals unterdrückte Schmerzlaute aus, wenn er in der Dunkelheit einen Fehltritt machte, sich dabei den Knöchel verstauchte und jeden Atemzug mit einem halblauten russischen Fluch begleitete.

Als sie schließlich die Straße erreichten und die Asphaltdecke unter ihren Füßen spürten, war es stockdunkel ringsum. Leonid ließ sich mit einem dankbaren Seufzer am Straßenrand zu Boden sinken, und Lazlo und Remi, beide kaum weniger erschöpft als der Russe, folgten seinem Beispiel. Sam rief per Satellitentelefon die *Darwin* an und erhielt die Bestätigung, dass Des in Richtung Hauptstadt aufgebrochen war. Sie zahlten ihren Führer aus, verfolgten, wie er im Dschungel verschwand, und richteten sich auf der einsamen Straße auf eine längere Wartezeit ein.

43

Als Des sie mit einem ramponierten Mitsubishi SUV abholte und nach Honiara brachte, war es bereits nach zweiundzwanzig Uhr. Wie sie sehen konnten, während sie durch die leeren Straßen rollten, hatte sich die Stadt längst zur Ruhe begeben. Sam bat Des, sie am Krankenhaus abzusetzen, sodass Leonid angemessen versorgt werden konnte, und Des entschied, bei ihnen zu bleiben.

»Es hat wenig Sinn, heute Nacht noch mit dem Beiboot zur *Darwin* zurückzukehren. Das mache ich lieber erst morgen früh bei Tageslicht«, erklärte er, während er den Wagen auf den Krankenhausparkplatz lenkte. »Außerdem muss ich den Wagen zurückgeben, und die Agentur hat vor acht Uhr morgens nicht geöffnet.«

»Wir besorgen Ihnen in unserem Hotel ein Zimmer, Des«, bot Remi an. »Das dürfte keine Probleme geben. Seit den Attentaten ist es so gut wie leer.«

»Gute Idee.« Des blickte durch die Windschutzscheibe zum dunklen Krankenhaus. Lediglich die Einfahrt der Notaufnahme war erleuchtet. »Sind Sie sicher, dass der Laden so spät noch Kundschaft empfängt?«

»Ja. Es ist die einzige Adresse in der ganzen Stadt«, erwiderte Sam.

Sie halfen Leonid ins Krankenhaus, wo er nach einer kurzen Anmeldung in einen Rollstuhl gesetzt und in die Notaufnahme geschoben wurde. Sam und Remi folgten ihm, während sich Lazlo und Des in die Wartezone setzten.

Dr. Berry begrüßte den Patienten und die Fargos mit einem Händedruck.

»Was ist das Problem?«, fragte er, während der Pfleger Leonid stützte, als dieser vom Rollstuhl auf den Untersuchungstisch umstieg.

»Ein Wanderunfall«, sagte Leonid.

»Ich verstehe. Dann wollen wir uns das mal ansehen, okay?«, sagte der Arzt. Er nahm eine Schere von einem Instrumententablett, schnitt den Verband auf und untersuchte die Wunden. »Autsch. Das hat sicherlich wehgetan«, stellte er fest.

»Ich konnte damit laufen, also habe ich mir wohl nichts gebrochen«, erklärte Leonid.

»Das ist gut zu wissen. Aber wir machen trotzdem eine Röntgenaufnahme, um mögliche Brüche ganz sicher ausschließen zu können.« Der Arzt begutachtete die Wundverschlusspflaster und sah Sam und Remi anerkennend an. »Gute Arbeit.«

»Danke«, sagte Remi. »Hat Dr. Vanya heute keinen Dienst?«

»Nein. Sie kennen Sie?«, fragte Dr. Berry.

»Ja. Man könnte sogar sagen, wir sind befreundet.«

»Sie ist eine gute Ärztin«, sagte er, während er behutsam Leonids blutgetränkten Schuh und Kniestrumpf entfernte. »Wahrscheinlich müssen wir diesen oberen Riss mit ein paar Stichen nähen. Sieht aus, als würden zehn Stiche ausreichen. Bei der unteren Wunde kommen wir wohl mit zwei oder drei Stichen aus.« Er schaute zu Leonid hoch. »Ich muss die Wunden säubern. Es wird ein wenig brennen.«

»Weshalb kommt mir diese Warnung wie die Untertreibung des Jahres vor?«, fragte Leonid.

Zehn Minuten später waren die Wunden vernäht, und Leonid befand sich auf dem Weg zu der primitiv eingerichteten Röntgenabteilung. Sam und Remi kehrten zu Lazlo in die Wartezone zurück, wo er Des gerade mit einer Geschichte aus seiner schillernden Vergangenheit unterhielt. Remi hörte genug, um leicht zu erröten, und Lazlo kürzte seine Darstellung sofort drastisch.

»Wie geht es dem russischen Bären?«, fragte Des.

»Ich glaube zwar nicht, dass er in allernächster Zukunft mit spektakulären Tanznummern glänzen wird, aber es sieht so aus, als sei seine Reparatur erfolgreich gewesen«, berichtete Sam.

»Das ist eine gute Nachricht«, sagte Des. »Haben diese Kerle die Luft aus allen Reifen herausgelassen?«

»Ja. Und ich vermute, es wird ziemlich schwierig sein, einen Abschleppwagen dorthinzubringen«, schimpfte Sam.

»Wahrscheinlich sind Jugendliche daran schuld. Solchen Blödsinn erlauben sie sich des Öfteren«, sagte Des. »So ist es überall auf der Welt. Sie haben Langeweile und zu viel Zeit, mit der sie nichts anfangen können.«

»Das ist möglich«, sagte Sam.

»Damit haben sie Ihr Projekt vorläufig zum Erliegen gebracht, nicht wahr?«, sagte Des zu Lazlo.

»Vielleicht war das überhaupt der Sinn des Ganzen«, murmelte Remi mit einem verstohlenen Blick zu Sam.

»Des, wir würden uns gerne einen von Ihren Tauchern ausleihen, damit er unseren Wagen bewacht, während wir unsere Suche fortsetzen«, sagte Sam.

»Keine Sorge. Wir kommen mit der Arbeit zurzeit recht gut voran, sodass wir leicht auf einen Mann verzichten können.«

»Gut«, sagte Sam, dann fiel ihm noch etwas Wichtiges

ein. »Ich habe noch eine interessante Neuigkeit für Sie: Ein größeres Schiff ist unterwegs, um Sie abzulösen. Daher dürfte Ihr Einsatz hier in Kürze beendet sein.«

Des nickte. »Ich weiß. Davon hat Selma bereits meine Zentrale in Kenntnis gesetzt. Ich denke, wir dampfen am Samstag ab.« Des lächelte. »Ich glaube nicht, dass Leonid allzu traurig sein wird, sich von uns verabschieden zu müssen.«

»Unter seiner rauen Hülle schlummert ein mürrischer und unglücklicher Kern«, versicherte Sam dem Australier. Sie quittierten diese interessante Information mit verhaltenem Gelächter, dann wurde Sam ernst. »Wenn es möglich ist, Des, übernehmen wir Ihren Mietwagen. Er sieht zwar ziemlich mitgenommen aus, scheint aber zuverlässig zu sein. Und so ein Auto brauchen wir, wenn wir unser kleines Abenteuer in den Bergen erfolgreich abschließen wollen.«

»Kein Problem. Wir können den Vertrag morgen im Büro entsprechend ändern lassen.« Des nannte den Namen der Autovermietung – glücklicherweise hatten Sam und Remi deren Dienste noch nicht in Anspruch genommen.

»Ich kann nur hoffen, dass unser Ruf uns nicht vorauseilt«, meinte Remi. »Was Mietwagen betrifft, dürften wir hier kaum zu den bevorzugten Kunden gehören.«

Zwanzig Minuten später erschien Leonid im Eingang zur Notaufnahme. Dr. Berry schob seinen Rollstuhl. »Ihr Freund ist fast so gut wie neu. Keine Brüche, nur ein paar Wundnähte und ein wenig Blutverlust, den er verkraften muss. Er sollte darauf achten, regelmäßig genügend Flüssigkeit zu sich zu nehmen, am besten Fruchtsaft, und er soll für einige Tage sein Bein schonen und es möglichst gar nicht belasten. Kommen Sie in einer Woche vorbei, damit ich die Fäden ziehen kann.«

»Also keine Tauchgänge mehr«, sagte Leonid und lächelte zum ersten Mal.

Im Hotel musste sich der Nachtmanager erst von seiner Überraschung erholen, einen neuen Gast aufnehmen zu können, bis er eilig die Formalitäten erledigte. Das Restaurant war noch geöffnet, nur zwei Gäste saßen in einer Nische und genehmigten sich nach dem Dinner einige Drinks, und die Gruppe bestellte eine Meeresfrüchte-Platte und reichlich Bier. »Nur aus medizinischen Gründen«, meinte Des mit einem Grinsen.

Lazlo schüttelte betrübt den Kopf. »Schade, diese Medizin wurde mir gestrichen.«

Remi lächelte, während sie sich zu Lazlo vorbeugte und ihm zuraunte: »Wir alle sind sehr stolz auf dich, Lazlo.«

»Ja, schön, ich will damit aber nur sagen, dass ich, nun da ich dauernd nüchtern bin, die meisten Menschen, die ich kennenlerne, zunehmend uninteressant finde. Das ist wohl die unvermeidbare Nebenwirkung dieser neu erworbenen Tugend, vermute ich.« Er sah sich am Tisch um und prostete der Gesellschaft mit seinem Sprudelwasser zu. »Die augenblickliche Gesellschaft natürlich ausgenommen.«

Am nächsten Morgen kamen sie gegen sieben Uhr zum Frühstück zusammen. Leonid erklärte sich bereit, an Land zu bleiben, bis die Fäden der Wundnähte gezogen wären. Er war sichtlich erleichtert, auf einen Aufenthalt auf der *Darwin* verzichten zu dürfen. Sam und Des ließen Lazlo und Leonid mit Remi auf der Veranda zurück, während sie zur Autovermietung fuhren, um den Mietvertrag für den Mitsubishi ändern zu lassen. Danach setzte Sam den Australier im Hafen ab.

»Wir sehen uns noch, ehe Sie aufbrechen«, sagte Sam.

»Wollen Sie Ihr Glück ein weiteres Mal bei den Höhlen versuchen?«, fragte Des.

»Darauf können Sie sich verlassen.« Sie hatten Des bisher nichts von der Entdeckung des Massengrabs erzählt.

»Na, dann viel Erfolg. Melden Sie sich, wenn Sie einen der Männer ausgesucht haben. Ich bringe ihn zu Ihnen an Land. Haben Sie schon eine Idee, wer kommen soll?«

»Greg macht den Eindruck, als sei im Ernstfall nicht mit ihm zu spaßen, oder?«

»Ich würde mich jedenfalls nicht mit ihm anlegen«, bestätigte Des mit einem Kopfnicken. »Wollen Sie heute schon wieder zurück in die Berge?«

»Nein, wahrscheinlich erst morgen. Wir müssen einen Abschleppwagen organisieren, und bei dem Tempo, das auf dieser Insel üblich ist, könnte es einen halben Tag dauern, bis sich in dieser Richtung etwas tut. Ich gebe Ihnen Bescheid, wenn wir aufbrechen.«

»In Ordnung«, sagte Des.

Als Sam ins Hotel zurückkam, platzte er zu seiner Überraschung in eine hitzige Diskussion zwischen Leonid und Remi. Sie wandte sich bei seinem Eintreten um, ihre Miene schien ungehalten, wenn nicht gar verärgert – eine Stimmung, mit der behutsam umzugehen angeraten war, wie Sam aus Erfahrung wusste.

»Würdest du unserem russischen Freund bitte mal erklären, dass er unter keinen Umständen versuchen sollte, uns zu den Höhlen zu begleiten?«, verlangte sie.

»Was? Natürlich tut er das nicht«, sagte Sam.

»Glaubt ihr tatsächlich, ihr könnt mich von der Suche nach dem Schatz abhalten? Keine Chance, wie ihr amerikanischen Kapitalisten zu sagen pflegt.«

»Du hast doch den Arzt gehört. Du sollst dein Bein schonen.«

»Das habe ich ja auch getan. Ganze zwölf Stunden lang. Warum? Habt ihr etwa vor, euch sofort auf den Weg zu machen?«

»Nein, nicht vor morgen…«, gab Sam zu.

»Wo ist dann das Problem? Ich erhole mich schnell. Ich bin schließlich Russe, wie du dich vielleicht erinnerst. Du kannst mich nicht so einfach aus dem Verkehr ziehen.«

Sam wechselte einen Blick mit Remi. »Es ist nichts Persönliches, mein Freund, wir wollen nur nicht, dass sich dein Zustand verschlimmert.«

Leonid wischte ihre Sorge mit einer heftigen Handbewegung weg. »Das sind nur ein paar Kratzer, kein Knochenbruch. Ich bin morgen wieder einsatzbereit. Ihr braucht euch wegen mir keine Sorgen zu machen.«

»Ich glaube nicht, dass es eine gute Idee ist«, sagte Remi.

»Er ist erwachsen«, sagte Sam.

»Und hat sich beinahe das Genick gebrochen.«

Leonid schnaubte. »Ich habe für einen winzigen Moment nicht aufgepasst, wohin ich getreten bin. Glaubt mir, so etwas wird ganz sicher nicht mehr passieren.«

Remi schüttelte entnervt den Kopf. »Wunderbar. Ich werde nicht versuchen, dich in diesem Fall von deinem Entschluss abzuhalten. Aber wenn du uns in irgendeiner Weise bremst, überlassen wir dich den Krokodilen.«

»Wie ich höre, können sie Blut auf eine Meile Entfernung wittern«, meldete sich Lazlo kurz zu Wort.

»Damit dürfte alles klar sein. Wann brechen wir auf?«, wollte Leonid wissen.

»Das müssen wir noch festlegen. Wahrscheinlich recht früh«, sagte Sam.

»Ich werde bereit sein.«

Remi erhob sich und sah Sam fragend an. »Wir müssen uns noch um den Abschleppwagen kümmern, nicht wahr?«

Sam seufzte. »Ich glaube, uns bleibt nichts anderes übrig.« Er sah zu Lazlo hinüber. »Kannst du unseren russischen Freund für ein paar Stunden bei Laune halten?«

»Ich denke, das liegt im Bereich meiner beachtlichen Fähigkeiten«, erwiderte Lazlo mit einem hinterhältigen Grinsen.

Der Besuch der Mietwagenfirma erwies sich als genauso unangenehm, wie sie erwartet hatten. Der Inhaber regte sich ziemlich heftig über die Meldung auf, dass eins seiner teuren Fahrzeuge mit vier Plattfüßen mitten im Regenwald gestrandet war.

Nachdem sie diese Angelegenheit geregelt hatten, begaben sie sich ins Krankenhaus in der Hoffnung, Carol Vanya dort anzutreffen. Als sie das mittlerweile vertraute Gebäude betraten, stand sie hinter dem Empfangspult und unterhielt sich gerade mit der Angestellten. Die Wartezone war leer.

»Hallo! Was führt Sie denn hierher?«, fragte sie lächelnd, während sie hinter dem Pult hervorkam, um sie zu begrüßen.

»Wir waren nur grad in der Nähe.«

»Ich habe mir eben die Eintragungen von gestern angesehen und festgestellt, dass Sie Ihren Kollegen hergebracht haben. Dr. Berry hat eine entsprechende Notiz hinterlassen.«

»Ja. Er hatte einen Unfall«, sagte Remi.

»So etwas passiert hier alle naselang. Glücklicherweise war es ja noch ziemlich harmlos. Aber man sollte sich an die Wege halten – das Gelände auf der Insel kann gefährlich sein. Wo ist er denn gewandert?«

»Drüben auf der anderen Seite der Insel«, erwiderte Remi vage.

»Dort kann es besonders heikel sein.«

»Jetzt wissen wir es«, gab Sam zu. »Hören Sie, Dr. Vanya, wir wollten uns wegen einer ganz speziellen Angelegenheit mit Ihnen unterhalten. Haben Sie einen Moment Zeit?«

»Natürlich. Im Augenblick sieht es nach einem ruhigen Tag aus. Aber das kann sich ziemlich schnell ändern.« Sie deutete auf die Bänke im Warteraum. »Wie kann ich Ihnen behilflich sein?«

Sie setzten sich, und Sam senkte die Stimme. »Soweit ich mich erinnere, sprachen Sie vor kurzem von dieser Frau, deren Tochter vermisst wurde.«

»Ja. Die Tochter, die von zu Hause weglief. Das ist immer sehr schlimm für die Eltern.«

»Es klang, als ob so etwas schön häufiger geschehen sei.«

»Es passiert ständig. Ich vermute, es gehört zum Erwachsenwerden – dieser Wunsch, einfach alles hinter sich zu lassen.«

»Haben Sie eine Ahnung, wie viele Kinder insgesamt vermisst werden?«

Sie schüttelte den Kopf. »Das weiß ich wirklich nicht. Ich bin Ärztin und keine Sozialarbeiterin.« Ihre Stimme wurde daraufhin weicher und freundlicher. »Das klingt etwas hart, aber das soll es eigentlich nicht. Was ich meinte, ist, dass sich meine Tätigkeit fast ausschließlich auf den Gesundheitsbereich beschränkt, weil mir für etwas anderes so gut wie keine Zeit bleibt – Zeit, die mir bei den Kranken dann nämlich fehlen würde. Es ist eine Frage der Prioritäten.«

Remi nickte. »Ich verstehe. Wir versuchen nur, eine Vorstellung davon zu bekommen, wie viele Kinder verschwunden sind.«

Carol Vanya runzelte die Stirn. »So ausgedrückt, klingt es geradezu unheimlich. Worauf wollen Sie hinaus? Vermuten Sie dahinter etwa irgendwelche unguten Machenschaften?«

Sam lehnte sich zurück. »Nein, nein, nichts dergleichen. Wir haben uns nur mit einigen Einheimischen unterhalten, und dabei sind wir auf dieses Thema gekommen. Da wir demnächst die Gesundheitsversorgung unterstützen werden, wollen wir, solange wir hier sind, so viel wie möglich über die Inseln erfahren, und insofern würden wir gern wissen, ob es hier Dinge gibt – Vorfälle, Entwicklungen –, die uns bisher entgangen sind. Mehr nicht.«

»Ich fürchte, in dieser Hinsicht kann ich Ihnen nicht weiterhelfen. Wie ich schon sagte, wenn ein Kind von zu Hause wegläuft, sehen die Eltern oft einen ganz anderen als den tatsächlichen Grund dahinter. Sie können sich jederzeit bei der Polizei erkundigen. Dort weiß man sicherlich mehr als ich.«

»Natürlich. Nur kennen wir dort niemanden, und es scheint, als hätten sie zurzeit alle Hände voll zu tun mit den Unruhen … und mit den Rebellen …«, sagte Remi.

Carol Vanya erhob sich. »Der Polizeichef heißt Fleming. Wenn Sie es möchten, kann ich ihn anrufen und Ihren Besuch ankündigen. Allerdings muss ich Sie warnen, gegenüber Fremden kann er ziemlich abweisend sein.«

Sam und Remi erhoben sich ebenfalls, und sie wechselten einen Händedruck. »Wir sind für jede Hilfe dankbar.«

»Ich rufe ihn an. Versprechen kann ich nichts, aber für meine neuen Wohltäter ist mir keine Mühe zu viel«, sagte Carol Vanya mit einem strahlenden Lächeln.

Die Hitze über der Asphaltdecke brachte die Luft zum Flimmern, als Remi und Sam zum Mitsubishi zurückgingen. Remi griff nach seiner Hand. »Das hat uns kaum weitergeholfen, oder?«

»Nicht viel. Meinst du, bei den Cops haben wir mehr Erfolg?«

»Wenn ich mir die bisherigen blitzartigen Ergebnisse bei der Suche nach dem Hoteldieb und den Leuten, die uns von der Straße gedrängt haben, ansehe? Hm, ich würde eher sagen … nein.«

»Das hatte ich befürchtet. Was ist die Alternative?«

»Zu Mittag zu essen.«

Sie entschieden sich für ein einfaches Restaurant am Hafen. Die Tische waren aus Plastik, die Servietten aus Papier, und der Gelbflossenthunfisch war perfekt gegrillt und wurde ihnen reichlich auf die Teller gehäuft. Nach dem Essen schob Remi ihren Stuhl vom Tisch zurück. »Warum statten wir Manchester nicht einen Besuch ab und erkundigen uns, ob er mehr weiß? Er ist doch meistens bereit, über alles zu sprechen.«

»Vorausgesetzt es beschäftigt ihn gerade nicht zu sehr, die Insel zu regieren. Oder sein flüssiges Mittagessen einzunehmen.«

Sie hatten das Glück, dass der Politiker Zeit für sie hatte und sie sogar in sein Büro hineinkomplimentierte, als seien sie Familienangehörige, die er lange nicht gesehen hatte.

»Das ist eine reizende Überraschung. Wie läuft's mit der Meeresarchäologie?«, fragte er mit seinem volltönenden Bariton.

»Mühsamer als erwartet, aber wir machen Fortschritte«, antwortete Remi. »Wir hatten gehofft, Sie könnten uns einige Erläuterungen zu einem Thema liefern, das Sie vor kurzem angeschnitten hatten – es ging um die vermissten Kinder.«

»Habe ich mich darüber geäußert? Ich kann mich nicht erinnern«, sagte Manchester und wich ihren fragenden Blicken aus.

»Ja, ich denke schon. Welche Erklärung haben Sie dafür?«, hakte Sam nach.

»Ich weiß nicht, ob ich eine Erklärung habe. Ich denke, in jeder Gesellschaft kommt es vor, dass Kinder von zu Hause weglaufen. Ich betrachte es nicht als ein besonderes Problem der Salomon-Inseln«, sagte er und wählte seine Worte offensichtlich mit Bedacht.

»Was haben Sie darüber gehört?«

»Weshalb dieses Interesse, wenn ich fragen darf?«, ging Manchester in Abwehrhaltung.

»Wir haben hier und da ein paar Dinge aufgeschnappt«, sagte Remi und drückte sich bewusst vage aus. »Wir haben die Absicht, Dr. Vanyas Kliniken zu finanzieren, daher wollen wir uns über sämtliche Themen informieren, die für die Insel von Bedeutung sind. Kinder, die verschwinden, sind anscheinend ein solches Thema.«

»Ich gebe zu, es klingt, als ob es ein Thema sei, aber ich habe nicht den Eindruck, dass es auch nur annähernd so bedeutend oder dringend ist wie das Rebellen-Problem oder die auf den Salomon-Inseln herrschende schreckliche Armut oder die unzureichenden Maßnahmen zur Lösung der gesundheitlichen und sozialen Probleme oder die Arbeitslosigkeit oder die wirtschaftliche Notlage der Regierung oder die herrschende Unruhe unter den Bürgern …«

»Kein Widerspruch in diesen Punkten. Wir hatten nur gehofft, dass wir jemanden finden, der uns Auskunft darüber geben kann, wie lange diese Geschichte schon andauert und wie groß dieses Problem tatsächlich ist.«

»Ich weiß nicht, ob man es überhaupt als ein echtes Problem betrachten kann. Und noch einmal, ich höre allwöchentlich unzählige Klagen über die verschiedensten Dinge, und dies ist nur eine von vielen dieser Klagen. Wenn ich den Eindruck erweckt habe, dass diese Geschichte von herausragender Bedeutung ist, muss ich mich entschuldigen. Möglich, dass mir das Bier die Zunge ein wenig gelöst hat.« Er sah sie abwartend an, sein Lächeln war so glatt wie das eines Mannequins. »Was die Frage betrifft, wen ich Ihnen empfehlen könnte, um weiterzuhelfen, da kann ich Ihnen niemanden nennen. Vielleicht die Polizei?«

»Die steht bereits auf unserer Liste. Kennen Sie dort jemanden, der am ehesten geeignet wäre, unsere Fragen zu beantworten?«, fragte Remi und ließ nichts über Vanyas Tipp verlauten.

Manchester schien es plötzlich eilig zu haben, sich anderen Aufgaben zuzuwenden. »Ich werde mich mal kundig machen. Ich fürchte jedoch, mir fällt auf Anhieb niemand ein, der für vermisste Personen zuständig ist.« Er strich sich mit einer Hand, die an eine Bärentatze erinnerte, über das Haar. »Es freut mich, dass Sie sich bereit erklärt haben, sich an Dr. Vanyas Projekt maßgeblich zu beteiligen. Das wird für viele Inselbewohner das Leben spürbar verbessern. Gegenwärtig sieht es in diesem Bereich sehr traurig aus.«

»Ja, das haben wir uns auch gedacht. Es ist ein wichtiges Anliegen«, pflichtete Sam ihm bei. »Gibt es etwas Neues über die Rebellen? Irgendwelche Hinweise, in welche Richtung die öffentliche Meinung tendiert?«

»Die meisten lehnen ihre Aktionen ab und auch ihre Einstellung. Zumindest vermitteln mir meine Kollegen diesen

Eindruck. Dennoch gibt es immer noch einige, die allen Ernstes große Vorteile in der Verstaatlichung sämtlicher Explorations- und Förderungsaktivitäten sehen. Eigentlich ein Wahnsinn – aber für einige eben ein durchaus reizvoller Wahnsinn, wie es scheint.«

»Hatten Sie Gelegenheit, mit Ihren Kollegen über unser archäologisches Projekt zu sprechen?«

»Unglücklicherweise nicht. Wie Sie sich gewiss vorstellen können, steht im Augenblick die Rebellen-Krise an erster Stelle. Aber ich habe es nicht vergessen«, versicherte er ihnen.

Als Sam und Remi das Büro des Politikers verließen, sah ihnen Manchester durchs Fenster nach, wie sie zu ihrem Wagen gingen. Seine Miene wirkte sorgenvoll. Seine Vorzimmerdame sah zu ihm hoch, während sie einen Stapel Dokumente ordnete. »Vergessen Sie nicht, dass Sie um fünf eine Verabredung mit Gordon Rollins haben«, sagte sie.

»Ach ja. Richtig. Das ist heute, nicht wahr? Danke, dass Sie mich daran erinnert haben.« Während Manchester seine heimlichen Treffen mit Rollins für sich behielt, konnte er öffentliche Kontakte mit ihm nicht vermeiden, da dies verdächtig erschienen wäre. Sie waren übereingekommen, sich gelegentlich immer wieder so wie bisher zu treffen, sodass ihr Verhalten, falls jemand sich dafür interessierte, vollkommen normal erschien. Bisher funktionierte dieser Plan perfekt.

Manchester schaute auf die Uhr und kehrte nach einem letzten Blick auf die Fargos, die soeben den Parkplatz verließen, in sein Büro zurück.

44

Das Viertel, in dem Gordon Rollins wohnte, war das exklusivste in Honiara. Sein Zuhause, ein weitläufiges Anwesen, das sich auf einer Felsklippe mit Blick auf den Ozean erstreckte, war ein landschaftliches Wahrzeichen der Gegend. Als Orwen Manchester in die aus Ziegeln gemauerte Einfahrt einbog, machte das Gärtnerteam soeben Feierabend. Die Khakihemden der Männer waren schweißgetränkt, und ihre Haut war von der erbarmungslos heißen und grellen Sonne schokoladenbraun gebrannt.

Ein blauer 1963er Jaguar E-Type Roadster stand chromfunkelnd in der Einfahrt. Er war eines von Rollins' exzentrischen Lastern, das er sich jedoch problemlos leisten konnte, da es mit altem Geld bezahlt worden war, das er geerbt und während seines langen Lebens klug und gewinnbringend angelegt hatte. Rollins, der vor dem Haus stand, unterbrach die Diskussion mit seiner Assistentin, einer wohlproportionierten Inselbewohnerin namens Sandra, die seit Jahren für ihn arbeitete, und winkte Manchester zu. Dieser unterbrach die Zündung des Motors seiner Honda-Limousine und musste unwillkürlich lächeln, während er sich hinter dem Lenkrad hervorschlängelte und schließlich ausstieg – Rollins hatte schon immer einen Sinn für optische Wirkung gehabt und dieses Gespür auch mit zunehmendem Alter nicht eingebüßt. »Orwen, alter Junge, wie schön, dass Sie hergekommen sind«, rief er und schüttelte seine silbergraue Mähne. Er beugte sich zu Sandra und sagte etwas. Sie lächelte Manchester an, entblößte dabei zwei Reihen blendend weißer Zähne, stolzierte dann die Eingangstreppe hinauf und überließ Rollins und Manchester ihren Geschäften.

»Es ist mir immer ein besonderes Vergnügen, Gordon. Herrlicher Tag, nicht wahr?«

»Nicht so heiß wie gestern, zum Glück.« Rollins hielt einen silbernen Schlüssel mit Schlüsselanhänger hoch. »Ich dachte, wir machen einen kleinen Abstecher zu einem der Pubs unten am Hafen und genehmigen uns ein gepflegtes Bier. Könnte es sein, dass Sie neuerdings dem Alkohol abgeschworen haben, oder bekommen Sie noch eins runter?«

»Ich tue gerne, was nötig ist, damit Sie sich rundum wohlfühlen«, erwiderte Manchester lächelnd.

»Guter Mann. Diese Einstellung gefällt mir«, sagte Rollins und steuerte auf den Jaguar zu.

»Ich gehe davon aus, dass dies kein Geselligkeitstreffen ist, oder?«, sagte Manchester, während er die Beifahrertür öffnete.

»Bedauerlicherweise nein. Aber ich sehe keinen Grund, weshalb man Geschäftliches nicht mit ein wenig Vergnügen koppeln sollte. Außerdem machen ernsthafte Geschäfte erfahrungsgemäß eine Menge Durst. Ich bin schon jetzt wie ausgetrocknet.«

»Manchmal ist es nötig, Opfer zu bringen, so schwer es auch fallen mag«, meinte Manchester salbungsvoll. »Was haben Sie diesmal auf dem Herzen?«

»Die Krone macht sich Sorgen wegen der jüngsten Unruhen und der Richtung, in die uns diese verdammten Rebellen drängen – alles höchst alarmierend, wie Sie mir sicher beipflichten werden. Und wenn diejenige, mit der man keine Spielchen treiben sollte, sich Sorgen macht, dann sollte auch ich – und Sie ebenfalls – wachsam sein.«

In diesem Augenblick drehte Rollins den Zündschlüssel, und der Jaguar explodierte mit einem grellen Blitz. Eine Feuerkugel schoss wie eine orangefarben leuchtende Faust in den Himmel, und eine Seitentür segelte träge durch die Luft, ehe sie auf dem sorgfältig gestutzten Rasen landete. Das Gärtnerteam verharrte zu Salzsäulen erstarrt in der Einfahrt, während schwarzer Qualm von dem Jaguar aufstieg, dessen Fahrgastzelle und Motor gerade von Flammen verschlungen wurden und dessen Chassis so zerknittert wie eine zusammengeknüllte Getränkedose aussah.

Einige Minuten später erklang in der Ferne anschwellendes Sirenengeheul, aber mittlerweile war den Schaulustigen, die zusammengeströmt waren, klar geworden, dass die Rettungsmannschaften nicht mehr tun konnten, als das brennende Wrack zu löschen.

Ungeduldig rutschte Remi auf ihrem Platz hin und her, während sie und Sam im Polizeipräsidium von Honiara saßen und sich mit dem Polizeichef, Sebastian Fleming, unterhielten. Der Beamte war ein Inselbewohner – Anfang vierzig – mit einem Gesicht wie ein stets unterlegener Boxer und einem auffallend unsteten Blick. Carol Vanya hatte das Treffen arrangiert, aber von Anfang an hatte Fleming eine verteidigende, ausweichende Position bezogen, und die Diskussion hatte sich sehr bald festgerannt.

»Moment mal. Sie wollen also ernsthaft behaupten, Sie hätten keine Ahnung, bei wie vielen Meldungen über verschwundene Personen während der letzten fünf Jahre Kinder betroffen waren? Wie ist das möglich?«, fragte Remi. »Haben Sie keine Computer?«

»Mrs. Fargo, so läuft es nicht bei uns. Ich fürchte, Sie verstehen nicht ganz, wie das System funktioniert«, sagte der Polizeichef in herablassendem Tonfall.

Remi hatte Mühe, sich bei Flemings ausweichender Antwort unter Kontrolle zu halten. »Tatsächlich? Sie sind der oberste Polizist dieser Insel. Bürger melden irgendwelche Vorfälle. Aber *ich* soll irgendeinem Irrtum unterliegen, wenn ich von Ihnen wissen möchte, wie viele Meldungen eingegangen sind?«

Sam wusste, dass Remi innerlich kochte und es nur eine Frage von Minuten war, ehe sie angesichts einer derartig dreisten Unwissenheit, wenn nicht gar Dummheit, explodierte. Er griff eilig ein, um eine mögliche Katastrophe zu verhindern.

»Was meine Frau meint, ist, dass sicherlich eine Liste bislang ungelöster Vermisstenfälle existiert, oder nicht?«, versuchte er sein Glück ein wenig diplomatischer.

»Oh, wenn Sie das meinen – natürlich gibt es eine solche Liste.« Fleming musterte sie mit ausdruckslosen Augen, die an einen toten Fisch erinnerten.

»Nun, damit sind wir ja schon einen Schritt weiter«, sagte Sam. »Unsere Frage lautet, wie viele Fälle aus den vergangenen fünf Jahren sind noch ungelöst?«

»Oh, ich verstehe Ihre Frage sehr gut. Ich fürchte jedoch, dass ich nicht befugt bin, Sie zu beantworten.«

»Weshalb nicht?«, schnappte Remi, deren Gesicht sich allmählich rötete.

»Weil es eine rein polizeiliche Angelegenheit ist, Ma'am, und Sie keine Polizistin sind.«

»Weshalb ist diese Angabe vertraulich?«, fragte Sam, dessen Gesichtsfarbe sich jetzt ebenfalls nach und nach in den Rotbereich verschob.

»Weil sie es ist«, erwiderte Fleming, als erkläre dies alles.

»Warten Sie. Wir sind Mitglieder der Öffentlichkeit, der Sie dienen, und wir stellen eine klare und direkte Frage, und Sie können sie nicht beantworten?«, schäumte Remi.

»Es ist nicht so, dass ich sie nicht beantworten kann«, korrigierte Fleming sie. »Ich *werde* sie nicht beantworten. Und um genau zu sein, ich will sie auch nicht beantworten.« Fleming hob eine Hand, um jede Entgegnung zu stoppen. »Und ehe Sie jetzt protestieren, lassen Sie mich einen Punkt klarstellen, in dem Sie offenbar einem Irrtum unterliegen. Ich diene nicht Ihnen. Sie sind hier Besucher, Gäste der Insel. Sie sind keine Bürger und bezahlen nicht mein Gehalt, und ich brauche Ihre Fragen nicht zu beantworten, erst recht nicht, wenn sie auf derart beleidigende Art und Weise gestellt werden. Daher würde ich an Ihrer Stelle meinen Ton mäßigen. Ich habe mich bereit erklärt, Sie zu empfangen, um Carol Vanya einen Gefallen zu tun, aber ich habe mich nicht damit einverstanden erklärt, regelrecht verhört zu werden oder mich in irgendeiner Form beschuldigen zu lassen.«

Sam konnte geradezu hören, wie der Schutzbügel über Remis Explosionsknopf hochklappte, und eilig ergriff er das Wort. »Officer Fleming …«

»Chief Fleming, bitte.«

»Okay, Chief Fleming. Wir sind auf einen besorgniserregenden Trend bezüglich vermisster Kinder gestoßen. Da dürfte es Ihnen nichts ausmachen, uns behilflich zu sein, oder?«

»Mr. Fargo, ich will versuchen, Ihnen meine Position deutlich zu machen. Die Anzahl von Vermisstenmeldungen in dieser Abteilung wird vertraulich bleiben, es sei denn, Sie legen einen Gerichtsbeschluss vor, in dem ich aufgefordert werde, diese Zahl offenzulegen, was jedoch auf Grund der Tatsache, dass Sie kein Inselbewohner sind, höchst unwahrscheinlich ist.« Er blickte stirnrunzelnd auf die Wanduhr. »Nun, gibt es noch etwas?«

»Machen Sie sich keine Sorgen wegen der vermissten Kinder?«, fragte Remi mit leiser Stimme.

»Ich mache mir sogar sehr große Sorgen. Worüber ich mir jedoch nicht den Kopf zerbreche, sind zwei privilegierte ausländische Besucher, die in meinem Büro erscheinen und mir erklären, welche Informationen ich ihnen zu geben habe, nur weil sie sich selbst den Status von Sonderermittlern verliehen haben. Wenn Sie mich jetzt entschuldigen wollen, ich habe in meiner Arbeitszeit noch andere Dinge zu tun. Vielen Dank für Ihren Besuch, und viel Glück bei Ihren Nachforschungen.«

Remi kochte vor Wut, als sie die Eingangstreppe des Polizeipräsidiums hinuntergingen, und Sam hütete sich, irgendeinen Kommentar abzugeben. Sie gingen die anderthalb Blocks bis zu ihrem Hotel, und als sie ihr Zimmer betraten, hatte Remi sich ein wenig beruhigt.

»Ich kann einfach nicht glauben, dass sich niemand wegen dieser Häufung von verschwundenen Kindern Sorgen macht«, schimpfte Remi, die nicht fassen konnte, welchen Mangel an Interesse Fleming an den Tag legte. »Würden meine Kinder verschwinden, ich würde doch Himmel und Hölle in Bewegung setzen.«

»Schon richtig, aber du hast ja selbst gesehen, welche Haltung der Chief einnimmt. Ich hatte den Eindruck, dass er uns nicht besonders mag.«

»Es macht einen rasend. Da ist eine Höhle voll toter Kinder, und diese Idioten interessieren sich nicht im Mindesten dafür.«

»Na ja, im Augenblick sind wir die Einzigen, die davon wissen, daher verfügen wir über Informationen, die sie offenbar nicht haben. Ich habe das Gefühl, dass sich diese Haltung grundlegend ändern wird, sobald wir die Neuigkeit publik machen.«

»Es ist aber ihr Job, schon jetzt die richtige Haltung einzunehmen.«

»Ich gebe dir recht. Aber es gibt nichts, was wir in dieser Angelegenheit tun könnten.« Sam betrachtete Remi eingehend. Sie hatte ihr Tablet geöffnet, und auf dem Display war ein Satellitenbild von dem Bereich in der Nähe des Wasserfalls zu erkennen. »Da unser Gespräch zu nichts geführt hat, wie geht es jetzt mit den Höhlen weiter?«

Remi hatte in dem Dorf nach einer Parkmöglichkeit gesucht und das Gelände von dort bis zum Wasserfall inspiziert.

»Ich glaube, ich habe eine alte Holzabfuhrstraße gefunden, die etwa eine halbe Meile vom Wasserfall entfernt endet. Wenn sie noch immer befahrbar ist, würde sie unseren Fußmarsch um Stunden verkürzen.«

»Das ist eine großartige Neuigkeit. Ich habe mir schon Sorgen gemacht, wie Leonid es schaffen will. Trotz seiner Schimpferei und Prahlerei ist er auch nur ein Mensch, und sein Bein hat wirklich einiges abgekriegt.«

»Wir wissen aber nicht, ob diese Straße noch immer benutzbar ist, ehe wir nicht dort sind. Andererseits ist es anscheinend unsere einzige Alternative.«

Das Satellitentelefon trällerte, und Sam ging zu dem Tisch neben der Terrassenschiebetür, wo er es zum Aufladen deponiert hatte. Er schaltete es ein. »Hallo?«

»Haben Sie die Nachrichten gehört oder gesehen?«, fragte Selma mit besorgter Stimme.

»Welche Nachrichten meinen Sie, Selma?«

»Noch ein Attentat. Diesmal hat es den Generalgouverneur und ein Mitglied des Parlaments getroffen.«

Sam erstarrte, während er zum Hafen hinabblickte, auf den sich die Dunkelheit senkte. »Welches Mitglied?«

»Orwen Manchester.«

Sam schloss die Augen und schüttelte den Kopf, dann schlug er sie wieder auf und drehte sich zu Remi um. »Wann?«

»Es wurde vor ein paar Minuten gesendet.«

»Was ist geschehen?«

»Eine Autobombe. Die Rebellen haben sofort die Verantwortung übernommen. Sie erklärten, eine Marionette des kolonialen Imperialismus sei zum Wohle der Insel hingerichtet worden, wie es in Zukunft mit allen Ausländern geschehen werde, die sich für die Unterwerfung der Nation unter fremdes Kapital starkmachen. Zitat Ende.«

»Demnach ist Manchester tot?«, fragte Sam mit Flüsterstimme.

Remi richtete sich auf dem Bett auf, die Augen weit aufgerissen. »Wie bitte? Lass mich mit ihr reden.«

Sam reichte ihr das Telefon, während Remi vom Bett aufstand und mit bloßen Füßen auf die Terrasse hinausging.

»Erzählen Sie mir ganz genau, was geschehen ist, Selma«, verlangte Remi mit gefährlich ruhiger Stimme. Selma wiederholte ihren Bericht. Als sie geendet hatte, war Remi stumm.

»Alles in Ordnung?«, fragte Selma.

»Ja. Ich glaube schon«, antwortete Remi. »Wir waren gerade noch bei ihm. Vor nicht einmal drei Stunden. Wir saßen ihm gegenüber, und jetzt…«

»Es tut mir leid«, sagte Selma.

»Danke. Ich frage mich, ob er Familie hatte.«

»In den Nachrichten wurde nichts dergleichen erwähnt.«

»Es… es ist einfach unfassbar.« Remi schaute erst aufs Wasser, und dann wanderte ihr Blick weiter zur Stadt. »Das ist wie Öl ins Feuer der öffentlichen Unruhen. Ich habe hier genug gesehen, um mir ausmalen zu können, was geschehen wird, wenn sich die Nachricht verbreitet. Manchester hatte einen mäßigenden Einfluss – er war eine Stimme der Vernunft. Ohne ihn…«

»Sie beide sollten zusehen, dass Sie von dort verschwinden. Sofort«, riet Selma. »Solange es noch möglich ist.«

»Das können wir nicht, Selma. Noch nicht.« Remi brauchte einen Moment, um ihre Gedanken zu ordnen. »Gibt es etwas Neues über die vermissten Kinder?« Sie hatte Selma kurz zuvor eine E-Mail mit den Einzelheiten ihres Fundes geschickt.

»Ich konnte nichts finden. Im Internet gibt es nichts darüber. Was mich nicht überrascht – Guadalcanal ist nicht gerade eine Brutstätte des technologischen Fortschritts. Die meisten Unternehmen haben noch nicht mal eigene Websites, insofern hinkt man dort um Jahre hinter der technischen Entwicklung her.«

»Das hatte ich befürchtet.«

»Sie sollten wirklich einiges zu Ihrem Schutz tun. Sollte es zu Straßenkämpfen kommen, womit möglicherweise zu rechnen ist…«

»Ich weiß. Ich werde mit Sam darüber reden.«

»Melden Sie sich, wenn Sie irgendetwas brauchen. Und bitte… seien Sie vorsichtig.«

»Ich gebe die Botschaft weiter. Danke, Selma.«

Remi beendete das Gespräch und gab Sam das Telefon

zurück. »Selma macht sich Sorgen. Sie meint, dass es auf der Insel zu Gewaltausbrüchen kommen wird – und ich glaube, sie hat recht.«

»Und was möchtest du jetzt tun? Schnellstens zum Flughafen fahren und mit der erstbesten Maschine ausfliegen? Oder sollen wir uns zum Schiff durchschlagen?«

Remi schüttelte den Kopf. »Würde es uns umbringen, wenn wir die Nacht auf der *Darwin* verbringen? Und beim ersten Licht des Tages zu den Höhlen aufbrechen?«

»Ganz und gar nicht. Tatsächlich wäre das im Licht der letzten Ereignisse sogar eine vernünftige Vorsichtsmaßnahme. Ich rufe Leonid und Lazlo an und sage ihnen, sie sollen sich in – wann? – einer Viertelstunde mit uns treffen, okay?«

»Und ich rufe Des an und kündige ihm an, dass er Gäste haben wird.«

Zwanzig Minuten später rollte der Mitsubishi aus der Stadt hinaus und überließ Honiara ihrem Schicksal. Die von Australien geführte Friedenstruppe befand sich im Alarmzustand, desgleichen die Polizei, und über die Hauptstadt war eine Ausgangssperre verhängt worden, die in einer Stunde wirksam werden sollte. Die Behörden hatten während der letzten Zusammenstöße mit den Rebellen ein oder zwei Dinge dazugelernt und verfolgten jetzt eine Null-Toleranz-Politik gegenüber jeglichen Demonstrationen ihrer Sympathisanten.

Auf der *Darwin* nahmen sie zusammen mit Des und der Mannschaft ein Dinner ein, das aus frischen Krabben in allen Variationen bestand, und verfolgten gleichzeitig die Rundfunknachrichten. In der Stadt herrschte im Großen und Ganzen Ruhe, unterbrochen allerdings von gelegentlichen Plünderungsversuchen, die schnell im Keim erstickt wurden. In mehreren amtlichen Verlautbarungen von verschiedenen Regierungsmitgliedern und hochrangigen Religionsvertretern der Insel wurden die Morde aufs Schärfste verurteilt. Aber größten Anlass zur Sorge gaben dann die ersten Meldungen, dass mehrere australische Konzerne angesichts der andauernden Unruhen ihre Pläne, in die Infrastruktur der Insel zu investieren, auf Eis gelegt hätten, sowie die Nachricht, dass ein führendes Mitglied der Opposition im Parlament einen Gesetzesvorschlag zur Verstaatlichung mehrerer Schlüsselindustrien einbringen wolle. Manchesters Leichnam war noch nicht einmal vollständig erkaltet, und schon sollten sich seine schlimmsten Befürchtungen bewahrheiten.

45

Das Morgengrauen war nur eine vage Ahnung am östlichen Horizont, als der Mitsubishi in die Holzabfuhrstraße einbog, die zugewuchert und in schlechtem Zustand, aber dennoch passierbar war. Anderthalb Stunden später rollte das SUV am Ende der Straße schwankend aus, aufgehalten von einer soliden Wand dichten Dschungels.

Sam hielt das GPS-Gerät in den morgendlichen Sonnenschein und studierte das Display. »Sieht so aus, als befänden wir uns in nächster Nähe. Es ist nur noch eine knappe halbe Meile in diese Richtung«, sagte er und deutete auf die nächsten Hügelspitzen. »Was meinst du, Leonid, schaffst du das?«

»Ich bin eine Lokomotive. Ein Rammbock. Unaufhaltsam«, sagte der Russe, die Augen gerötet von einer schlaflosen Nacht auf dem verhassten Schiff.

»Das hört man gern«, sagte Sam. »Greg, Sie halten hier Wache.«

Greg war mitgefahren, um auf das Fahrzeug aufzupassen und dafür zu sorgen, dass ihm kein Schaden zugefügt wurde. Er nickte einmal kurz. Greg redete nicht viel, aber mit seinen Waffen – einer Machete am Gürtel und einer der Leuchtpistolen des Schiffes in der Faust – sah er brandgefährlich aus, und sie waren überzeugt, dass sich der Mitsubishi in einwandfreiem Zustand befände, wenn sie zu ihm zurückkehrten.

Die Wasserfälle mochten sich näher bei der Holzstraße befinden als das Dorf, aber das Gelände war nicht leicht zu überwinden. Man kam nur langsam vorwärts, weil keiner der Wildpfade, auf die sie stießen, in der von ihnen gewünschten Richtung verlief. Sie waren gezwungen, sich bei zunehmender Hitze durchs Unterholz zu hacken – bei dem dichten Dschungel, von dem sie sich alle zwanzig Minuten erholen mussten, war das ein harter Kampf. Schon bald troff ihre Kleidung von Schweiß, und ihre Wasservorräte verringerten sich in atemberaubendem Tempo.

Schließlich gelangten sie auf die Lichtung am Fuß des großen Wasserfalls und ließen sich im Schatten einer Baumgruppe erschöpft ins Gras fallen, um den Hügelkamm nach Anzeichen für eine weitere Höhle abzusuchen.

Remi starrte auf die steile Felswand und kam nach mehreren Minuten auf die Füße. »Wir wissen, dass sie irgendwo sein muss. Wie lautete die entsprechende Zeile im Tagebuch?«

»›Der Weg folgt auf den Wasserfall‹«, wiederholte Lazlo aus dem Gedächtnis.

»Auf den Wasserfall folgt nicht viel mehr als der Hügelkamm, also ergibt sich die Frage, wo genau der Eingang ist«, stellte Sam fest.

»Den werden wir wohl kaum finden, wenn wir noch länger hier herumliegen«, sagte Remi. »Wie geht es dem Bein, Leonid?«

»Ich bin stark wie ein Bulle. Ich kann es kaum erwarten, vor dem Schatz zu stehen, und wehe, man hindert mich daran«, sagte Leonid, sein Tonfall war jetzt so ernsthaft und aufrichtig wie eine Grabrede. Remi sah ihm in die Augen, und dann verzogen sich ihre Gesichter zu einem Lächeln, während er sich auf die Füße kämpfte.

»Eher wie ein verwundeter Bulle«, korrigierte Sam trocken.

»Das ist gar kein so schrecklicher Spitzname«, sagte Lazlo. »Wounded Bull. Passt irgendwie.«

»Mir geht es keinesfalls so schlecht, dass ich Sie nicht jederzeit überholen könnte, Sie kolonialer Unterdrücker«, knurrte der Russe gutmütig.

»Schön, ausgezeichnet, dann sparen Sie sich Ihren Elan für die Jagd auf. Ich vermute, Sie werden ihn brauchen.«

»Wisst ihr«, sagte Remi, »ich möchte nicht die Spielverderberin sein, aber mir kam in der vergangenen Nacht ein Gedanke. Was wäre, wenn die Japaner den Eingang zur Höhle versteckt haben, sobald die Inselbewohner sie mit den Kisten gefüllt hatten? Ich meine, vollständig von der Hand zu weisen ist es sicher nicht. Wenn sie tatsächlich ihren Fund geheim halten wollten, wäre es doch sehr einfach gewesen. Mit einer Handgranate oder einer Sprengladung …«

»Das ist ein interessanter Punkt. Aber eine solche Maßnahme hätte sicherlich eindeutige Spuren hinterlassen, denke ich«, sagte Lazlo.

»Wahrscheinlich. Ich will damit nur sagen, dass wir keine Unregelmäßigkeit im Aussehen des Geländes außer Acht lassen sollten, ganz gleich wie unbedeutend sie auch erscheinen mag.«

Der Marsch über unwegsames Terrain entlang der Basis des Bergrückens verlief in der Sonnenhitze des späten Vormittags quälend langsam. Sie passierten die beiden Höhlen, die sie bereits untersucht hatten, und drangen weiter nach Osten vor, wobei sie die Landschaft ständig im Auge behielten. In der Nähe eines kleinen Flüsschens deutete Leonid auf eine Anhöhe. »Seht ihr das?«, fragte er.

Sie folgten seinem Finger und erblickten eine Ansammlung von größeren Gesteinsbrocken, die sich auf dem Berghang verteilten. Offensichtlich waren dies die Überreste eines Erdrutsches.

Sam nickte, während er den Bergrücken betrachtete. »Dort könnte etwas sein. Das sollten wir uns näher ansehen.«

Die Gruppe kletterte über loses Schiefergeröll, wobei die einzelnen Steine größer wurden, während sie sich dem Gesteinsfeld näherten. Am oberen Rand des Feldes bearbeiteten Sam und Lazlo einzelne Steine mit den Klingen ihrer Macheten und versuchten, das Geröll aufzulockern. Leonid und Remi hielten sich zurück und ließen sie in Ruhe arbeiten. Zehn Minuten später blickte Sam über die Schulter zu seiner Frau. »Dahinter befindet sich ein Raum. Du bist tatsächlich ein Genie.«

»Ich habe lediglich eine hinterhältige Ader. Das ist etwas, das ich seinerzeit getan hätte. Sie konnten schließlich nicht wissen, ob die Alliierten jeden Quadratzentimeter der Insel untersuchen würden, sobald sie in ihre Hände gefallen war. Dann war es schon besser, auf Nummer sicher zu gehen …«, sagte Remi.

»Wir sollten so viel wie möglich beiseiteräumen und nachsehen, was uns im Innern erwartet«, sagte Sam und machte sich mit größerem Eifer an die Arbeit. Remi und Leonid beteiligten sich, und wenige Minuten später hatten sie einen Durchlass geschaffen.

»Eindeutig ist das eine Höhle«, murmelte Lazlo und starrte angestrengt in die Dunkelheit. Staubpartikel schwebten in der unbewegten Luft.

»Du hast den Vortritt, Lazlo«, sagte Remi.

»Weißt du, mir ist gerade etwas durch den Kopf gegangen. Was ist, wenn sie die Höhle außerdem mit einer Falle gesichert haben?«, dachte Lazlo laut nach.

»Ich habe meine Zweifel, dass etwas, das sie vor so langer Zeit hätten vorbereiten können, heute noch funktionsfähig wäre«, sagte Sam.

»Na schön. Dann mir nach«, sagte Lazlo mit einem Ausdruck von Entschlossenheit in der Stimme, die er jedoch keinesfalls empfand.

Sie betraten die Höhle hinter Lazlo, wobei ihre Lampen die Kammer erhellten, die deutlich größer war als die Höhlen, die sie vorher untersucht hatten. Der Boden war uneben und verlor sich in der Dunkelheit. Er sank kontinuierlich ab, während sie tiefer in die Höhle hineingingen. Stellenweise war der Boden nass und glatt von Wasser, das von der Decke herabtropfte und durch die Wände sickerte.

»Zumindest ist es hier drinnen angenehm kühl«, bemerkte Sam.

»Aber ich sehe keine Kisten«, meinte Remi.

»Betrachte es von der angenehmen Seite. Hier sind auch keine Skelette.«

Lazlo wurde langsamer, als der Tunnel einen Schwenk nach rechts beschrieb, und hielt seine Lampe hoch. Stalaktiten hingen wie fossile Eiszapfen von der Decke herab. Wasser rann an ihnen herab und tropfte auf den Boden, wie es seit der Geburt dieser Höhle geschehen sein musste. Das Forscherteam umrundete einen Schutthaufen, wo im Laufe der Zeit Teile der Tunneldecke herabgestürzt waren, und gelangte in eine deutlich größere natürliche Felsenkammer.

»Ich sehe noch immer keinen Schatz«, stellte Leonid mit säuerlicher Miene fest.

»Warte ab. Das Glück ist meistens mit den Geduldigen«,

sagte Sam, hielt seine Stablampe hoch und ließ den Lichtstrahl durch die Höhle schweifen.

»Seht mal hier«, rief Lazlo von rechts. Sie wandten sich zu ihm um. Er blickte durch eine kleinere Öffnung in eine weitere Höhle. »Hier scheint es noch ein ganzes Stück weiterzugehen.«

»Das würde auch einleuchten. Erinnert euch, dass in der Sage von den Riesen auch von einem Höhlensystem die Rede ist, das sich über die gesamte Insel erstreckt. Man kann eigentlich davon ausgehen, dass solche Geschichten meistens auf Fakten beruhen, die sich einfachen, auf Anhieb einleuchtenden Erklärungen entziehen«, sagte Remi.

»Wie sollen wir dann die richtige Höhle finden? Das kann doch eine Ewigkeit dauern«, meinte Leonid missmutig.

»Was ist denn aus unserem wilden Bullen geworden?«, fragte Sam mit einem Anflug gutmütigen Spotts.

»*Verwundeter* Bulle«, korrigierte Lazlo.

Während sie ihren Weg in die Tiefe fortsetzten, sank die Temperatur stetig, und schon bald war die drückende Hitze am Höhleneingang nur noch eine vage Erinnerung, die durch feuchte Kälte ersetzt worden war. Lazlo ging weiterhin voraus, gefolgt von Sam und Remi dicht hinter ihm und Leonid als Nachhut. Sie tasteten sich an einem schmalen Anstieg an der Seite eines tunnelähnlichen Durchgangs entlang, der gut fünfzig Meter weit reichte und an beiden Enden in undurchdringliche Dunkelheit versank.

Das Klirren von Leonids Lampe, als sie auf dem Höhlenboden aufschlug, zerriss die Stille, ehe er einen Schrei ausstieß. Seine drei Gefährten fuhren herum und starrten auf den Punkt, wo er ausgerutscht und über die Felskante und einen steilen Abhang in den Abgrund gestürzt war.

»Leonid!«, rief Sam, ging auf die Knie herunter und achtete darauf, den nassen Bereich auf dem Tunnelboden zu meiden. Die Schicht aus Flechten und Moos, die sich auf dem Gestein gebildet hatte, machte es eisglatt.

»Kannst du da unten etwas erkennen?«, fragte Lazlo, der den Lichtstrahl seiner Lampe in die Tiefe richtete.

»Nein. Es scheint, als ob dieser Tunnel die Richtung ändert«, sagte Sam und wechselte die Lampe in die rechte Hand. »Remi, reich mir mal eins der Seilbündel. Ich binde es hier irgendwo fest und folge ihm.«

»Sam?«, fragte Remi mit warnender, leiser Stimme.

»Was ist? Hast du nicht gehört? Er ist wahrscheinlich verletzt.«

»Sam …«

Sam atmete zischend aus, fuhr herum und erstarrte, als er in die Mündung einer Pistole blickte, die sich in der Hand eines hochgewachsenen Inselbewohners, kaum ein Dutzend Meter entfernt, befand.

46

Drei Männer mit Macheten in den Händen standen in der Dunkelheit hinter dem Mann mit der Pistole. Der Pistolenschütze grinste bösartig und spannte den Hammer seiner Waffe. Das Klicken war in der plötzlich einsetzenden Stille so laut wie ein Kanonenschlag.

»Du hast aber lange gebraucht«, sagte der Mann und richtete die Pistole auf Lazlo, der versuchte, die Dunkelheit auszunutzen und sich wegzuschleichen. »Wehe, einer von euch bewegt sich.«

»Wir führen nichts Böses im Schilde. Unser Freund ist ausgerutscht und gestürzt«, sagte Sam. »Wir müssen ihn bergen. Er könnte schwer verletzt sein.«

»Dann kann ich eine Patrone sparen. Versuch bloß nichts Dummes, sonst schieß ich dir deinen dämlichen Schädel weg. Wenn einer von euch irgendwelchen Ärger macht, erwischt es die kleine Lady als Erste. Leute? Durchsucht sie.«

Die Schlägertypen filzten sie schnell und oberflächlich, konfiszierten ihre Macheten und beförderten die Rucksäcke mit Fußtritten außer Reichweite. Der Anführer der Truppe hielt die Pistole die ganze Zeit auf Remi gerichtet und beobachtete sie aufmerksam, während sie ihn wütend anfunkelte. Nachdem die Insulaner die Durchsuchung beendet hatten, trieben sie ihre Gefangenen zusammen und stießen sie vorwärts. Der Mann mit der Pistole in der einen und einer Lampe in der anderen Hand bildete die Nachhut, während seine Komplizen die Gefangenen in Richtung eines matten Leuchtens am Ende der Felsenkammer vor sich her trieben.

»Wer sind Sie?«, fragte Sam den Mann mit der Pistole, als er ihn passierte.

»Dein schlimmster Alptraum«, zischte der Mann. »Du hast deine Nase in Angelegenheiten gesteckt, die dich nicht das Geringste angehen. Und damit hast du eine Menge Ärger verursacht. Damit ist jetzt Schluss.«

»Was meinen Sie? Was für ein Ort ist das hier?«

»Schnauze. Kein Gerede mehr«, befahl der Schläger, der Sam am nächsten war, versetzte ihm einen brutalen Stoß zwischen die Schultern und brachte ihn damit ins Straucheln. Sam schaffte es kaum, die Balance zu halten, weil sein Gleichgewichtssinn durch den Mangel eines sicheren Bezugspunkts in der Dunkelheit gestört war, und er konnte hören, wie Remis Atem sich beschleunigte.

»Es ist nichts passiert«, sagte Sam. Sein Peiniger schlug ihm den Griff seiner Machete gegen den Hinterkopf, sodass Sam auf die Knie sackte.

»Als ich sagte, halt die Klappe, habe ich es ernst gemeint«, knurrte der Mann. »Komm hoch«, befahl er und versetzte Sam einen Fußtritt gegen die Rippen.

Sam kam taumelnd auf die Füße und betastete seinen Hinterkopf. Als er die Finger herunternahm, waren sie nass von Blut.

»Sam«, flüsterte Remi.

Er schüttelte den Kopf, bedauerte augenblicklich die abrupte Reaktion und zuckte vor Schmerzen zusammen. Der Schläger trat einen Schritt zurück und hob seine Machete, wobei sich die Muskeln seines Arms wölbten. »Beweg dich, oder ich hau dich gleich hier in Stücke.«

Sam stolperte dem fernen Licht entgegen. Die anderen

folgten ihm, vorwärtsgetrieben von der Mordlust, die ihre Peiniger mit den matt blinkenden Macheten verströmten, während sie sich einem Spalt in der Felswand näherten. Ein weiterer bewaffneter Inselbewohner hatte sich neben dem Durchlass aufgebaut und beobachtete sie misstrauisch.

Sobald sie sich durch den Spalt geschlängelt hatten, sahen sie sich überrascht um – sie befanden sich in einem beleuchteten Raum. Kabel verliefen an den Wänden zu schwachen Glühbirnen, die in industriellen Schutzkörben an der Felsendecke befestigt waren, Holzkisten dienten als Tische, ein halbes Dutzend Pritschen war vor einer Wand in Reih und Glied aufgestellt, und in einer Ecke stand ein Bootskühlschrank und summte leise vor sich hin.

Der Truppführer wedelte mit der Pistole. »Ihr alle. Dort hinsetzen.« Er deutete auf einen freien Platz in der Nähe der Pritschen.

Sie gehorchten und ließen sich auf dem Boden nieder. Eilig untersuchte Remi Sams Hinterkopf und erschrak, als sie die Wunde in seiner Kopfhaut entdeckte. Ständig den Mann mit der Pistole im Auge behaltend, holte sie ein Papiertaschentuch aus einer Tasche ihrer Trekkinghose und presste es auf die Wunde, um den Blutfluss zu stoppen.

»Viele Leute wissen, wo wir sind und was wir tun. Wenn wir nicht zurückkommen, werden sie uns suchen«, erklärte Remi mit ruhiger Stimme.

»Ha. Du lügen«, sagte der Mann, aber Remi konnte ein Flackern des Zweifels in seinen Augen erkennen.

»Warum sind Sie …«

»Still!«, brüllte der Mann, machte einen Schritt vorwärts und zielte mit der Pistole auf ihre Stirn. »Ich frage. Du antwortest, wenn ich sage.«

»Tu, was er sagt«, riet Sam.

Die Augen des Mannes verengten sich zu Schlitzen. »Du selbst schuld. Warum du hier?«

»Hier auf der Insel? Oder hier in den Höhlen?«, fragte Remi.

Der Mann musterte sie misstrauisch. »Du denken, ich dumm?«

Remi schüttelte den Kopf. »Nein. Ich verstehe die Frage nur nicht.«

»Was du suchen?«, fragte er.

Sam räusperte sich. »Wir erforschen das Höhlensystem. Es wurde niemals genau untersucht und kartographiert.«

»Lügen!«

»Es ist die Wahrheit. Warum sonst unternehmen die Leute Höhlenwanderungen? Es ist unser Zeitvertreib.«

»Du machen großen Fehler.«

»Warum tun Sie das alles? Gehören Sie zu den Rebellen?«, wollte Lazlo wissen.

Der große Mann lachte. Er war offensichtlich ehrlich belustigt. »Rebellen. Ja, wir Rebellen. Ich Rebell!«

»Wir führen nichts Böses im Schilde«, versuchte Remi ihm klarzumachen.

»Ihr kommt. Jetzt du gehörst mir«, sagte der Mann, während sein Blick Remi von Kopf bis Fuß abtastete.

»Es gibt Leute, die wissen, wo wir sind. Wenn uns irgendetwas zustößt, erleben Sie eine Katastrophe.«

Der Mann lachte abermals. »Wo sind sie?«

»Wir haben unserer Zentrale den Breiten- und den Längengrad durchgegeben, ehe wir die Höhlen betraten. Wenn wir nicht wieder auftauchen, werden sie uns suchen«, sagte Remi in sachlichem, überzeugendem Tonfall. »Wir sind ziemlich bekannte Entdeckungsreisende.«

»Bezahlen sie vielleicht für euch?«

»Ein Lösegeld? Ich bin sicher, dass sich in dieser Richtung etwas arrangieren lässt«, versicherte Sam dem Mann.

Der Insulaner wechselte einen Blick mit seinen Komplizen und wandte sich wieder an Sam. »Mit wem seid ihr?«

Remi, die zwar nicht angesprochen wurde, verzog verwirrt das Gesicht. »Mit wem? Was meinen Sie mit ›mit‹? Wir gehören zu niemandem. Es gibt nur uns. Wir erforschen abgelegene Orte. Wir sind Archäologen. Unser Interesse ist rein wissenschaftlich.«

»Wer hat euch geschickt?«, wollte er wissen. »Wer bezahlt für euch?«

»Wir haben eine Stiftung. Niemand hat uns geschickt. Wir entscheiden selbst, wo wir suchen. Wo wir forschen.«

Der Mann schaute auf seine billige Plastikuhr und gab zwei Handlangern ein Zeichen. »Fesseln.«

»Sie machen einen großen Fehler. Unser verletzter Freund ist ein berühmter Archäologe. Wir müssen ihm helfen«, sagte Remi.

Das Gesicht des Mannes mit der Pistole erschien wie eine aus Mahagoni geschnitzte Maske. Er verfolgte mit ausdrucksloser Miene, wie seine Männer den Gefangenen die Hände auf dem Rücken fesselten und dann ihre Beine so zusammenschnürten, dass sie sich kaum mehr rühren konnten. Anschließend schob der Anführer die Waffe in den Bund seiner schmuddeligen Shorts und wandte sich zu seinen Männern um. Eine kurze Diskussion in einem einheimischen Dialekt entspann sich, in deren Verlauf der Mann mit der Pistole einige Anweisungen gab und zwei Inselbewohner zu dem Tunnel zurückkehrten, in dem die Fargos überrascht worden waren. Der Anführer sah seinen Leuten nach, ging dann zu Remi hinüber und beugte sich über sie. Sie krümmte sich unwillkürlich, weil sie damit rechnete, geschlagen zu werden. Er legte eine Hand unter ihr Kinn, hob ihren Kopf an und betrachtete sie mit einem Grinsen, das ihr das Blut in den Adern gefrieren ließ. »Hübsch.«

Sam warf sich herum und wehrte sich gegen seine Fesseln. »Wehe, Sie fassen sie an, dann sterben Sie!«

Der Mann hatte nur einen spöttischen Blick für Sam übrig und schlug mit der Rückhand zu. Das war eine ebenso lässige, blitzartige Geste wie das Zustoßen einer Schlange. Sams Kopf wurde zur Seite gerissen, und er kippte rückwärts um.

»Nein!«, hallte Remis Schrei, verstärkt von den Felswänden, als ein vielfaches Echo durch die Höhle.

»Schnauze, oder du bereust es.« Nackte Mordlust glühte in seinen Augen. »Du bist die Erste.«

Er bückte sich, griff in ihr Haar und riss ihren Kopf so hoch, dass sie einen halblauten Schmerzensschrei ausstieß. Er brachte sein Gesicht dicht an ihres heran und flüsterte in ihr Haar, sodass sein fauliger Atem und der säuerliche Schweißgestank für einen Moment einen qualvollen Würgereiz bei ihr auslösten. »Ich werde dir richtig wehtun.«

Er ließ sie los, richtete sich auf und betrachtete sie noch einige Sekunden lang. Schließlich bellte er einige Befehle und deutete auf die Gefangenen, dann folgte er seinen Männern und ließ als Wache nur einen einzigen Inselbewohner mit einer Machete in der Hand zurück.

Die Gefangenen rührten sich nicht und schwiegen, bis der Wächter zu einer der Kisten hinüberschlenderte und sich aus einer Kanne eine Tasse Kaffee einschenkte. Sam rutschte näher zu Remi heran und nutzte das Summen des Kühlschranks als Tarnung.

»Bist du okay?«, flüsterte er.

»Ja. Was ist mit dir?«

»Ich könnte ein Aspirin brauchen.«

»Was hat das Ganze zu bedeuten?«

»Keine Ahnung. Aber es ist ernst. Wir müssen uns befreien.«

»Wie eng sind deine Fesseln?«

»Sehr eng«, sagte Sam. »Aber ich habe bereits eine scharfkantige Stelle an der Wand gefunden. Es dürfte nur eine Frage der Zeit sein, bis ich den Strick durchgescheuert habe. Wir können von Glück reden, dass sie ein normales Hanfseil benutzt haben.«

»Was soll ich tun?«

»Rutsch irgendwie vor mich, sodass er nicht sehen kann, was ich tue.« Sam beugte sich zu Lazlo hinüber. »Hast du alles mitgehört?«

»In etwa. Ich komme an deine linke Seite, damit du in Deckung bist, falls sie zurückkommen.«

Die Männer ließen sich jedoch nicht blicken, und nach einer langen Stunde blickte Sam zu dem Wächter hinüber, der in seiner Ecke saß und las, und sagte halblaut zu Remi: »Ich bin frei. Ich entferne noch die Fesseln um meine Beine, und dann nehme ich mir unseren Freund da drüben zur Brust.«

»Willst du mich nicht vorher auch noch befreien?«

»Sie können jeden Moment zurückkehren. Ich schalte ihn aus, dann schneide ich euch beide los. Das dürfte schneller gehen.«

»Wie willst du das schaffen?«

»Ich improvisiere.« Sam ging zu Remi auf Distanz. »Rutsch von mir weg, damit ich mehr Platz habe. Du auch, Lazlo. Aber macht es so, dass es nicht auffällt.«

Als sie ihre neuen Positionen gefunden hatten, wandte

sich Sam mit lauter Stimme an den Wächter. »Ich brauche eine Toilette.«

Der Mann blickte zu ihm hinüber und lachte. Er kehrte wieder zu seiner Lektüre zurück, und Sam machte sich abermals bemerkbar. »Bitte.«

Der Wächter ignorierte ihn.

Sam versuchte es auf andere Art. »Dafür werden Sie hängen. Man wird uns suchen und befreien, und Sie baumeln anschließend am Galgen.«

»Halt die Klappe«, knurrte der Wächter.

Sam schüttelte den Kopf und murmelte so laut, dass es deutlich zu hören war: »Idiot. Du dämliches Stück Abfall.«

»Nicht dämlich. Du bist gefesselt.«

»Dummes Gequatsche, du Schwachkopf. Aus welchem Rattenloch haben sie dich bloß rausgeholt?« Sam sah den Mann geringschätzig an. »Ich könnte mit dir jederzeit kurzen Prozess machen, Abschaum. Du bist Dreck.«

Der Mann erhob sich, das Gesicht wutverzerrt, und kam mit schnellen Schritten zu Sam herüber. »Ich sagte, halt die Schnauze!«

Sam spuckte dem Mann vor die Füße und musterte ihn geringschätzig. »Du kannst es ja kaum aussprechen, du Trottel.« Sam schaute kurz zu Lazlo. »Kein Wunder, dass diese Insel in der Steinzeit stecken geblieben ist.«

Der Mann machte einen weiteren Schritt auf ihn zu, und jetzt wurde Sam aktiv. Sein blitzartiger Fußtritt fegte dem Wächter die Beine unterm Hintern weg und ließ ihn nach hinten stürzen. Ehe der Wächter auf dem Felsboden aufschlug, sprang Sam auf, stürzte sich auf ihn, brach ihm mit dem Ellbogen einige Rippen und rammte ihm eine Faust ins Gesicht. Der Wächter gab einen matschigen, gurgelnden Laut von sich, als sein Kopf auf den Boden prallte. Seine Augen verdrehten sich nach hinten, bis Sam nur noch das Weiße in ihnen erkennen konnte.

Sam erhob sich und eilte nach einem prüfenden Blick auf den bewusstlosen Wächter zu Remi und Lazlo. Mit der Machete durchtrennte er eilig ihre Fesseln.

Während er Lazlos Beinfesseln entfernte, fragte Remi im Flüsterton: »Wie sollen wir von hier verschwinden?«

»Eine Möglichkeit wäre durch die Höhle, durch die wir hereingekommen sind, aber wahrscheinlich würden wir ihnen dort irgendwo in die Hände laufen.« Er blickte in die andere Richtung, wo er in der Dunkelheit vage die Öffnung eines anderen Tunnels erkennen konnte. »Wie wäre es mit Möglichkeit Nummer zwei?«

Remi trat hinter Sam und untersuchte seinen Kopf. »Die Wunde ist schon verschorft.«

»Eine Sorge weniger.« Sam wog die Machete in der Hand und begutachtete die geschärfte schartige Schneide, und dann wanderte sein Blick durch den Raum. Er blieb an einer der Kisten hängen, auf der ein paar Werkzeuge und eine Seilschlinge lagen. Remi folgte Sams Blick, entdeckte die in Frage kommenden Waffen, ging zu ihnen hinüber und suchte die tödlichste aus, bevor sie auch nach dem Seil griff und zu Lazlo zurückkehrte.

»Da ist ein Hackbeil. Schnappt euch eine Lampe, und dann nichts wie weg von hier.«

»Was ist mit diesem Kerl?«, fragte Lazlo und deutete mit einem Kopfnicken auf den ausgeschalteten Wächter.

»Den versorge ich noch«, sagte Sam. Er fand bei den zerschnittenen Fesseln ein Tauende, das ihm lang genug erschien. Sekunden später hatte er damit die Hände und Füße des Mannes gefesselt und ihm zum Abschluss einen

Lappen, den er ebenfalls auf der Kiste fand, in den Mund gestopft. »Das sollte ihn für einige Zeit still halten.«

Ein leises Klirren drang aus dem Felstunnel, durch den sie gekommen waren. Sams Kopf fuhr herum, verharrte für einen kurzen Moment in Lauschhaltung, dann gab Sam Remi und Lazlo mit der Hand ein Zeichen. »Folgt mir möglichst geräuschlos.«

»Aber Sam, mit einer Machete kannst du gegen eine Pistole nichts ausrichten«, flüsterte Remi warnend.

»Eine Pistole ist nur so gut wie derjenige, der sie benutzt«, sagte er mit ernster Miene. »Jetzt kommt.«

Sam schlich auf allen vieren zum Ende der Höhle, wo ein Tunnel tiefer in den Berg hineinführte. Er wartete, bis es in dem Durchgang zu dunkel geworden war, um mit Hilfe des Lichtscheins etwas hinter ihnen zu erkennen, und knipste dann die Taschenlampe an, die er von der Kiste genommen hatte. Zu seiner Rechten gabelte sich die Höhle, und er blieb stehen und lauschte. Prüfend sog er die modrige Luft ein und deutete in den rechten Felsengang. »In dieser Richtung riecht es frischer. Und feuchter«, sagte er.

»Und wenn es eine Sackgasse ist?«, fragte Lazlo.

Sam zuckte die Achseln. »Das wäre Pech.«

Sie gingen weiter. Der Boden sank leicht ab, ehe er wieder in die Horizontale überging. Ein leises Zischen, das aus der Richtung, die sie eingeschlagen hatten, zu ihnen drang, wurde stetig lauter, und nach weiteren langen Sekunden standen sie am Rand eines reißenden unterirdischen Stroms. Sie betrachteten die schwarzen Wassermassen, und Sam richtete den Lichtstrahl seiner Lampe auf die andere Seite des Gewässers. »Sieht so aus, als ginge der Tunnel drüben weiter. Aber die Strömung ist ziemlich stark.«

»Die gute Nachricht ist, dass der Fluss nicht sehr breit ist«, sagte Remi.

Lazlo runzelte die Stirn. »Die schlechte Nachricht ist, dass ich nicht mehr geschwommen bin, seit ich ein Teenager war.«

Sam wischte den Einwand mit einer Handbewegung weg. »Das verlernt man nicht. Es ist wie Radfahren.«

»Auch das habe ich seit einer Ewigkeit nicht mehr getan.«

»Ich wüsste nicht, welche andere Möglichkeit uns bliebe«, sagte Sam. »Remi? Reich mir mal das Seil.«

Remi erfüllte ihm die Bitte. »Wir haben keine Ahnung, wie tief der Fluss ist.«

»Es sind nur die letzten Zentimeter, die tödlich sind.«

»Wie beruhigend, Fargo. Sei bloß vorsichtig.«

Er entwirrte das Seil und reichte ihr ein Ende. »Du und Lazlo, ihr müsst es um jeden Preis festhalten. Wünsch mir Glück.«

Der Klang erregter Stimmen drang vom anderen Ende der Höhle zu ihnen. Sam verzog besorgt das Gesicht, schlang sich das andere Ende des Seils um die Taille und sicherte es mit einem Knoten. »Wird schon schiefgehen.«

Das Wasser war überraschend kalt und die Strömung stärker, als er erwartet hatte. Wie ein wütender Hund zerrte sie augenblicklich an seinen Füßen. Die Sohlen seiner Stiefel rutschten über das Gestein des Flussbetts, das im Laufe von tausenden Jahren glatt geschliffen worden war, und er hatte Mühe, auf den Beinen zu bleiben, während er sich Zentimeter um Zentimeter vorwärtstastete. Gischt schäumte um seine Oberschenkel, während er die Füße vorsichtig über den Untergrund schob, und dann riss ihn die Strömung plötzlich um, und er stürzte in den Fluss, nahezu hilflos den Wassermassen ausgeliefert.

Wasser drang ihm in Nase und Mund, und er musste würgen, als er die Orientierung verlor und der Mangel an Licht sich zu einer tödlichen Gefahr steigerte. Er kämpfte, um an die Oberfläche zu gelangen, ruderte und schlug mit Armen und Beinen – aber in der Finsternis war nicht zu erkennen, wo sich die Wasseroberfläche befand.

Das Seil spannte sich und verhinderte, dass er weggespült wurde. Remi und Lazlo hatten sofort reagiert und hielten ihn fest – aber selbst zu zweit würden sie sich der Kraft des Flusses nicht allzu lange widersetzen können.

Sams Arm brach schließlich durch die Wasseroberfläche, er zog sich hoch und stemmte sich gegen die Strömung, während sein Kopf ruckartig hochkam. Keuchend schnappte er nach Luft, während er sich zum gegenüberliegenden Ufer weiterkämpfte. Gleichzeitig drückte ihn die Strömung in Richtung eines massiven Kalksteinüberhangs, unter dem der Fluss in unergründlichen Tiefen verschwand. Er wehrte sich gegen den kraftvollen Sog mit kräftigen Schwimmzügen, während Remi und Lazlo Seil nachließen und das Getöse der reißenden Flut seine Ohren füllte. Und dann tastete sich ein Lichtstrahl durch die Dunkelheit – Remi richtete ihre Lampe auf das gegenüberliegende Ufer, um ihm den richtigen Weg zu weisen.

Sams Knie prallte heftig gegen einen Felsen, und sein Bein wurde taub. Doch in diesem Moment ertasteten seine Finger kalten Stein – er hatte die andere Seite erreicht. Sofort kletterte er ans Ufer, während sich das Gefühl in seinem Bein mit einem pochenden Schmerz im Knie zurückmeldete. Dann wälzte er sich auf den Rücken und blieb für einen Moment nach Luft schnappend liegen.

Seine Rast wurde durch ein heftiges Zerren am Seil unterbrochen. Er blickte über das Wasser zu Remi – er war sekundenschnell ungefähr zehn Meter flussabwärts getrieben worden. Sie deutete hinter sich und löschte ihre Lampe, woraufhin die Höhle in vollständiger Dunkelheit versank. Sam verstand, was sie ihm mitteilen wollte. Ihre Verfolger kamen näher, und sie durfte ihnen keinerlei Hinweise darauf liefern, welchen Weg Sam, Lazlo und sie selbst genommen hatten.

Sam holte die Plastiklampe aus der Tasche, drückte auf den Schalter, und sie flammte zu seiner Erleichterung sofort auf. Er ging ein Stück flussaufwärts, bis er Remi genau gegenüberstand, und sah sich auf der Suche nach einem geeigneten Anker um, an dem er das Seil befestigen konnte. Da er nichts Entsprechendes fand, erhob er sich und fand eine Position hinter den Überresten eines erodierten Steinblocks. Lazlo schlang sich das Seil ebenfalls um die Taille und folgte Sams Beispiel. Das Seil spannte sich gut einen Meter über dem schäumenden Fluss, und Remi vergeudete nun keine Zeit. Sie klemmte sich die Lampe in den Hosenbund, ergriff das Seil mit beiden Händen und stieg ins Wasser, wobei sie das Seil wie ein Geländer benutzte und sich daran entlangzog.

Als das Flussbett unter ihren Füßen wegsackte und sie dem Sog der Strömung vollständig ausgesetzt war, hatte Sam Mühe, das Seil unter Kontrolle zu halten. Er musste einige Meter davon einziehen, als Lazlo auf seiner Seite ausrutschte. Er spürte den Ruck des Seils, als Remis Hände nachfassten, und atmete erleichtert auf, als ihre Füße wieder Halt fanden und sie seine Flussseite erreichte und wenig später triefnass neben ihm stand.

»Lazlo, binde dir das Seil um die Taille und schwimm herüber. Wir ziehen dich hierher«, rief Sam, wobei seine Worte von den Felswänden als mehrfaches Echo reflektiert wurden.

Lazlo befolgte die Instruktionen, und Sam fragte Remi halblaut: »Bist du bereit?«

»Ja, aber wir haben nicht viel Zeit. Sie sind schon ziemlich nah.«

Lazlo gab sich einen Ruck und setzte sich in Bewegung. Gleichzeitig begann Sam mit Remis Hilfe, das Seil einzuholen, wobei der raue Untergrund in der Nähe des Felsbrockens ihren Stiefeln ausreichenden Widerstand bot. Wie ein unbeholfener Storch, der sich seinen Weg durch einen Sumpf sucht, watete Lazlo ins Wasser, und dann gelangte er in die Flussströmung, schlug mit den Armen und spuckte und hustete am Ende des Seils, an dem Sam und Remi mit aller Kraft zerrten.

Er hatte den Fluss zur Hälfte überquert, als Remis Griff nachgab und etwa ein Meter Seil durch Sams Hände rutschte, während er krampfhaft versuchte, das Seil festzuhalten. Lazlos Kopf tauchte unter, und Sams Finger legten sich wie eiserne Klammern um das Seil. Er konnte es stoppen und wickelte es sich mehrmals um den Unterarm. Kalter Schweiß perlte auf seiner Stirn. Remi fand mit ihren Füßen wieder Halt und zog weiter am Seil, aber Lazlos Gewicht zusammen mit dem Druck der Strömung auf seinen Körper war eine beinahe zu schwere Last.

Nach ein paar hektischen Sekunden tauchte Lazlo in ihrer Nähe würgend und keuchend aus dem Fluss auf. Sein Husten, als er nach Luft rang, erklang in der Höhle wie eine Maschinengewehrsalve. Sam und Remi hievten ihn regelrecht aus dem Wasser, und er starrte sie durch die Dunkelheit wie ein nasser Hundewelpe an. Wasser rann aus seinen Haaren und seinem Schnurrbart, und sein Anblick erinnerte an ein abgemagertes Walross.

Stiefel klapperten jetzt im Felsentunnel, und Sam meinte

im Flüsterton zu Lazlo: »Schnapp dir das Seil und folge mir.«

Lazlo kam auf die Füße und versuchte, sein Husten zu unterdrücken, während Sam das Seil von seinem Arm abstreifte. Lazlo raffte es eilig zusammen und rannte hinter Sam und Remi her, als sie in den Ausläufern einer lang gestreckten Höhle verschwanden und dem Verlauf des Tunnels um eine Biegung folgten. Sam ließ seine Lampe ausgeschaltet, während er sich an der Wand entlangtastete und dabei an dem orientierte, was er sich bei seinem letzten Rundblick im Licht seiner Stablampe eingeprägt hatte.

Sie brauchten nicht lange zu warten. Der Lichtschein der Lampen, die die Inselbewohner trugen, näherte sich vom fernen Ende der Höhle, und Sam gab seinen Gefährten ein Zeichen anzuhalten, sobald sie sich hinter der Biegung befanden, sodass er aus der Deckung des Felsvorsprungs beobachten konnte, ob sie bereits verfolgt wurden.

Die Insulaner – den Geräuschen, die sie verursachten, nach zu urteilen waren es vier oder fünf Männer – erreichten das Flussufer. Der Widerhall ihrer Stimmen war in der Höhle deutlich zu hören, der wütende Klang der Stimme des Anführers war deutlicher als die seiner Männer, die offenbar für die Flucht der Gefangenen verantwortlich gemacht wurden. Sam konnte zwar nicht verstehen, was sie sagten, als sie sich dem Wasser näherten, aber ihre Worte brauchte ihm auch niemand zu übersetzen – sie wollten versuchen, den Fluss zu überqueren.

Einer der Lichtstrahlen wanderte am Ufer entlang und hielt bei den nassen Fußabdrücken an, die zu dem Höhlengang führten, in dem die Fargos und ihr englischer Freund Deckung gefunden hatten. Sam stieß einen halblauten

Fluch aus und stupste Remi leicht an. »Jetzt haben sie unsere Spur entdeckt«, flüsterte er.

»Meinst du, sie schaffen es?«

Sam schüttelte den Kopf. »Nicht wenn sie es nicht genauso machen wie wir.«

»Meinst du, sie kommen auf diese Idee?«, wollte Lazlo wissen.

»Das werden wir bald sehen.«

»Sie schienen mir nicht besonders intelligent zu sein«, sagte Lazlo. »Und wenn ich mich nicht sehr irre, sind sie von irgendetwas total high. Mit Amphetaminen vollgepumpt bis zur Halskrause. Und hast du ihre Augen gesehen? Ich glaube, wir müssen kaum befürchten, dass sie allzu schnell auf die richtige Idee kommen.«

»Hoffentlich hast du recht.«

Sam konzentrierte sich wieder auf das Geschehen auf der gegenüberliegenden Flussseite. Der Anführer deutete mit seiner Pistole auf den Fluss und führte eine heftige Diskussion mit einem seiner Männer, der keinen besonders überzeugten Eindruck machte. Dann bellte der Anführer einen Befehl, und der Mann schlüpfte eilig aus seinen Schuhen und tappte barfuß zum Flussufer.

Er watete hinein, bis das Wasser um seine Knie spülte. Dann, nachdem er die Strömung geprüft hatte, schaute er über die Schulter zu seinem Boss, der ihn mit einer knappen Geste antrieb weiterzugehen. Der Mann, alles andere als glücklich, tastete sich zögernd weiter, bis er mit einem lauten Platschen unterging, angesaugt von der Strömung, die zur Flussmitte hin erheblich zunahm. Sam beobachtete, wie die Lichtstrahlen der anderen Lampen über das Wasser huschten, aber auch nach mehreren Sekunden war von dem Schwimmer keine Spur zu sehen. Sam hatte die unbarmherzige Unterströmung, die ihn fast auf den Grund des Flussbetts hinuntergezogen hatte, selbst gespürt. Er erschauerte. Wer in ihre Gewalt geriet, war dem Tod geweiht.

Er wandte sich an Remi und Lazlo. »So bald werden sie es wohl nicht mehr versuchen. Einen Mann haben sie schon verloren.« Sam schaute in die hinteren, dunklen Bereiche der langen Verbindungshöhle am anderen Ufer. »Sehen wir zu, dass wir den Fluss möglichst weit hinter uns lassen, bevor sie sich darüber klar geworden sind, wie sie ihn am besten überqueren können.«

Sam übernahm die Führung und tastete sich an den Felswänden entlang, bis der schwache Lichtschein der Insulaner nur noch eine vage Erinnerung war, dann erst knipste er seine Lampe an und steigerte das Tempo. Nach mehreren Minuten blieb er stehen und lauschte. Das einzige Geräusch, das er hörte, war ihr Atem, der den Felsentunnel ausfüllte.

Remi fing seinen Blick auf. »Wir haben sie abgehängt.«

Sam schüttelte den Kopf. »Nicht für lange. Wir müssen weitermarschieren. Irgendwann kommen sie auf die richtige Idee, und wenn das geschieht, möchte ich, dass wir über alle Berge sind.«

»Eigentlich ist es doch ziemlich verrückt, dass sie so wild darauf sind, uns aus dem Verkehr zu ziehen, oder?«, sagte Lazlo.

»Sieht so aus, als wären wir über irgendein dunkles Geheimnis gestolpert, und jetzt wollen sie uns um jeden Preis davon abhalten, es publik zu machen. Könnt ihr euch den Aufruhr vorstellen, wenn bekannt werden würde, dass die Rebellen dutzendweise Kinder ermordet haben und wir ziemlich genau wissen, wo sie sich versteckt halten?«

»Innerhalb von Stunden würde hier das Militär aufmarschieren«, sagte Remi.

»Was uns die Suche vermasseln würde, aber ich würde sagen, dass dies auch jetzt schon der Fall ist«, stimmte Sam ihr zu. »Natürlich müssten wir, damit überhaupt irgendetwas in dieser Richtung geschieht, in die Zivilisation zurückkehren, was nach Lage der Dinge nicht so einfach sein dürfte.«

»Was ist, wenn dieses Höhlensystem nur einen Eingang hat?«, fragte Lazlo mit leiser Stimme, als hätte er Angst, die Frage laut zu stellen.

»Das wäre gar nicht gut«, erwiderte Sam mit grimmiger Miene. »Kommt schon. Suchen wir einen Weg aus diesem Labyrinth.«

Remi nickte und warf einen Blick über die Schulter. »Armer Leonid. Wir müssen versuchen, ihn zu retten, wenn wir mit der Polizei zurückkommen. Könnt ihr euch vorstellen, wie ihm zumute sein muss? Irgendwo in der Dunkelheit liegend, niemand in der Nähe, wahrscheinlich verletzt…«

»Hoffen wir, dass seine Verletzung nicht allzu schlimm ist.«

»Und dass er klug genug ist, leise zu sein, wenn die Bösen nach ihm suchen«, fügte Lazlo hinzu.

Die Höhlen waren miteinander verbunden. Sie umfassten eine Anzahl Felsenkammern, die von unterirdischen Flüssen geschaffen worden waren. Angeschlossen waren sie an Tunnel, die aus dem Fels gemeißelt schienen. Sam ging in eine riesige Kaverne voraus, deren Decke gut zehn Meter hoch war, an deren beiden Seiten ein kleinerer Fluss plätscherte und den Erosionsprozess fortsetzte, der seit unzähligen Jahrtausenden im Gange war.

Sams Taschenlampe verlor an Leuchtkraft, während sie dicht vor dem hinteren Ende der Höhle eine Steinbrücke überquerten. Er wurde langsamer, und er und Remi wechselten einen besorgten Blick. »Mal sehen, ab deine Lampe das Bad im Fluss heil überstanden hat.«

Sie zog die Lampe aus dem Hosenbund und drückte auf den gummierten Knopf am Ende des Batteriegehäuses, aber kein heller Lichtschein wurde durch das Klicken des Schalters geweckt. »Sie ist tot. Wir sollten uns lieber beeilen.«

»Lazlo?«, fragte Sam.

»Ich fürchte, ich habe meine Lampe verloren, als ich meine Schwimmübung absolviert hab«, sagte der Engländer bedauernd.

Sam studierte die nachlassende Intensität des Lichtstrahls und richtete ihn auf den nächsten Verbindungsgang. »Dann dürfen wir keine Zeit vergeuden.«

Der Boden stieg an, als sie die lange, tunnelähnliche Höhle betraten. Sam führte sie eilends durch ein Gewirr von Stalagmiten, die wie Fangzähne vom Boden aufragten. Das wertvolle Licht wurde mit jedem Schritt schwächer. Die Stablampe verdunkelte sich bis zu einem Punkt, wo sie eher ein Stimmungslicht als eine Beleuchtung war, als sie in eine weitere große Höhle gelangten, an deren fernem Ende ein Wassertümpel glänzte. Sam hatte den Weg zum Wasser zur Hälfte hinter sich, als die Batterien endgültig den Geist aufgaben und schlagartig totale Dunkelheit herrschte. Er streckte die Hand nach Remi aus, die seine Nähe spürte und die Hand ergriff. Sie wiederholte die Geste bei Lazlo, und gemeinsam näherten sie sich mit kleinen vorsichtigen Schritten dem Gewässer.

»Was nun?«, fragte Remi, als Sam stehen blieb.

»Wir ruhen uns aus, während wir unseren nächsten Schachzug planen«, sagte Sam.

Remi biss sich auf die Zunge, desgleichen Lazlo – es gab nichts zu sagen, das in dieser Situation hilfreich gewesen wäre, und zu klagen würde ihnen nichts nützen.

Sie ließen sich zu Boden sinken, und Remi beugte sich vor, um eine Hand in den Tümpel zu tauchen. Das Wasser war kühl, und nachdem sie an ihren Fingern gerochen hatte, schöpfte sie mit der Hand ein wenig Wasser und brachte es an die Lippen.

»Es ist süß und frisch«, flüsterte sie. »Was bedeutet, dass der Tümpel von einer Quelle gespeist wird.«

»Wenigstens müssen wir nicht verdursten«, murmelte Lazlo.

»Wir werden nicht sterben«, sagte Sam mit absoluter Sicherheit in der Stimme, während er sich umsah.

»Das ist ja beruhigend, aber noch beruhigender wäre, wenn wir wüssten, wo wir sind oder ob wir hoffen können, einen Weg hinaus zu finden«, maulte Lazlo.

Sam ignorierte ihn, während er sich langsam erhob. »Remi, bilde ich mir das nur ein, oder ist dort oben, in Dreiviertelhöhe der Wand rechts von uns, ein winziger Lichtpunkt?«

Remi blickte mit zusammengekniffenen Augen in die Richtung. »Ich sehe nichts.«

Lazlo schüttelte in der Dunkelheit den Kopf. »Ich fürchte nein, alter Freund.«

»Ich bin sicher, ich kann dort etwas sehen. Ich versuche mal, dort hinaufzukommen. Vor der Wand liegt ein Schutthaufen. Der dürfte mein Gewicht tragen«, sagte Sam.

»Bist du sicher, dass es eine gute Idee ist, in der Dunkelheit da oben herumzukraxeln?«, fragte Remi leise.

»Hast du eine bessere Idee, was wir tun sollen?«

Sam tastete sich am Gewässer entlang bis zu der Stelle, wo die Höhlenwand begann. Er strengte seine Augen an, damit sie sich an die herrschenden Lichtverhältnisse anpassten, aber er konnte nicht einmal seine eigene Hand sehen – nur einen stecknadelkopfgroßen Lichtfleck irgendwo über dem kleinen Hügel aus Geröll und großen Steinen, der allerdings wegen des veränderten Blickwinkels verschwunden war. Es sei denn, alles, was er zu sehen glaubte, war nur eine Halluzination.

Sam blickte automatisch dorthin, wo sich seine Armbanduhr befunden hätte, wenn die Kerle, die ihn und seine Gefährten gefangen genommen hatten, sie ihm nicht abgenommen hätten, und stieß einen stummen Fluch aus. Er hatte keine Vorstellung, wie lange sie schon Gefangene waren, geschweige sich in den Höhlen aufhielten. Seinem Gefühl nach musste es mindestens ein halber Tag sein, möglicherweise auch mehr, und ihm wurde klar, dass er nicht wusste, ob draußen noch Nacht war – oder ob das Licht, das er glaubte gesehen zu haben, zur Morgendämmerung des neuen Tages gehörte oder vielleicht eine neue unbekannte Gefahr darstellte.

Sam tastete sich auf dem Gesteinshaufen aufwärts, prüfte die Festigkeit des Gerölls, ehe er es wagte, ein Stück hinaufzuklettern. Visionen von giftigen Schlangen, die in den Spalten und Nischen lauerten, zuckten ihm durch den Kopf, während seine Finger über scharfkantige Steine strichen. Dann aber verdrängte er die irritierenden Bilder.

Er stemmte sich zentimeterweise hoch, doch einer der Steine, denen er sein Gewicht anvertraute, gab unter seinem Fuß nach, und er rutschte in einer kleinen Lawine von Gesteinstrümmern und Staub ab. Dabei schürfte er sich die Hände auf, als er Halt suchend hektisch mit den Armen ruderte. Seine Finger fanden einen größeren Felsbrocken, und er bremste seinen Fall ab und machte dann ein paar tiefe Atemzüge, sobald er sicher sein konnte, dass ihm keine unmittelbare Gefahr drohte.

Remis Stimme hallte über das Wasser. »Ist alles okay?«

»Ich bin nur ein kleines Stück abgerutscht. Ohne wenigstens ein geringes Risiko wäre das Ganze doch zu langweilig, oder?«, sagte Sam.

Er hätte alles gegeben, um wenigstens dreißig weitere Sekunden Licht zu haben, aber so war das Leben nun mal. Wenn er jemals wieder etwas sehen wollte, musste er es sich verdienen.

Ein weiterer Halt für seine Hand, ein paar Zentimeter Fortschritt, dann die nächsten, und noch ein paar, während er mühsam den Geröllhaufen erklomm und das gelegentliche Klappern loser Steine, die von seinen Füßen gelockert wurden und zum Höhlenboden hinabrollten, seine einzige Belohnung waren. Nachdem Sam an Höhe gewonnen hatte, bemerkte er, dass die Steine kleiner wurden, und er erlaubte sich den Luxus einer Hoffnung, dass – vielleicht – auf der anderen Seite des Schuttwalls die Freiheit wartete und der Erdrutsch, den er soeben erkletterte, eine Lücke im Gestein geschaffen hatte.

Er griff mit der linken Hand über sich und schob sich höher, hielt dann wieder inne und wagte kaum zu atmen. Dicht über seinem Kopf befand sich eine Vertiefung im Fels. Nur ein haarfeiner Riss, aber er konnte Dschungelluft riechen, die dort hereindrang – und er spürte die feuchte Wärme außerhalb des Höhlensystems, ganz schwach zwar, aber immerhin.

Sam tastete nach losen Steinen und konnte einen Felsbrocken, groß wie ein Football, einen Zentimeter weit verschieben. Er bewegte ihn ruckweise hin und her, und einen winzigen Moment später stürzte der Stein herab und hinterließ ein Loch, durch das er den Arm schieben konnte – und durch welches nun das unverwechselbare Rascheln von Laub und der matte Schein von Mondlicht hereindrangen.

Er verstärkte seine Bemühungen und hatte innerhalb von Minuten eine Öffnung geschaffen, die groß genug war, um sich hindurchzwängen zu können. Er wandte sich um und blickte nach unten, wo er vage die schattenhaften Umrisse von Remi und Lazlo in der Dunkelheit erkennen konnte. »Wollt ihr die ganze Nacht dort herumstehen? Die Freiheit wartet.«

»Ich nehme nicht an, dass du irgendwelche Tipps für uns hast, wie man diesen Schutthaufen am besten überwindet?«, fragte Lazlo.

»Am besten vorsichtig«, erwiderte Sam.

»Ich werde es mir merken.«

Remi kam als Erste und schaffte es, nicht ganz unerwartet, in wenigen Minuten bis zu Sams Standplatz. Sam half ihr, durch die Öffnung zu klettern, und ignorierte die winzige Lawine kleiner Steine, die von ihr losgetreten wurden, und dann schlängelte sie sich hinaus in die Nacht.

Lazlo brauchte drei Mal so lang und hielt sofort an, wann immer ein Stein unter seinen Füßen nachgab und polternd in die Höhle hinabrollte. Als er Sam schließlich erreichte, keuchte er, als hätte er einen Marathon hinter sich, und er musste eine kleine Pause einlegen, ehe er die letzte Etappe in Angriff nahm und durch die Öffnung ins Freie gelangte.

Sam folgte ihm und spürte, wie die Temperatur schlagartig um mindestens zehn Grad anstieg, sobald ihn die

Dschungelluft einhüllte. Eine dünne Mondsichel tauchte die Umgebung in fahles Licht. Sam klopfte sich den Geröllstaub vom Hemd, ging dann zu Remi hinüber, umarmte sie und brachte den Mund dicht an ihr Ohr.

»Das ist nicht ganz so gelaufen wie geplant.«

Sie lehnte sich zurück und blickte ihm in die Augen. »Aber wir sind draußen. Und Leonid könnte mit gebrochenem Rückgrat in irgendeinem Spalt liegen.« Sie sah sich auf dem Berghang um. »Es wird langsam Zeit, dass du dir deinen Lohn verdienst, Fargo. Was meinst du, in welcher Richtung sich die Straße befindet?«

Sam überlegte einen Moment, dann deutete er mit einem Kopfnicken nach rechts. »Ich denke dort. Als ich herausgeklettert bin, glaubte ich zwischen den Bäumen hindurch das Meer gesehen zu haben.«

»Dann sollten wir losgehen. Rache wird zwar am besten kalt serviert, aber nachdem ich gekidnappt, gefesselt, bedroht und verfolgt wurde, bin ich richtig heiß auf eine kleine Revanche.«

Sam nickte. »Ich auch.«

47

Sydney, Australien

Jeffrey Grimes saß auf der Terrasse seiner gegenwärtigen luxuriösen Bleibe am Ufer des Sydney Harbor und sah zu, wie die Sonne im südlichen Ozean versank. Smooth Jazz pulsierte aus versteckten Lautsprechern in der Nähe der deckenhohen gläsernen Schiebetüren, während er das Spiel der Lichtreflexe auf den Wellen betrachtete, die das Hafenbecken zwischen South Head und Hornsby Lighthouse kräuselten. Er nahm einen tiefen Zug von seiner Cuban Montecristo Gran Corona und studierte mit zufriedener Miene die rot leuchtende Glut, ehe er die Zigarre in einem kristallenen Aschenbecher ablegte und sich in seinem Sessel zurücklehnte.

Der Anruf, der ihn früher an diesem Tag erreicht hatte, hatte ein Lächeln auf sein Gesicht gezaubert. Auf Guadalcanal herrschte das Chaos. Die Unruhen und Plünderungen hatten kurz nach der jüngsten Rebellenaktion begonnen, und mehrere flexible Parlamentsmitglieder hatten in einer Dringlichkeitssitzung des Parlaments einen Gesetzesvorschlag unterbreitet, durch den die Schlüsselindustrien, an denen er interessiert war, faktisch verstaatlicht würden. Sein geheimnisvoller Partner hatte ihm versichert, dass die Hauptgegner der Verstaatlichung neutralisiert worden seien (er liebte das Wort – »neutralisiert« – das war ein Begriff, der weitaus zivilisierter und professioneller klang als das vulgärere »ermordet« oder »einem Attentat zum Opfer gefallen«) – es sei nur noch eine Frage von etwas mehr Zeit und einigen weiteren Dollars, die an den richtigen Orten verteilt werden müssten, und ihr Plan würde reiche Früchte tragen.

Die gesamte Übung hatte ihm erheblichen Stress bereitet, und jetzt war er froh, dass sie bald beendet sein würde. Grimes war daran gewöhnt, stets die totale Kontrolle über seine Projekte auszuüben, und sich von einer körperlosen Stimme am Telefon Anweisungen geben zu lassen, war ihm gründlich gegen den Strich gegangen. Er gab Leuten Befehle, was sie zu tun hätten, aber er hörte doch nicht stumm zu wie ein Dienstmädchen, dem erklärt wird, welche täglichen Aufgaben es zu erledigen hat. Sich von seinem Partner gängeln zu lassen, war das Schwierigste, was er je getan hatte, aber nun sah es so aus, als würde sich sein hochriskantes Spiel genauso gewinnträchtig auszahlen, wie er gehofft hatte.

»Jeffrey? Willst du die ganze Nacht da draußen sitzen bleiben?«, rief eine weibliche Stimme aus dem Innern des Hauses.

Grimes blickte über die Schulter zu einer jungen Frau mit unendlich langen sonnengebräunten Beinen, die eines seiner T-Shirts, sonst aber nichts am Leib trug und vor dem Panoramafenster stand, mit einem ungehaltenen Ausdruck in ihrem makellosen Gesicht. Ein weiteres teures Laster, dachte er, während er einen kleinen Schluck Sherry trank und den mahagonifarbenen Nektar in seinem Mund herumrollte, den Geschmack von Sahnebonbons und Haselnüssen auskostete und die Zigarre aus dem Aschenbecher nahm, ehe er sich nach einem letzten Blick auf den mittlerweile nahezu vollständigen Sonnenuntergang erhob.

Einen Weg zu finden, der zur Küstenstraße führte, erwies sich als schwieriger, als Sam gehofft hatte. Er führte Remi und Lazlo den steilen Abhang hinunter und achtete darauf, dem Kamm nicht zu nahe zu kommen, weil er befürchtete, einem Suchtrupp der Rebellen zu begegnen. Das Bild von Dutzenden Skeletten, die wie Feuerholz in die Höhlen geworfen worden waren, stand ihnen allen noch lebhaft vor Augen, und ihr Marsch durch die Büsche verlief allein wegen dieser Erinnerung viel schweigsamer.

»Ich wünschte, wir hätten jetzt eine dieser Macheten zur Verfügung«, beschwerte sich Lazlo halblaut, während sich ein Ast mit seinem T-Shirt verhakte und daran zerrte.

»Wenn wir Wünsche äußern können, hätte ich lieber ein paar Kalaschnikows und einige Handgranaten«, erwiderte Sam.

»Und einen Hubschrauber. Vergiss nicht den Hubschrauber«, sagte Remi.

»Niemals«, versicherte Sam ihr und wurde langsamer. »Ich glaube, vor uns ist ein Weg«, flüsterte er.

Sie näherten sich vorsichtig der Lücke im Unterholz. Sam betrachtete den Trampelpfad und nickte. »Der sieht gut aus. Wenn wir Glück haben, bringt er uns ganz nahe ans Ziel.«

Sie hatten noch gar nicht darüber gesprochen, was sie als Nächstes tun sollten, außer den Weg für die Holzabfuhr zu suchen und zu hoffen, dass Greg noch immer dort wartete. Zwar wusste jeder von ihnen, dass es eine gewagte Vermutung war, aber es bestand immerhin die Chance, dass die Rebellen nichts gegen Greg unternehmen würden, ehe die Lage in den Höhlen geklärt wäre, was bedeutete, dass zum Mitsubishi zurückzukehren das Beste wäre, das sie tun könnten. Als Alternative bot sich an, eine Mitfahrgelegenheit auf der Küstenstraße zu finden – ein Versuch, dessen Erfolgsaussichten bestenfalls als gering einzustufen waren, wenn man bedachte, dass ihnen schon auf dem Hinweg kein einziges anderes Fahrzeug begegnet war.

Sie kamen nur langsam voran, und mehr als einmal stolperten sie über eine versteckte Bodenwelle oder eine Schlingpflanze, Hindernisse, die dank der Wolken, die den Mond verhüllten, beinahe unsichtbar waren.

Nach Stunden, die sie dem Wanderpfad gefolgt waren, gelangten sie auf eine Lichtung, durch deren Blätterdach zu erkennen war, dass die ersten violetten Vorboten der Morgendämmerung den Himmel erhellten. Remi deutete auf den Asphaltstreifen jenseits der Baumgrenze und seufzte. »Da ist die Straße.«

»Gott sei Dank«, sagte Lazlo. »Ich gehe nicht davon aus, dass einer von euch ein vollständig aufgeladenes Satellitentelefon in einer Tasche verstaut hat, oder doch?«

»Ich fürchte nein, alter Junge«, sagte Sam und befleißigte sich seines besten britischen Akzents. »Aber vielleicht haben wir Glück.«

»Darauf haben wir bisher vergebens gewartet, oder?«, hielt Lazlo ihm entgegen.

»Spielverderber.«

Remi legte den Kopf auf die Seite und lauschte aufmerksam. Sam hob eine Augenbraue. »Was ist los?«

»Ich höre einen Motor. Schwach zwar, aber das Geräusch ist eindeutig.«

Remi startete durch und steuerte im Sprinttempo auf die Straße zu, Sam blieb dicht hinter ihr und Lazlo, wie üblich im Busch, bildete in einiger Entfernung die Nachhut. Sam holte zu ihr auf und legte eine Hand auf ihren Arm, als sie sich der Straße näherten. »Lass uns vorläufig außer Sicht bleiben, bis wir genau wissen, dass es keine Rebellen sind.«

Sie nickte, ihre Augen sahen müde aus, aber seinen weisen Rat begrüßte sie lebhaft. Sie kauerten sich hinter einen großen Banyan-Baum, während Lazlo ebenfalls hinter dem Baumstamm Schutz suchte. Remis Miene hellte sich auf, als sie die Quelle des Motorenlärms auf der Straße erkannte.

»Seht mal, ein Krankenwagen aus der Stadt«, sagte sie.

Sam trat hinter dem Baum hervor und winkte mit rudernden Armen, während der Ambulanzwagen mit rotierendem Rot- und Blaulicht näher kam. Offensichtlich war der Fahrer verblüfft, kurz nach Tagesanbruch mitten im Nirgendwo drei Fremden zu begegnen. Das Fahrzeug rollte am Straßenrand aus und blieb etwa zehn Meter von ihnen entfernt stehen.

»Der Wagen müsste mit einem Sprechfunkgerät ausgerüstet sein. Endlich lacht auch uns mal das Glück – auf diese Weise können wir viel schneller Hilfe anfordern«, sagte Sam, und dann versiegte seine Stimme, als die Hecktüren des Krankenwagens aufschwangen und eine vertraute Gestalt ausstieg. Die Umrisse der Pistole in der Hand des Mannes waren unverkennbar und verkündeten eine eindeutige Botschaft für den Fall, dass einer von ihnen sich nicht mehr an das Gesicht des Anführers ihrer Kidnappertruppe erinnern sollte.

»O nein…«, stöhnte Remi und machte Anstalten zu flüchten. Ein zweiter Bewaffneter schwang sich aus dem Heck des Krankenwagens hinaus auf den Asphalt. Dieser hatte ein altertümliches Gewehr in der Hand und ein hässliches Grinsen auf den Lippen, das Remi jeden Gedanken an Flucht sofort vergessen ließ. Auf diese Entfernung mochte ein Pistolenschuss vielleicht danebengehen, aber nicht der aus einem Gewehr.

»Sieh mal an. Wen haben wir denn da aufgestöbert?«, sagte der Mann mit der Pistole. Er hielt die Waffe locker an der Seite, während er herankam. »Wie klein die Welt doch ist«, sagte er und schmetterte Sam den Griff der Pistole seitlich gegen den Kopf, ehe dieser die Hände hochreißen konnte, um sich zu verteidigen oder wenigstens zu schützen.

»Nein!«, schrie Remi auf und warf sich dem Gangster entgegen, aber es war zu spät.

Der Himmel rotierte, und die Welt versank um Sam, als er bewusstlos zusammenbrach.

48

Sam veränderte seine Lage auf dem harten Felsboden, während das Bewusstsein in seinen misshandelten Schädel zurücksickerte. Seine Augen öffneten sich flackernd, blicklos ins Leere gerichtet, und dann setzten sich die verschwommenen Schemen unbestimmbarer Objekte zu dem besorgten Gesicht Remis zusammen, das ihn prüfend betrachtete, und da war auch Lazlo, der über ihre Schulter auf ihn herabschaute. Sam blinzelte, und sein Kopf fühlte sich an, als hätte jemand ein Kantholz darauf zertrümmert. Er führte eine tastende Hand zu seiner Schläfe und atmete zischend ein, als ein greller Schmerz bei der Berührung der Schwellung aufbrandete, die mit Blut verkrustet war, wo die Haut bei dem brutalen Kontakt mit dem Pistolengriff aufgeplatzt war.

Sam versuchte sich aufzurichten, aber der Raum drehte sich um ihn, und ein Geräusch wie ein durch einen Tunnel rasender Güterzug füllte seine Ohren. Er überlegte es sich anders, entschied, dass einige weitere Sekunden in horizontaler Lage nicht schaden könnten, und dann begann sein Gehirn die Worte zu verarbeiten, die Remi eindringlich flüsterte.

»Wir sind wieder in den Höhlen. Aber diese hier ist anders«, sagte sie. Er versuchte, einen Sinn in diese Aussage zu bekommen, sie zu verstehen. Das Letzte, woran er sich erinnerte, war, dass er auf der Straße gestanden und einem Krankenwagen gewinkt hatte, um ihn anzuhalten …

Seine Erinnerung kam mit einer Folge von Bildern zurück. Die Männer mit Pistole und Gewehr. Ein Schlag auf den Kopf. Dunkelheit.

Sam kämpfte sich hoch, stützte sich auf einen Ellbogen und sah Remi an. »Bist du okay?«, fragte er mit einer Stimme, die nicht mehr als ein halblautes Krächzen war.

»Ja. Sie haben uns ein wenig aufgemischt, aber dich hat es am schlimmsten erwischt.«

»Ich fühle mich, als hätte ich mit einem Bären gerungen.« Er blinzelte abermals. »Der Bär hat gewonnen.«

»Das ist nicht weit von der Wahrheit entfernt«, sagte Lazlo. »Du siehst ein wenig mitgenommen aus.«

»Das kommt davon, wenn der Kopf als Punchingball benutzt wurde«, sagte Sam und richtete sich vollends auf. Diesmal drehte sich der Raum nicht – er kippte –, und die Übelkeit, die dieses Gefühl begleitete, drohte übermächtig zu werden, ehe sie allmählich wieder nachließ. Er sah Remi mit halbwegs klaren Augen an. »Was meinst du damit, dass diese Höhle anders ist?«

»Es ist nicht die Höhle, in der wir vorher waren. Diese hier hat eine bessere Beleuchtung und mehrere Kammern … in einer dieser Kammern stehen Krankenbetten, außerdem sind zahlreiche medizinische Geräte vorhanden.«

»Medizinische Geräte?«, fragte Sam und suchte nach einer logischen Erklärung für das Vorhandensein von Krankenhausbetten in einer Felsenhöhle. »Welche Art von medizinischen Geräten?«

Eine massive verrostete Eisentür am Ende der leeren Kammer öffnete sich knarrend, und Carol Vanya kam herein, ein freundliches Lächeln im Gesicht, als sei sie auf ein Schwätzchen vorbeigekommen. Zwei Männer folgten ihr, die Pistolen schussbereit in den Händen hatten, die sie, wie ihre drohenden Mienen verrieten, auch beim geringsten Anlass benutzen würden.

»Oh, vorwiegend Vitalzeichenmonitore, Infusionsautomaten, Sauerstoffflaschen und so weiter«, zählte die Ärztin auf. »Wir haben eine Solaranlage mit mehreren Batterieeinheiten, einen Windgenerator sowie eine mit Wasser betriebene Turbine, die erstaunlich leistungsfähig ist.«

Remi starrte die Frau geschockt an. »Sie! Weshalb haben Sie uns entführt?«

Carol Vanya zuckte die Achseln. »Ich hatte Sie gewarnt und Ihnen geraten, die Insel zu verlassen. Mehrmals sogar. Aber Sie wollten einfach nicht hören. So etwas wie dies kann passieren, wenn Sie sich für derart überlegen halten, dass Sie nicht auf den wohlgemeinten Rat derer hören, denen Ihr Schicksal am Herzen liegt.«

»Das ist keine Antwort auf die Frage«, sagte Sam. Carol Vanya zuckte erneut die Achseln.

»Sie haben Ihre Nasen in Angelegenheiten gesteckt, die Sie nichts angehen. Damit haben Sie ein Problem geschaffen. Und ich betone noch einmal, Sie wurden gewarnt.«

»Wovon reden Sie?«, fragte Remi.

»Offenbar glauben Sie, dass ich hierhergekommen bin, um Ihre Fragen zu beantworten. Das ist ein grundlegender Irrtum. Das Gegenteil ist der Fall. Fangen wir mit der Frage an, weshalb Sie die Höhlen betreten haben. Was haben Sie gesucht?«

»Wir haben gar nichts gesucht«, log Lazlo wenig überzeugend. »Wir haben uns nur ein wenig umgesehen.«

Dr. Vanya seufzte. »Meine Helfer warten nur darauf, Ihre Erinnerung auf ihre eigene drastische Art Stück für Stück aufzufrischen. Ich hatte gehofft, wir könnten wie zivilisierte Menschen miteinander sprechen, aber wenn es

Ihnen lieber ist, dem Ganzen eine hässliche Note zu geben …«

Remi schüttelte den Kopf. »Wir haben nach antiken Artefakten gesucht. Einige Hinweise, die wir in der versunkenen Stadt gefunden haben, deuteten auf eine Verbindung mit den Höhlen hin«, sagte sie.

»Ach ja. Die berüchtigte versunkene Stadt.« Die Ärztin sah die Gefangenen prüfend an. »Um welche Artefakte geht es?«

»Gegenstände von potentieller archäologischer Bedeutung«, erwiderte Remi.

»Nun, ich hoffe, dass es sich für Sie gelohnt hat, denn es kostet Sie das Leben.«

Sam musterte sie drohend. »Damit werden Sie niemals ungeschoren durchkommen. Zu viele Leute wissen, dass wir hier sind.«

Carol Vanya lachte. »Vielleicht ist es Ihnen noch nicht aufgefallen, aber auf dieser Insel wimmelt es von Rebellen. Fremde und Politiker fallen wie Bowlingkegel um. Und mitten in diesem Bürgerkrieg verschwinden ein paar leichtsinnige, verwöhnte Hobbyforscher im Dschungel – was soll's? Der Gedenkgottesdienst für Sie wird sicherlich sehr bewegend sein. Vielleicht halte ich sogar eine Trauerrede und spreche über schwere Zeiten, mutige Zeitgenossen, selbstlose Wohltätigkeit im Angesicht der Not.«

»Weshalb tun Sie das?«, flüsterte Remi.

»Sie haben sich in Dinge eingemischt, die Sie nichts angehen. Sie haben einiges gesehen, das nicht für Ihre Augen bestimmt war, und das kann nicht mehr rückgängig gemacht werden. Selbst wenn Sie einen Schwur leisten würden, Stillschweigen zu bewahren, ich könnte doch niemals zulassen, dass Sie diesen Ort verlassen.«

Sams Augen weiteten sich. »Sie wissen über diese Skelette Bescheid? Über diese Kinder?«

»Bedauerlicherweise haben einige der aggressiveren medizinischen Behandlungsmethoden tödliche Nebenwirkungen. Wenn man den Kampf gegen unheilbare Krankheiten wie Malaria aufnimmt, ergibt sich oft die Notwendigkeit experimenteller Strategien, um den Menschen widerstandsfähiger zu machen. Es sind notwendige Opfer, die bei der Entwicklung neuer Heilmethoden gebracht werden müssen.«

»Sie haben tatsächlich einige Ihrer Patienten getötet«, sagte Lazlo beinahe ehrfürchtig. »Die Kinder, die aus den Dörfer verschwanden …«

»Ich habe das große Glück, in inoffizieller Funktion mit einigen weitblickenden pharmazeutischen Firmen zusammenzuarbeiten. Aber wie in den meisten industriellen Bereichen werden sie durch nicht nachvollziehbare Regeln und Bestimmungen eingeengt, die sie daran hindern, Heilmethoden zu entwickeln, mit denen sich leicht Millionen Menschenleben retten ließen. Daher suchen sie medizinische Experten, die begreifen, dass zum Erreichen hochgesteckter Ziele manchmal auch bedauerliche Opfer gebracht werden müssen.« Carol Vanyas Miene verzog sich wieder zu einem Lächeln, vermittelte aber keine Wärme, sondern strahlte Eiseskälte aus. »Schauen Sie mich nicht so erstaunt an. Ich versichere Ihnen, das ist alles nichts Neues. Jahrzehntelang war Afrika ein Riesentestgebiet für neue Impfstoffe und Therapien. Niemanden interessiert, was dort drüben passiert – mehr noch, niemand weiß, dass überhaupt etwas in dieser Richtung geschieht. In einigen Dörfern, von denen niemand je gehört hat, häufen sich gelegentlich die Todesfälle, aber dafür wird die Menschheit vor tödlichen Epidemien geschützt. Das ist nun mal der Lauf der Welt.«

»Das ist unfassbar grauenhaft. Ein unglaublicher Verstoß gegen internationale Gesetze«, stellte Remi mit erstaunlicher Sachlichkeit fest.

»Ersparen Sie mir Ihre moralischen Ergüsse. Ihre Nation weigert sich, internationale Gesetze zu beachten, und verstößt ständig dagegen. Warum sollte ich mich mehr daran gebunden fühlen als Sie und Ihresgleichen?«

»Sie sind verrückt«, stellte Sam fest.

»Oh, richtig. Natürlich bin ich das. Das ist jedes Mal die Reaktion der Uninformierten, wenn sie mit der Wirklichkeit konfrontiert werden. Sie wollen die Wahrheit gar nicht wissen, sondern ziehen es vor, in einer Traumwelt zu leben.« Ihre Miene verdunkelte sich. »In Guinea und Liberia gibt es Laboratorien, in denen an der Entwicklung biologischer ›Verteidigungswaffen‹ gearbeitet wird und die von Ihrer Regierung finanziert werden. Und weshalb? Weil diese Nationen niemals die Biowaffenkonvention unterschrieben haben, wie Ihre Regierung es seinerzeit getan hat. Aus diesem Grund können die technischen Abteilungen Ihres Militärs dort Alpträume entwickeln, ohne im juristischen Sinn gegen diese und ähnliche Konventionen zu verstoßen. Es ist nichts als ein Hütchenspiel, das nur zu einem einzigen Zweck entwickelt wurde – nämlich eine Forschung zu betreiben, die nicht fortzusetzen die sogenannte zivilisierte Welt übereingekommen ist. Aber regen Sie sich darüber auf? Reagieren Sie darauf mit Entrüstung? Nein. Was ich tue, ist dagegen geradezu human.«

»Es ist nicht mit der Ermordung von Kindern zu vergleichen«, hielt Remi ihr entgegen.

»Wollen Sie mich für dumm verkaufen? Ich habe Ihnen

gerade erzählt, dass die gleiche Praxis während fast des gesamten zwanzigsten Jahrhunderts in Afrika üblich war.«

»Das ist doch nur eine Rechtfertigung dafür, dass Sie Geld von den pharmazeutischen Firmen annehmen, die Sie angeblich so leidenschaftlich verabscheuen, um Forschungen zu betreiben, für die Sie lebenslänglich im Gefängnis landen würden. Das hat nichts mit Idealismus zu tun, es geht einzig und allein um Geld«, widersprach Sam.

»So blind können Sie doch nicht sein. Die Welt ist nun mal so. Der Hunger nach medizinischen Wundern ist unersättlich, und es gibt weite Bereiche auf diesem Planeten, die jeder Überwachung entzogen sind, wo Abkürzungen genommen werden können, mit denen sich Jahre, wenn nicht gar Jahrzehnte einsparen lassen, sodass auch Entwicklungsländer wissenschaftliche Durchbrüche erzielen können. Glauben Sie denn ernsthaft, dass Ethik und Moral – die sich ändern, je nachdem auf welcher Seite der Grenze man sich befindet – das Verhalten der Menschen überall auf der Welt bestimmen?«

Sie runzelte die Stirn. »Ihre Regierung, Ihre Wirtschaftskonzerne haben Verbrechen begangen, die genauso schlimm, wenn nicht schlimmer sind als alles, was ich hier getan habe. Trotz Ihrer Selbstgerechtigkeit sind Sie nicht besser als ich. Sie wollen zwar die Vorteile nutzen – aber Sie wollen nicht wissen, was sie erst ermöglicht hat.«

»Sie haben den hippokratischen Eid geschworen. Und gegen den verstoßen Sie jeden Tag«, sagte Lazlo.

»Ich handle lediglich nach der Erkenntnis, dass man gewisse Zugeständnisse machen muss, um Fortschritte zu erzielen. Man muss Kompromisse schließen. Ich bin nur an Ergebnissen interessiert. Wir unterscheiden uns überhaupt nicht. Nur bin ich es, die offen zugibt, was ich zu tun bereit bin, um ein gestelltes Ziel zu erreichen. Sie hingegen wollen es lieber nicht wissen.« Sie schnippte mit den Fingern, und die bewaffneten Männer traten vor. »Mir reicht es jetzt. Gute Arbeit, dass ihr sie geschnappt habt. Ihr habt meine Erlaubnis, zu tun und zu benutzen, was nötig ist, um an die Informationen heranzukommen, die ich haben will.« Das eisige Lächeln kehrte zurück, während sie Sam mit drohendem Blick fixierte. »Artefakte. Archäologische Objekte. Von wegen. Ehe Sie sich zu den Skeletten in der Höhle gesellen dürfen, werden Sie meinen Männern die Wahrheit darüber erzählen, was Sie hierhergeführt hat.«

»Wir haben nicht gelogen.«

»Sie haben mir Märchen erzählt. Aber wir werden der Sache auf den Grund gehen.«

»Lassen Sie uns jetzt von Ihren Freunden, den Rebellen, foltern? Geschieht das auch im Interesse der medizinischen Forschung?«, fragte Lazlo.

»Betrachten Sie es als Zusatznutzen, der sich daraus ergibt, dass man die sogenannten Rebellen anführt.«

Remi begann zu begreifen, wie ihre erstaunte Miene verriet. »Stecken Sie etwa hinter alldem, was hier im Augenblick geschieht? Aber Manchester war Ihr Freund …«

»Orwen war ein Trinker und ein Narr. Ein einziges Mal in seinem Leben – durch seinen Tod – hat er einen produktiven Zweck erfüllt.«

»Sie haben mit ihm zusammengesessen, zusammen mit ihm gegessen, mit ihm gescherzt …«

»Und ich habe es durchaus genossen. Aber er stand dem Fortschritt im Weg. Das ist immer eine gefährliche Position, und er hat dafür den Preis bezahlt.«

»Sie müssen tatsächlich verrückt sein«, murmelte Sam angewidert.

»Vielleicht. Aber Ihre Meinung über diese Angelegenheit ist irrelevant. Schon bald werden Sie Teil dieser Knochensammlung sein und tot und vergessen in einem Massengrab liegen.«

»Dann sind Sie nichts anderes als eine gemeine Mörderin«, sagte Remi. »Nach all dem pathetischen Gerede morden Sie, um sich selbst zu schützen und um zu verhindern, dass Ihre schrecklichen Taten bekannt werden.«

»Und dass kein Geld mehr fließt – das sollte man keinesfalls vergessen«, sagte Sam. »Wie komme ich nur zu dem Verdacht, dass dieser Volksaufstand nichts anderes ist als ein Tarnmanöver für einen Riesenbetrug? Wir brauchen uns lediglich anzusehen, mit wem wir es zu tun haben – mit einer Frau, die gegen fürstliche Bezahlung an ihren Mitmenschen herumexperimentiert und das Ganze als ein selbstloses Bemühen darstellt, neue erschwingliche Therapien zu entwickeln.«

Carol Vanya musterte sie herablassend. »Sagen Sie, was Sie wollen. Diese Diskussion ist nun beendet. Es war nett, Sie kennengelernt zu haben. Ich hätte mich gerne noch länger mit Ihnen über Ihre Spende für mein Klinikprojekt unterhalten, falls Ihnen das ein Trost ist.«

»Sie werden es nicht schaffen, Ihre Verbrechen geheim zu halten«, sagte Sam. »Wir haben etwas gefunden, das Guadalcanal in die internationalen Nachrichten katapultieren und Scharen von Wissenschaftlern anlocken dürfte. Es ist nur eine Frage der Zeit, dann wird man auf Hinweise auf Ihre Taten stoßen, und am Ende werden Sie auf Grundlage genau der Gesetze zur Rechenschaft gezogen, von denen Sie meinen, dass sie nicht für Sie gelten.«

»Richtig. Vorausgesetzt, die Regierung der Salomon-Inseln gestattet Ihren Leuten den Zutritt zur Insel. Was im Licht der augenblicklichen allgemeinen ausländerfeindlichen Grundhaltung unwahrscheinlich sein dürfte.« Sie betrachtete Sam wie eine Eule eine Maus. »Und irgendwann, wie ich schon jetzt vor meinem geistigen Auge sehen kann, werden die Höhlen durch Sprengladungen, die ich bereits habe anbringen lassen, vernichtet, wodurch sämtliche Beweise ausradiert werden. Und dann dauert es nicht mehr lange, bis ich reicher geworden bin, als sich das irgendjemand in seinen wildesten Träumen vorstellen kann, sodass ich nicht mehr hinter den Almosen der pharmazeutischen Firmen herjagen muss, indem ich deren schmutzige Arbeit erledige. Ich werde mehrfache Milliardärin sein, und dann wird mich all dies hier nicht mehr interessieren.«

»So weit brauchen Sie gar nicht zu gehen«, versuchte Sam, auf sie einzuwirken, wobei er sich bemühte, sich nicht anmerken zu lassen, wie sehr ihm dieser Weg widerstrebte. »Wenn die Höhlen erst einmal zerstört sind, gibt es keinerlei Beweise mehr. Das haben Sie selbst gesagt.«

»Das stimmt, aber ich brauche kein verwöhntes Millionärspärchen, das mit dem Finger auf mich zeigt und mich zum Antichristen der Neuzeit macht. Ich bin keinesfalls so provinziell, dass mir nicht klar ist, dass Sie genug Interesse wecken können, um eine Untersuchung einzuleiten. Nein, ich fürchte, es gibt nur eine Möglichkeit, das Ganze zu beenden. Sie und Ihre Kollegen müssen sterben. Betrachten Sie es als ein edelmütiges Opfer, das Ihrem Tod zu einer besonderen Bedeutung verhilft, falls Sie sich damit besser fühlen.« Sie sah auf die Uhr. »Und jetzt muss ich mich darum kümmern, ein Krankenhaus zu leiten und Politiker zu beraten. Good-bye, Sam und Remi Fargo. Und auch Sie – wie immer Ihr Name lauten mag«, sagte sie mit einem flüchtigen Blick zu Lazlo.

Einer der bewaffneten Helfer hielt die schwere Eisentür für sie auf, und beide Männer folgten ihr hinaus, schlossen die schwere Tür und verriegelten sie hinter sich. Das laute Geräusch, als der Riegel vorgeschoben wurde, klang genauso endgültig wie der dumpfe Laut eines Deckels, mit dem ein Sarg geschlossen wurde. Während die Schritte Carol Vanyas und ihrer Männer im Felsentunnel jenseits der Eisentür verhallten, sahen Sam, Remi und Lazlo einander düster an.

Sam ergriff als Erster das Wort. »Erzählt mir, was ihr gesehen habt, als sie uns hierherbrachten.«

Remi suchte in ihrer Erinnerung und betrachtete die Tür. »Diese Höhle ist vom Hügelkamm weiter entfernt als die Höhle mit den Toten und auch als die Höhle, in der wir überwältigt wurden. Dies alles gehört offenbar zum selben Höhlensystem, obwohl – ich denke gerade an den anderen Weg an der Gabelung, den wir während unserer Flucht nicht genommen haben.«

»Wie tief sind wir hier?«

»Wir sind durch zwei kleinere Höhlen gegangen, nachdem wir in den Berg eingedrungen waren.« Remi erschauerte. »In der Höhle jenseits der Tür befinden sich Krankenbetten und medizinische Geräte. Dort roch es nach Tod.«

Sam nickte. »Denk scharf nach. Gibt es dort irgendetwas, das wir benutzen können. Etwas, das einer von euch beiden gesehen hat, das eine Hilfe sein könnte?«

Remi und Lazlo schwiegen einige Sekunden, dann schüttelte Lazlo den Kopf. »Ich wüsste nicht. Diesmal stecken wir richtig in der Klemme, würde ich sagen.«

Sam sah Remi fragend an. »Fällt dir absolut nichts ein?«

»Wenn wir in den Raum nebenan gelangen könnten, ließen sich einige von den Geräten sicherlich als Waffen verwenden. Die Sauerstoffflaschen. Die Reinigungs- und Lösungsmittel …«

Sam stöhnte, als er seine Lage auf dem Felsenboden veränderte. »Helft mir mal hoch. Ich will mir die Tür ansehen.«

Remi und Lazlo erfüllten ihm die Bitte, und dann bewegten sie sich zur Tür, während Remi ihren Mann stützte. Er fuhr mit den Fingern über die Angeln, untersuchte sie und tastete die Schweißnähte ab, auf denen der Rost blühte, und sah Remi niedergeschlagen an. Er brauchte ihr nicht zu erklären, dass es für sie nicht die geringste Möglichkeit gab, die massiven Bolzen zu lösen – die Tür wog einige hundert Pfund, besaß einen Rahmen aus Beton und war nicht nur im relativ weichen Kalkstein der Felsenwände verankert worden.

»Sie haben hier einen regelrechten Bunker gebaut«, stellte Lazlo fest. »Tür und Zement sehen alt aus. Beides könnte noch von den Japanern stammen.«

Sam studierte die Eisenplatte. »Wahrscheinlich. Die Japaner haben ein Labor für ihre Experimente eingerichtet, und unsere Freundin hat die Räumlichkeiten einfach übernommen. Es erscheint auch sinnvoll – wenn die Japaner richtig geplant haben, haben sie gewiss Belüftungsschächte gebohrt und Stromleitungen verlegt. Dr. Vanya brauchte nichts anderes zu tun, als einige Reparaturen und Umbauten durchzuführen, je nachdem, in welchem Zustand sich die Anlage befand, als sie darauf stieß …«

Sams Ausführungen wurden schlagartig unterbrochen, als die Beleuchtung erlosch und die Höhle in vollständiger Dunkelheit versank.

49

Reglos standen sie in der pechschwarzen Dunkelheit, ängstlich darauf bedacht, sich nicht zu rühren. Ein dumpfer Laut drang durch die Eisentür, danach herrschte Stille.

»Was hältst du davon? Der Versuch einer Desensibilisierung?«, flüsterte Sam Remi zu.

»Könnte sein, dass sie ihren elektrischen Strom für Wichtigeres aufsparen als für Gefangene, die sie foltern und töten wollen«, sagte Remi.

»Besonders optimistisch klingt das nicht«, drang Lazlos Stimme aus der Dunkelheit.

Ihre Überlegungen wurden durch ein Scharren, gefolgt von dem Zurückschieben des Türriegels, unterbrochen. Sie traten instinktiv zurück, als die schwere Tür mit quietschenden Angeln aufschwang. Die Höhle dahinter war ebenfalls vollkommen dunkel.

»Wer von euch ist der bessere Schütze?«, erklang eine vertraute Stimme aus der Türöffnung. »Ich konnte einem der Eingeborenen seine Pistole abnehmen, aber dort, wo sie herkommt, gibt es noch weitere«, sagte Leonid.

»Leonid! Sie leben?«, fragte Lazlo entgeistert.

»Naja, es geht so. Wer ist denn nun der beste Pistolenschütze?«, wiederholte Leonid seine Frage.

»Das ist Remi«, antwortete Sam.

»Und wo ist sie?«, fragte Leonid.

»Ich bin hier«, meldete sich Remi, die immer noch links neben Sam stand.

Leonid machte einen Schritt in den Raum hinein und streckte die Hand mit der Pistole aus, die Remi ertastete und an sich nahm.

»Bist du verletzt?«, fragte Sam.

»Ich habe nichts gebrochen, aber einen Schönheitswettbewerb würde ich sicher auch nicht gewinnen.«

»Haben Sie die Lampen gelöscht?«, wollte Laszlo wissen.

»Ja. Habe mit einer Machete die Stromleitung gekappt. Musste drei Mal zuschlagen.«

»Wo ist die Machete?«, fragte Sam.

»Die steckt in einem Wächter.« Leonid hielt einen Moment inne. »Ich habe eine Stablampe, aber ich will sie nicht einschalten. Es wird besser sein, auf die Rückkehr der anderen Mistkerle zu warten und dann auf ihre Lampen zu schießen.«

»Ich vergesse immer wieder, dass du mal in der russischen Armee warst«, sagte Sam.

»Und ich war drei Mal verheiratet«, fügte Leonid hinzu.

Ein tanzender Lichtschimmer erschien am Ende der Höhle, als sich offenbar eine Stablampe näherte. Remi baute sich vor Sam auf und deutete auf Sauerstoffflaschen, die hinter einer Reihe von Betten an der Höhlenwand lehnten. Sie legte einen Finger auf die Lippen, beugte sich zu ihrem Mann vor und sagte leise: »Geh in Deckung. Ich werde die Tür schließen, damit sie keinen Verdacht schöpfen. Damit gewinnen wir vielleicht ein paar Sekunden.«

»Ich komme mit dir«, sagte er.

Sie hatten keine Zeit für Diskussionen. Sie und Sam wechselten in die Höhle mit den medizinischen Geräten, zogen die Tür hinter sich zu und verriegelten sie. Remi duckte sich hinter eine Holzkiste, und Sam ging eilig zu einer fahrbaren Vitalzeichen-Überwachungseinheit nicht weit von den Betten – in der Hoffnung, dass die Apparatur ihn, wenn er sich dahinterkauerte, vollständig verbarg.

Lange brauchten sie nicht zu warten. Der Lichtkegel einer Taschenlampe erschien in der Türöffnung auf der anderen Seite der Höhle, und sie konnten drei Insulaner erkennen, die mit Pistolen bewaffnet waren. Der Lichtstrahl wanderte direkt zur Tür, wie Remi gehofft hatte, und verharrte auf dem verriegelten Schloss. Die Männer unterhielten sich murmelnd und näherten sich mit vorsichtigen Schritten. Sam und Remi hielten den Atem an, als die Männer an ihnen vorbei zur Tür gingen.

Remis Schüsse ertönten in der Höhle so laut wie Geschützfeuer. Die erste Kugel traf den Mann mit der Stablampe zwischen den Schultern, und die zweite erwischte seinen Gefährten, während er herumwirbelte, um auf sie zu schießen. Sie feuerte zwei weitere Schüsse auf den dritten Pistolenschützen ab, als dieser sich hinter eine andere Kiste warf. Sie verfehlte ihn, während er seinerseits zwei Mal abdrückte. Eine Kugel zerfetzte das Holz in der Nähe ihres Kopfs, die andere Kugel prallte als Querschläger, ohne Schaden anzurichten, gegen die Felswand.

Die Lampe lag auf dem Boden, ins Nichts gerichtet, und erzeugte gerade noch genug Helligkeit, dass Remi die Kiste in einiger Entfernung wahrnehmen konnte. Ein Bein des Schützen schoss hervor und beförderte die Lampe mit einem Tritt gegen die Felswand, an der sie zerschellte, sodass die Höhle wieder in Dunkelheit versank. Remis Nachtsicht brauchte mehrere Sekunden, um sich anzupassen, und ihre Reaktion erfolgte zu langsam, während sich der Schütze hinter der Kiste hervorrollte, die Pistole schussbereit in der Hand.

Sam versetzte dem Fahrgestell einen heftigen Stoß, und der schwere Vitalzeichenmonitor schlug mit einem explosionsartigen Krachen auf dem Boden auf und verschaffte Remis Augen wertvolle Sekunden, sich den herrschenden Lichtverhältnissen anzupassen. Der Schütze erstarrte bei der unerwarteten Aktion fünf Meter von dort entfernt, wo er seine Bedrohung vermutete, und er wurde für einen winzigen Moment aus der Deckung gelockt.

Diese Gelegenheit reichte Remi aus. Sie drückte zwei weitere Male ab und leerte damit das Magazin des Revolvers. Der Schütze sackte in sich zusammen, und seine Waffe fiel klappernd auf den Boden. Sam verließ seinen Platz hinter dem Fahrgestell, eilte zu den beiden toten Insulanern an der Tür und tastete um sie herum den Boden ab, bis seine Finger eine ihrer Waffen berührten – es war ein Revolver.

»Schau nach, ob du die andere Pistole findest«, sagte Sam leise zu Remi. »Ich sehe zu, dass ich die Tür öffne, damit wir Leonids Lampe benutzen können. Nach dieser Nummer hier können wir von einem Überraschungseffekt nur noch träumen.«

»Okay.« Remi orientierte sich an seiner Stimme und bewegte sich vorsichtig auf ihn zu.

Sam schob den Riegel beiseite und zog die Tür so weit wie möglich auf, während Remi näher kam. Lazlo und Leonid kauerten im Innern der Kammer neben der Türöffnung. »Zeit für ein wenig Licht«, sagte Sam zu Leonid, der seine Lampe anknipste.

Remi entdeckte die andere Pistole, eine Neun-Millimeter-Beretta-Halbautomatik, und hob sie auf. Eine schnelle Überprüfung des Magazins ergab, dass es gefüllt war. Gleichzeitig barg Sam eine zu Boden gefallene Stablampe. Remi suchte in den Hosentaschen des Toten nach einem

Reservemagazin und stellte ohne Gefühlsregung fest, dass sie die sterbliche Hülle des Insulaners vor sich hatte, der Sams Kopf mit der Waffe bearbeitet hatte, die sie nun in der Hand hielt.

Nun, da die Felsenkammer erleuchtet war, erhielten sie einen Eindruck von Leonids Verletzungen. Sam reagierte nicht auf die Erscheinung des Russen, aber sein Magen zog sich zusammen, als er die Blutergüsse und Risswunden erblickte, die sein Gesicht und seine Arme bedeckten. Es war zwar ein kleines Wunder, dass Leonid sich von dem Sturz in den Abgrund einigermaßen hatte erholen können, aber er sah auch wirklich mitgenommen aus, und jede sichtbare Hautfläche schien von einem Kratzer oder einer Prellung gezeichnet zu sein.

Lazlo folgte Sam und Leonid aus der Kammer und ging dorthin, wo die Waffe des dritten Schützen in der Nähe seiner leblosen Hand lag. Lazlo bückte sich und hob sie auf. Die Abscheu in seinem Gesicht sprach Bände, und er reichte Leonid die Waffe. »Ich vermute, Sie wissen im Notfall mehr damit anzufangen als ich«, sagte er. Kommentarlos ergriff Leonid den Revolver und überprüfte die Trommel.

»Nur zwei Patronen«, sagte er, dann richtete er die Lampe auf den Höhleneingang. »Wer will vorausgehen?«

»Ich«, sagte Sam, aber Remi schüttelte den Kopf.

»Du bist verletzt. Ich werde gehen, Leonid, gib mir die Lampe.«

Leonid nickte und reichte ihr das Gewünschte. Sam schien ihr widersprechen zu wollen, aber sie schnitt ihm mit einem drohenden Blick das Wort ab. »Keine Diskussionen, Fargo. Ich habe mit der Automatik die stärkste Feuerkraft. Sichert mir den Rücken.« Sie gab Lazlo ein Zeichen. »Sei so nett und hilf ihm.«

Remi ließ den Lichtstrahl durch die Kammer wandern und erstarrte, als ein Stöhnen aus einem anderen Durchgang hereindrang – der geschlossen und verriegelt war. Vor der ebenfalls massiven Eisentür blieben sie stehen, und Sam machte sich mit entschlossener Miene von Lazlo los. Remi suchte sich eine Position neben der Tür und hielt die Pistole im Anschlag, während Sam den Riegel löste.

Sie wechselten einen kurzen Blick, und Sam nickte. Er zog die Tür weit auf, während Remi in die dahinter herrschende Dunkelheit zielte, die Sam schließlich mit seiner Lampe erhellte. Als kein Angriff erfolgte, machte er einen vorsichtigen Schritt in Richtung der Türöffnung, und dann drang ein weiteres Stöhnen aus der Kammer.

Es klang, als gehöre die Stimme einem Mädchen.

»Was um alles in der Welt…«, flüsterte Remi, während sie die Kammer betrat. Sie kontrollierte das Innere mit der Pistole in der einen und der Lampe in der anderen Hand, und dann sog sie zischend die Luft ein, als der Lichtstrahl eines der ein Dutzend Betten, die vor der hinteren Wand aufgereiht waren, aus der Dunkelheit riss. Eine Gestalt lag darin, mit einem mageren Arm an die Felswand gekettet.

Sam ließ den Lichtstrahl weiter über die Felswand wandern, wo Handfesseln an rostigen Ketten von Eisenringen herabhingen, die in der Felswand verankert waren. In einer Ecke stand eine offene stählerne Kiste, und er erschauerte, als er ihren Inhalt erkannte – ein sargförmiger Behälter, der gerade groß genug war, um einen Menschen aufzunehmen. Daneben stand ein eiserner Käfig vor der Wand, deren Oberfläche von Fingernägeln zerkratzt worden war, wahrscheinlich bei den verzweifelten Versuchen, sich aus dem Gefängnis zu befreien. Rostfarbene Streifen verliefen auf der Felswand abwärts, und Sam erschauerte abermals –

es war getrocknetes Blut, einiges sicherlich Jahrzehnte alt, aber genug davon noch relativ frisch, sodass es ihm eiskalt über den Rücken rieselte.

Remi trat an das Bett, in dem eine junge Inselbewohnerin mühsam nach Luft rang. Leere Infusionsbeutel sowie benutzte Injektionsspritzen und leere Medizinampullen lagen auf dem Steinboden herum. Eine Kakerlake krabbelte dicht an Remis Fuß vorüber, und sie verzog angeekelt das Gesicht.

»Dies hier … ist wie eine mittelalterliche Folterkammer«, murmelte sie.

»Ich denke, wir haben den Ort gefunden, an dem die Japaner ihre grässlichen Forschungen betrieben haben«, gab Sam ihr recht und beugte sich über das Mädchen, um es oberflächlich zu untersuchen. Er berührte seine Stirn und sah Remi erschrocken an. »Sie glüht!«

»Wir müssen die Kleine mitnehmen, Sam.«

Er machte einen tiefen Atemzug und berührte die Schulter des Mädchens. »Kannst du mich hören?«

Das Mädchen stöhnte wieder, ein mitleiderregender Laut voller Schmerz und Furcht, und ihre Augen öffneten sich flatternd. Sie richteten sich blicklos auf Remi.

»Liebling … verstehst du mich?«, fragte Remi leise.

Das Mädchen brachte ein schwaches Kopfnicken zustande.

»Wir werden dich hier herausholen. Wie heißt du?«

Sie bewegte die Lippen und hatte offensichtlich Mühe, ein Wort zu bilden. Sam und Remi beugten sich zu ihr herab, um sie verstehen zu können.

»Lil… ly…«

Sam richtete sich auf und trat von dem Bett zurück. Remi folgte ihm. »Sie ist zu krank, um zu laufen, Remi.«

»Dann müssen wir sie tragen.«

»Wir müssen sie später holen.«

»Ich lasse sie nicht hier in dieser Hölle zurück, Sam. Sieh dir das arme Ding doch an. Sie ist nur Haut und Knochen.« Remi überlegte kurz. »Ich bitte Lazlo, mir zu helfen, wenn du meinst, du schaffst es aus eigener Kraft.«

Sam zuckte leicht zusammen, als er nickte. »Ich kann's versuchen.« Er blickte zu der Armfessel. »Wie willst du sie befreien?«

»Einer der Wächter muss einen Schlüssel haben. Bleib bei ihr, während ich nachschaue.«

Nach einiger Zeit kehrte Remi mit einem Schlüsselring zurück. Sie versuchte ihr Glück mit zwei Schlüsseln, ehe sie den fand, der passte. Die Armfessel sprang mit einem leisen Klicken auf, und Lillys Arm fiel kraftlos auf ihren mageren Körper herab. Sam machte Platz, als Lazlo zum Bett kam und gemeinsam mit Remi den ausgezehrten Körper heraushob.

»Schaffst du das?«, fragte Sam.

»Sie ist leicht wie eine Feder. Zusammen kriegen wir das hin«, sagte Lazlo voller Selbstvertrauen.

Lazlo trug Lilly auf den Armen, während Remi neben ihm gehend Sam stützte. Leonid bildete mit der Waffe in der Hand die Nachhut. Sie ließen das Horrorkabinett hinter sich, und Remi setzte sich an die Spitze, blieb jedoch in dem Durchgang stehen, der den Raum mit den medizinischen Geräten mit der Eingangshöhle verband, und betrachtete sekundenlang den toten Insulaner, der dort mit einer Machete in der Brust auf dem Felsenboden lag – ein überzeugender Beweis für Leonids Unverwüstlichkeit, selbst wenn er verletzt und angeschlagen war.

Als sie die Eingangshöhle erreichten, flog ihnen etwas Schemenhaftes aus den Schatten entgegen. Pistolenschüsse fielen, da Remi und Sam auf die Angreifer feuerten. Sekunden später lagen vier Insulaner im Sterben, deren Macheten und Äxte schnellen Reflexen und Pistolenkugeln nichts entgegensetzen konnten. Remi richtete sich aus ihrer halb gebückten Kombat-Haltung auf und suchte den Raum mit der Pistole im Anschlag ab. Wachsam rechnete sie mit einem weiteren Abgriff – dass diese Inselbewohner keine Schusswaffen besaßen, bedeutete noch lange nicht, dass nicht weitere Schützen in der Nähe lauern und auf ihre Chance warten könnten.

Sam deutete auf den Eingang, eine Spalte im Gestein, die einen etwa fünf Meter langen Verbindungsgang aufwies, der nach draußen führte. Licht drang durch einen Vorhang von Vegetation, der ihn bedeckte. Remi nickte und baute sich mit schussbereiter Waffe auf einer Seite der Öffnung auf, während Sam auf der gegenüberliegenden Seite des Eingangs entlangschlich und auf irgendwelche Anzeichen für einen Hinterhalt lauschte, was ihm nicht leichtfiel, da es von der kurzen, aber heftigen Pistolensalve in seinen Ohren immer noch klingelte. Lazlo blieb mit Lilly zurück, während Leonid Sam und Remi beobachtete, die ihm nun ein Zeichen gaben, den Verbindungsgang zu betreten, während sie ihm Feuerschutz gaben.

Als er an seinem Platz am Eingang nichts Verdächtiges wahrnehmen konnte, meinte Sam im Flüsterton: »Da draußen könnten weitere von ihrer Sorte auf der Lauer liegen und darauf warten, dass wir herauskommen. Hat irgendjemand von euch eine Idee, was wir tun können, anstatt hier wie auf dem Präsentierteller zu thronen?«

Remi betrachtete das dichte Pflanzengewirr, das die Öffnung im Fels verdeckte. »Wir warten, bis sie ungeduldig werden.«

»Aber wir können hier nicht den ganzen Tag vertrödeln«, sagte Leonid.

»Warum nicht?«, fragte Remi. »Immerhin würde die Zeit gegen sie arbeiten. Vorausgesetzt, es sind überhaupt noch Gegner übrig.«

Sie gingen nicht weit vom Eingang in Position, die Pistolen gaben ihnen zwar eine Sicherheit, waren zunehmend aber auch eine schwere Last in ihren müden Händen. Schon bald hörten sie sich nähernde stampfende Schritte auf felsigem Untergrund – zuerst nur schwach, doch dann immer deutlicher. Remi drückte sich in eine Wandvertiefung auf der einen Seite des Eingangs, die Pistole auf die Öffnung gerichtet, während Sam und Leonid hinter großen Steinklötzen im Verlauf des Durchgangs Deckung fanden.

In dem Pflanzenvorhang raschelte es, und Remi spannte den Hahn der Beretta und zwang sich, so langsam und flach wie möglich zu atmen, während der Puls in ihren Ohren pochte. Schließlich entspannte sie sich und ließ die Pistole sinken, als sich Gregs Kopf durch den Pflanzenvorhang schob. Sie lächelte erleichtert, während sie ihn mit einem lauten Ruf begrüßte.

»Du hast uns vielleicht Angst …«

Sams Pistole ruckte zwei Mal in seiner Hand und füllte den kleinen Raum mit ohrenbetäubendem Lärm. Der Einheimische, der mit einer Pistole auf Gregs Rücken gezielt hatte, kippte nach hinten, sein Schädel war zertrümmert, als ihn die erste Kugel in die Stirn traf, und Greg warf sich zur Seite. Leonids Pistole bellte ein weiteres Mal, und das Projektil durchbohrte den Oberkörper des Mannes. Er war bereits tot, ehe er auf dem Untergrund aufschlug.

Remi starrte Greg fragend an. »War es das?« Ihre Stimme zitterte leicht.

»Nein. Einer ist noch am Wagen, aber er hat nur eine Machete. Nach diesen Schüssen dürfte er abgehauen sein«, antwortete Greg und kämpfte sich auf die Füße. Remi betrachtete die Platzwunde in seiner Kopfhaut und das getrocknete Blut in seinen Haaren und nickte. »Sie haben mich überrumpelt«, meinte er zerknirscht.

»Schaffen Sie es aus eigener Kraft zurück?«

»Klar.«

Remi wandte sich zu Sam und Leonid um. »Gut geschossen, ihr beide.«

»Ich habe nur noch eine Kugel übrig«, klagte Leonid.

»Hoffen wir, dass du sie nicht abfeuern musst«, sagte Sam und kam schwankend auf die Beine.

Sie gingen zum Eingang, wühlten sich durch den Pflanzenvorhang und gelangten auf eine Lichtung. Nur wenige Schritte vom Eingang entfernt lag ein toter Inselbewohner im Gras. Greg ging neben ihm auf ein Knie herunter und nahm die Waffe des Mannes an sich – ein weiterer Revolver, wahrscheinlich so alt wie sein ehemaliger Besitzer – und deutete dann auf einen Weg. »Wir befinden uns etwa fünf Minuten südlich der Holzstraße.«

»Haben Sie dort eine Frau gesehen?«, fragte Remi.

Greg nickte. »Sie ist verschwunden. Und zwar kurz bevor das Feuerwerk losging.«

»Verdammt«, fluchte Sam.

Remi blickte hoffnungsvoll auf den Weg. »Keine Sorge. Es ist noch nicht ganz vorbei. So einfach wird sie nicht davonkommen.«

Sam studierte ihr Gesicht und nickte. »Das glaube ich dir unbesehen.«

50

Carol Vanya blickte hoch, als ihre Assistentin ihr Büro betrat. Das Gesicht der korpulenten Frau war kreidebleich, und ihre Hände zitterten, als sie nervös von einem Fuß auf den anderen trat. Carol Vanya unterdrückte eine ärgerliche Reaktion und seufzte ungeduldig. Der lange Tag, den sie damit verbracht hatte, Inselbewohner zusammenzuflicken, die sich bei den gewalttätigen Plünderungen verletzt hatten, zerrte an ihren Nerven. »Ja, Maggie? Ich hatte doch ausdrücklich darum gebeten, nicht gestört zu werden.«

»Ich weiß, Doktor. Es tut mir leid. Aber die Polizei muss mit Ihnen reden.«

Vanya legte ihren Kugelschreiber beiseite und bedachte Maggie mit einem vernichtenden Blick. »Können Sie denn nichts selbst regeln? Wofür bezahle ich Sie eigentlich?«, schnappte sie verärgert.

Die Polizei hatte ein halbes Dutzend Beamte zum Krankenhaus abkommandiert, um es in der letzten Phase der von den Rebellen angezettelten Unruhen zu beschützten. Die verarmten Inselbewohner ließen sich leicht zum Plündern verführen. Die Unzufriedenheit ihrer Klasse war der willkommene Zunder für die Funken ihrer Agenten, die sich unerkannt unter diese Leute gemischt hatten. Der Plan funktionierte perfekt: Die Gewaltausbrüche mehrten sich im Laufe des Tages, und gegen Mittag rechnete sie mit einem Misstrauensvotum gegen die amtierende Regierung, wodurch die Möglichkeit für einen schnellen Regierungswechsel geschaffen würde.

»Ich denke, Sie müssen sie empfangen«, wiederholte Maggie, offensichtlich tief erschüttert.

Carol Vanya erhob sich hinter ihrem Schreibtisch und trat um ihn herum, als die imposante Erscheinung Chief Flemings die Türöffnung ausfüllte, sein Gesicht erschien dabei vollkommen ausdruckslos. Maggie drängte sich an ihm vorbei und entfernte sich eilig, während die Ärztin auf ihn zuging, ihr professionelles Lächeln war wie immer zuverlässig und unverrückbar an Ort und Stelle.

»Ja, Sebastian? Wieder ein Notfall?« Sie war daran gewöhnt, den Polizeichef zu becircen, so wie sie den meisten Männern auf der Insel mit einer Mischung aus Koketterie und Schmeichelei den Kopf verdrehte. Sie ging auf ihn zu, blieb jedoch stehen, als sie seinen ernsten Blick wahrnahm. »Was ist los?«

»Sie sind verhaftet. Drehen Sie sich um. Sie haben das Recht zu schweigen …«, begann Fleming, wobei er die Abscheu in seiner Stimme kaum unterdrückte, während er ein Paar Handschellen hochhielt.

»Wie bitte? Haben Sie den Verstand verloren, Sebastian? Was soll das Ganze bedeuten?«

»Drehen Sie sich um. Ich wiederhole es nicht noch einmal.«

Ihre Augen wurden groß, sie biss die Zähne aufeinander, und ihre Lippen waren jetzt nur ein schmaler Strich, als sie die unwürdige Prozedur über sich ergehen ließ. Sie hatte keine Ahnung, was da schiefgelaufen sein mochte, aber sie vertraute darauf, dass sie sich aus jeder noch so vertrackten Situation herausreden könnte. Schließlich war sie nach jahrelanger – nicht einmal durch Dank honorierter – Tätigkeit zum Wohle der Öffentlichkeit eine der meistgeachteten Persönlichkeiten der Insel und besaß viele Freunde und Verbündete in der Regierung.

»Ich weiß nicht, ob Ihnen klar ist, was Sie tun, Sebastian …«

»An Ihrer Stelle würde ich den Mund halten«, sagte Fleming, während er die Handschellen um ihre Arme legte und sie dann zur Tür umdrehte. Für einen Moment verschlug es ihr den Atem, und vor ihren Augen verschwamm alles, als sie die vier Polizeibeamten sah, die im Korridor darauf warteten, sie ins Gefängnis zu bringen – und dann auch Sam und Remi, die hinter ihnen standen. Ihr Mund öffnete und schloss sich wie bei einem gestrandeten Fisch und brachte nichts als einen erstickten Laut hervor, als ihr dämmerte, was dies zu bedeuten hatte.

Die beiden Beamten, die ihr am nächsten waren, zerrten sie unsanft in den Korridor. Sam und Remi schauten wortlos zu. Lazlo stand neben ihnen. Carol Vanya fand schließlich ihre Stimme wieder, während sie sich ihnen näherte, brachte jedoch nur ein einziges Wort zustande.

»Sie …«

»Mein Name ist Lazlo Kemp. Ich glaube nicht, dass wir uns förmlich vorgestellt wurden, als Sie Ihren Killern befohlen haben, uns umzubringen«, sagte Lazlo, wobei sein britischer Akzent jeder Silbe eine witzige Präzision verlieh.

»Wie heißt es so schön über den, der als Letzter lacht?«, wollte Remi von Sam wissen, als die Ärztin abgeführt wurde.

»Dass er am besten lacht«, erwiderte Sam und verfolgte Carol Vanyas schmachvollen letzten Auszug aus dem Krankenhaus, in dem sie jahrelang mit absoluter Autorität geherrscht hatte.

Fleming schüttelte den Kopf, als er zu ihnen kam. »Ich muss mich noch einmal entschuldigen. Es tut mir sehr leid, dass ich mich bei unserer ersten Begegnung so grob und abweisend verhalten habe...«

Remi zuckte die Achseln und ergriff Sams Hand. »Wir standen alle unter erheblichem Stress. Entschuldigung angenommen.«

Sam blickte über die Schulter zu Dr. Berry, der in der Tür eines Behandlungszimmers wartete, und wandte sich wieder an den Polizeichef. »Haben Sie die Menschenmassen mittlerweile einigermaßen unter Kontrolle?«

»Schon sehr viel besser jedenfalls. Der Premierminister hat vor ein paar Minuten im Radio gesprochen, Carols Pläne in Grundzügen dargelegt und den Inselbewohnern klargemacht, dass sie betrogen und missbraucht wurden. Er nannte zwar keine Namen, aber die Einsatzmeldungen meiner Männer haben schon deutlich abgenommen. Ich denke, dass unsere Leute keine Schwierigkeiten haben werden, auch noch die letzten Plünderer zur Räson zu bringen, sobald sich die Nachricht des Premiers verbreitet hat.«

»Und wie steht es mit der Exhumierung und Bergung der Skelette?«

»Ich habe zwei forensische Teams in die Höhlen geschickt, aber aufgrund des Umfangs der Funde wird es eine Weile dauern, bis sie die notwendigen Untersuchungen durchgeführt haben und wir damit beginnen können, die Gebeine herauszuholen und zu identifizieren.« Er schüttelte ungläubig den Kopf, als er sich an den frühen Nachmittag erinnerte. Er war in Begleitung von zwei Dutzend seiner leitenden Beamten am Ort des Geschehens eingetroffen, geführt von Sam und Remi, nachdem sie in sein Büro gestürmt waren und ihn mit ihren Beweisstücken konfrontiert hatten. »Was für ein Monster muss derjenige sein, der das getan hat …? Ich verstehe das Ganze noch immer nicht.«

»Sie ist nicht so wie wir oder Sie«, sagte Remi. »Sie ist eine Soziopathin. Sie hat kein Gespür für Richtig oder Falsch. Sie will nichts anderes, als ihre Umwelt manipulieren, und das mit einer Skrupellosigkeit, die Ihnen wahrscheinlich noch nie begegnet ist.«

»Oder jemals wieder begegnet, wenn Sie Glück haben«, sagte Sam leise. »Sie ist schlicht und einfach eine Serienmörderin. Vielleicht mit einer besonders ausgeklügelten Mordmethode, aber – und da gibt es kein Vertun – das ist es, womit Sie es bei ihr zu tun haben. Mit jemandem, der absolut keine Hemmungen hat, Menschen das Leben zu nehmen, und dem jedes Gefühl der Reue fremd ist.«

»Teilweise bin ich sogar schuld«, meinte Fleming düster. Seine Stimme stockte, und er musste krampfhaft schlucken. »Offensichtlich ist sie damit in all den Jahren unter meinen Augen unbehelligt durchgekommen. Ich werde mir eines nie verzeihen – dass ich die Vermisstenfälle auch nicht andeutungsweise mit der Intensität verfolgt habe, mit der ich es hätte tun müssen …«

Dr. Berry sah auf die Uhr und gab ihnen mit der Hand ein Zeichen. Im Krankenhaus herrschte reger Betrieb, und er musste einen nicht enden wollenden Strom von Patienten versorgen, die sich mit allen möglichen Verletzungen von den Straßenkämpfen in der Notaufnahme einfanden. Sie überließen Fleming seinen Selbstkasteiungen und gingen hinüber zu Berry, der Sams Kopf endgültig versorgen und verbinden musste, nachdem die Ergebnisse der Computertomographie vorlagen.

»Ich wünschte, ich würde Sie unter angenehmeren Umständen wiedersehen«, sagte Berry und wurde sofort wieder professionell. »Wie ich schon vermutet hatte, haben Sie von den Schlägen eine leichte Gehirnerschütterung erlitten, von der Sie sich aber schnell wieder erholen dürften. Während der nächsten Tage könnten Sie kurze Phasen von Benommenheit und allgemeiner Schwäche erleben, aber auch diese Zustände werden bald vorbeigehen.« Missbilligend sah er Sam an. »Ich wünschte, Sie würden wie Ihr russischer Freund damit einverstanden sein, wenigstens eine Nacht zur Beobachtung im Krankenhaus zu bleiben.«

»Wie geht es ihm?«

»Auch er hat eine Gehirnerschütterung erlitten, allerdings eine deutlich schwerere als Ihre, aber lebensgefährlich ist sie auch nicht. Und, wie Sie wissen, zahlreiche wenn auch oberflächliche Riss- und Platzwunden und Blutergüsse. Ich habe ihm Schmerzmittel und Antibiotika verabreicht, und zurzeit ruht er sich aus.«

»Nachdem er sich wahrscheinlich in einem fort beschwert hat, wette ich«, sagte Lazlo. »Was ist mit dem Mädchen?«

Berry runzelte sorgenvoll die Stirn. »Sie befindet sich nach wie vor in einem ziemlich schlechten Zustand, aber ich denke, sie wird es schaffen. Wir müssen noch irgendwie in Erfahrung bringen, welches Gift man ihr verabreicht hat, und Maßnahmen ergreifen, um seine Wirkung zu neutralisieren, aber im Moment achten wir darauf, dass sie genügend Flüssigkeit erhält.« Er untersuchte Sams Kopf mit einem missbilligenden Gesichtsausdruck. »Setzen Sie sich dorthin, und ich säubere die Wunde und nähe sie. Die Blutung ist gestoppt und mit geronnenem Blut verklebt, aber trotzdem ist eine kleine Wundnaht vonnöten.«

Remi, von einer akuten Sorge befreit, lächelte Sam an und wandte sich dann an den Arzt. »Während Sie mit ihm beschäftigt sind, hätten Sie vielleicht ein Telefon, mit dem ich ein Ferngespräch führen kann?«

Berry griff unter seinen Arztkittel und reichte ihr ein Mobiltelefon. »Das Ganze dauert nicht länger als ein paar Minuten, und dann ist er wieder auf dem Damm.«

»Ich warte vorn in der Lobby«, meldete sich Lazlo vorübergehend ab. »Ich kann kein Blut sehen. Es schlägt mir auf den Magen.«

Remi ging auf den Flur hinaus und nickte zufrieden beim Anblick der restlichen Polizisten, die Dr. Vanyas Büro in Erwartung der bevorstehenden Suche nach jeglicher Art von Beweismaterial mit Plastikband absperrten. Sie wollte soeben die Wählfunktion des Telefons aktivieren, als Lillys Mutter am Ende des Flurs erschien und auf sie zueilte.

»Danke! Vielen Dank, dass Sie mein Baby gerettet haben«, sagte sie und umarmte Remi. Sie hatte Tränen in den Augen. »Ich wusste, dass sie nicht von zu Hause weggelaufen ist, wie diese böse Frau gesagt hatte.«

»Ich hoffe, sie erholt sich schnell«, sagte Remi, während Lillys Mutter sie immer wieder an sich drückte.

»Gott wird dafür sorgen. Lilly ist eins seiner Kinder. Er hätte nicht Sie hierher gesandt, wenn Er nicht gewollt hätte, dass sie am Leben bleibt.«

Remi lächelte. »Sie ist ein schönes Kind. Sie müssen sehr glücklich sein.«

»Heute ist ein guter Tag, und zwar für jeden, finde ich. Außer für diese böse Frau. Der Teufel wird für sie die Hölle besonders anheizen, da bin ich ganz sicher.«

Remi nickte zustimmend, und dann winkte eine Krankenschwester am anderen Ende des Korridors Lillys Mutter zu sich. Die Frau gab einen Laut der Überraschung von sich und eilte davon, sodass Remi ihr Telefonat führen konnte. Sie wählte Selmas Privatnummer, die sie auswendig kannte, und wartete.

»Oh, gut. Ist alles wie gewünscht verlaufen?«, fragte Selma, kaum dass sie sich gemeldet hatte. Remi hatte sie bereits einige Zeit zuvor angerufen und ihr in gedrängter Form den aktuellen Stand der Dinge mitgeteilt.

»In etwa. Sie haben Carol Vanya verhaftet. Sam wird gerade behandelt, und Leonid verbringt die Nacht im Krankenhaus.«

»Und Lazlo?«, fragte Selma, deren Stimme plötzlich hörbar weicher klang.

»Er hat kaum einen Kratzer abbekommen. Der Mann hat das Glück gepachtet«, sagte Remi.

Selma kicherte. »Das hat er wirklich.« Sie wurde wieder ernst. »Ich habe mich mit der Ärztin und ihrer Herkunft beschäftigt und etwas gefunden, das Sie sicherlich interessieren wird.«

»Im Zusammenhang mit ihr überrascht mich nichts mehr.«

»Dies vielleicht doch.« Selma legte eine dramatische Pause ein. »Eigentlich ist es etwas über ihren Großvater. Offenbar wurde er von den Alliierten wegen Kriegsverbrechen angeklagt, aber sobald der Krieg zu Ende war, wurde die Anklage fallen gelassen. Damals gab es nur wenige Berichte, aber soweit ich mich erinnere, hatte er mit den Japanern zusammengearbeitet und wurde angeklagt, medizinische Experimente mit Inselbewohnern und Kriegsgefangenen geplant und durchgeführt zu haben.« Selma machte eine Pause, um diese Information einsinken zu lassen. »Er war also ebenfalls Arzt.«

»Mein Gott … die anderen Skelette – die älteren. Hunderte. Ihr Großvater …«

»Das ist meine Vermutung. Wahrscheinlich hat er sie ins Vertrauen gezogen, als er erkannte, dass sie über die gleichen psychopathologischen Wesensmerkmale verfügte.«

»Und was ist mit ihrem Vater?«

»Er starb vor zehn Jahren. Es scheint, als ob er sein gesamtes Leben der Aufgabe geweiht hatte, die Sünden seines Vaters wiedergutzumachen. Er arbeitete teilweise honorarfrei, behandelte Inselbewohner …«

»Und der Großvater?«

»Über seinen Tod habe ich bisher nichts gefunden. Es ist, als sei er spurlos verschwunden, sobald der Krieg vorüber war.«

»Sie nehmen doch nicht etwa an, dass er noch lebt!«

»Ich wehre mich gegen solche Spekulationen. Er wäre älter als Moses, wenn es zuträfe, daher halte ich es für unwahrscheinlich.«

»Bleiben Sie an der Sache dran, Selma.«

»Oh, darauf können Sie sich verlassen. Es tut mir leid, dass Sie den Schatz nicht gefunden haben.«

»Das braucht es nicht. Wir haben eine bemerkenswerte historische Entdeckung gemacht und dabei eine monströse Intrige aufgedeckt. Ich finde, das ist eine ganze Menge, meinen Sie nicht?«

»Absolut. Ich denke eher an Lazlo. Er ist sicherlich besonders niedergeschlagen.«

»Ach, das würde ich gar nicht sagen. Davon wird er sich schnell wieder erholen. Er ist in dieser Hinsicht ziemlich robust, das muss ich ihm lassen«, gab Remi zu.

»Trotzdem ist er noch immer irgendwo da draußen.«

Remi schaute durch den Flur zu den Polizisten, die ihrer nicht sehr angenehmen Arbeit nachgingen, und nickte unwillkürlich.

»Ja, das ist er, Selma. Das ist er. Aber man kann nicht immer der strahlende Sieger sein, stimmt's?«

»Tut mir leid. Ich muss gerade nicht bei der Sache gewesen sein, das Letzte habe ich nicht verstanden…«

Sie lachten beide fröhlich und sorglos, und Selma erinnerte Remi erneut daran, am Abend anzurufen und ihr mitzuteilen, welche Fortschritte Sam mache, und sie solle vorsichtig sein – sie habe die Nachrichten von den Unruhen im Internet verfolgen können und mache sich große Sorgen.

»Das werde ich, Selma.« Remi räusperte sich. »Und danke. Für alles.«

»Was habe ich denn jetzt wieder getan?«, fragte Selma wachsam.

»Dafür, dass Sie sind, wie Sie sind.«

51

Der Morgennebel sättigte auch am nächsten Tag die Luft, während Remi den Wagen über die Holzstraße in die Berge lenkte. Lazlo und Leonid saßen auf der Rückbank, Sam leistete ihr auf dem Beifahrersitz Gesellschaft. Er hatte zwar unruhig geschlafen, nach einem frühen Frühstück aber darauf bestanden, dass er sich fit fühle, und als sie mit Lazlo zum Krankenhaus fuhren, ehe sie sich auf Flemings Bitte hin auf den Weg zu den Höhlen machten, wartete Leonid darauf, entlassen zu werden, und während er die Entlassungspapiere unterschrieb, beschwerte er sich in einem fort über alles Mögliche bei den Angestellten.

Wie Fleming prophezeit hatte, ließen die Bürgerunruhen nach, nachdem der Premierminister zur Nation gesprochen hatte, und am Morgen waren die einzigen Beweise für die Straßenkämpfe vom Vortag ein paar ausgebrannte und immer noch qualmende Ladenfronten am südlichen Ende der Stadt, sowie eine deutlich verstärkte polizeiliche Präsenz im Stadtzentrum. Der Polizeichef hatte die Fargos an diesem Morgen im Hotel angerufen und sie eingeladen, mit ihm zusammen die Höhlen zu besichtigen und ihm ihre Eindrücke und Überlegungen zu schildern, über die sie sich während des allgemeinen Durcheinanders am Vortag nur kurz unterhalten hatten.

Remi musterte Sam von der Seite, während sich das Ende der Holzstraße näherte, wo man bereits eine Ansammlung von Polizeifahrzeugen erkennen konnte.

»Wie geht es deinem Kopf?«, erkundigte sie sich. Sie hatte sich bemüht, das Schaukeln des Wagens so weit wie möglich zu minimieren, indem sie den schlimmsten Schlaglöchern ausgewichen war – eine Taktik, die angesichts der tiefen, von den Polizeiwagen hinterlassenen Fahrrillen im Schlamm allerdings von keinem nennenswerten Erfolg gekrönt war.

»Ich werde sicherlich nicht allzu bald das Schlagzeugspiel wieder aufnehmen, aber ich komme zurecht«, sagte Sam.

»Und wie geht es dir, Leonid?«

»Verglichen mit den Nächten auf diesem australischen Rosteimer fühle ich mich glänzend«, knurrte der Russe.

»Erzählen Sie uns noch einmal, wie Sie es geschafft haben, zur Haupthöhle zurückzukehren und uns aufzustöbern und am Ende zu retten«, bat Lazlo.

»Das war einfach. Ich kam zu mir, kletterte ein Stück, folgte den Inselbewohnern und verpasste einem eins über den Schädel, während die anderen draußen bei der Frau waren«, erklärte Leonid, als sei es so simpel und alltäglich gewesen wie ein Spaziergang über das Hotelgelände.

Lazlo starrte ihn fasziniert an und schüttelte den Kopf. »Das muss an dem vielen Wodka liegen.«

»Mein Körper ist ein Tempel«, verkündete Leonid und verstärkte seinen russischen Akzent.

»Nun ja, meiner auch, wenn er auch bis vor kurzem des Öfteren mit gegorenem Traubensaft gefüllt wurde.«

Der Mitsubishi hielt in der Nähe des Vans eines der forensischen Teams an, und ein Polizist mit mürrischem Gesicht empfing sie mit feindseligen Blicken, als sie aus dem SUV stiegen. Ein Dutzend Journalisten und Reporter saß im Schatten, ihre Dienstkombis in der Nähe, und beobachtete den Polizisten, der sie seinerseits im Visier hatte.

»Ist Chief Fleming in der Nähe?«, fragte Sam. »Er hat uns eingeladen.«

»Dort hinauf. Was soll ich ihm melden, wer ihn sprechen möchte?«, fragte der Beamte und hielt sein Funkgerät bereit.

»Die Fargos.«

Die Miene des Beamten veränderte sich. »Oh. Natürlich. Einen Moment.« Er murmelte etwas in sein Gerät und erhielt umgehend Antwort – in Form lauter atmosphärischer Störungen und knapper Anweisungen. Er blickte kurz zu den Journalisten und deutete dann auf den Weg zur ersten Höhle. »Wissen Sie, wie Sie dorthinkommen?«

»Ich denke, wir werden den Weg schon finden«, sagte Sam. Remi musste sich auf die Zunge beißen, um nicht laut loszulachen.

Fleming stand am Höhleneingang, als sie ihn erreichten, und unterhielt sich mit zwei Beamten mit ausgesprochen säuerlichen Mienen. Als Fleming die Fargos entdeckte, brach er das Gespräch ab und kam ihnen ein Stück entgegen.

»Danke, dass Sie gekommen sind«, begrüßte er sie.

»Gern geschehen. Wie läuft's?«, erwiderte Sam.

»Langsam, aber stetig. Die Forensiker müssten ihre Arbeit bald abgeschlossen haben.« Er blickte finster in die Höhle. »Wir haben eine Liste von allen vermissten Kindern zusammengestellt, und wir haben damit angefangen, sie den Skeletten zuzuordnen.«

»Zweifellos ist Ihnen nicht entgangen, dass einige von ihnen mit Kabelbindern gefesselt waren.«

Fleming nickte. »Ja. Das habe ich gesehen.« Der Schrecken auf seiner Miene war nicht mit Worten auszudrücken.

»Hat sie geredet?«, wollte Remi wissen.

»Ich darf mich zu laufenden Verfahren nicht äußern, aber einigen wir uns darauf, dass sie erst alles geleugnet und ihre Geschichte drei Mal geändert hat, ehe sie zugab, dass sie möglicherweise eine ahnungslose Mitwirkende in den Plänen zahlreicher ausländischer pharmazeutischer Produzenten gewesen sein könnte.«

»Unglaublich«, sagte Sam.

»Oh, Sie wissen ja noch nicht mal die Hälfte. Sie ist ein richtiges Prachtstück.«

»Wie viele sind auf Ihrer Liste?«, fragte Lazlo.

Fleming senkte den Blick. »Achtunddreißig. Im Verlauf von sechs Jahren.« Seine Augen zuckten hin und her, als suchten sie einen unverfänglichen Bezugspunkt, ehe sie sich auf Remi richteten. »Unter uns gesagt: Sie gab zu, dass die Drogen, mit denen sie experimentierte, gelegentlich unerwartete Komplikationen hervorriefen, aber sie beharrt darauf, dass sie nur versucht hatte, Leben zu retten.«

»Natürlich. Indem sie einige ihrer Patienten mit der Medizin tötete, von der sie ihnen nicht verraten hatte, dass sie sich noch im experimentellen Stadium befand, und danach die Beweise versteckte«, erwiderte Remi hitzig.

»Vergessen Sie nicht das Leid, das sie hervorrief, indem sie das Verschwinden der Kinder tarnte«, warf Sam ein. »Stellen Sie sich nur einmal vor, was die Eltern empfunden haben müssen, wenn ihre kranken Kinder einfach verschwanden.«

»Ja … Tatsächlich ist dies eine der schlimmsten Befürchtungen des Staatsanwalts – Vergeltung durch Angehörige. Es besteht die reale Gefahr, dass sie gelyncht wird.«

»Es ist eine bittere Ironie, dass Sie am Ende noch gefordert sein könnten, sie zu beschützen«, sagte Lazlo.

Fleming sah ihn düster an. »Die Inselbewohner, die für sie gearbeitet haben, wurden durch die Bank positiv auf Stimulanzien getestet. Sie versorgte sie mit Speed und machte sie von sich abhängig, weil sie schnell süchtig wurden und ihre Fixes brauchten. Wir nehmen an, dass sie ihre Helfer auf diese Weise unter Kontrolle hielt. Sie waren Junkies und gefährlich – es dürfte eine Erklärung dafür sein, dass sie bereit waren, hier draußen zu leben und alles zu riskieren, um ihre Mitmenschen zu quälen.«

»Wahrscheinlich hat sie ihnen auch Reichtum versprochen. Als wir in ihrer Gewalt waren, prahlte sie damit, sie werde irgendwann in naher Zukunft Milliarden Dollar besitzen«, sagte Sam.

»Gibt es irgendwelche Fortschritte bei der Zuordnung der Knochen zu den Namen auf der Liste?«, fragte Remi.

»Wir haben mit den größten Skeletten angefangen, weil wir der Meinung waren, dass sie am ehesten identifiziert werden könnten. Der Tote, der noch nicht vollständig verwest war, hieß Aldo Cosgrove. Ein Teenager, der vor ein paar Wochen verschwand, nachdem er von der guten Ärztin wegen Malaria behandelt worden war.« Fleming schüttelte den Kopf. »Wenn ich mir vorstelle, was er erleiden musste …« Seine Stimme versiegte, und er massierte sich mit einer Hand das Gesicht. Seine Augen glänzten feucht. »Lilly hat großes Glück gehabt, noch rechtzeitig von Ihnen gefunden zu werden. Lange hätte sie nicht mehr durchgehalten.«

»Wir glauben, dass die älteren Skelette in der Höhle Kriegsopfer waren«, sagte Remi. »Unsere Rechercheurin fand heraus, dass Dr. Vanyas Großvater den Japanern bei medizinischen Experimenten mit Inselbewohnern behilflich war.« Sie berichtete dem Polizeichef von Selmas Suchergebnissen.

»Es wird immer schlimmer, nicht wahr?«, sagte Fleming und starrte auf den Höhleneingang.

»Wissen Sie, ob der Großvater noch lebt?«, fragte Sam.

»Ich glaube nicht – er müsste ja steinalt sein –, aber ich werde es überprüfen. Ich erinnere mich, dass sie mal erwähnt hat, sämtliche ihrer Angehörigen seien verstorben.«

»Wir vermuten, dass der Großvater seiner Enkelin irgendwann sein ehemaliges Arbeitsrevier gezeigt hat, wahrscheinlich, um damit anzugeben. Es wäre die wahrscheinlichste Erklärung dafür, wie sie auf die Höhle stoßen konnte, die sie dann für ihre Experimente benutzt hat.«

»Es ist schon seltsam«, sagte Fleming. »Ich bin hier aufgewachsen und habe viele Geschichten von Monstern in den Höhlen gehört. Ich hätte niemals angenommen, dass diese Monster tagtäglich unerkannt unter uns gelebt haben.« Er hielt inne und dachte nach. »Wir werden Hilfe aus Australien erhalten. Sie schicken uns ein Team, um das Massengrab zu untersuchen und mehr über die Skelette zu erfahren. Aber es dürfte ein langwieriger Prozess werden, Kriegsgefangenen oder Inselbewohnern, die während des Krieges den Tod fanden, die richtigen Gebeine zuzuordnen.«

Sie gingen weiter zur nächsten Felsenkammer, wo die medizinischen Experimente durchgeführt worden waren, und blieben am Eingang stehen. Am Fuß des Berghangs brummte ein Dieselgenerator, der den Strom für die Scheinwerfer lieferte, die in den Höhlen aufgestellt worden waren. Sam sah, wie Remi fröstelte, als sie sich der Einlassöffnung näherten, und ergriff ihre Hand.

»Brauchen Sie noch mehr für Ihre Berichte?«, wollte Sam von Fleming wissen. Sie hatten am Tag zuvor schon ihre Aussagen gemacht und hinsichtlich der getöteten Rebellen glaubhaft auf Notwehr plädieren können.

»Nein. Niemand hat irgendwelche Zweifel, was hier wirklich geschehen ist. Ich wollte nur, während wir uns hier umschauen, aus Ihrem Mund hören, wie alles abgelaufen ist.«

»Ich bleibe lieber draußen, wenn es Ihnen nichts ausmacht«, sagte Lazlo und hantierte mit seinem Mobiltelefon herum, während er einen Blick in die Höhle warf.

»Kein Problem«, sagte Fleming. »Wie ist es mit Ihnen?«, wandte er sich an Leonid.

Der Russe zuckte die Achseln. »Mir macht es nichts aus.«

Im Lichtschein der Arbeitslampen erschienen die Höhlen kleiner. Die Leichen der Gefangenenwächter waren weggeschafft und durch Kreideumrisszeichnungen und Absperrbänder ersetzt worden. Die Gruppe ging langsam durch diesen Bereich, registrierte die Anzahl von Betten und das Alter der technischen Geräte, ehe sie die Höhle betraten, in der sie nur einen Tag zuvor eingesperrt gewesen waren. Die rostfarbenen Flecken auf einer der Wände waren ein sichtbarer Beweis für Sams Kopfwunde.

Als sie eine Stunde später die Alptraumszenerie verließen, ging Lazlo hektisch vor der Höhle auf und ab, sein Gesicht mehr vor Erregung als von der Sonne gerötet. Die Fargos erkannten, dass er es kaum erwarten konnte, dass sie sich von der Polizei trennten, damit er sie unter vier Augen sprechen konnte. Daher verabschiedeten sie sich von Fleming, ehe sie Lazlo zur Holzabfuhrstraße folgten.

»Ich bin ein Narr. Ein blinder Narr sogar«, platzte er heraus, als sie sich ihren Weg durch das Dschungeldickicht suchten.

»Wovon redest du?«

»Es geht um das Tagebuch. Irgendetwas hat mich ständig beschäftigt, und ich konnte nicht erklären, was genau es war. Aber jetzt weiß ich es.«

Remi sah ihn fragend an. »Und?«

»Die Übersetzung der chiffrierten Botschaft. Ich habe eins der Worte falsch gedeutet. Wie sich jetzt herausstellt, ist es ein wichtiges Wort gewesen.«

»Falsch gedeutet?«, fragte Sam und zog die Augenbrauen hoch.

»Ja. Falsch übersetzt, aber… egal. Es ist der Schlüssel zur Lösung des Rätsels.«

»Heraus damit, Lazlo«, sagte Remi.

»Es war nicht ›nach‹. ›Nach dem Wasserfall‹, wenn ihr euch noch erinnern könnt.«

»Ja, Lazlo. Sehr schön«, sagte Sam ungeduldig. »Was war das Wort?«

Lazlo wurde langsamer und blieb fast stehen. »Eigentlich war es ein Fehler, der einem leicht unterlaufen konnte. Ich war zu schnell. War mir zu sicher.«

»Spuck's endlich aus, Lazlo«, drängte Sam.

»›Hinter.‹«

»›Hinter?‹«, wiederholte Remi verwirrt.

»Hinter dem Wasserfall«, sagte Lazlo ernst. »*Hinter* dem Wasserfall, nicht nach dem Wasserfall.«

52

Sydney, Australien

Jeffrey Grimes lehnte sich in seinem Chefsessel zurück, einen gelangweilten Ausdruck im Gesicht, während seine Untergebenen ihre Berichte abgaben, die auf eine zunehmend schlechtere Finanzlage aufmerksam machten. Die Stimmung im Konferenzsaal war von Panik bestimmt, während die leitenden Manager ein finanzielles Imperium beschrieben, das allmählich aus der Spur geriet.

»Bei sinkenden Rohstoffpreisen und Tankern, die siebenundzwanzig Prozent ihrer Betriebszeit ungenutzt auf Reede liegen, verlieren wir im wahrsten Sinne des Wortes Geld, und zwar sowohl mit unserer Frachtabteilung als auch mit dem Warenterminhandel«, führte ein ernst dreinblickender Mann in den Vierzigern aus. Er stand neben einem Overhead-Projektor, auf dessen Bildschirm eine weitgehend rote Bilanzkurve die besorgten Blicke der Anwesenden auf sich lenkte. »Das Goldgeschäft war ein einziges Desaster, und angesichts weiterer neun Millionen fiktiven Werts zusätzlicher Optionsverträge, die in diesem Monat fällig werden, müssen wir mit einem Nettoverlust von mindestens achtundzwanzig Millionen rechnen.«

Diese Aussage weckte Grimes' Aufmerksamkeit. »Wir sollten schnellstens aus diesen Verträgen aussteigen. Der Trend ist uns zurzeit nicht wohlgesinnt. Irgendjemand schaufelt jeden Tag große Mengen Gold auf den Markt, wenn der Handel am schwächsten ist, und drückt die Preise. Es muss irgendeine Zentralbank sein, wahrscheinlich die Amerikaner, die versuchen, den Dollar aufzuwerten. Man braucht sich nur die Menge anzusehen – es gibt nicht viele Big Players, die jeden Tag fünfundzwanzig Tonnen Goldbarren verkaufen können, und ich habe keine Lust zu warten, bis sie ihre Nummer abgezogen haben – es könnte unser Ruin sein.«

»Dahinter könnten auch die Chinesen stecken«, sagte der Vizepräsident der Terminwarenhandelsfirma. »Die über Hongkong laufenden Handelsaktivitäten haben erheblich zugenommen. Möglich, dass sie Optionsverträge verkaufen, um den Wert für ihre Goldbarrenkäufe in die Höhe zu treiben. Niemand möchte zu viel bezahlen, und sie sitzen auf Währungsvorräten im Wert von einer Milliarde Dollar, die sie unbedingt loswerden wollen. Daher kaufen sie Goldbarren, zahlen den Verlust für die Verträge mit Dollars, die sie sowieso nicht haben wollen, und werten ihre Goldreserven auf, um am Ende den Verlust gering zu halten, wenn nicht sogar mit plus/minus null abzuschließen.«

Grimes wischte diese mögliche Erklärung mit einer Handbewegung beiseite. »Das ist irrelevant. Wir sind die Ameise, und sie sind der Elefant. Das Geschäft ist dumm gelaufen. Zeit, unsere Verluste abzubuchen und weiterzumachen.« Er warf einen Blick auf die Bilanz. »Was die Frachtschifffahrt betrifft, müssen wir vorübergehend unsere Preise senken, um die Nachfrage anzukurbeln.«

»Aber das können wir nicht tun. Wir würden mit jeder Schiffsladung Geld verlieren.«

»Ich verliere in diesem Quartal lieber zehn Millionen mit ausgelasteten Schiffen als zwanzig mit Schiffen, die gar nicht benutzt werden.«

Die Diskussion dauerte an, aber Grimes hörte nur noch mit halbem Ohr zu. Während der vergangenen achtundvierzig Stunden hatte er die Ereignisse auf den Salomon-Inseln verfolgt, und soweit er es beurteilen konnte, musste dort irgendetwas gründlich schiefgelaufen sein. Der vorausgesagte allgemeine Aufstand der Bürger und der daraus resultierende Regierungswechsel waren im Sand verlaufen, und es gab beunruhigende Regionalmeldungen, dass die Regierung die Unruhen als direkte Folge eines Komplotts zur Ausweitung eines Verstaatlichungsprogramms betrachtete, was sich genauso anhörte wie der Plan seines geheimnisvollen Partners, der vor seinen Augen zunichtegemacht wurde.

Die möglichen Folgen für sein Privatvermögen wären schrecklich. Dies war eine Gelegenheit, den gesamten Gewinn allein einzustreichen, und wenn sie sich zerschlug, hätte er am Ende gar nichts. Oder zumindest nach seinen Maßstäben nichts. Vielleicht zehn Millionen auf Offshore-Konten, drei Millionen in Gold in seinem überdimensionierten Fußbodensafe und ein paar hunderttausend hier und da. Aber seine Yacht war eine Belastung, kein Vermögenswert, genauso wie sein Zuhause, das in zweifacher Höhe mit Hypotheken belastet war, und seine Ferienhäuser, die als Sicherheit für Überbrückungskredite dienten, die er während der vergangenen Wochen hatte aufnehmen müssen. Wie bei den meisten Privatunternehmern steckte der größte Teil seines Privatvermögens in Firmenaktien, und an dem Tag, an dem er seinen ersten Anteil verkaufte, wäre der zweite Anteil nur noch die Hälfte wert – nachdem er sich bei Abgabe der obligatorischen Informationen über weitere Unternehmen und Beteiligungen dezimiert hätte.

Die Situation auf den Salomon-Inseln war ein einziges Desaster. Und die Entwicklung war nicht mehr aufzuhalten. Etwas war offensichtlich vollkommen aus dem Ruder gelaufen, und er war vollständig bloßgestellt, sein Privatvermögen in Gefahr.

»Gentlemen, wir müssen Käufer für die Schifffahrtsgesellschaft finden«, sagte Grimes. »Ich möchte uns so schnell wie möglich von dieser Bürde befreien. Sie verhieß ein gutes Geschäft, als der Ölpreis hoch war, aber angesichts der jüngsten Schwankungen ist sie totes Kapital, und wir müssen ...«

Er wurde unterbrochen, als drei ernst dreinblickende Männer in konservativen Anzügen die Tür des Konferenzraums aufstießen.

Grimes' Herzfrequenz beschleunigte sich schlagartig, als der Mann an der Spitze sich im Raum umsah und schließlich ihn ins Visier nahm.

Das ist doch nicht möglich.

»Jeffrey Grimes?«

»Wer will das wissen? Und wie können Sie es wagen, ein geschäftliches Meeting zu stören?«, fragte Grimes.

»Chief Inspector Collins von der ACC – Australian Crime Commission. Sie sind verhaftet.«

»Verhaftet?«, wollte Grimes wissen. »Was wird mir vorgeworfen?«

»Nun, dazu kommen wir in Kürze, aber wir fangen erst einmal mit Geldwäsche an, mit Verschwörung zu Mord, Mord, Kidnapping und zahlreichen Verstößen gegen internationales Recht.«

»Das ist absurd.«

Collins blickte sich im Raum um. »Das Meeting ist beendet, Leute. Ihr Boss wird Sie für sehr lange Zeit verlassen. Sagen Sie Good-bye, denn Sie werden ihn nicht wiedersehen.«

»Ich will meinen Anwalt«, sagte Grimes.

»Natürlich. Und jetzt stehen Sie bitte auf, damit ich Ihnen die Handschellen anlegen kann.«

»Das wird doch wohl nicht nötig sein«, widersprach Grimes.

»Mr. Grimes, stehen Sie auf, sonst schleife ich Sie an den Haaren hinaus. Betrachten Sie dies als letzte Warnung.« Der Ausdruck in Collins' Gesicht war unmissverständlich und bot keinerlei Anlass, an der Entschlossenheit des Polizeibeamten zu zweifeln.

Grimes gehorchte und wurde wenige Minuten später von seinen humorlosen Häschern zu einem Polizeitransporter geleitet. Sein Geist arbeitete auf Hochtouren, um die Schadenkontrolle zu planen. Sie konnten nichts gegen ihn in der Hand haben. Seine Beteiligung war nirgendwo dokumentiert. Er hatte immer nur mündliche Absprachen getroffen, und seine Mantelgesellschaften waren in einem Sammelsurium von Rechtssystemen gegründet worden, das zu entwirren jede Strafverfolgungsbehörde Jahre brauchen würde. Das Ganze war vermutlich meistenteils ein Bluff der ACC – dem annähernd identischen Äquivalent der amerikanischen Homeland Security –, aber er durfte sie nicht unterschätzen.

Im Polizeipräsidium wurden seine Personalien aufgenommen, er musste seine Fingerabdrücke abgeben und wurde anschließend in eine Arrestzelle gesperrt. Niemand redete mit ihm, außer dass ihm mitgeteilt wurde, sein Anwalt sei informiert worden. Vier Stunden später wurde die Zellentür geöffnet, und ein gehetzter Simon Whistock, Esquire, kam mit einem Aktenkoffer in der Hand herein. Grimes machte Anstalten, sich von dem stählernen Stuhl zu erheben, auf dem er seit einigen Stunden saß, aber sein Anwalt schüttelte den Kopf, ließ sich auf den einzigen anderen Stuhl sinken und stellte den Aktenkoffer neben dem Stuhl auf den Fußboden.

»Simon, was zur Hölle ist hier los?«, fragte Grimes.

Simon rückte seine runde, stahlgeränderte Brille zurecht und beugte sich vor. »Ich habe zwei Stunden mit dem Team verbracht, das Ihnen den Prozess machen wird. Zwei von ihnen sind ziemlich gute Freunde von mir, daher hatte ich Gelegenheit, einen Blick auf das zu werfen, was sie zusammengetragen haben.« Simon zögerte. »Jeffrey? Es ist schlimmer als alles, was ich je zu sehen bekommen habe.«

Grimes schluckte. »Das ist unmöglich.«

»Wir übergehen meine Anweisung, dass Sie nichts ableugnen sollten, und wenden uns direkt den Indizien zu. Sie sind im Besitz sämtlicher Finanzunterlagen von etwa sechs auf den Salomon-Inseln ansässigen Firmen, darunter auch Überweisungskopien von Firmen, die von Ihnen kontrolliert werden.«

Grimes setzte zu einem lautstarken Protest an, aber Simon hob eine Hand, um ihn zum Schweigen zu bringen. »Zu beweisen, dass sie von Ihnen kontrolliert wurden, wird schwierig, aber nicht unmöglich sein, wenn man die Aussage ihrer Partnerin auf den Salomon-Inseln zugrunde legt. Ich rede von Dr. Vanya. Klingelt es bei dem Namen?«

Grimes schüttelte den Kopf. »Ich habe nie von ihm gehört.«

»Von *ihr*«, korrigierte Simon. »Ist auch egal. Sie haben Telefonaufzeichnungen eines Wegwerfmobiltelefons von ihr, mit dem mehrmals ein Mobiltelefon angerufen wurde, das sie in Ihrem Büro konfisziert haben.«

»Was? Sie müssen die Verwendung dieser privaten Aufzeichnungen verhindern. Dazu muss es eine Möglichkeit geben. Legen Sie Einspruch ein.«

»Ich tue mein Bestes, aber das Ganze sieht auf den ersten Blick in jeder Hinsicht zutreffend und überzeugend aus. Jeffrey, diese Frau hat Dutzende Kinder ermordet. Sie organisierte eine Rebellengruppe, die australische Bürger tötete. Sie hat versucht, die Regierung zu stürzen, damit Ihre Firmen Profite erwirtschaften konnten.« Simon atmete aus. »Wie um alles in der Welt konnten Sie in so etwas verwickelt werden?«

»Simon, ich hatte keine Ahnung …«

Simon nahm die Brille ab und fuhr sich mit der Hand über die Haare. »Sie reden von Auslieferung.«

»Das müssen Sie verhindern, Simon. Was immer es kosten mag.«

Simon nickte und seufzte. »Was mich zu dem nächsten Punkt der Hausordnung bringt. Diese Sache zu verteidigen, wird enorm teuer sein. Wir reden von Millionen. Ich brauche eine nennenswerte Vorauszahlung, um überhaupt weiterarbeiten zu können. Sagen wir … zwei Millionen australische Dollar innerhalb von vierundzwanzig Stunden?«

Grimes schnaubte. »Das ist der reinste Straßenraub.«

»Wie viel ist Ihr Leben wert, Jeffrey? Sie sitzen Ihnen im Nacken und wollen Sie um jeden Preis überführen. Und wenn Sie ausgeliefert werden …« Er brauchte den Satz nicht zu beenden. »Ich werde jahrelang kämpfen müssen.«

»Okay.« Jeffrey nannte ihm die Kombination seines Safes. »In diesem Safe finden Sie knapp über drei Millionen in Maple-Leaf-Münzen und Goldbarren. Ich denke, das sollte ausreichen. Wie schnell können Sie mich auf Kaution herausholen?«

Simon starrte Grimes an, als hätte er den Verstand verloren. »Sie verstehen immer noch nicht, oder? Es gibt keine Freilassung auf Kaution. Sie werden in Einzelhaft überführt und ständig überwacht, weil man Sie als selbstmordgefährdet einstuft. Man geht in Ihrem Fall nicht nur von einem akuten Selbstmordrisiko aus, sondern verdächtigt Sie auch, neben den anderen Vergehen auch Verbrechen gegen die Menschlichkeit begangen zu haben.«

Die Luft kam ihm plötzlich überhitzt und tonnenschwer vor. Grimes kämpfte um jeden Atemzug, während auf seiner Stirn der Schweiß perlte. Simon schien es nicht zu bemerken, während er einige unmittelbar zu erfüllende Forderungen an Grimes' Firmendirektorium herunterrasselte. Als Simon geendet hatte und aufstand, schien er es eilig zu haben, seinen Mandanten sich selbst zu überlassen.

Grimes erhob sich ebenfalls, um seinem Anwalt zum Abschied die Hand zu schütteln. Seine eigene Handfläche war klebrig von Schweiß. »Simon. Sie müssen mich hier rausholen. Ganz gleich, was es kostet. Ich … ich kann unmöglich den Rest meines Lebens im Gefängnis verbringen.«

Simon vermied es, ihm in die Augen zu sehen, und nickte. »Ich tue mein Bestes, aber diesmal ist es aus und vorbei, Jeffrey.«

Der Klang der Stahltür, die sich hinter dem Anwalt schloss, hallte wie eine Bombenexplosion, während Grimes die kahlen Wände seiner Zelle anstarrte. Die gesamte Episode hatte etwas Surreales. Ein pulsierender Schmerz in seinem Kinn strahlte in seinen linken Arm aus, während er immer heftiger schwitzte, und er wollte gerade um Hilfe rufen, als seine Brust zu explodieren schien und er von seinem Stuhl zu Boden rutschte. Er keuchte, als sein Herz versagte und ein Stück Kalk, so groß wie ein Radiergummi, eine seiner Arterien verstopfte.

Als die Sanitäter eintrafen, kühlte Grimes' sterbliche Hülle bereits ab, seine blicklosen Augen starrten die Zellendecke mit einem Ausdruck verwirrten Erstaunens an, und sein attraktives Gesicht zeigte einen Ausdruck, der sich nur als nackte Angst beschreiben ließ.

53

Guadalcanal, Salomon-Inseln

Remi betrachtete die undurchdringlich erscheinende schäumende Wand des Wasserfalls und wandte sich zu Lazlo um, der einige Schritte entfernt zwischen Sam und Leonid stand.

»Bist du dir dessen ganz sicher?«, fragte sie.

»Ich war mir niemals sicherer.«

»Aber Nauru hat niemals davon gesprochen, durch einen Wasserfall zu gehen«, wandte Sam ein.

»Sei es, wie es sei. Ich wette jede Summe, dass sich hinter dem Wasser eine Höhle befindet.«

Sam blickte zu den Wolken hinauf, die wie Wattebäusche durch den Himmel trieben und im Licht der Nachmittagssonne schneeweiß leuchteten. »Die Japaner könnten die Kisten umgelagert haben, sobald sie eine nahe gelegene Höhle besetzt hatten. Oder der alte Mann war einfach nur vergesslich. Wir neigen dazu, uns an die dramatischen Momente zu erinnern und den Rest zu vergessen – und miterleben zu müssen, wie das gesamte Dorf vor den eigenen Augen niedergemetzelt wird, ist ganz sicher dramatisch genug.«

»Wie sollen wir denn hinter den Wasservorhang kommen?«, fragte Remi.

Leonid deutete auf den Rand des Wasserfalls. »Es sieht doch so aus, als lägen dort auf der rechten Seite einige Meter Fels frei, die wir als Überbrückung nutzen können.«

»Worauf warten wir noch? Nichts wie los«, sagte Sam und führte sie zum Rand des kleinen Teichs, der vom Wasserfall gespeist wurde.

»Könnte das nicht ein Ort sein, an dem man erwarten würde, Krokodile zu finden?«, fragte Lazlo, während sie sich über den nassen, weichen Untergrund tasteten.

»Oh, ich würde eher meinen, dass sie es sind, die einen finden«, sagte Remi.

»Sie leben im Salzwasser, nicht wahr?«, fragte Leonid.

»Grundsätzlich ja, aber sie fühlen sich auch in küstennahen Flüssen und Seen wohl.«

»Beruhigend zu wissen«, murmelte Lazlo.

Sam grinste. »Entspann dich, Lazlo. Man lebt nur einmal.«

»Das Problem ist eher, dass man nur einmal stirbt, es sei denn, man ist eine Katze. Oder ein Fargo.«

Sie gingen am Wasser entlang und näherten sich dem Wasserfall, dessen Getöse zunahm, bis jedes andere Geräusch davon verschluckt wurde. Sam schaute am Seitenrand des soliden weißen Wasserstroms hinauf und nickte. »Dahinter könnte sich tatsächlich irgendetwas verbergen. Lazlo, möchtest du vorausgehen?«

»Ich hatte gehofft, dass du als erfahrener Abenteurer dazu bereit sein würdest.«

»Auf diese Weise macht man seine wertvollsten Erfahrungen, mein Freund.«

»Wie Pneumonie. Oder Hypothermie«, fügte Remi hilfsbereit hinzu.

»Komm schon, Lazlo. Ruhm und Reichtum erwarten dich«, lockte Sam.

»Die von den Einheimischen manchmal auch Krokodile und Schlangen genannt werden«, witzelte Leonid.

Lazlo bedachte ihn mit einem düsteren Blick und nickte. »Na schön. Wird schon schiefgehen.«

Er schlängelte sich auf der schmalen Felsleiste, die den Wasserfall umrahmte, an Sam vorbei und näherte sich dem weißen Schaumvorhang, wobei er schon bald von der Gischt vollkommen durchnässt war, während er sich gegen die Felswand presste und sich seitwärtstastete, bis er nicht mehr zu sehen war.

Remi sah auf die Uhr. »Wenn er nicht in spätestens zwei Tagen zurück ist, folgen wir ihm.«

»Es sei denn, etwas anderes bietet sich an«, stimmte Sam seiner Frau zu.

So lange brauchten sie gar nicht zu warten. Lazlo tauchte am Rand des Wasserfalls wieder auf, triefnass, aber freudig erregt.

»Dort ist tatsächlich eine Höhle. Kommt mit«, sagte er.

»Waren Kisten zu sehen?«, fragte Remi.

»Ich habe nichts anderes getan, als mich zu vergewissern, dass dort die Höhle ist.«

Lazlo verschwand hinter dem Wasserfall, und Remi folgte ihm und stellte zu ihrer Zufriedenheit gleichzeitig fest, dass ihr Rucksack wasserdicht war. Sam kam als Nächster, und Leonid bildete den Schluss, allerdings mit missmutig heruntergezogenen Mundwinkeln, als er in die Gischtwolke eintauchte und bis auf die Haut durchnässt wurde.

Als sie sich hinter dem Wasservorhang befanden, hatten sie einen schmalen, etwa einen Meter fünfzig breiten Spalt vor sich. Das Getöse des Wasserfalls wurde durch die Akustik im Höhleneingang auf eine nahezu unerträgliche Lautstärke gesteigert. Remi öffnete ihren Rucksack und holte zwei Stablampen hervor, und Sam folgte ihrem Beispiel und reichte seine Lampen an Lazlo und Leonid weiter, ehe er eine von Remis Lampen ergriff. »Geh voraus, Britannia, weise uns den Weg!«, rief er.

Lazlo drehte sich zu der dunklen Öffnung um, knipste seine Lampe an und machte die ersten Schritte.

Die schmale Öffnung verbreiterte sich schnell, und der Boden stieg an. Die Lichtstrahlen ihrer Lampen glitten über die Felswände, und Lazlo steuerte auf eine weitere Spalte am anderen Ende des Durchgangs zu, als Sam nach seinem Arm fasste.

»Stopp!«

Lazlo gehorchte, und Sam drängte sich an ihm vorbei, ging auf die Knie hinunter und inspizierte den Boden. Er richtete seine Lampe auf die Wand, in der eine kleine Vertiefung zu erkennen war. Er kroch auf allen vieren darauf zu, während er gleichzeitig ein Schweizer Armeemesser aus der Gesäßtasche seiner Trekkinghose zog.

»Was ist da?«, fragte Lazlo.

»Eine Falle. Wahrscheinlich funktioniert sie nicht mehr, aber es hat kaum einen Sinn, ein unnötiges Risiko einzugehen, oder?«

»Kannst du sie lahmlegen?«, fragte Remi.

»Sieht so aus, als wäre es nur ein simpler Stolperdraht – so, ja. Ich will mich nur vergewissern, dass es keine Feder gibt, die eine Detonation auslöst, wenn ich den Draht durchtrenne.« Er verstummte, richtete die Lampe auf die kleine Vertiefung und kappte dann den Draht.

»Es scheint, als wären wir auf dem richtigen Weg«, meinte Leonid.

Lazlos rechtes Auge zuckte, und er wischte sich mit dem Handrücken Schweißtropfen von der Stirn. »Gut gemacht, alter Freund. Ich hab's nicht gesehen.«

»Vielleicht sollte ich von hier an die Führung übernehmen, nur für alle Fälle«, schlug Sam vor. Niemand widersprach, daher ging er weiter zu der Öffnung, die sich unmittelbar vor ihnen befand. An der Schwelle blieb er stehen, suchte im Schein seiner Lampe den Rand der Öffnung nach verräterischen Zeichen für weitere Fallen ab und wandte sich dann zu seinen Gefährten um. »In der Höhle stehen einige Kisten, die mit Staub und Moder bedeckt sind. Wir müssen aber vorsichtig sein, denn jede dieser Kisten könnte mit einer Sprengladung präpariert sein. Berührt bloß nichts«, warnte er. »Und achtet auf den Boden. Möglich, dass hier noch weitere Stolperdrähte gespannt wurden.«

»Brillant«, murmelte Lazlo.

»Wartet einen Moment. Ich möchte mich nur kurz umsehen«, sagte Sam und ging, ohne eine Reaktion seiner Gefährten abzuwarten, ein paar Schritte in die Höhle hinein, während seine Stablampe jeden Quadratzentimeter Boden abtastete.

Als er überzeugt war, keine mögliche Gefahr übersehen zu haben, kehrte er zum Eingang zurück und gab Remi mit dem Daumen das Okay-Zeichen. »Sieht sauber aus. Dann lass uns mal erkunden, weshalb dieser Aufwand getrieben wurde.«

Remi nickte und kam ihm entgegen, gefolgt von Lazlo und Leonid.

Ein Stapel von mindestens fünfzig Kisten, jede einen Meter breit, siebzig Zentimeter tief und siebzig Zentimeter breit, war in der Mitte der kleinen Grotte errichtet worden. Lazlo ging vor der ersten Kiste auf die Knie hinunter und wischte eine Schicht Moder weg, dann wandte er sich an Sam und Remi. »Die Sprache ist Kanji. Dort steht, dass die Kiste Eigentum des Kaisers ist. Ziemlich unverschämt, finde ich …«

»Wie können wir ein paar dieser Kisten ungefährdet öffnen?«, wollte Leonid wissen.

»Gute Frage«, sagte Sam. »Wenn wir vorsichtig sind und auf Druckplatten, Sprungfedern und Ähnliches achten, dürfte uns nichts passieren. Wir können uns mehrere Kisten vornehmen, aber ich würde lieber ein paar Scheinwerfer aufstellen und auch einige Spezialisten herbestellen, bevor wir versuchen, den Kisten systematisch zu Leibe zu rücken. Die gute Nachricht ist, dass ich nicht allzu viele Fallen kenne, die nach Jahren noch zuverlässig funktionsfähig sind. Aber dennoch, fasst lieber nichts an, nur für den Fall, dass sie die Kisten oder ihren Inhalt mit irgendeinem Kontaktgift präpariert haben. Alles ist möglich – es ist nur so, dass ich nicht weiß, was seinerzeit während des Krieges in Gebrauch war, um mir ganz sicher zu sein.«

Remi deutete auf eine Kiste am Rand des Stapels. »Versuchen wir unser Glück mit dieser.«

Sam kam zu ihr und nahm den Rucksack ab. Nachdem er die Kiste sorgfältig in Augenschein genommen hatte, reichte er Remi seine Lampe, holte ein Brecheisen aus dem Rucksack und legte es neben seine Machete auf den Höhlenboden.

»Wie willst du vorgehen?«, fragte Remi.

»Ich denke, ich bohre lieber im oberen Bereich ein Loch hinein, anstatt zu versuchen, den Deckel aufzuhebeln. Letzteres wäre die nächstliegende Methode, die Kiste zu öffnen, sodass dort am ehesten mit einer Falle gerechnet werden muss, daher vermeide ich sie lieber.«

Er machte sich mit der Machete an die Arbeit, schabte die äußere weiche Holzschicht ab und grub sich dann weiter durch die härtere Schicht, bis im Deckel der Kiste ein faustgroßes Loch klaffte. Er richtete sich auf, legte die Machete beiseite und ließ sich von Remi wieder seine Lampe geben. Während sie sich neben ihm auf die Knie sinken ließ, sahen sie einander lange an, und dann beugte er sich über das Loch und entfernte den Holzstaub und einige Splitter, indem er kräftig pustete. Remi richtete den Lichtstrahl der Lampe auf den Innenraum der Kiste, und nun spähten sie beide durch die Öffnung.

»Na, was seht ihr?«, fragte Leonid ungeduldig.

»Ja, los, redet«, drängte Lazlo.

»Stoff, irgendein Gewebe«, sagte Sam und klappte sein Schweizer Messer auf. »Sieht aus wie ein Sack.« Er griff in das Loch und zog den Arm ruckartig mit einem Ausdruck des Ekels im Gesicht zurück. Eine dicke schwarze Spinne krabbelte auf seinem Unterarm ans Licht und richtete sich drohend auf, als sie sich in Höhe des Ellbogens befand. Remi wischte sie mit einer schnellen Handbewegung beiseite, und sie suchte hastig Schutz in der Dunkelheit, während Lazlo erschreckt zurückwich. Sam fing Remis Blick auf. »Danke.«

»Gern geschehen.«

Sam holte tief Luft, und sie beugten sich beide ein weiteres Mal über die Öffnung. Ihre Lampen erhellten das Innere der Kiste. Lange verharrten sie in dieser Haltung und lehnten sich dann zurück. Leonid kam näher. »Und?«

Remi schüttelte den Kopf, und Sam zuckte die Achseln. »Manchmal gewinnt man, manchmal verliert man. Wie das Leben so spielt.«

»Was ist in der Kiste?«, wollte Lazlo wissen und ging in die Hocke.

Sams ernste Miene verzog sich und zeigte plötzlich ein breites Grinsen. »Es ist Gold, mein Freund. Die Kiste ist mit Gold gefüllt.«

54

Drei Tage später sperrten Fleming und ein Polizeikader den Bereich vor dem Wasserfall halbkreisförmig ab. Greg und Rob, die in ihrer Dienstzeit als Navy SEALS umfangreiche Erfahrungen als Sprengstoffexperten hatten sammeln können, wurden hinzugezogen, um sicherzustellen, dass die Kisten nicht mit Sprengfallen versehen waren. Lazlo war dabei behilflich, den Inhalt einer jeden Kiste unter dem wachsamen Blick von Chief Fleming und eines aus Australien eingeflogenen Edelsteinexperten zu dokumentieren. Neben dem Gold, das von den Tempelwänden abgekratzt wurde, bestand der Schatz aus groben, ungleichmäßig geformten Goldmünzen und einigen hundert Pfund Edel- und Halbedelsteinen.

Straßenbaugerät war herangeschafft und eine Zufahrt zum Wasserfall angelegt worden. Schon bald war die Lichtung mit Polizeitransportern, zwei SUVs der Regierung und einer Flotte von Medienfahrzeugen zugeparkt.

Sam und Remi standen unter einem eilig aufgespannten Zeltdach, das sie vor der Gischt und dem Sprühwasser des Wasserfalls schützte. Lazlos Kopf tauchte aus dem Gebüsch am Rand des Wasserfalls auf. Er winkte und kam zum Zelt. Dabei grinste er breit und trocknete seine Stirn. Leonid, der dem Engländer fast wie ein Schatten folgte, erschien nur wenige Sekunden später.

»Entschuldige die Störung, aber ich wollte dir nur Bescheid sagen, dass wir drei weitere Kisten geöffnet haben, die, wie wir feststellen konnten, mit Rohdiamanten und Rubinen gefüllt sind«, murmelte er Sam ins Ohr, als wolle er nicht, dass Fleming es mitbekam.

»Schön zu wissen, dass der Schatz immer noch größer wird«, sagte der Polizeichef mit einem breiten Grinsen. Er stand hinter Leonid und hatte jedes Wort mitgehört.

»Und wie weit sind Sie mit Ihren Ermittlungen gegen Sie wissen schon wen?«, fragte Remi.

Fleming blickte sich misstrauisch um und beugte sich zu ihnen vor. »Zurzeit ist die Rede von einem Sondertribunal. Ihre Verbrechen sind in Zahl und Umfang derart enorm, dass niemand genau weiß, wie verfahren werden soll. Die Australier haben bereits einen offiziellen Auslieferungsantrag gestellt, um sie wegen der Beteiligung an der Ermordung der Entwicklungshelfer vor Gericht zu stellen. Und dann sind da noch die Familien, die auf eine augenblickliche Verurteilung und Bestrafung drängen. Wie Sie sehen, will sich jeder ein Stück sichern.«

»Besteht irgendeine Chance, dass sie wegen einer Formalie freikommt?«, fragte Sam.

»Nein, auf keinen Fall. Die einzige Frage ist, ob die Gesetze der Salomon-Inseln so weit geändert werden können, dass sie die Todesstrafe für Verbrechen gegen die Menschlichkeit zulassen. Offenbar ist bereits darüber diskutiert worden. Die öffentliche Meinung fordert ihren Kopf, also könnte es durchaus dazu kommen. Unser Volk ist geschockt und wütend.«

»Ich nehme es den Leuten nicht übel«, sagte Remi. »Gibt es irgendwas Neues über den bösen Großvater?«

Fleming nickte. »Er ist 1988 im Schlaf gestorben. Nach dem Krieg änderte er seinen Namen und lebte zurückgezogen auf einer Ranch im australischen Outback.«

Sam und Remi mussten das Gespräch unterbrechen, um weitere Fragen zu dem Schatz zu beantworten, die von einer Schar von Reportern gestellt wurden, während sie mit ihren Kameras ein Blitzlichtgewitter wie in einer Diskothek erzeugten.

Als die improvisierte Pressekonferenz beendet war, wandte Sam sich an Lazlo. »Du solltest lieber deine Rede vorbereiten.«

»Meine Rede? Was um alles in der Welt sollte ich denn sagen?«

»Dir wird schon etwas einfallen. Da bin ich mir ganz sicher.«

»Warum ich?«

»Weil du in Kürze ein Nationalheld sein wirst, sobald bekannt gemacht wird, dass der Schatz dafür verwendet wird, Schulen und ein neues Krankenhaus mit medizinischen Beratungsstellen überall auf der Insel zu bauen und ein weit verzweigtes Straßensystem anzulegen. Danach, also sobald wir die Prozente unter uns aufgeteilt haben, die die Insel uns zahlt, werden wir ...«

Lazlos Mund klappte auf. »Welche Prozente?«

Remi hob amüsiert eine Augenbraue. »Oh, haben wir das nicht erwähnt? Die Regierung spendiert uns zehn Prozent. Selbst nach einer vorsichtigen Schätzung dürfte dir das nach Abzug der Expeditionskosten einige Millionen einbringen.«

»Ich fass es nicht.«

Sam quittierte Lazlos Reaktion mit einem Grinsen. »Herzlichen Glückwunsch, Lazlo. Deine Tage als armer Schlucker haben damit ein Ende.«

»Weiß Leonid Bescheid?«

Sam schüttelte den Kopf. »Noch nicht. Ich war gerade im Begriff, es ihm zu erzählen.«

»Das muss ich sehen.«

Sie gingen zu Leonid hinüber, der eine Zeichnung auf einem glatten, ebenen Fels betrachtete. Sam und Lazlo beobachteten ihn aufmerksam, als Remi ihn mit der Neuigkeit überraschte. Das Gesicht des Russen zuckte noch nicht einmal.

Sam versetzte ihm einen Rippenstoß. »Nun komm schon. Sag mir, dass du dich nicht darüber freust.«

In Leonids Augen war keine Freude zu erkennen. »Nicht wenn ich an irgendwelchen läppischen Danksagungsfeiern teilnehmen muss. Oder wenn ich hier mindestens weitere fünf Jahre festgehalten werde.«

»Aber du wirst mehr Geld haben, als du für zukünftige Expeditionen ausgeben musst«, sagte Remi.

»Das glaube ich erst, wenn ich es sehe.«

»Die Sache ist schon unter Dach und Fach«, versicherte Sam.

»Wahrscheinlich werden Sie uns bei der Wertberechnung übers Ohr hauen.«

»Das bezweifle ich«, widersprach Sam.

»Du wirst es sehen.«

Lazlo fing Remis Blick auf und schüttelte den Kopf. Beide lachten schallend, während Sam nur missmutig den Kopf schüttelte.

Leonid schlug mit der Hand nach einem Moskito, sein Gesichtsausdruck war so ernst wie der eines Totengräbers. »Wahrscheinlich fange ich mir eine Malaria oder irgendein anderes schweres Dschungelfieber ein, bevor diese Geschichte abgeschlossen ist, und verbrauche am Ende das gesamte Geld für Lufttransporte und Krankenhausaufenthalte.«

»Oder du gehst mit deinem eigenen Forschungsschiff auf Schatzsuche«, meinte Sam.

»Wahrscheinlicher dürfte sein, dass ich von allen möglichen Vereinigungen und Verwandten verfolgt werde, die alle die Hand aufhalten. Von Cousins, von deren Existenz ich nichts wusste, oder von angeblich befreundeten Ladys, an die ich mich noch nicht mal erinnern kann.«

Sie alle verfolgten fasziniert, wie sich der Russe mit unbewegter Miene im Geist eine Zukunft ausmalte, in der unerhörter Reichtum eine unerträgliche Bürde darstellte. Dann veränderte sich sein Gesichtsausdruck, und er sah Remi an, wobei sich sein Mund zu einem seltenen Lächeln verzog. »Wären Sie so nett, Mrs. Fargo, mich zu begleiten, wenn ich die Suche in einem Tunnel fortsetze, den wir bisher noch nicht betreten haben?«

Remi suchte in Leonids Miene nach einem Anzeichen von Hinterhältigkeit. Als sie dort nichts dergleichen fand, lächelte sie. »Weshalb ich?«

»Ihr Mann und dieser Engländer sind viel zu sehr damit beschäftigt, sich feiern zu lassen, um sich die Hände schmutzig zu machen. Außerdem ziehe ich Ihre Gesellschaft vor.«

»Geht nur«, sagte Sam mit einem verhaltenen Kichern. »Schrei einfach, und Lazlo, Chief Fleming und ich kommen angerannt, um dich zu retten.«

Ohne einen weiteren Kommentar griff Leonid nach Remis Hand und geleitete sie galant hinter den Wasserfall und in die Höhle. Dort folgte sie ihm mit etwa zehn Schritten Abstand, bis er stehen blieb und seine Lampe auf einen massiven aufragenden Stein richtete, der in die Höhlenwand eingebettet war.

»Dort ist es«, verkündete er. »Ich habe auf dem Stein eine Inschrift gefunden, die auf einen anderen Felsentunnel hinweist.«

Remi schwenkte ihre Lampe hin und her. »Ich sehe nichts als einen großen Felsklotz.«

»Es ist mehr als ein Felsklotz – es ist eine Tür«, sagte Leonid. Er machte einen Schritt vorwärts, legte eine Schulter gegen die glatte Seitenfläche des Steins und stemmte sich dagegen.

Während Remi die Lampe auf Leonid gerichtet hielt, runzelte sie die Stirn. »Du vergeudest deine Zeit. Das Ding ist sechs Meter hoch und wiegt sicherlich einige Tonnen…« Sie verstummte, als der massive Stein einen knirschenden Laut von sich gab und sich langsam zu drehen begann, als wäre er wie die Drehtür eines Kaufhauses an einer vertikalen Stange befestigt.

Remi stemmte sich ebenfalls gegen den Stein und half Leonid, ihn so weit zu drehen, dass ein Spalt entstand, der einem menschlichen Körper genügend Platz bot, um hindurchzuschlüpfen. Nun leuchteten sie mit ihren Lampen in die Dunkelheit, und Remi flüsterte: »Es ist ein Tunnel.«

Leonid zwängte sich hindurch und streckte Remi eine Hand entgegen, um sie durch die schmale Öffnung zu leiten. »Für dich ist es einfacher«, sagte er. »Ich bin immerhin fünfzig Pfund schwerer.«

Remis Schultern berührten die Felswand und die Tür kaum, als sie sich durch den Spalt schlängelte. Sie sah ihn fragend an, während sie mit der Lampe den Tunnelboden beleuchtete. »Wie weit hast du den Tunnel erforscht?«

»Nicht mehr als dreißig Meter. Dann hat meine Lampe den Geist aufgegeben, und ich hatte keine Lust, mich durch die Dunkelheit zu tasten.«

Remi richtete den Lichtstrahl ihrer Lampe geradeaus. Zuerst sah sie nichts als einen leeren Schacht, der ins Dunkle führte. Dann bemerkte sie, dass die Tunnelwände hellgrau leuchteten, als wären sie mit Farbe bedeckt. Sie richtete den Lampenstrahl tiefer in den Tunnel und erwartete, dass er verschluckt wurde, aber stattdessen gewahrte sie einen Lichtreflex an seinem Ende. Es war nur ein kurzes Aufblitzen, das sofort wieder verschwand und von der Schwärze verschluckt wurde.

»Leonid!«, platzte sie heraus.

Der Russe hatte die Zeichnung einer Schlange auf der Tunnelwand untersucht und darum den Lichtblitz nicht bemerkt. »Ja, schöne Frau, haben Sie etwas Interessantes gefunden?«

Remi wartete mit einer Antwort. Ihr Blick fixierte noch immer die unergründliche Schwärze am fernen Ende des Tunnels. »Ich habe etwas gesehen … ein Schimmern.«

Leonids Tonfall veränderte sich nicht, denn er war noch immer in die Betrachtung der Steinzeichnung vertieft. »Vielleicht war es ein Reflex von deiner Lampe auf einem besonders glatten Felsabschnitt. Oder vielleicht hast du es dir auch nur eingebildet.«

Remi schüttelte den Kopf. »Ich bin sicher, dieses Blitzen tatsächlich wahrgenommen zu haben.«

Leonid löste den Blick von seinem Fund, schaute in den Tunnel und schaltete seine Lampe aus. »Okay, lösch deine Lampe ebenfalls, und dann wollen wir mal sehen, ob dieses geisterhafte Licht noch immer existiert.«

Sie knipste die Lampe aus. Und der Tunnel versank in vollständiger Schwärze. Eine Minute verstrich … nichts.

»Sag, was du willst, ich habe ein Leuchten am Ende des Tunnels gesehen«, meinte Remi trotzig. Ein Gefühl der Bedrohung breitete sich allmählich in ihr aus. Es war, als ob die Felswände näher rückten und sie erdrücken wollten.

Sie tastete nach dem Schalter ihrer Lampe, als tatsächlich in einiger Entfernung ein Licht aufflackerte.

»Da!«, rief sie. »Jetzt musst du es auch gesehen haben!«

Leonids Stimme klang, als ob er sich in Trance befände. »Ich hab's gesehen.«

»Das müssen wir untersuchen«, drängte Remi.

Leonid stand stocksteif da, seine Miene signalisierte eher Verwirrung als Furcht. Er knipste seine Lampe wieder an. »Warte hier. Ich suche Sam und komme mit mehr Licht und Unterstützung zurück.«

Remi widersprach nicht. Sie ließ sich auf dem Felsboden nieder, während Leonid eilig den Tunnel verließ und durch die Höhle zum Wasserfall rannte, angetrieben von neugieriger Erregung und unerklärlicher Angst.

Sam und Lazlo schafften es schließlich, sich von den Reportern loszureißen. Sämtliche wichtigen Pressedienste aus Australien, Europa, Asien und den Vereinigten Staaten waren vertreten – ebenso wie zahlreiche kleinere – und brachten die Gesamtzahl auf fast neunzig. Die Reporter verfolgten von ihren Plätzen hinter einer eilig errichteten Absperrung, wie Chief Flemings etwa vierzig Mann starke Polizeitruppe damit begann, den wertvollen Fund auf Lastwagen zu verladen, um alles in die Stahlkammer der Zentralbank zu verfrachten.

Als die Lastwagen nacheinander auf den felsigen Fahrweg abbogen, der zur Hauptstraße führte, traten Sam und sein englischer Freund zur Seite. Lauwarmer Regen prasselte auf sie herab, während das letzte Fahrzeug hinter einer Wegbiegung verschwand, und Sam sah Lazlo mit einem müden Lächeln an.

»Sieht ganz so aus, als wären Remi und ich hier fertig«,

sagte Sam leise. »Damit können wir wieder nach Hause zurückkehren.«

»Ich wünschte, ich könnte das Gleiche sagen, aber in den Höhlen wurden zu viele Inschriften gefunden, die übersetzt werden müssen. Ich glaube, ich werde hier noch jahrelang festhängen.«

Leonid stürzte hinter dem Wasserfall hervor, das Gesicht so weiß wie eine Wiese in einem tiefen Schneewinter. »Beeilt euch! Ihr müsst mitkommen!«, keuchte er außer Atem.

»Remi!«, rief Sam. »Ist Remi okay?«

Leonid nickte. »Ja, ja. Ihr fehlt nichts. Aber wir haben etwas gefunden. Wir brauchen Scheinwerfer und einen Generator – sie ist noch in der Höhle, wir dürfen also keine Zeit verlieren.« Der Russe wartete nicht auf Antwort, sondern machte kehrt und rannte zum Wasserfall zurück, zog den Kopf ein und verschwand hinter dem schäumenden Vorhang.

Sam und Lazlo wechselten einen verwirrten Blick, und dann schlug Sam die Richtung zum Materiallager ein, wo das technische Gerät zur Erforschung des Höhlensystems auf seinen Einsatz wartete. »Du hast doch den Mann gehört. Schnapp dir ein paar Lampen.«

»Welcher Teufel reitet diesen Russen denn auf einmal?«, fragte Lazlo ungehalten.

»Wir werden es gleich wissen«, sagte Sam. »Aber Remi ist noch dort drin, und Leonid benimmt sich, als sei das ein Notfall. Wir sollten lieber schnellstens nachsehen, weshalb er so aufgeregt ist.«

Sam und Lazlo beeilten sich, Leonid in der Höhle einzuholen, jeder mit zwei Cascadia-Hochleistungsflutlichtern beladen. Rob und Greg folgten ihnen mit einem tragbaren Generator durch den Wasserfall. Sobald sie in der Höhle waren, schoben sie mit aller Kraft die Felsentür einen halben Meter weiter auf, um die Geräte in den Tunnel mitzunehmen.

»Wo ist Remi?«, wollte Sam wissen.

Leonid runzelte verblüfft die Stirn. »Ich hatte sie gebeten, bis zu meiner Rückkehr hierzubleiben. Sie muss allein losgegangen sein, um das geheimnisvolle Licht zu untersuchen.«

Sam fixierte den Russen mit einem mörderischen Blick. »Geheimnisvolles Licht? Du hast nichts von einem Licht erwähnt.«

»Am Ende des Tunnels ist alle paar Minuten ein Lichtschimmer zu sehen. Ich dachte erst, es sei nichts …«

Sam wandte sich zu Rob und Greg um, die an der Felsentür standen. »Wir sehen nach, wie wir weiterkommen. Remi ist irgendwo da drin, und wir werden sie finden.«

Sam ging voraus. Die Lichtstrahlen der Handlampen tanzten durch die Dunkelheit, als sie die Scheinwerfer und den Generator tiefer ins Höhlensystem hineinschleppten.

Nach fünfzig Schritten blieb Sam stehen und rief Remis Namen. Seine Stimme wurde von den Felswänden als Echo zurückgeworfen. Als keine Antwort erfolgte, ging er fünfzig Schritte weiter und wiederholte seinen Ruf, abermals ohne Erfolg. Das Licht seiner Lampe wurde schwächer, aber er eilte weiter, ohne darauf zu warten, dass seine Gefährten zu ihm aufholten. Seine Angst, dass mit Remi etwas Schreckliches passiert sein könnte, nahm von Schritt zu Schritt zu. Nach dem sechsten Stopp spürte er, wie seine Stimme heiser wurde. Er räusperte sich und wollte noch einmal einen Ruf ausstoßen, als er Remis Stimme hörte. Schwach drang sie aus der Tiefe an seine Ohren.

»Sam? … Sam?«

»Remi!«, antwortete Sam, ließ jede Vorsicht fahren, während er durch die Dunkelheit stürmte, wobei das Licht seiner Lampe mittlerweile derart nachgelassen hatte, dass er kaum den Tunnelboden erkennen konnte.

»Sam!« Remis Stimme wurde mit jedem Schritt, den er in ihre Richtung machte, lauter, aber er konnte sie noch immer nicht sehen, auch wenn er sie, dem Klang ihrer Stimme nach zu urteilen, längst hätte erreicht haben müssen. Der leere Tunnel schien ihn geradezu höhnisch anzugähnen.

»Ich kann deine Lampe nicht sehen!«, rief er in hilfloser Verzweiflung.

»Die Batterien sind leer«, antwortete sie nicht allzu weit entfernt. »Richte den Strahl deiner Lampe auf dich selbst!«

Sam lenkte den trüben Lichtstrahl, den die Batterien noch hergaben, auf sein Gesicht, und ehe er sichs versah, hatte Remi schon die Arme um seinen Hals geschlungen.

»Es wurde auch Zeit, dass du endlich mal erscheinst«, murmelte sie nach einem langen Kuss.

»Warum hast du nicht am Eingang gewartet?«, wollte er wissen. »Wo Leonid dich zurückgelassen hat?«

»Ich wusste, dass du über kurz oder lang nachkommen würdest, darum habe ich mich schon einmal umgesehen.«

Sam unterdrückte ein belustigtes Grinsen, setzte eine ernste Miene auf und drückte Remi an sich. »Bitte, tu das nie wieder.«

Leonid näherte sich mit den anderen Männern und den Scheinwerfern. Er räusperte sich. »Ich bin froh, dich unversehrt wiederzusehen. Hast du irgendetwas Interessantes gefunden?«, fragte er.

Remi nickte. »Etwa dreißig Meter weiter wurde der Tunnel künstlich bearbeitet. Man hat die Wände geglättet, und er hat eine gewölbte Decke erhalten. Man könnte meinen, dass er leuchtet.« Sie sah Sam ein wenig ratlos an. »Das war alles, was ich erkennen konnte, ehe meine Batterien endgültig leer waren.«

Sam ging zu dem Russen hinüber. »Ich tausche mit dir, Leonid. Deine Lampe scheint noch genügend Saft zu haben.«

Leonid nickte und reichte Sam seine Stablampe. Sam richtete den Lichtstrahl in den Tunnel, und das Licht wurde reflektiert – als flackerndes Glitzern.

»Da hast du dein geheimnisvolles Licht«, sagte Leonid zu Remi.

»Nur wissen wir nicht, wie es entsteht«, erwiderte Remi. »Aber es gibt nur eine Möglichkeit, es herauszufinden.« Sie nahm Sam die Lampe aus der Hand und drang weiter in den Tunnel vor.

»Remi!«, rief Sam, aber sie hatte die Biegung des Tunnels bereits hinter sich und befand sich außer Sicht. Er atmete zischend aus, unterdrückte eine ärgerliche Bemerkung, sah Leonid konsterniert an und folgte Remi tiefer hinein ins Unbekannte.

Der Tunnel fiel leicht, aber stetig ab. Sam und Leonid folgten Remi bis zu der Stelle, wo das Gefälle abnahm und der Boden in die Horizontale überging. Gleichzeitig veränderte sich auch die Oberfläche der Tunnelwände.

»Sie hat recht. Es sieht so aus, als sei dieser Teil von Menschenhand bearbeitet worden«, sagte Sam.

Leonid strich mit den Fingerspitzen über die Wand, während Lazlos Schritte eilig näher kamen. »Es fühlt sich an wie poliert«, flüsterte der Russe.

Lazlo holte sie ein und betrachtete die Wand eingehend. »Höchst bemerkenswert«, murmelte er. »So etwas habe ich noch nie gesehen.«

Der Lichtstrahl von Remis Lampe war jetzt in der Dunkelheit verschwunden und nicht mehr zu sehen. Sam wollte hinter ihr hergehen, als sie plötzlich im Laufschritt zurückkam. Völlig außer Atem, das Gesicht kreidebleich, tauchte sie aus der Dunkelheit auf.

»Was ist los, Remi? Was hast du gefunden?«

»Oh, Sam«, stieß sie mit gepresster Stimme hervor. »Da ist ein Raum, der mit Toten gefüllt ist.«

55

Rob und Greg arrangierten die Scheinwerfer mit dem Generator am Eingang der Felsenkammer, damit sie genug Licht hatten, um den Raum zu untersuchen. Lazlo und Sam halfen ihnen, die Verbindungskabel zu verlegen, während Remi und Leonid mit den Stablampen, so gut es ging, für Arbeitslicht sorgten, das mittlerweile nur noch wenige Meter weit reichte. Als sie sämtliche Scheinwerfer in Position gebracht hatten, trat Sam vom Generator zurück und blickte sich prüfend um.

»Bereit, Leute?«, fragte er.

»Bereit«, antwortete Rob. »Wir haben auch eine Videokamera aufgestellt, um gleich alles aufzuzeichnen, was wir hier antreffen.«

»Falls überhaupt etwas da ist«, brummte Leonid unfreundlich.

Sam hob eine Hand. »Dann schaltet mal ein.« Die Flutlichtlampen sprangen an und gaben den Blick auf eine weitläufige Kammer frei, deren Wände, Decke und jede horizontale Fläche so glatt wie Glas waren. Das Licht der starken Scheinwerfer wurde von den Wänden mit erstaunlicher Intensität reflektiert und blendete die Betrachter, weil seine Helligkeit um das Zehnfache verstärkt wurde. Sam schirmte die Augen mit einem Arm ab, und die anderen Männer folgten seinem Beispiel.

Nach mehreren Sekunden stellten sich ihre Augen auf das grelle Licht ein, und nun konnten sie erkennen, dass die gesamte Kammer innerhalb einer massiven Gesteinsader aus weißem Quarz lag. Mit andächtigem Staunen betrachteten sie die verwirrenden Lichtreflexe, die Wände der Kammer erschienen ganz wie ein natürlich gewachsenes Spiegelkabinett.

Remi ging mit erstaunlich behutsamen Schritten an die nächste Wandfläche heran und betrachtete sie aus wenigen Zentimetern Entfernung. »Gold«, kam es nahezu lautlos über ihre Lippen. »Goldflocken und kleine Klumpen, die im Quarz eingeschlossen sind.«

»Sie hat recht«, bestätigte Leonid. »Goldhaltiger Quarz ist die wahrscheinlich ungewöhnlichste Quelle zur Goldgewinnung. Diese Kombination wird nur an wenigen Stellen der Erde zutage gefördert. Das Erz tritt äußerst selten auf, wobei es gerade für die Schmuckherstellung von besonderem Wert ist.«

Sam und Remi gingen einige langsame Schritte in die Kammer hinein. Eine breite Bank aus Quarz bildete einen weiten Kreis in der Mitte der Höhle. Besetzt war sie mit fast einhundert mumifizierten Toten. Jeder Körper lehnte an einer reichhaltig mit Schnitzereien verzierten Rückenlehne. Die Haut dieser Toten hatte die Farbe und Beschaffenheit von antikem Leder.

Die Oberkörper der Mumien waren, soweit Remi und Leonid erkennen konnten, mit Leinentüchern umwickelt. Die Schädel waren kahl und leicht nach vorn geneigt, sodass die leeren Augenhöhlen auf eine zentrale Vertiefung im Boden der Kammer blickten. Für Sam sah es so aus, als müssten die Angehörigen dieser makabren Versammlung alle zum gleichen Zeitpunkt den Tod gefunden haben. Anzeichen von Gewalt waren bei keinem der Toten zu erkennen.

Nach und nach wagten sich die Besucher der Höhle an die offene Grube heran, deren Boden sich etwa einen Meter unterhalb des Bodenniveaus der Kammer befand, und betrachteten stumm das mumifizierte Paar, das dort ruhte.

Sam reagierte als Erster und flüsterte: »Gütiger Himmel, er ist mindestens fünf Meter groß, wenn nicht mehr.«

»Die Frau neben ihm ist fast genauso groß«, sagte Remi.

Leonid konnte es nicht fassen. Er raunte: »Das sind Riesen – echte Riesen. Die Sagen und Legenden berichten also die Wahrheit.«

»Sie wurden als Götter verehrt«, sagte Remi leise.

»Erstaunlich«, sagte Lazlo. »Und dank der trockenen Luft in dieser Tiefe sind sie erstaunlich gut erhalten. Und seht doch – ihre Gesichtszüge sind kaukasisch. Sie sind weißhäutig. Seht ihr es? Dünne Lippen und schmale Nasen. Sogar ihr Haar und sein Bart sind vollständig.«

»Seht euch nur die Tätowierungen in ihren Gesichtern an«, sagte Sam. »Das ist unglaublich. Stirn und Wangen tragen komplizierte Muster in Schwarz und Blau. Etwas Ähnliches habe ich noch nie zuvor gesehen.«

Die Riesen waren in vollständiger Kleidung bestattet worden. Der Mantel der männlichen Gestalt war aus Leder hergestellt und mit Pelz besetzt, Futter und eine Hose in Schottenkaro waren aus Wolle gewebt. Das Kleid und die Stola der weiblichen Gestalt waren königsblau. Die Beine beider steckten in Filzstiefeln, die bis über die Knie reichten.

»Was meinst du, wie alt sie sind?«, wollte Leonid von Sam wissen.

»Zwei-, vielleicht dreitausend Jahre. Ich kann nur schätzen. Ihre DNS dürfte uns einen genaueren Wert liefern.«

»Wie können sie vor Tausenden von Jahren auf eine Insel mitten im Pazifischen Ozean gelangt sein?«, fragte Remi.

»Dieses Rätsel aufzuklären, überlasse ich lieber einem qualifizierten Anthropologen«, antwortete Sam.

»Viele Mumien sind weiblich«, stellte Remi fest, nachdem sie einen längeren Blick auf die makabre Versammlung geworfen hatte. »Ihre Kleider sind wunderschön.« Sie hielt einen Moment inne und betrachtete die Goldfäden der kunstvollen Stickereien. »Sam, ihr Schmuck ist prachtvoll. Edelsteine, Rubine, Smaragde, offenbar alle in Gold gefasst …«

Sam lachte. »Zu ihrer Zeit waren Edel- und Halbedelsteine sowie Gold so gewöhnlich und auf der Insel so reichhaltig vorhanden wie Steinkohle in anderen Regionen.«

Remi blieb vor einer anderen weiblichen Mumie stehen. Trotz des Effekts der Austrocknung war leicht zu erkennen, dass sie einst atemberaubend schön gewesen sein musste. Remi betrachtete sie staunend.

»Was wissen wir über diese Leute?«, fragte Greg.

»Nur das, was wir sehen«, meinte Leonid mit einem leichten Achselzucken. »Und wir sind die Ersten, die sie nach Tausenden von Jahren zu Gesicht bekommen.«

Sam wandte seine Aufmerksamkeit wieder den Riesen in der zentralen Grube zu. Das rote Haar des großen Mannes war lang und an den Schläfen geflochten, der Bart war breit und voll, und die Enden des Schnurrbarts waren nach oben gebogen. Den Kopf der Frau zierte eine goldene Krone, die mit Halbedelsteinen besetzt war. Im Gegensatz zu anderen Zeremoniengräbern war der Mann nicht mit einem Speer oder einer anderen Waffe bestattet worden. Eigentlich kein Wunder, dachte Sam. Welcher Mann konnte auch nur in seinen kühnsten Träumen hoffen, im Kampf gegen einen fünf Meter großen Riesen zu bestehen, der wahrscheinlich mehr als achthundert Pfund wog?

»Allein aufgrund ihrer enormen Körpergröße dürfte es für die Riesen eine Selbstverständlichkeit gewesen sein, als Götter betrachtet zu werden«, sagte Leonid. »Dies wäre eine Erklärung für die Versammlung der Toten. Sie müssen die Adligen, Berater, engen Freunde, Ehefrauen, Konkubinen gewesen sein – all jene, die in der Nähe ihrer Götter bleiben wollten und bereit waren, mit ihnen in eine andere Welt hinüberzutreten.«

Sie verstummten und betrachteten sinnend die Mumien in der Grube. Schließlich gab sich Lazlo einen Ruck und sagte mit heiserer Stimme: »Wir müssen diesen Fund geheim halten, bis wir uns darauf verlassen können, dass die Regierung diesen Ort sichert und erhält und zum Mittelpunkt eines auf der Welt einzigartigen Museums macht.«

»Nun«, sagte Remi, »nach der Entdeckung des Schatzes verfügt sie jetzt über die Mittel, ein solches Projekt mit Aussicht auf Erfolg in Angriff zu nehmen.«

»Welcher Ort würde sich dazu besser eignen als ihre ursprüngliche Ruhestätte?«, fügte Leonid hinzu.

»Sie verdienen es hierzubleiben«, sagte Sam mit leiser Stimme. »Wir haben nicht nur einen bedeutenden historischen Ort entdeckt, sondern auch eine Zivilisation vor dem Vergessen bewahrt, von deren Existenz bisher niemand etwas auch nur geahnt hat. Die Legenden und Sagen sind tatsächlich wahr. Hier gab es nicht nur Gold, Edelsteine und hoch entwickelte Zivilisationen … sondern auch Riesen.«

Die Geburt einer Thriller-Legende: Jack Reacher – wie alles begann!

448 Seiten. ISBN 978-3-7645-0506-6

Der Einsatzbefehl für den Militärpolizisten Jack Reacher ist eindeutig: Er soll verdeckt und ohne offizielle Unterstützung den Mord an einer jungen Frau aufklären – und anschließend, falls nötig, seine Ergebnisse vertuschen! Denn der Hauptverdächtige ist ein hoch dekorierter Offizier, der gerade von einer geheimen Mission zurückgekehrt ist, und – schlimmer noch – der Sohn eines Senators. Reacher soll niemanden auf die Zehen treten und verhindern, dass die Presse den Fall aufbauscht. Doch was er entdeckt, lässt ihn an der Rechtmäßigkeit seines Auftrags zweifeln – und macht aus Reacher einen Mann, den man fürchten muss.

Lesen Sie mehr unter: **www.blanvalet.de**

»Uralte Karten, fremde Lebensformen, ein nuklearer Countdown und exotische tödliche Bestien – bei James Rollins klingt das alles glaubwürdig.«

Publishers Weekly

576 Seiten. ISBN 978-3-7341-0511-1

Eine abgelegene militärische Forschungsstation sendet einen verzweifelten Notruf, doch als das Rettungsteam eintrifft, stoßen die Männer nur auf Leichen. Außerdem wurde jedes Lebewesen – selbst Bakterien – innerhalb von 75 Quadratkilometern ausgelöscht. Das Land ist völlig steril – und die Zone weitet sich aus! Als die Agenten der SIGMA-Force herausfinden, dass der Chefwissenschaftler entführt wurde, setzen sie alles daran, ihn aufzuspüren. Denn mit seiner Entdeckung kann man das Antlitz der Welt verändern – und dort wäre kein Platz mehr für die Menschheit …

Lesen Sie mehr unter: **www.blanvalet.de**